KB262621

김사량, 작품과 연구 3

편역자 김재용

원광대학교 국어국문학과 교수
한국문학 및 세계문학 전공

곽형덕

와세다대학교 대학원 박사과정
일본근대문학 및 동아시아학 전공

식민주의와 문화 총서 20

김사량, 작품과 연구 3

초판 인쇄 2013년 2월 20일
초판 발행 2013년 2월 28일

편역자 김재용 곽형덕
펴낸이 이대현
편　집 권분옥
펴낸곳 도서출판 역락
　　　　서울 서초구 반포4동 577-25 문창빌딩 2층
　　　　전화 02-3409-2058(영업부), 2060(편집부)
　　　　팩시밀리 02-3409-2059
　　　　이메일 youkrack@hanmail.net
　　　　등록 1999년 4월 19일 제303-2002-000014호

ISBN 978-89-5556-043-5 93800
정　가 28,000원

＊잘못된 책은 교환해 드립니다.

식민주의와 문화 총서 20

김사량, 작품과 연구 3

김재용·곽형덕 편역

역락

머리말

『김사량, 작품과 연구 3』은 1권, 2권과 마찬가지로 일제시대 작품과 해방 이후 북에서 발표한 작품으로 구성하였다. 일제시대 작품으로는 한글로 발표된 장편소설 '낙조' 이외에 일본어로 창작된 단편들을 번역하여 수록하였다. 이로써 해방후 전쟁 이전까지의 시기에 발표된 작품 중에서 완성된 것들은 전부 이 전집에 수록된 셈이다. 일제시대 작품 중 남아 있는 작품들은 곧 이어 발간될 제 4권과 5권을 통하여 마무리할 예정이다. 계속하여 많은 관심을 가져주기를 바란다.

편자

차례

작품

연구

일러두기

1 번역 시에 필요에 따라 부분적으로 원문에 없는 곳에 문장 기호를 넣은 곳이 있다. 작품 속에 특별히 역자의 주가 없는 설명 등은 원문 그대로다. 또한 용어 등은 현재 생경하게 느껴지더라도 당시에 사용되던 단어를 그대로 사용했지만 문장은 전체적으로 독자가 읽기 편하게 해석했다.

2 일본식 발음표기는 되도록 국립국어원의 외래어표기법을 따랐다. 현재 차별 용어로 인식되는 용어들도 당시의 분위기를 제대로 전달하기 위해 그대로 번역했다.

3 일본 인명, 지명, 작품명과 고유명사 등은 그것이 처음에 나오는 경우에 한해 괄호 속에 원래 한자를 병기함을 원칙으로 했다. 그러나 필요에 따라서 중복 표기한다. 또한 일본 인명, 지명 등은 일본식 발음으로 표기하되 독자의 편의를 위해 한국어식 표현을 섞어서 표기했다. 서명, 작품명, 잡지명, 출판사명, 단체명, 역사적 사건명 등도 위와 마찬가지다. 한글과 한자의 독음이 일치할 때는 ( ) 안에, 그렇지 않을 때는 [ ] 안에 표기했다. 이는 번역에만 해당한다.

작품 제1부

해방 전

빛 속으로*

1

지금부터 내가 말하려고 하는 야마다 하루오[山田春雄]는 참으로 알수 없는 아이였다. 이 소년은 다른 아이들 무리에 들어가려고 하지도 않고 항상 그 주위를 소심하게 맴돌았다. 줄곧 따돌림을 당했지만 뒤에서는 자신도 여자아이나 작은 아이들을 괴롭히기도 했다. 게다가 누군가 넘어지기라도 하면 기다렸다는 듯 신이 나서 소란을 떨었다. 그는 애정을 주려고 하지 않았고 또 받으려고도 하지 않는 것처럼 보

---

* <빛 속으로(光の中に)>는 1939년 10월 『문예수도(文藝首都)』에 처음으로 실렸고, 제10회 아쿠타가와상(1940년 2월 발표) 후보작이 되면서 『문예춘추(文芸春秋)』(1940. 3)에 전재(轉載)된다. 그 후 일본과 한국에서 다수의 선집 등에 수록되면서 현재에 이르고 있다. 최근 <빛 속으로> 한국어 역은 김사량이 일본에서 낸 단행본 『빛 속으로(光の中に)』(오야마서점[小山書店] 1940)에 수록된 작품을 저본으로 편집된 『(고단샤문예문고)빛속으로 : 김사량 작품집(光の中に : 金史良作品集)』(고단샤[講談社], 1999)을 판본으로 한 것이다. 본 번역은 <문예춘추> 판을 판본으로 삼았다. <문예수도> 판이 아닌 <문예춘추> 판을 판본으로 삼은 것은 두 텍스트 사이에 변화가 미미한 것과 함께, <문예춘추> 판이 당시 가장 널리 유통되고 읽힌 텍스트이기 때문이다.

였다. 생김새는 머리숱이 적고 귀가 컸으며 눈이 약간 희멀겋고 다소 음산한 느낌이 들었다. 그는 또한 이 근처 어떤 아이보다도 지저분한 차림새로 이미 가을이 깊었는데도 너덜너덜해진 쥐색 시모후리[1]를 여전히 입고 있었다. 그 때문인지는 모르지만 그의 시선은 한층 음울하고 회의적으로 보였다. 그리고 그는 묘하게도 자신의 주소를 결코 말하려고 하지 않았다. 나는 대학에서 S협회(協會)[2]로 돌아오는 오시아게[押上] 역 앞에서 그와 두세 번 마주친 적이 있었다. 그가 걸어오는 방향으로 짐작하자면 아무래도 역 뒤편 늪지대에 사는 것 같았다. 나는 그걸 알고 언젠가 이렇게 질문을 했다.

“역 뒤에 살고 있니?”

그러자 하루오는 허둥대며 머리를 쩔레쩔레 흔들었다.

“아니요. 우리 집은 협회 바로 옆인데요.”

물론 터무니없는 거짓말이었다. 그는 일부러 학교에서 귀가하는 길에 여기까지 멀리 돌아와서 야간부가 파할 때까지 결코 집으로 돌아가려 하지 않았다. 주변에서 들어보니 그가 협회에서 일하는 노파 방에서 밥을 얻어먹은 것도 한두 번이 아닌 모양이었다. 나도 처음에는 이 아이에게 그다지 주의를 기울이지 않았다. 하지만 어느 날 밤 하루오가 어둑어둑한 노파 방에서 급하게 밥을 입안에 욱여넣는 모습을 본 순간 깜짝 놀라 멈춰 선 일이 있었다. 나는 ‘이상한 일이야’라고 자신에게 말했지만 무슨 의미로 그렇게 말한 것인지 뚜렷이 알 수 없었다. 그리고 다시 한 번 ‘이상한 일이야’ 하고 중얼거렸다. 아무리 보

---

1) “霜降”. 서리가 내린 것처럼 하얀 반점이 있는 직물로, 흰 섬유와 색 섬유를 혼방(混紡)해서 짠 것이다.
2) S협회는 동경제국대학 세틀먼트(settlement)를 지칭한다. 김사량은 실제로 이곳에서 활동했다.

아도 그 모습은 어떠한 사정이 있어 보였지만 그 이유가 좀처럼 떠오르지 않았다. 움츠리고 곱은 등이며, 얼굴, 입 모양, 젓가락 집는 법까지도. 나는 마침내 가슴이 답답해져서 입을 다문 채 하루오로부터 멀어져갔다. 그리고 그 뒤로 나는 이 아이에게 그다지 신경을 쓰지 않았지만 그동안 나와 하루오 사이에는 실로 기묘한 사건이 하나 터졌다.

나는 그 무렵 S대학협회 레지던트(기숙인)였다. 내가 하는 일은 협회 야간 시민교육부에서 다만 2시간 정도 영어를 가르치기만 하면 되는 일이었다. 그래도 장소가 고토[江東]3) 근처 공장 지대여서 배우러 오는 사람들이 근로자였기 때문에 그들을 상대로 두 시간 수업을 하는 것도 여간 힘든 일이 아니었다. 그들은 낮 동안 일을 하고 녹초가 돼서 왔기 때문에 가르치는 쪽에서 어지간히 긴장해서 수업에 임하지 않는 한 모두 꾸벅꾸벅 졸아버리기 때문이다.

야간부에서 활력이 넘치는 것은 역시 아동부였다. 우리 교실 바로 아래가 아동부여서 언제나 왁자지껄 떠드는 소리가 들려왔다. 우리 반 학생들은 그 소리에 놀라서 자세를 다시 고쳐 잡아 앉을 정도였다. 낡은 피아노가 삐걱삐걱 소리를 내기 시작하면, 아이들은 일제히 "우리는 무럭무럭 잘 자란다"는 가사의 노래를 지붕이라도 날려버릴 것 같은 우렁찬 기세로 불렀다.

'시간이 다 됐군.' 하고 생각하기가 무섭게, 이번에는 콩이라도 볶아대는 듯한 소란이 벌어졌다. 아이들은 앞을 다투어 계단을 뛰어 올라왔다. 나는 수업을 끝내고 교실을 나오려다 아이들에게 바로 붙잡혀서 마치 비둘기 사육사처럼 변했다. '갑'은 어깨에 타고, '을'은 팔

---

3) 도쿄도의 동부, 스미다가와[隅田川]와 아라가와[荒川]에 끼인 위치에 있다.

에 매달리고, '병'은 쉴 새 없이 내 앞에서 덩실거리며 뛰어올랐다. 몇몇 아이들은 내 양복이나 손을 잡아끌고 혹은 뒤에서 소리를 지르며 밀어대다 내 방까지 쳐들어왔다. 내가 문을 열려 하면 이미 전부터 들어가서 숨어 있던 아이들이 필사적으로 문이 열리지 않게 막는 것이다. 밖에서도 아이들이 개미처럼 모여들어 줄기차게 문을 열려고 했다. 이럴 때 야마다 하루오는 어김없이 옆에서부터[4] 아이들을 방해했다.

"내버려둬. 내버려둬. 아ー 아ー 아ー"

하고 외치면서, 내 코앞에서 신이 난 것처럼 익살스러운 춤을 췄다. 드디어 밖에 있던 아이들이 개가(凱歌)를 울리고 한꺼번에 안으로 밀어닥치자, 실내에서는 전부터 기다리고 있던 예닐곱 소녀가 꺅꺅 소리를 지르며 즐거워했다.

"미나미[南][5] 선생님! 미나미 선생님!"

"나도 안아줘."

"나도."

"나도."

그러고 보니 나는 이 협회에서는 어느새 미나미 선생으로 통했다. 내 성씨는 알다시피 남(南)이라고 읽어야 했지만 이런저런 이유로 일본 성씨처럼 불리고 있었다. 내 동료가 가장 먼저 그런 식으로 나를 불렀다. 나는 처음에 그런 호명 방식이 매우 마음에 걸렸지만 나중에는 천진난만한 아이들과 함께 놀기 위해서 그편이 오히려 좋을지도

---

4) 'はたから'로 나와 있는데 보통은 '端(はな)から'로 쓰이며 오사카 사투리이다.
5) 성명과 관련된 표기는 원문에는 한자 위에 루비가 달려 있는데, 이 부분을 번역에
   서는 필요에 따라 한자(한글)식으로 표기했다.

모르겠다고 생각했다. 그렇기 때문에 위선을 떠는 것이 아니고 또한 비굴한 것도 아니라고 자신에게 몇 번이고 타일렀다. 또한, 말할 필요 없이 아동부 안에 조선 아이라도 있었다면 나는 일부러라도 자신을 '남'으로 불러달라고 주장했을 것이라고 스스로에게 변명도 했다. 조선 성씨로 불리게 되면 조선 아이들에게도 또한 내지 아이들에게도 나쁜 영향을 끼칠 것임이 틀림없다고.

그러던 어느 날 밤이었다. 아이들과 한참 말씨름을 하는 사이 학생 하나가 새파랗게 질린 얼굴로 들어왔다. 그는 자동차 조수를 하면서 밤이 되면 영어나 수학을 배우러 오는 이(李)라고 하는 건강한 젊은이 였다. 그는 교실 문을 닫고 도전하는 듯한 기세로 내 앞을 막아섰다.

"선생님." 그것은 조선어였다.

나는 흠칫했다. 아이들도 어떠한 의미인지는 모르면서도 어딘가 험 악한 공기에 압도당해서 그와 내 얼굴을 번갈아 바라봤다.

"자아, 나중에 다시 놀아주마. 지금부터 선생님은 볼일이 있으니 까." 하고 나는 다시 침착함을 찾아가며 입가에 미소를 졌다.

아이들은 풀이 죽어서 나갔다. 하지만 야마다 하루오의 시선만은 이상야릇한 빛을 발하며 무언가를 살피는 듯 물끄러미 나를 바라보고 있었다. 나는 희미하게 번뜩이던 그 눈을 아직도 잊을 수 없다. 그는 게처럼 옆걸음질을 치면서 여기저기 부딪치고 나갔다.

"우선 앉지요." 나는 그와 단둘이 남자 조용히 조선어로 말을 건넸 다. "어찌하다 보니 서로 이야기를 나눌 기회도 만들지 못했군요."

"그렇습니다." 이 군은 선 채로 외쳤다. "실제로 저는 선생님에게 어느 나라 말로 이야기를 걸어야 할지 알 수 없었습니다." 그는 소년 다운 분개가 넘치는 말투로 말했다.

"물론 저는 조선인입니다." 내 답변은 어쩐지 조금 떨렸다. 아마도 그를 대하면서 어딘가 모르게 성씨를 호칭하는 문제가 마음에 걸렸던 것이리라. 혹은 태연하게 있을 수 없다는 것 자체가 이미 내 마음속에 비굴함을 품고 있었던 증거임이 틀림없다. 나는 오히려 다소 허둥대며 이렇게 묻고 말았다. "뭔가 기분 상할 일이라도 있었습니까?" "있지요." 그는 의기양양하게 말했다.

"어째서 선생님 같은 분조차도 성씨를 숨기려고 하십니까?"

나는 갑자기 말문이 막혔다.

"우선 진정하고 앉지 그러십니까."

"왜인지, 저는 그것을 묻고 싶습니다. 저는 선생님의 눈과 턱뼈, 콧날을 보고, 분명히 조선인임이 틀림없다고 생각했습니다. 하지만 선생님은 그러한 내색은 전혀 하지 않는 것처럼 보였습니다. 저는 자동차 운전 조수를 하고 있습니다. 오히려 저 같은 직업을 가진 사람들이 성씨 때문에 여러모로 거북한 일이 많을 것입니다." 그는 격정이 밀려온 나머지 말을 더듬거리기 시작했다. 어째서 그는 이토록 흥분하는 것일까. "하지만 저는 그럴 필요가 없다고 생각합니다. 저는 비뚤어진 마음가짐으로 살아가고 싶지 않을 뿐 아니라, 비굴하게 행동하고 싶지도 않습니다." "참으로 그렇습니다." 나는 작게 신음하듯 말했다. "나도 그 말에 동감합니다. 하지만 나는 다만 아이들과 유쾌하게 지내고 싶었을 따름입니다." 복도에서는 변함없이 조금 전 아이들이 소란을 피우면서 때때로 문을 열고는 코 흘린 얼굴로 엿보거나, 눈을 감고 혀를 내밀어 보이거나 했다. "예컨대 내가 조선 사람이라고 한다면 저런 아이들이 제게 갖는 감정 중에는 애정 이외에 호기심이라고 해야 할지, 아무튼 일종의 다른 것이 앞선다고 봅니다. 그건 선생으로서는 무엇보다 쓸쓸한 일입니다. 아니 오히려 무서운 것임이 틀림없지요. 그렇다고 해서 나는 자신이 조선인임을 감추려고 한 것은 아닙니다. 다만 여러분이 그런 식으로 저를 불러준 겁니다. 나 또한 새삼스럽게 조선인이라고 말하고 다닐 필요를 느끼지 못했을 뿐입니다. 하지만 학생에게 그런 인상을 조금이라도 줬다고 한다면, 나는 뭐라고 변명을 해야 할지 알 수 없습니다……." 하고 말했을 때, 문을 열고 엿보고 있던 아이들 가운데, 갑자기 큰 소리로 아우성치는 아이가 있었다.

"이거 봐라, 선생님은 조센진[朝鮮人]6)이야!"

야마다 하루오였다. 순간 복도는 찬물을 끼얹은 듯 조용해졌다. 나도 잠깐 당황하지 않을 수 없었다. 그러면서 애써 마음을 가라앉히면서 이렇게 말했다.

"언젠가 다시 만나서 천천히 이야기합시다."

이 군은 부들부들 손을 떨면서 나갔다. 야마다를 비롯해 두세 명의 아이가 도망치는 것 같았다. 나는 내내 아연해하며 서 있었다. 순간 전광석화와 같이 '나야말로 위선자가 아닌가!' 하는 생각이 번쩍 떠올랐다. 아래층에서는 땡땡 종소리가 들려왔다. 아이들은 소란을 피우면서 구름처럼 아래로 내려가고 있었는데 그 소리가 마치 먼 곳으로부터 들리는 것처럼 울려왔다. 그때 문이 살짝 열리고 발소리를 죽이면서 걸어온 야마다가 등을 굽히고 그 틈새로부터 방 안을 훔쳐봤다. 그리고는,

"야. 이 조센진!" 하고 혀를 날름 내밀고 쫓기는 것처럼 다시 도망쳤다.

---

6) 본문에서 조선인과 조센진을 분리해서 표기하기로 한다. 조센진은 일본인들이 조선인을 멸시해서 부르는 명칭이다.

　그 이후, 야마다 하루오는 점차 내 주위를 심술궂게 따라다녔다. 내가 그에게 한층 주의를 기울이게 된 것은 그 이후부터였다.

　과연 그렇게 생각해 보니, 그는 훨씬 전부터 나를 의혹에 찬 눈초리로 감시하면서 따라다닌 것 같았다. 때때로 일본어가 말끝에 걸려서 혀가 돌아가지 않을 때도 그는 곧잘 내 발음을 따라 하면서 웃어댔다. 그는 처음부터 나를 조선 출신이라고 생각하고 주시하고 있었음이 틀림없었다. 그는 나를 늘 따라다녔고 내 방에 와서 곧잘 장난을 쳤다. 그가 그런 행동을 한 것도 따지고 보면 일종의 애정과 비슷한 것을 내게 느끼고 있었기 때문이 아닐까. 그런데 이번 일 이후 그는 나를 극도로 멀리하며 좀처럼 가까이 다가오지 않고 내 주위를 한층 얼쩡거리며 따라다닐 뿐이었다. 지금 당장 내가 실수라도 하면 짓궂게 한 구석에서 신이 나서 기뻐할 준비라도 하는 것처럼. 그러나 나는 그 누구에게 하는 것보다 더 깊은 애정을 갖고 그를 대했다. 오히려 나는 그를 용서하고 싶었다. 그리고 최대한 그를 연구해서 차차 지도해 가리라고 결심했다. 나는 우선 이렇게 생각해 보기로 했다. 가난한 하루오네 집안은 지금까지 조선에서 이주 생활을 계속해 왔다. 그때 그도 외지에 건너간 보통 아이들처럼 성질이 비뚤어진 채 우월감을 갖고 돌아온 것이라고. 하지만 어느 날 나는 차마 눈뜨고 지켜볼 수 없어서 결국 크게 화를 내고 말았다. 내가 교실로 내려가 아이들과 놀아주고 있었을 때였다. 야마다는 일부러 그러는 것처럼 두세 번 나를 의식하더니 아무것도 아닌 일로 갑자기 화를 내며 옆에 있던 작은 여자아이 팔을 정말 잔인하다 싶을 정도로 휘둘러 때렸다. 여자아이는 울면서 도망쳤다. 그는 도망치는 것을 따라가면서,

　“조센진 자바레, 자바레—.” 하고 소리쳤다.

자바레라 하는 것은 잡으라고 하는 의미의 조선어로, 조선 이주 내지인이 곧잘 쓰는 말이었다. 물론 여자아이는 조선인이 아니므로 내게 보란 듯이 말하는 것이리라. 나는 뛰어가서 야마다의 목덜미를 잡자마자 앞뒤 사정 보지 않고 뺨을 때렸다.

"이 녀석 무슨 짓이야!"

야마다는 소리를 죽이고 아무런 말도 하지 않았다. 다만 목각인형처럼 내가 하는 대로 가만히 있었다. 울지도 않았다. 그리고는 거친 숨을 내쉬면서, 물끄러미 내 얼굴을 아래로부터 올려다봤다. 새삼 눈이 희멀겋게 보였다. 다른 아이들은 내 주위를 둘러싸고 침을 삼키고 있었다. 그의 눈에서 갑자기 눈물 한 방울이 나오는 것처럼 보였다. 하지만 그는 조용히 눈물을 억누르는 듯한 목소리로 외쳐댔다.

"조센진 멍청이!"

2

원래 S협회는 제대(帝大)[7] 학생 중심의 인보사업(隣保事業) 단체로 탁아부나 아동부를 시작으로 시민교육부, 구매조합, 무료의료부 등도 있어서, 이 빈민지대에서는 친밀도가 높았다. 갓난아기와 아이들을 위해서는 물론이고 일상의 세세한 생활에 이르기까지 협회는 이들과 떼려야 뗄 수 없는 긴밀한 관계를 맺고 있었다. 그리고 협회에 다니는 아이 어머니들 사이에는 '어머니회'[8]도 있어서, 서로 정신적인 교섭이나

---

7) 동경제국대학을 지칭한다.
8) '어머니 모임[母の會]'은 세틀먼트 조직 내에 실재했다. 『동경제국대학세틀먼트

친목을 꾀하기 위해 한 달에 두세 번 정도 함께 모였다. 하지만 야마다 하루오의 어머니는 여태까지 한 번도 얼굴을 비춘 적이 없었다. 자신의 아이가 밤늦게까지 이곳에 와서 놀고 있는 것을 안다면, 설령 다른 어머니들처럼 관계자 대학생들에게 따듯한 감사의 마음에서는 아니라 해도, 부모로서 때로는 자신의 아이 걱정 때문이라도 찾아와야 하지 않는가. 나는 이 이상한 아이에 대해 지대한 관심을 두기 시작한 것과 동시에 그의 가정환경부터 우선 알아내야겠다고 생각했다.

머지않아 다가올 주말을 포함한 사흘연휴를 이용해 아이들이 어느 고원(高原) 캠프 체험을 하게 됐을 때였다. 나는 야마다를 내 방으로 불렀다. 나는 그가 지금까지 이런 모임에 언제나 참가하지 못했다는 사실을 알고 있었다.

"어때 너도 가련."

소년은 고집스레 입을 다물었다. 그는 상대가 아무리 다정하게 대해도 항상 의심이 깊었다.

"이번엔 너도 같이 가자."

"……"

"왜 그러니. 너도 어머니를 모시고 오면 되잖아. 아버지라도 괜찮아. 학부형 가운데 한 분만 와서 승낙하면 되니까."

"……"

"모시고 올 생각이니?"

야마다는 고개를 저었다.

"그럼 가지 않는다고?"

12년사(東京帝國大學セツルメント十二年史)』(제대세틀먼트회가 발간(비매품), 1937. 2, 51면)

"……"

"선생님이 비용은 내줄 거야."

그는 새치름한 눈으로 나를 올려다봤다.

"그렇게 하자."

"……"

"그럼 선생님이 집에 가서 함께 말해줄까?"

그는 당황한 듯이 다시 고개를 저었다.

"하지만 사흘이나 자고 와야 하니까 부모님 허락을 받아야 해!"

"선생님도 산에 가나요?" 그제야 소년은 능청스럽게 물었다. "안 가요?"

"응 선생님은 안 돼. 이번에는 당번을 서게 돼서."

"그럼 나도 안가요."

그는 남몰래 미소를 입술 위로 졌다.

"어째서지?"

그러자 그는 "히이─." 하고 치아를 보이며 백치처럼 턱을 내밀었다.

나는 이런 식으로 진작부터 그의 집에 한번 방문해 보고자 시도하고도, 결국에는 그 뜻을 이루지 못했다. 아이는 어째서인지 틈을 주지 않았다.

드디어 토요일이 다가와 S협회 아동부 백여 명은 기쁨에 들떠 웅성거리며 우에노 역[上野驛]을 향해 열을 지어 외출했는데, 야마다는 역시 시간이 다 돼서도 보이지 않았다. 잠시 후 옥상에서 할 일이 있는 것을 떠올리고 올라갔을 때 나는 깜짝 놀랐다. 야마다 하루오가 빨래 건조대 기둥에 기대서 멀리 줄지어 가는 아이들 행렬을 물끄러미 바라보고 있는 것이 아닌가. 나는 왠지 모르게 눈시울이 뜨거워지는 것을 느꼈다. 그는 인기척 소리를 알아챈 후 몹시 당황한 것 같았다. 나는 애써 웃음을 지으면서 그의 어깨를 뒤에서 가만히 안아줬다.

"저기 보렴. 애드벌룬이 올라가 있지?"

"네." 그는 사라질 것 같은 소리로 말했다. 그을린 굴뚝과 거무칙칙한 건물을 넘어서 멀리 우에노 공원 주위에 애드벌룬 두세 개가 꼬리를 끌며 떠 있었다. 갑자기 나는 그를 따듯하게 위로해주고 싶은 마음이 들었다.

"어때 하루오. 선생님은 지금부터 한가한데 함께 우에노라도 가지 않을래?"

소년은 올려다보며 히죽 웃었다.

"자 어서 가자. 선생님도 학교에 볼일이 있으니까 마침 잘됐다."

학교에 볼일이 있다고 한 것은 물론 거짓말이었다. 그토록 마음에도 없는 말을 할 만큼, 나는 내심 야마다를 꺼리고 어려워하고 있었던 것일까.

"네에?" 그의 눈은 휘둥그레졌다. "선생님도 제대(帝大) 다녀요?" 그는 정말로 놀란 것임이 틀림없다. "조센진도 받아주나요?" "그야 누구라도 넣어준단다. 시험에만 붙는다면…"

"거짓말이야. 우리 학교 선생님이 분명히 그랬다고요. 이 조센진 녀석 틀려먹었군. 소학교에 넣어준 것만도 감사하라고."

"아니, 그런 말을 하는 선생님도 있다니. 그래서 그 학생은 울었니?"

"아뇨 울긴 왜 울어요. 안 울어요."

"그렇구나. 대단한 아이구나. 한번 선생님 있는 곳에 데려와 보렴."

"안 해요." 그는 안달했다. "없어요. 없다고요."

"이상한 말을 하는구나."

"누구에게도 말하지 않아요. 말하지 않는다고요."

그는 정색하고 자기가 한 말을 취소했다. '정말로 이상한 아이로구나.' 나는 생각했다. 그와 거의 동시였다. 어쩌면 그가 조선 아이가 아닌가 하는 생각이 느닷없이 떠오른 것은. 나는 놀란 듯이 그의 얼굴을 가만히 바라봤다. 그는 얼굴이 경직돼서 경계하듯 앞을 향한 채 뒷걸음질을 쳤다. 그리고 갑자기 쏜살같이 계단을 뛰어 내려가면서 외치는 것이었다.

"응, 나 모자를 쓰고 올게요."

나는 조용히 고개를 갸우뚱거리면서 계단을 내려갔다.

하지만 현관 입구 가까운 계단까지 내려갔을 때 아래쪽에서 심상치 않은 일이 일어나고 있음을 알았다. 의료부 의사나 간호사 및 구매 조합 사내들이 숨을 죽이고 밀치락달치락 하며 현관 입구에 바싹 댄 자동차에서 초라한 모습을 한 부인을 실어오고 있었다. 그 뒤로 조수인 이(李) 군이 몹시 흥분한 듯, 어깨로 숨을 헐떡거리면서 들어오는 것이 보였다. 부인의 머리는 피범벅이 돼서 맥없이 뒤로 늘어져 있었다. 하루오가 그 옆에서 덜덜 떨면서 두세 걸음 따라왔지만, 나를 발견하자 흠칫 놀래서 우뚝 선 채 꼼짝도 하지 않았다. 나는 바로 이 군에게 다가가서 자초지종을 물었다. 그러자 그는 이를 갈면서 외쳤다.

"남편에게 날붙이로 머리를 맞았답니다." 의료부문 입구에서 왁자지껄하던 사람들은 모두 놀라 그쪽으로 뒤돌아보았다. "이 부인은 조선 사람입니다. 남편은 내지인인데 지독한 악당이죠" 그는 말을 끝내고 손수건으로 목덜미를 닦으려다 옆에서 서성대던 야마다 하루오를 발견하고 무서운 기세로 소년 쪽으로 덤벼들었다.

"바로 이놈입니다. 이 녀석 아버지라고요." 그는 야마다의 손목을 비틀면서 마치 범인이라도 잡은 것처럼 "이 녀석의, 이 녀석의." 하고 입에 거품을 물고 외쳤다. 그 목소리는 이미 너무나 흥분해서 흡사 우는 소리로 변해갔다.

야마다는 몹시 괴로운 듯 비명을 올리면서, "아니야 아니라고." 하며 아우성쳤다. "조센진 따위 내 엄마가 아니야. 말도 안 돼 안 돼."

사내들이 개입해 가까스로 둘을 갈라놓았다. 나는 거의 망연자실한 상태였다. 이 군은 격분을 이기지 못하고 다시 달려들어 야마다의 등을 무서운 기세로 걷어차서 하루오는 휘청거리면서 내 쪽으로 매달렸다. 그리고는 "으앙." 하고 울음을 터뜨렸다.

"난 조센진이 아니라고. 난, 조센진이 아니라고요… 그렇죠 선생님."

나는 그의 몸을 꼬옥 안아줬다. 내 눈시울에 뜨거운 것이 복받쳐 올라오는 것을 느꼈다. 나는 자포자기해서 평정을 잃은 이 군의 모습과 소년의 가엾은 부르짖음, 그 어느 쪽도 꾸짖을 수 없을 것 같은 기분이 들었다. 그 자리에서 축 늘어져서 쓰러질 것 같은 기분이 들었다. 할멈이 한발 앞서 야마다를 데리고 나갔기 때문에 겨우 그 자리가 수습됐다. 이 군은 격렬하게 욕설을 지껄이듯이 모두에게 말했다.

"저 녀석 아비는 노름꾼으로 사람도 아닙니다. 요 며칠 전에 감옥에서 나왔습니다. 그 사이 저 불쌍한 아주머닌 먹지도 마시지도 못하고 얼마나 고생을 했는지 모릅니다. 그동안 이웃사촌으로 친하게 지내던 우리 집에 와서 밥을 얻어 갔지요. 그런데 저 악당 놈은 감옥에서 나와 우리 집에 제 마누라가 드나들었다는 이유로 지독한 매질을 했습니다. 다 틀렸어요. 이제 다 틀려먹었다고요."

그는 펭 하고 코를 풀었다. 의료실에서 사람이 나와서 조용히 해달라고 말했다. 나는 이 군을 다소 한적한 곳으로 데려가서 물었다.

"자넨 야마다 하루오가 사는 집을 알고 있나 보지."

"알고 있고 말고도 없습니다." 그는 짜증스럽다는 듯이 말했다.

"녀석도 옆 뒤편 늪지대에 살고 있습니다."

"그럼. 이거 보통 일이 아니군요. 어째서 이 군 집에 드나들었다고 학대를 합니까?"

그는 이를 악물고

"그, 그건 우리 어머니가 조선옷을 입고 있어서랍니다. 그러니까 조센진 집에 가지 말라는 거지요. 쳇, 웃기지 말라고. 등신 같은 놈. 저는 뭐라도 되는 줄 알고. 기껏해야 튀기[9] 주제에."

그리고 바로 눈앞에 상대방이 있기라도 한 것처럼 부르짖었다.

"이 새끼 두고 보자고. 내 눈에 띄기만 하면, 네놈 모가지는 없을 줄 알아. 이 한베[半兵衛] 자식!"

"뭐 한베?" 나는 놀라서 되물었다.

"네 맞아요." 그는 숨을 헐떡거리며 말했다. "지독한 악당이지요. 잔인하기가 그지없답니다. 쳇 이 자식 이번에야말로 내가 가만히 있지 않을 것이야. 이놈! 마누라를 살인한 죄를 씌울 테다."

"한베." 나는 다시 중얼거려 봤다. 어찌 생각해도 그건 확실히 내 귓가에 익은 이름이다.

"한베 한베." 나는 몇 번이고 읊조려 봤지만 기억 속을 헛돌 뿐 아무리해도 생각이 떠오르지 않았다.

그때 의사인 야베[矢部] 군이 나타나서 우리는 그에게 달려가 경과를 들었다. 생명에는 지장이 없지만, 자상(刺傷)이 꽤 심각해 한 달간

---

9) 원문은 'あいのこ'로 '혼혈아'의 속칭이다. '혼혈아'보다 더 모욕적인 용어로 쓰인다. 원문 이 부분에는 강조점이 찍혀 있다.

입원치료가 필요하며, 지금이라도 의식이 돌아오는 것을 기다렸다가 어딘가 다른 병원으로 이송하지 않으면 안 되는 것 같았다. 그 말을 듣고 이 군의 얼굴은 새파랗게 질렸고 목소리는 떨렸다. 남편이라는 자가 바로 한베라서 악전(鐚錢)10) 한 푼도 없는 부랑자니 다른 병원에 입원하는 것은 도저히 생각해 볼 수 없는 처지라고, 사람 하나 살려준다고 생각하고 상처가 나을 때까지 여기에서 쉴 수 있게 해달라고 거듭거듭 부탁했다.

"선생님, 부탁입니다. 제 쪽에서 죽이나 그런 것은 가져오겠습니다. 선생님……"

하지만 사실 이곳은 의료부라고 해도 뜻이 있는 의학사 두셋이 낮 동안에 와서 간이 치료를 하는 정도라서, 중상을 입은 환자를 입원시킬만한 곳은 아니다. 그래서 야베 군도 암담한 표정으로 고개를 갸우뚱하면서 내게 어찌 된 일인지를 물었다. 나는 바로 근처의 아이오이 병원[相生病院] 윤 의사를 떠올리고 그쪽에 전화를 걸어서 부탁하기로 했다. 그곳은 빈민구제병원으로 조선 노동자들의 가냘픈 호주머니 자금을 쓰고 있었기 때문에 조선인들에게는 여러모로 특전이 있었다. 마침 빈 병상이 있어서 순조롭게 이야기가 정리됐다. 그래서 그녀는 다시 이송됐다. 이미 머리와 안면에는 흰 붕대가 몇 겹이고 두툼하게 감겨 있었다. 그것은 마치 날개가 잘려나간 잠자리처럼 참혹했다. 그녀는 우리의 보호를 받으면서 좁은 골목을 빠져나간 곳에 있는 낡아 빠진 아이오이병원으로 실려 갔다. 수술대에 눕혀졌을 때도 조금밖에

10) 악전(일본어로는 'びたせん')이라 함은 화폐로서 갈라지거나, 떨어져 나가거나, 작은 사이즈의 조악한 화폐를 말하는데, 시대적으로는 무로마치[室町] 중기에 대량으로 발행되기 시작해 에도[江戶] 초기까지 사용됐다. 여기서는 닳거나 손상된 화폐를 말하는 것으로 볼 수 있다.

의식이 없는 것 같았다. 그녀가 두세 마디 신음하며 말하는 것 같았지만, 확실하게 들을 수 없었다. 체구가 작고 약해 보이는 여자였다. 손가락 끝이 밀랍처럼 새파랗게 변해서 피가 통하지 않는 것처럼 보였다. 그 바로 옆에서 윤 의사는 야베 군의 이야기에 귀를 기울이면서 이런저런 의료 기구를 준비하고 있었다. 나는 그들이 다시 그녀의 붕대를 풀려고 하는 것을 보고 조용히 병실에서 나왔다.

밖은 점차 험한 날씨로 바뀌고 있었다. 바람이 불었다. 등나무 시렁 이파리가 심하게 흔들렸다.

병원에는 한베도 하루오도 모습을 드러내지 않았다.

3

날이 저물 무렵에는 이미 장대비가 쏟아지고 있었다. 바람도 갈수록 거세져 비는 서까래를 내려 앉힐 듯한 기세로 쏟아져 내렸다. 창이 덜커덩거리며 흔들거리고 전등이 명멸하고 있었다. 아이는 한 명도 와 있지 않았다. 다만 이 층에서 수학 수업이 조용히 이뤄지고 있을 뿐이었다.

나는 식당에서 동료 두세 명을 비롯해 노파와 함께 산에 간 아동부를 걱정하고 있었다. 하지만 내 뇌리에는 조금 전 일어난 충격적인 사건이 도저히 떠나지 않았다. 그렇다고 해도 나는 그것을 어떻게 된 일인지 정면에서 생각해 보려고 하지 않았다. 나 자신이 그 두려움에 압도당해 있었던 것인지도 모른다. 다만 나는 눈을 가리고 싶었다.

그때 거센 바람이 휘몰아치며 쾅 하고 부엌문이 날아갈 듯한 소리

가 으스스하게 울렸다. 모두 깜짝 놀라서 숨을 죽였다. 문쪽으로 다가
간 노파는 "에구머니." 하고 비명을 올리면서 주춤거렸다. 달려가서
보자 문은 쓰러져 있고 비바람 사이로 야마다 하루오가 처량하게 서
있었다. 마침 그때 번개가 쳐서 그 모습은 유령과 같았는데 부들부들
떨고 있는 것 같았다.

"어찌 된 일이니 하루오." 나는 그를 끌어안고 들어왔다. 그리고 그
대로 이 층 내 방으로 올라갔다. 뭐라 할 수 없는 기분이었다. 흠뻑
젖은 옷을 벗기고 수건으로 몸을 닦은 후 침상에 눕혔다. 그는 몸을
부들부들 떨고 있었다. 따듯한 차를 내주자 몇 잔이고 꿀꺽꿀꺽 삼켰
다. 그리고 잠시 기운을 되찾고 슬픈 듯 나를 올려다봤다. 나는 왠지
모르게 가슴속을 터놓을 수 있을 것 같은 따듯하면서도 침착해지는
기분을 느꼈다. 이 소년은 또 무슨 일로 이렇게 폭풍우가 몰아치는 밤
중에 나를 찾아온 것인가.

"병원에 다녀온 거니?"

그는 입술을 실룩샐룩 거리다가 갑자기, "아앙." 하고 울음을 터뜨
렸다.

"바보구나. 울기나 하고."

"아니야. 난 병원에 가지 않을 거야. 가지 않는다고요."

"그래 좋아." 내 목소리는 쉬어 있었다. "그래 그러려무나."

"정말요."

바로 그는 안심한 듯이 끄덕였다. 그리고는 몸이 따듯해졌는지 이
불 속으로 발을 뻗고는 목을 움츠렸다. 내겐 그 모습이 더없이 애처로
워 보였다. 그는 눈을 반짝이고 입가에는 방긋하고 미소를 짓고 있었
다. 완전히 내게 마음을 허락한 것이리라. 나는 그의 마음속 세계에도

이러한 아름다운 것이 잠재해 있음이 틀림없다고 생각했다. 모친에 대한 본능적인 애정이 어떻게 이 소년에게만 없다고 생각할 수 있겠는가. 그는 다만 비뚤어져 있는 것에 지나지 않는다. 나는 근처 사람들로부터 고통받고 배척당한 한 명의 동족 여인을 상상했다. 그리고 내지인의 피와 조선인의 피를 받은 한 소년 안에 조화되지 않은 이원적인 것의 분열이 불러온 비극을 생각했다. '아버지 것'에 대한 조건 없는 헌신과 '어머니 것'에 대한 맹목적인 거부, 그 두 가지가 언제나 상극(相剋)하고 있는 것이리라. 더구나 그는 빈곤에 허덕이며 생활하면서 어머니가 품고 있는 애정의 세계로 자연스럽게 스며들지 못했음이 틀림없다. 그는 마음놓고 어머니 품에 안길 수 없었을 것이다. 하지만 '어머니 것'에 대한 맹목적인 거부 속에도 역시 어머니에 대한 따듯한 숨결은 생동하고 있던 것이리라. 그가 조선인을 보고 거의 동물적으로 커다란 소리로 "조센진 조센진." 하고 말할 수밖에 없는 기분을, 나도 어렴풋이나마 이해하지 못한 것은 아니었다. 하지만 그는 나를 처음 본 순간부터 조선인이 아닐까에 대해 의심하면서도 내 뒤를 줄곧 따라온 것이 아닌가. 그것은 확실히 나에 대한 애정이다. '어머니 것'에 대한 무의식적인 그리움이리라. 그것은 나를 통한 어머니의 사랑에 대한 하나의 왜곡된 표현임이 틀림없다. 그는 그때 어머니 병원에 찾아가는 대신 나한테 왔던 것인지도 모른다. 그것이 어머니를 찾아가는 것과 무엇이 다르단 말인가. 그렇게 생각하자 나는 형용하기 어려운 기분이 들어서 그의 까까머리를 쓰다듬으며, "어머니 병원에 갈래?" 하고 물어보았다.

그는 슬픈 듯이 고개를 저었다.

"왜 그러니?"

그는 대답하지 않았다.

점차 폭풍도 잦아들기 시작한 모양인지 보슬비가 간헐적으로 추녀를 때리고 있었다. 나는 창을 열고 이제 곧 활짝 갤 것 같은 하늘을 바라봤다. 먼 북쪽 하늘에는 별 두세 개가 조각구름 사이로 빛나고 있었다.

"곧 갤 것 같구나. 어때 하루오 이제라도 함께 병문안 가볼까?"

대답이 없었다. 쳐다보니 그는 이불을 푹 뒤집어쓰고 있었다.

"아버지는 병원에 다녀갔니?"

"갈 리가 있어요." 그는 이불 속에서 다소 반항적으로 말했다.

"이상한 아버지구나. 어머니가 불쌍해서 어쩌니."

"……"

"그럼 아버지가 계신 곳으로 돌아갈 생각이구나. 아버지도 분명히 집에서 걱정하고 계실 거야."

"……" 그는 얼굴을 내밀고는 토라진 표정을 졌다. "나 여기 있어도 돼요?"

"응 그건…" 난 횡설수설하며 하는 수 없다는 듯이 말했다.

"여기 있어도 된다만…"

마침 수학 수업이 파했는지 복도에 우르르 소리가 나며 소란스러워졌다. 조금 있다 문을 노크하는 소리가 들리고 이 군이 조용히 나타났다. 그의 얼굴은 야마다가 자는 것을 보고는 흠칫하고 경직됐다. 나는 조금 허둥대며 밖에 나가서 이야기하려고 그를 복도로 데려갔다.

"제가 선생님을 조선인이라고 말하는 것이 곤란하신 모양이죠." 그는 비난하듯이 외쳤다. "저놈을 기어이 감싸주실 모양이군요."

"무례한 말은 하지 말게." 나는 어째서인지 발끈해서 호통을 쳤다.

나는 그가 나타난 것에 분명히 당황했던 것이리라.

"야마다 군은 이 지독하게 내리는 비를 맞으며 왔다네. 그리고 돌아가고 싶어도 갈 곳이 없어."

"누가 돌아갈 곳이 없습니까? 저 불쌍한 부인이야말로 그렇지요. 저 꼬마는 제 아버지한테 가면 됩니다. 아… 저주받을 악당놈!" 그리고 갑자기 그는 휘청거리며 애원하듯이 흐느꼈다. "어째서 선생님은 저 가엾은 아주머니를 동정하지 않는 겁니까. 저 딱한 부인에 대해서는 생각하시지 않는 겁니까…"

"제발 그만 하게." 나는 부탁하듯이 말했다. 내 목소리는 떨리고 있었다. 어찌하면 좋을지 머리가 어질어질해서 알 수 없었다.

"선생님……."

"그만 못하겠나!" 나는 갑자기 단말마와 같은 비명을 질렀다. 발광하기 직전 상태 같았다. 그는 휘청거리며 그 자리를 떠났다. 나는 마치 치열한 격투라도 벌인 사람처럼 녹초가 돼서 벽에 기대섰다.

나는 물론 이 군의 순수함을 이해할 수 있노라고 자신에게 말했다. 나 또한 과거에 그런 시기를 통과했기 때문이다. 그러나 곧 이어 현재 자신이 미나미[南]로 불리고 있다는 사실이 벨처럼 찡하고 오관에 울려 퍼지는 것을 느꼈다. 그래서 나는 놀란 듯 늘 그랬던 것처럼 이런 저런 변명거리를 생각하기 시작했다. 하지만 이미 소용이 없었다.

'위선자 녀석, 네놈은 또 위선을 부리려고 하는 게냐' 내 바투에서 목소리가 들렸다. '네놈도 지금은 근성이 약해져서 비굴해진 것이 아니더냐'

나는 경멸하듯이 대답했다.

'어째서 나는 비굴해지지 않겠노라고 하면서도 화가 나서 씩씩거리

지 않으면 안 된단 말인가. 그것이 오히려 비굴한 수렁에 발을 처넣기 시작한 증거가 아니냐….'

　하지만 나는 그것을 끝까지 단언할 용기가 없었다. 나는 지금까지 자신이 완전히 성숙한 어른이 됐다고 믿고 있었다. 어린이처럼 비뚤어진 것도 아니며 젊은이처럼 광적으로 ○○[11] 하고 있지도 않노라고. 하지만 역시 나는 너무나 간단히 비열한 마음을 품은 채 바닥에 엎드려 있었던 것은 아닐까. 이번에는 나 자신을 책망했다. 넌 순진무구한 어린아이들과 조금이라도 거리를 두고 싶지 않기 위해서라고 했다. 하지만 결국 오뎅집에서 보았던 자신을 끊임없이 감추려고 하던 조선인과 내가 무엇이 다르단 말이냐! 나는 이 군에게 마치 항변이라도 하는 것처럼 소리를 질러 그를 멈추게 하려 했었다. 그러면 내가 이 군에게 한 것 또한 일시적인 감상이든 격정이든 "나는 조센진이다. 조센진이라고." 하며 아우성치던 오뎅집 사내와 뭐가 그렇게 다르단 말이냐. 또한 그것은 자신은 조센진이 아니라고 소리쳐대는 야마다 하루오와 비교해 봐도 본질적인 부분에서 아무런 차이점도 없는 것이 아니냐. 나는 오늘도 터키 아이들이 일본 아이들과 스모[12]를 하면서 천진난만하게 장난을 치는 것을 보았다. 하지만 어째서 조선인 피를 이어받은 하루오만 그것이 안 된단 말이냐?[13] 나는 이 땅에서 조선인 이라는 것을 의식할 때마다 언제나 자신을 무장하지 않으면 안 됐다. 그렇다, 확실히 나는 진흙탕과도 같은 연극에 지쳐 있다. 그리고 어느

---

11) 복자. 원문 그대로.
12) 원문에는 '角力'으로 나와 있는데, '힘겨루기'라는 뜻과 함께 '스모'라는 뜻도 있다.
13) <오야마서점> 판을 보면 이 중간에 "私はその譯を餘りにもよく知つてゐる"라 는 문장이 첨가되어 있다. 이 부분의 번역은 "나는 그 까닭을 너무나 잘 알고 있 다"이다.

새 나는 미나미가 돼 있었다.14)

나는 한동안 그대로 망연자실해 있었다. 어느새 이 군은 어딘가로 가버렸다. 나는 휘청거리듯 내 방으로 돌아왔다.

방 안은 어두컴컴했다. 나는 하루오가 누워 있는 곁으로 다가갔다. 그때 나는 흠칫 놀라서 눈을 부릅떴다. 새우처럼 몸을 웅크린 채 자신의 오른팔을 베개로 삼고 반쯤 열린 눈으로 야마다 하루오가 자는 모습. 나는 저도 모르게 손을 입에 대며 목소리를 죽였다.

"앗 이건 한베의 아들이야!"

드디어 나는 기억해냈다. 지금까지 눈앞에 어른거리면서도 도저히 기억이 나지 않았던 한베. "한베의 자식이다!"

나는 기절할 만큼 놀랐다. '아. 이게 어찌된 일이지!' 나는 이 같은 모습을 하고 자던 한베를 얼마나 오랫동안 지켜봤었는지 모른다. 추저분하게 쩍 벌린 입이며, 커다란 눈에 노인과 같은 거무스름한 그늘이 눈 가장자리에 자리잡고 있는 모습까지도 아버지를 똑 닮지 않았는가. 그의 아들이 완전히 같은 모습을 하고 내 옆에서 자고 있다. 실제 나는 한베와 두 달여 동안 같은 감옥에서 생활했다. 그를 떠올리는 것만으로도 등줄기가 서늘해졌다. 그건 내가 한결 더 하루오에게 애정을 느끼고 있었기 때문이다. 한순간 내 뇌리에는 이 이질적인 하루오가 결국에는 아버지와 같은 인간이 될지도 모른다는 두려운 예감이 스쳐 지나가 살짝 몸서리를 쳤다.

생각해보면 내가 M서(署)15)에서 한베와 만난 것은 작년 십일월 일

---

14) <오야마서점> 판에는 이 문장이 삭제되어 있다.

15) M서는 도쿄대 근처에 있는 모토후지경찰서[元富士警察]의 약칭이라고도 볼 수 있다. 김사량은 모토후지경찰서에 1936년 10월 28일에 검거되어, 12월 중순에 미결인 채로 석방되었다.

이다. 그때 그는 히죽히죽 거리면서 내 쪽으로 가까이 다가왔다. 주름진 긴 얼굴에 칙칙하고 커다란 눈이 으스스하게 느껴지는 남자였다. 하지만 나는 그를 보고 '저 사람은 조선인이구나' 하고 생각했다.

"어이! 너 셔츠 내놔봐!" 그는 내 양복 버튼을 풀기 시작했다. 나는 다소 흥분해서 되는대로 그것을 뿌리치고 구석으로 가서 앉았다. 다른 치들은 모두 무언가를 음흉하게 기대하는 듯한 눈초리로 내 쪽을 번갈아가며 지켜봤다.

"이 새끼 뭐하는 거야." 그는 상당히 딱딱하게 나왔다. "이 조센진 새끼 나를 우습게 봤다 이거지."

그는 팔을 걷어 올렸다. 그때 복도를 순회하던 간수가 창살 안을 들여다보고는,

"야마다 앉지 못해!" 하고 호통을 쳤기 때문에 나는 이것을 듣고 그가 내지인이라는 것을 처음 알았다.

그는 히죽 이를 드러내고 웃더니 자기 자리로 고분고분 돌아갔다. 그리고 쓸데없이 겉옷을 벗어 밖에서 보이지 않도록 벽에 걸고는 태연스러운 표정을 졌다. 도시락 젓가락을 꺾어 그것을 못처럼 끼워 넣었다. 나는 저도 모르게 웃음이 터져 나오려는 것을 겨우 참았다. 그때 옆에서 말뚝잠을 자고 있던 수염이 덥수룩한 왜소한 남자가 머리를 한베 쪽으로 기대려고 하자, 갑자기 그는 난폭하게 주먹을 남자의 두상으로 용서 없이 내리쳤다. 그리고는 노기등등한 기세로 노려보았다. 그날 밤 그는 내게 도시락을 주지 않았다. 혼자서 게걸게걸 입에 처넣으면서 걸신들린 듯 먹어치웠다. 지금도 나는 그 순간 그의 모습을 보고 있는 것 같은 기분이 든다. 그래서 언제인가 하루오가 밥을 먹고 있는 모습을 보고 불현듯 한베의 모습이 생각날 것 같은 기분이

들었을 정도였다. 한베 그는 한 명의 비겁한 폭군이었다. 모두 그를 두려워하면서도 돌아서면 대단히 미워했다. 그는 필요 이상으로 간수의 눈을 무서워하면서도 신참이나 약자에 대해서는 굉장히 난폭하게 굴었다. 그 가운데서도 매우 험악하게 큰소리를 치는 것은 그가 가장 득의양양해하는 것 중의 하나였다. "이 몸은 말이야 이래 봬도 에도(江戶) 팔백팔정(八百八町)16)을 누비고 다닌 사내라고. 시건방진 놈. 네 녀석 같은 좀도둑과는 격이 다르단 말이다……."

유치장 상황을 보자니 그를 제외하고도 한패로 보이는 자들이 합계 예닐곱은 있었다. 그가 큰소리친 것을 따르면 그들은 아사쿠사[淺草]를 세력권으로 하는 다카다구미[高田組]로 유명 배우들에게 공갈을 쳐서 한몫을 단단히 챙겼다고 했다. 한베는 그 가운데 자신이 가장 용맹했던 것처럼 떠들어댔다. 하지만 나는 그가 무리 가운데서 '모자란 사람'이라는 의미의 한베라는 이름으로 함부로 불렸다는 것을 바로 알 수 있었다. 지금까지도 나는 그의 본명을 알지 못한다. 나는 차츰 그에게 익숙해졌고 인생 내력도 거의 알 수 있었다. 그와 동시에 내 자리도 점차 그가 있는 곳으로 가까워져 갔다. 왜냐하면, 감방 안에서 짬밥을 더 먹은 선임일수록 창살문 옆쪽으로 가게 되기 때문이다. 마침내 한베와 마주 보고 앉게 돼서 잘 때는 바로 옆에 눕게 되었다. 그는 나를 아주 온순하게 대했으나 그와 함께 자는 것은 끔찍한 고통이었다. 그의 구취는 참을 수 없을 정도로 고약했고 무엇보다도 밤새도록 사타구니를 박박 긁으며 밤을 지새우는 것도 끔찍했다. 스스로 매

---

16) 에도 시내에는 번화가가 808개만큼 다수 있다는 뜻이다. 에도 시대 초기에는 300정 정도였던 거리가, 중기에는 1000정에 이르렀다고 한다. 기존 번역에서 이 부분은 "온 나라"라고 번역되어 있다.

독이라고 말했다. 나는 그 매독균이 그의 머리까지 올라와 있다고 생각했다. 어느 날 한밤중에 그는 묘하게 침울한 표정으로 내게 물었다.

"이봐 조선 어디서 왔어?"

"북조선."

"난 남조선에서 태어났다니까." 그는 간사스럽게 내 기색을 살폈다. 그리고는 헤엥 하고 그것을 부정하듯이 코웃음을 쳤다. 하지만 나는 그다지 놀라는 기색을 보이지 않았다.

"그래?"

그러자 그는 이를 드러냈다.

"사실이라고."

물론 이런 대화는 둘이서 소곤대며 나누기 시작했다.

"내 여편네도 조선 여자라고."

"오호······."17)

그는 매우 기분 좋은 듯 히죽거렸다. 그에게 어떤 사연이 있음이 틀림없다고 생각했다.

"조선에 가서 얻은 건가?"

"우습고 걸리적거려 죽겠다니까. 직접 스사키[洲崎]18)에 있는 조선 요리집 주인하고 흥정하러 가서 말이지, 저 계집을 내 손에 넘겨라, 그렇지 않으면 가만두지 않겠어. 장지문에 불을 싸지르겠다고 겁을

---

17) <오야마서점> 판에는 이 뒷 부분에 "나도 모르게 눈이 휘둥그레졌다."라는 부분이 추가된다.

18) 스사키[洲崎]를 비롯해 다마노이[玉の井], 가메이도[龜戸], 센쥬[千住]는 모두 당시 유명한 매춘 장소로 1958년 매춘방지법이 설립되면서 그 모습이 크게 바뀌었다. 스사키는 김사량의 다른 소설 <도둑놈[泥棒]>(『문예』, 1941. 5)에도 나오는 지명이다. 이 소설은 『김사량, 작품과 연구 1』(2008)에 번역 수록되어 있다.

줬단 말이지. 그러자 그 자식들 새파랗게 질리더니 바로 내줬다 이 말이야.”

그는 흘낏 곁눈질로 나를 봤다. 마침 새벽 달빛이 비쳐서 그의 눈은 한층 처참한 그림자를 띠고 있었다.

하지만 다음 날 아침에는 지난밤 일을 까맣게 잊은 듯 언제 자신이 그랬냐는 듯한 태도를 취했다. 그는 평소처럼 약한 자들을 괴롭히고 신참자 도시락을 빼앗았다. 그러나 나는 그날 밤 이후로 점차 그를 미심쩍은 생각을 품고 바라보게 됐다. 그래도 그가 간수들에게 야마다로 불리고 있는 것을 보면 내지인임이 틀림없었다. 그렇다면 어머니가 조선인일지도 모르겠다고 생각했는데 결국 확인하지 못하고 나는 기소유예 처분을 받고 유치장에서 나오게 됐다.

나는 겨우 그에 대한 기억을 떠올렸다. 나란 인간은 왜 이리도 아둔하단 말인가. 성씨가 일치하는 것을 보고 그 정도는 처음부터 알아차려야 했던 것이 아니냐. 처음에 야마다 하루오를 본 순간부터 내 눈앞에는 한베의 영상이 어렴풋하게나마 한줄기 빛으로 어른거렸던 것임이 틀림없다. 하지만 나는 그것이 한베인 것을 눈치채지 못했다. 혹은 하루오에 대한 애정 때문에 은근히 그것이 한베인 것을 내가 두려워했던 것인지도 모른다.

“한베.” 나는 다시 한 번 조용히 중얼거렸다.

하지만 하루오는 새근새근 단잠에 빠져 있었다. 내 망막에는 “내 여편네도 조선 계집이라고.” 하며 한베가 비굴하게 웃는 모습이 몇 겹으로 겹쳐 떠올랐다. 그러자 그것이 어느새 하루오의 자는 모습 위로 겹쳐졌다. 그때 하루오가 어렴풋하게 신음을 내고 있는 것 같았다. 그는 실룩샐룩 거리며 얼굴에 경련을 일으키더니 “으으으으…” 가위에 눌린 듯 뒤척이다가 놀라서 눈을 떴다.

"왜 그래 꿈이라도 꿨니?"

나는 땀투성이가 된 그의 목덜미를 닦아주면서 물었다. 그는 다시 눈을 감더니 헛소리를 중얼거렸다.

"아버지가 다음엔 나를 해치운다고 했어요."

4

나 역시 밤새도록 꾸벅대며 종잡을 수 없는 꿈을 꾸었다. 아침에 눈을 뜨니 이미 하루오는 없었다. 나는 놀라서 '아이오이 병원으로 가보자' 하고 자신에게 말했다. 그날은 일요일로 하루오도 수업이 없는 날이었다. 어느새 나는 병원 현관에 서서 벨을 눌렀다. 때마침 윤의사가 나와서 나를 하루오 모친 병실로 데려가면서 말했다.

"잘은 모르지만 야마다 테준[山田貞順]이란 이름일세. 조선 사람이 아닐까. 말투나 정순(貞順)이라는 이름이 이상하다 싶어서, 부상을 당한 정황을 조선어로 물어보았지만 입을 다물고 대답을 하지 않는 거야. 다만 넘어진 것이라고 일본어로 말할 뿐이야."

"흠 그런가." 나는 횡설수설 대답했다. "상처는 어때?"

"으음 그런대로 괜찮은 편이야. 하지만 어찌해도 얼굴에 칼자국 상처가 남을 거네. 정말 가엾게도 심한 상처가 관자놀이 쪽에 생길 거야. 봐 저 곳이라네, … 야마다 씨, 자제 분이 다니는 협회 선생님이 오셨답니다."

하루오는 없었다. 십이 첩(十二疊)[19) 방에는 침대가 다섯 개 정도 번

갈아 놓여 있는데 모두 환자들이 차지하고 있었다. 구석진 곳에 그녀가 누워 있었다. 흰 붕대를 둘둘 감은 얼굴 사이로 입술과 코만 조금 내보였다. 그녀는 입을 꾹 다물고 아무런 대답도 하지 않았다. 윤 의사는 회진을 간다며 자리를 비켜줬다. 나는 그녀에게 어떻게 말을 걸어야 할지 잠시 당황했다.

"얼마나 얼굴이 아프십니까. 하루오 군도 꽤 걱정했답니다." 하고 내친김에 야마다 이야기를 꺼냈다. "사실 저는 하루오 군이 다니고 있는 협회 선생이라서… 전, 남(南)이라고 합니다."

어쩐지 그녀가 몸을 조금 움직인 것 같은 느낌이 들었다. 나는 그녀가 내 조선 성씨를 보고 놀랐음이 틀림없다고 생각했다.

"아앗 아아." 그녀는 손가락 끝을 파르르 떨면서 신음했다.

"하루오… 하루오가 참말로 저를……."

"……" 나는 대답할 말이 없었다.

"흑흑." 그녀는 감동한 나머지 오열했다. "제 하루오가 참말로… 저를 걱정한다고… 말했나요……."

나도 씁쓰름한 기분이 들었다. 하지만 당연히 하루오 이야기로 그녀를 위로하지 않으면 안 됐다.

"전 매일 하루오 군과 놀아주고 있습니다. 때론 여러모로 낙심할 일도 있겠지요. 하지만 아직 어린아이니 언젠가 꼭 어머님께서 자랑스러워 할 수 있는 하루오가 될 것으로 생각합니다." 실제로도 나는 그렇게 생각했다. 그에게 현재 성격을 만든 여러 요소를 생각해 본다면 따듯한 손길을 내밀어 그를 지도하면, 반드시 그는 점차 자신의 심

---

19) 다다미 12개를 깔아놓은 넓이로 대략 6평 정도다.

오한 인간성을 자각할 것이라고 믿었다.

하지만 그녀는 대답하지 않았다. 내가 하는 말에 숨을 죽이고 주의를 기울이고 있을 뿐이었다. 나는 계속했다.

"처음에는 역시 어머님께서 하루오를 데리고 조선으로 돌아가는 길밖에는 없다고 생각했습니다."

그녀는 깜짝 놀랐다.

"어머님을 위해서도 또 하루오 군의 장래를 위해서도 그것이 가장 좋다고 생각한 겁니다. 하지만, 어머님께는 역시 여전히 한베 씨를 소중히 여기는 마음이 있어 보이는군요."

"아이고… 아무것도 묻지 말아 주세요." 그녀는 작은 목소리로 애처롭게 말했다.

"제 남편인 걸요……."[20]

"아무것도 감추실 필요는 없습니다. 저는 진작부터 한베 씨를 알고 있습니다."

"아아." 하고 역시 놀란 듯 목소리를 삼켰다. 그녀는 완전히 체념한 듯 신음했다. "…하지만 그 사람은 저를 자유로운 몸으로 만들어줬습니다. …그리고 전, 조선 여자입니다……." 결국 그녀의 목소리는 흐느껴 우는 소리로 변했다.

'그녀가 지금도 노예처럼 감사하는 마음에 의지하고 살아가고 있다니.', 나는 자인 무도한 한베를 떠올리고 비견할 수 없는 근심에 젖었다. 언젠가 스사키에 있는 조선 요리집 주인을 협박해서 데리고 왔다

---

20) 이 부분의 원문은 "私の主人すもの…"로 표준어 'で' 대신 강조점이 찍힌 'で'를 사용해, 하루오 어머니가 사용하는 일본어가 표준어와 다르다는 것을 드러내고 있다.

는 것이 바로 이 여자임이 틀림없다. 비겁하고 잔인한 한베가 이 오갈 데 없는 조선 여자에게 완전히 눈독을 들이고 자기 것으로 삼았다는 것도 그럴 법한 이야기가 아니냐. 처음부터 이 여자는 그의 희생양으로 선택된 것에 지나지 않는다. 저 무시무시하고 악한 한베와 비교해 보면 얼마나 불쌍한 여자란 말인가. 나는 이 부부의 일상생활까지도 상상할 수 있을 것 같은 기분이 들었다. 그녀는 매일같이 학대를 당하며, 무일푼인 몸으로 그에게 굴복해서 손을 모아 빌고 있었을 것임이 틀림없었다. 그런 가정에서 하루오와 같은 이질적인 아이가 탄생했던 것이리라. "저는 조선인입니다." 그녀는 너무나도 슬프게 말했다. 그녀는 어쩌면 자신이 내지인과 결혼했다고 하는 일종의 자부심을 품고서 자신이 처한 역경을 헤쳐나가기 위한 최소한의 위안으로 삼고 있었는지도 모른다. 나는 오히려 그녀가 한베에게 격렬한 증오심을 품고 있으리라 기대하며, 같은 고향에서 온 사람끼리 의분을 나누고 기쁨에 취하고 싶었다. 하지만 나는 보기 좋게 허탕을 쳤다.

"선생님."

"예."

"부탁할 일이 있습니다."21)

"말씀해 보세요."

"부탁…이여요. 모쪼록 저희 하루오에게… 상관하지… 말아22) 주

---

21) 원문은 "妾、お願ヴことがあります"로 'う' 대신에 강조점이 찍힌 'ヴ'가 쓰였음을 알 수 있다. 또한 하루오의 어머니 정순을 '妾'으로 표기하고 있음도 주목을 요한다. 이 한자는 일본어에서 주로 '시녀', '첩'이라는 뜻으로 쓰였는데, 한문체에서는 부인이 자신의 지칭하는 명칭으로 '소첩' 정도의 의미를 지닌다. 여기서는 이 두 가지 의미가 함축된 뜻으로 볼 수 있다.

22) 원문은 "クレませ"로 문법적으로 틀린 것을 알 수 있다. 보통은 "ください(해주세요)" 혹은 "くれませんか(해주지 않겠습니까)"를 사용한다.

서요.”

“……” 나는 입을 다문 채로 가만히 그녀를 지켜봤다. 그녀는 지금이라도 울음을 터뜨릴 것 같은 목소리로 말했다.

“… 하루오는… 혼자서도 잘 노니까요…….” 하지만 상처가 심하게 욱신거려서 통증을 느낀 것인지, 그녀는 다시 죽은 사람처럼 꼼작도 하지 않았다. 하지만 다시 어렴풋하게 앓는 소리를 내면서, “홀로… 여러 아이의… 목소리도… 흉내 내면서… 떠들면서… 잘 놀지요… 춤을 아주 잘 춰요. 참말 눈물겨워서.23) 어디선가 보고 와서는… 혼자서 사력을 다해서 춤을 추지요… 그리고는 눈물을 흘린답니다…….”

“역시 밖에서 조선인이라고 괴롭힘을 당하고 있는 건가요?”

“하지만 지금은 울지 않아요.” 그녀는 힘을 담아서 힘차게 앞서 한 말을 부정했다.

“하루오는 내지인이니까…24) 하루오는 그렇게 생각하고 있어요… 저 아이는 제 아이가 아니에요…그걸 선생님께서 방해하는 것은…나쁘다고 생각해요…”

“전 한베 씨도 남조선에서 태어났단 소릴 들었습니다만…….”

“네…그렇지요…어머니가 저와 같은 조선인이니까요. …하지만 이젠…조선이라는 말만으로도…그 사람은 화를 냅니다…….”

“하지만 하루오 군은 조선인인 저를 매우 따릅니다. 사실 어젯밤에 제 방에서 자고 갔습니다.”

“……”

---

23) 원문은 “妾涙ぐましうアリました”로 사투리처럼 들리는 표현을 쓰고 있다. 표준어로 고쳐보면 “妾涙ぐましくなりました”이다.

24) 원문은 “春雄は內地人テす…”로 ‘で’ 대신 강조점이 찍힌 ‘テ’를 사용해, 하루오 어머니가 사용하는 일본어가 표준어가 아님을 강조하고 있다.

"조만간 저 아이가 어머님을 대하는 태도도 차츰차츰 변해가리라 생각합니다." 나는 격려하듯이 소리를 높였다. "분명히 가까운 시일 내에 하루오는 어머님에 대한 애정을 되찾게 되겠죠. 하루오가 절 따르는 것은 반드시 저를 향한 애정만이 아니라, 사실 모친에 대한 사랑의 또 다른 표현 방식이라고 생각합니다. 하루오는 분명히 애정에 굶주려 있음이 틀림없습니다. 어머니에게 솔직히 애정을 보낼 수도 없고 또한 어머님의 애정을 순진하게 받아들일 수도 없는 하루오였지요. 하지만 그건 차츰 나아질 것으로 생각합니다만……."

"그럴까요." 그녀는 오히려 절망에 휩싸여 깊은 한숨을 쉬었다.

"…그 아이가……."

그때 문간에서 조선옷을 입은 한 노파가 넘어질 듯 하며 들어왔다. 나도 모르게 그 노파가 이 군의 어머니라는 것을 한눈에 알아봤다. 그래서 나는 조금 침대 옆에서 떨어졌다. 노파는 정순의 무참한 모습을 보고 "에이그." 한숨을 내쉬고는 조선어로 한탄을 시작했다.

"이 무슨 일인고. 저 악당 놈에게 천벌이 내릴 것이여. 아이고 하루오 엄마. 날 알아 보갓소. 이(李) 녀석 엄마야. 옆집 이 씨네 집이라고. 정신 똑바로 차리고 빨랑 나서야지. 알겠는가."

정순은 손끝을 떨면서 주위를 더듬었다. 노파가 그 손을 잡았다.

"상처가 낫거들랑 꼭 들키지 말고 고향으로 도망을 치라고. 예전처럼 다시 그놈 있는 곳에 가면 안 돼. 거기 뭐 좋을 일이 있다고 기어 들어가려고."

정순은 신음했다. 노파는 갑자기 무언가 떠오른 듯 서둘러서 보자기를 풀어서 여름밀감 두 개를 꺼내 들었다.

"여름밀감이구먼. 먹으면 목 갈증이 조금이나마 가실지도 모릉께."

그러더니 노파는 열심히 밀감 껍질을 벗기기 시작했다. "아들놈이 아주머니 드리라며 사온 것이여. 오늘부텀 면허장이 나와서 어른 노릇을 하게 됐다고 어찌나 신이 나있는지."

"그럼 몸조리 잘하시기 바랍니다." 역시 나는 자리를 피하는 편이 좋겠다고 생각하고 문간 쪽으로 걸어가며 말했다. 그때 하루오의 어머니가 숨이 막히는 듯한, 매우 가느다란 목소리로 말해서 나는 흠칫 멈춰 섰다. 그녀는 노파에게 조선어로 마치 애원이라도 하는 것처럼 말했다.

"아주머니. …전, 역시 돌아갈 수 없어요… 게다가 제 얼굴엔 심한 상처가 생길 거래요…그렇게 되면…저 사람…저를 팔아넘기겠다고 말하지 못할 거고…아무도 이런 저 따위를 사지 않겠지요……." 그리고는 경련이라도 일으키는 것처럼 갑자기 일어나려고 했다.

"앗!"

"여보게 왜 그러시나." 노파는 당황해서 그녀를 안아서 침상 안으로 데려가서 안정시켰다.

"…무슨…소리가 나서." 그녀는 정신이라도 나간 사람처럼 숨을 헐떡였다. "아줌마…하루오가 온다고요. 거봐요 절 찾아오는 거라고요……." 그리고는 갑자기 새된 비명을 질렀다.

"아줌마 나가주세요. …숨으시라고요!"

"아무도 없다니께. 아무도 보이지 않는다고 하루오 엄마." 노파는 슬픈 듯이 우는 소리를 쥐어짜듯 말했다.

나는 발소리를 죽이고 문간에서 나왔는데 어째서인지 땀에 흠뻑 젖어 있었다. 그때 나는 누군가의 조그마한 그림자가 복도 모퉁이를 서둘러서 가로질러간 것을 느꼈다. 누군지는 확실히 알 수 없었지만, 그건 정말 하루오가 아니었을까 하는 생각이 번쩍 떠올랐다. 나는 서둘러서 그 모퉁이까지 가서 미심쩍은 듯이 주위를 살폈다. 과연 내 추측은 틀리지 않았다. 이 층으로 올라가는 계단 뒤쪽 어두컴컴한 구석에 야마다 하루오가 미동도 하지 않고 몸을 숨긴 채 눈을 반짝거리고 있었다.

"어쩐 일이니." 나는 가까이 다가갔다.

당황한 그는 고개를 저었다. 그리고는 겁먹은 듯이 점차 구석진 곳으로 뒷걸음을 쳤다. 무언가 숨기는 물건이라도 있는지 오른쪽 손에 힘을 꽉 쥔 채 뒤쪽으로 숨겨서 놓지 않았다. 지금이라도 비명을 지를 것 같았다.

"어머니 병문안을 온 거로구나." 나는 목구멍이 뜨거워지는 것을 느끼며 말했다. 매우 감동적이었다. "어머니는 조금 전에도 네가 보고 싶다고 했단다."

그는 더욱 거세게 고개를 저었다. 나는 그 반응이 불만스러워서 그의 몸을 끌어당겼다. 그는 몸 뒤쪽으로 숨긴 손을 풀지 않았다. 그는 하얀 종이로 조그맣게 싼 무언가를 너무 꽉 쥐어 망가뜨린 채 필사적으로 감추려고 하고 있었다. 나는 순간 하루오가 어머니를 위해 무언가를 갖고 왔다고 생각했다. 자신의 어머니 병문안을 오면서도 남의 시선을 꺼리고 들키지 않겠다는 식의 행동을 해야 한다니 이 얼마나 슬픈 일인가. 나는 오히려 소년의 그러한 모습이 뭐라고 형용할 수 없을 정도로 가엾게 느껴졌다. 나는 말했다.

"어머니가 꼭 기뻐하실 거야."

그때 갑자기 그는 내 몸에 얼굴을 묻으면서 훌쩍훌쩍 울기 시작했다.

"바보구나."

그는 점차 격렬하게 울었다. 그 순간 어쩐 일인지 작고 하얀 종이로 싼 것이 몹시 구겨진 채로 떨어졌다. 나는 그것을 보고 매우 야릇한 기분이 들었다. 살담배25) 종이 포장지였다. 이건 내가 오늘 아침에 일어났을 때, 책상 위나 서랍 안을 한참 동안 찾았지만 결국 찾지 못한 '하기'26)라고 하는 낡은 꾸러미였다.

"이런 그런 걸로 선생님을 무서워하고 있는 거니. 그냥 선생님께 말을 하고 가져오면 좋았잖니. 자 앞으로 조심하면 되는 거야. 어머니가 기다리신다. 자 어서 가져가서 드리렴. 좌측 세 번째 병실이야." 그리고 그에게 힘을 북돋아 주려고 어깨를 두드려 줬다. "이런 야마다 답지 않게. 그리고 말이지 선생님은 협회로 가서 기다리고 있으마. 네가 오면 어제 약속한대로 둘이서 우에노에 놀러 가자꾸나."

그는 으앙 하고 울음을 터뜨렸다. 내 마음도 동요하고 있었다. 하지만 내가 병원 안에 있는 것은 더욱더 그를 힘들게 하는 것으로 생각했기 때문에, 그에게 병실을 알려주고 나서 나는 서둘러 그곳으로부터 빠져나왔다. 그리고 어째서 그가 내 방에서 담배를 가져갔을까 하고 여러모로 생각해 보았다. 그의 어머니가 피우는 것인지도 모른다는 것밖에는 떠오르지 않았다. 어쩜 저리 느닷없이도 엉뚱한 짓을 하는 소년이란 말인가. 내게는 그때도 한베가 감방 안에서 겉옷을 벽에 걸고는 히죽거리던 모습이 떠올랐다.

---

25) 칼 따위로 썬 담배로, 썰어놓은 부분을 종이로 싸던가, 기구(파이프 등)에 여러 개 겹쳐 넣고 피우는 담배이다.
26) 원문은 'はぎ'로 싸리라는 뜻을 가지고 있는데, 이 뜻인지는 확실하지 않다. 다만, 싸릿잎 등으로 만든 담배의 꾸러미 등을 생각해 볼 수 있다.

5

야마다 하루오는 한 시간가량 지나서 다시 내 앞에 모습을 드러냈다. 하지만 그는 손가락을 입에 문 채로 발끝만 바라보고 있었다. 뭔지 모르지만 산뜻한 안도감을 느끼고 있는 것일까. 입가에는 지금이라도 생긋하고 미소가 떠오를 것 같은 느낌이 들 정도였다. 뭔가 대견한 일을 한 아이가 어른 앞에서 쑥스러워하는 모습 같기도 했다. 지금껏 그의 얼굴에 이처럼 순수한 어린이 모습이 나타난 적이 있었던가. 이제 그는 완전히 나를 신뢰하고 있음이 틀림없었다. 하지만 나도 은근히 미소를 질 뿐 아무것도 묻지 않았다.

"자 이제 가볼까." 하고 모자를 집으면서 한마디했을 따름이다.

지난밤 휘몰아쳤던 폭풍의 영향으로 조금 싸늘한 오후였다. 히로코지[廣小路][27]에 도착해 전차[市電]에서 내렸을 때 때마침 일요일이라서 거리는 밀치락달치락 하는 매우 혼잡한 상황이었다. 어느새 그 속으로 삼켜지듯이 마쓰자카야[松坂屋][28] 입구까지 쓸려왔기 때문에 나는 별다른 용무도 없었지만 하루오의 손을 잡아끌고 그 안으로 들어갔다. 백화점 안은 매우 붐비고 있었다. 하루오가 에스컬레이터를 타자고 해서 둘이서 나란히 오르자 그는 역시 행복한 듯 유쾌한 표정을 졌다. 나 또한 넘칠 듯한 기쁨을 전신으로 느꼈다. 지금 소년 하루오가 모든

---

27) 히로코지는 에도시대 이후 설치된, 폭이 긴 넓은 도로로 대화재 방재를 위해 생긴 길이며 고유명사로 쓰인다. 이 소설의 공간적 배경인 도쿄 지역의 우에노[上野], 그리고 같은 도쿄의 료코쿠[兩國], 그 밖에 나고야[名古屋]에도 이 지명이 존재한다.

28) 1611년 나고야에서 창업. 1910년 근대적 백화점으로 개업, 1924년 일본 최초로 신발을 신은 채로 입장이 가능한 긴자점을 개점. 1925년 현재의 사명(社名)이 되었다.

사람 가운데 있다고 생각하니, 나는 정말 이상할 정도로 기뻐서 어찌
할 줄 몰랐다. 그는 하루오인 동시에 지금은 내 옆 서 있으며, 또한
사람들 사이에 있다. 둘은 나란히 서서 삼 층까지 타고 갔다. 거기서
도 북새통 사이를 헤집고 다니면서 우리는 오 층인가 육 층까지 올라
가서, 식당 한구석에서 마주 보고 앉았다. 하지만 사실 우리 둘은 필
요 이상의 말은 거의 주고받지 않았다. 그는 아이스크림과 카레라이
스를 먹었고, 나는 소다수를 마셨다.

"맛있니?"

"네." 그는 접시 위에 얼굴을 댄 채로 나를 치뜬 눈으로 바라봤다.
"백화점 카레라이스는 맛있어요." 그리고 엘리베이터를 타고 내려와
서 일 층 특매장(特賣場)에서 하루오에게 줄 언더셔츠를 일 엔에 구매
했다. 그는 싱글벙글 거리면서 포장 끈을 길게 늘어뜨리고 밖으로 나
왔다.

공원도 평소와 달리 매우 많은 인파로 붐볐다. 우리는 돌계단을 올
라가서 큰길로 나갔다. 울창한 숲 속에서 나무는 오후의 옅은 빛을 받
고 나른한 듯 조용히 흔들리고 있었다. 하늘은 약간 어둡게 흐려 있고
바람은 이따금 높은 나무 우듬지에 빗소리 같은 반향을 일으키고 있
었다. 다만 갓 상경한 차림새의 여자와 남자들이 널찍한 큰 길을 줄지
어 걸어다닐 뿐이었다. 소년은 어느새 새로운 언더셔츠로 갈아입고는
너덜너덜한 겉옷을 겨드랑이에 낀 채 종종 휘파람을 불었다. 나는 뭐
라 말할 수 없을 만큼 그가 기특했다. 하지만 나는 좀처럼 그에게 말
을 걸 수 없었다. 갑자기 그가 내 소매를 당기면서 말했다.

"선생님 말할 거예요?"

"뭘 말이니."

그의 얼굴을 보니 언제나처럼 시의(猜疑)와 반항의 빛을 띠고 있었다. 나는 그가 담배에 대해 말하고 있음을 금방 알아차렸다.

"그걸 말할 리가 있어. 누구한테도 말하지 않아. 가엾은 어머니에게 가져다준 거잖니. 선생님은 네가 오늘 정말로 좋은 일을 했다고 생각하고 있단다. 어머니는 담배를 좋아하는 거니?"

"좋아하거나 그런 게 아니라고요." 그는 이상하게 풀이 죽어서 중얼거렸다. "엄마는 피가 나면… 늘 살담배를 상처에 붙였어요. 나도 그걸 잘 알고 있어요."

그랬었구나 하고 나는 저도 모르게 숨을 삼켰는데 놀란 기색을 왜인지 얼굴에 드러낼 수 없었다. 갑자기 내 눈앞이 뿌옇게 흐려지는 느낌이 들었다. ×××××××[29] 피를 흘리고, 그녀는 가엾게도 살담배를 침으로 개서 겹겹이 상처에 붙였던 것임이 틀림없다. 마치 그녀와 같은 고향 농민들이 그런 식으로 상처를 치료하려고 했듯이.

"그렇구나."

우리는 어느새 파출소 근처까지 왔다. 그 옆에는 단단해 보이는 체중계가 놓여 있었다. 나는 그것을 보고 화제를 돌리려고 뒤돌아보고 쓸쓸하게 웃어 보이면서 "재보지 않을래?" 하고 물었다. 그러자 그는 기뻐하며 뛰어올랐다. 체중계는 너무나 격렬한 힘을 한 번에 받았기 때문에 바늘이 야단법석을 떨기 시작했다. 하루오는 생각한 것보다 체중이 나가는 편이었다. 그때 하루오는 무언가에 놀란 것처럼 내 쪽으로 뛰어들며 손가락으로 가만히 길가를 가리켰다. 뭘까 싶어서 그

---

29) <문예수도> 판에 있던 부분이 <문예춘추>에 전재될 때 삭제된 부분이다. <문예춘추> 판을 보면 이 부분은 공백이다. <문예수도> 판을 보면 이 부분에는 "半兵衛に打たれて(한베에게 맞아서)"로 총 8자인 것을 알 수 있다. 따라서 본 번역에서는 8자를 복자 처리했다.

가 가리키는 방향을 돌아보자, 마침 자동차 한 대가 불쑥 내 쪽으로 차를 대는 것이었다.

"어랏." 하고 생각하고 있을 때 운전대에서 이 군이 새로운 모자챙에 한 손가락을 올리고 씩 웃으며 인사했다. 나도 기쁜 마음에 그에게 다가갔다.

"축하하네. 방금 병원에서 자네 어머니가 말씀하시더군. 그래 일이 잘된 모양인데."

하루오는 그다지 주눅이 들지 않고 내 옆으로 바싹 다가왔다. 이 군은 그 모습을 보고는 거북한 듯이 눈을 피했다.

"네 조금 전에 저도 병원에 다녀오는 길입니다." 그렇다면 그는 거기서도 하루오와 만났을 것이 분명했다. 그는 검고 아름다운 눈을 깜작거리면서 역시 기쁜 마음을 숨기지 않고 보기 드물게 들뜬 상태로 말했다. "저도 겨우 한 사람 몫을 하게 됐습니다. 이 차는 상당히 좋은 차랍니다. 삼십칠 년형이지만 비교적 새것인데다 엔진도 튼튼합니다."

그리고는 의젓하게 셀모터[30]를 밟았다. 내 눈에는 매우 흔한 포드형으로 그다지 좋아 보이지 않았지만,

"역시 좋은 차군." 하고 대꾸했다. "오늘은 하루오 군과 함께 놀러왔다네." 그리고 소년을 치켜세우듯이 계속했다. "조금 전에도 자네가 오는 것을 나는 눈치채지 못하고 있었는데 하루오 군이 일러줘서 알았지 뭐야."

"어떻습니까. 한번 타보시지 않겠습니까. 동물원에라도 가시는가 보죠." 그는 문을 열고 계속 권했다.

---

30) 축전지(蓄電池)로 움직이는 전동기.

우리 둘은 할 수 없이 내민 손을 잡고 차에 올랐다. 동물원 입구까지는 바로였다.

"어떻습니까. 승차감이 좋지 않습니까?" 그는 우리를 내려주면서 말했다. 오늘 이 순진한 청년은 신이 나서 어쩔 줄 모르는 것이리라. "다른 승객들도 모두 그렇게 말하더군요." "정말 그렇군. 새 차라서 기분이 좋아." 나는 솔직하게 말했다.

그러자 그는 만족해하며 핸들을 멋지게 꺾어 차를 돌리고는 아까처럼 한 손가락 세워 인사하고, 빵빵 기적을 울려 사람들을 흩어지게 하면서 돌고래처럼 달려갔다. 하루오는 가만히 선 채로 선망에 가득 찬 눈길로 자동차를 배웅했다. 이 얼마나 축복받은 하루인가 하고, 나는 생각했다.

"이 군은 훌륭한 운전사가 되었구나. 넌 나중에 커서 뭐가 될 생각이니?" 나는 하루오를 돌아보면서 즐거운 듯 물었다.

"난, 무용가가 될래요." 그는 갑자기 명랑한 목소리를 내질렀다.

"이야." 나는 놀라서 그를 바라봤다. 잠시 그의 몸에서 광채가 뿜어져 나오는 것 같은 느낌이 들었다. "무용가가 된다고." 얼핏 나는 그가 정말로 대단한 무용가가 될지도 모르겠다고 생각했다.

"그렇구나."

"네 춤추는 것이 좋아요. 그런데 밝은 곳에서는 못 해요. 무용은 어두컴컴한 곳에서 하는 것이라던데요. 선생님은 싫어해요?"

"응 그건 정말 근사할 거야. 참 넌 체격도 정말 좋구나." 나는 꿈꾸는 것처럼 말했다. "선생님도 춤추는 것을 정말 좋아한단다."

내 눈앞에는 어려운 환경에서 태어나 상처입고 비뚤어진 한 소년이 무대 위에서 다리를 뻗고 팔을 펴서 쏟아지는 빨강과 파란색의 다양한 빛을 쫓으면서 온 힘을 다해서 계속 춤을 추는 이미지가 아른거렸다. 내 전신에서 생생한 기쁨과 감격이 넘쳐오는 것을 느꼈다. 그 또한 만족한 듯 미소를 띠면서 나를 바라봤다.

"이래 보여도 선생님은 춤을 만들어 본 적이 있을 정도야. 선생님도 어두컴컴한 곳에서 춤추는 것을 좋아하거든. 그렇지. 앞으로 선생님과 함께 춤 연습을 하도록 하자. 더 잘 추게 되면 훌륭한 선생님이 있는 곳으로 데려가 줄게." 내가 괜히 지어낸 말을 늘어놓고 있는 것은 아니다. 나도 한때는 무용가가 되려는 생각에 창작무용을 시도해 본 기억조차 있단다.

"네." 그의 눈은 파란 별처럼 반짝거렸다.

나는 '옳지 가까운 시일 내에 협회 근처 아파트에라도 집을 옮기기로 하자. 거기서 우선 둘만의 시간을 갖는 거야' 하고 자신에게 말했다.

어느새 우리들은 한껏 들뜬 채로 노목 사이를 빠져나와 벤텐[弁天樣]31) 옆을 통과했다. 지난밤 폭풍의 흔적이 곳곳에 남아 꺾인 가지가 떨어질 듯 말 듯 걸려 있었고, 비에 씻긴 지면에는 곳곳에 누런 잎들이 떨어져 있었다. 한 무리 비둘기가 벤텐 지붕과 오중(五重)으로 된 탑(塔) 주위를 소란스럽게 날아다녔다. 등롱 옆으로 나오자 아래쪽 수풀 사이를 통해서 시노바즈 연못[不忍池]32)이 펼쳐졌다. 연못은 거울을 깔아놓은 듯 석양에 반사되어 때때로 번들번들 금빛으로 빛났다. 그 위로 대여섯 척의 보트가 떠 있었다.33) 연못에 걸쳐 있는 돌다리 난

---

31) 칠복신(七福神) 중 하나. 인도의 여신으로 음악, 변설에 능하다고 알려져 있다. 예능의 신으로 불린다. 일본에서는 재복을 가져다주는 신으로 추앙받아서, 벤자이텐[弁財天]으로 쓰이기도 한다. 우에노 공원 안에는 이 벤텐 신을 모시는 벤텐당[弁天堂]이 있으며, 그 위치는 시노바즈이케[不忍池] 안이다.
32) 우에노공원 남서 방향에 위치한 연못.

간에는 많은 사람이 기대어 수면을 바라보고 있었다. 웬일인지 옅은 안개가 자욱이 끼기 시작한 것 같았다. 이제 서서히 황혼이 다가오고 있는 것이리라. 그것이 천천히 연못을 타고 이쪽을 향해 점차 퍼져가고 있는 것처럼 느껴졌다. 그에 따라 우리 두 사람의 마음은 점차로 청징(清澄)하게 가라앉았다.

"동물원에 간다는 것이 여기까지 와버렸구나."

"그런데 난 보트에 타고 싶어요." 그는 수줍어하면서 말했다.

"그렇지 그럼 내려가자꾸나."

거기서부터 긴 계단이 이어져 있었다. 나와 하루오는 그것을 하나하나 밟고 내려갔다. 그는 나보다 한 계단 더 내려가서 마치 노인이라도 모시고 가는 것처럼 조심스레 내 손을 잡고 내려갔다. 하지만 그는 중간 정도 내려가서 갑자기 멈추고는 내 몸에 착 밀착해서 나를 올려다보며 어리광을 부리듯이 말했다.

"선생님, 난 선생님 이름을 알고 있어요."

"정말?" 나는 멋쩍음을 감추려고 웃었다. "말해보렴."

"남(南) 선생님이죠?" 그렇게 말하자마자 하루오는 자신의 겨드랑이에 끼고 있던 겉옷을 내 손에 던지고 즐거워하며 돌계단을 혼자서 뛰어 내려가는 것이었다.

나도 "후유." 하고 구제받은 듯한 가벼운 발걸음으로 쓰러지기라도 할 것처럼 발소리를 내며 하루오의 뒤를 쫓아 내려갔다.

---

33) 보트장은 벤텐당 너머에 있다.

낙조(落照)*

제1부 윤씨네 사람들

윤(尹) 대감이 장안 행길가에서 무참한 횡사를 했다는 급보가 서울로부터 북으로 오십 리 평안관찰부에 이르기는 기울어져 가는 국운을 도(賭)하야 한창 정국의 서슬이 사납던 시절, 즉 1910년 초가을 어떤 날 밤이었다. 급보를 접한 지 다음날 이른 새벽 삼사의 사정(使丁)에 메운 한 틀의 승교(乘轎)가 서울로 나가는 평양성 대동문 앞에 창황히 내달았다. 그 뒤로는 어떤 젊은 여자가 머리를 흐터친 채 허덕이며 따라온다. 늙은 성문지기는 교군(轎軍, 교군꾼―이하 괄호 안 설명 편자 주)들 앞에 나서며 아닌 새벽에 웬 사람이냐고 어성을 높이었다. 그러자 교(轎, 가마)의 뒤에 호위하고 섰던 장대한 사내가 덤쑥 나서며 문지기에 속자춘 목소리로 무어라 주절거린다. 어차피 성문지기는 그 자리에

---

* 『조광』, 1940. 2~1941. 1. 이 작품 제 1부 1, 2, 3, 4, 5, 6, 7, 8, 9, 10, 11, 12(終回)회를 저본(底本)으로 해서 작업했다. 『조광』에 연재될 때 삽화는 정현웅(鄭玄雄)이 담당했다. 본 작품은 필요한 부분은 현대어로 바꿨지만 대화문 부분은 되도록 원문을 유지했다. 그 외 평양 방언 등은 원문 그대로이다.

엎디어 놀란 소리로

"××님께서……"

"쉬─"

어둠침침한 무서운 성문이 열리기를 기다리는 동안 뒤에 따라오던 젊은 여자의 그림자는 마침내 내달았다. 여자는 교(轎)에 넌지시 매어 달리어 숨이 턱에 오른 소리로 무엇인가 애련하게 부르짖는다. 겨우 열여덟밖에 안 되어 보이는 애티 있는 소리는 새벽의 고요한 공기를 흔들며 단말마처럼 떨리었다. 그러나 캄캄한 승교 속은 죽은 듯이 아무런 반향도 없었다.

끼─익 육중한 소리를 내이며 성문이 열리었다. 강가의 희멀그레한 안개가 퍼져 들어와 그 무럭무럭 농담(濃淡)을 짓는 광망(光芒)이 컴컴한 속에 서성씨고 있는 그들을 묵화(墨畵)처럼 그려낸다. 승교는 다시 사정들의 어깨 사이에 흔들리기 시작했다. 젊은 여자는 놀래어 비명을 지르며 늘어지었으나 사정없이 내닫는 교는 그를 밀쳐 버리며 쏜살같이 성문을 뚫고 나간다. 고즈넉이 초가을의 밤은 밝아 오며 동쪽 하늘은 차츰 불그레 동이 터올랐다. 웅장한 삼층 망루는 새벽안개를 휘저으며 나타나고 안개는 그 시커먼 위용에 무섬을 타 흐밀흐밀 물러간다. 성안 만호도 또한 하나의 새로운 역사의 바퀴를 돌린 이날의 밤으로부터 깨어난다. 성벽의 밖을 용용히 흐르는 대동강에 삿대를 지르는 소리만 철수락철수락 한가히 들려 올 뿐.

이윽하여 관위문(官衛門) 앞의 인경이 은은히 울리어 들려온다. 평양성 육문은 모두 성문을 일제히 열어젖힌다. 대동문으로 배추, 무, 콩, 파 들을 성안에 지고 들어오느라고 떠들썩하던 강 건너 사람들은 성문을 들어서자 펄쩍 놀래어 그만 그 자리에 늘어붙었다. 성문 옆 돌작

지에 차림차림 보통이 아닌 어떤 어여쁜 여자 하나가 정신이 혼미하
여 쓰러져 있는 것이다. 그것은 아주 숨이 꺼진 듯이 우무적대지도 않
았다. 그들은 이상한 듯이 마주 한 번씩 쳐다보고 고개를 끄덕이었으
나 그러나 아무도 어쩐 영문인지는 알 바가 없었다.

"무슨 시악씨관데 하필 이 새벽에."

얼금뱅이 영감이 아주 문자를 써보려고 어기뚱하니 한마디 띄워
놓자

"괜―히들 섰지 말고 빨리 가기나 합세."

하고 좀처럼 지혜 있는 중늙은이가 서둘러댄다.

"멀쩡하니 보고 있다가 또 본부에 끌려가지 원, 옷 입음새를 보면
알지 저 시악씨가 무언 줄 알어?"

"뭐야?"

모두들 겁을 집어먹고 서둘러 돌아섰다.

"관기(官妓)이지 관기."

중늙은이는 입을 쩍 벌리고 이렇게 부르짖더니 그만 앞서 줄달음을
쳐간다.

그들은 모두들 목을 길게 뽑고 무엇이라 수군수군 댔으나 역시 분
명히 관기이라면 가까이 섰다는 공연한 봉변을 당할는지도 모르겠다
고 겁이 시퍼렇게 나서 뒤따라 도망을 치는 것이다.

1

구름이 뭉게뭉게 피어오르는 날. 동산(東山) 풀언덕에는 겨우 예닐곱

이나 되었을까 말까 한 얼굴이 흰 어슴푸레한 소년 하나가 혼자서 언제까지나 심드렁하게 앉아 있었다. 그의 발밑에는 수십 장의 절벽이 단애를 이루고 그 아래에는 검푸른 대동강이 지질펀하니 가로 놓여서 언제나 꿈을 꾸듯이 흘러내린다. 소년은 한참 동안 멀거니 강가를 바라보고 있다. 강 건너 백사장에는 아지랑이가 어리우고 백은탄(白銀灘)의 물결은 잉어가 노니는 듯 대동강이면 능라도 우거진 수양버들이 그림자를 잠근 언덕 밑을 성같이 솔단을 쌓아 채인 수상선이 흐느적흐느적 저어 내려온다. 어떤 때에는 들리는 듯 마는 듯 노랫소리도 날아오고—이리하여 외로운 그에게는 이 산수경치가 다시없는 그의 귀한 동무가 되었었다.

조그마한 물새가 쫑쫑 지저귀며 그의 옆과 바위 틈 사이를 날아다니는데 어디선가 두루미가 한 마리 내려와 소나무 가지에 우뚝 올라앉으니 목을 길게 뽑고 주위를 뚜룩뚜룩 살피기 시작했다. 그제는 소년은 고개를 돌리고 이것을 물끄러미 보고 앉았다가 주춤 일어서더니

"훠—이."

하고 손을 들어 쫓는 시늉을 해본다. 그러나 두루미는 목을 기우뚱할 따름, 까딱도 움직이지를 않는다.

"훠—이."

또 한 번 손을 들었으나 두루미는 이번은 목을 반대쪽으로 기우뚱할 뿐, 그러므로 소년은 지적지적 두서너 걸음 다가서면서

"훠—이."

하고 크게 소리를 질러 보았다.

그제야 두루미는 조금 쥐치를 펴며 날아날 듯한 자세를 보인다. 소년은 아주 신이나 손을 자락자락 치려는데

"도련님, 도련님."

하고 어디선가 부르는 소리가 들리었다. 그때에 비로소 소년의 얼굴에는 생기가 오르고 어깨는 들먹하며 입가장에는 미소를 띄운다. 밥하는 우스꽝스런 노파가 머그작씨며 찾으러 올라오는 것이다. 갑갑하던 소년은 캐득캐득 웃으며 놀음치고 싶은 충동에 달음질을 쳐 무너진 성 돌밑에 숨어 버리었다. 두루미는 놀래어 후두닥 커다란 쥐치를 펴고 날아난다. 소년은 손으로 입을 막고 웃음을 억제하면서 노파가 엉금엉금 기어 올라오는 것을 엿보고 있다. 노파는 이미 그가 어디 숨은지를 알아채고서 우진 허리를 굽히고 기웃기웃 사면을 둘러본다.

"우리 도련님 어디를 숨었을까? 큰일났네 여기 있나…… 그럼 저기나……"

옆에 있는 저를 찾지 못하는 노파의 짓이 아주 우스워서 소년은 그만 참지 못하고 캑캑거린다. 그러면 노파는 아주 눈이 뚱그래지며

"옳지 우리 도련님이!" 하면서 달려든다. 소년은 더욱 의기가 올라 캐들캐들하며 또다시 줄달음을 치었다. 소나무 새를 뚫고 풀밭을 달리고 위태한 바위 틈 속까지 숨어든다. 그적에는 노파는 진정 겁이 버럭 나서 허겁지겁 달려와서는 멀찌감치 서서 손을 휘저으며 숨이 턱에 닿은 소리로 "아이구 도련님 큰일날라구 거기 가만 계서요. 가만 계서요."

하고 슬금슬금 다가서자 소년을 버쩍 붙든다. 노파는 땀벼락을 쓰고 그제야 숨을 휘― 내어 돌린다. 소년도 그제는 제가 아주 아슬아슬 무서운 곳까지 온 줄을 알고 노파에게 엉겁결에 안긴다.

"원 도련님두 이 할밀 죽일라고…… 어머님이 찾으신답니다."

이리하여 저녁때가 되면 소년은 노파의 등에 업혀 동산을 내려오게

된다. 거기는 기생골이라 하여 밤낮으로 장고와 가야금 소리가 떠날 줄을 몰랐다. 그의 어머니 산월(山月)이는 아직 스물셋으로 그 당시에는 평양성 내에서도 드러난 명기였다. 곱게 머리를 빗고 단장을 하고서 마루에 오둑히 앉아 기다리다 아들 수일(秀一)이가 들어오면 팔을 벌리고 맞아들여 무릎 위에 앉히고 뺨도 비비대고 꼭 껴안고 바드득 떨기도 했다. 그러면서 그날의 놀던 이야기며 본 이야기를 고시랑고시랑 물어 보기도 한다. 그러나 소년은 행용 손가락을 입에 문 채로 늘 아무런 대답도 않고 고개를 숙이고 있기 때문에 이 모자는 언제까지나 말없이 가만히 앉아 있기가 예상사였다. 그럴 때 노파가 우람스럽게 수선을 떨며 소년이 놀던 이야기를 자랑삼아 펴놓으려 하면 산월이는 다만 둘의 행복된 시간을 남에게 앗기우고 싶지를 않아 "노친네는 가만있어요!"

하며 쏘아붙였다. 그리고는 꺼지게 한숨을 짓는다.

수일은 물론 기생이 어떤 것인지를 몰랐다. 그에게는 어머니가 전부였으며 그리고 어머니와 같은 여자의 세계는 이 동리에서는 모두가 기생이었기 때문이다. 기생 중에서도 제 어머니가 남보다도 유달리 아름답다는 것이 그에게는 은근한 자랑이었을 따름이다.

그것이 언제였던가. 그때에도 해가 중천에 오르도록 어머니가 자리에서 일어나지를 않아 혼자 시무룩 일어 나와 동산에 올라앉아 있노라니 양복을 입은 어떤 젊은 사내가 물끄러미 가까이 오더니

"너 산월이 애로구나"

고 물은 것이다.

소년은 의아스럽게 한참을 번번이 쳐다보다가 그렇다고 가만히 고개를 끄덕이었다. 그러자 사내는 넌지시 웃음을 띠고 다가와 앉으며

"너희 집에 누구 손님이 와 있니?"

하므로 소년은 저도 모르는 사이에 반사적으로 일어서며 고개를 좌우로 설레설레 흔들었다. 그러나 그때에 왜 그런지 설어지어 울먹울먹하는 저를 붙들고 사내가 가까스로 달래이기 때문에 아마 기생인 어머니가 퍽 훌륭한 사람이려니 하고 그는 생각하였던 것이다. 그날 소년은 노파에 업히어 집에 돌아오자 시르뭉등히 앉아 기다리고 있는 어머니에게 전에 없이 눈을 푹 내리뜨고 물었다.

"멀하댄?"

"수일아 내가 하긴 무얼하겠니."

어머니는 힘없이 미소를 띠었다. 생긋 웃을 때에는 박속 같은 고운 이가 가즈런히 드러난다.

"너를 기다리고 있었지."

"누구 손님 오지 아난?"

수일이는 이상한 듯이 되짚어 물었다. 그때에 어머니의 얼굴을 새파랗게 찔리고 반달 같은 눈썹은 파들파들 떨리었다.

"아이고 뉘가 그런 소리를……"

"난 머 다 아는데……"

하고 수일은 입을 비쭉비쭉 울상이 되어 중얼거리었다.

산월이는 도톰한 입술을 깨물며 창연히 입가장에 미소를 띠었다. 까만 눈에서 구슬 같은 눈물이 방울방울 떨어졌다. 소년은 그제야 제가 물어 본 말이 의외로 어머니를 슬프게 만든 줄을 알고 그다음부터는 결코결코 그런 말은 하지 않기로 결심했다. 그렇기에 수일은 더욱더욱 말이 적은 으슴푸레한 소년이 되고 말았다.

밤이 되면 언제나 인력거나 뿡뿡거리며 어머니를 데리러 온다. 그러므로 수일이는 밤에도 혼자서 외로이 잘 수밖에 없었다. 노파는 해만 지면 제 방에 활개를 펴고 넘어져 집채가 떠나가게 코를 드렁드렁 골아댄다. 소년은 밤중에 눈이 뜨이면 한없이 적적하고 무서웠다. 음으적움으적 이불 속으로 파고 들어가 숨을 죽이고 이불 사이로 살근히 방 안을 내어다본다. 뎅그렁하니 빈 방 안에 촉대에 꽂은 밀촛불만이 흐물흐물 거리고 자갈 박은 철롱은 한구석에 우쭐하니 서서 유란하게 얼른댄다. 경대는 윗목에서 번쩍거리며 촛불은 그 속에서 너울너울 춤을 춘다. 역시 경면에 그림파를 비치고 있는 분수기니 기름병이니 여러 가지 화장구는 금시로 마개를 터치고 옛말처럼 펄펄 타오를 것 같기도 하다. 수일이는 소스라쳐 놀라며 온몸에 땀을 쭉 끼치고 두 손을 모아 합장을 하고서 어머니가 빨리 돌아오기만 바랐었다. 그러는 사이에 다시 푸시시 잠이 들어 버리는 것이었다.

어머니는 오밤중 한시나 두시가 넘어서야 집에 돌아왔다. 방 안에 들어오면 힘없이 경대 앞에 풀쩍 주저앉아서 하염없이 제 발그레한 얼굴을 들여다본다. 소년은 제 어머니가 돌아온 줄을 알고서도 이불 밑은 들고 몰래 내다볼 뿐, 숨소리도 크게 쉬지를 못했다. 그러나 그는 지금도 제 어머니의 이와 같은 애꿎고도 아리따운 영상을 어찌하질 못한다. 잠자리 속에 숨어서 얼마나 늘 제 어머니의 이러한 염자를 황홀히 보아온 것일까. 정기 없는 진주 같은 눈에는 아직 어린 애티가 어리우고 약간 파리한 볼에도 숨길 수 없는 애처로움이 잠겨 있었다.

산월이는 한참 동안을 정신없이 앉았다가 눈을 스르르 감더니 한숨을 크게 한번 쉬고 일어섰다. 몸에 걸친 비단옷이 살랑살랑 꽃잎처럼 이곳저곳에 흩어진다. 그러면 수일이는 피가 술렁술렁 수물거리는 것 같다. 하―안 도담한 어깨가 나린나린한 곡선을 펴면서 나타난다. 어디서 한 마리의 학이 춤을 추러 왔는가. 스르르 불이 꺼지니 비취비녀만이 유난하게 캄캄한 방 안을 반딧불처럼 헤엄친다. 수일이는 눈을 꼭 들이 감고 숨소리를 잦추고서 더욱더욱 이불 속으로 깊이 기어 들어갔다. 그러자 어느덧 푸근한 가금도리에서 후끈후끈 향기가 내어 풍기는 어머니의 두 팔이 그의 조그마한 윗도리를 살며시 끼어 들이었다.

"오―우리 수일이 혼자 두었댔구만 오―"

수일이는 왜 그런지 숨이 가빠 아무 말소리도 나오지를 않았다. 그러면 어머니는 더욱더 그를 굳세게 끌어안으며 포동포동한 손으로 잔등을 잘악잘악 뚜드린다.

"내가 몹쓸 년이지 몹쓸 년이야……"

그리고는 바르르 떨었다.

2

산월이는 본시로 연약한 성질로 태어나 더욱이 수일의 어머니는 아직 연세도 어리어 보기에도 애연했다. 등에 걸머진 숙명이 그를 깊은 절망의 심연에 떨어뜨린 것이다. 그러나 그는 그곳에서 빠져 나오려 바둥바둥 애를 쓴다든가, 아우성을 친다든가 그러지는 못하고 어디까지든지 운명에는 복종을 한다는, 또 그래야만 되는 줄로 알고 있는 여자였다.

그렇다고 산월이는 결코 행복된 몸이 아니었다. 그러니 혼자 마음이 클클하여 어찌할 바를 모르고 극매일 적도 많았다. 아들 수일이가 있는 앞에서도 큰소리를 지르며 으흥으흥 울기도 한다. 그런 때 소년은 무슨 영문인지는 모르나 무섭다 할까 외로웁다 할까 한구석에 움쳐 서서 불불 떨며 어떻게 하면 슬픈 어머니를 마음 평안케 할 수 있으랴, 좁은 가슴을 아프게 하는 것이다.

때로는 산월이는 애타는 마음을 가누지 못하고 요정에서 손이 권하는 대로 술을 받아 엄부렁 취하여 밤이 늦어서 돌아오는 적도 있었다. 그때는 반드시 수일이를 흔들어 일쿠어 댄다. 자기의 슬픈 심사를 건잡을 길이 없기 때문이었다. 수일이는 술냄새가 풍기므로 봉실한 코끝을 찌긋찌긋하며 일어난다. 그러면 어머니는 막 눈물이 쏟아질 만치 몸을 비틀며 간드러지게 웃어댄다.

"난 또 술을 먹구 왔구나. 술을 먹구 와서 그래 우리 수일이 노염 났나 부구나?"

수일이는 졸음에 취한 눈을 어렴풋이 뜨고서 어머니를 한 번 쳐다보고 머리를 설레설레 저었다. 어머니는 만족한 듯 생긋이 웃어 보인다.

"그래도 나는 또 너랑 오늘두 마주 앉아 소리라도 하고 싶었단다. 수일아, 내 마음을 알겠니?"

"응."

수일이는 눈을 비비적거리며 고개를 끄덕이었다.

"그럼 내 한마디 불을나."

산월이는 가야금을 들어 무릎 앞에 놓고 섬섬옥수로 십이 현 줄줄을 넘나들기 시작한다. 구슬픈 음률은 끊어질 듯 미어질 듯 울리며 구르며 서로 합치면서 고요한 야경은 공기를 흔드니 산월의 처량한 목소리는 육자배기의 한머리를 잡는다.

　　　　무풍에 홍도화는 세우동풍에 눈물을 머금고 동정호 비치운 월색 그믐
　　이 되면 무광이라 내 심중 깊고깊고 회포를 뉘가 알리

　　산월의 목소리는 방울이 울리는 듯 옥을 매치는 듯 명주를 찢는
듯 오르고 내리고 가냘픈 분결같은 손길을 가락가락 줄을 타고 노닌
다. 소년은 이런 적도 여러 번 지낸지라 고개를 폭 숙이고 어머니의
흔들리는 손가락만 바라보며 어떻게든 어머니를 기쁘게 하리라고 생
각한다.

"수일아 받어야지."

　　소년은 이내 목소리를 가다듬고 젖먹쇠 소리를 뽑아 하룻밤이 깊도
록 어머니를 그리던 외로운 심정을 하소하련다.

　　　　화향숲의 춘풍절과 낙엽오동 추야월에 소소한 바람 소래 첩첩무궁한
　　이 내 마음 부질없는 흥을 자아내니 잠 한잠을 이룰 기망이 전혀 없네

　　그러면 산월이는 말할 수 없이 서글퍼져 산란한 심사 걷잡지를 못
하는데 수일이는 다시 이어

　　　　벽사창이 열리거날 님이 온가 나서 보니 님은 정녕 아니 오고 하늘에
　　서 봉황이 나려와 춤만 춘다

　　산월이는 그만 더 줄을 긋지를 못하고 가야금 위에 가는 허리를 박
고 흐득흐득 느껴 울었다. 수일이는 한참 동안 어머니의 흐득이는 어
깨를 바라본다. 어린 마음에도 어쩐지 안 된가 싶어 일어나 어머니 옆
으로 다가갔다.

"오마니 왜 울어."

그제는 어머니는 몸을 쳐들어 두 팔을 벌리어 수일이를 안아 들이고 칠보잠의 금나비같이 몸을 떤다. 뺨으로는 눈물이 비오듯이 흐르고 있었다.

"내가 울기는 왜 울겠니. 네가 소리를 너무두 잘하니 슬퍼지는구나. 오─우리 수일이는 내 아들이야. 산월의 아들, 산월의 아들 목소리까지 날 닮았구나!"

소년은 어머니의 하는 말을 들으니 노래로 어머니를 진작 만족시킨 것 같아 마음이 흐뭇했다. 그리고 이렇게 모자가 둘이서 껴안고 우는 것도 싫지가 않아 어머니의 목에 으레 손을 감으며 엉엉 울어댄다. 그럴 때면 옆방에서 코를 골며 자던 노파는 어느 바람에 벌써 문 앞에 나와 서서 쿨적쿨적거리며 따라 운다.

"왜 그렇게 우신 담메까. 미사니 도련님을 봐서라두 참으셔야지요."

그러면서 제 딴은 더 소리를 높이어 와앙 왕 울음보를 터친다. 산월이는 겨우 정신을 수습하고 울음을 그치려고 숨을 흑흑 들이키며

"내가 참 요즘 정신이 나갔나 보구나. 울지 않을나. 울지 않어, 응 수일아, 너도 이만 그쳐라, 우리 수일이 용은 아이지……"

그러나 수일이가 여태까지 살아오는 동안에 가장 행복되기는 역시 이 시절이 아니가 한다. 만약에 자기네 모자가 일평생 이곳을 떠나지 않고 살 수가 있었다면 그래도 그들은 얼마나 행복이었을까. 어머니는 언제까지나 예쁘고 공손하며 동산은 언제나 그를 반기는 훌륭한 놀이터이지 않은가. 그러나 그는 일곱 살 되는 해 가을에 어머니와 같이 평양을 떠나지 않을 수 없게 된 것이다.

어떤 날 밤 수일이는 무엇인가 아우성을 치는 소리에 놀라 소스라

쳐 깨었다. 자는 동안 저는 잠자리채 노파의 방에 옮아 와 누워 있었다. 밤손이 있을 때 이런 적이 한두 번 없지는 않았으나 그런 때마다 노파는 늘 우물쭈물 무어라고 옮겨다 누인 변해의 말을 늘어놓았는데 이때는 어쩐 일인지 노파의 얼굴을 뻣뻣 굳어진 채 푸들푸들 떨리고 있었다. 그러자 건넌방으로부터 연달아 어머니의 악받친 비명이 울려 왔다. 그리고 가장 집물(什物)이 깨어지는 소리가 뎅그렁 철그렁 요란하게 들려온다.

"도련님"

하며 노파는 새하얘진 수일의 얼굴을 울음 어린 상으로 내려다본다.

"서울 대감 아바지가 오셨담메다. 서울 대감이 내려오셨대요."

"아바지?"

단마디 수일이는 놀라 부르짖었다. '아버지'라는 말이 닿다가 그의 온 몸뚱이를 잡아 흔든 것이다. 공포라고 할까, 모멸이라 할까. 일종 무어라 말할 수 없는 혼란을 그에게 일으키게 하고야 말았다. '아버지' 이것은 그의 모자 사이에는 어떤 무서운 폭탄과도 같이 생각되어 왔었다. 하나가 이것을 들면 또 하나는 영락없이 위험에 빠진다는 것처럼. 그러므로 그의 둘이는 지금까지 '아바지'라는 말을 무섭게 알고 꺼리어 서로 약속이나 한 듯이 입 밖에 내지를 않도록 힘썼다. 언제인가 한번 수일이가 무슨 말 끝에 '아버지'라는 말을 물었을 때 산월이는 파르르 떨면서,

"아바지? 수일인 내 아들이야. 내 아들이야. 어머니가 혼자서 났단다."

하며 너무도 펄펄 야단을 떨어 좀처럼 수상은 하였으나 그 뒤부터 다시는 '아바지'라는 말을 꺼내 본 적이 없었다. 이것은 또 어떻게 된

일일까. 혹시 어머니의 숙명적인 온갖 괴로움과 슬픔이 오랫동안 지내는 사이에서 소년 자신의 괴로움과 슬픔으로 이어진 것이었을까.

"그랍니다. 아바지람메다."

그러면서 노파는 슬픔에 가득한 얼굴을 끄덕이었다.

"와 그런지 쌈을 하심메다래……"

이를테면 그의 아버지인즉 지금으로부터 칠 년 전 초가을 어떤 날 새벽, 아직 밤이 트기도 전에 평양성을 탈출하여 일로 서울을 향한 원 평양×× 윤성효(尹成孝)였다. 산월이는 그 당시 겨우 열여섯 살의 어여쁜 동기(童妓)로 하루 저녁 성내의 만기(萬妓)와 더불어 신관의 연락(宴樂)에 나아갔다가 성효의 눈에 뜨인바 되어 관방에 매여 얼마 동안을 눈물로 지내는 동안 그만 회임한 몸이 되었다. 그 사이에 서울 정국에는 전광석화와 같이 천변만화의 정변이 일어났다. 성효의 선고 윤 대감이 합병을 위하여 큰 훈공을 세우고 남작(男爵)의 영위까지 받게 된 것도 이때이다. 그러나 소란한 흉변통에 대로상에서 친청파 누구인가의 칼을 맞고 무참한 죽음을 보자 이 흉보를 접한 성효는 황망히 교를 달리어 서울로 올라가려 했다. 그때에 대동강 안까지 연약한 여자의 몸으로 허겁지겁 달려와 매달려 새벽의 정적을 흔들며 비통한 애원을 하던 젊은 관기, 이것이 바로 산월이었던 것이다.

그 후에 산월이는 겨우 열일곱의 몸으로 수일이를 낳고는 다시 할 수 없이 기계(妓界)에 묻히어 버렸다. 그리고 관방에서 부리던 지금의 노파를 데리고 인제는 수일이가 별고 없이 자라기만을 낙으로 삼고 지내었다. 서울로 올라가 새로이 남작을 이은 성효는 그 후에 다시는 그들 모자 앞에 얼씬한 적도 없고 아주 씻은 듯이 돌보지를 않았다. 오히려 산월이는 이것을 기뻐했다. 사랑하는 수일이가 누구보다도 제 혼자의 아들이라는 행복감에 젖기도 하려니와 그는 다시없이 윤성효를 무서워하였으며 또 싫어하였던 때문이다. 그리고 남작은 재임시의 갖은 악정으로 이 지방사람으로부터도 아주 저주를 받는 존재였으며 산월이도 남 못지않게 그를 증오하였었다.

그러나 이날 밤 어떤 요정의 한 방에 불려 들어가 고개를 푹 숙이고 인사를 마친 뒤 얼굴을 쳐들었을 때 앞에는 틀림없이 윤성효가 껄껄 웃으며 앉아 있지를 않은가.

산월이는 몸서리를 치고 움츠러들었다.

"어린애가 길러난다는 말을 듣고 왔네."

성효는 역시 예전과 다름이 없는 육중하고 천연스런 목소리로 억누르는 듯이 입을 열었다. 언제나 그 목소리를 들으면 호랑이 앞에 쥐 모양이 되는 산월이었다. 가슴이 울컹 내려앉는다. 수일이가 자라남을 어떻게 알고 있으며 또 무슨 생각이 들어 별안간 찾아온 것일까. 사실 그는 정실과 사이의 외아들이 동경에서 객사를 하자 앙앙불락(不樂)이다가 평양에 흘리고 온 씨를 찾으러 마침내 내려온 것이었다. 남작은 주춤 몸을 펴더니 팔을 들어

"이리 와"

호령했다. 산월이는 등줄이 쭈뼛하고 이마가 화끈하여 버쩍 얼굴을 쳐들었다. 칠 년이 지나서도 조금도 다름이 없는 핑핑한 얼굴, 우무먹한 눈, 두두럭한 입 가장자리, 허연 콧수염, 그의 눈에서는 불이 인다. 터지려는 눈물, 슬픈 원한, 이것을 참느라고 닫아 물고 있는 입술은 바들바들 떨리었다.

이튿날 아침 수일이는 자리에서 일어나자 그냥 동산으로 따라 올라왔다. 이슬 앉은 풀포기에 아침 햇빛이 끼치고 소나무 가지에서는 여

전히 이름 모를 새들이 뽀롱뽀롱 날고 있었다. 그러나 수일이는 웬일인지 슬프고 슬퍼서 견딜 수가 없었다. 그는 풀밭을 소나무 사이를 성밑을 누구에게 쫓기기나 하는 듯이 숨이 턱에 닿아서 한없이 한없이 달아났다. 내종에는 기가 진하여 쓰러져 누워 소리를 내어 엉엉 울다가 그만 풀깃 그곳에서 잠이 들어 버렸다. 그리하여 허둥지둥 찾아다니던 노파에게 붙들리어 발버둥을 치면서 다시 집으로 돌아오기는 낮이 기울어서였다.

돌아오니 어머니는 방 안에서 이불을 쓰고 누워 있는데 마루 위에 몸뚱이가 커다랗고 어깨가 욱여는 사람이 쭈그리고 앉아서 담배를 풀신풀신 피우며 유심히 바라본다. 수일이는 어쩐지 가슴이 울렁거리고 무서워 노파의 치마 뒤에 숨어 떨어지지를 않으려는데 노기(老妓)는 가까스로 끌고 가면서

"도련님이 아바지께 인사하갔담메다."

하고 서둔다. 수일이는 한사코 안가겠다고 치마 뒤에 매어달려 발을 벙둥벙둥 굴리었다. 남작은 푸짐한 기쁨에 마음이 흐뭇하여 새 아들을 바라보며 수염을 쭝깃쭝깃 하는 것이다.

그러나 억지 토방가에까지 끌려왔을 때 수일이는 머리를 숙인 채 눈을 내리뜨고 숨소리를 죽였다. 그리고 한번 서먹서먹 쳐다보려다 아버지와 눈이 마주치었을 때 그만 그 자리에서 으아— 하고 소리를 내어 울었다. 아버지는 적이 객쩍은 듯이 수일이를 번히 들여다보더니 허허득 하고 그만 웃어 버렸다.

"이놈, 아버지를 모르고."

그러자 소년은 더욱더욱 그칠 줄을 모르고 노파의 몸에 달라붙으며 울음소리를 높이었다. 이리하여 수일이는 아버지가 생겼다.

　그 뒤에도 사흘 동안을 밤낮없이 어머니의 방에서는 아버지와 다투는 싸움 소리가 그치지를 않았다. 그러나 어머니의 강경히 대들던 목소리는 차츰차츰 애원하는 듯한 구슬픈 소리로 변하여지고 드디어는 수일의 모자는 아버지를 따라 서울로 올라가게 되었다. 산월이도 인제는 모든 것을 단념하고 수일의 일신이 펴이도록 윤씨네로 입적을 시키도록 결심한 것이다.

　그들이 평양을 떠나던 날은 하늘은 맑고 바람은 쌀쌀하여 동산에 가랑잎은 절벽 아래로 날고 대동강에는 찬 물결이 금실금실 일고 있었다. 그날도 전과 다름이 없이 능라도의 수양버들은 흐느적거리고 강가를 조그마한 때생이들이 오락가락 노니는데 강 건너 모래밭에서는 유목 떼가 언덕에 걸리어 그것을 끌어내이노라 뗏목꾼들이 네다섯 노래를 부르면서 밧줄을 끌고 있었다. 수일이는 이 같은 좋은 경치도 오늘밖에는 다시 영 볼 수 없는가 하면 슬프고도 서러워 견딜 수가 없었다.

　어머니는 대리석의 조상처럼 차갑게 굳어진 채로 한마디도 입을 열지를 않았다. 운명의 줄이 당기는 대로 몸을 맡길 수밖에 없는 그이다. 옆집에 사는 월선(月仙)이니 복화(福花)니 홍도(紅桃)니 계향(桂香)이니 모든 동무 기생들이며 또 그 온 가족들이 수일의 모자와의 이별을 슬퍼하며 강언덕 길가까지 전송으로 따라 나왔다. 그들이 울기도 하고 수건을 흔들기도 하면서 무어라고 애끓게 부르짖는 것을 보면 수일이는 인제는 진작 먼 곳으로 떠나고 마는구나 하는 슬픔이 치밀어 펄쩍 어머니의 몸뚱이에 매어 달리며 발버둥을 치면서

　"오마니 싫어 싫어!"
하고 매를 썼다.

어머니는 듣다가 바락 성을 내어 치마귀를 뿌리치면 부르짖었다.

"왜 이래."

얼굴은 종잇장같이 새하얗고 신경줄은 패들패들 떨리고 있었다.

노파는 얼른 수일이를 제껴 업고 몸뚱이를 저으면서 달아나기 시작했다. 수일이는 노파의 등을 두들기며 곤두박질을 하면서 울어댄다. 노파는 그제는 달리지를 못하고 그 자리에 업디치더니 저도 그만 목을 놓아 채여 울었다.

"아이고 도련님은 왜 우십네까. 본댁으루 올라가시는데 이 할미만 따러가지를 못합네다그려. 도련님을 떠나서 어떻게 내가 살겠소."

원체 울기를 잘하는 노파는 오늘이야 하고 목을 놓고 서로웁게 멋이지게 우는지라 수일이는 그만 시무룩하여 다시는 더 울지를 못했다. 따라가는 사람들도 모두 고름 끝으로 눈물을 훔치었다.

그때에 자동차가 한 대 달려오더니 삐그덕하니 옆에 와서 머문다. 그 안에는 아무도 탄 사람은 없으나 운전수가 내려오더니 공손히 절을 하며

"대감님 말씀을 듣고 모시러 왔습니다. 시간이 얼마 남지를 않았습니다."

하였다.

3

수일이는 처음으로 기차를 타고 어머니와 같이 서울로 올라왔다. 서울 본집은 ×동 속 아늑한 곳에 궁전처럼 유란하게 누워 있었다. 행

랑을 좌우에 거느린 큰문을 들어서면 바깥에 사랑과 안사랑 두 채가 국화단을 앞에 두고 한 쌍의 학이 마치 날아날 듯이 앉았고 돌담으로 내정(內庭, 안뜰)과는 사이를 지었는데 큰문 가까이 중대문이 있어 그리로 들어가면 넓은 정원이다. 역시 선조 적에 왕궁으로부터 하사되었다고 전하니만치 정원에는 연못이 있으며 그 주위에는 살구, 배, 오동, 은행, 이런 것들이 우거져 있다. 이 못가의 나무 사이를 깊이 들어간 곳에 안채가 기역자로 웅크리고 있었다. 그 앞뒤에 버들 아카시아들이 퍼져야 잎 떨어진 가지가지가 흔들리고 햇빛은 얼룩이 지면서 방방을 비치는 것이다. 온 집안은 아주 쥐죽은 듯 고요했다.

수일의 모자는 본집에 닿은 날 안채 대청마루에서 이 집 두 안주인과 그 외 식솔과 첫인사를 바꾸게 되었다. 평양 새집을 맞이한 김천(金泉)집은 나이 오십이라는데 물색치마를 끌고 집오리처럼 헤매면서 하인이며 여종들의 분부에 수선을 떤다. 첫눈에도 제가 웃어른이라고 앞서 가며 서둘기를 좋아하는 눈치가 엿보였다. 김천집은 성효가 김천골에 내려왔을 때에 눈을 건너 잠깐 보았던 천비라는데 그렇게 보자면 정말 몸가짐 말허두 모두가 비방한 데가 적지 않다. 그는 그 후 딴 남편과의 사이에 귀애(貴愛)라는 딸을 하나 낳았으나 성효가 서울에 들어앉게 되자 부랴부랴 올라와 이 집에 늘러 붙은 것이다. 김천집은 하나하나 그들 모자를 집안사람들과 인사를 시키었다. 그러고는 산월이에게 손을 내저어 보이며 능청맞게 이렇게 늘어놓았다. 산월의 인금을 보아하니 역시 제 손아귀에서 놀아날 금새라 적이 안심된 셈이다.

"여보오, 새집 이 크나큰 집을 내 혼자 맡아 볼려니 죽을래야 죽을 짬도 없구려. 이렇게 뼈숭이가 되었다우. 아이구 참 새집은 어쩌문 그리 피어오를 듯이 이쁘우?”

어린 딸 옥기(玉奇)의 손목을 잡고 딴전을 보며 노상 거만스럽게 우쭐먹 서 있는 해주(海州) 집은 눈살을 흐밀흐밀 하며 이따금 수일의 모자를 흘겨보곤 했다. 김천집은 이에 더 듣고 보아란 듯이 가슴을 달막시는 산월의 인물이며 인금을 추켜올렸다. 해주집의 딸 옥기는 입술이 뾰로통하여 동그란 눈을 개울개울 거리며 수일과 산월의 신색만 살핀다. 드디어 해주집은 수고로이 새집이 올라왔다는 말 한마디도 없이 제 절 차례가 끝나자 옥기의 손을 끌고 작지 않은 몸을 저으며 저의 모녀가 있는 서쪽 방으로 가버린다. 김천집은 코웃음을 치고 해주집 모녀가 물러가는 모양을 흘겨보더니

“에그 참 왜 저렇게 씨 안 먹게 생겼누. 매사가 저 모양이구서야……”

그리고 쯧쯧 입맛을 다시다가 넌짓 웃음을 띠우고 수일의 족으로 다가서더니 부쩍 안아 올렸다.

“휘―야 내 아들 내 아들 우리 도련님이로군그래.”

그러다 의외로 무거웠던 모양이다. 숨을 씨글거리며 등 뒤에 서 있는 귀애더러 “내야 네라도 늘 도련님과 놀아야 한다. 우리 도련님도 귀애랑 잘 놀아야 하우.”

추켜올려진 수일이는 김천집 어깨너머로 제 어머니가 얼굴빛이 하얗게 질려서 파들파들 떨고 있는 것을 보았다. 그래 손가락을 입에 문 채 몸을 흔들어 싫다는 시늉을 하자 김천집은 객쩍은 듯이 내려놓으며

“낯이 선지 나를 싫다능구면 도련님이.”

수일이는 어머니의 기색을 슬금슬금 엿보면서 귀애 옆으로 다가갔

다. 귀애가 방긋 웃으며 손을 글어 맞이하므로 그 옆에 우두커니 가
서서 좀 안 된 듯이 김천집과 어머니의 얼굴을 번갈아 보았다.

“저것 보우.”

그제야 김천집은 너털웃음을 던졌다.

“그래 어린애는 어린애 동무가 있어야 한다고 하질 않으우. 저것
보우…… 애 귀애야, 어서 도련님과 놀렴.”

그러더니

“새집…”

하고 새삼스러운 듯이 산월이 쪽으로 돌아선다.

“크나큰 집안이 이렇게 언제나 빈집 같아 어린애들이 적적해 한다
우. 그래 이따금 귀애가 갑갑해 하면 옥기한테라도 놀러 갔다 오려므
나 하고 보내지요. 아 그러면 옥기라니 멱 찔린 명아리처럼 못되게 굴
어 울면서 쫓겨오질 않쑤. 그러구 그 해주집이 또 여간하우……”

“……”

“오늘두 그래 또 어딜 싸다니러 나갈 모양이더군. 그래두 이런 큰
집에 들어앉아 있는 아낙네라니 좀 체면이 있어야 합니다. 아 내가 이
렇게 혼자서 손이 못 돌아 무진 애를 써두 그저 아는 척 모르는 척 막
무가내로군 그래…… 그러니 여보 새집 대감님이 나를 보시면 늘 이
렇게 말씀하신다우. 여보게 김천집 임자가 없으면 이 집안이 원 무슨
꼴이 될지 모르겠네……”

김천집은 제김에 벌쭉 웃는다. 그는 바깥에만 나가면 아주 이 집 대
방마님이나 되는 성시피 포장을 놓고 당기며 집안에서는 무슨 말에나
첫 허두에 대감님 대감님 하고 남작을 받들어 올리는 것이다. 그러나
대감 자신은 집안에 들어와도 이 김천집 보고 이렇다는 말 한마디 하

는 법이 없었다.

"그래 내가 혼자서 모든 가도를 맡어 부노라니 말으지유 말나."

"아이고 대봐!"

한참 신이 나서 말하는데 산월이가 돌연 날카롭게 이렇게 부르짖는다. 그러니 자기딴 소리는 귀담아 듣지도 않은 모양이다. 김천집도 무슨 영문인가 의아스러이 돌아다보니 바로 귀애와 수일이가 손을 마주잡고 토방가를 내려가려는 참이다.

"어델 가?"

어머니의 눈초리는 엄할뿐더러 애원하는 듯도 하며 목소리는 떨리면서도 어쩐지 부드러움이 잠겨 있었다. 수일이는 어머니의 무어라 말할 수 없이 무세찬 시선에 등줄을 잡힌 것처럼 되어 조금도 더 내려갈 수가 없었다.

김천집은 하두 어이가 없어 잠시 먹먹히 이 모자를 보고 섰더니

'내 원 참 별꼴을 다 보겠네.'

하고 속으로 중얼거렸다. 그리고 제풀에 부아가 나서 꼬리를 저으며 제 방으로 돌아가다가 가분재기 돌아서더니 퉁명스럽게 부르짖었다.

"귀애야, 빨리 오너라. 애 귀애 빨리 와!"

수일의 모자는 그제야 여종의 지시로 동쪽에 꺾어 돌린 두 칸 방에 인도되었다. 컴컴한 방이었다. 저녁 햇빛이 아카시아나무 가지 사이로 영창에 거밀거밀 비치는데 그것이 유별하게도 수일의 모자에게는 무섭게 보였다. 산월이는 수일이를 꺼안고 무엇하러 이 면 곳에를 왔던가고 서러워 어이할 바를 모르면서 흐득흐득 느껴 울었다. 그러나 수일이는 너무도 곤하기 때문에 어머니의 품속에서 아무 것도 모르고 포근히 잠이 들고 말았다.

4

그러나 하루하루 날이 가고 오는 사이에는 너무 부자연한 공포감도 조금씩 사라져 수일이는 귀애와도 서로 사이좋게 놀게 되고 어머니도 이 두 어린애가 서로 좋아라고 토방가에 내려가 노는 것도 거진 심상히 여기게 되었다. 그래도 산월이는 이 집 사람들이 공연히 그리고 괴벽스럽게도 자기네 모자를 미워하는 것 같은 느낌을 금치 못했다. 그러면 그럴수록 천진난만한 귀애를 산월이도 애꿎게 사랑하게 되고 수일이 자신도 더욱 귀애를 따르며 쓸쓸함과 외로움을 귀애와 더불어 끄게 되는 것이다. 귀애는 제비처럼 날쌔고 총명하며 나무 사이사이를 나는 듯이 달음질치며 다녔다. 그리고 대감집에 대한 여러 가지 지식을 종알종알 펴놓기를 즐겨 했다.

"귀애네 오마니는 왜 그렇게 분주(奔走)살 피우니?" 하고 수일이가 하루는 물은 적이 있다.

"애 봐, 어머니를 오마니라네."

귀애는 샛별같이 맑은 눈을 굴리며 웃었다.

"그럼 우리 어머니가 분주살 피우잖고 어쩌겠니. 그래두 이 집에서는 대감님 다음 가는 어른이거든."

귀애의 말에 의하면 안사랑에 와서 늘 구워 구는 김(金) 대감과 옥기의 어머니 해주집과는 수상한 사이인데 수일이는 커야만 그 뜻을 알리라고 뽐을 내었다. 이 안채에는 큰방에 또한 금순(錦順)이라는 아주 말없고 침착한 소녀가 있었다. 그는 대방 마님의 소생으로 늘 방 안 구석에 들어박혀서 햇빛도 보러 나오지 않는 것은 그의 죽은 어머니와 이번 동경서 객사한 오빠의 귀신들이 접한 탓이었다. 이런 이야기를 미주알고주알 늘어놓으며 각색놀음을 차근차근 가르쳐 주면서 윗동생처럼 나무라기도 하고 얼러 대기도 했다.

귀애가 학교에 가고 없는 때에는 수일이는 넓은 뜰 한구석에서 돌장난도 하고 나뭇잎으로 배를 삼아 연못에 띄우고 혼자 손바닥을 자락자락 치면서 놀기도 했다. 어머니는 방에 쓸쓸히 앉아 이 생각 저 생각에 젖으며 가끔 수일의 동정을 몸을 들어 살피곤 한다. 가을바람이 불어 정원에는 나뭇잎이 우수수 떨어졌다. 이것을 쓸어 모은 정직(庭直)이가 덕쇠라는 영감으로 대감네 선대 적부터의 하인이라는데, 허리는 굽고 이는 빠졌어도 극진히 수일이 앞뒤를 보아 주며 소중히 받들었다. 수일이도 덕쇠 영감을 따르게 되어 뜰 안에 보이기만 하면 비를 빼앗아 메고 달아난다. 그럴 때마다 지난날 평양의 그리운 동산에서 노파와 같이 달리며 놀던 생각이 문득문득 일어나곤 했다. 영감은 한자리에 서서 허리만 굽실굽실 바라보며 웃는다. 수일이는 제김에 멋쩍어져서 내어 던지고 서먹하니 섰다가 제 발밑을 이름 모를 벌레 하나가 기어가는 것을 이윽히 보고 굽어 앉는다. 영감은 그 뒤를 엉금엉금 걸어갔다.

그러나 밤중에 어머니와 한자리에 누웠을 때에는 수일이는 어떻게 하면 슬픈 어머니를 조금이라도 마음 평안케 할 수 있을지 계교가 망연했다. 어머니는 밤중에도 두서없는 생각, 밑도 끝도 없는 걱정에 깊은 잠을 이루지 못하고 전전반측하며 풋잠이 들었다가도 무슨 사나운 꿈에 화닥닥 깨었다. 역시 그는 수일이를 데리고 올라온 첫날부터 자기네 모자의 신상에 대하여 필요 이상 공포감에 에둘리어 무엇인가 말할 수 없는 불안과 후회의 염(念)에서 떠날 수 없는 터이었다. 옆에서 아무철도 없이 잠이 든 수일이가 인제는 제 아들이 아니라는 생각이 문득 일어날 때 산월이는 더욱 마음이 아득하고 아팠다.

수일이가 밤중에 눈이 뜨이어 보면 어머니는 베개에 머리를 박고 소리를 내지 않으려고 흑흑 느껴 우는 적이 많았다. 그럴 때 수일이는 어머니의 몸에 바싹 달라붙으며 구슬픈 소리로 속삭이었다.

“응 어머니 왜 울어.”

“아―니 울긴 왜 울꼬.”

산월이는 베개에서 얼굴을 들지도 못하고 좌우로 머리를 흔들었다.

“꿈을 꿨?”

“아―니.”

“응 어머니, 그럼 무슨 이야기 해주어.”

“밤이 깊은데 어서 자야지.”

“싫어 싫어 응.”

수일이는 한사코 조른다. 그래야 어머니를 슬픔에서 건질뿐더러 또 어머니도 오히려 그의 이 소청을 속으로 기쁘게 알고 들어줄 것을 알기 때문이다. 어머니는 눈물진 얼굴을 뵈일세라 버럭 수일의 몸을 끌어안고 숨소리를 갖추었다. 산월이는 역시 이 밤이 그들 모자를 축복한 채로 언제까지나 언제까지나 새지 않기를 원하는 것이나 수일이는 어머니의 가슴속에 깊이 머리를 파묻고 산월이는 눈을 스르르 감은 채 혼자서 중얼거리듯 나직나직한 소리로 이야기를 시작했다.

“수일아, 어떤 깊고 깊은 산골에 가난한 홀어머니와 어린애들 세 식구가 살고 있었구나. 어머니는 그날도 두 어린애를 집에 두고 열두 고개나 넘어서 외딴 마을에 삯일을 하러 갔더랜다.”

“응.”

“그래 저녁 해가 뉘엿뉘엿 질 때에 어머니는 쌀을 한줌 얻어 가지고 집으로 돌아오고 있었구나. 그런데 첫 고개에 왔을 때 커다란 범 한 마리가 날아나더니 네 저고리를 주지 않으면 잡아먹겠다 하더래누나. 어머니는 질겁하여 목숨만 살려 달라고 윗저고리를 얼른 벗어 주지 않았겠니. 그랬더니 이 범이란 놈이 또 둘째 고개엘 날아나서 이번은 치마를 주어야 안 잡아먹겠다 하더래누나……"

"응."

"그래 이렁저렁 고개를 넘을 때마다 어머니는 저고리, 치마, 바지, 버선 모두 옷가지를 빼앗기고 마지막 고개에 가서는 그만 불쌍하게도 범에게 잡혀 먹히었단다. 그러군 이놈의 범은 주섬주섬 모두 어머니의 의복을 주워 입고 쌀주머니를 쥐고 어린애들이 있는 집으로 찾아갔구나. 아가 아가 문 열어 다고, 어머니가 왔다 하면서 범은 문을 두들겼단다."

물론 수일이는 이 무서운 옛말을 어머니로부터 들은 적이 한두 번이 아니므로 이 이야기에 나오는 두 어린애들의 얼굴까지 눈앞에 선할 만큼 했다. 그렇지만 그는 어머니와 꼭 둘이서 껴안고 이렇게 이야기를 주고받는 포근한 행복감에 언제나 늘 듣는 이 옛말도 전혀 싫증이 나지를 않았다. 뿐더러 그는 이 옛말에 오빠로 나오는 어린애가 들을수록 정다웠고 자랑스러웠다. 어린 누이동생은 어머니가 왔다고 좋아라고 했으나 지혜 깊은 어린 오빠는 목소리가 수상타 하여 문걸쇠를 열어 주지 않는다.

"거 누군지 우리 어머니 목소리가 아니다 애! 오라버니가 그랬지 응 어머니."

하고 수일이는 비로소 아는 표시를 한다. 그적엔 어머니도 구슬픈 마음이 별안간 풀리어 "우리 수일이 봐 아주 옛말을 다 외구 있네. 어쩌면 그렇게 정신이 좋으니?”

하며 잔등을 쳐주면서 기특해 한다. 그리고는 어린애처럼 마음이 흥건해져 목소리를 굵게 뽑아 범의 소리로 꾸미고

“아가 아가 숫내를 먹어서 그렇구나.”

“그럼 손을 보자 애.”

하고 수일이는 얼른 놓치지 않고 물어 본다. 어머니는 아무 대답도 않고 눈을 감은 채로 바른손을 수일에게 내어민다. 수일이는 킥킥 웃으며 어머니의 고운 손을 만지작거리고는

“우리 어머니 손은 이보다 더 곱다 애.”

“아가 아가 일하다 재가 묻어서 그렇구나.”

“그럼 발을 보자 애.”

수일이는 이번은 어머니의 왼손을 발이라 하고 살펴본다.

“우리 어머니 발은 이렇게 더럽지 않다 애.”

“아가 아가 신 벗고 흙마당으로 당겨서 그렇구나. 어서 그러지 말고 문 열어라, 쌀 가지고 왔다.”

하면서 어머니는 한번 그 사랑스런 눈을 흡뜨고 으흥! 하고 으르렁댔다. 수일이는 어머니의 이런 모양이 우스꽝스러워 견딜 수가 없어 캐들캐들 웃는다. 어머니는 다시 옛말을 계속했다.

“범이 암만 능청맞게 거짓말을 꾸며도 어린애가 속지를 않으니 그만 문을 뚫고 들어가리라는 생각이 났지. 그래 문을 세차게 당기는 바람에 오라반은 혼쌀이 나서 재빨리 뒷문으로 누이동생을 끌고 새어 나가 뒤뜰에 있는 높은 오동나무 우에 올라갔구나. 범은 문을 뚫고 들어와 보니 어린애들의 간 곳이 있나. 방만을 이 구석 저 구석 찾아보아도 모르거든. 그래 하는 수 없이 뒤뜰에 나와 어정어정 찾아 돌아가

애들이 올라간 나무 밑 못가엘 왔구나. 범은 그만 펄쩍 놀래어 눈을 홉뜨고 멈춰 썼단다. 저녁 햇빛이 빨갛게 비친 못물 속에 두 어린애가 숨어 있단 말이지. 옳지 하고 범은 한 번 커다랗게 응하구서 덥석 못물 속에 뛰어 들어갔단다. 그리고는 사지를 가지고 혼탕진탕으로 덤볐구나. 그러나 어린애들이 보이나, 어느새 간 곳이 없지. 그래 범은 다시 뛰어들려고 두 발을 쳐들고 으르렁거리는데 어린 누이동생이 그만 참지를 못하고 헤헤 하고 웃어대었단다.

범이 놀래어 쳐다보니 높은 오동나무에 두 어린애가 올라가 있지 않간……"

그러자 어머니는 다시 범 목소리를 내어,

"아가 아가 어떻게 올라갔니?"

수일이는

"앞집 뒷집 가서 참기름 얻어다 바르고 올라왔지."

하고 가르쳐 주었다. 수일이는 오빠 대신이 되어 침착하게도 이 같은 지혜 있는 대답을 하는 것이 무엇보다도 기뻤다.

"아가 아가 암만해도 미끄러져 못 올라가겠구나."

어머니는 이렇게 말하고 이번은 연달아

"애게 저런 바보야."

하고 이번에는 어린 누이동생으로 변하여 범에게 경솔하게도 묘책을 가르친다.

"앞집 뒷집 가서 도끼 얻어다 찍으면서 올라오지…… 그랬구나. 그래 인제는 큰일이 났단다. 범은 도끼를 얻어다 한 발자국 두 발자국 나무를 찍어 발걸이를 하면서 올라오누나."

그제는 수일이는 조그마한 손을 모아 합장을 하고 하늘을 향하여기도 드리는 시늉을 했다.

"하느님 불쌍한 우리를 살구어 주십시오. 우리를 살구어 주실려면 쇠사슬을 내리어 주시고 죽일려면 썩은 사슬을 내리어 주셔요……"

수일이는 이렇게 기도를 드리는 사이에 그만 이 불쌍한 남매가 자기네 모자의 신세와 같은 생각이 불현듯이 들었다. 그래서 갑자기 조그마한 가슴이 미어질 듯하여 소리를 내어 슬프게 엉엉 울기 시작했다. 눈물이 비오듯 쏟아져 걷잡을 길이 없었다.

"오 가엾어라 가엾어."

어머니도 따라 울음 섞인 목소리로 수일이를 어루만진다.

"울기는 왜 우니, 수일아. 우리들두 하느님이 몰라보시겠니. 왜 몰라 보시겠니…… 옛말에도 두 굵은 쇠사슬이 내려와 어린애 둘이를 살려 주시지 않든…… 오— 가엾어라 괜히 내가 네 마음을 언짢게 하였구나. 빨리 우리 또 자자 응. 무에 서러울 게 있니. 하느님이 우리를 돌보아 주시는데."

하며 수일이는 더욱더 소리를 높여 울었다.

산월이는 자기까지 울어서는 안 된다고 마음을 가까스로 가다듬어 웃는 낯까지 억지로 지으려고 애쓰며,

"알누리 우리 수일이 우는 것 봐라…… 왜 우느냐 울지 말어 으 그래 범이란 놈은 썩은 쇠사슬을 받어 타고 올라가다가 중천에서 쑥 대밭에 떨어져 밑구녕이 찢어져 죽지를 않든…… 알누리깔누리, 우리 수일이 이제 웃을래네……"

그제는 수일이도 손으로 눈을 비비적거리며 금방이라도 웃을 듯 웃을 듯하면서,

"오라반은 하늘에 올라가 달님이 되었나?"

“그렇단다.”

“그럼 작은 누이는?”

“햇님이 되었단다.”

“햇님은 점적해서 눈이 시우리나?”

“그렇단다. 그래 여자니깐 점적하지 않간. 그래 우리들이 보면 눈이 부시단다.”

그러는 사이 벌써 동창은 밝아 왔다.

날이 새어 저녁쯤 해서 그날은 무슨 바람이 불었던지 아버지 윤성효가 어머니 방에 나타났다. 남작은 그 당시 운니동에 월화라는 기생 첩을 두고 있기 때문에 본집서 머물고 가는 일은 아주 적으며 또 그런 일이 설혹 있다 치더라도 그때마다 김천집과 해주집과 사이에는 한바탕씩 법석한 싸움이 벌어지곤 했다. 그것은 대체로 남작이 해주집에서 자리를 하게 되어 김천집의 투기를 사기 때문이다. 두툼한 입을 꾹 다물고 거무테테한 볼작찌를 흐밀흐밀 움직일 따름, 아버지는 산월의 방에 와서도 아무 말 한마디 하는 길이 없었다. 또 산월이는 산월이로 한편 구석에 박힌 채 말을 건네지도 않고 눈을 거듭떠보지도 않는다. 아버지는 수일이를 불러다 놓고 한참 동안 물끄러미 들여다보다가는 끙 하고 일어서서는 사랑으로 나가 버린다. 산월이가 어떤 때 하도 참지를 못하고 괴로운 표시를 하면,

“무얼 그렇게 있나. 너는 수일이만 소중히 기르면 되는 거야”
하고 두말 안팎에 눌러 버린다.

그날은 또 아버지는 무슨 생각이 들었던지 수일이를 듬쑥 끌어안더니 음칠하고 일어선다. 수일이는 가슴이 탈칵 내려앉았으나 그렇다고 어쩐지 울기까지는 못되었다. 그래도 그는 아버지가 저를 다시없이

사랑하고 귀해하는 것을 알 뿐더러 무섭기는 할 망정 아버지에게 내심 막연한 호의를 품고 있는 터이다. 아버지는 방을 나와 움치럭움치럭 중대문 쪽을 향하여 수일이를 안은 채 정원을 걸어 나가기 시작한다. 수일이는 연못가에까지 와서 시퍼런 못물을 보니 새삼스레 어젯밤 어머니와 같이 주고받은 옛말이 생각이 나서 놀라 하늘을 쳐다보았다. 하늘에도 바로 옛말에 나오는 어린 두 남매가 피신하였던 바로 그와 같은 오동나무 한 채가 못가 위에 높이 솟아 있었다.

"이놈 무얼 보냐?"

아버지는 수상한 듯이 수일이를 내려다본다. 수일이는 이번은 흘금흘금 살피는 눈으로 아버지를 쳐다보다가 그만 머리가 화끈하고 등줄이 쭈뼛함을 느끼었다. 아버지의 깊숙하나 번질번질한 눈이라든지 허옇게 뻗친 콧수염이라든지 굵은 목이라든지가 갈 데 없이 옛말에 나오는 범으로 보인 것이다.

"아바지 범이구나 범."

수일이는 어느새 이렇게 부르짖었다.

"이놈 그게 무슨 소리냐."

남작은 무슨 영문인지를 몰라 주춤 멈추어 섰다. 수일이는 외려 신이 나서

"아바지 범 아이가."

"아바지가 아이고 아버지라는데 이놈은 원 평양 상곳에 두었더니……"

"그래 아버지 범 아이가 수염도 있구 눈도 같다애."

"이놈 이놈을 봤나."

하고 남작은 하도 어이가 없어 말을 못하다가 가분재기 우스워져 헛

허허 하고 늘어지게 소리를 내어 웃었다.

"불쌍한 어머니를 잡어먹어두 범은 내종엔 중앙에서 떨어져 죽어."

"무어?"

아버지는 눈이 휘둥그래져 되짚어 물었다.

"그게 무슨 소리냐."

수일이는 그제야 겁이 버럭 생겼다. 그래서 머리를 푹 숙이고 시무룩하여 아무 대답도 못한다.

남작은 하여간 엉뚱강산 이 이야기가 하도 우스워서 또 두어 번 크게 소리를 내어 웃고 전에 없는 만족한 축복에 찬 마음으로 안사랑을 향하여 다시 움치럭움치럭 걸어 나가기 시작했다.

5

시절을 못 맞은 대감들이 시세에까지 어두운데 타고난 욕심은 길길이 높아 턱없고 허황한 사업에 손을 댔다는 앞뒤를 연달아 번뜻하면 넘어가던 그 당시의 일이라 반석같이 아직도 튼튼한 윤 대감네 안사랑에는 못 살게 된 여러 고귀한 사람들이 늙어빠진 개떼처럼 모여 와서는 누워 굴고 있었다. 어떤 이는 보료 위에 되사리고 앉아 담배만 빨고 어떤 이는 돋보기를 끼고 신문을 고담(古談) 읽듯 하고 어떤 이는 명주주의(明紬周衣)를 돌떠구에 걸고는 목침을 베고 반듯이 누워 혼자서 독장사구구를 한다. 그러나 이 안사랑에는 타구가 없는지라 한결같이 모두가 문밖에 경쟁이나 하는 듯이 탁탁 가래침을 내뱉기 때문에 저녁때 쯤만 되면 구광가는 하얗게 되고 하였다. 때로는 그들은 벌떡 일어나 앉아 눈이 벌개져 심상치 않게 주반을 쭈럭쭈럭 하며 계구(計究) 다툼들을 한다. 또 너무 그러기도 시진할 때는 옛날의 정전이며 시속의 변천이며를 호기 좋은 목소리로 고담능론(高談凌論)도 해본다. 그러나 대저로 말끝은 또다시 구름을 잡은 듯한 '꿈' 이야기로 변하는데 그래도 그들은 가슴을 두근거리며 금시로 큰수나 벌어지는 것처럼 엉덩이를 들먹신다. 그런 중에도 토지 경기나 금광 이야기가 되면 귀를 쭝깃하고서 그 좋은 말솜씨요 허두로 '아―암' 아니 '그렇지'니 '여부 있나'를 연방하며 '아― 여보 왕 대감' '문 대감 보시우' '차 대감 그렇습니다' 등 말이 어지간히 거창하다. 가장 손쉽기는 시재로 굉장한 금광을 잡아 재기하는 길이었다. 그리고 언제나 그들을 다 제각기 막대한 계획을 속에 품고 있거니 하고 생각지 않고는 잠시라도 견딜 수가 없는 인간들이다. 그러니 지금에 와서는 윤 대감이야말로 그들이 비빌 수 있는 큰 언덕지였다.

  그날도 박(朴) 대감은 자기가 발견했다는 금광포장을 지저분히 하고 오늘만은 기어코 윤 남작을 붙들어 이 금광을 채굴토록 권한다고 노상 야단이었다. 그러나 이 박 대감의 금광 이야기만은 귀에 못이 박히도록 너무도 번번이 들어온지라 그들도 인제는 외려 시산하고 귀찮기까지 하여 대꾸 하나 놓지 않고 혼자 내버려 두었다. 오늘도 기다리었으나 아직 윤 남작이 그림자도 얼씬하지를 않으므로 박 대감도 또 어지간히 근기가 지쳐 혼잣소리로,

  "허― 오늘두 원 이 대감이 운니동 집에서 못 나오시는 모양인가 허―"

하고 중얼거렸다.

  그러자 지금까지 목침을 베고 커다란 눈을 번득번득 씨고 있던 감

때사나운 곰보 김 대감이 또 무슨 흉한 생각이 들었던지 벌떡 뒤채어 엎드리더니

"그래 박 대감."

하고 헤— 웃는다. 박 대감은 속이 뜨끔했다. 김 대감으로 말하면 이 집 대방마님의 오라비로 한때는 그 영명이 어엿하던 인물이었으나 인제 와서는 막대한 전지와 산림도 투기에 모두 잃어버리고 죽은 누이 집 안사랑에 이렇게 누워 구는 가엾은 신세였다.

그래도 그는 여느 낙백(落魄)한 대감들과는 달라 태평세월이며 언제나 뒤에서 껄껄거리며 비웃고만 살아간다. 그리고 그가 이 집 사랑에서 밤에도 잠자리를 보는 것은 아마 해주집과 심상치 않은 관계가 있기 때문이라고 한결같이 의심을 받고 있다.

"왜 그러시우."

박 대감은 미타하여 코를 한번 훌쩍씨며 물었다.

"거— 박 대감 품고 다니는 광석이…… 또 소전(小田)광산에서 집어 온 거나 아니요?"

"무슨 말씀을 그렇게 허시우."

박 대감은 눈이 휘둥그래지며 부르짖었다.

"헤— 내가 참 말실수로군. 실수야."

"김 대감은 말을 듣지 않고 자시는 모양이구려."

박 대감은 적이 못마땅한 모양이다.

"내 뭐라 말했길래 그러신단 말이오. 내 말인즉 허니 광석의 성질이 소전금광(小田金鑛, 오다금광) 것보다 못허지를 않다는 것보다 내 광은 소전금광 쪽과는 아주 떨어져 함경도 쪽에 있습니다, 함경도 쪽에요. 그러기에 분석하던 사람도 깜짝 놀래면서 이거 소전금광보다 나

으면 낫구려 허더란 말이오.”

“허허— 거 참 그러기에 내가 말실수라 허질 않소.”

이렇게 김 대감은 더 박 대감의 비위를 긁으며 턱어리를 극정극정 부빈다. 그리고 헤헤헤 하고 다시 웃자 여느 대감들도 덩달아 깰깰 웃어댄다. 그러니 박 대감은 어차피 더 심사가 좋지 않을 수밖에 없다.

“농지거리를 해도 유분수요, 김 대감! 말을 삼가시우.”

하고 그는 한마디 오금을 박고는 아주 한심타는 듯이 고개를 끄덕끄덕하며,

“김 대감도 인제는 다—된 모양이오. 옛날에 대관(大闕) 안을 드나들던 시절의 당신이 저절로 생각이 나오. 그 등등하던 호기는 다 어데 두고 사람의 일만 그르치게 헌단 말이오. 김 대감이 매형을 잘 권하야 이런 노다지가 끓는 유리한 사업에 나서도록 허기로서니 당신이 벼락을 맞을 일도 아니오. 또 내 그 은공을 몰라 볼 사람도 아니외다.”

“허— 이거 참.”

하고 김 대감은 부르짖으며 별안간 벌거덕 일어나 앉았다.

그러자 누워 있던 박 대감도 되사리고 앉았던 차 대감도 돋보기를 끼고 신문을 읽던 문 대감도 너나 할 것 없이 모두들 눈이 뚱그래 반색을 하며 박 대감 쪽을 바라본다. 박 대감은 그래서 처음에는 무슨 곡절인지 몰라 어리둥절하였으나 내심은 어지간히 낭패하였다. 이 양반들이 제가 한 말에 이제 새삼스러이 환호할 리는 없으니 아마 늘 그들이 일제히 저를 투기하여 조롱함이리라 하였다.

“오늘은 참 희한한 일인데.”

하고 문 대감은 돋보기를 벗어 던진다.

윤 남작이 수일이를 안고 박 대감 등 뒤의 유리문을 열고 들어온

것이다.

문 열리는 소리에 그제야 홱 돌아다보고 박 대감도 모든 것을 알아채고서 그만 그 자리에 벌쩍 몸을 젖히며 호기 있게 웃어댔다.

"헛허허 기다렸습니다. 기다렸어야 내가 기어코 붙들었구려……"

아버지의 팔에 안긴 채 수일이는 사랑방의 이 이상한 광경에 놀라지 않을 수 없었다. 남작은 언제나 하는 버릇으로 방 안에 들어와서도 머리맡에 선 채로 한참 동안 귀를 쫑긋하고 있을 뿐이다.

"복이 있어. 마침 잘 오셨소. 잘 오셨어."

하며 김 대감은 박 대감을 놀리는 어조로 매부되는 윤 남작을 향하여 떠들어댄다.

"이번에는 아마 큰 수가 떨어지는가 보우. 아 원 박 대감이 그 유명한 평안도 소전금광(小田金鑛)과 꼬─옥 같은 금광을 함경도에서 발견했다는구려. 아 박 대감 옳지요? 그래 매형, 기왕이면 한번 발벗고 금광판으로 나서 보시구려…… 박 대감께서두 나를 몰라보시지 않는다고 하시니 헤헤헤 어디 이놈 박 대감 덕분에 또 한번 사는 수 나나 봅시다 그려…… 아 그런데 그 안은 놈이 평양 새집이 낳은 애요? 그놈 잘 생겼다, 잘 생겼어."

"허─ 참 신수 좋은데."

차 대감도 머리를 끄덕여 보인다.

"김 대감!"

하고 박 대감은 성이 시퍼렇게 나서 마침내 부르짖었다.

"말이라니 툭해도 다르고 탁해도 다릇습니다. 왜 그렇게 밖에 말을 못하시우. 그게 무슨 사람을 망치런 말법이오?"

윤 대감이 긴 장죽을 놋재떨이에 땅땅 두들기며 잠시 조용하여지자 윤 남작은 혼자서 벙싯 웃었다. 그는 아마 방 안이 조용하여지기를 기다렸던 모양이다. 그렇지 않다면 그 뒤에 연달아 수일이를 가리키면서 아주 우스워 못 견디겠다는 듯이 키키키 하고 웃어대지는 않았을 것이다.

“이놈이 놈이.”

하고 그는 아직도 아까의 유쾌턴 마음을 끄지 못한 듯이 혼자 웃어댔다.

“나를 보고 막 범이라구 합디다 이놈이……”

수일이는 저를 두고 하는 말이라 버럭 겁이 나서 아버지의 가슴에 머리를 박았다. 사실로 이렇게 처음 보는 늙은이들이 사나운 바람에 빨래가 휘날리듯 들법썩하는데 미상불 무섭지 않을 수가 없었다. 늙은 대감들은 속으로는 ‘범이라니 범 중에도 가장 몹쓸 놈일지 모르지’ 하고 생각하였지마는 차 대감은 윤 남작에게 비위를 맞추는 양으로,

“허허 범이라군 좀 지나쳤는데……” 하였다.

수일이는 그 말에 무엇이 무서운지 그만 울기 시작했다.

“이놈 이놈.”

남작은 수일이를 쥐고 흔들었다.

“허— 이놈 보게 왜 우는 거야…… 그럼 내 이놈을 갖다 두고 또 나오리다.” 하며 그는 마침 잘 되었다는 듯이 사랑방으로부터 나가려고 했다. 사실 그는 이 늙은 식객들과 잠시라도 마주 앉기가 싫어 일상은 이곳에 발을 들여놓지도 않지만 오늘은 무슨 생각엔지 아마 수일의 자랑에 이곳으로 발길이 옮겨 왔던 모양이다.

“아 윤 대감!”

“윤 대감!”

하고 방 안 대감들은 허겁지겁 부르짖었다. 그들도 그렇게 신통치는 못한 계구(計究)나 그래도 이 윤 남작을 붙들고 한바탕씩 늘어놓을 말이 제각각 있었던 탓이었다. 그러나 그 중에서도 박 대감은 질겁을 하여 일어나 황황히 그 뒤를 따라나갔다. 곰보 김 대감은 눈 밑을 그밀 그밀하면서,

"원 누이네마저 망할려는지 범이 시라소니를 낳았구먼. 놈의 애가 어디 있담. 거 제 어미 평양집은 쉽지 않은 인물이드만……"

"아 거 그래 정말 윤 대감의 씨인 모양입더니까."
하고 문 대감이 까맣게 때가 묻은 수건으로 콧물을 닦으며 묻는다.

그래 김 대감은 갑자기 심사가 좋지 않아져 변덕스럽게 눈을 덕 버치고,

"거야 내가 알겠소. 원 별일을 다 물으시우."

우리 주인공의 아버지 윤성효는 참으로 이상한 인물이었다. 그의 이야기를 누구 보고나 물을 것 같으면 그 사람은 "아 원 그 대감이야" 하면서 다시는 말도 말자는 듯이 손을 내어 저으면서 달아나는 것이었다. 다만 그 어지간히 큰 몸집은 좀 비(肥, 살이 쩌)지어 깨끗지 못한 인상을 주기도 하나 그러나 묵직한 입과 무엇인가를 늘 궁량하는 듯한 눈은 사람을 넉넉히 위압하고도 남음이 있었다. 더욱이 그의 컴컴한 과거와 불요불굴(不撓不屈)의 피는 때로는 남의 등줄을 쭈뼛하게까지 한다. 그렇기에 서도(西道)에는 옛날의 악관(惡官)을 비방하는 말에 '이놈 네가 네 삼촌을 몰라보고 불공학대하다니 썩 죽일 놈이로다' 하고 어떤 악관이 무고한 백성을 잡아다 돈을 바치라고 고형(苦刑)을 주자 백성은 '소인은 삼대독자 외아들이올시다' 하였더라는 이야깃거리가 있는데 어떤 사람은 이 악관이 바로 윤성효라고 일일이 논거까지

세우며 어느 고사가나 못지않게 증명까지 하려 드는 것이다. 어쨌든 이만한 전설의 주인공까지 될 만큼 대담도 하고 컴컴도 하고 욕심도 남달리 사납고 참혹스러이 몹쓸기까지 하다. 다행히 우리의 수일이가 그를 범이라고 불렀으니 범을 빌려 논지하자면 표범의 잔악을 품고 호랑이가 깊은 숲에 몸을 감추고 있는 격이다. 그러나 용의주도하게 사면을 살피고 한번 숲을 나오기만 하면 소기(所企)를 향하여 돌진 맥진하는 성미였다. 그러므로 아들 수일이가 자기를 불러 범이라 하였을 때 슬며시 기쁜 듯하였던 것이다. 역시 내 아들이로군 했다. 그는 본시부터도 범이라는 짐승을 퍽 좋아하여서 바깥사랑 같은 데는 제창 호피를 두어 장 윗목에 걸었으며 또 보료삼아 깔기도 하고 있다. 그는 언제인가 한번 술이 만취하였을 때 서도서 정사(政事)턴 이야기가 나오자,

"허 평안도 상것들을 맹호출림(猛虎出林)이라 하지만 숲을 나온 범이 무엇이 무서울 것이 있담. 맹호복림(猛虎伏林)이야 합지요."
하고 기세를 올리었다고 전하지만 과연 믿을 말인지 아닌지는 모르되 미상불 이 윤성효를 이해케 하는 지언이랄 수밖에 없겠다. 그러므로 윤성효는 마치 복호(伏虎)처럼 호시탐탐이 좋은 계획과 사업을 찾지 않음도 아니다 다만 아직 시기가 당도하지를 않았을 따름이다. 물론 그렇다고 우리의 대 윤성효가 여기 안사랑에 와서 누워 구는 늙은 축들과 손을 잡고 사업을 일으킨다든가 함은 아예 있지도 못할 일이다.

"못난 놈이라니 그렇게 울 게 무에 있담."

윤 남작은 수일이를 안은 채 국화단 앞에 내려서며 꾸짖었다.

"나를 보고 이놈 범이라 하고 범의 자식은 임마 울지를 않고 으르렁씨는 법이다."

“윤 대감, 이번만은 정말이유. 틀림이 없습니다.”

물론 돌아다보지를 않아도 따라나온 박 대감이 틀림없었다. 윤 남작은 두꺼비처럼 고개를 푹 박은 채 멈춰 섰다.

“사실말루 금광이라면 허황한 것처럼 생각을 하시는지 몰라두 이것만은 내 장담합니다. 분석하던 사람이 다 글쎄 눈이 뚱그래서 소전금광 것보다 나으면 낫다고 그러는구려. 그래 내 막 대감댁으로 달려왔습니다. 참말 딴 사람에 넘기기에는 아깝습니다, 아까워…… 그리구 이제부터는 우리들두 금광을 해야합네다. 좋은 사업도 자꾸 일구어 나가야 하지요. 생각해 보시구려. 아 금광이란 금광은 죄다 양귀자가 아니면……”

“과연 대감 말이 옳은 말이오. 그럼 내 또 나오겠소.”

남작은 다시 움치럭움치럭 걷기 시작했다. 수일이는 눈물이 글썽한 눈으로 허겁지겁 달라붙어 야단을 대는 불쌍한 박 대감을 머―엉 하니 보았다.

“아 원 대감, 또 그러시면서 달아나시지 말구 좀 조용히 들어주시오.”

박 대감은 아주 큰일이 나서 애걸복걸이다.

“윤 대감! 윤 대감! 소전금광서는 하루에 십만 원을 캐어 냅니다. 이건 그것보다 나으면 나아요…… 자 내 광석을 광석을 보여 드리지요……”

“가만 계시유. 내 또 나온다니까.”

하면서 윤 대감은 눈길 하나 까딱하지 않고 중대문을 선뜻 들어서려 했다. 박대감은 너무 억망중에 급하여 남작 앞길을 질러 막으며 나섰다. 남작은 가분재기 눈을 부릅뜨고 박 대감을 노려보았다.

"이게 무슨 짓이오 대감! 그래 안집에까지 들어올 생각이오?"

박 대감은 아주 얼혼이 나가서 허리를 굽신굽신하며,

"허 내 너무 급한 생각에 죄송합니다. 죄송합니다." 하더니 열없어 물러서면서

"……그 그럼 내 안사랑에 가 기다리겠습니다. 기다리겠습니다. 아무쪼록 이번만은……"

윤 대감은 대답도 없이 벌써 정원에 들어섰다. 못가에서는 덕쇠 영감이 비를 쉬고 손을 훅훅 불고 있었다. 황금빛 은행잎이 나풀나풀 못물 위에 떨어지고 있다. 대감은 이에 수일이를 내려놓더니 덕쇠를 불러 분부하는 것이다.

"행랑에 들러 자동차를 불러오라게!"

그러더니 해주집이 있는 방쪽으로 다시 두꺼비처럼 움치럭움치럭 걸어간다. 수일이는 한참 멀거니 그의 뒤를 바라보다가 그만 한달음에 어머니 있는 곳으로 뛰어갔다. 아버지가 다시 저희들 방으로 가지 않음이 어쩐지 서먹하게도 생각되었던 것이다.

6

어느덧 추운 겨울이 북한산성(北漢山城)을 넘어 들어와 정원의 나무숲도 아주 벌거숭이 되고 가지가지 사이로 멀리 흰 눈이 쌓인 멧봉이 보이는 절기가 되었다. 어떤 때 아침에 일어나 보면 놀랍게도 아카시아, 살구, 배, 은행나무며 지붕도 뜰도 연못도 담장도 모두 눈이 부시게 하얗게 단장을 하고 있다. 이런 날은 수일이는 더욱 기뻤다. 술벅

술벅 눈을 쓸어 모으는 덕쇠 영감을 붙들어 가지에 하얗게 눈꽃이 핀 살구나무를 흔들어 달래며 저는 그 옆을 달음질쳐 돌면서 아, 아, 아 눈이 온다, 눈이 온다 하며 떠들어댔다. 영감도 나중에는 신이 나 눈 벼락을 머리와 어깨에 하얗게 쓰면서 나무를 얼싸안고 버둥버둥 대며 웃었다.

그렇다. 요즘은 별반 집안사람에도 그렇게 무섬을 타지 않게 되니 수일이는 자연 사람을 그리게 된다. 그러므로 바깥이 추워 놀 수가 없으면 그는 귀애를 따라 큰방 금순 누나한테도 놀러가곤 했다. 금순이는 겨우 열 서넛밖에 안 된 소년이나 조금도 명랑한 웃음빛을 띠는 길이 없다. 언제나 시무룩하니 앉아서 나 어린 수일이와 귀애가 노는 품을 엿보다가 간혹 킥킥 웃어댄다. 언제인가는 금순이는 수일의 방에 찾아와서 흘낏 수일이를 보고 제가 서툰 솜씨로 수놓은 버선을 던지고는 산월이가 붙드는데도 아무 말 한마디 없이 그냥 자기 큰방으로 돌아가고 말았다. 수일이는 이 금순 누나에게 왜 그런지 불쌍한 생각도 들면서 일변 정다움도 금치 못하는 것이다.

그렇지만 수일이는 옥기와는 동무가 되지를 못했다. 특히 옥기의 얄뚱미로운 눈이 마음에 거슬리었다. 언제나 눈을 가지고 핼끔핼끔 보다가는, 둘이 눈이 마주치면 눈가장을 깔끗하고 추켜올리고 딴전을 보는 체 하는 것이다. 그리고 옥기는 한시라도 어머니인 해주집 치마귀를 떨어지는 적이 없었다. 어느 날이었던가 수일이가 달음질을 치다가 돌부리를 걸어차고 넘어지자 마침 어머니와 같이 외출을 하던 옥기가 그 모양을 보고 캐들캐들 자지러지게 웃어댔다. 수일이는 처음은 못마땅하게 생각하였으나 아마 옥기가 혼자 적적하므로 저와 동무가 되자고 그럼이라 하고 일어나서 먼지를 털면서 멋쩍게 다가갔다.

"놀지 않을래?"

그러자 옥기는 바로 큰일이나 난 것처럼 어머니에게 달라붙으며 무어라고 재잘거린다. 수일이는 무슨 영문인지를 모르고 머뭇거리니까 이번은 해주집이 막 대들 듯이 나서며

"왜 이 모양이야! 별 자식을 다 보겠구나." 하고 빽 지르더니,

"애 네 입으루 그러렴!" 하며 옥기를 내쏘아 민다.

수일이는 무서워 몇 걸음 물러섰다. 그리고 그들 모녀가 다시 보란 듯이 너풀너풀 걸어가는 것을 바라보며 왜 이 두 모녀가 저를 보고 그렇게 몹시 구는 것일까 혼자 생각하여 보았다. 아무래도 해주집네 일은 모를 일이었다.

해주집네에 대하여 모를 일은 비단 그뿐만이 아니다. 금순 누나네 큰방에서 놀고 있노라면 건너편 해주집네 방에서 북을 두덩두덩 치면서 무어라고 주절거리는 여편네의 목소리가 들려 올 적이 많았다. 그럴 때는 금순 누나는 무슨 귀신의 침노라도 접한 것처럼 몸을 떤다. 수일이는 하도 이상스러워 유리창 밑으로 살그머니 와서 해주집네가 무엇을 하는가 하고 그쪽을 바라다보았다. 귀애도 그의 곁에 다가와 내다보면서 때때로 눈을 가지고 금순이가 우습다는 듯이 웃어 보였다.

어지간히 오랫동안 북소리가 울리다 멎으면 방으로부터 웬 노파가 닭, 과실, 떡, 쌀 이런 것을 그득 실은 상을 맞들고 나와 마루 아래에 내려놓고 그 앞에 해주집과 둘이가 늘어앉는다. 옥기는 어머니와 무당이 푸닥거리 하려는 것을 보려고 바시시 방문을 열고 마루에 나오며,

"뭐하나?"

하고, 수일이가 묻는다.

"얜 보면서두 묻니?"

귀애는 뽐을 내며

"푸닥거리 하지 않냐."

"푸닥거리가 뭐야?"

"귀신을 쫓는 거시지 머, 애 귀신은 경단떡을 좋아한대…… 그래 새카만 보재기 쓰구 빨간 치마 입구서 귀신이 꼬부랑길루 꼬부랑꼬부랑 찾어온대겠지."

"귀신두 꼬부랑 할머니지야?"

"그럼, 그래 저 뒷문으루 경단떡을 먹으러 온단다. 인제 봐 응. 무당이 경단떡만 뿌리면 꼬부랑 귀신이 저기 달려붙지. 그럼 그걸 활촉 끝에 꽂아서 담장 바깥으루 쏴 보내면, 그 귀신은 다신 못 온대…… 애 인제 할련다."

> 상청 서른여덟 수비 중청 스물여덟 수비
> 하청은 열여덟 수비
> 우중간 남수비, 좌중간 여수비
> 벼루잡던 수비, 책잡던 수비
> 많이 먹고 가거라
> 군웅왕신 수비 왔거든 많이 먹고 가거라
> 손신별장 수비 왔거든 많이 먹고 네 가거라

이렇게 주절거리던 무당 노파는 흥 하고 손으로 코를 풀어 쪽 치마 귀에 훔치더니 상머리에 놓았던 칼을 들어 저으며 눈을 그느스럼히 뜨고 다시 내려 엮는다. 그제는 해주집은 누굴 보고 하는 짓인지 손을 석석 비비며 허리도 굽벅씬다.

수살 영산 간 수비 왔거든 많이 먹고 네 가거라
먼길 객사 간 수비 왔거든 많이 먹고 네 가거라
언덕 아래 낙상 수비 많이 먹고 네 가거라
염병질병 돌아간 수비 많이 먹고 네 가거라
쥐롱객사 간 수비 왔거든 많이 먹고 네 가거라
고뿔감기에 간 수비 왔거든 많이 먹고 네 가거라
열삼애삼여 간 수비 왔거든 많이 먹고 네 가거라
여러 각종 수비들아 많이 먹고 네 가거라

　그러나 수일과 귀애가 이러고 있을 즈음 덕쇠 영감이 허겁지겁 달려와 수일이를 잔등에 업으며 어머님이 큰일났다고 고했다. 사실로 돌아와 달려들어가 보니 어머니는 얼굴이 파랗게 질려서 정신 잃은 사람처럼 넘어져 있는 것이다. 산월이는 요즘 극도로 피해망상에 걸려 있었다.

　"어머니 왜 그러니?"

　"……"

　달려들어 잡아 흔들었으나 대답이 없다.

　"어머니?"

　또 한 번 불렀다. 그때야 무어라고 신음하는 소리를 내어 손을 바들바들 떤다.

　수일이는 그 손을 꼭 붙들고

　"왜, 왜 그래?"

　어머니는 숨소리를 돌리며

　"……수일이냐, 수일이냐?"

고 간신히 물었다.

수일이는 별안간 눈물이 쑥 쏟아졌다.

“으흥흥 으흥흥.” 울며 웃었다.

“인젠…… 우리 수일일 놓지 않는다…… 놓지 않어.”

어머니는 그러면서 수일이를 꼬옥꼬옥 껴안았다.

“으흥흥 으흥흥.”

“우릴 귀신 보고 잡아 가라고 축수를 한단다. 축수를 하는 거야 아무래두.”

수일이는 더욱 모를 일이었다. 아마 그 무당과 해주집이 귀신 붙은 경단떡을 활촉에 꽂고 우리에게로 쏘아 보내는 것일까 했다. 그래 다시는 어머니를 놀라지 않게 하기 위하여 그런 것을 보지 않기로 작정했다. 그러므로 귀신 섬기는 해주집네가 또 눈치가 다를 때에는 으레 곤두박질을 치면서 어머니에게로 달려와, “또 할래. 또 귀신을 불러 올래는 가봐” 하면서 어머니를 얼싸안았다. 그리고는 어머니를 위로하는 양으로, 아직 평안도 사투리가 섞인 말로 부르짖었다.

“부를래문 부르디, 무섭지 않아―”

어쨌든간에 수일이 모자는 이 모양으로 놀란 소조처럼 그날그날을 보내게 된 것이다. 그러나 실제로는 이렇다 할 파란도 없은지라, 옛말에 나오는 불쌍한 두 남매 모양으로 오동나무에 쫓겨 올라감과 같은 무서운 일도 없었다. 오히려 수일에게는 그의 동화의 세계는 오동나무 아래의 고즈넉한 못이랄 수 있었다. 거기는 무서운 범의 얼굴도 나타나고 사나운 바람결도 스쳐 가지만 진작 물결을 잡으며 그 위에 평화스런 꿈이 하늘하늘 흔들리며 나타난다.

그러나 어떤 날 이 두 놀란 소조(小鳥)가 못가에 떨어지지 않으면 안 될 ‘불행’이 당도했다. 그것은 바야흐로 새봄이 찾아와 정원 안의 연못가에도 따스한 바람이 나부끼고 나무 나무의 파란 새움이 그 속에 그림자를 잠그기 시작할 무렵의 일이다.

그날 산월이는 하염없이 심사가 불안한 가운데 수일이를 무릎 위에 앉히고서 천 가지 만 가지 생각에 젖어 있었다. 수일이가 자라나는 양을 보매, 웬일인지 요즘은 자꾸만 옛날 일이 추억되는 것이다. 외성 잿등마을에서 그리 구차치 않은 집 외동딸로 태어난 일, 양친의 귀염도 받을 사이 없이 두 살 때에 갑오란을 겪어 쫓기는 청병에게 집을 태우고 어머니와 아버지를 잃었다는 일, 유모의 정성으로 여덟 살까지 불쌍하게도 그 길러나던 생각, 그해 가을에 성내 애연당골 기생 선녀집에 맡기우던 정경, 그러나 얼굴이 달처럼 둥그스레하고 마음이 부드럽던 언니 선녀는 그를 무척 귀애하여 마치 지금의 산월이가 수일이를 사랑하듯이 언제나 제 품에 안고 재우며 한숨도 짓고 모를 소리도 하고 팔자 한탄도 하던 것이다. 언니 선녀는 곱단이 곱단이 하던 그의 이름을 산월이라 고쳐 불렀다. 산봉우리에 쓸쓸히 오르는 달과도 같다 함인가. 그 사랑하던 언니도 묵은 풀길이 없는 슬픔이 있었던지 대동강에 몸을 던지고 인제는 없다. 어느 날 밤 선녀는 산월이를 껴안고 그의 조그마한 손을 피어 보며 한숨을 짓더니, "네 손금도 시원한 게 없구나." 했다. 그때 산월이는 새근거릴 뿐 아무 말도 못했다. 오늘 이 자리에서 수일이도 서글픈 얼굴로 아무 말이 없다. 산월이는 수일의 손금을 보며,

"네 손두 왜 날 닮었니?"

하고 한숨 짓는 것이다. 산월이도 필경 하나의 가련한 운명주의자임에 틀림없었다. 그는 그 부드럽고도 고운 손에 장금을 쥐고 있다. 제 팔자가 기박하기는 이 금이 가로막혀 있는 탓이라 그는 생각한다. 수

일이도 제 손금을 들여다보며 제 금이 어머니를 닮아서 기쁠지언정 무엇이 슬프냐고 막연하나마 속으로 항변하는 것이다.

그럴 즈음이었다. 그날은 어쩐지 정내(庭內)의 공기가 수선수선한 품이 다르다 하였더니 해가 쭉 퍼지면서 해주집 쪽으로부터 나무 사이를 흔들며 징(鉦)과 북, 제금을 치는 소리가 요란하게 울려오기 시작했다. 굿을 하려는 모양이었다. 산월이는 소스라치게 놀라며 무슨 경련이라도 일으킨 것같이 떨어댄다. 수일이는 어머니의 목덜미에 매달리어,

"괜찮어. 괜찮어." 하고 부르짖었다.

"어머니 난 힘이 세다야, 힘이 세서 괜찮다. 나! 귀신같은 거 무섭디 않아!"

이 집에서는 봄이 되면 따뜻하니 안택굿이요, 사람이 알면 걱정이니 사신굿이요, 불길한 괘가 나오면 예방굿이요, 가을이면 배부르니 철머리굿이다. 그날은 바로 신춘을 맞이하여 처음 벌어지는 천신굿(薦新祭)으로, 새 제찬을 베풀어 조상의 신령을 비롯하여 흩어져 있는 사방의 제신을 청하고 무병식재와 장수다복, 소원성취를 비는 것이다. 해주집이 더구나 굿을 세우면 김천집도 못지않게 귀신으로 위하는 터이라 이런 때는 오월동주도 의취가 맞아 굿이 진행된다. 그리고 일가 친척도 모여 온 집안이 떠들썩하게 소동을 피운다.

한참 징과 장고 제금 소리가 집안이 떠나가게 울려드니까 가분재기 요란한 소리는 잦고 무당이 흔드는 방울 소리와 같이 그 입으로부터 흘러나오는 요원한 소리가 사람의 폐부를 찌르면서 들려온다. 필경 축수가 시작함이었다. 모자는 숨을 죽이고 서로 껴안고서 빨리 무서운 굿이 끝나기만 빌었다.

"상대감과 큰도령님의 귀신 맞이를 허신다구 도령님 모시고 나오시라 여쭈옵니다."

산월이는 얼굴이 하얘지며 반사적으로 일어섰다. 수일이도 무슨 영문인지 모르고 따라 일어서며 어머니를 쳐다보았다. 그의 손을 잡는 어머니의 손은 사시나무처럼 떨리고 있었다. 어머니는 말 한마디 못하며 굿마당을 향하여 한 발 두 발 옮기기 시작했다. 그도 역시 악귀는 쫓아야 하며 죽은 사람의 혼신은 나아가야만 되리라고 굳게굳게 믿고 있는 것이다. 산월이는 무엇보다도 죽은 사람의 혼신이 저희들을 작해(作害)치나 않을까 무서워한다.

저기는 안채 우편 끝 해주집네로부터 가까운 조금 언덕진 곳으로 허다한 일가친척이며 구경꾼들이 산더미처럼 둘러서서 법석야단이었다. 수일의 모자가 나타나자 모든 사람들의 시선은 일제히 그리고 쏠리고, 굿마당의 공기는 한층 더 소란해졌다. 손가락질을 하는 사람, 수군수군거리는 자, 선웃음을 치는 이, 놀라 무어라 부르짖는 사람, 가지각각이었다. 파도치듯이 흩어지며 내어 주는 자리에 들어서며 산월이는 마음을 억지로 진정하여 새하얀 얼굴을 위호 향하고 호흡을 갖추었다.

원무당은 머리에 범수염을 단 굴개를 쓰고 몸에는 구군복에 붉은 띠를 졸라매고 한 손으로는 무선(巫扇)을 번뜩이고 한 손으론 방울을 흔들며 대(竿)를 든 창부무당을 앞에 두고 무어라 주절주절거린다. 때때로 그 방울은 절렁절렁 울리고 그럴 때마다 무선은 하늘을 가리키며 군복에 천익(天翼)은 활개를 친다. 해주집과 김천집은 황공함과 공손의 뜻을 표하여 두 손을 비비며 백배 하면서 원무당의 권수를 듣고 있으며 창부무당이 든 대에 붙은 종이가 펄럭펄럭 거리니 혼신이 와

접함이었다. 그것은 불행히도 동경서 객사한 큰도령의 혼신이라 한다. 굿주인이 되는 해주집과 김천집은 잔풍에 기름땀을 내어 도끼며 손이 발이 되도록 빌고 있다.

굿마당에 모여 싸인 사람 가운데는 안사랑에 와서 늘 묻혀 있는 김 백작의 얼금뱅이 얼굴도 섞여 있었다. 그는 두어 번 코를 훌쩍하고서 곱게 마고자를 입은 옆구리 부인에게 넌지시 말을 걸었다.

"새댁이 원 사색이 되었구려."

부인이 흘낏 돌아다보니 흉하디 흉한 곰보 대감이 감은 눈언저리를 끔벅끔벅 하고 있다. 그는 얼굴에 힘줄이 발라 눈을 감아야 입이 벌어 지는 것이다. 그래 부인은 펄쩍 놀라 슬며시 자리를 옮아 숨어 버렸 다. 그러나 아직 김 대감은 눈을 뜨지 못하고 끔벅끔벅 거리며,

"저희 모자를 잡어 가는 굿도 아니겠거니와 도대체 이때 다 미신이 거든요. 그렇게 겁을 낼 게 있소. 헤 그렇기에 이집 윤 대감두 굿이란 필요없다고 합니다. 그저 내가 이렇게 윤 대감 대신으로 나오기는 나 왔지만."

그리고 비로소 눈을 떠보니 아까 그 부인은 간 데가 없다. 그래 급 기야 노염이 나서 목젖을 꿀꺽거리었다. 두어 번 두리번두리번 훑어 보고 목적을 꿀꺽거리었다.

그때에 원(元)무당은 펑펑 이삼십 회나 커다란 원을 그리며 선무(旋舞)를 하더니 고즛 멈춰서서 길이 육 척이나 되는 삼지창(三芝槍)을 휘 어잡고 하늘을 향하여 무어라고 부르짖는다. 산월이는 이렇게 무시무 시한 굿을 처음 보았다. 온몸이 녹아져 오며 정신이 아찔거려 마음을 안타까이 걷잡으려, 수일이만 부덕부덕 껴안았다. 굿마당도 일제히 긴 장된다. 원무당은 삼지창을 휘두르기 시작하니 창끝은 눈이 부시게

번쩍거린다. 그리고 사나운 눈을 부릅뜨고 사방을 노려보며 더욱 줄기찬 무서운 목소리로 부르짖었다. 그것은 수일의 이복형인 큰도령의 혼신이 창부무당이 든 대(竿)에 나타나서 제가 사자에 붙잡혀 지부왕 앞에 나가던 이야기를 펴놓는 넌지였다.

하명이 그뿐인가 때가 되었느냐
저승지부왕전에서 팔배특배자노와
성화착래로 잡어오랴 분부가 지엄하니
망년그물 손에 들고 쇠사슬 빗겨 차고
활등같이 굽은 길로 살같이 빨리 나와
앞산에 외막 치고 뒷산에 장막 치고
마당 한 가운데는 명패 기 끝에 꽂아 놓고
일직 사자 월직 사자 강림 도령
봉의 눈 부릅뜨고 삼각수 거스르며
문지방 가루 집고 나서누나—

그러자 둘러선 슬마리들이 징(鉦)과 장고(長鼓) 박고(朴鼓), 울쇠, 제금을 일제히 치고 흔들며 때리었다. 집이 무너지고 나무가 떠나가게 요란하다. 그제는 원무당은 삼지창을 하늘 높이 휘두르며 또 무어라고 주절거리자 대를 든 창부무당은 조금씩 움직이기 시작했다. 대는 사납게 흔들리고 종이 갈기는 더욱 펄럭펄럭거린다. 주위는 소연하게 들끓으며 부인네들은 무서워 대편을 향하여 손을 비비며 빈다. 그런데 웬일인가 저주의 대는 막 수일의 편으로 다가오는 것이다. 창부무당은 눈을 들이감고 숨을 헐떡거리며 무서운 얼굴로 육박한다. 무서워 사람들은 얼음이 꺼지듯 흩어진다. 원무당은 그 뒤를 우리 안에 든 미친 맹수와 같이 뺑뺑 돌며 춤을 춘다.

“엄마!”

수일이는 비명을 지르며 어머니에게 얼굴을 틀어박았다. 어머니는 넘어질 듯이 움춰서며 수일을 한 손으로 껴안은 채 한 손으로는 다가오는 대를 물리치려고 애를 쓴다.

“저 무당년 해주집과 짠 게로구나!” 하고 구경꾼 가운데서 누구인가 부르짖는 자가 있었다.

“무엇이 어째!”

해주집은 돌아서며 악을 바친다.

“짜긴 무얼 짠단 말이야!”

원무당은 더욱 기가 세어 너펄거리며 미처 날뛰고 대도 더욱 수일의 모자 쪽으로 육박하며 곤두박질을 친다.

“빌구려!”

“비세요, 평양집 비세요!”

사방에서 모두들 이렇게 부르짖었다.

“빨리…… 빨리 빌어요……”

수일이는 얼굴을 파묻은 채 조그만 손만 머리 위에 내놓고 살살 빌어 매었다. 그러나 일순간 저를 껴안은 어머니의 팔 힘이 탁 풀리면서 그만 어머니는 아찔하여 그 자리에 쓰러졌다. 수일이는 어머니의 위에 엎디치며 “어머니! 어머니!” 하고 발이라도 데인 것처럼 비명을 지르며 울었다. 어머니는 아주 상기(上氣)하고 만 것이다.

“어머니! 어머니!”

“……”

무당은 아주 의기가 양양하여 사자의 노호를 계속했다.

이봐 망자야 어서 바삐 나서거라

천둥같이 지르니

가택이 무너지고 우주가 바뀌는 듯

일신수족을 벌벌 떨고

진퇴유곡 되었을 제

강림 도령 달려들어

한 번 잡아 낚아채니 열 손에 맥이 없고

두 번 잡아 낚아채니 열 발에 맥이 없고

삼세 번 낚아채니

폈던 손 뻗은 다리 감출 길이 없고나

머리에 천상옥 이마에 벼락옥

눈에 안정옥 혀밑에 바늘을 단단히 걸어 놓고 입에 하무 물려 귀에 쇠
채어 노니

명이 끊어지는 소리, 대천바다 한가운데 일천 석 실은 중선 닻줄 끊는
소리 같다……

7

수일의 모자는 그 자리로 남대문 밖 양인병원(洋人病院, 서양인이 하는
병원)에 떠매어 갔다.

그날 밤 두 모자를 문안 갔던 김천집은 밤이 아주 깊어서야 인력거
로 돌아왔다. 김천집도 오늘 굿만은 하도 수상하게 생각되었다. 필경
이 해주집 년이…… 하고 의심하기 시작하니 끝이 없었다. 아직 삼월
초의 밤공기는 차갑고 하늘에는 별이 총총한데 진주 모래를 뿌린 은
하수 위에 하얀 반달이 떠 있다.

"봄바람은 첩 죽은 귀신이라더니 원 거짓말인가."

김천집은 혼잣소리로 중얼거렸다.

"살밑으로 포근포근 들어안기진 않구 이렇게 어름같이 차담."

그가 대문가에서 인력거를 내리고 중대문으로 쑥 들어서려 할 참이었다. 연못 건너편 배나무 숲 속에서 무엇인가 버석버석 소리가 난 것 같았다. 그는 놀라 그 자리에 멈춰 서서 그쪽 편을 살펴보았다. 사방은 다시 고요해졌다. 연한 달빛이 희무럭하니 숲을 비추었는데, 바람에 나뭇가지가 흔들리는 것이 보인다. 그 원 모를 일이로다. 나뭇가지가 바람에 그랬나, 혹시 덕쇠 영감이라도 지나갔나? 그때에 누구인가의 흰 그림자가 걸핏걸핏 나무 사이로 달아나는 것이 보였다. 그러자 그 뒤로 커다란 검은 그림자가 황망히 그것을 붙잡으러 쫓아간다. 나무에 옷이 걸렸던지 가지가 꺾이는 소리가 들렸다.

"놓아요!"

김천집은 가슴이 화끈했다. 이 연놈들이로고나, 틀림없이 해주집의 목소리였기 때문이다.

"놓아요!"

헤헤헤 하는 능청맞은 사내의 웃음소리가 들렸는데 그것은 김 백작의 목소리다.

"어서 놓아요!"

"놓아 놓긴 왜."

"돼지 이 돼지……"

"돼지 헤헤 날 돼지라구."

하더니 김 대감은 가분재기 공박(恐迫)하듯이

"괜히 그래야 소용없어 소용없는 거야. 오늘 일은 그게 다 누구의 작간(作奸)이냐? 응, 그런 무당년이 어디 있냐?"

"아이구 무슨 소릴?"

옳지, 역시 해주집 년의 작간이로구나. 김천집은 그제야 큰 비밀을 잡은 것처럼 기뻐했다.

"무슨 소리라니, 소룬소룬 내 말을 들어야지…… 결단이다."

"……"

"암 그래야지."

"아이구 날 죽일려우."

"……"

"놓아요. 아이구 놓지 않으면 소릴 지를 테야……"

"그래 용이 있나. 어제오늘 일이 아닌 걸 가지구…… 그래 그래 가만있어."

"나 죽어요. 나 죽는다……"

"요즘은 어디 딴 녀석이라도 생겼냐? 왜 날 그렇게 푸대접을 허는 거야."

검은 그림자가 해주집을 안아 옆에 있는 청간으로 끌어들이려는데 여자는 안 들어간다고 두 손을 내저으며 야단을 치는 모양이다.

"이 연놈들."

김천집은 다시 한 번 혼잣소리를 중얼거렸다. 해주집이 요즘은 김 대감을 전같이 밤중에 끌어들이지 않던 모양이라, 오늘 밤은 김 대감 자신이 해주집의 굿 간계를 기회로 협박하며 투입(鬪入)하였음이었다.

"저년 ×앓는 고양이 같이 잘은 혼난다."

김천집은 입을 비죽비죽했다. 외레 속이 시원한 것 같았다.

"무당년과 짜고 수일이를 죽일려구. 망할 년 잘은 혼나 봐라."

그래 그는 기침 소리 한마디 하지 않고 그냥, 나무 사이를 지나서 안채 제 방으로 향했다. 돌토방 가에 이르렀을 때에 불현듯 무슨 생각이 들어 다시 멈춰 서서 인기척을 살폈다. 청간 쪽에서는 쩍소리 하나 나지를 않는다. 하늘을 쳐다보니 아카시아 나무는 모두 엉거주춤하니 늘어서서 검은 가지를 바람에 휘저으며 너풀거리는데 그 새로 한 조가 깨어진 구름이 달빛을 받고 쓰러 누워 있다. 가분재기 김천집은 일종의 질투심을 느끼었다. 그래 가슴을 떠밀 듯이 재리고 대청마루에 선뜻 올라섰다. 그리고 뒷문을 열어젖히더니 여종들이 자고 있는 건너 채를 향하여 고함 소리를 질렀다.

"벌써들 꺼꾸러져 자는 거냐? 벌써 꺼꾸러져 자."

"네ー?"

이번은 고양이 하품하는 듯한 여종의 목소리가 들리더니 영창에 조그맣게 불이 비치었다. 그리고두 두서넛 여종의 얼굴이 나타난다.

"무에구 오늘은 수상하다. 뜰 안에 도적놈이 들어온 것 같다."

"네ー?"

역시 힘닫지 않는 대답이다.

"홍, 네ー라니?"

김천집은 못마땅하여 혼잣소리로 중얼거렸다. 그리고 저도 한 번 입을 삐죽하며 "네ー" 하고 흉내를 내어 보았다.

"어서 썩 사내들을 불러내서 뜰 안을 뒤져 보지 못하겠니?"

"네ー"

선달음에 제 침방으로 들어갔더니 그는 더욱 가슴속이 술렁거리고 심사가 평안치를 않았다. 언제나 밤에는 공허를 느끼는 그였다. 그는 혼곤히 잠이 들어 있는 귀애의 엉덩이를 걸어찼다. 귀애는 펄쩍 놀라 일어나 앉는다.

"병원에 내일부터 놀러 가거라."

밑도 끝도 없이 김천집은 귀애 보고 역정을 부렸다.

"알았나, 알었어. 알었으면 대답을 해야지 배라먹을 년!"

귀애는 영문을 모르고 잠꼬대처럼 으응거렸다.

"흥."

김천집은 코웃음을 쳤다.

"모두 망할 년들. 고양이 소리들은 왜 하노."

바깥에서는 사내들이 벌써 나와 돌기 시작한 모양으로 두런두런한 소리가 들니다.

김천집은 그리 부리나케 나가더니 대청마루에 서서 부르짖는다.

"액 이 연놈들! 청간에서 무얼하느냐! 거기를 뒤져라, 뒤져! 거기를 봐라!"

사내들이 그곳으로 몰려가는 모양이다. 김천집은 고무신을 거꾸로 끌려 내려섰다.

"아무두 없는데요!"

"아무두 없다니."

김천집도 날개가 돋힌 듯이 달려가 보았으나 벌써 청간에는 쥐 한 마리 없었다. 어디선가 첫닭 우는 소리가 들린다.

8

굿사건 이래 병상에 누운 산월이는 정말 망자의 저주에라도 걸린

것 같았다. 몹쓸 귀신이 시재로 천장을 뚫고 털이 수북한 손을 흐밀흐
밀 내밀지나 않을까 하는 착각에 앗 하고 부르짖으며 발작적으로 일
떠나 앉기도 한다. 그리고 제 아들이 자기 옆에 천연히 있는 것을 보
고서야 숨을 돌리며 가벼운 안도의 미소를 띠었다. 그 뒤에 열기는 떠
오르고 정신없는 군소리는 계속된다. 수일이는 시름없이 앉아서 어머
니의 이런 모양을 보고 있노라면 어쩐지 허수하고도 마음이 안 놓이
는 깊은 고독 속에 잠기는 것이었다.

병원에는 그렇게 찾아오는 사람도 없었다. 여종이 때때로 빨랫감을
가지러 찾을 뿐이고 그 외에는 오직 귀애만이 학교가 끝나는 길로 병
원에 들러서 놀다가 간다.

귀애는 여러 가지 놀음을 알고 있어서 각시놀이며 종급질이며 동구
박질, 뱅뱅돌싸 등을 가르쳐 주었다. 무어라무어라 혼자 신이 나 종알
거리며 수일이는 그럴 때는 귀애의 맑고 이쁜 얼굴만 반반히 쳐다보
고 있기가 일쑤다. 그러면 귀애는 수일이를 쳐다보고 그만 낯이 발그
레해진다.

"애 봐. 참 남의 소린 듣지두 않네."

수일이는 그래도 그냥 눈을 떼지 않고 히히히 웃는다.

"앤 상게두 보니?"

"……"

"보지 말어."

수일이는 그제야 할 말이 없어,

"난 각시놀이는 싫어."

하고 턱없는 소리를 한다.

"싫어? 아이구 애 봐, 다 듣지두 않구 그러네. 에게 또 본다. 그럼

어서 봐봐!”

하며 귀애는 성난 것처럼 제 얼굴을 떼밀며 대든다. 수일이는 더 멋쩍어 그냥 히히히 웃는다. 그제는 귀애는 노상 할숨을 짚으며 처량한 빛을 띠고 수일의 조그만 손을 끌어당기어 제 무릎 위에 놓고 만지작거리면서,

“애 불쌍해. 수일아 집사람들이 모두 널 미워하겠지. 수일이가 맏아드님이라구…… 그래도 누나는 수일이가 제일 좋아. 난 우리 어머니가 데리고 온 딸이니깐 너랑 좋아해도 괜찮지 뭐.”

산월이는 귓결에 귀애의 이런 재낭스런 소리를 들으며 고요히 웃는다. 그러나 수일이는 무슨 의미인지를 모르므로 그만 또 히히히 웃고 말았다. 귀애는 갑자기 얼굴이 빨개지더니 수일의 얼굴을 말끔히 쳐다보고

“그게 무슨 대답이야.”

“저녁 해는 애.”

하고 수일이는 더듬씨며 뚱딴지 이야기를 꺼낸다. 너무 아무 말도 안 한 것이 안 된 줄로 생각한 것이라,

“빨간 사탕칠한 얼음이야, 얼음. 까마귀가 서산으로 가는 건 먹을라구 그래. 다 먹은 댐에는 새까만 하품을 자꾸 해서 캄캄한 밤이 된다구 어머니가 그랬어.”

그리고는 경동을 살피려는 듯이 귀애의 얼굴을 쳐다보자, 귀애는 새침을 떼고 눈을 깜빡깜빡씨더니 수일의 코끝을 쥐고 흔들었다.

“그게 무슨 말이야.”

산월이도 그만 참지를 못하고 소리를 내어 웃고 말았다. 이리하여 산월이는 병원에서 차츰 행복스런 날을 맞이하게 되었다.

그러나 산월의 마음도 차츰 가라앉고 원기도 회복되려 할 즈음 또 다시 산월의 마음을 아프게 할 일이 생긴 것이다. 그것은 이제 다시 수일이와 헤어져야 한다는 사실이다. 하루는 도어를 열어젖히더니 뚱뚱한 사내 하나가 '돔비'를 걸친 채 부리나케 들어왔다. 그것은 아버지이다. 실내에서 소름소름 심부름을 하던 간호부는 깜짝 놀라 산월이와 사내를 번갈아 보고 그만 달음질쳐 나가고 수일이는 침대 뒤에 달려가 어머니 몸에 바싹 붙었다. 아버지는 어머니가 누워 있는 옆에 다가와 서더니, "그만한가." 하며 퉁명스럽게 부르짖었다.

"수일이는 이번 봄부터 필운동 아우네 집에 맡기고 학교에 보내기루 작정했네."

어머니는 놀라 그 자리에 일떠나 앉았다.

"조그만 집을 하나 얻어 주어요. 수일이를 데리고 있도록 해주어요."

"……"

"네, 그렇게 그렇게만……"

"그건 못할 소리야."

"왜요?"

어머니의 목소리는 떨리었다.

아버지는 나갈 듯하다 홀낏 돌아서더니

"그런 말을 왜 하는 거야, 내가 하는 일에……"

"싫어 난 싫어요."

아버지는 그제는 골이 시퍼렇게 나서 어성을 높였다. 이런 일에는 먼저부터 세차게 따야 된다고 그는 확신하고 있는 터이다.

"두말할 필요 없고 적어두 너는 어린애 교육에는 적당치를 않어."

그러더니 다시 와당와당 나가 버린다. 어머니는 그만 그 자리에 쓰러져 누워 버렸다. 그 뒤로 귀애가 놀러 왔다. 수일이는 다가가 그를 끌고 병원집 뒤 나무숲으로 나갔다. 포플러가 엉성하니 늘어서 있고 그 사이에 늙은 회나무며 솔가지가 흔들리고 있는데, 아직 봄은 일러 새 한 마리 지저귀지 않고 하늘에 까치만 날고 있었다.

"왜 자꾸 가기만 하니?"

귀애는 수일의 어깨에 손을 얹으며 걱정스런 얼굴로 물었다.

"왜 그래?"

"난…… 난."

하고 수일이는 멈춰 서서 제 구두 앞코뚜리로 검은 흙을 밟아 이기면서,

"작은아버지한테 간대. 그곳에서 학교에 보낸다겠지. 그래서 어머니가 울구 있어."

귀애는 눈이 뚱그래져 부르짖었다.

"정말?"

"정말 아이구…… 아버지가 그랬어."

"아버지가?"

"응 아버지가."

수일이는 눈을 내리뜬 채 중얼중얼댔다. 그러나 귀애가 너무도 놀라며 슬퍼함을 보고 수일이는 갑자기 자기가 그런 말을 고백한 것을 후회하여 도로 돌아가자고 말했다. 그런데 귀애는 잠자코 그 반대쪽으로 걸어간다. 수일이는 손가락을 입에 문 채 무엇인가를 기대하는 눈으로 귀애의 걸어가는 뒷모양을 보았다. 귀애는 그냥 나무숲 깊은 잿등 위로 올라간다. 뒤도 돌아보지를 않으며 무슨 큰 설움이라도 가진 것처럼. 그래 수일이는 속으로 민망하여 어깨를 축 늘어치고 그 뒤

로 슬쩍슬쩍 따라 올라갔다. 포플러나무 사이를 지나면 언덕이 지고 거기는 드문드문 소나무와 아카시아나무가 섞인 라일락 숲이다. 숲 속은 어둑하며 쥐죽은 듯 고요하고 때때로 높은 가지에 바람이 걸리어 운다. 수일이는 갑자기 겁이 나서 입을 삐죽거리며 귀애가 간 방향을 살펴보았으나, 어디로 숨었는지 이제까지 보이던 귀애는 간곳이 없다. 그래 그 자리에서 울먹울먹하노라니까 바로 옆 큰 소나무 뒤로부터 귀애의 캐들캐들 웃는 소리가 들리더니 토끼처럼 뛰어나왔다.

"여기 있어 여기."

수일이는 그만 소리를 내어 엉엉 울기를 시작했다. 왜 그런지 갑자기 슬픔이 치밀어 올라와 할 수가 없었다. 귀애는 한사코 수일이를 어르며 제 저고리 고름으로 그의 눈물을 닦으면서,

"난 아무렇지두 않어. 아니야 아나……수일이는 그렇게 하는 게 좋아. 아버지 하라는 대루 하는 게 좋아."

그러니 수일이는 더욱 마음이 외롭고 슬퍼져 더 울음소리를 높였다. 그래 귀애는 어떻게 하는 수가 없어 그만 수일이를 업고라도 병사로 돌아가려고 했다. 그러나 몇 번이나 업고 비틀거렸으나 역시 거듭 실패였다. 두서너 칸 가기도 전에 픽 하면 둘이가 다 넘어졌다.

"넌 넌." 하며 귀애는 숨을 태우면서 핀잔을 한다.

"이렇게 무거운 애가 그냥 우니 인젠 어른이야. 그만 울어 그만."

<h1 style="text-align:center">9</h1>

수일이는 그 후 얼마 안 되어 필운동(弼雲洞) 숙부네 집에 맡긴바 되

어 그곳으로부터 학교에 새로 올라가게 되었다.

　그러나 학교에서는 하나도 동무를 얻지 못하며 얼마나 쓸쓸하고 또 일변 두려웠는지 모른다. 그는 다른 소년들이 재미롭게 노는 것을 외따른 쪽에 서서 먼 바로 바라다볼 뿐이었다. 모두들 저보다 몸집이 크고 나이도 위로 하나같이 그에 대하여 못살게 군다. 곁만 뵈이면 그를 조롱하려 든다. 어떤 몹쓸 녀석은 우진 그이 곁으로 공을 들고 와서는 그이 정강머리를 걷어차고 달아났다. 그러나 그는 결코 빌빌 울지는 않고 옷을 툭툭 털면서 물러설 따름이다. 그것은 울기쟁이라는 별호까지 달릴까를 두려워함이었다. 그런데 신수가 사나우면 할 수가 없어 물러서다가 그만 다른 애와 부딪치어 엎어지는 수가 있다. 그럴 때면 이것을 보고 반 동무들은 손바닥을 치며 좋아하는 것이다.

　더욱이 어떤 날 담임선생이 윤 남작 말을 하면서 수일이를 추켜올린 다음부터는 수일에 대한 소년들의 태도는 더 나빠졌다.

　“애, 네 아버지가 무엔데?”

하고 쉬는 시간이 되자, 바로 옆에 앉아 있는 석순철(石順哲)이가 그의 귓바퀴를 잡아당겼다. 그는 놀라 아프다고 비명을 질렀으나 어쩐지 무어라고 대답할 수가 없었다.

　“알고 있어. 알고 있어. 너의 아버지가 무엔지.”

　“……”

　“벌써 알고 있다 애.”

하며 순철이는 그의 머리를 책상 위에다 쾅쾅 다졌다. 일상 말 없고 유순한 순철이까지 저를 보고 왜 이렇게 못쓸게 구는지가 수일에게는 이해키 어려웠다. 하여간 이 일이 있은 뒤부터는 그 당시에 흔하던 말 ××라는 소리를 이제야 여덟 살밖에 안 된 수일이는 듣게 되었다.

학교에서 이렇게 돌림을 받아 시달리다가 필운동 집에 돌아온대야 누구 하나 반갑게 맞아 주는 사람도 없다. 구한국시대에 그래도 판관(判官)을 지냈다 하여, 숙부는 변호사라는 간판을 내걸고 언제나 앞채 사무실에서 뭇 남자들과 수군거리고 있었다. 말처럼 얼굴이 긴 숙모는 늙은 부인네들을 내방에 좋아라 놓고 밤이 깊도록 히히닥거리면서 화투를 친다.

"아무래두 좀 애가 부족하죠."

숙모는 담뱃대를 흑흑 들이빨고서 화투장을 갈라 쥐면서 또 수일의 흉을 보는 것이다.

"윗물이 맑아야 아랫물이 맑다니 그래 두고 허는 소리입지요."

"님말 그 도련절이 기생몸에 낳었다지요."

하고 누구인가가 밑을 달면은

"그것두 기생이 막 열여섯 살 때에 낳었다니깐요."

하고 또 하나가 끝을 맺는다.

"외아들이 저 모양이구야. 큰집 대감네두 앞날이 걱정이지요. 그러기 나는 원 딸자식(子息) 하나 없어두 조런 것 있는 것보다는 외려 낫다고 우리 영감 보고두 늘 말허지요…… 저런 막 난초를 집어 가우, 저런저런 어쩌문 목단(牧丹, 모란)이 또 떨어지는군."

수일이는 그 옆방에서 잠이 들려고 애를 쓰며 뒤척이고 있노라면 자연 마음이 서글퍼졌다. 사랑하는 어머니가 옆에 누워 있다면 얼마나 행복스러울 것인가. 얼마든지 굳게굳게 껴안아 줄 것을 그리고 또 늙은 덕쇠 영감 금순 누나며 귀애와 같이 정원 안을 달음질치던 생각이 연달아 일어난다. 그러면 슬프고 또 슬퍼 나오려는 눈물을 억제키가 어려웠다. 그러나 이상하게도 다시 마음을 가라앉히고 그가 본집을 나오던 때의 광경이 다시금 눈앞에 떠오르는 것이다. 대문 앞에서 그를 인력거에 태우며 다시는 오지 못한다고 분부하던 아버지, 김천 집은 울며 귀애는 저고리 고름만 깨물고 있었다. 그때가 얼마나 슬펐던가.

"내 만나러 갈께, 만나러 갈께."

대문 옆에서 이렇게 눈물을 먹으며 속삭인 어머니는 왜 찾아오지를 못하는가, 사랑하는 어머니여, 어머니는 지금 무엇을 하시나. 사무실 앞에서 한 점을 치는 소리가 들린다. 내방의 부인 손님네들도 인제는 모두 돌아가고 사면이 쥐죽은 듯이 고요하다.

그러는 사이 어렴풋이 잠이 들었다. 그러나 한밤중 선생의 무서운 얼굴이며 같은 반 장난꾸러기들의 면면이 꿈속에 나타나서 가물거린다. 어떻게 하면 동무들에게 돌리지를 않고 그들과 같이 즐겁게 놀 수가 있을까 하고 꿈속에서까지 걱정을 하는 사이에 밤이 훤히 밝아 오는 것이다.

그러나 어떤 날 뜻하지 않은 일로 수일이는 석순철이와 사이좋은 동무가 되었다. 약한 애들을 골리기 잘하는 키다리 장경섭(張景燮)이가 그날 쉬는 시간, 교단 위에 서서 입으로 받아먹으라고 눈깔사탕을 하나하나씩 던져 주어 교실 안이 들끓던 것이다. 저마다 시험을 해보노라고 입을 짝짝 벌리며 떠들어댔다. 그때에도 수일이는 애초 염에 들지를 못하고 교단 옆에 서서 이 흉한 꼴들을 보고 있노라니 경섭이가 수일이를 발견하자 불현듯이 못된 생각이 일어났다. 그는 모두들 보는 데서 사탕에 질름질름 코를 발라 가지고 고함을 치며 수일이더러 받아먹으라고 던져 주었다.

수일이는 아주 겁이 나서 반사적으로 입을 벌리었는데 그만 흉쭈루기 그것이 입으로 들어갔다. 그래 반 동무들은 모두들 좋아라고 손뼉을 치며 법석댔다. 수일이는 어쩐지 마음이 흐뭇하여 한 번 둘러보고는 급기야 눈을 감고 그 코 묻은 눈깔사탕을 빡작빡작 깨물기 시작하였으니 교실 안은 더욱이 들끓게 되었다.

그러나 뜻밖의 일은 언제인가 수일이를 몹시도 구박한 석순철이가 그 순간 비호와 같이 달라붙어 그의 뺨을 들입다 치더니 그 자리로 돌아서며 장경섭이를 걸어차 넘어뜨리었다. 수일이는 이 삽시간의 일에 질색하여 물러서서 뺨만 비비적거리었다. 몸데지가 큰 장경섭이는 번듯이 누워서 엉엉 울어댔다. 그리고 선생이 오자 발을 버둥버둥씨면서 호소했다. 이 일로 순철이는 교단 위에 불리어 나아가 굵은 몽둥이로 열세 번이나 사정없이 얻어맞았다.

그날 돌아오는 길에 수일이는 순철에게 겁을 먹으며 조심조심 물었다.

"넌 그렇게 맞어두 왜 울지 않니?"

"내가 왜 울어. 겁쟁이나 울지."

"응 그래…… 그런데 선생님은 장경섭이는 왜 안 때리나?"

"거야 선생이 겁쟁이니깐 부잣집 아들은 무서워 때려?"

"응."

수일이는 그저 이렇게 대답하였으나 순철의 꿀리지 않는 배짱과 그 총명에 탄복했다. 순철의 말에 의하면 경섭이는 종로거리 신상(紳商)의 아들이며 저 자신은 가난뱅이 아들로 아버지는 먼 나라에 망명하고 있었으나 현재는 잡혀 와서 형무소에 넘어가 있다는 것이다. 그는 얼굴을 찡그리기도 하고 손으로 시늉도 하면서 아주 그것이 제 자랑이나 되는 것처럼 종알거렸다.

“너의 아버지가 ×××니까 선생이 널 떠받드는 거야. 그렇다구 장한 것같이 그랬단 내가 용서 안한다. 난 반에서 힘이 제일이야. 이래 보여두 난 커서 사상가가 될려거든.”

“사상가?”

“애 봐 것두 모르니. 사상가는 제일 장하구 힘이 세니간 나쁜 사람은 얼마든지 혼을 내워. 그리구 사상가가 되면 발꿈치에 용수틀이 달려서 펄펄 뛴다……”

“그럼 난 왜 쳤어?”

수일이는 의아스러이 이 사상가의 얼굴을 쳐다보며 물었다.

“나두 나쁜 사람인 줄 알언?”

“그럼 나쁜 애 아이구. 코 묻은 눈깔사탕 먹는 자식이 어디 있어.”

그리고 곧 옆골목으로 빠져 들어간다.

“둘이 동무 안 될련?”

수일이는 그의 등 뒤를 향하여 부르짖었다.

“응 오늘부터 우리는 동무야. 그래두 난 빨리 가야 돼. 사상가는 어머니를 도와드려야 되거든.”

“그럼 내일 또 만나자.”

“응 내일. 잘 가라.”

그 다음날 그들 둘이는 처음으로 사이좋게 말을 주고 건네었는데 이것을 보고 반동무들은 다시는 수일이를 몰아세울 넘도 치지를 못했다. 더욱이 한번은 교정에 높이 선 포플러나무에 동무들 따라 여나믄 자 높이 올라갔다가 선생에게 들키어 모두 얻어맞았는데 그때에 새로 들어온 N선생이 가리지 않고 수일이도 들이쳤기 때문에 그 후부터는 수일이도 완전한 동무 대우를 받게 되었다.

그 당시는 선생이라면 어린 생도를 어떻게 때려야만 시원하게 때릴 수가 있을까고 연구하던 시절이라 별별 수법을 가진 선생이 많았었다. 우리 조선에서는 더욱이 그러했다. 새로 들어온 이가 선생은 썩은 뼈처럼 엉거주춤하나 생도를 칠 때만은 아주 생기가 나 빨갛게 불타오르는 것이다. 안경은 벗어서 옆채기에 넣는다. 그리고 제가 흥분한 것을 야만이라고 알기 때문에 적이 침착한 태도로 이리 쳐보고 저리 비틀어 본다. 더욱이 발밑을 걷어차 넘어지는 데는 천하일품이었다. 평안북도서 온 선생인가는 '에이 이놈에 새끼들 뒈져 볼래니' 하며 수리가 닭을 채이듯이 달려 붙어서 막 두들겨 팬다.

"왜 선생님은 우리들을 자꾸 때리나?"
하고 수일이가 수업시간에 몰래 물었을 때 순철이는 한참 동안 증오에 찬 눈으로 선생을 흘겨보더니, "우리들이 크면은 지겠으니깐 때리지." 했다.

언제인가 한번은 누구인가가 방귀를 뀌어 모두 편경을 친 일이 있었다. N 선생은 아주 놀라기나 한 듯이 푸들푸들 떨더니 책을 교탁 위에 놓고 한참 동안 안경 위로 생도들을 노려본 것이다. 생도들은 모두 무서워서 달싹도 못한다. 선생은 그제는 마치 방귓내라고 몰려온 듯이 때가 새까맣게 묻은 수건을 꺼내어 코를 싸쥐며,

"무슨 더러운 일이야. 응. 교육을 암만 받어두 도시 문명할 줄을 그렇게 몰라."

그리고 가분재기 교탁을 치며 기침을 했다.

"一體　誰がやつた? (대체 어떤 놈 짓이야?―편자 주)"

그러나 아무도 무서워서 대답을 못하였으니 이리하여 그들 한 반 칠십 명이 또 전부 채로 두들겨 맞은 터이다.

　그러나 창가를 가르치는 선생만은 생도들에게 손끝 하나 다치기를 꺼려했다. 무슨 몹쓸 병균이라도 와 닿을까 두려워하는 모양이다. 그는 생도들이 헴에 맞지를 않으면 그 팔목에 퍼런 스탬프를 하나씩 찍어 주었다. 스탬프 찍은 것이 팔죽지 끝까지 올라가게 되면 그 생도를 교단 위에 내세우고 보자기를 머리에 씌운다. 그러면 한반 동무는 하나하나씩 차례로 나와 그 생도를 때려야 되었다. 이 ○선생은 교관실에 돌아가면 동료들 보고 늘 이렇게 말하는 것이다.

　"나라는 사람은 너무 온순해서 생도들에게 직접 손을 대기가 어렵습니다."

　그는 많은 애를 한꺼번에 벌주려면 할 수 없이 교탁 아래에 두었던 헌 '슬리퍼'를 끄집어냈다. 그것으로 생도들의 뺨을 찰악찰악 음악적으로(그는 창가 선생이다) 치고 그 뒤에 하나하나 입을 벌리게 하고 그 슬리퍼의 끝을 물리었다. 수일이도 이 더러운 슬리퍼를 입에 문 적이 있다. 언제인가 코 칠한 사탕을 먹게 한 장경섭이가 가로 문 뒤에 그의 차례가 되었는데 암만해도 입이 열려지지를 않았다. 그러자 찰악 슬리퍼가 뺨을 쳐들어오므로 그는 놀라 입을 열고 그것을 문 채 이삼 분간이나 서 있었다.

　수일이는 어찌 그 일이 분하였던지 모른다. 그 뒤에 얼마 안 되어 그 슬리퍼가 없어지고 말았다. 이 일을 알자 ○선생은 다짜고짜로 석순철이를 불러내더니 불문곡직하고 발밑을 걷어차 넘어뜨렸다. 이와 같은 일은 필경 순철이가 한 짓으로 알고 있는 것이다. 그때 수일이가 얼굴이 하얘져 바들바들 떨면서 손을 들고 일어섰다. 반 동무들은 수일이가 그런 대담한 일을 한데 대하여 모두 놀라지 않을 수 없었다.

　"저런 엉뚱한 애를 보게." ○선생도 망연하여 혼잣소리로 이렇게 중얼거렸다. 그리고 한참 있더니, "그래 어디 버렸느냐?"

"변소에요."

수일이는 겨우 한마디 이렇게 대답했다.

선생은 다시 순철이 편을 향하여 노려보더니 "이 자식 네가 충동질을 하였지. 이 자식 이 자식" 하며 귓바퀴를 잡아당긴다.

방과 후 수일과 순철이는 저녁때가 되도록 두 팔을 들고 교관실 앞에 서서 벌을 섰다. 그것은 으스스 추운 오후로 더욱이 햇발은 빨리 기울어지고 긴 복도는 쓸쓸하게 어두워 갔다. 먼 현관 입구를 닫는 소리가 덜컹덜컹 들려온다. 수일이는 팔죽지가 떨어져 왔다. 선생들은 복도에 나와 모자를 쓰고는 한 사람 두 사람씩 뿔뿔이 다 돌아간다. ○선생은 우정 그들을 못 본 체하고 보아란 듯이 어깨를 건들먹씨며 나갔다. 이런 때에 선생을 붙들고 용서하여 달라고 조르는 것이 상책일 것이다. 그러나 수일이는 그와 같은 용기도 없고 계구도 생기지를 않아 빨리 순철이가 선생보고 조르기만 기다렸으나 순철이는 또 순철이대로 입을 굳게 다문 채 돌아다보지도 않는 것이다. 수일이는 선생들이 거진 전부 돌아가 버리는 것을 보고 갑자기 무서운 생각이 들었다. 뒤뜰에는 찬바람이 아카시아 나뭇잎을 흔들고 있었다.

"건 왜 갔다 버린?"

순철이는 억울한 듯이 중얼거렸다.

"새 슬리퍼라두 가져올 줄 알었댄? 아주 깍정이가 돼서 더 헌 슬리퍼나 이제 어디서 주워 올 제 보아."

그때에 담임선생이 교관실로부터 나왔다.

"다음부터는 그런 일은 않을 테지 응."

그리고 둘의 얼굴을 좀체 측은한 듯이 내려다본다.

"○선생에게는 내가 잘 말할 테니까 걱정 말구 돌아가. 다음부터는 조심할 테지. 그렇지. 너희 둘이는 아주 좋은 사이다. 자, 기운을 내야지 기운을."

그러더니 수일의 쪽을 향하여 무거운 목소리로 조용히 이렇게 말했다.

"어머님이 마중 오신 모양이다."

"네?"

수일이는 번 듯 고개를 쳐들었다. 선생은 머리를 끄덕씨며 미소를 지면서

"응 어머님이."

10

그만치나 만나러 온다고 굳게굳게 수일이더러 맹서하여 놓고서도 본집 안에 사로잡힌 포로와도 같이 영 찾아오지를 못하던 산월이다. 그가 이렇게 아무도 모르는 사이에 용감하게 빠져 나와 아들을 찾아오기까지는 다름이 아니라 또다시 너무도 무서운 어떤 사건에 놀라 수일의 신상이 급기야 염려되었던 때문이다. 그러지 않아도 그 당시에는 이 크나큰 집 담장 앞을 윤 남작 일가를 저주하며 또 욕지거리를 퍼부으면서 지나가는 사람들이 끊이지를 않았다. 더욱이 술이나 취하여 무어라고 고함을 치며 대성(大聲)으로 윤 남작 나오너라고 부르짖는 자들도 많았다. 어떤 이는 돌을 집어던져 그것이 나뭇가지에 부딪치면서 밤중 고요히 잠이든 그들의 지붕에 땅땅 떨어지며 요란히

울리었다. 수일이와 떨어진 뒤부터는 더욱 밤이 새도록 깊은 잠을 들지 못하여 뒤채이기만 하던 산월이는 이 소리를 듣고는 소스라치게 놀라 깨어서 조그만 가슴을 또다시 달락시며 아들 수일의 안부를 걱정하려기에 온 밤이 맞는 것이다. 그는 그 사건이 있은 이래 더 말할 수 없는 절망 속에 빠져 불쌍한 수일의 장래를 위구하는 터이었다.

그런데 이날 새벽의 일이다. 난데없이 밤중에 안사랑 쪽에서 총성이 울리더니 누구인가의 찔리는 듯한 비명이 들리고 그 뒤를 이어 또다시 탕탕 총성이 낭자했다. 드디어 윤 남작을 암살할 목적으로 해외로부터 침입한 사내는 경관대(警官隊)와 교전을 하여 그 자리에 쓰러진 터이다. 그리고 안사랑 토광가에는 금광을 캐자고 윤 대감을 조르러 다니던 애매한 박 대감이 그만 이집 주인으로 오인되어 노다지처럼 피를 쏟고 맞아 죽었다. 그때에 허겁지겁 도망을 쳐 중대문을 뛰어넘어 나무 사이에 떨어진 채 정신을 잃고서 넘어진 김 백작이 발견되기는 날이 어지간히 밝았을 즈음이었다—그 시절로 말하면 바로 세계정국도 화란 속에서 신음하여 파리(巴里)에서는 강화회의가 벌어지려는데 러시아(露西亞)에는 제2혁명이 일고 일본과 기타 제 외국은 시베리아(西佰利亞) 출병을 한다는 난동이다. 이런 정세로써 조선사람 대중도 차츰 정치와 경제에 새로운 눈을 뜨고 생활과 문화를 위하여 분투하여 나가던 세대이다.

그 뒤부터 김 백작의 얼굴은 일층 더 인력의 법칙에 의하게 되었다. 눈을 감으면 가죽이 끌리어 올라 입이 벌어지고 입을 닫으면 그제는 눈언저리 가죽이 풀리어 푸시시 눈이 떠지는 터이다 그의 말에 의하면 침입한 사내가 육혈포(六穴砲)를 들이댈 때에 그는 너무나 놀라 눈이 왕방울처럼 되어 비명조차 못 질렀는데 박 대감은 제가 윤 남작이 아니라 윤 남작은 운니동 첩네 집에 가 누워 있으니 저만은 제발 쏘지 말라고 너무도 황망히 빌며 변명을 하였기에 도리어 주인인기라 의심을 받아 맞아 죽었다는 것이다. 그리라고 침입한 사내가 검은 보자기로 얼굴을 가리고 눈만 번득번득씨는 모양이 꼭 부엉이 같았다고 신이 나서 주절거렸다.

"그래 부엉이는 무어라고 헙더니까?"

월화네 집에서 이 급보를 듣고 돌아온 윤 남작은 뒷수습이 거진 다 끝나자 그제는 푸욱 마음을 가라앉히고 이렇게 호기있게 물었다. 그러자 김 백작은 히끔 계면쩍었던지 헤헤헤 하며 손으로 목을 치더니 한번 힉힉 혼잣소리로 웃고서 "그래 들어 보시려우" 하고 아주 자조를 띠며 목을 쑤욱 내어밀며 "이 녀석아, 참새가 무어라고 울더냐 하고 난데없이 이런 걸 붙드는군요. 헤헤헤."

그래 안사랑에 모여 앉았던 노대감들은 한꺼번에 웃음소리를 터치었다.

윤 대감은 제 수염을 쓰다듬으며 벌씬 멋쩍게 웃었다. 참새 울음소리의 비유는 옛날 대관들의 학정을 아주 잘 풍자한 말이었다. 사실상의 일은 여하간 어린애들은 흔히 이 참새놀이를 길가에서도 하며 놀았다. 언제였던가 윤성효도 집 대문 앞쪽에서 빈민의 애들이 모여서 참새놀이를 하다가 싸움이 벌어지는 것을 물끄러미 본 일이 있었다. 그러므로 그는 김 백작이 말하는 의미를 넉넉히 이해할 수 있는 것이다.

참새놀이에는 돌구름다리가 무대로 되었다. 왼 윗단에 악관(惡官)이라 하는 어린애가 아주 뽐내며 앉았고 구름다리 아래에는 세 어린애가 포승을 받고서 굴복을 하고 앉아 있다. 그 뒤에는 두 형사가 채찍을 쥐고 노상 버티고 서서 상관의 명령만 내리기를 기다리고 있는 터이다.

"이 오른쪽 놈아, 참새가 무어라고 울어?"

이렇게 상관이 고함을 지르면 오른쪽 놈은 머리를 땅에 박고,

"네, 그저 참새는 쨱쨱하고 웁지요." 한다. 그러자 상관을 발을 구르며 호령을 하되,

"이놈 찍찍은 울지 모르나 참새가 쨱쨱 우는 법이 어디 있느냐! 으흠 그놈 볼기를 다섯 대만 치거라!"

그런데 이놈의 형사들이 아주 상관 명령에 충실하고 못쓰게 생겨먹은 놈이라 조금도 얀간한 맛이 없이 사정없게 채찍으로 볼기를 친다. 그래 오른쪽 애가 늘큰히 얻어맞자 이번은 가운데 애가 똑같은 질문을 받게 되어 약삭빨리 참새는 찍찍 하고 운다고 대답하였더니 그렇게 우는 놈의 참새가 어디 있느냐 쨱쨱 울지, 이렇게 되어 또 볼기가 열대. 이리하여 맨 마지막 쪼그만 애 꼬맹주사(主事) 차례가 되자, 그만 겁을 집어먹으며 찍찍쨱쨱 하고 운다고 대답하고서 또 그렇게 두 소리씩 하는 참새는 어디 있느냐고 볼기를 열다섯 대나 얻어맞게 차부가 된다. 그러나 이애는 아주 아프기도 하려니와 그 무법에 골이 올라 그만 울면서 일떠섰다.

"이 자식 왜 때려 응. 이 나쁜 사도(使徒) 자식, 왜 두 소리를 못해, 앵무새는 아무 소리라두 허지 않어?"

일이 이렇게 되고 보니 다른 놈도 합류하여 죄수 세 놈이 그만 반란을 일으키어 도로 이번은 그 약관과 형사 세 녀석을 잡아 업디치고 비끄러매었다.

"애 이 자식, 그럼 너 말해 봐, 너두 말 못허지?"

하며 꼬마 주사는 악관(惡官) 사도를 타고 업누르며

"이 자식 상관이나 되었다구 막 두들겨 패기냐, 뽐내지 말어. 이건 놀음 아냐? 애 이 자식 대답해 봐 무어라구 우니?"

"애 꼬맹아, 난 난."

하며 아까의 상관은 비명을 지르면서 능청맞게두

"난 귀머거리야. 그래서 참새 소리가 들리지 않어. 에이 너 그렇게 때리기냐. 조금 있다 죽는다. 아이구 이건 아까부단 더 하지 않냐?"

"머야? 귀머거리야 이 자식. 거즛말 말어, 내가 다 알고 있어 다! 알고 있어!"

"허− 그래 김 대감은 귀머거리가 도어 대답을 못한 모양이지."
하고 윤 남작은 의미 깊게 물었다.

"헤헤헤 그런 게 아니지요." 하며 손을 내저으며 김 대감은 거들거렸다. "귀머거리가 도질 않우. 바루 벙어리가 되었습지요. 아 너무 혼이 나서 눈을 홉떴기 때문에 그만 말구멍이 맥혔는 걸요."

11

학교 뜰 안 한 모퉁이 포플러가 주렁주렁 늘어선 나무 그늘가에 굳게굳게 얼싸안은 어머니와 아들의 그림자가 있다. 해는 바로 뉘엿뉘엿 지려는데 황금색의 저녁 햇발이 이 두 불쌍한 목숨의 오늘의 슬픈 포옹을 위로하듯이 포근히 두 몸뚱이를 어루만져 주고 있는 것이다. 그림자는 길게 뻗쳐 누워 있고 포플러 높은 나무 가지 가지에서 새로 나온 파란 잎들은 무어라고 속삭이듯이 살랑살랑 흔들린다. 수일이는 어머니 품에 몸을 박은 채 훌쩍훌쩍 울기를 그치지 못하는데 산월이도 건잡을 수 없이 흘러내리는 눈물을 억지로 참느라고 흑흑 숨을 들이키며 느껴 울었다.

그러나 이윽하여 길게 뻗친 두 그림자가 조심조심히 움직이기를 시작했다. 어머니는 제가 대신 껴든 수일의 책가방에 얼굴을 묻고 눈물을 닦으면서 “아—내가 무슨 몹쓸 죄를 저질렀다기에—내가 왜 수일이 너를 길러야 되는지 모르겠구나.”

수일이는 얼굴이 새하얘지며 어머니를 쳐다보았다.

어머니는 아직 얼굴을 들지 못한다.

“아— 수일아, 너는 왜 티어나 날 이렇게 걱정을 시키니 넌?”

“내가……”

그는 어머니의 이 소리를 듣고 그만 말할 수 없는 깊은 실망에 빠진 것이다. 가장 사랑하며 또 몸이 부서지도록 간절히 간절히 그리던 것은 이 어머니가 아니었던가. 그래 수일이는 눈을 동그랗게 하고 애연하게 호소하듯이 어머니를 다시 쳐다보았다. 산월이는 갑자기 안된 생각이 들어 수일이를 다시 껴안아 들었다.

“아이구 내가 못돼서 또 그런 소리를 했구나. 내가 너무 귀엽기두 하고 또 학교두 잘 다니는 것을 보니 너무 기뻐서 그런 거짓말을 하였는데 그걸 곧이듣는단 말이냐. 곧이들어? 노느라고 그랬어, 노느라고. 내 잘못했다고 빌게. 우리 수일이는 인제 울지 않을래. 인제 그칠 제 보지. 나는 안 울지 않어. 봐 봐요. 날 좀 나는 지금 웃질 않어?”

그리고 불현듯 너무도 해가 저문 줄을 알자 새삼스러이 놀라며 수일이를 분주히 재촉하여 앞세운다.

“아이고 너무 늦었구나 빨리 가요. 빨리 원 내가 철이 있나. 참 철부지지 철부지야.”

“인젠 가방 나 주어.”

교문을 나서며 수일이는 남이라도 보면 가방을 어머니에게 들게 한 것이 흉할까 해서 손을 내밀었다.

“아냐, 내 조금만 더 들어다 줄나.”

“내가 메어요.”

“아냐 아냐. 아이고 너 이게 얼마나 무겁니. 벌써 네가 이런 걸 다 메고.”

“무겁지 않어. 난 무겁지 않어.”

“무겁지 않어. 아이구 넌 힘이 세구나.”

하며, 그냥 산월이는 한 손으로 가방을 꼭 낀 채 한 손으로 수일의 손을 잡고서 끌어당긴다. 그는 얼마나 오늘이 행복스럽고 즐거운지 알 수가 없었다. 길 가던 사람들도 적이 의심스러운 눈으로 그들 모자를 뒤돌아본다. 산산한 바람이 길 먼지를 펄펄 날린다. 거리에는 벌써 전깃불이 켜졌다.

“매일 이렇게 늦게 오니?”

“아니.”

“그래, 작은어머니는 ‘고매’ 굴든?”

수일이는 입술을 깨물며 아무 대답도 못한다. 그래 산월이가 머리를 돌리자 그는 어머니를 쳐다보며 할 수 없이 고개를 한 번 끄덕였다.

“선생은.”

“……고매 굴어.”

“동무들은.”

"동무들두."

어머니는 이 모양으로 숙부네 집 일이며 학교 일이며를 골고루 물었다. 그러면 수일이는 역시 어머니를 슬프게 하지 않을 양으로 모두 괜찮다는 듯이 어름어름 대답했다. 그리고 모든 보상이라도 되는 듯이 그 대신 석순철의 이야기를 종알종알 자랑을 하며,

"순철이는 사상가야. 그래 아무 것도 무섭지 않대. 순철이는 나하구 동무야."

이렇게 뽐내었다. 산월이는 사상가라는 말에 가슴이 뜨끔했다. 세상이 바뀐 뒤 다시 기생 몸이 되어 가지고 그는 얼마나 이 말을 귀에 못이 박히도록 들어 왔는가. 산월에게는 사상가라는 개념은 아직 똑똑지는 않았으되, 막연하나마 그것은 아마 자기를 못살게 한 윤 대감 따위를 쳐 물리려는 사람들의 명칭이거니 하고 생각한다. 그래 산월이는 평양에 살고 있었을 때는 그 당시에 울리던 대성학교 출신들의 연설이라면 한사코 들으러 갔었고 또 그 나머지 더욱더욱 윤가에 대한 증오감을 불붙이었던 것이다. 그러나 지금까지 그 사람들의 변전(變轉)하는 운명에 얼마나 놀라 온 것일까. 그날 아침의 침입자의 죽음 이것도 눈앞에 서물거린다.

"사상가라니?"

"사상가?"

수일이는 전에 제가 순철에게 이 단어 때문에 부끄럼을 받은 일을 생각하며

"어머니 것두 모르니 사상가는 제일 힘세서 아무 것도 무섭지 않은 사람이야."

어머니는 하도 어이없어 웃어 버렸다. 그리고 조금 무엇인가 생각

하는 모양으로 고개를 숙이었다. 수일이는 좀처럼 귀애의 이야기를
물어 볼까 하였으나 왜 그런지 계면쩍어 종(終) 입을 떼지 못하고

"어머니 작은아버지 집에 안 갈란?"

"못 가, 못 가."

산월이는 놀라 황망히 손을 저었다.

"나를 만났다구 아무 보고두 말하지 말어. 응 응 알었지?"

"응."

수일이는 적이 못마땅한 듯이 볼멘소리로 대답한다.

"그래두 이젠 집에 다 왔는데."

그 소리에 산월이는 펄쩍 놀라 멈춰 서서 위쪽으로 수일이를 끌어
들였다.

"어느 집이냐?"

"저거지 뭐, 검은 담장하구 문간에 등 달은 집이지 뭐."

산월이는 아무 말도 못하고 돌미륵처럼 굳어진 채 한참이나 그곳을
바라본다. 필운동이라도 퍽이나 깊은 곳으로 들어온지라 아주 쓸쓸하
고 외로워 저런 집으로 제 어린 아들을 들여보내어야 하는가 하면 어
찌 또 언짢아지는지 알 수 없었다. 산월이는 소룬히 제 옆채기에서 과
자랑 은전을 꺼내어 수일의 책가방에 넣었다. 수일이도 의심스러이
어머니를 쳐다볼 뿐 말을 못한다. 어머니는 가방을 수일의 어깨에 메
어 주었다.

"아무에게두 뵈이지 말어라."

"응."

그러자 매시시 수일의 손을 놓았다. 수일이는 두어 발자국 떨어
졌다.

"내 또 올나, 또 와."

산월이는 들릴락말락한 소리로 겨우 부르짖었다.

"응."

수일이는 또다시 몇 발자국 떨어졌다.

"잘 가거라. 잘 가."

산월이는 수건을 흔든다. 그러다가 그것을 입에 물고 깨물었다. 그의 눈에는 파란 불빛이 서리우고, 얼굴에는 두 줄기 눈물이 흘러내렸다. 수일이는 조금도 떼를 쓰지 않고 슬금슬금 떨어져 간다. 그리고 때때로 뒤를 돌아다보고 약간 멈춰 섰다가는 또다시 걸어가다가 이번은 어머니가 수건으로 눈물을 적시는 모양을 보자 열 발자국쯤 달아났다. 그리고 저도 엉엉 울려다가 사상가는 울지 않는다는 생각이 나서 울음을 참노라고 입을 비죽비죽거리면서 가방 속에서 눈깔사탕을 하나 꺼내어 입에 물었다. 그리고 다시 돌아다보니 어머니는 빨리 들어가라는 시늉으로 수건을 펄럭펄럭 흔들면서 저도 차츰차츰 먼 곳으로 물러간다. 수일이는 대문 앞까지 와서는 그냥 멈춰 서서 종내 어머니가 멀리 사라지는 것을 보고야 제 방으로 술그먹술그먹 들어갔다.

12

그 뒤에 또 몇 달인가 지나서 가을바람이 스산히 부는 어떤 일요일 날 그들 모자는 다시 만날 기회를 만들어 북한산 밑을 향하여 자동차로 달린 적이 있었다. 산월이는 그날은 무슨 생각이 들었던지 기생 시절과 같이 차리고 왔었다. 어린 고양이 같이 가는 허리에는 화문(花紋)

박힌 순백의 긴 치마를 가는 주름을 잡아 걸치고 물색 숙고사 윗저고리는 짧게 잘라 입고 검은 구름 같은 머리에는 옥비녀를 꽂고 띠에는 은장도, 금장도, 산호주에 진주월패를 주렁주렁 늘이고 손가락엔 천도금 가락지를 끼었다. 그는 칠색 구름 속을 날아다니는 선녀와도 같이 사뿐히 차안에 몸을 실었으나 막상 구루마가 달리기 시작하자 한편 구석 쿠션에 조그만 몸을 틀어박고는 슬픈 얼굴로 어깨를 들먹일 뿐이었다. 불쌍한 어머니는 그날은 처음부터 유별히 넋갔이 다르며 또 몸가짐도 평상 같지를 않았다.

수일이는 또 다른 한편 쪽에 오뚝히 앉아서 어머니가 무엇을 그렇게 슬프게 생각하고 있는가를 이해하려는 듯이 몸을 까딱도 하지 않고 어머니 쪽을 구슬픈 눈으로 바라보았다. 막연하게나마 아무래도 오늘은 어머니가 무슨 큰 결심을 하고 온 것이리라 생각되었다. 그 후에 곰곰이 생각하여 보니, 혹은 어머니는 그날 수일이를 최후의 길동무로 삼고 마지막의 길을 깊은 산중에서 걸으려는 것이나 아닌가고도 의심된다.

자동차는 벌써 산 밑에 이르러 울울창창한 소나무 숲 사이를 뚫으며 달리고 있었다. 바위틈 새로 흐르는 물은 맑고 여기저기 물가에 갈대는 하얗게 피어 너훌너훌 머리를 젓고 있었다.

둘이는 웬만큼 가서는 도중에서 차를 버렸다. 하늘은 청청하게 높고 땅은 명랑한 황금빛으로 빛나는데 바람에 사납게 흔들리는 숲 소나무 가지가지에서는 이름 모를 새들이 놀란 듯이 송알송알 지저귄다. 어머니는 아무 말 한마디 없이 숲 속을 솔음솔음 더듬으며 수일이는 그 뒤에 조금 떨어져서 갈대꽃을 손으로 살악살악 흔들면서 묵묵히 따라 올라갔다. 갈대꽃은 바람을 타고 펄펄 파문을 그리며 하나하나가 엷은 눈송이처럼 떠올라간다. 수일이는 멈춰 서서 그것이 공중에서 오색이 영롱하게 빛나는 것을 쳐다보면서 소리 없는 손뼉을 치곤했다. 송림이 다한 곳으로부터는, 험하고 그악한 돌작지길이 산으로 기어오르고 있다. 산월이는 수일이 손을 끌며 올라간다. 소년은 역시 오늘의 어머니는 얼마만큼은 불만이었으나, 다만 사랑하는 어머니가 다시 자기의 것으로 돌아왔다는 기쁨에 그득하여 되도록 어머니의 심사를 상치 않으려 그냥그냥 말없이 따라 올라갔다.

"어머니 아무두 없는 곳에 가나?"

하고 수일이는 동의를 구하려는 듯한 눈으로 물어 보았다. 어머니는 가벼이 웃음을 띠며 고개를 흔들 뿐이다.

"옛적에 어린애 셋이서 범 잡으러 갔던 데두 이런 산이나?"

그는 어린애들이 어떤 산에 올라가 그곳에서 자고 있는 범을 용하게도 바윗줄로 얽어매었다는 옛말을 생각해 냈던 것이다.

"범두 없는 곳이란다."

어머니는 고즈넉이 말한다.

"범두 사람두 없는 쓸쓸한 곳에 간단다. 거기 가면 너하고 우리 둘이서 암만 소리를 지르며 지껄여두 사람이 듣겠니, 또 울어두 알겠니."

"그럼 어떤 중이 높은 무쇠나무를 본 데두 이렇게 높은 곳이야."

"응 그렇단다."

어머니는 할 수 없는 듯이 쓸쓸히 웃었다.

"그럼 어디 무쇠나무 아래에 돌구두 신은 커단 사람이 누워 있지. 그 사람 콧김에 저 수풀이 흔들리나."

"오라 그런지두 모르겠다."

　　그들 모자는 서울 장안의 시가가 훤히 내려다보이는 바위 밑에 발을 멈추었다. 벌써 어느덧 가을은 깊고 해는 서천에 기울어 쌀쌀한 바람은 소나무 숲을 불어올리며 그들의 옷자락을 펄펄 날린다. 저녁해가 빨갛게 반조(返照)한 높은 느티나무가 세차게 흔들릴 적마다 몇 백의 까마귀들이 휩쓸어 떠올라 까악까악 비명을 지르고 있었다. 그것은 마치 황금의 태양이 보낸 소악마들처럼 펄럭펄럭거리며 그 때문에 넓고 훤하던 조망은 처참하게도 컴컴스레 어두워진다. 장안 만 호의 경치도 군데군데가 시커먼 단도에 찔리어 그것이 난무하는 사이사이로 천주교회당의 종루가 우뚝 솟는가 하면 혹은 백아(白亞)의 높은 건물들이 걸핏걸핏 보이기도 하는 것이다. 그러면 소나무 숲은 다시금 무더기로 흔들리면서 쏴— 쏴— 함성을 지르니 까마귀 떼는 놀라 하늘 높이 몰려서 퇴진을 한다.

　　어머니는 가분재기 이상한 목소리로 캐들캐들 웃으며 손바닥을 친다.

　　"응 인젠 그만 내려가" 하며 수일이는 어머니의 손을 잡아끌었다.
"응 어머니."

　　그러나 어머니는 아무런 대답도 하지를 않고, 마치 무엇에 정신을 잃어버린 사람 같이 잠잠히 그 자리에 앉아 버린다. 그래 수일이도 수심에 찬 얼굴로 옆에 살그머니 다가와서 나란히 붙어 앉았다. 잠시 동안 무거운 침묵이 계속되었다.

　　"우리 수일이는 역시 어머니가 좋으니?"

　　어머니는 혼잣소리처럼 이렇게 중얼거렸다.

　　그러나 말소리는 바람에 휩쓸어난다.

　　"응."

수일이는 목소리를 삼키었다.

"난 어머니가 제일 좋아."

그리고 이어서 양보했다.

"어머니가 좋아하는 곳이면 아무 데라두 갈래. 내 집에 가자구 안 글게."

산월이는 가만히 수일이를 끌어당겨 제 뺨을 아들의 얼굴에 비볐다. 그때에 그의 뺨에는 뜨거운 눈물이 한줄기 옮아 넘어 흐른다. 수일이는 놀라 어머니의 얼굴을 쳐다보았다. 지는 해에 빨갛게 질려 보이는 어머니의 뺨에는 눈물이 끊일 사이 없이 흐르고 있는 것이었다.

"그래두 내가 죽는다면……"

"어머니 왜 그런 소릴 하니……"

"아직 너는 철부지 애로구나" 하며 어머니는 슬픈 낯으로 웃는다. "내가 병이라도 앓아 죽으면 어떡하니. 어머니두 한번은 아무래두 죽는단다."

"어머니 그럼 매일 병 안 들게 하나님께 빌면 되잖어."

"글쎄, 그건 그럴지두 모르겠구나. 그래두 박 대감처럼 총에 맞어 죽는 사람은 없던? 모두가 하나님 처분이실 테지만."

이전에 다시 만났을 적에 산월이는 역시 본집의 피습사건을 만하지 않고는 못 견디었던 것이다. 산월의 생각에는 수일의 장래가 이 편에 선대도 무섭고 저 편에 선대도 또한 위험하게만 보이는 것이다.

"응 그래두 박 대감은 사상가에게 맞아 죽었지. 그럼 사상가가 되면 되지 뭐. 사상가는 발에 용수틀이 붙어서 얼마나 잘 피하는지 몰라."

호호호 하고 어머니는 눈물이 쏟아지게 높은 소리를 지르며 웃었다.

"그 사상가가 또 맞아 죽었구나."

"그럼 어머니."

하며 수일이는 어머니에게 바싹 달라붙으며 애연하게 부르짖었다.

"내 멋있는 소리꾼이 되어서 매일매일 하나님을 가쁘게 해줄래. 그럼 하나님은 어머니랑 나를 도와줄 걸 뭐."

어머니는 눈물이 다시 핑 돌아 고개를 젖히며

"참 우리 수일인 좋은 애로구나. 것두 정말 네가 소리를 하면 몹쓸 사람은 미쳐 나가고 나쁜 사람은 그 자리에 죽어 넘어진다면 좋겠다."

"……"

"정말 그렇구나" 하며 산월이는 꿈꾸는 듯한 어조로 중얼거렸다.

"내가 네게 물려주는 건 소리밖에 없구나. 네 몸을 지킬 비수 하나, 나는 남겨 주지 못하고 죽겠구나."

"비수라니?"

수일이는 목에 침이 마르게 부르짖었다.

"죽여, 사람을 죽여."

"죽여?"

"응, 칼 말이로고나."

"누귀를."

"아무개든."

모자 사이에는 다시 말할 수 없는 긴장된 침묵이 지배되었다. 수일이는 더욱더욱 무섭고도 이상야릇한 생각에 엄습을 받아 떨리는 얼굴을 쳐들어 어머니의 얼굴을 다시금다시금 살피면서 어머니의 진심을 알고자 애를 썼다.

"세상 사람이 윤가네를 저주한다. 그리고 너는 그 무서운 후손이란다."

수일이는 더욱더욱 지금까지 경험치 못한 깊고 깊은 우수와 회의 속에 억눌리었다. 어머니는 수일의 손을 잡고는 다시 일어나서 차츰차츰 더 그악한 단애를 향하여 오르기 시작했다. 그리고 슬프고 처량한 가느다란 목소리를 뽑아 간간이 흐득여 울면서 자진 수심가의 한 구절을 부르기 시작했다.

바람아 부지 말어라. 송풍 낙엽이 떨어지누나. 명사십리 해당화야 잎 진다. 꽃진다고 설워를 말아. 동삼 석 달은 죽었다가 명춘 삼월이 돌아오면 잎은 돋아서 왕성을 하고 꽃은 피어서 만발하는데 우리 인생 죽어지면 만수장림에 운무로구나.

그러자 수일이는 조금도 수줍은 기색이 없이 같은 슬픔 같은 원한에 가득하여 맞받아 다음 노래를 부르니―

만첩청산 썩 들어가서, 잔덧잎으로 이마를 삼고 두견접동으로 벗을 삼고 석침 베고서 누었으니 송품은 거문고요, 두견성은 노래로구나. 살은 썩어 물이 되고 뼈는 썩어 황토가 되고 삼혼칠백이 흩어나질 제 어느 친구가 날 불쌍타 하까요. 생각하면 심사가 좋지 않아서 못살니로구나.

이때에 산월이는 아들을 얼싸안고 그만 자리에 엎어진 채 몸부림을 치며 어린애처럼 소리를 높여 통곡을 하기 시작했다. 수일이도 물론 따라서 엉엉 울어댔다. 울음소리는 바람에 흩어져 하늘에서 부서졌다. 그리고 아무리 소리를 높여 울어도 누구 하나 들어주는 사람이 없었다. 산상에서 이렇게 모자가 슬프게 한껏 통곡을 하고 있을 적에 하늘에는 까마귀가 날고 저녁 안개는 뽀얗게 끼어 오는데 해는 뉘엿뉘엿 지기 시작했다.

그러나 산월이는 수일이를 데리고 만장의 단애로는 찾아가지 않았다.

13

가을철도 차츰 깊어 가고 다시 새 겨울은 찾아왔으나 북한산에서 헤어진 이후로는 어머니는 채찍으로 맞은 것처럼 한 번도 찾아 주지를 않아 수일이는 어머님을 그리는 마음이 더욱이 간절해졌다. 어디가 아프시지나 않은가 하고 문득문득 걱정이 되나 역시 본집에 어머니를 만나러 가도록 허락은 내리지를 않았다.

그런데 어떤 날 수상하게도 사무실에 아머지가 찾아와서 숙부네 부처와 무엇인가를 수군수군 거리는 것을 보았다. 수일이는 걱정스러운 얼굴로 실내의 문을 열고 들어와 한 옆에 서서 먼 바로 그들의 기색만 살폈다. 아버지는 수염 한 끝을 입에 물고 깊은 눈늚을 흐밀거리면서 수일이를 물끄러미 바라다볼 뿐 이렇다는 말 한마디 입을 떼지 않는다.

"수일이 도령님은 아주 큰 양반이랍니다."

하고 숙모는 연신 능청을 부리면서 남작에게 듣기 좋으라 말추를 늘였다. 언제나 하루같이 수일에게는 쌀쌀하고 무정하던 이 숙모가 남작 앞에서는 유달리도 은근할뿐더러 수일에게까지 외려 무시무시할 만치 친절한 것이다.

"첫째 공부 잘하고 말 잘 들으니 좀 훌륭해요?…… 그래 늘 저는 저는 바깥어른과 마주 앉으면 원 큰집 대감네는 아들두 참 잘 두어서 어쩌문 그렇게 팔자가 좋으실고 이렇게 두구 뇌인답니다.”

　그리고서 수일이 쪽을 척 둘러보더니만

　“수일 도령님 이리 좀 와요.”

하고 아주 짓궂게 손까지 흔들어 보인다. 수일이는 온몸에 소름이 쭉 끼치는 듯하여 몸서리를 쳤다. 숙모는 물소같이 긴 얼굴에 꺼림칙한 미소를 띠며 얼러 대려든다.

　“아무 근심 말구 공부나 더 잘해야 허우. 근심할 게 무에 있나? 어머님두 우리 도령님이 공부 잘허기만 바래구 있을 테니 어머님 근심 두 애여 말어야 허오.”

　“허— 그런 소린 다 왜 허나……”

하고 뽀족한 매부리 콧잔등에 금테 안경을 걸친 숙부가 편잔하듯이 제지했다.

　“어린애보구 헐 소리가 따루 있는 게지, 그런 소린 다 왜 허나.”

　그때에 아버지는 비로소 퉁명스런 소리로,

　“나가 놀거라.”

했다. 수일이는 어리둥절하여 수벅수벅 걸어 나가다가 귓결에 아버지가 숙부에게 이렇게 말하고 있는 것을 들었다.

　“허기는 나두 어데 온천에라두 며칠 데리구 가볼까도 하였네마는 원체 어린애가 좀 귀찮어야지……”

　직감적으로 어머니에게 무슨 일이 생긴 게로구나 생각하니 수일이는 가분재기 몸뚱이가 떨리며 가슴이 두근거림을 금치 못했다. 마음이 안절부절하여 어찌할 바를 몰라 좁은 가슴을 조이면서 대문 밖으로 걸어 나왔다. 그때였다. 비록 의외의 일일지라도 이 동리 한 집 한 집 문표로 쳐다보며 찾아 싸다니는 귀애를 문 앞에서 공교롭게도 만난 것은. 수일이는 깜짝 놀랐다. 어떤 소녀가 앞집 대문 아래서 키춤을 하며 문표를 살피고 있다가 인기척에 놀라 홱끈 돌아선 얼굴. 그것이 틀림없이 옛날의 귀애가 아니었던가. 가느다란 몸테지에 검은 조선옷 제복을 입은 탄탄스럽고도 귀여운 모습. 귀애는 수일이를 첫눈에 알아보자 입을 딱 벌리고 일순간 환희의 빛을 나타내더니 막 쓰러질 만치 내달려와서 수일이를 붙들고 숨길이 가쁘게 허덕이며 발바닥을 굴렀다.

"아, 만났다. 이제야 만나서!"

그러더니 아무 소리 하나 못 지르게 신달음으로 소매를 잡아끌며 달아나기 시작한다.

"어머니가 큰일나서 큰일나서."

"어머니가?"

수일이는 펄쩍 놀라 되받아 물었다.

"응 어머니는 어머니는 네 이야기만 헛소릴 해. 헛소리……"

"헛소리?"

수일이는 기를 쓰고 따라 달려갔다.

"글쎄 넌 어쩌자구 걱정하게 편지 한 장두 안하니? 몇 번씩이나 편지를 했는데 넌 편지두 못 읽니?"

귀애는 숨이 턱에 닿은 목소리로 제 말만 말이라고 조잘거린다. 그것은 조금도 전과 다름이 없는 역시 여돌하고 영리한 귀애였다.

"왜 어쩌자구 회답편지두 않어. 그렇게 무서워 집이? 편지 쓸 줄두 모르니?"

"난, 난 편지 같은 거……"

"편지 같은 거가 뭐야 내가 편지를 세 번씩이나 했는데."

“못 받었는데.”

“못 받어서? 못 받을 리가 어디 있어…… 옳지, 그럼 저 몹쓸 작은 어머니가 감춘지두 모르겠어. 제가 글자를 모르니깐 제 옥한 줄 알구 찢어 버린지두 모르겠네.”

그들은 벌써 삼청동 골목을 꺼뚜르고 나와 지금은 돈화문 앞 넓은 거리를 달기고 있었다.

“어머니가 어쨌나? 어머니가?”

“애 봐, 큰일나서. 아주 큰일났단다. 어머니가 매일매일 몸부림치겠지.”

“어째서?”

“내가 이만큼 큰애가 되구서 바루 대어 줄 줄 알어. 총기 있는 내가 너보구 대어 주면 어떡하겐? 네가 울며불며 야단치라구…… 어서 가. 가기만 하면 알어.”

“어머니 어머니!”

“울지 말어요. 진 다왔어. 울지 말어.”

한 반 시 가량을 이렇게 숨이 멎도록 달음질을 쳐 어느새인가 그들은 높은 담장으로 둘린 본집 조그마한 뒷문 가까이 이르렀다. 귀애는 수일이를 전신주 뒤에다 꼭 붙이어 숨겨 놓고 사방을 돌아보았다. 아직 해가 지기는 멀었을 때인데 가분재기 하늘색이 컴컴하여지며 시재 눈이라고 올 것 같은 일기로 변했다. 살그머니 뒷문을 열어 보려고 다 가설 즈음에 마침 행랑사람 하나가 문을 열고 어슬렁어슬렁 나오더니 사나운 구름이 뭉겨 도는 하늘 한 번 쳐다보고서 타악 가래침을 뱉더니 바른쪽으로 엉금엉금 걸어간다. 이 틈을 타서 귀애는 수일이를 얼싸안을 듯이 감싸고 뒷문으로 쏠려 들어갔다. 수일에게는 모든 것이 꿈결 같았다. 바로 그들이 들어선 곳은 연못에 가까운 언덕으로 언제인가 굿사건 때에 그들의 모자가 불리어들 나와 상기하여 넘어졌던 데였다. 거기서부터 연달린 아주 쥐죽은 듯이 고요한 과수림(果樹林) 사이를 걸핏걸핏 뚫고 나가면 고색이 창연한 본채 지붕끝이 나무숲 위에 엉거주춤이 내려앉아 있었다. 그 아래 한쪽 끝 방이 전에 수일이와 어머니가 같이 지냈던 곳이다. 수일이는 가슴을 두근거리며 여기까지 달려오기는 하였으나 막상 어머니가 있는 방 앞까지 이르렀을 때에는 아주 기진하여 발밑이 부들부들 떨리며 혀끝까지 가두어 들어가는 것만 같았다. 그날은 유별히도 집안에 인기척 하나 없이 쓸쓸하기 그지없었다.

수일이는 어머니 방의 문지방에 바싹 몸을 기댔다. 아카시아나무에 흔들리는 어르숭숭한 광선이 영창문에 비치어 사광(蛇光)처럼 흔들리고 있었다. 그의 가슴 속은 다시 방망이질을 하여 그 소리까지 들리는 것 같고, 눈앞은 캄캄하여지며 입속이 타올라 말소리 한마디 낼 수가 없었다.

"어머니를 놀라시게 하지 말어."

귀애가 그의 등을 얼싸고서 조그마한 소리로 귓등에 속삭였다.

"가만히 들어가서 만나구만 나와요! 내가 바깥에서 망을 볼 테니까 걱정 말어."

그러나 웬일인가 수일이는 어머니가 있는 방 안으로 뛰어 들어갈 수가 없었다.

"어머니!"

하고 그는 숨죽인 소리로 부르며 유리문을 흔들었다.

"잠이 드신 모양인가 봐."

“어머니!”

“소릴 내지 말어요. 가만히 그냥 들어가래는데.”

“어머니!”

수일이는 마치 방 안에서 쫓겨 나온 어린애가 어머니 보고 용서를 빌려는 모양과도 같았다.

귀애가 얼핏 유리문을 열었다. 그 바람에 수일이는 반사적으로 방 안에 뛰어 들어갔다. 그러나 그는 온몸에 공포가 쭉 뻗쳐 그 자리에 그만 막대처럼 뻣뻣이 굳어져 버렸다. 어두컴컴한 방 한구석에 포단이 주름이 진 채 깔리운 위에 놀라 반신을 일으킨 어머니의 너무도 변한 모양이 시든 약초와도 같았다. 처음에 무엇이라고 어머니는 소리를 지른 것 같으나 그것은 딱히 들리지는 않았다. 어머니는 이전처럼 수일이를 쓸어안지도 못하고, 정신의 갈피를 못 잡는 듯이 무서운 형상을 지은 채 머리를 휘젓고 있다. 머리카락은 산산이 헤어지고 뺨은 몰라볼 만치 파리하여 피부색은 유황색으로 보였다. 그 눈은 무섭게도 튀어나온 것 같아 아들 수일이는 아직까지 어머니의 그 곱던 얼굴에 이처럼 놀랄 만치 처참한 눈을 본 적이 없었다.

수일이는 바들바들 떨면서 눈을 감았다. 그러자 눈물이 주르륵 쏟아지며 숨이 턱턱 막혔다.

어머니는 별안간 발작이라도 일어난 것처럼 사시나무처럼 손발을 와들와들 떨더니 몸을 괴롭게 비꼬다가 그만 그 자리에 쓰러지며 괴로운 목소리로 통곡하기 시작했다. 등 언저리가 사나운 물결처럼 흔들린다. 수일이는 그만 기겁하여 으아― 하고 울음통을 터치면서 어머님 곁으로 다가가 목을 얼싸안으며 쓰러졌다. 그리고 발을 버둥버둥거려 머리맡에 놓여 있는 약병을 두서너 개 넘어치었다.

"그렇게 울면 안 돼요. 어머니를 그렇게 슬프게 하면 안 돼요!"

하면서 어느새 달려 들어온 귀애는 꾸짖듯이 수일이를 끼어올리며 부르짖었다.

"내 그러라구 데려왔어? 암만 울어두 슬퍼. 그만둬요 그만둬!"

"어머니 어떻겠어요? 어떻겠어요?"

수일이는 그냥 울었다. 다름이 아니라 '북한산 상(上)에서 수일이와 최후의 길을 걸으려다가 단념하고 돌아온 뒤부터는 산월이는 매일같이 문을 굳게 닫고 혼자 죽을 길만 생각하고 있었던 것이다. 그런데 며칠 전 새벽녘, 그는 하도 수상한 꿈을 꾼 것이다. 그것은 바로 자나 깨나 그리운 평양 동산 위로 그들 모자는 청류벽(淸流壁) 무시무시한 단애 기슭에 이름도 모를 새빨간 꽃을 한 웅큼씩 얼싸안고 나란히 서 있었다. 그때에 난데없이 하늘은 캄캄해지며 일진광풍이 몰려와서 그들의 꽃다발을 빼앗아 펄럭펄럭 휘날린다. 그러자 그것은 공중에서 여러 바퀴 핑글핑글 선회를 하더니 그만 대동강의 물줄기를 향하여 쏠려 내려가다가 돌연 우레 소리가 지르면서 강이 쩍 벌어지자 산산이 흩어지면서 마치 비닭이가 내려앉듯이 그 속으로 없어지고 말았다. 놀라 뒤를 돌아다보니 수일이는 벌써 어느새 간 곳이 없이 사라지고 말았었다. 산월이는 이 꿈이 아주 불길한 일로만 생각하고 인제야 마침내 제 명을 끊을 날이 온 것이라고 생각한 것이다.

더욱이 일이 심상치 않게도 바로 그날 아침 또 별안간에 해주집이 달겨들어 와서 야료(惹鬧, 까닭없이 트집을 잡고 함부로 떠들어댐)를 하기 시작했다. 흥쭈루기 그 처음 몇 날 전부터 그의 외딸 옥기가 바람을 케어 앓아누워 있었는데 소경을 데려다가 점을 쳐보니 동방제십간(東方製十間) 안쪽에서 살이 들어왔다고 함으로 이것은 필경 유령처럼 매일 방구석에 틀어박혀 있는 산월이가 김천집 모녀와 틀이를 하고 저의 모녀를 못 살도록 저주를 한 탓이라고 생각을 하고 선달음에 달려 온 것이다. 그러지 않아도 아들을 낳아 가지고 온 젊은 년이라 하여 지금까지 질투와 증오의 불길을 가누지 못하던 해주집이다. 그래 해주집은 노기가 등등하여

"이년 좀 나와 보거라!"

하며 토방가에 와서 고함을 빽 질렀다. 그러나 아무 대답도 없는지라 제바람에 더욱 기가 올라

"아 이년 그래 안 나올 테냐. 아 이년 못 나오겠으면 그만두려므나."

하며 산월의 방에 쑥 뛰어들어갔다. 산월이는 마침 이불을 쓰고 흐득흐득 혼자 설움에 느껴 울고 있다가 누구인가가 벌거덕 미닫이를 열고 들어옴에 놀라 화닥닥 일떠났다. 해주집은 분통에 차서 부들부들 떨리는 손으로 덥썩 산월의 머리채를 휘어감고 낚아챘다.

"응, 이년 네가 일떠나면 날 어쩔 테냐! 이 박살할 평안도 기생년! 이 아물진년, 대감의 뱀을 다 긁어쥐구 큰 도령은 잡아먹구 이 박살할 년!"

"아이구 오마니."

"아 이년 엄포를 봐라. 하면 네 죄를 모르겠니. 큰 도령 하나 잡아먹은 것도 모자라 인제는 내 딸을 잡아갈라구! 이년, 이년 홍두깨 방맹이에 학춤을 추어야 알 테냐. 네 이년아, 네가 청승맞은 김천댁 년하고 매일 밤 우리 모자 죽으라구 축수를 지내지."

하며 머리채를 방 안으로 들들 끌고 다녔다. 산월이는 비명을 간신히 지를 뿐 정신까지 혼미해졌다. 여비들이 난데없는 외치는 소리에 놀라 몰려 들어와 달라붙어서 겨우 뜯어 놓기는 하였으나 해주집은 터

치려는 분통을 억제치 못하고 막 여비들을 두들겨 패며 끌려 나가면
서까지 제 가슴을 치면 독설을 퍼붓는 것이다.

"아이고 불쌍허라. 내 팔자야. 응 이 박살할 평안도 기생년! 이년,
대체 네가 무슨 염치로 이 집을 쓰구 있단 말이냐! 응 이년, 네 자식
새끼들 때웠으면 그뿐이지 내 딸은 또 왜 죽으라구 축수를 지낸단 말
이냐? 응, 이 모두 불살러 죽일 년들! 이년 빨리 서방 얻고 나가러라!
이 죽일 년!……"

해주집 소리가 어지간히 멀리 사라질 즈음 죽은 듯이 쓰러졌던 산
월이는 유령처럼 머리를 흐트린 채 부리나케 부엌으로 달려 나갔다.
별안간의 일에 방 안에 남아 있던 여비 하나가 놀라 뒤따라 나갔다가,

"앗."

하고 부르짖었다. 산월이는 잿물 그릇을 마시고 피득피득 고민을 하
며 넘어져 있던 것이다. 다시 여비들이 몰려와 비눗물을 풀어 넣는다.
의사를 부른다 하여 겨우 명만은 거두었으나 입속이 타버려 언어, 음
식이 전폐되다시피 된 것이다. 죽음까지 산월에게는 원수가 되고 말
았다.

어머니도 수일이를 끌어당기며 무엇이라고 두어 마디 부르짖었다.
그러나 수일에게는 어머니가 캑캑 웃어대는 것처럼밖에는 들리지 않
았다. 어머니는 한사코 입을 벌리고 무어라고 외치려고 한다. 수일이
는 어머니의 이 모양을 보고 갑자기 악하고 부르짖으며 물러나 바들
바들 손발을 떨었다. 어머님의 그 귀엽던 입가는 시커멓게 타버리고
잇몸은 구실구실 썩어 떨어져 있지를 않은가!

귀애는 사납게 수일의 몸뚱이를 잡아 흔들었다. 그때에 방문 밖에
서 누구인가의 발자국 소리가 들리더니 선기침을 하는 것이다.

"귀애 아가씨."

하고 여비가 부른다.

"어머님께서 부르십니다."

"응, 가, 이제 곧 갈게."

귀애는 단숨에 이렇게 대답을 지르면서 날쌔게 수일의 손을 잡아끌며 뒤쪽으로 빠져 나갔다. 산월이도 어서 나가라고 몸짓 손짓을 했다.

집안사람들의 눈에 띄지 않고 다시 귀애와 수일이가 담장 바깥으로 나왔을 때는 벌써 늦은 저녁으로 싸락눈이 바람에 휘날리고 있었다. 좁은 골목길을 새어 나와 돈화문(敦化門) 앞 큰길을 담장줄을 따라 걸으며 귀애는 안타까운 듯이 수일이 보고 알아듣게 핀잔을 했다.

"넌 학교까지 다니면서두 그딴 거 모르겐? 암만 울어 본대두 인제 무슨 소용 있어. 어머니는 나쁜 것을 먹고 입 속이 못 쓰게 되어서 말두 못하시는데 너만 입을 벌리구 엉엉 체울면 어떡하니?"

수일이는 다시 생각하니 더 슬퍼 또 울기 시작했다.

"아이구 인젠 울지 말어. 참어요."

하면서 귀애는 수일의 어깨를 끼고 흔들었다. 그래 수일이는 숨채기를 하며 억지로 울음을 그치며

"난 인젠 슬퍼두 안 울 테야."

"아이구 또 왜 그런 슬픈 소리를. 인젠 내가 어머니에게 부러 시중을 보니까 슬퍼할 것두 무서워할 것두 없어. 오늘두 어머니가 너무 울면서 네 이름만 헛소리루 부르기에 내가 필운동으루 달려가섰겠지. 그 전에두 내가 얼마나 너한테 편지했는지 몰라."

"왜 어머니는?"

"모두 너 때문이지 머……"

"……"

"너두 좀 더 크면은 알어. 네가 집에서는 둘째 주인이거든. 주인은 모두가 미워하는 법이야."

"주인?"

"응 그럼…… 너는 참 아무것두 모르누나. 그래 너두 주인이 되어서 어머니랑 네가 수모를 받는 것이지 머. 그래두 이제부턴 내가 네 대신 불쌍한 어머니께 효도해 드릴게 걱정 말어. 난 아까두 고무줄루 우유를 잡숫게 하구 나왔댔어. 어머니 더 괴로워하시면 나는 단지(斷指)를 할치야 알었어? 손끝을 베일치야. 손끝을 베어서 생피를 먹여서 죽은 사람두 살렸다는 말을 나는 신문 보구 알었어! 그러기 언젠가 네 어머니가 우리 수일이는 귀애 있어 어찌 힘이 될지 몰라 하시겠지. 그럼 우리 둘이는 다시없는 사이지 응? 아봐 애보게!"

수일이가 갑자기 눈앞이 캄캄하여져 허둥지둥씨었던 것이다. 어머니의 생각이 치밀어 들어와 그의 가슴속을 악마처럼 쥐흔들었기 때문이다. 귀애가 제 몸을 잡아 흔들며 무어라고 부르짖는 소리도 의식과 감각의 세계로부터 멀리 떨어져 나가는 것처럼 생각되었다. 귀애는 눈을 파랗게 하고 수일이를 겨우겨우 부축하여 돈화문 담장에 의지케 했다.

"정신을 차려, 정신을!"

벌써 사방은 어두워져 가고 눈은 함박으로 쏟아지며 그들 두 어린 애를 하얗게 묻어 버리고 만다 거리에는 사람들 그림자도 적어지고 때때로 마차가 지나갈 뿐. 그러나 귀애는 더욱더욱 정신을 가다듬어 수일의 몸뚱이를 쥐고 흔들었다. 겨우 수일이는 정신을 차렸는데 그제는 얼혼이라도 빠진 사람같이 멀거니 귀애의 얼굴을 쳐다볼 뿐이다.

"좀더 가면 돼, 기운을 내어요!"

하고 귀애는 속삭였다. 그들 둘이는 다시 허둥지둥 걷기를 시작했다. 그들은 지금 저희들이 그 옛날 조부의 윤 대감이 경복궁으로부터 돌아오다가 반민에 참살을 당한 자리를 헤매고 있는 줄은 꿈에도 모르는 것이다. 이것도 또한 얼마나 슬픈 가족사의 일이냐.

"내 이후부터는 학교 앞에 만나러 가 줄께. 네가 집에 또 왔다는 큰일이야. 오지 말어 내가 갈게. 그리구 이제 필운동집에 돌아가면 집에 왔댔노라고 그러지 말어. 그러구 빨리 자요. 울면 안 돼! 하나 둘 세면서 자면 나뿐 꿈을 안 뀌어. 응, 천까지만 세어 천까지만. 그래 셀 수 있어?"

수일이는 한마디도 대답을 못했다.

"아무 보구도 말하지 말어!"

하고 귀애는 등 뒤에서 부르짖었다.

"어서 빨리 가요!"

14

해는 다시 바뀌고 드디어 새봄이 돌아와 즐거운 봄이라는데 그날도 수일이는 학교 정문 앞 거리에 우두커니 서서 귀애가 만나러 오기만 기다리고 있었다. 그 즈음은 그들 둘이는 서로 날을 약속하고 거리를 같이 싸돌아다니면서 어머니의 하루하루의 정황을 묻거니 받거니로나마 낙으로 삼고 있던 것이다. 그런데 그날은 유별하게도 거리가 수선수선하며 하늘에는 검은 구름이 자욱하니 끼고 어쩐지 무어라 말할 수 없는 어마어마한 공기가 흐르고 있었다.

마침내 귀애와 수일이가 서로 만나서 좋아라고 큰길로 접어나가 보니 상점들도 굳게 문을 잠갔는데 사람 떼들이 행길을 무어라 왁자 지껄대며 한 패거리씩 밀려다니며 아낙네들도 골목 새로 황망히 뛰어나와서 하늘을 우러러보며 무엇인가를 수군거리는 폼이 심상치가 않았다.

"왜들 그러나?"

수일이는 어쩐지 불안하여 물었다.

"가만있어요."

하며 귀애는 수일의 손을 닦아 쥐었다. 그의 눈동자는 빛나고 있었다.

아니나 다를까 종로 네거리에 나갔더니 뭇 사람들이 무더기를 짓고 사나운 파도처럼 술렁거리고 있다. 귀애도 그제는 약간 겁을 집어먹고 종각 옆으로 수일이를 끌고 멀찌감치 서서 손에 땀을 쥐고서 이 모양을 반반히 보다가 다급하여 옆에 수염달린 지게꾼들에게 어쩐 영문이냐고 물어 보았다. 딱히 알고 싶었던 것인데 지게꾼이 홱 뒤돌아 보며

"허— 애들 어쩔라는교!"

하고 눈이 뚱그래서 이상스런 사투리고 부르짖었다.

"큰일날라꼬!"

수일이는 비슬비슬 뒷걸음을 치며

"돌아가."

하고 귀애의 손과 치마를 잡아당겼다. 귀애도 몇 걸음 물러섰다.

그럴 무렵에 별안간 천지가 깨어지는 듯한 우레 소리가 울리기 시작했다. 마른번개가 친다. 하늘이 번쩍번쩍 댄다. 소나기가 쏟아지기

시작했다.

“우르르!”

“와르르!”

군중의 흩어지는 그림자. 아우성. 폭풍우가 일기 시작했다. 파도는 갑자기 높아지며 흰 그림자는 오밤중에 눈보라치듯 걸핏걸핏 난비했다. 폭풍우, 눈보라, 홍수, 파도, 벽력, 우박 모든 것이 한꺼번에 일어났다고 할까. 이같이 되어 드디어 수일의 모자에게는 실로 운명적인 무서운 날이 당도한 것이다.

그러나 어린 수일이는 영문도 모르는 파도와 소란 속을 귀애와 같이 엉엉 쳐울며 헤매면서 거리를 허둥댔다.

사나운 공포가 그들을 사로잡았다. 그러나 어느 결엔가 물밀듯이 사람 떼에 쫓겨서 본집이 있는 계동(桂洞)골에 겨우 쓸려 들어갔다.

이때에 본집 속에는 벌집을 쑤셔 논 것처럼 큰 소동이 벌어지고 있었다. 대문, 옆문, 뒷문 할 것 없이 문이라는 문은 모두 굳게 잠그고서 행랑 노복들은 후원, 앞정, 사랑까지를 억수로 퍼붓는 비바람 속에서 번개처럼 줄달음쳐 왔다 갔다 하며 여비들은 오리같이 뒤뚱거리며 떼로 몰려다녔다. 해주집과 옥기 금순이는 방 속에 깊이 묻혀서 졸연간에 이른 천지이변에 몸을 부들부들 떨며 컴컴한 하늘에 번개가 펄펄 불붙듯이 일어날 때마다 비명을 으아― 하고 지르며 사족을 못 썼다. 안사랑채에 누워 굴던 대감들은 오직 하나 겨우 남겨 두었던 유물, 갈지(之) 자 양반걸음까지 잊어버리고 장죽을 거꾸로 세우며 뿔뿔이 뒷문으로 빠져 달아났다. 물론 남작은 집안에 얼씬도 안하고 종적을 감춘 지 오래다. 그러나 김천집만은 큰일이 난 것이 귀애가 학교에 간 채 돌아오지를 않는지라 절통한 나머지 미친년처럼 대문을 열어 내라

고 발을 구르며 큰 야로를 쳤다. 비 맞은 수탉과 같기도 하다. 막 팔
을 휘저으며 대문 쪽에 쓸어 붙을라치면 노복들은 또 우르르 달려들
어서 백방으로 빌며 떼어 놓는다.

“아이구 내 딸 죽누나―” 하고 통곡도 해본다. 그리고는 또다시 어
쩌자고 대문짝에 펄펄 달라붙을런다.

“이놈들 이 죽일 놈들 놓아라 놓아. 내 딸을 생벼락을 맞어 죽일려
느냐. 아이구 아이구 벼락맞누나.”

그럴 때는 또 불시에 우레가 탕탕 지른다.

“아이구 벼락이야, 벼락이로구나?”
하며 기겁하여 푸드덕거린다.

방금 그때에 바깥으로부터 귀애가 비명을 지르며 대문을 두드리니
놀라 열어 주는 바람에 수일이를 뒤에 달고 쓰러질 듯이 달려들어 온
것이다. 김천집은 수일이가 들어오는 것은 볼 새도 없이 너무 기가 올
랐던 김이라 마치 닭을 채는 독수리처럼 귀애에게 왈칵 달려든 것이
그만 미끈덕하여 철싹 둘이가 같이 엎어졌다. 노복들은 또 그것을 말
리느라고 몰려들었다. 그 사이에 덕쇠 영감은 뒤로 수일이가 들어오
는 것을 보고 질색하여 달려들어 남모르게 몸으로 감싸고서 중대문을
뚫고 본관 빈방으로 허겁지겁 줄달음을 쳤다.

“아이구 이 쌍 까시나야. 이 주리칠 쌍 까시나야. 하늘이 무서운 줄
을 모르겠니! 이 박살함할 년.”
하며 김천집은 이 대감댁에 와서 배운 점잖은 말솜씨도 엉겁결에 모
두 잊어버리고 별의별 욕지거리를 퍼부으며 넘어진 채 복아지치듯 귀
애를 두들겨 패는 것이었다. 참말로 하늘이 무서운 줄을 아는 날이었
다. 그러나 귀애는 개구를 못하도록 얻어맞으면서도 걸핏 덕쇠 영감

이 수일이를 안아서 어디가 감추려고 줄달음쳐 가는 것을 보고는 간신히 마음을 놓고 '때려라 암만이라도' 하고 속으로 세차게 앙심을 먹으며 두 팔 속에 머리를 구겨 박았다.

덕쇠 영감은 수일이를 빈방 안에 아무도 모르게 감추기까지는 성공하였으나 그러나 수일이는 새파랗게 얼어 굳어진 채 넘어지며 정신을 똑똑히 가지지 못한다. 영감은 헌 누더기로 온몸을 닦고 따뜻이 덮어 주고는 조그마한 수일의 손을 훅훅 입김을 불어 녹이며 눈물을 뚝뚝 흘리었다.

"원 오늘 같은 날 섶을 지고 불로 들어오신다니. 이를 어쩌나, 이를 어쩌나."

이렇게 붙들고 두어 시간쯤을 지내니 그래도 차츰 숨결이 고르러지며 얼굴에도 안도의 빛이 떠돌면서 그냥 잠이 들고 말았다. 어느덧 밤이 되었다. 억수로 퍼붓던 비만은 그쳤으나 더욱 우레 소리는 요란스럽게 진동하며 번개는 잦아지며 마치 각 방에 불길이 펄펄 일어난 것처럼 휘황하게 번쩍거린다. 그리고 사나운 폭풍은 천 사람 만 사람의 노호처럼 천지를 뒤엎을 듯이 쏴―쏴― 몰아친다. 덕쇠 영감은 수일이가 아주 혼곤히 잠이 든 것을 보자 안도의 미소를 띠며 슬그머니 그 방으로부터 캄캄한 바깥에 나왔다. 산월이를 데려다 모자의 대면을 시켜 저는 그 근처에 숨어서 이 방에 딴 작해(作害)가 못 들어가도록 감시를 하려는 것이다.

그러나 그날 밤의 일이었다. 캄캄한 빈방 안에 쓰러져 누운 채 악몽에 시달리면서 뒤채이기만 하던 수일이는 무서운, 지금 생각하여 보아도 꿈결이었던지 생시였던지 분간치 못하는 일인 바 비몽사몽간에 바시시 방문이 열리는 것 같은 소리를 들었다. 어머니가 들어오시누나 하고 꿈결에도 생각한가 싶다. 하나 제가 여기 와 있다는 현실감이 없기 때문에 몸뚱이를 움츠러치고 또다시 푸시시 깊은 잠이 들었다. 꿈속에서 마음만이 행복된 옛날로 돌아간 것이다. 제 머리를 연연한 손이 쓰다듬어 주는 것 같기도 함을 느끼었다. 어머니가 제 옆에 와 있구나 하는 희미한 의식 속에서— 그런데 갑자기 무더운 질식감에 숨이 턱턱 막혀 수일이는 번듯이 일어났다. 난데없는 연기가 방 안을 휩싸고 돌며 천장에 펄펄 불이 붙어들고 있다. 그때에 어떤 무서운 그림자가 방문을 열고 슬쩍 사라지고 마는 것 같음을 보았다. 수일이는 지금도 제가 사나운 꿈을 꾸고 있는 줄로만 생각했다. 그러나 별안간 불타는 석가랑지 속으로부터 무엇인가가 발밑에 탕탕 떨어지는 소리에 엄마 하고 일어섰다. 눈앞이 보이지를 않고 앞이 핑핑 돈다. 구석구석으로부터 타오르는 불길은 그때 선풍에 싸여 너훌너훌 그를 삼키려는 듯이 너물거렸다. 그는 두 칸 방 안을 비명을 지르며 엎어졌다. 일어났다. 하며 헤매었다.

"아이고 어머니?"

"어머니?"

수일이는 문을 찾아 그곳으로부터 빠져 나가려고 허둥지둥 싸웠으나 불길은 더욱 사나운 바람에 훅— 하고 휩쓸려 달려든다. 그는 기진하여 머리를 부딪치며 쓰러졌다. 그러나 다시 용기를 내어 손을 휘저으며 벌벌 몇 걸음 기어 보았다. 호흡이 힘들어지며 기침이 막 일어난다. 기둥이 촛불처럼 타오르며 천장이며 담벽에는 마치 제비 떼가 몰려다니듯 불꽃이 튀어 드디어 방 안은 초열지옥으로 화하고 말았다.

이날 밤 이 윤 대감네 본집에는 각 군데에 난데없이 사나운 불길이 일어난 것이다. 우레 소리는 높아 가며 번개는 더욱 무섭게 번쩍거리는데 집 담장 바깥에는 수천의 군중이 몰려와서 발을 구르며 아우성을 치며 이 광경을 저주했다.

새로 의식을 다시 차렸을 때는 수일이는 전신에 붕대를 감고서 전처럼 숙부네 집의 한 칸 방에 누워 있었다. 덕쇠 영감이 옆에 앉아 있다가 수일이가 눈을 배시시 뜨는 것을 보자 희한한 낯을 짓더니 별안간 슬픔이 치밀어 경련이라도 일으킨 것처럼 손을 부들부들 떨며 콧물을 닦았다. 그날 밤 수일이를 잠들여 놓은 방으로 산월이를 남 몰래 인도하고 그 방을 숨어서 지키고 있던 영감이 어느새 순식간에 불길이 각 방에서 일어나자 뛰어들어가 정신을 잃고 넘어진 수일이를 젖은 제 적삼으로 휘어감싸고서 사나운 기세로 타기 시작한 본집을 빠져 나와 숙부네 집으로 달려온 터였다.

"어머니?"

하고 수일이가 간신히 괴로운 소리로 아픔을 호소하니 덕쇠 영감은 급기야 침통한 빛을 얼굴에 지으며

"도령님, 마음을 안돈(安頓) 하야 들어주세유."

하고 슬픈 소리를 짓는다.

"내가 어려서부터 육십 평생 이 윤 대감 댁을 섬기는 동안에 무슨 일인들 없었겠어유. 더 무서운 일이 얼마든지 있었지라우. 평양 새마님이 도령님과 같이 올라오셨을 적부터 필경 무슨 일이 일어나지 하였더니 종내 이런 일이 또 생기고 말았답니다……"

"어머니? 어머니?"

수일이는 온 몸뚱이가 쑤셔 와서 꼼짝도 움직이지 못하며 울음 섞인 목소리로 부르짖었다.

"밤중에 어머님이 머리를 흩어치시구 뜰 안 각 군데로 헤매시며 불

을 놓으셨어유……"

"어머니가?"

수일이는 눈이 휘둥그래졌다. 그러자 다시 의식이 혼미하여지며 전신은 마비된 것처럼 감각을 잃어버렸다.

"그렇답니다. 집안사람들은 도깨비불이니 혹은 집채 한 군데에 벼락이 떨어져 벼락불이니 하지요마는 도령님 아무 보구도 애여 이런 말 이르지 말으세유."

그리고 영감은 잠깐 눈을 감고 묵묵히 무엇인가를 생각하는 모양이더니 또다시 마치 기도라도 그리는 것 같은 나직한 목소리로 구시렁구시렁 중얼거렸다.

"도령님이 누으셨던 방에두…… 어머님이…… 그만 같이 저승길을 가실 생각으로…… 그러구 온 집안에 돌아다니시며 불을 지르시구는…… 벌써 제가 도령님을 끌어내어 이리로 향한 줄은 모르시고…… 펄펄 타고 있는 도령님 누으셨던 방으루 달려들어가…… 그만……" 하고 잠시 말문이 막혀 흑흑 울며 손으로 얼굴을 가리고 비비적씨는 것이었다.

"팔자입지유 모두 팔자입지유."

15

어머니가 세상을 떠난 뒤부터는 수일에게는 절망의 그림자가 뒤따라 그 일상생활은 희로애락을 멀리 초월한 일종 허탈에 가까운 상태에 빠지고 말았다. 누군가 면매(面罵)를 하거나 매질을 하거나 욕지거리를 퍼붓거나— 이리하여 어떤 의미로는 그에게는 자기를 힘차게 끌어 인도하는 강력한 존재가 필요했다.

그래서 육학년 때에 석순철이가 아버지를 따라 평양으로 옮아간다고 할 적에는 그는 얼마나 외롭고 쓸쓸함을 느꼈는지 모른다. 저도 순철이를 따라 그리운 동산이 있는 평양으로 가고 싶기가 한량없었다. 더욱이 순철이도 섭섭한 모양으로 우묵한 눈을 굴리면서 하나하나 손짓을 섞어 가며 그에게 이렇게 다졌다.

"수일아 넌 어머님—돌아간 뒤부터는 모든 것이 싫어만졌지. 그래 넌 늘상 심드렁해 기운이 없는 거야. 그래두 넌 평양은 좋아한다구 그랬지?"

"응."

수일이는 서슴지 않고 대답했다.

"그럼 너두 중등과는 평양서 안할 테야? 아주 좋다더라. 이 서울바닥엔 못난둥이들만 살어 있어. 너두 평양에 가기만 하면 못난둥이가 안 된다. 그 많잖어? 글쎄 넌 어머님을 좋아하기에 어머님 앞에서는 아무런 놀음두 다 할 수 있었지? 기운차게."

"응."

"그러니깐 넌 좋아하는 평양에 가기만 하면 어머님 앞에서처럼 용감하게 놀 수 있지 않어?"

"응."

하고 수일이는 사리가 과연 그럴 성싶게 생각되어 고개를 끄덕였다. 순철이는 잠깐 동안 눈을 깜박이며 수일의 얼굴을 들여다보고 있다가 급기야 무슨 생각이 들었던지

"평양에두 강이 있나?"

하고 묻는다.

"있지 않구. 대동강이지 뭐. 그리구 동산(東山)두 있어."

"응 그럼 통통배두 단기나."

"그런 건 없어. 기다란 수상선(水上船)이나 단기지."

"응. 아주 멋있네."

순철이가 그만 평양으로 옮아간 뒤부터는 수일이는 이번은 자기를 늘상 업수여기던 장겹섭에게 끌려다니게 되었다. 그러나 경섭이는 그보다 세 살이나 맏이인데 또 수일이가 육학년 때에 공부에 잠심치 않아 그만 원급(原級)에 남게까지 되어 급도 한 학년 새트게 되자 이제는 아주 학교 동무가 없어지고 말았다. 그러나 여전히 수일이는 숙부네 집에서 감금과 마찬가지의 생활을 계속치 않을 수 없었다.

열세 살이 되었을 적엔 수일이는 어딘가 어슴푸레한 음영이 껴 있는 얼굴이 흰 귀여운 소년으로 성장하였었다. 하나 어떻게 보면 그는 바보처럼 시무룩하여 무어라 말할 수 없는 혼미의 경지에 빠져 있는 것 같이도 보였다. 때때로 커다란 눈을 끔벅이며 입 가장을 흐늘흐늘하여 무슨 영문 모를 말을 두어 마디 서너 마디씩 중얼거리기도 한다. 이 봄에 그가 오 학년에 진급하면서 드디어 본집에 돌아와도 좋다는 아버지의 명령이 내린 것이다. 수일이가 본집에 돌아온 첫날밤의 일이었다. 그것은 별이 총총한 사월의 밤으로 나뭇가지는 창문 밖에서 흔들리고 달빛은 그의 방 속을 환히 비추었다. 김천집은 수일이를 보러 들어오자 곧바로 해주집에 대한 욕지거리를 펴 늘어놓기 시작했다. 요즈음은 그는 사나운 질투의 불길에 싸여 제 정신의 갈피도 바로 못 차리는 것 같았다. 산월이가 죽은 뒤부터는 대감이 본집에 돌아와서 잠자리를 가지는 적도 있으나 열 번이면 열 번 모두가 해주집네 차리에 가는 것이 생각만 하여도 가슴이 터지는 것 같았다.

"그래 수일 도련."

하고 그는 머리를 한번 휘저어 댄다.

"어머님이 그렇게 되시기두 도대체 다 뉘 탓이겠우."

"그만두서요."

하고 수일이는 애원하듯 했다.

"아 그게 무슨 소리람. 저런 모두가 다 도련님 때문이지. 이 늙은 것이 다 곁들어 걱정하는 게 아니유. 그게 바루 비가 억수로 퍼붓는 밤이렸다. 아, 그런데 막 해주댁이란 년이."

"그람두서요. 난 난 빨리 잘려는데."

"아니 이봐. 참 무엇이라는교?"

하며 김천집은 안색이 변하고 눈을 흡뜬다.

"아니 그 해주 갈보년이 거지 김 대감 녀석허구 쑥덕쑥덕 짜구서 어머니를 죽였다는데두 그래 원통허지를 않단 말이유. 그런 영문은 모르구 집에 대감은 또 그년 방에 들어가군. 허니 이러다가 그 벼락맞을 년이 거지 김 대감의 씨라두 받어가지구 윤 대감집 아들을 낳었습네. 하구 야단을 치면 그게 또 무슨 꼴이야."

그리고 타─악 가래침을 창밖에 내뱉더니 왔뜰거리면서 나가 버렸다.

수일이는 혼자 자리에 눕지도 않고 마치 무엇에 찔린 사람처럼 묵묵히 앉아 있을 뿐이었다. 그의 눈앞에는 안개가 끼며 무서운 형상을 짓고 고민하는 어머니의 그림자가 서물서물 보이는 것 같았다. 어머니는 뭉게뭉게 화연가로 다가가며 금시로 목을 매고 죽으려는 듯이 간직하였던 밧줄을 꺼내어 불탄 기둥에 던지는 것이다. 그러자 그 밧줄은 어렸을 때의 옛말 세계에서와 같이 황금색으로 찬란히 빛나며 스름스름 하늘나라로 어머니를 끌어올리기 시작했다. 그러는 사이에 어느덧 어머니의 그림자는 옛날 소녀시대의 귀애 면영(面影)으로 변하여 중천에 떠올랐다. 아— 귀애는 웃음을 짓는구나. 그 옛날 병원 냇가 언덕에서 서로서로 재미있게 뛰놀던 일이며 라일락숲 속에서 굳게굳게 껴안던 광경이 번개같이 눈앞을 스쳐 간다.

그때에 귀애의 그리운 양자(樣姿, 모습)가 커다랗게 눈앞에 대사(大寫)되어 나타나니 그 등 뒤에 어룽어룽 싸던 모든 환영은 어느새인가 사라져 버리고 그의 웃는 귀여운 얼굴만 쳇바퀴처럼 선회를 하기 시작했다. 그 바람에 그의 가슴속에서 술렁씨는 복잡한 감정은 일시에 동요를 끊고 귀애를 싸고도는 생각만이 바다처럼 퍼져 나가 귀애의 웃는 얼굴 아래에서 파도를 치는 것이다. 수일이는 희미하게나마 자기가 그를 사랑하였으며 지금도 아주 끊임없는 사모의 정에 마음이 달고 있는 것을 느끼는 터였다.

수일이는 하염없는 슬픈 생각에 젖으며 어느새인가 정원으로 빠져 나갔다. 산산한 야기(夜氣, 밤공기)가 그의 얼굴을 스치고 간다. 그는 자기의 발소리에 놀라기도 하며 또는 무엇인가 기대하는 것 같은 가슴의 고동을 느끼면서 못가에 나가려고 새로 지은 신관 끝방 앞을 굽어 돌려고 했다. 바로 거기는 해주집의 거처로 되어 있는데 방 안은 연한 초록색 전광에 졸고 있는 것 같다. 그때에 그는 가분재기 놀라 저도 모르는 사이 옵처 물러섰다. 그 방 바깥 창밑에 희멀그레한 여자의 흰 의복이 걸핏 눈에 띈 것이다. 숨을 죽이고 나무그늘 밑에 숨어 자세히 시전을 주어 보니 바로 아까 저한테로 찾아왔던 김천집이 마치 늙은 짐승처럼 움츠리고 서서 방 안을 사납게 노려보고 있었다. 그의 머리는 바람에 흩어지고 그 무서워 보이는 눈은 휘황스럽게 번득씨고 있다. 그러나 김천집은 방 안의 광경에 대한 불붙는 질투에 사로잡혀 수일의 인기척에도 귀가 뜨이지를 않았다.

수일이는 살그머니 그곳을 빠져 나와 못가로 걸어 나왔다. 못물 위에는 칠채(七彩)의 달빛이 흔들리며 그와 한가지로 그의 가슴속도 가지각색의 상념에 동요를 졌다. 담장을 사이에 둔 안 사랑으로부터는 장기를 치는 소리가 때때로 땅땅 고요한 밤공기를 흔들며 들려온다.

몇 번씩 노대감들의 껄껄거리는 웃음소리도 터져 울려 왔다.

수일이는 한 군데에 우두머니 서서 물끄러미 귀애의 방 쪽을 바라다보았다. 아직 바깥에서 돌아오지를 않았는가, 혹은 벌써 잠이 들고 말았는가, 거기는 불이 꺼지며 쥐 죽은 듯이 캄캄했다.

"수일 오빠."

하는 아주 사방을 꺼리는 듯한 나직한 말소리가 바로 뒤쪽에서 들렸다. 그는 펄쩍 뛸 듯이 놀라 "으응." 하며 반사적으로 부르짖었으나 벌써 그 목소리 주인이 귀애인 줄을 알았다.

"참 역시 수일이네."

달빛이 어물거리는 나무 사이로부터 말소리가 들려온다.

"응."

하고 수일이는 아주 계면쩍어 입 속으로 대답했다. 희미한 달빛으로나마라도 수일이는 첫눈에 귀애에다 아주 어떤 일종의 압박과 거리를 느끼고 말았다. 이 몇 해 동안을 서로 만나지 못한 사이에 귀애는 이제는 흰 양처럼 듬씻하게 성숙하여 거기는 쌀쌀한 위엄까지 서리어 있는 터이다.

귀애도 이제 열세 살이나 먹은 수일의 성장한 품에 좀처럼 어리둥절한 모양이었다. 그러나 수일의 서먹서먹해 하는 모양이 하도 우스웠던지 말씬하고 웃음을 져 보였다. 수일이도 객쩍게 히히히 하고 하얀 잇속을 보이며 연신 웃어댔다. 이리하여 둘이는 한참 동안 서로서로의 생각으로 마주 보며 웃기를 그치지 않았다. 역시 서로 기쁘지 않을 리가 없었던 것이다.

"집에 돌아와 기쁘지?"

"……"

수일이는 눈을 내리깔고 잠잠했다.

못가의 나무벤치에 둘이 나란히 앉았을 때 귀애는 몽실몽실 온기 있는 팔을 수일의 어깨에 두르고 살짝 껴안아 보며 얼굴을 붉혔다.

"아이구. 네 몸이 왜 떨리니."

"난 난."

하고 수일이는 중얼거렸다.

"집에 인젠 영 못 오는 줄만 알었어."

"왜 못 와."

"그래두 머."

"왜 못 와요."

"난 난 몰라."

하고 그는 이렇게 마지못해 대답하였으나 불시에 제가 옛날처럼 다시 귀애게 어리광을 피운 것 같아

"넌 넌."

하고 부르짖었다.

"내가 와서 기쁘니?"

"애 봐. 아이구 참."

하며 귀애는 흠쩍스레 놀라는 표시를 했다.

"인제는 나보구 누나라구 그래야잖어."

수일이는 그 말에 불쑥 심사가 좋지 않아져 눈을 힐끗하고 쳐다보았다.

"누나는 인제부터는 수일이 네 공부를 껴들테야."

"싫어. 그런 거."

"애봐 막 그런 거라네. 넌 아직 이런 말 못 들언. '아는 것이 힘이다. 배워야 산다'구 허지 않어. 우리들이라두 공부를 하잖으면 안 되어. 공부가 무엇보다두 우리들의 힘이야. 알고 있어. 공부가……"

"공부 안해두……"

하고 수일이는 자못 불만스럽게 말했다. 그는 자기가 한번 낙제를 한 것을 생각하였기 때문에 웬만큼 중수(重數) 있게 저를 보이고 싶었던 것이다.

"아무런 거라두 헐 수 있어."

"그럼 그럼 그러기 안 된단 말이야!"

하고 귀애는 어쩐 일인지 불꽃처럼 펄펄 거리며,

"아버지처럼 아무런 짓이라두 허는 거 그건 안 되어 그건 안 되어요."

수일이는 귀애가 하도 의외롭게 흥분하는 모양에 놀라 의아스레 물끄러미 그를 쳐다보았다. 그때에 그는 지금까지 제가 가슴속에 고이고이 간직하여 오던 소년 시절의 귀애의 영상은 벌써 사라지고 인제는 다시 그와 더불어 나무숲 사이를 달음질치며 다니던 그 옛날로 영 돌아가지 못하도록 무엇인가가 귀애로부터 멀리 사라진 슬픔을 확실히 느끼지 않을 수 없었다. 그리고 또 귀애에게는 꼭 저를 삼, 사년 전의 수일로만 알고 대하려는 태도가 보여 그는 이제는 나도 어린애가 아니라고 어떤 방식으로든지 알리고 싶었다. 그러나 벌써 그는 귀애가 말하는 뜻을 알 수 가 없을 만치 둘의 성장 사이에는 거리가 지어 있었다. 귀애는 벌써 열여섯 살 여학교 삼년생이었다. 전에만 하더라도 몇 번인가 귀애로부터 학교 편으로 온 힘든 한자와 뜻 모를 말이 많이 섞인 편지를 받은 적이 있었다. 거기는 무슨 의미인지는 딱히 몰라도 귀애는 장차 여학교를 졸업하고는 조선을 빛내도록 힘쓰기 위하여 먼 중국나라에 유학을 갈 터이라고 써 있으며 그러기에 그도 꼭 수일이를 한번 찾아와 만나 이야기 하고 싶으나 이제는 저도 커다란 여학생이라 남학교에 찾아갈 수는 없다는 사연이었다. 그때에 그는 귀애가 제멋대로 저를 업신여기는 것이라고 마음이 불쾌하여 집에 돌아가며 그 편지를 갈기갈기 찢어 버렸다. 그것을 생각하니 그는 가분재기 노여워지며 또 낯이 뜨거워져 어떤 말이든 찍찍하게 몇 마디 던져 주고 싶었으나 미처 생각이 나지를 않았다. 이 모양으로 벌써 그는 제가 귀애 앞에서 기를 버젓한 한 사람으로 보이기가 얼마나 힘든 것인가를 새삼스레 느끼는 것이었다.

그러나 역시 수일이는 귀애와 한자리에 다시 앉아 있을 수 있게 된 것만도 얼마나 기쁜지 가슴이 두근거렸다. 하늘은 찢은 듯이 맑게 개이고 달은 중공에 떠서 헤엄을 치는데 귀애의 피어오른 얼굴은 명주 줄을 감은 듯이 설레는 것 같고 그 청왕 같은 두 눈은 파랗게 빛나 보인다. 그리고 그 몸짓 속에는 처녀애의 가만 못 있는 신비로운 초조가 잠겨 있는 것 같았다. 귀애의 팔이 껴안은 그의 어깨에는 수북히 땀이 고고 그 팔로부터는 따뜻한 피의 온기가 오관 속에 흘러든다. 그리고 귀애의 하드분한 향취가 어느덧 그의 전관능(全官能)을 쥐고 흔들어 낯

이 홧홧하여 숨이 가슬렁씨어

"그럼 난 난 아문 거라두 배울 테야."

하며 겨우 한마디 목멘 소리로 중얼거렸다.

김천집은 시든 고비 같은 몸을 부들부들 떨면서 해주집의 침방 속을 노려보고 있었다. 무시무시한 질투와 증오의 불길에 싸여서—초록 전광이 뽀얀 방 안에는 아주 비길 데 없이 자극적인 공기가 지배되어 있는 것이다.

윤 대감은 기름진 번질번질한 머리를 해주집의 하얀 무릎 위에 괴고 소처럼 누웠는데 해주집은 흐뭇한 앞가슴을 속저고리 새로 헤친 채 번민하는 창부와 같이 몸을 비꼬고 있었다.

그는 남작의 흰 수염이며 턱아리(턱주가리)며 벌씬벌씬하는 입가장이를 만적이면서 금방 코야로 흘러 떨어질 것 같은 훌쩍훌쩍씨는 두 소리로 능살스럽게 군다.

"네— 여보우 대감. 오늘은 또 무슨 바람이 불어서 이리 오셨어요. 그렇게 나를 혼자만 내버려 두시드니."

"허— 그러기 분주했다지를 않나 원. 무슨 바람은 무슨 바람. 내야 아니 바람이 불건 비가 오건 오고 싶으면 언제나 오는 것이지. 내 누구를 피해 다닐 사람인가."

"운니동 월화가 싫어하지."

"허— 그 다 못쓸 말. 월화는 월화고 임자는 또 임자 아닌가."

"그래두 뭐…… 그런데 대감님 전 정말 또 하나 어린애가 가지구 싶어 죽겠수. 이렇게 나이는 많아 가고 보니 어린애가 무엇보다두 욕심나는군요. 인젠 옥기두 시집보낼 나이구……"

"아 임자는 요즘 와서 별루 어린애 어린애 하는 걸 보니 필경 또 누구 허튼 놈의 씨라도 받어들인 게지. 내 귀에두 좋지 않은 소리가 들리는데 허허허.”

“아이구 참 대감님두. 요새는 그런 말씀까지 배우서 가지구 불쌍한 나를 못살게 구니. 네— 대감 글쎄 그런 말씀은 왜 하서요. 그래 아마 또 그 늙어빠진 김천 화냥년이 진수작을 헌 게지.”

하고 제김에 노기를 띠었다. 바깥 김천집은 흠칫 옴추 섰다.

“그 염병지랄할 늙은 년이!”

“무얼 또 그러누. 그 입씸을 좀 곤처야 허네. 양반 대가집을 쓰구 있을려면 허— 임자, 무슨 걱정이 있나 내가 임자를 이렇게 다시 돌보는데 아들인들 못 낳고 딸인들 못 낳겠나.”

하며 남작은 속으로 정말 어린애를 다시 낳을 수가 있다면 이번만은 좀 패기가 있고 똑똑한 놈을 하나 가졌으면 좋겠다고 생각했다.

“삼계탕이라두 늘 장복하면서 배를 보온허라구.”

“후후후 이 복배를 말씀이지유.”

하며 웃으면서 해주집은 비지가 그득한 커다란 배를 득실득실 헤쳐 내어 보였다. 그때에 무슨 소리엔가 놀라 대감은 화닥닥 뒤채이며 창밖을 향하여 부르짖었다.

“누구냐?”

“헤헤헤헤.”

복잡한 감정에 쌔운 음침한 웃음소리가 창문가로부터 들려 온 것이다. 그것은 벌써 제정신을 수습치 못한 거창스런 음향을 가지고 퍼졌다.

“헤헤헤헤. 삼계탕을 먹어 김 대감의 씨알맹이가 뒤여지면 어쩔능구. 헤헤헤헤 애배인 계집년엔 삼은 비각이지 비각이야. 그걸 대여 드릴려구 이 늙은 것이 우진 찾어왔는데 그 누구냐구? 헤헤헤헤 나외다.
나 김천 술장사 에미.”

대감은 낭패하여 허겁지겁 일어나서는 마구 옷을 줏어 입노라고 버
둥버둥씨었다. 필경 또 무슨 큰 야료가 생길 것이라 막 달아나려는 것
이다. 해주집은 처음에는 대감을 붙들려고 멈칫했다가 그만 분통이
터져 쏜살처럼 창문가로 달려가서 왈칵 문을 열어젖혔다. 그 통에 들
여다보며 헤헤헤헤 하며 그냥 웃어대던 김천집은 그만 떼밀리어 그
자리에 넌지시 나가 자빠졌다. 두 계집년은 컴컴한 속에서 눈을 횃불
처럼 하고 서로 잠시 동안 노려보았다.

“이 꼬리 빠진 헐넉개 같은 년!”
하고 해주집은 서슬이 차게 부르짖었다.

“이 육시헐 년 네가 언제 그런 짓을 봤단 말이냐. 응 내가 김 대감
허고 어쩌구 어째서 이년 눈안을 긁어내어 닭의 모이를 줄 년! 이년
아가리에 똥 들어가는 것을 볼려니!”

그러나 김천집은 해주집의 노발대발에는 홍홍 눈 거듭떠보지도 않
으며 일떠서면서

“대감!”
하고 의연히 헤헤헤 선웃음 치는 소리로

“홍, 사람의 씨는 흙덩어리와는 다르우. 알어듣겠수. 암만 뒷손질을
해두 씨야 갈 데 있나. 거지의 씨를 받었으면 거지의 씨를 낳어야지.
이제 뒷손질하야 손톱하나 닮을 텐데.”

“무엇이 어째. 이년 아직 아가리를 못 닫치겠니.”

“야. 이 해주 갈보년.”
하고 그제는 김천집은 정면으로 향하여 빽 질렀다.

"이년 내가 너더러 뭐라느냐! 응 이년, 대감을 내놔라! 나는 대감에 일이 있어 왔다. 이년 네가 무슨 상관인데 날더러 어쩌자는 지랄이냐. 응 이년 대감을 내놔라!"

대감은 막 혼비백산으로 큰일이 나서 부랴부랴 뒷 미닫이문으로 빠져 나가 거기서 히벌떡씨며 의복을 걸치고 황망히 집 바깥으로 피하여 나갔다. 김천집은 눈이 뒤집히기만 하면 막무가내하(無可奈何)로 언제인가도 그는 김천집에 멱살을 잡히어 큰일이 난 적이 있는 터이다. 그때 일이 머리에 떠올라 다시금 오금이 저리었다. 그래 그는 계집 둘이서 싸움하는 곳과는 딴 방향으로 어둑씨근한 숲 사이를 달아나기 시작했다. 그러나 본시로 범 같은 몸뚱이라 암만 슬쩍슬쩍 내달으려고 하나 발소리는 쿵쿵 울리고 나뭇가지에는 몸뚱이가 걸리어 버석버석 소리가 난다. 그 그림자는 귀애와 수일의 쪽으로부터 그다지 멀지 않은 곳을 걸핏걸핏 지나갔다.

둘이는 김천집과 해주집이 요란하게 싸우는 소리를 멀리 귓결에 듣고 있었다. 그러는데 난데없이 그들이 앉아 있는 옆을 분주스러운 발소리가 들리고 커다란 검은 그림자가 휙휙 지나가는 바람에 수일이는 무서운 생각이 칵 들어 귀애에게 와락 달겨들었다.

그 뒤는 어떻게 되어 그리 되었는지는 모르나 그들 둘이는 굳게굳게 껴안고 있었다. 귀애의 입술은 무더운 입김을 훅훅 불어 내며 그 뜨거운 몸 온기는 수일의 몸을 금시로 태워 버릴 듯했다.

잔 힘이 들어차 있는 팔은 수일이를 껴안은 채 열정을 받칠 길이 없는 공허에 떨며 수일이는 숨이 가빠지며 그 조그만 손으로 귀애의 등 언저리를 어루만졌다.

그때 귀애는 열정적으로 뺨을 비비대며 타오를 듯한 입김을 끼었으며 그의 귓속에다 나직이 속삭이었다.

"아무두 아니야."

그 이튿날 아침 김천집은 수일이를 만나자 어젯밤 일은 씻은 듯이 잊어버린 모양으로 이렇게 청승맞게 늘어놓는 것이었다.

"내 어젯밤 아버님을 붙들구 잘 알어들으시도록 여사모사 말씀드렸더니 아버님이 날 보구 말씀허신다는데 아 정말 임자가 산월이 대신을 서서 수일의 뒤를 돌보아 주어야지 않으면 수일이가 어떻게 지내겠는가 그러시겠지. 그래 도련님 이제부터는 모든 걸 나보구만 터놓고 의논허우."

본 집안은 이 모양으로 제 혼을 잃어버린 사람들로 그득했다. 이 세상이 한 번도 필요로 하지 않는 인간들이 서로서로 상대편 속에 절망을 찾아보고 제김에 화가 치밀고 노여워져 속절없이 서써 싸우고 울며불며 치고 야단이었다.

해주집의 딸 옥기는 벌써 크게 자라 그 즈음은 저라고 찬란하게 차리고서 사내들 틈에 끼어 밤낮없이 거리로 싸다니고 있었다. 차츰 불량기를 띠기 시작한 것은 물론이지만 그러나 그 대담한 행세며 태도가 수일에게는 외려 부러운 일처럼까지 생각되었다. 아직 열여섯밖에는 안 되었으나 퍽이나 일된 셈으로 여학교도 중도서 퇴학을 하고 여러 상스럽지 못한 소문을 놓으며 다녔다. 그러나 금순이는 더욱더욱 우울 속에 잠기어 깊은 방 속에 늘상 움츠리고 들어앉아 있었다. 성년하여 더욱 몸 모양도 미워져 희멀그레한 큰 눈을 내리뜨고서 이따금씩 굵은 목을 좌우로 흔드는 모습은 어떻게 보면 깊은 감상에 빠진 노파와도 같았다. 수일이는 때때로 동정을 금치 못하는 마음으로 측은스레 바라보곤 했다.

　그래도 아버지 윤 남작만은 더욱더욱 기가 차 그 커지기만 하는 뚱뚱한 뱃속에는 마치 득의와 행복과 만족이 그득하게 차 있는 것 같았다. 그는 본집에 불이 일어난 소란 뒤에는 벌써 왕가의 관위(官位)도 내바치고 오랫동안의 진중한 계획에 좇아 드디어 재계(財界)에 네 활개를 치고 진출했다. 그의 정력과 야망과 재보는 새로운 발거리를 필요로 하였던 것이다. 그는 세계대전 후 그 존명(存命)이 위태하던 남문은행(南門銀行)에 손을 뻗쳐 그 추요(樞要)한 지위를 손쉽게 잡은 것을 비롯하여 방적회사도 일으키고 혹은 해산업(海産業)에 혹은 이권운동에도 나섰다. 이럼에 따라 옛날풍의 대관예복도 새로운 카시미아(캐시미어) 예복으로 변하게 되었다. 그 예복이 감싸는 큼직한 몸뚱이 속에는 몇 백년 동안 흘러온 봉건의 피와 신시대에 전화되어 가는 새로운 피가 대상극하고도 있는 것이다. 이리하여 그는 더욱 득의만만으로 자기의 힘과 운명을 신빙하는 불손불령(不遜不逞)하고도 강인영원(强忍永遠)한 인간이 되고 말았다.

　그러나 이렇게 되니 안사랑에 누워 굴던 대감 축들도 자연 덩달아 날개가 돋고 발붙일 곳을 얻은 셈이 되어 윤 남작이 자금융통을 위하여 방매하기 시작한 토지의 중개도 하며 또는 해금강(海金剛)에 세우는 별장에 나아가 맹랑스레 도감독(都監督) 행세도 하게 되고 혹은 남작네 어업회사의 배를 얻어 타고 어렵(漁獵)의 놀라운 정경에 쓸데없이 감탄하며 덤비다 어부들에게 꾸중을 듣기도 했다. 그들은 윤 남작이야말로 이조 오백년의 영기와 천운을 받고 나온 위대한 인물이라 굳게 믿으며 또 다른 사람들에게도 그렇게 이야기 하는 터였다.

　"암 훌륭한 어른이다마다. 나와는 그야말루 수어지간(水魚之間)인데 으흥…… 차츰 보시오. 그이가 전 조선팔도를 제 손으로 폈다줬었다

허는 날이 오지 않나. 암 여부가 있소.”

그 말도 빙하여 참으로 그는 이 삼사 년 동안에 조선에서도 한둘을 다툴 만한 유수한 근대적 자본가로서 나타나 지위와 명예와 부귀를 한몸에 지니고 있었다. 중추원 참의를 비롯하여 관공간(官公間) 민간에 있어서도 엄연한 세력을 갖게 되었다. 그리고 더욱 무대는 넓어져 동경정객과도 교의를 맺으며 시시때때로 경학원 학자에게 돈을 주어 한시를 써달래어 가지고는 우작이라 겸양의 미덕을 보이며 중앙대관들에 받들어 바치고는 혼자 신이 나서 벙글댔다.

16

그 시절에는 소학교라고 하지만 부모의 강제로 벌써 결혼을 하고 난 생도도 많았으나 그러나 그렇지 않은 애들 간에는 또 그 대신 일반의 풍조로 불건전한 남희(男戱)가 유행하고 있었다. 장경섭이는 전에도 말하였지마는 한 급 위로 열여섯 살인데 늘 수일이와 같이 다녔다.

수일이는 장경섭의 강제에 의하는 비사(秘事)를 심히 불결하고도 부끄러운 일로 생각하였으나 그러나 한편으론 오직 하나의 동무인 경섭으로부터 버림을 받는 것도 큰 고통이라 거역할 수도 없었다. 이런 성격도 그의 생장의 역사를 통하여 볼 때 그다지 무리라 할 바도 아니지마는 또 이와 같은 소년기의 생활도 수일의 장래의 생활태도에나 인간형성에도 커다란 영향을 주고 남음은 간과할 수가 없는 일이다.

때로는 장경섭이는 조달하게도 수일이를 색주가 집에까지 이끌고 다녔다.

"수일이 너 홍도(紅桃)한테 안 가볼 테냐?"

이렇게 경섭이가 호령을 하면 수일이는 경섭의 기다란 배를 꾹꾹 찌르며 키키키 웃으면서 비굴한 노복과 같이 그 뒤를 따라나섰다. 경섭이는 어깨를 내저으며 긴다리를 찔찔 끌고 거치면서 간다. 그는 아주 마음이 느긋한 모양으로 벙실한 코를 나팔처럼 훌럭거렸다.

거기는 그들이 몇 번인가 다녀 본 컴컴한 뒷골목 색주가골이었다. 좁은 길 양쪽에는 빨간 등, 파란 등을 단 집이 주렁주렁 달리고 그 처마 밑에는 분을 하얗게 바른 가지각색의 옷차림을 한 젊은 여자들이 추파를 던지며 손짓을 하기도 하고 들어오라고 수작도 걸며 또는 학생애들 학생애들 하고 얄망진 소리로 놀리기도 했다. 두세 색주부(色酒婦)는 시골뜨기 같은 사내를 끌어 들이노라고 캐득거리며 야단을 치고 있다.

그들 둘이는 큰 사내들이 주렁주렁 다니는 골목길을 접어 들어가 좁은 막다른 골목 속을 서성댔다. 그러나 함석집 뒷문 하나가 살며시 열리더니 거기 홍도의 조그만 하얀 얼굴이 나타나며 미소를 지으면서 손을 살랑살랑 저어 보였다.

경섭이와 수일이는 구석 모퉁이 방에서 홍도를 사이에 두고 노래도 부르고 담배도 피어 물며 술먹기 내기도 했다. 홍도는 가는 허리를 비꼬며 쏟아지게 웃음을 웃어대는데 그럴 때는 뺨은 장밋빛에 물들고 가는 눈은 눈썹 속으로 요염하게 숨어드는 그런 여자였다. 그는 언제나 이 두 소학생들의 주제넘는 놀음이 우스꽝스러워 못 견디겠다는 듯이 킥킥 소리를 내어 웃으면서 상대를 했다. 더욱이 홍도는 수일이를 어린애 다루듯 하여 그가 담배를 피워 빨다가 숨이 막혀 눈물을 내쏟으면 그것을 보고 홍도는 허리가 끊어져라 웃어댔다. 그러나 수일이는 그래도 홍도네 방에 오면 낯은 홧홧 거리되 마음은 집에서처럼 괴롭지는 않았다. 그는 홍도에게서 어린 시절의 귀엽고도 재낭스럽던 귀애를 연상하며 즐겼다. 옛날에는 그와 귀애와 서로 사이에는 일보의 거리도 없어 조금도 어려운 이야기며 힘든 일을 가질 필요가 없었던 것이다. 그러나 지금의 귀애는 옛날과 얼마나 달라졌는가. 수일이는 지금 귀애에게서 볼 수 없는 그리운 옛날의 그림자를 이 홍도에게서 찾아보려고 하는 것이었다.

경섭이는 웃옷을 제꺼덕 벗어 던지고 자랑인 와이셔츠 바람으로 커다란 손을 척 무릎에 꽂고

"홍도야 술을 부어야지."

한다. 그러면 홍도는 펄쩍 놀라는 시늉을 하고 자리를 고쳐 잡고서

"영감님 술이 없는 걸 어쩌노."

그러자 수일이는 제법 안색을 고치고 한번 호령을 해본다.

"이 계집 무슨 말버릇이냐."

홍도는 그제는 그만 어이가 없어 눈을 딱 버티고 입을 벌린다. 수일이도 멋쩍어졌다. 홍도는 양초 같은 손끝으로 수일의 도툼한 입술을 잡아끌며 연신 캐들캐들 웃어댔다.

"아이구 이 도령님. 난 이래 뵈어두 벌써 당신만한 아들을 다 기른 적이 있는걸요."

"거짓말 그만둬."

하고 경섭이는 한번 홍도를 노려보고 헤― 하며 혀를 내어 물었다.

"내 마누라는 네 동갑세루다. 애."

그러더니 아츠츠츠 비명을 지르며 얼굴을 찌푸리었다. 홍도가 그의 무릎을 아프게 꼬집은 것이었다.

"그러믄 그렇지. 자 그럼 이번은 벌루 수일 도령 소리를 한번 해야 되우…… 아이구 이 키다리 좀 가만있어요."

수일이는 그러지 않아도 지금까지 홍도한테 제 서글픈 이야기를 한 적이 두서너 번 있었다. 그는 저도 모르게 제 서러움에 침잠하여 홍도로부터 동정을 받은 것을 한갓 위로로 삼고 있던 것이다. 홍도에게 제 불행이며 슬픔을 이야기할 때 그는 왜 그런지 가장 원기가 생기고 마음도 불타는 것을 의식한다. 그럴 때는 홍도는 반은 이상스레 여기는 태도이나 때때로 슬픈 표정을 지으며 끄덕이곤 했다.

홍도는 눈알을 데굴데굴 굴리면서 어서 노래를 부르라고 최촉(催促)을 하나 불현듯 그 모습이 옛날 수심에 잠겨서 저더러 노래를 부르라고 하던 어머니와도 같이 보였다. 그는 눈물이 핑 돌았다. 그래 그것을 감추려는 듯이 눈을 스르르 감고 노래를 부르기 시작했다. 그러나 눈물은 하염없이 뺨 위를 흐르고 또 흘러내리었다.

> 간다 간다 나는 간다
> 너를 두고 나는 간다
> 내가 간들 아주 가며
> 아주 간들 영 잊을소냐

홍도는 수일의 옆에 살그머니 다가붙어서 반은 애원하듯이 반은 황홀스럽게 그의 얼굴을 쳐다보며 슬픈 노래에 귀를 기울이고 있었다. 경섭이는 홍도의 쪽으로 다가와 앉으며 그 귓등에다 대고 무어라고 속삭였다. 홍도의 눈은 가늘게 웃음을 짓고 입은 방싯한다. 그리고 할 수 없다는 듯이 양팔을 들어 기지개를 하는 시늉을 하니 경섭이는 그 가는 허리를 듬썩 끼어안았다. 그 여세로 홍도는 경섭의 몸뚱이에 치우치면서 숨채기를 하며 나풀거린다.

"아이구 놓아요. 좀 가만있어요."

그제는 경섭이는 좀 면구스러운 듯이 히히히 웃더니만 홍도의 무릎을 치며 부르짖었다.

"수일이 너두 이걸 베구 누워!"

홍도는 수일이를 끌어당기어 제 무릎에 뉘어 놓고

"그럼 인제들은 조용히 자야 하우."

경섭이는 또 다른 한쪽의 무릎을 베고 넌지시 누웠다. 그러나 홍도는 수일의 머리를 쓰다듬기도 하고 귓바퀴를 만지작거리기도 하면서 나직이 콧노래를 부르기 시작했다. 수일이는 그 살랑살랑하는 비단옷을 통하여 홍도의 따스하고 포근한 육감에 차츰 취해 오르면서 어느새인가 푸시시 환상의 세계로 빠지는 것이었다— 별안간 눈썹이 까맣고 긴 진주와 같은 눈동자가 벌과 같이 방 안을 떠돌아다니기 시작했다. 그것은 때때로 그의 얼굴 가까이까지 날아들려고 하는 것 같이도 보인다. 그러나 어느새인가 그 까만 눈썹에 불이 타올라 펄럭거리며 진주와 같은 눈동자는 반짝반짝 이상한 광채를 띠고 흔들렸다. 그것이 가까이 오기만 하면 삽시간에 제 얼굴을 태워 버릴 것 같다. 그는 환상 속에서도 무서운 듯이 으흥으흥 신음하는 소리를 냈다. 귀애의 눈이로구나 하고 희미하게나마 의식하게 될 즈음 불현듯 놀라운 환각의 문이 열리더니 그 옛날 북한산 상에서 바람에 불리며 바위 아래 서 있던 어머니의 그림자가 한 마리의 흰 학처럼 대사되어 나타났다. 그 눈은 불빛을 띠고 빛난다. 그다음은 어찌된 일인가, 어머니의 걸쳐 입은 다홍색 치마와 검은 구름 같은 머리에 펄펄 불길이 타오르더니 하얀 몸뚱이만이 화연 속을 새어 나와 중천으로 올라간다. 수일이는 아주 괴로이 신음하는 소리를 내질렀다.

수일이는 놀라 벌떡 일어나 앉았다. 수일이는 제가 큰 수치나 당한 것처럼 상이 빨개지며 얼굴을 돌리더니 불시에 일어났다.

"난 갈 테야."

경섭이는 상기한 얼굴로 "갈 테냐."고 벌개서 끄덕인다.

"먼저 갈려니."

수일이는 대답도 않고 뒷문으로 빠져 나왔다. 홍도는 어둑한 데까지 따라 나오며 "왜 그래. 내가 무에 잘못……" 하며 무안함을 끄려는 듯이 수일의 몸뚱이를 얼싸안으려 했다.

"몰라 몰라."

수일이는 뿌리치며 다짜로 그렇게 부르짖었다. 그리고 몰라 몰라라고 울음 섞인 목소리를 지르며 달아나기 시작했다. 그는 제 어머니가 모욕을 당한 것 같이 느낀 것이다.

홍도는 수일의 그림자가 멀리 사라져 버리도록 우두머니 서서 바라보고 있었다. 그러더니 혼자 그만 제김에 허리를 쥐어짜며 캐들캐들 웃어댔다.

"아무래두 그런 게야. 젖을 먹인대니깐 골이 난 게야……"

17

그 후 귀애와도 가끔 만났으나 그 태도와 말씨는 그를 친숙한 운도는 역시 초조하게만 할 뿐이었다. 귀애는 전보다 한결 조심성스러워 어른 티가 나며 때때로 목을 기울이고 무엇인가 깊은 생각에 젖곤 한

다. 수일에 대한 그의 애정에는 조그만치도 변함이 없었으나 그러나
시방 와서는 귀애는 내 사랑이 많은 하나의 누이로서 나타난 것이다.
이 소녀에게는 벌써 시대의 발소리며 사회의 호흡이 가까이 들리고
있었다. 가정과 사회의 정시로부터 오는 이성과 감정의 고민이 있었
다. 가정의 질곡에서 벗어나 시대의 흐름에 봉사하려는 애끓는 정성
은 그에게 있어서는 적어도 연애라든가 향락이라든가 하는 개인적 욕
구의 상위에 처해 있는 것이다. 하나 이런 귀애라도 제 옆에 있지 않
으면 그래도 수일이는 항상 우울하고 한시라도 견디지 못할 만큼 마
음이 송구였었다. 매일 아침부터 저녁까지 무엇 하나 손에 잡히지를
않고 마음은 귀애 위로 달린다.

귀애는 또 귀애대로 제 조그마한 방 안에 박혀 여러 가지 책만 주
워 읽고 있는데 이따금 책 위에 그냥 얼굴을 파묻은 채 무엇인가 암
연한 생각에 잠겨 있기도 한다. 언제인가 수일이는 이런 장면을 발견
하고 왜 그러느냐고 탓하듯이 물어 보았다. 귀애는 쓸쓸히 머리를 저
으며

"수일이 너두 어른이 되면 알 수 있어."
한다. 그리고 맑은 눈을 그스스름이 감으며 몽상에 젖은 얼굴로
"누나는 이제 여학교를 마치면 상해로 갈련다. 거리서 불란서말 배
울까 봐. 불란서말은 훌륭한 예술에 기초가 된다. 누난 소설가가 되치
야…… 소설가."
"무슨 이야기 쓸 게 있어?"
"소설은…… 난 잘은 몰라두 퍽 유익한 거야. 계몽을 하지. 계몽이
란 말 알고 있어? 쓰기야 수일의 네 이야기두 쓰구 아버지 일두 그려
내지 뭐. 그럭허문 어느 사람들은 계몽이 되는 것이지."

“……………………………”

“난 이렇게 생각하면 되게 슬퍼두 그래두 아마 아버지나 너나 할 것 없이 모두가 다 우리 집 사람들은 비극의 주인공이 되고 말 줄 알어. 이것만 소설루 써두 굉장한 이야기가 될 텐데.”

수일이는 무슨 뜻인지 딱히 알 수가 없기에 아마 귀애가 저를 어린 애라고 업신여기고 우정 힘든 말만 골라 쓰는 것이라고 심사가 좋지 않았다. 그래 무어라고 좀 뽐내어 보려 하나 할 말을 몰라 그만 우락부락 성이 났다.

“넌 왜 늘 장한 것처럼 그래 가지구만 있어. 아무것두 써달래구 싶잖어. 그리구 동무두 없구 나 혼자뿐인데 내 일을 쓸래면 무슨 말을 쓸치야.”

“호호호. 넌 참.”

하고 귀애는 측은히 여기는 양으로,

“난 모든 걸 죄다 그려 놓을 치야. 세상 사람이 그걸 보구 욕을 하든지 미워하든지 내겐 상관없어. 그 사람들이 계몽되기만 하면 그뿐이지 뭐. 누나는 때때루 세상 모든 사람들이 우리 일가에 무슨 복수라두 할랴고 대드는 것처럼 생각되어 소름이 쫙 끼치곤 한단다. 그래두 어떻게 생각하면 한갓은 속이 시원하겠지.”

수일이는 되게 놀라는 표정을 졌다.

“언젠가 거리에서 야단치던 사람들 말인가? 세상 모든 사람들이라니.”

“글쎄 말이다.”

하고 귀애는 척 손을 턱 아래에 고이며

“그런 사람들 말이지, 세상 사람들이란 행복을 구하야 헤매는 무리야, 제각각 제 행복을 찾을려구 서루 야단치구 싸움하구 울며불며 하지. 그런 사람들이 모두 우리집에 향하야 복수를 할려드누나.”

“누나는 어디서 그런 소리 다 배웠어.”

하고 수일이는 이번은 의아스런 얼굴을 한다.

“아무나 다 그런 말은 하지 뭐. 우리 학교 선생님두 언젠가 이렇게 말씀하시겠지. ‘너희들은 세상 모든 사람들 중의 하나다. 그 한 사람은 그 전체의 의지를 알아야 한다. 그리구서 너희들은 그 전체의 의지를 위하야 분투 노력해야 될 것이다’라구. 세상 사람들이란 아무 목장의 소나 말이나 같은 거야. 목장 속에서 모두들 떠들어대긴 해두 행복의 나라로 나가는 문은 하나뿐이라두 그래. 그 문을 알아낸 선구자는 모든 사람을 앞에서 이 문으로 인도해 나아갈 의무가 있단 말이야. 그리구 보면 아마 우리 집은 그 나가는 문 앞에 바위처럼 떠막어선 방해물인지두 모르겠어.”

수일이는 마침내 이 당돌한 계몽주의자의 소론을 알 수가 없었다. 귀애로 하더라도 제 생각을 막연하게 밖에는 표현하지 못하는 모양이었다. 그러나 수일이는 잠잠히 있다면 귀애에게 또 멸시를 받을까 두려웠기 때문에 아주 지혜를 부려,

“그럼 소와 말이 우리 집 같은 거 떠받들며 나가문 되잖어.”

“그러게 말이야. 우리들은 몽둥이 밟히어 부서진대두 좋아. 평양 어머님두 불쌍하게 그 한 사람이 되구 말지 않었어?”

“아니야.”

하고 수일이는

“우리 어머니는 제 손으로 용감하게 죽었어.”

하고 반대했다.

그들은 거기서 잠간 묵묵했다.

그러나 이와 같은 수일의 귀애에 대한 하염없는 사랑도 종내는 결말을 지을 날이 당도한 것이다. 만약에 귀애가 현재에도 어디엔가 살아 있어 제 말처럼 정말로 윤 남작 일가의 일을 그리는 날이 있다면 이 사건을 어떤 형식으로 취급할 것인가. 아니 귀애는 정녕코 이 세계 어느 한구석에서 그것을 기록하고 있을 줄 믿는다.

다만 필자가 시재로 수일만을 중심삼아 그려 내는 것이 허용된다면 수일이는 이 일 때문에 망연자실하고 있었다는 것만을 전할 수 있을 뿐이다. 이 일이 있은 뒤부터는 수일이는 산산이 부서진 조각배 모양과 같다고나 할까. 그의 생활감정은 희미한 광망을 띠고 음산히 빛날 따름이다. 그리고 지금 와서는 제가 정말로 귀애를 사랑하였는지 혹은 또 현재에 귀애와 떨어지고 보니 제가 슬픈지 노여운지까지 그 분간을 못할 정도였다.

차츰 가을바람이 선들거릴 무렵이었다. 어떤 날 밤 별안간 집안에 큰 소동이 일어났다. 윤 대감이 엉금엉금 귀애의 침방 속으로 들어가려는 것을 해주집이 마침내 붙든 것이다. 그래 대감이 도망을 친 뒤에는 해주집과 김천집 사이에 싸움이 벌어졌다. 불타는 질투로 대감을 제 곳으로 끌어드리려고 갖은 애를 쓰다 못해 김천집은 제 데리고 온 딸 귀애마저 대감에 바치려고 한 것이다. 그리고 이제는 몇 백 석이라도 따내려 했다. 이것이 드러났다. 그들 두 여편네는 서로 맞붙어 데굴데굴 굴며 끄덩이를 맞잡아 당기면서 엎치거니 뒤치거니 이러다가 내종에는 엉덩판까지 드러내고 야단이었다. 몇 석으로 딸까지 팔아먹었느냐고 해주집은 김천집 끄덩이를 잡아끌며 들구곤다. 김천집은 아이고 아이고 비명을 지르면서도 분통은 더욱 터져 제 머리채를 잡은 해주집 손을 깨물려고 날친다.

그날 밤 귀애는 빨갛게 임금(林檎, 사과)이 익은 숲 사이에 머리를 무릎 위에 구겨박고 흑흑 흐느껴 울고 있었다. 푸른 하늘 저 멀리에는 작은 별들이 깜박이고 굽은 가지 사이로 숨어드는 일광은 주렁주렁 매달린 임금에 서리어 흔들린다. 임금들은 이제 그 아래에 벌어지려는 비극에 반주라도 하려는 듯이 서로 끄덕끄덕거리고— 높은 나무는 거인과도 같이 묵묵히 서서 미동조차 없이 이 여학생의 울음소리에 귀를 기울이고 있다. 수일이는 우두커니 그 뒤에 서 있는 것이다. 그는 벌써 모은 사정을 알아차리고 있었다. 소년의 가슴의 피는 몹시 뛰었다. 그는 살며시 귀애의 손을 잡았다. 그것은 얼음같이 차고 또 떨리었다.

“수일이가?”

하고 귀애는 놀란 듯이 나직이 목멘 소리를 내었다. 그리고 그의 손을 떼어 놓는다.

“다치지 말어요. 그리구 아무 말두 묻지 말어.”

“……”

“아— 다치지 말어요.”

귀애는 막 몸을 사시나무 떨듯 한다. 그리고 몇 번인가 속으로 흑흑 느끼며 울었다.

“난 아주 아주 네가 만나구 싶었어. 그래두 막상 만나구 보니 왜 그런지 무서워요. 난 오늘이야 내가 제일 수일이 너를 그립게 생각하구 있는 걸 알었어. 그래두 벌써 다…… 벌써……”

“……”

수일이는 애연한 듯이 그 두 손을 붙든 채 몸을 바득바득 떨었다.

“놓아 놓아요. 아이구.”

“귀애 누나.”

“아니, 놓아 놓아요.”

“무에 무서웁니, 무에.”

“응 아니…… 난 이제 떠나야 돼…… 난 아주…… 난 이렇게 쫓겨 나다시피는 하지 않을렸더니 내 발로 박차고 나갈렸더니…… 언젠간 우리들 복수 이야기 하였지. 그 말이 맞았어. 내가 첫 번으로 만츠음 복수를 받는구나.”

“아! 왜 울어. 왜 울어.”

“가만 있어 가만 있어요……”

하며 귀애는 일어나 얼굴을 두 손으로 싸고 맞은편으로 몇 걸음 달아나 쓰러졌다.

“어딜 가.”

“어디든 생각나는 데루…… 어쩐지 머리가 지근거려 모르겠어. 그저 우리들이 불행이라는 것만 알겠구나. 그래두 수일이 넌 넌 행복스럽게.”

“행복?”

수일이는 반발하듯이 슬프게 부르짖었다.

“왜 그래요. 넌 기운을 내야 해.”

“기운 난 어떻게 하야……”

“아— 수일이 넌 왜 그런 슬픈 소리만 하니. 어떻게 하면 되냐구 어서 어른이 되어 훌륭한 사람 노릇을 해야지.”

수일이는 안색이 창연하게 변했다.

“어른?”

"응 그렇구말구 날래 어른이 되는게."

하며 귀애는 눈물을 머금었다.

"무엇보다구 장한 거야. 힘이야 학식두 깊구 그리구 나이두 많아지면 아무 것도 무섭진 안허요. 내 말 알어들어? 그래두 난 인젠 그만이야. 아주 파멸이야. 공상두 행복두 아무 것두 모두……"

귀애는 다시 흐득이며 울었다. 수일이는 갑자기 노여워졌다.

"넌 넌 바보야. 천치야. 천치야. 누나 바보 바보."

귀애는 입술을 깨물고 몸을 떨었다.

"수일이 네 말이, 네 말이 옳아. 정말 너는 나를 무시하야두 돼요. 그래두 또 너무 슬퍼만 하지 말어. 인젠 네게는 아무것두 무서운 게 없어 응. 수일아. 그렇지 학식이 네 무기야. 학문은 아무런 운명이라두 개척할 수 있어. 나두 나두 기어쿠……"

"그럴까. 그럴지두 몰라."

하고 수일이는 괴로운 신음 소리를 내었다.

"그래두 난 믿지를 않어. 모두 거짓말이야, 거짓말. 난 어른이 되면 되두 새나더 괴롭고 슬퍼만 질 텐데."

"아무것두 믿지를 않는다구. 넌 그러니? 것두 좋아. 그래두 두 가지만은 신용을 해야 한다!"

"싫어 싫어."

"지식은 우리들의 무기야 나는 그것만은 따이 말할 수 있어. 건 정말이야. 신용할 수 있는 일의 하나야. 그리구"

귀애가 이렇게 말할 새도 없이 수일이는 그곳으로부터 허둥지둥 제방 쪽을 향하여 걸어가기 시작했다. 그때에 귀애가 두서너 발자국 달려오며 큰소리로 이렇게 부르짖는 것이 들렸다.

“그리구 또 한 가지는 내가 너를 사랑한다는 거야. 사랑해. 사랑해요, 사랑해요. 그리구 다시는 다시는 못 만나는 거……”

수일이는 겨우 집채 가까이까지는 왔으나 기진맥진하여 발이 부들부들 떨리어 바람벽에 상기된 것처럼 기대고 넘어졌다. 한점의 구름도 없는 달빛이 내리비치어 그의 몸뚱이를 하드분이 싸고서 흘렀다. 아— 밝은 달이다. 밝은 달이로다. 수일이는 몇 분간이가 정신없이 망연히 하늘을 쳐다보고 있다.

수일이는 놀라 정신을 가다듬었다. 별안간 황망히 김천집이 달려오더니 그의 몸뚱이를 쥐고 흔들며 힐문하듯이 부르짖는 것이다.

“귀애가 어디 갔니? 귀애, 어딜 갔어?”

수일이는 김천집의 턱아리가 몹시 흔들리는 것을 희미하게 바라다보았다.

“어디 있어. 어디 갔어.”

“임금(林檎)밭에, 임금밭에……”

하고 수일이는 넘어질 듯하며 겨우 이렇게 중얼거렸다.

그 후 어디엔가 출분한 귀애의 소식은 영영 묘연하게 되었다. 그러나 그 이삼 일 뒤에는 한 소녀의 시체가 연못 위에 떠올랐다. 처음에는 이것이 귀애인 줄만 알았다. 그러나 예의 추잡한 사건이 일어나 해주집과 김천집이 사납게 다투던 날 금순이가 드디어 연못에 몸을 던졌던 것이다. 그 며칠 뒤에는 집 뜰 안에서 또 왱강왱강 굿이 벌어졌다. 그때는 김천집과 해주집은 서로 사이좋게 손이 발이 되도록 금순의 영혼이 옥황상제 앞으로 가기만 빌었다. 그들은 사혼이 저희들을 침노할 성싶어 극도로 두려워하고 있기 때문이다. 이것으로 모든 것이 끝나고 말았다.

수일의 생활은 이제 와서야말로 거의 절체절명에 가깝도록 황폐했다. 사랑하는 어머니는 죽어 없고 정 깊은 귀애는 간 곳 없이 사라졌다. 왜 어머니는 죽지 않으면 안 되었었을까. 그만치나 연약하고 모든 것에 순종만 하던 어머니가 어째서 또 집에 불까지 안 지르고는 못 견디었을까. 건 그렇다하고라도 또 그처럼 영리하고 똑똑한 귀애가 달아나고 만다고야. 귀애만은 그래도 좀 더 용감히 그와 같은 무서운 죄악과 싸우지 않았으면 안 되었을 터이 아닌가. 그리고 이것은 또 어쩐 일일까. 귀애의 파랗게 맑은 눈을 들여다보고 그 실도루래 굴리듯 하는 말을 들을 때엔 아무런 슬픔이며 고통도 사라지고 말던 저였는데 막상 귀애가 저를 보고 너를 사랑한다고 하였을 때는 벙어리처럼 아무 소리 한마디도 못하고 창랑히 그 곁을 떠나 눈에는 하염없는 눈물을 뿌렸던 것이 아닌가. 소년은 마치 깊은 안개 속에 잠겨 버린 것처럼 아무 정신도 차릴 수가 없었다. 그는 확실히 무엇인가를 숨이 가쁘게 찾고 있기도 하다. 그러나 그 눈은 몽몽한 안개 속에 싸여서 지척을 분간치 못했다.

"학문이 나를 살린다군."

그는 절망적으로 이렇게 혼자 중얼거렸다. 귀애가 그 최후의 밤에 임금밭 속에서 저보고 말하던 이야기를 다시금 생각한 것이다.

"내게 무슨 학문이 필요 있어? 나는 하루하루를 외롭구 슬프게만 지내구 있는데. 그날그날 지내기두 마음 상하는데."

"호호호."

하는 행녀(杏女)의 자지러진 웃음소리가 환청된다.

"수일이는 정말 미쳤는가 봐. 아주 가난뱅이 소리하듯 하겠지. 호호호 그날그날 지내기가 어렵다구 막. 수일이는 괜한 걱정만 한 대니까."

그는 아무 말 없이 얼빠진 사람모양으로 허공을 쳐다보았다.

"아니야."

하고 이번은 경섭의 떠드는 소리가 저 멀리서처럼 들린다.

"수일이는 철학가야. 그래서 장한 것같이 걱정만 하구 있어. 철학가
는 걱정꾸러기거든."

"걱정? 걱정 같은 거면 집어치우지."

하면서 수일이는 놀란 듯이 항변했다.

"걱정은 강도처럼 못살게 나를 뒤따러 단기기만 하누나."

"그러기 말이지."

하는 누구인가의 한숨짓는 듯한 애정에 찬 목소리가 가만히 들려
왔다.

"네게는 내 사랑이 언제나 필요하단다. 난 그렇게 생각한다. 그래
나는 지금두 너를 멀리서 바라보구 있다. 멀리서 이렇게. 내가 누군지
나 알겠니?"

수일이는 놀라 담벽에 비스듬히 기댔다. 그리고 눈을 조용히 감아
써. 그것은 어머니의 소리일까 혹은 귀애의 속삭임일까. 그는 괴로운
듯이 신음 소리를 내며 어머니와 귀애의 얼굴이 서로 교차하여 흔들
리는 환영을 바라보았다. 파란 실, 붉은 줄, 놀란 둥그맹이들이 막 선
회를 한다. 수일이는 그만 몽유병자와 같이 간신히 부르짖었다.

"어머니 어머니."

"귀애야 누나야."

18

그러나 우리들의 애달픈 주인공이 어떠한 절망 속에 빠져 있던간, 덧없는 세월은 무심히 흐르고 흘러 어느덧 또 눈바람치는 십이월이 되었는데, 하룻밤은 수일이가 느즈막이 홍도네 집으로부터 돌아오니, 아버지가 부른다 하여 가슴이 뜨끔하는 것을 바깥사랑으로 들어갔다. 아버지는 아무 말도 없이 한참 동안을 푸근한 소파에 두꺼비처럼 웅크리고 앉은 채 담 한 구석을 물끄러미 바라보고 있었다. 수일이는 그 등 뒤에 풀기 없이 다가서서는 이제는 할 수 없다 하고 속추를 늘이고 섰었다.

"밤에 나가 노는 버릇은 언제부터냐, 대체 허튼 곳으로 발신(發身)하기는?"

아버지의 위엄기 있는 꾸중은 뒤돌아보지도 않으며 이렇게 시작했다.

"……"

"너로선 나이가 일러. 나는 네 나이 적에는 경사백가(經史百家)에 붙어서 학문만 일삼았다. 꼭대기에 피두 안 마른 녀석이, 너는 아무 때나 네가 남과 달리 이 남작네 집의 소중한 아들이라는 것을 생각해야지. 가문에 치욕거리가 되어서는 내가 용서치를 않을 테야."

그러면서 아버지는 쑥 일어서서 양팔로 뒷짐을 지더니 천천히 아까부터 들여다보던 담벽을 향하여 걸어가 멈춰 섰다. 그 앞에는 검은 반점이 있는 얼룩범의 커다란 모피가 펼쳐진 채 걸려 있었다. 그는 한참 동안 불빛이 서리운 그 범의 침침한 눈을 들여다보고 있더니 넌지시 돌아서서 이번은 또 어정어정 다가오기 시작한다. 수일이는 사뭇 가슴이 두근거렸으나 될 대로 되는 수밖에 없다 했다.

"벌써부터 외계에 눈이 띄어서는 안 되는 법이야. 더욱이 어려서 계집년에 마음이 팔리기 시작하면 모든 게 여우에 홀린 것 같아 사리를 가리지 못한다. 저 범을 보았지. 범 같은 의기를 가져야지. 그렇지 않어두 이 세상에는 차츰 분간치 못할 일이 자꾸 늘어 가기만 허는데."

그러더니 퉁명스레 혼잣소리처럼,

"……사회는 더욱더욱 혼란하여지며 복잡해만 갈 뿐이루다…… 너두 이담에 가서 후회가 없도록 지금부터 버쩍 정신을 차리고 모든 세상물정을 살펴야지. 아무것두 옛적처럼 만만히 볼 세상이 아니루다. 천하 모든 게 옛적과는 막 반대루만 되어 가니…… 요즘은 아주 시골 토백이 반작(半作)놈들두 떼를 져 가지구 와서는 소작료가 많으니 어쩌니, 비료값을 전주가 물라느니 하구 행패들을 부리구 가는 형세루다."

수일이는 아버지가 지금 무슨 이야기를 하고 있는지, 아마 아버지 저부터 벌써 여우에 홀린 것처럼 심란한 것이 아닐까 했다. 그러나 아버지가 요새 와서 노 사랑에서 찾아온 사람들 보고 큰소리로 노발대발하는 일을 생각해 보았다. 그리고 언젠가는 젊은 투박한 농사꾼들이 쓸어 와서 아버지를 붙들고 무어라고 야단을 치고 갔는데 아마 그 일을 보고 그러는가 보다 수일이는 짐작하는 터였다.

아버지는 드디어 수일의 곁에 가까이 다가오자, 그 거무퇴퇴한 큰 손으로 그의 조그마한 턱아리를 쳐들고 한참 동안 유심히 들여다보다가 혼자 머리를 끄덕끄덕했다.

"으-음, 내 말이 무슨 뜻인지 잘 모르겠는 모양이지. 그러나 이제 차츰 알어진다 알어지어."

그리고 다시 한 번 물끄러미 소년의 얼굴을 들여다보았다. 수일이는 좀체 무시무시하여 눈 속을 거밀거밀거리고 입 가장을 떨었다.

"멀쩡한 놈이라니……"

하고 남작은 연민의 미소를 짓는다.

"무에 그리 무서우냐. 이 아버지는 단지 네가 귀여우니 이렇게 어려운 말로 하는 것이루다……"

하더니 혼자 무엇을 생각하였는지 벌씬 웃는다. 그의 속종에 의하면 이제는 수일이도 장가를 보낼 때가 된 것이다.

"그런데 이놈."

하고 한번 전주르고서,

"너두 인제는 이 늙은 아버지에 효도를 힐 줄 알어야지. 옛적 같으면 벌써 어린애가 두엇 되어두 좋을 나이인데…… 그리 알어, 그럼 들어가 자거라."

수일이는 무슨 영문인지를 모르고 그냥 수벅수벅 걸어 나오려니까, 등 뒤에서 아버지의 부르짖는 소리가 들렸다.

"내년 봄에는 네 잔치를 하자."

그래 소년은 놀라 멈칫했다. 아버지는 돌연 허허허 하며 연신 호기 있게 웃더니만 또다시 고함을 쳤다.

"기쁘냐?"

이 소리에 또다시 놀란 듯이 황망히 달아나는 수일의 그림자를 어둠 속으로 바라보며 남작은 제 어렸을 때를 회상했다. 학식을 높인다 하여 경사면백에 배운답시던 열세 살 적에 처대(妻帶)하여 어린애도 하나 낳아 죽이고 벌써 십사오 세에는 가벌의 권세로 지방요관 출도라 하여 원님 행렬을 지었다던 것이다. 그때의 자기에 비하여 볼 때 저놈이 저렇게 못나 보이는 것은 당초에 풀기 없는 제 어미 산월이를 닮은 때문인 게로다 하니 그는 무척 섭섭했다.

　이렇게 혼자서 한참 서 있다가 그는 화식(和式) 돔비(남성용 모직 외투)를 어깨에 두르고 운니동 월화한테 갈까 하고 나오려는데, 안기는 바람이 차기도 하려니와 이미 밤도 깊었고 또 가분재기 해주집의 흐뭇한 육체도 생각이 나, 그럼 한번 안사랑을 들여다봐야겠군 하고 그리로 향했다. 해주집의 정남(情男)이 처남 김백(金伯)인 줄을 모를 리 없는 그는 안사랑에 김백이 아직 있나 없나를 알아볼 필요가 있었던 것이다. 그는 문밖에 와 서자 김백이 아직은 해주집 방으로 들어가지를 않고 무엇인가 신이 나 책을 읽고 있는 소리를 듣고 무어라 말할 수 없는 가벼운 정도(情堵)와 환희를 느꼈다.

　들어서 보니 방 안에는 늙은 대감 셋이 기다란 보료 위에 구부러진 못(釘)처럼 지저분히 누워 있었다. 붉으락푸르락 코를 골기도 하며 또 푸― 하고 숨을 몰아내치기도 하는 품이 아주 잠이 깊은 모양이다. 김백만은 이 늙은 대감들이 잠이 들어 버리고, 또 바깥사랑에 들어온 모양인 윤 대감이 집을 나가기만 기다리느라고 밤이 깊도록 심심파적으로 옛 잡지를 읽고 있던 것이다. 그러나 지금 읽고 있는 내용인 즉은 마음 곱지 않은 이 패잔가의 심정을 사뭇 즐겁게 하여 아주 그곳에 정신 팔리어 한참 읽고 있노라는데 별안간 밤중에 이 방으로 매부 대감이 나타나고 보니, 그는 해주집 방으로 가려는 제 속마음을 엿보인 듯한, 제 동정을 살피운 듯한 불쾌를 금치 못했다. 그래도 그는 벌떡 일어나 앉으며

　“아 이게 웬일이슈.”

하고 머리에 손을 얹으며 히죽 웃었다. 괴로운 이 경우를 역용할 만한

돈지(頓智)와 재주가 없지 않은 그였다.

"마침 잘 오셨구려. 잘 오셨어. 그래 매형, 아 하두 갑갑허길래 저는 지금 막 신사상을 배우구 있던 참이랍니다."

하며 그는 붉은 표지의 헌 잡지를 흔들어 보였다.

"아주 그럴 듯한 말을 한 녀석이 있겠죠. 아 참 잘 오셨습니다. 잘 오셨어요…… 그래 매형 어때요. 한번 들어 보시려우…… 매형에게두 크게 유익할걸요, 유익허다마다."

아무 대답 않고 남작은 수염 끝을 한 손으로 잡아 쥔 채 그 자리에 조상처럼 서 있었다. 들으려는구나. 이렇게 생각한 김백은 더욱 용기를 얻어 큰소리로 일자일구를 주어 가며 띄어 읽기 시작했다. 그러므로 이 소설이 조금이라도 조선사회의 전개를 배후 둔 이상 우리도 지내온 과거 한 세대에 흔히 나타나던 불가불 남작과 같이 들을 수밖에 없는 것이다.

"으흠 으흠…… 이 물가 이 물가등귀와 인플레에 의하여 더욱더욱 급속히 수행된 자본주의 발전과정은, 으흠, 필연적으로 사회 계급구성 위에 급격한 변화를 주어 광범한 생활층을 헤헤헤 무산계급화한 것이루다."

여기까지 읽자 김백은 또다시 헤헤헤 하며 남작의 얼굴을 쳐다보고 웃어댔다. 그 거친 이빨이 싯누렇게 무서우리만치 드러나 보였다.

"무산계급 헤헤헤 이놈의 무산계급이라는 게 바루 요새 신식 청년들이 입만 벌리면 허는 수작이랍니다. 그게 큰 말감이지요. 그럼 어디 또 읽어 볼까 으흠……"

하고 그는 다시 책을 들여다본다.

"……그리고 이 무산계급 운동은 ××사건 실패를 전기로 하여 대중

속에 뿌리를 박고 자금 2년 말부터는 더욱이 소작농민들의 각성을 촉
진하여 조합이 거의 전선적(全鮮的)으로 총설되었으며 그 뒤부터는 소
작쟁의가 빈발케 된 것이다. 으흠 으흠 이 반농노적 소작농민은 먼츰
호남 옥야를 중심으로 하야…… 야, 이것 보슈.”

하고 김백은 그만 별안간 개가나 울리는 것처럼 부르짖으며 일어나
서서 남작 밑으로 달라붙었다. 그리고,

“여기외다 바루 여기를 보서요.”

하며 남작의 코끝 밑까지 책을 들이밀며 대드는 품이 아주 이 남작을
공박하려는 모양과도 같았다.

“그렇지 암, 일제히 용감한 ×쟁을 개시한 것은 중지의 사실이다라
구 허지를 않았습니까. 헤헤헤 암 그렇다마다. 알구 있을 뿐일까 매형!
바루 매형네 호남농장 소작인들두 현재 이 ×쟁에 가담해 가지구 야단
지랄이 아니유. 매형 그렇지유. 그러면 그렇다구 허서야쥬.”

“흐―음.”

하고 남작은 적이 못마땅한 듯이 가래를 들이키며 볼을 불룩했다.

“그러나 그놈의 ×쟁인지 무엔지가 도대체 무슨 소용이 있는데. 그
게 결국은 누구에 불리한 일인지를 똑똑히 알어차리구서 쓰는 게 붓
을 잡는 자의 할 일이 아닌가.”

“허허― 그게 또 오묘한 말씀인 모양인데.”

하며 김백은 끝까지 밉살스러운 얼굴로 남작의 우므덕한 눈을 쳐다보
았다.

“미욱헌 이놈에는 결국 무슨 뜻인지 알 수가 없는걸요. 헤헤헤.”

“흐―음.”

하고 남작은 다시 한 번 못마땅해 하더니 이윽고

"그럼 들어 보게. 용감허구 못헌 게 문제가 아니고 무엇보다 중요헌 것은 그놈의 소작쟁의가 제놈들에게 결국 이익인가 아닌가를 분간해 가지고 들어붙어야 된단 말이야. 만약에 저놈들이 쟁의를 일으켜 가지고 전주들을 귀찮게 헌다면 누가 그런 땅을 가지고 있어? 전주들은 모두 천치가 아니겠다. 그러니 귀찮은 김에 전지를 회사루나 팔아 버린다면 그 소작인 놈들은 대체 어찌된단 말인가. 이걸 나는 묻는 게지, 물어 보겠다는 게지. 가령 내가 지금 쟁의 중에 있는 순천, 광주 등지의 농장을 동양척식회사에 팔아넘긴다 치면, 진작 그놈들은 그 자리를 떠나야 될 형편이 아닌가. 요시 적은 놈들은 쩍허면 우리 조선사람 조선사람 허지만 만약 그렇게 된다면 그게 소의 민중을 사랑허기 때문이라는 취지와 결국에 있어 들어맞느냐 말이야."

"허허— 남작, 헤헤헤 그게 참 빗한 말씀인데."

하며 김백은 속 딴마음으로 한번 교활한 웃음을 짓고 연신 고개를 끄덕이었다.

"아주 빗한 말씀인데. 그럴 듯헌데 바루 정문(頂門)에 일침이라는 겝죠. 그렇지, 옳아. 전주에나 소작인에나 모두 손해라—"

그러더니 슬그머니 책은 뒤꽁무니로 돌리고 음충스럽게 다시 다가들었다.

"그런데 매형, 아 정말 순천 광주의 땅을 ××에 매도할 생각이세유."

"그게 또 무슨 소리유."

"……"

"누기 전지를 판다구 그랬는가. 단지 나는 이런 뜻으루 말헌 게지. 즉, 인제는 시대가 달러 조선서두 전주들이 모두 상공업자로 전(轉)해

가는 심인데, 소작인 놈들까지 서둘면 귀찮은 김에 전지를 죄다 팔어 돈 남는 딴 사업을 시작허리란 말이야. 전지보다 인제는 사업이 유리하거던 사업이.”

사실 이렇게 확신하여 자금융통 때문에 요즘 전지를 정리하고 있는 중인 윤 남작은 슬쩍 돌아서서 어정어정 나오기 시작했다. 김백은 그래 황망히 뒤따르며 빠른 소리로 주절거리기 시작했다.

“××의 산전의 말인즉 평당 육십 전이라는데 너무 헐값이죠, 너무 헐값이에요. 나는 우리 매형이 애여 그런 값으룬 팔 리가 만무허다구 그래 두었습니다…… 은행이며 회사 공장의 사업두 모두 잘 되어 가니 자금도 별반 필요치 않고……”

남작은 아주 의아스럽다는 듯이 머리를 흔들었다.

“원 모를 소릴 다 허는군, 원. 그 무슨 소리인지 알 수가 없는데.”

“아 그러지 마시유 너무 싸요. 육십 전이면 너무 싸지요. 그리구 그 농장에 욕심 내는 놈이 ××뿐이라구요. 정 그러허게 파신다면 평에 한 오 전씩 더 놓도록 제가 힘써 볼까요. 아 좀 말씀을 허세요. 그렇게 나가시지만 말구.”

그러나 벌써 남작은 방을 나와 토방을 내려가고 있었다. 김백은 푸— 하고 장탄식을 하더니 남작이 중대문 속으로 쑥 들어가는 그림자를 보고 싯누런 눈을 끔벅 감으며 헤헤헤 웃다가 문을 스르름이 닫아 버렸다.

“자미를 좀 보시겠단 말이지, 헤헤헤 톡톡히 보세유.”

하고 혼잣소리로 중얼거리더니만 어찌된 셈인지 드르르 다시 문을 열어젖히면서 가래침을 탁 내뱉었다.

“옜다 받어라. 이거나 먹어라.”

그리고 그 자리에 굳어진 채 움직이지를 않았다.

사방이 괴괴하고 달빛이 밝았다. 문 여는 소리에 놀라 깬 노대감들은 눈을 한번 떠보고 다시 끙 하고 뒤채며 돌아누었다.

19

드디어 따뜻한 봄의 손길이 한강 천리의 굳은 얼음을 녹이어 띄우며 남산에 깊이 잠든 송림을 어루만지면서 다시 장안으로 뻗쳐 들어왔다. 수일네집 정원의 뭇나무들도 파란 잎새를 내돋기며 살구나무의 가지가 발그레한 꽃봉오리를 들어 최초의 사랑스런 미소를 아지랑이 뽀얗게 끼는 사월의 하늘에 던졌다.

수일이는 열네 살을 맞이하는 이른 봄 어떤 날 장가를 든 것이다.

새로 맞이하는 새각시네는 서울로부터 남으로 한 칠십 리를 사이에 둔 조그마한 읍내의 호농이었다. 아직 한 번도 보지 못한 새각시 복란(福蘭)이가 어떤 여자일까 하는 것은 막연한 호기심을 일으키게 하며 또 호의의 기대도 되었다. 그러나 그런 처가의 대청마루에서 전안상을 사이에 두고 둘이서 마주 섰을 때 수일이는 복란의 인물에 아주 어리둥절하여져서 백년해로의 선서로써 서로 절하는 예식까지 잊어버릴 지경이었다. 크고 뚱뚱함이 꼭 돌미륵처럼 모양 사나운 존재였다. 그것이 칠보홍상을 하고 고이 댕기를 늘이고 우중충하니 서서 때때로 천치 같은 곁눈질을 건네곤 하는 모양은 참말로 어린 마음에도 우습다기보다 연민의 정을 느끼게끔까지 되었다.

"저것 보게 허ㅡ 신부가 신랑 봐서는 너무두 큰 걸 입슈."

“암탉과 병아리 모양인걸. 허허허.”

식장 아랫마당에 웅긋중긋 그득히 모인 농군 사내들은 이 짝이 붙지 않는 부부를 향하여 키들키들 놀려먹는 것이었다.

“신부가 신랑 집어삼키겠다.”

“너무 작아서 히— 좋잖지. 너무 작아서.”

하며 그 중 술이 얼찌근한 한 녀석이 음란한 소리를 지르며 혼자 좋아라구 히히히 웃어댄다.

“수수밭 속에서 히히히…… 그게야말루 대짜백이였는걸. 히히히.”

그러자 모두가 큰일난 것처럼 쉬— 쉬— 한다. 무슨 곡절이 있는 모양이었다.

“그만 지껄여 이 자식.”

“앗다 그러면 어때, 뉘가 생소리를 허는가. 히히히 수수밭 속 그놈이……”

“쉬— 쉬—”

“인제 그런 소리해 무엇 헐치야. 이 망헐 주정꾼 보게.”

이러는 가운데에서 잔치를 지내었는데 본시부터 수일에게는 결혼이라는 것이 제게 더할 나위 없는 커다란 운명적인 사건이라는 느낌은 없었다. 바지를 입으면 띠를 띠어야 된다는 것과 마찬가지로, 벌써 열네 살이나 되었으니 그도 여느 애들처럼 각시를 맞아들여야 된다고 생각하였었다. 그래 그날 저녁 사모관대를 하고 백마를 타고서 훌륭한 행렬을 짓고 시골로부터 서울 본집으로 각시를 데리고 올 때에는 외려 일종의 자랑스러움을 느끼기까지 하였던 것이다.

그의 일행이 도착을 하자 수일이는 다짜고짜로 장경섭이네 패에 이끌려 홍도네 술집으로 갔다. 수일이는 정신적으로나 육체적으로나 너무 피곤하였기에 시달리지를 말아 달라고 애원하다시피 했다. 그러나 조달(早達)한 이 소년들은 오늘밤은 신부에게 안길 테니 하며 왁자지껄 떠들어댄다. 경섭이는 벌써 그때는 중학생이었으며 동무들은 그 동급생으로 모두 합하여 넷이나 되었다. 그리고 넷이서 무어라 수군수군 거리더만 짓궂게 동상례를 시작한 것이다. 수일이는 어리둥절하여 무슨 놀음인지를 알 리가 없었으므로 그 중 뚱뚱한 애가 바깥으로부터 조그만 상에 방치 두개와 꼬아새리운 밧줄을 놓아 가지고 들어와 제 앞에 놓더니만 버룩버룩 웃으며 엎으러지듯이 평복하여 절을 할 때 그만 질색하여 일떠섰다.

"신랑님. 국수 잡수슈─"

그러자 펄펄 너댓 놈들이 달라붙어 넘어치더니 삽시간에 한 놈은 그 밧줄로 수일의 바른 다리를 질끈 동여매고서 그놈을 지겨 떠메이고 일떠섰다. 그러므로 수일이는 막 공중 거리를 하며 거꾸로 매어달려 공명을 질렀다. 홍도는 들어오다 이걸 보고 배를 움켜쥐고 호호호 호호호 하며 웃어댄다. 그리고 나중엔 좀 안되었는지 달려붙으며

"좀 느꿔 주어요, 느꿔 줘. 그리다 상기허면 어쩔 테야요."

"비켜 이년!"

하고 사내놈들은 고함을 치며 떠밀었다.

"그래, 수일이 너, 내 말만 들으면 된다."

경섭이는 허리를 굽히고 밑바닥에 얼굴을 떨어뜨리고서 새근거리는 수일에게 설명했다.

"네 발을 매인 밧줄은 말이야, 너의 신랑신부가 그 국수 모양으로 길게 길게 백년을 해로하라는 말이다. 알았니?"

"이 자식 어서 빨리 시작해."

하며 방치를 든 주근깨 많은 놈이 경섭이를 걷어차며 빽 질렀다. 경섭이는 놀라 후닥닥 일어서며

"그럼 시작헌다."

하면서 수첩을 꺼내어 들었다.

"……글쎄 말이야, 수일이 너는 남의 시골 가서 그곳 귀한 딸을 훔쳐 왔다치거든. 그래 이 사람들은 그 시골 사람들이라치구 너한테 그 각시를 다시 빼앗어 갈려구 온 게야. 그러니 각시를 안 돌려 보내겠으면 그 몸값을 내바치라는 말이다."

"그럼 데려가, 데려가."

하며 수일이가 간신히 대답을 하니 모두들 너무 우스워 흠뻑 떠들었다.

"이 자식 아직 무슨 말인지 모르겠니."

"자ー 얼마!"

하고 뻐드렁이빨이 부르짖었다. 그러자 철서덕 하고 수일의 매어들리운 발바닥에 방치가 세차게 와 부딪쳤다.

그리고 너무 웃기 때문에 쏟아져 나온 눈물을 훔치면서

"그만해요, 그만해요." 하고 말렸다.

"이년 가만있어. 암만 네가 울어두 수일이는 오늘 밤은 신부 것이야"라구 뚱뚱이가 막 칠 듯이 방치를 쳐들어 메었다가 길게 혀를 빼물고 웃었다. 그리고

"얼마야!"

하고 수일의 발바닥을 철썩 넘겨 쳤다. 매어달린 몸뚱이가 또다시 꿈틀거렸다. 홍도는 그제는 수일의 몸뚱이를 안아 일으키듯이 붙들면서

"아이구 참 이 학생 가엾어라. 그만 동리 처녀 빼앗어 온 죄루 한탁

낸다고 빨리 그래요. 그럼 놓아 주어요.”

“응 응.”

수일이는 그제야 알아차리고 홍도 어깨에 매달리며 숨이 턱에 닿은 소리를 했다. 이런 일이 있으리라고 짐작하였음인지 행렬이 떠날 때 장모가 제 옆채기에 찔러 주던 지전뭉치를 생각해 내고

“돈두 있어 있어.”

하며 옆채기를 어루지느라 맥빠진 손을 바들바들 떨었다.

이리하여 동상례(同床禮) 턱으로 어린 사내애들의 주연이 전보다 훨씬 질탕히 벌어졌다. 수일이는 제 잔치라면서두 아침부터 아무 것도 먹은 것이 없었다. 내심의 흥분이며 정신의 착란과 육체의 피로 때문에 더욱 그는 무어나 막 먹고 마시고 싶은 충동을 받았다.

“신랑님 첫날밤에 너무 약주 자시면 첫딸을 낳은대요.”

하며 홍도는 웃어대면서 걱정스레 이야기를 붙인다.

“이리 와 이 간나이.”

하고 경섭이는 홍도의 몸뚱이를 잡아 끌어당겼다.

“이리 와 이리. 수일이는 인젠 네 수일이가 아니다. 아주 주인이 생겼으니까.”

“그럼 이 자식 네 주인은?”

주근깨투성이가 장단을 맞추어 물으니까

“내 주인?”

하고 경섭이는 한번 머리를 슬슬 만적이더니

“내 주인은 홍도.”

하고 그 가는 목덜미를 쓸어안으니 사내애놈들은 손을 치며 와— 하고 떠들어댔다.

그 틈을 타서 수일이는 슬쩍 빠져 나와 달그림자를 밟으며 집으로 돌아왔다. 새벽 한 시나 되었는데 차일을 친 내정에서는 아직 여종들과 남노(男奴)들이 어슬렁어슬렁 뒷정리로 서서 돌고 있다. 임시로 내걸은 고촉의 전등불이 쌓여 채인 멍석더미며, 여기저기 걸려 있는 가마, 소둥 이런 것을 희멀그레 비치고 있었다. 먼 시골서 올라온 친척들은 수일이가 들어오자 반겨 맞이하러 나왔다. 그때 웬일인지 그는 오늘밤 무슨 제사라도 지내려는데 제가 그 일에 큰 제물이라도 되던 것같이 가슴이 설렘을 느끼었다.

"빨리 새각시 방으로 들어가우."

김천집은 수일의 앞을 서서 이끌고 가며 잔사설을 늘어놓는다.

"아부님도 아까 들어오셨드랬는데 오늘이야말루 아들의 효도를 받으신다구 아주 기뻐하시드랍니다."

새로 꾸며 놓은 동방(洞房) 가까이 오자 김천집은 치마 속으로부터 한삼을 꺼내더니 수일의 양손에 달아 주며 귓속말로 속삭였다.

"잊지 말구 외어 두우…… 방 촛불은 이 한삼으루 꺼야지 입으로 불어 끄던가 하면 큰일난답니다. 그건 복을 불어 쫓는 심이야."

수일이는 멍청하니 서서 김천집의 주름 잡힌 어슴푸레한 얼굴을 쳐다보았다. 그때에 그는 불현듯 귀애의 생각이 치밀어 오늘 밤이 외로웠다. 김천집의 눈가에도 눈물이 몇 방울 맺혀 흐른다. 귀애와 수일의 사이가 특별하였으며 또 저희들끼리도 풀각시 만들어 부부놀이 하며 귀엽게 굴던 생각, 그 귀애는 인제 간 곳이 없고, 제가 수일이를 생소한 남의 집 딸이 들어앉은 방으로 이끌고 가야 하는가 하면 마음이 언짢았다. 그러나 생각하여 무엇하랴 하여 가까스로 마음을 안돈하고 다시 일러 주려는데 그래도 그 말소리는 진작 떨리었다.

"그리구 윗첨에는 새색시의 윗저고리부터 벗겨 주는 법이야. 그다음은 비나동곳…… 걸 모르구 꺼꾸루 하면 일평생 머리털 맞잡고 싸움만 하며 산답니다…… 그리군…… 그리군……"

방 안은 홧홧한 가운데 흐뭇이 뿌린 향수 향기 속에 떠 있는데, 머리맡에 놓인 두 자루의 촉대불은 펄럭펄럭거리며 뽀얀 금가루를 뿌리고 있다. 한 옆으로는 초록에 주홍깃 단 이불이 피어 있으며 봉황이 수를 놓은 구봉침이 놓여 있었다. 복란이는 아랫목 구석에 부처처럼 웅크리고 앉았는데 촛불이 흔들릴 때마다 비녀동곳은 찬란히 빛나 보였다. 수일이는 아랫입술을 깨물고서 촉불 옆에 앉아 때대로 노리듯이 제 신부의 우중충한 몸뚱이를 훑어보았다. 어디서 꾸어다 놓은 쌀자루 같다는 속(俗)말을 생각해 보노라니 자연 비겁한 안돈과 잔인한 용기가 생기는 것을 느끼는 것이었다.

문밖이며 영창가에는 친척 부녀들이 모여들어서 동방(洞房) 속을 엿보느라고 수군수군거리며 또 키득거리기도 한다. 방문 밖에 수방(守房)으로 서 있는 덕일 영감이 그만하고 물러 차라고 쑹얼거리니까, 술이 건전한 한 여편네는,

"이 영감 그게 무슨 수작이냐 그래. 저런 말만한 새각시에다 애숭이 어린애를 떠맡기구 안심이 돼서 돌아간단 말이냐" 하고 야료를 한다.

"어떤 곳에선 첫날밤에 새각시년이 정남과 틀이허구 어린 새서방을 눌러 죽였다러라."

수일이는 방 속에서 이야기를 듣자 '수수밭 속에서' 이렇게 처가네 농군이 부르짖던 무슨 깊은 곡절이 있는 듯한 말이 냉큼 생각이 나 가슴이 뜨끔했다.

“무슨 그런 흉헌 말씀을 다 허세유…… 그러기 이 늙은 게 수방(守房)을 헙지유.”

“무여 네 영감꼴에 수방이 다 무에냐. 옳지 신랑방두 못 들여다보게 허면서 수방일을 잘 보는 심인데.”

“그렇습죠.”

“야 이것 봐 청승맞게 그렇습죠라구. 이 등신아! 그래 네녀석이 수일 도련님의 성품이라두 알구 있단 말이냐. 여느 집 똑똑한 새서방처럼 새각시더러 버선을 벗겨주시 잔등을 긁어 주지 그럴 금새가 되는 줄 알어? 흥 그렇다면 내가 이렇게 걱정허질 않겠다. 아 이자두 창틈으로 엿보노라니까, 수일 도령이 새각시 앞에서 막 울먹울먹하며 떨고 앉아 있겠지. 그런데 내가 안심허구 돌아가겠단 말이야! 이 영감 그런 수작 또 한 번만 해봐라. 나는 결단코 이 자리를 떠나지 못한다, 떠나지 못해.”

그때 끔벅하고 방 안의 불이 꺼져 버렸다. 그래 취중의 여편네는 적이 놀라 눈을 홉뜨고

“이게 큰일났구나” 하고 부르짖었다.

“저것 보세유. 인젠 불이 꺼졌으니 그만들 돌아가세유.”

“참 이게 큰일났어, 네 영감 때문에 볼 것두 못 봤구나! 아, 불을 정말 한삼으로 껐는지. 야, 이거 큰일났구나. 아 그래 여보 비키우 비켜. 내가 좀 들여다볼게. 그래 정말 한삼으루 껐는가유.”

“곧잘 끄든데유.”

하고 누가 호호호 웃으며 대답한다.

수일이는 캄캄한 속에서 복란의 옆으로 다가앉으면서 약간 겁을 먹은 소리로 거북스레 중얼거렸다.

“난 아무것두 무섭잖어.”

그리고 정말 제가 무서워하는 줄 알려질까 두려워하여 마음을 단단히 걷잡으려 했다. 어둠은 또 용기를 준다.

수일이는 차츰 가슴이 설렜다. 그럴수록 마음을 든든히 가져야겠다고

“난 취허지 않었어. 술에두 세어.”

20

수일이는 결혼한 뒤로부터는 더욱 고독의 설움을 맛보게끔 되어 매일을 울적한 가운데서 지내게 되었다. 복란이는 언제나 성난 모양으로 볼이 척 늘어져 가지고 왕방울 눈을 섬석거린다. 그럴 때마다 앞이마에 주름이 미어질 듯이 잡히고, 눈썹을 지리끼면은 그 사이에 산모양 깊은 웅덩이가 패이곤 했다. 이런 복란을 앞에 두고 보면 수일이는 더욱 비겁한 잔인감이 끓어올라 늘상 그를 조롱하며 또 개욕을 퍼붓고 몽통스레 때로는 걷어차기도 했다. 그러나 복란은 겉모양으로 마음도 녹녹치를 않아 씨암탉과 같이 우두커니 맞고 있으려고만 하지 않았다. 그래 수일의 무법 앞에 그는 제 몸을 공손히 내어 맡기지를 않기에 때로는 큰 싸움이 벌어지기도 했다. 애당초부터 수모를 받아 두었다는 내종엔 그것이 버릇이 되고 말리라 복란이는 생각하는 터이다.

“호박추니 볼추니 알고 있어? 호박추니.”

수일이는 복란이가 기가 막혀 막 대들면 막 대들수록 일종의 절망

적인 쾌감을 가지고 더욱더욱 호기를 부리며 싫은 소리를 퍼붓는다.

"호박추니 오줌통 볼추니 넓적가우리 데부……"

복란이는 소년 남편이 발과 손으로 치다꺼리를 하려 들면 제법 그 큼직한 뚱뚱한 몸으로 용감하게 맞대들어 보는데 이런 듣기 사나운 욕지거리를 퍼붓기 시작하면 전혀 무장을 해장당한 것처럼 되어 그만 그 자리에 쓰러져 구들바닥을 치며 왕왕 쳐울기가 일쑤였다.

"아이구 꼴 좋다. 물찬 제비네 떠오르는 반달이네. 애, 보기 싫어. 애, 꿈에 보일까 무서웁다. 빨리 짐꾸려 가지고 가기나 해……"

수일이는 한참 이렇게 별별 지혜를 다 짜서 욕설을 하노라면 자연 저도 모르게 흥분하고 또 그만 멋쩍어지고 나중엔 턱없는 설움까지 복받쳤다. 이럴 때면 김천집은 뚱깃뚱깃 하면서 연신 큰 기침을 하며 달려왔다.

"애네들아, 또 왜 이러니. 좀 소련소련히들 살어 보려므나, 거 분주해 살겠니. 잘은 헌다, 저―런, 왜 저 지랄이야. 커다만게 쳐 울면서……"

"저를 막 두들겨요."

하며 복란이는 김천집에 서러운 목소리로 호소를 한다. 수일이는 슬그머니 빠져 나간다.

"이애야. 지랄 작작하거라, 만날 너는 두들겨 맞는다는 소리만 해가지고 있으니, 이거야 귀 아퍼 견디겠니."

하고 김천집은 복란의 말은 귓등으로도 안 듣고 첫머리부터 핀잔이다.

"몸이나 작나? 말만해 가지구서…… 좀, 너두 남 소견 사나운 줄을 알어야지. 네 서방이라니 아직 스물 전이요, 그게 무슨 큰 힘이 있겠니, 어린애 일기루 알려므나. 일기루 알라구, 남두 되어 보렸다니 옛날 사람 생각두 좀 해보고 살어야지. 글쎄 제 서방 오줌까지 받아 주며 길러서 살었단다. 넌 네 팔자 좋은 줄을 모르지. 비단포단에 엎드러진 신세인데 무에 부족해 그런단 말이냐, 부족해 하기를……”

“그래두 막……”

“그래두가 머냐, 그래두가. 나이 그만헌 게 왜 그리 지각이 없니. 날 보구 살렴, 날 보구 내가 다 아무 소리 없이 살어가는 것을 못 보냐.”

하며 욕심에 그득한 얼굴로 한숨을 짓는다.

“이 집 대감 영감 비위 맞추며 살아가기가 얼마나 괴로운지 그 백분지 일이래두 뉘가 알어준대면 떠받들겠다. 허기야 대감두 내가 없으면 집안꼴이 안 될 줄이야 알어주시지만 그래도 이 크나큰 집을 맡어 볼려니 심노가 오죽하냐. 어쨌든 여자는 참구 또 참는 게 고작이란다, 고작이야……”

하고 흠싹스레 넉살을 부리고 풍을 떨더니만 후— 하고 꺼질 듯이 또 탄식을 한다. 그러지 않아도 귀애가 이 집을 나가 종적을 감춘 뒤로는 김천집은 푹 맥이 빠지고 몸도 수척하여 뼈만 엉거주춤히 드러났다. 그리고 이제는 전의 등등하던 호기도 줄어들고, 더욱이 수일이가 결혼하자부터는 수일이를 쳐받들고 위함이 각별했다. 지금 와서는 제가 믿고 의지하는 것은 수일이 혼자뿐이라는 것 같기도 하고 또는 어떻게 보면 수일이도 인제는 결혼한 어른이라 무서워하기 시작한 모양과도 같았다.

“제발 정 너만이라두 좀 이제부터는 입을 담구 있어 다우. 사람 죽겠다, 사람 죽겠어. 지금 이 집안이 얼마나 혼탕진탕이냐 말이다.”

“글쎄 말이다. 아 그 해주 화냥년 모녀. 그 따위들이 다 행세를 하려구 야단을 칠락허는구나. 그 옥기란 방정맞은 년이란 또 어디서 날 도둑놈 같은 연석과 붙어살면서 이 집 와 턱하면 무에든 집어 가기가 일쑤구, 그 어미란 년이 또 그보다 백배 승해서 그걸 막 뒤에서 도와주구 있는구나. 글쎄 야, 네가 그래서야 쓰겠니, 웃어른두 계신데 하고 이렇게 바른 말을 하는 것이 옳지……"

"어제두 겨냥을 본다구 제 금반지를 가져갔어요."

하고 복란은 겻불을 치며 운다.

"아, 저런 년 봤나" 하고 김천집은 펄쩍 몸을 일으킨다. "그래 옥기란 년이?"

"안요, 해주 마마가……"

"박살할 년 박살할 년! 또 탕두질을 하였구나. 그년 오차(五車)에 찢어 죽여도 시원치 않을 년."

하며 김천집은 막 몸을 부들부들 떨기 시작했다. 그 즈음은 옥기는 서로 좋아하던 권투선수 김홍식(金洪植)이와 동서(同棲)생활을 차리고 있었다. 처음에는 해주집은 홍식을 애지중지하는 외딸 사윗감으로 못마땅히 생각하였으나 이왕 이렇게 된 바에는 좀 잘 살게라도 만들어야겠다고 우람찬 집도 사주고 돈이란 돈은 모두 긁어다 주며 식량일지 시탄일지 심지어 옷감까지도 제 앞으로 담당하는 터였다.

"요즘은 횟박을 쓰구 치마귀가 너부룩 해서 싸다니기에 저년 또 어데다 허튼 놈을 둔 게다 하였더니, 이년이 아마 제 사위놈하고 사는 게로구나!"

하고 나중 마디는 벽력같이 길게 뽑으며 고함을 지른다. 복란이는 놀라 울기를 멈추었다. 김천집이 너무도 흥분하여 기를 쓰는 놀음에 주추러든 것이다.

이런 날 밤에 나는 김천집은 대감이 얼씬함 하년 붙들고 지랄이었다.

“인제는 대감님 마음이 느긋하시겠구려. 눈에 가시이던 귀애두 없어진 지 오래구…… 그래 이년 하나만 더 죽으면 시름을 놓겠구려.”

“……”

“안 죽어! 안 죽어요.”

하고 제김에 기가 막혀 부르짖는다.

“내가 왜 죽을고, 제 딸까지 잡아먹은 년이 그리 수이 죽을 줄 알어, 그래 인제는 나를 어떻게 해줄 테에요? 수일이두 인젠 클 대로 커서 제 총기가 다 들었는데 언제 이 늙은 년을 내어쫓을려고 덤벼들지 안단 말이오. 나는 인제는 아무두 믿을 사람이 없는 사람이야, 날 어떻게 해줄 테에요. 당장 이 자리에서 끝을 내줘요.”

“끝을 내라니?”

하고 대감은 천연스레 얼굴을 기우듬한다.

“그래 내 말을 모르겠단 말이오. 어느 년은 딸까지 집을 사 살림을 채릴 장만까지 해주면서 이년만은 왜 이렇게 원통하게 헌단 말이오? 나누 이담에 죽을 때 널이라도 쓸 돈 장만이라두 있어야지, 누구를 믿고 산단 말이오.”

“지랄 말어. 늙은 계집년이.”

“아이구 늙은 계집년이 되어 내가 못헐 짓을 무에 했단 말이오. 그래 늙은 계집년이 싫어서…… 내 딸 귀애에까지 손을 대었단 말이오.”

하며 그만 목을 터치고 울어댔다. 대감은 멈칫 물러서며 얼굴에 시퍼렇게 노기를 띄우더니

"망할 년."

하고 퉁명스럽게 부르짖는다. 그리고 정색을 했다.

"네년 혼자론 그만헌 것두 많은 셈이지. 제게 좋은 것은 하나두 모르고…… 그만허면 너 혼자에게는 넉넉히 주고도 남는 거야. 그리고 죽두룩까지는 내 해먹고 살금새에 지랄이 무슨 지랄이란 말이야, 수일이가 아무러기서니 내가 살어 있는 동안에야 너 혼자쯤 무슨 걱정이 있단 말인가."

그러면 그제는 김천집은 정말로 제가 이 세상에 혼자뿐이로구나 하는 것을 새삼스레 느끼게 되어 더욱 슬퍼져 왕왕 처울었다.

"귀애야, 귀애야. 네가 어디를 갔단 말이냐."

그러다가는 나중에는 막 대감의 멱살을 잡으며 미쳐 날뛰었다.

"이놈아, 귀애를 내어 놔라, 내 귀애를 내어 노라구……"

"허ー 그게 다 무슨 소린고. 왜 이 지랄인가. 놓아, 놓지 못헐 테야."

"못 놓는다, 못 놓아. 내 딸을 찾어다 놓기 전에는 못 놓는다!"

"내가 자네 딸을 어떻게 했다는 말인가. 그 원 당치 않은 소리를 해 가지고…… 그래 또 내가 인륜을 어기는 짓이래도 하였단 말인가. 귀애야 자네가 다리고 온 딸 아닌가. 그게 내 피를 받은 애인가. 그렇지 않어, 그래도 이백 석내기도 자네 이름으로 옮겨 주지 않았나."

김천집은 그제는 더욱더욱 제 몸과 마음을 걷잡지 못하고 펄펄 달겨붙는다. 대감은 간신히 벗어나 임금밭 사이로 허벌떡거리며 달아났다. 겨우 안전한 곳까지 도망쳐와서야, 그는 멈춰 서서 씨근거리며 땀을 훔치면서 계집년이란 왜 이렇게 다루기 힘든 것일까 하고 한탄하는 것이었다.

해주집은 더욱 살이 비지처럼 올라 하얀 목덜미가 흐밀거리며 걸음을 걸을 때에는 함지만한 엉덩이가 죽가마처럼 출렁거리었다. 지금 와서는 실권에 있어서도 차츰 그는 김천집을 밟고 넘어설 지경이었다. 김천집과는 반대로 모든 것이 그에게는 만족이었고 또 행복스러웠다. 만족과 행복에는 권세도 뒤따르는 것이다. 그래 김천집이 혹시 보이지 않을 때에 해주집은 복란이한테로 달려와서는 세찬 시어머니 구실을 하려고 차부를 댔다. 새로이 들어온 이 복란이를 시험대로 하고 마치 김천집과 해주집은 서로 그 지배력을 다투는 모양과도 같았다. 더욱이 해주집은 딸 부부를 달래기 위하여 아무 거라도 주어 가는데, 그때에 늘 복란이는 희생을 당하는 것이다. 그리고 해주집은 김천집이 보기만 하면 듣는 데에서 우진 사위가 장수 같아 기골이 장대하여 믿음직하느니 하고 딸조차 없는 저편 부아를 돋우며 또 대감을 만나면 붙들고 세세한 것 시부룩한 것 모두 갖다 대어서는 조금이라도 더 돈을 타내려 하는 것이다.

"새 며누리 방 차지나 않나 하고 들여다보고 오는 길이랍니다, 대감님."

하고 그는 능살스레 군다. 대감과 같이 단 둘이 있을 적에는 체면을 차린다든가 점잖게 군다든가 하는 것이 얼마나 손해인지를 그는 알고 있는 것이다.

"글쎄, 대감님보구니 말씀이지만 참 옥기애란 년이 아버지께 드린다구 털실루 버선을 뜨구 있겠지요. 역시 그래서 제 아버지가 좋구 또 자식이 좋다는가 봐요. 아 며늘년이야 그렇게 상감마님처럼 해놓구 살면서 아버지께 이렇다는 것 하나 있어요…… 그런데 옥기네는 너무 아무 것도 없어 걱정이에요. 참 딱허답니다."

"후—움. 그래서."

“대감님 참 또 그렇게 넘겨짚으시구서……”

“아무렴, 또 돈을 달라는 말이지. 그런데 그 무슨 돈을 자네는 자꾸 달라구만 그러는가, 무엇에 쓰는지 나는 원 그 모르겠드구먼.”

“그래두 또 그 옥기란 년이 금비나 하나두 없어서 바깥 출입두 못 허누라구 울기만 허니 어미 된 마음에 되었어야지요. 이렁저렁해서 돈두 퍼그마 가는군요.”

하더니만 대감님— 하고 그는 대감의 목덜미를 끌어안으며 응석을 떨었다. 대감은 자못 만족하였으나, 이 모양을 또 김천집이라도 어디서 보고 있지 않은가 해서 한번 두룩두룩 사방을 살펴보고서야 헤— 하고 웃었다. 그러나 공연한 돈에는 치를 떠는 성미라, 갑자기 위의를 갖춰야 될 필요를 느끼고 수염을 입에다 당겨다가 물고 조금 고개를 기우름했다. 그리고 말했다.

“대체루 나는 여편네들이 바깥출입하는 버릇을 좋지 않게 생각허네.”

(제1부, 윤씨네 사람들 끝)

광명(光冥)*

1

　나는 정말 신기하게도 내지(內地, 일본 내륙) 어디에서든 조선 사람을 넌지시 분간할 수 있었다. 오히려 본능에 가까운 직감이라고 해야 할까. 내가 이러한 반응을 하게 된 것은 의식하지 못한 친밀감과 호의에서만이 아니라, 그들을 의혹에 찬 눈빛으로 바라보는 마음도 있기 때문이리라. 그날 나는 아파트 뒤편에 있는 비탈진 골목길을 산책하다 내려오는 도중이었다. 나는 아이를 업은 얼굴이 검고 체구가 큰 열일곱 정도의 처녀와 교복을 입은 열넷 다섯 된 여학생이 단층 언덕의 중턱 낡고 작은 대문 옆에 멍하게 서 있는 것을 보고 의아한 마음에 멈춰 섰다. 물론 이렇다 할 까닭이 있어서 멈춘 것은 아니다. 내가 그들을 바라보자 상대편 두 처자는 조금 화가 난 듯한 표정이었지만, 나는 태연한 표정을 짓고 은근슬쩍 넘어갔다. 나는 이런 상황에서 늘 습

---

* 본 번역은 「光冥」(『文學界』, 1941. 2) 초출을 판본으로 삼았다. 이 소설은 '빛(光)' 과 '어둠(冥)'이라는 뜻을 가진 한자를 써서 '광명'을 표기하고 있다.

관처럼 문패를 흘끗 보곤 하는데 거기에는 뜻밖에도 내지인 이름 '시미즈[淸水] 모 씨'라고 가늘게 쓰여 있었다. 그럼에도 나는 "으흠." 콧방귀를 뀌며 그것을 있는 그대로 받아들이지 않은 채, 그들을 '내 고향 사람임이 틀림없어' 하고 내 맘대로 확신했다. 그리고는 맥없이 언덕을 내려가면서, '살림은 비교적 좋은 것 같은데 도대체 뭘 하는 사람일까? 저 어여쁜 여학생은 이 집 딸인 걸까? 살찌고 거무튀튀한 쪽은 조선에서 데려온 지 얼마 되지 않는 식모임이 틀림없어'라는 등의 생각을 했다. 그런데 언덕을 다 내려왔을 즈음 태연하게 돌아보자 그 처녀들도 멈춰서 내 쪽을 내려다보고 있었다. '그래 맞아. 역시 조선 처녀들이군.' 하고 나는 혼자 중얼거렸다.

언덕을 내려와서 조금 가자 그곳에는 교외에서 흔히 볼 수 있는 시장길이 가로놓여 있었다. 언제나처럼 나는 네거리를 왼쪽으로 돌아서 실을 파는 소담한 가게 옆으로 들어간 후, 개천을 뒤로하고 세워진 누님 집에 들렀다. 마침 누님은 아래층 6첩 방에서 화로에 둘러앉아 고향에서 보내준 밤을 다섯 살 된 혜(惠)와 그 친구인 사치코[幸子], 노부코[信子]에게 구워주고 있었다.

"작은 아빠, 작은 아빠."

말괄량이지만 귀여운 혜는 나를 보고는 손뼉을 치며 방방 뛰어오르며 어여쁜 입술을 병아리처럼 벌리며 외쳤다.

그러더니 그 아이는 내게 달려와 안겼다.

"해줘 또 해줘."

혜는 내가 흔히 하듯 자신의 양쪽 귀를 손으로 꽉 쥐고, 목을 당겨 들어서 높이 높이 들어 올려 주지 않으면 만족하지 않는다.

"보이니 자아 이제 보이니?"

“응. 보여 보여요.”

그러자 혜는 숨이 곧 끊어질 것처럼 꺅 꺅 소리를 지르며 즐거워했다.

“응. 조선이 보여요. 삼촌하고 숙모도 보여요……．”

일 학년이 된 체구가 이제 제멋 커진 사치코와 머리와 귀에 붕대를 둘둘 감은 작은 체구의 노부코도, “나도 나도.” 하며 내 발밑을 따라 다닌다. 그래서 나는 이 아이들에게 똑같은 것을 해주지 않으면 안 됐다. 혜는 밖에 나가기만 하면 다른 아이들에게 지독하게 괴롭힘을 당했기 때문에 누님은 송곳에라도 찔린 것처럼 마음고생을 했다. 특히나 결혼한 지 십 년 만에 태어난 단 하나뿐인 딸이고 보니 눈에 넣어도 아프지 않을 정도로 익애(溺愛)하고 있었다. 그래서 간이식당 여섯 번째 딸인 사치코가 학교가 파하고 어김없이 놀러 와주는 것이나, 이웃집에 사는 올해 네 살인 노부코가 아침부터 아장아장 와서 혜의 놀이 상대를 해주는 것을 얼마나 고마워하는지 몰랐다.

“자아 뭐가 보이니?”

사치코는 역시 조선이 보인다고는 하지 않고,

“학교가 보여요. 교회가 보여요.”

하며 들떠 떠들어댔다. 그런데 머리와 얼굴이 붕대로 둘둘 감겨 있는 노부코 차례가 되자 나는 어쩔 수 없이 그녀의 양팔을 안아서 높이높이 올렸다. 보통 이 아이는 이럴 때 “지나(支那)[1]가 보여요. 삼촌하고 숙모도 보여요….” 하고 말할 터였다. 그런데 이 아이는 그저 좋아서 즐거워할 따름이다. 노부코는 신주쿠[新宿]에 있는 지나요리점의 주방

---

1) 일본이 중국을 멸칭(蔑稱)해 부르던 말.

장 왕(王) 씨와 내지인 부인 사이에 태어난 아이였다. 누부코가 아침부터 밤까지 누님집에 와서 지내는 것은 나름의 이유가 있었다. 병원에서 근무하고 있는 매형은 이 아이의 이루(耳漏)2) 부스럼 딱지에 약을 발라서 붕대를 감아주었고, 누님은 또한 앞치마까지 만들어 주는 등 정성이었다. 이를테면 이 둘은 누님 집에서 여러 가지 진귀한 완구나 맛난 것을 맛보는 것을 기뻐하며 집에 돌아가는 것조차 잊어버린 채 놀았다.

몇 번이고 반복해서 '높이 높이 들어 올리기'를 해주면서, 이렇게 아이들과 질리지도 않고 요란을 떨고 있는 사이에 이 층에서 매형이 문(文) 군과 함께 내려왔다. 문 군은 마침 언덕 아래쪽과 맞붙은 옆쪽 골목길 안쪽에서 아내와 함께 노부모를 모시고 사는 필경(筆耕)3) 고학생이었다. 누님네 집에는 날마다 신경통에 좋은 주사를 맞으러 왔다. 그를 보자 조금 전 처녀들이 생각나 나는 무심코 그들에 대해 말했다. 몸을 웅크리고 있는 혜자(惠子)4) 뒤에서 아이의 몸을 좌우로 흔들어 주면서, "바로 언덕 위편에도 조선인 집에 한 채 있던데. 아무래도 그 집 대문 앞에 있던 두 처녀의 얼굴이…" 하고 말했다.

"네, 맞습니다. 그 처자들을 보셨군요." 하고, 문 군이 갑자기 혈색을 바꿔가며 외치듯 말했다. "몸집이 큰 쪽은 우리 집에도 곧잘 놀러 옵니다. 네? 물론이죠. 그 여잔 조선에서 온 식모랍니다."

"명패를 시미즈라고 내놓았지만, 난 믿을 수 없더군."

"그렇죠. 시미즈라는 것도 사실 조선 사람으로 부인만 내지인입니

---

2) 귀에서 고름이 나오는 병.
3) 글자를 베껴 쓰거나 청서(淸書)를 해서 보수를 얻는 것.
4) 혜의 이름은 혜자인데, 일본식으로 읽으면 '케이코'가 된다.

다. 딸 둘 중에 중학생은 전처의 아이로 완전히 순수한 조선인입니다. 하지만 고향에서 데려온 식모를 저 음흉한 인간들이 뭉쳐서 학대하고 있음이 틀림없습니다. 저 여자 몸에는 상처가 없을 날이 없습니다.”

“그 체구가 큰 식모는 얼굴이 거무튀튀한 살찐 여자가 맞니?” 하고, 누님이 가슴이 아픈 얼굴빛을 하고 말참견을 했다.

“그 여자라면 나도 가끔 시장에서 만난답니다. 곧잘 말을 걸어올 것 같은 얼굴을 하고 있더군요.”

“분명히 그 여자일 겁니다. 아니요 그 여자가 분명합니다. 우리 어머니나 아내에게는 매일같이 억울함을 호소하러 옵니다. 어쨌든 작년 부부 동반으로 귀성했을 때, 도쿄에 가면 야학에 보내준다, 바느질도 가르쳐 준다고 말해서, 부모에게서 거둬온 것 같습니다. 하지만 녹초가 될 때까지 매일 혹사만 당할 뿐으로, 사려가 깊지 않다던가, 내지어 숙달이 늦는다든가, 조선어로 투덜투덜 험담을 늘어놓는다는 등 갖은 구실을 찾아내서 곤욕을 치르고 있는 모양입니다.”

“그 집 가장은 조선인이니 제쳐 두더라도 안사람은 그녀가 조선어로 비방하는 것이나, 우는소리를 하는 것을 어떻게 알아들을 수 있나.” 하고 매형은 부아를 내며 웃었다.

“그건 그 여학생이 하나하나 계모에게 일러바치니까요. 그 아이가 사실 제일 지독하다고 하더군요. 그러니까 지금까지 전처의 아이라서 지독한 학대를 받았던 게지요. 그것이 이젠 어쩔 요량인지 제가 앞장 서서 덤벼드는 꼴이랄까요. 아니 그렇게 하지 않으면 지금 계모가 좋아하지 않겠지만… 언젠가는 그 아이가 너무 가혹하게 덤벼들어서, 너 또한 조선인이 아니냐고 말하자, 그 아이는 완전히 기절할 것처럼 보이더군요.” 그렇게 말하고 문 군은 입을 다물었다. 우리도 이 이야기를 들으면서 서로 마음이 얼어붙을 것 같은 기분이 들었지만 아무런 말도 할 수 없었다.

문 군은 하얀 이를 드러내며 몹시 불쾌한 듯이 엷은 웃음을 지으면서 몸을 일으켰다. "요즘엔 특히 그 식모가 우리 집에 왕래한 것이 알려져서 더 큰일이 난 모양입니다. 무언가 나쁜 일이 꼭 벌어질 것 같아 걱정입니다."

나도 그가 나가는 것을 따라 아파트로 돌아가려고 현관을 나섰다. 그때 마침 문 군과 나는 임산부 한 명이 만삭이 된 배를 안고 개구리처럼 현관 쪽으로 서둘러 오고 있는 것을 눈여겨보고 있었다. 그녀는 우리를 보자마자 새침하게 얼굴을 돌리고 다른 길로 피해 지나갔다. 그리고 현관문을 드르륵 열더니 출입구 전체를 감싸듯 막아서고는 통명하고 호흡이 가쁜 목소리로 외쳤다.

"사치코, 사치코 있니."

우리 둘은 의아한 마음에 멈춘 채 돌아보면서, 저 사람이 바로 간이식당 여주인이라고 생각했다. 사치코가 허둥거리며 손에 들고 있던 밤을 뒤쪽으로 숨기면서 현관 시멘트바닥으로 뛰어나가는 것이 보였다. 아이는 자신의 엄마가 매섭게 노려보는 시선에 얼어붙어서 순간 몸을 잔뜩 움츠렸다. 아이 어머니는 주뼛거리며 현관으로 내려와 게타[下駄]를 신은 즉시 마치 닭을 습격하는 콘도르5)처럼 사치코를 통째로 거머잡고 돌아갔다. 사치코는 커다란 배 옆에 매달려서 울부짖으며 끌려갔다. 정신을 차려보니 현관에는 맨발인 채로 뛰어내 려온 누이가 어느새 조상(彫像)처럼 우두커니 서 있다. 나는 그냥 아무 말도

---

5) 콘도르과(Cathartidae)에 속하는 신대륙의 거대한 맹금류(猛禽類).

하지 말고 집 안으로 들어가라는 신호를 누님에게 턱으로 보낸 후, 문 군과 함께 좁은 골목길에서 나왔는데 얼굴이 상기해 있는 것을 나 자신도 자각하고 있었다. 우리는 한동안 잡생각으로 머리가 가득차서 어깨를 나란히 한 채 묵묵히 계속 걸어갔다. 하지만 서로 좌우로 헤어지지 않으면 안 되는 사거리까지 왔을 때였다. 문 군은 갑자기 토해내듯이,

"실은 제가" 하고 말하며 나를 불러 세웠다. 그도 또한 이렇다 할 이유 없이 짜증이 난 것임이 틀림없다. "전 가까운 날을 잡아 시미즈라고 하는 남자 집에 방문할 요량입니다."

"갔다 와도 좋겠지. 그렇지 그게 좋을 거야." 하고 나는 부자연스러운 큰 목소리로 응했다. 우리는 사실 조금 전 있었던 불쾌한 일로 말미암은 잔영을 대화로 떨쳐버리려는 듯 마음에도 없이 분한 마음을 품고 있는 것인지 모른다. 하지만 나는 문득 이런 생각이 들었다. '거기에 가면 우리는 더욱 참을 수 없어질 것임이 틀림없다'

"이유가 어찌 됐든 이건 너무 심하다고 생각합니다. 약속한 야학에도 보내주지 않고 급료로 피천 한 닢6) 주지 않다니. 게다가 사형(私刑)까지 가했다죠… 제 아내가 근무 중인 셀룰로이드 공장에 가더라도 하루에 일 엔은 줍니다."

"가려거든 좀 더 침착한 기분으로 가야지." 하고, 나는 마치 저 자신에게 들려주기로 하듯이 중얼거렸다. "언제 함께 가지 않겠나?" "좋습니다." 하고 그는 눈을 반짝거리면서 내 얼굴을 가만히 들여다봤다. "저야 그렇게 해주시면 더없이 든든합니다."

---

6) 단돈 한 푼

2

지난밤 늦게 잠들었기 때문에 열한 시까지 침상에서 꾸벅꾸벅 하고 있을 때였다. 누님이 느닷없이 들이닥쳐서 커다란 눈을 동그랗게 뜨고 방 안을 둘러보기 시작했다. 그러더니 혜가 여기에 있느냐고 묻는다. 누님은 보기와는 달리 성격이 급한 편이라서 혜가 곁에서 잠시 보이지 않으면 걱정이 돼서 안절부절못하고 찾으러 나서곤 했다. 실상 혜는 근처 아이들로부터 따돌림을 당해서 먼 곳까지 자기 맘대로 새로운 친구를 찾아 들뜬 걸음으로 가곤 해서 결국에는 미아가 되는 일이 종종 있었다. 곧잘 놀러 가는 문 군의 집에도 가지 않았다고 하고 아무리 찾아봐도 보이지 않는다고 해서 나도 혜를 찾는데 동참했다.

둘이 함께 나란히 찾으러 나서자 누님은 또 말버릇처럼 치바[千葉][7] 에서 살 때 이야기를 꺼냈다. 매형이 치바에 있는 의대에서 연구할 무렵 이들 모녀도 고즈넉한 그곳 시내에 살았다. 그때의 조심스럽던 이웃들의 친절함과 악의가 전혀 없던 아이들의 상냥함이, 지금은 더욱 사무치게 생각나는 것임이 틀림없었다. 누님은 모든 것을 도쿄[東京] 탓으로 돌리고 작년 도쿄로 이사 온 것을 몸부림칠 정도로 뉘우치며 괴로워했다.

"정말로 도쿄에 이사만 오지 않았더라도 이런 꼴을 당하진 않았을 텐데. 근처 아이들은 혜가 마치 북이라고 되는 것처럼 틈만 나면 때린다니까. 특히 실 가게 안경 쓴 사내 녀석은 혜를 보기만 하면 끝까지 쫓아다니며 울리지 뭐야. 마가 끼었어. 이런 곳으로 이사하다니…"

----

7) 일본 관동(關東) 지방 남동부에 위치한 현이다. 도쿄에 인접해 있다.

"도회(都會) 아이들이라서 간교하기까지 하니 말이죠." 하고, 나도 덩달아 모든 죄를 도쿄로 돌렸다. "게다가 또 아이들 부모도 부모라서"

"정말이야. 치바에서는 우리가 외려 미안할 정도로 이웃들끼리 서로 배려하고 친절했는데. 그러니까 아이들도 조금도 텃세를 부리지 않았어. 모두가 '혜야 혜야.' 부르며 정말로 인간미 넘쳤으니까. 그런데 여기에 오고부터는 밖에 나가기만 하면 울면서 돌아오니. 아이 문제만이 아니라 나도 아침에 인사를 나눌만한 사람이 거의 없다니까. 오늘 아침에도 혜가 아버지를 따라가겠다고 떼를 쓰면서 역까지 따라갔는데, 세 시간이나 지난 지금까지도 돌아오지 않지 뭐야."

우리 둘은 혜가 놀러 갔을 법한 곳을 꼼꼼하게 찾으며 돌아다니기 시작했다. 그 아이는 곧잘 아버지를 역까지 배웅해준 후 출구 근처에 선 채로 한동안 멍하니 전차가 오가는 모습을 바라봤다. 집으로 돌아올 때는 구둣가게 앞을 서성대고, 곱사등이 직공이 종종걸음을 치며 바늘을 사용하고 있는 모습을 창밖에서 넋을 놓고 바라보거나, 청부 광고를 하는 광대들8) 행렬이 나타나면 이 번가를 지나 삼 번가까지9) 갈 때까지 뒤를 따라갔다. 그리고 다시 엉덩이를 흔들며 그것을 따라 하면서 혼자서 킥킥 웃으며 집으로 돌아왔다. 때로는 오전 무렵에 근처 절에 다른 아이들이 한 명도 없어 쥐죽은 듯 고요한 모래밭에 웅크리고 집 만들기나 성 쌓기를 하면서 시간 가는 것을 잊었다.

혜는 우리 집에 올 때면 수십 번이나 들려줬던 백일홍에 관련된 옛

---

8) 원문은 "ちんどん屋"로 기이한 옷차림으로 악기를 연주하며 선전이나 광고를 하고 다니는 사람을 뜻한다.
9) 원문은 "二町も三町も"로, '町'는 시가의 구획 단위이다.

날이야기를 해달라고 조르거나, 내가 바쁘기라도 하면 자기 혼자서 구석에 웅크리고 앉아서 소꿉놀이를 했다. 그리고 다시 저녁 무렵이 되면 아버지를 마중하러 역으로 외출했다. 하지만 그날은 역에 가도, 구둣가게 앞을 통과해 한길로 나가 곳곳을 뒤지고 다녀도, 절의 모래밭을 들여다보아도 혜의 모습은 보이지 않았다. 따라서 둘은 각자 흩어져 분담해서 찾기로 했다. 누님은 어쩌면 혜가 사치코가 다니는 소학교(小學校)에 간지도 모르겠다고 하며 그 쪽으로 향해 갔다. 혜는 사치코가 다니는 교문 옆에 가만히 서서 학생들이 체조를 하고 장난을 하고 있으면 사치코가 그 안에 있지는 않나 하고 고개를 두리번두리번 했다. 그리고 사치코가 학교에서 나올 때까지 진종일 기다리다 지쳐서 귀가가 늦어지는 일조차 종종 있었다. 하지만 나는 무슨 연유에서인지는 모르지만 혜가 지금쯤 문 군의 집에 가서 놀고 있을 것만 같았다. 오른쪽으로 길을 돌아 매번 지나는 언덕 오르막길을 통과해 이삼십 간(間)[10] 정도 지나자 그곳에는 골목 깊숙이 폐가와도 같은 집이 한 채 서 있었다. "계세요." 하고 들여다봤지만, 할아버지는 매번 그랬듯이 인부 일을 하기 위해 나가 없고, 노파도 또한 어딘가로 외출해서 인기척이 없다. 아무도 없나 하는 생각에 돌아가려 할 때였다. 머리가 텁수룩한데다 고된 작업으로 여월 대로 여윈 백지장 같은 문 군의 얼굴이 유리창을 열더니 불쑥 나타났다. 그는 낮에는 집에서 일하고 밤에는 학교에 다녔다. 그는 얼굴 가득 온화한 미소를 지으며 혜가 오지 않았는데 무슨 일이 있는지, 조금 전에도 선생님 누님이 보였다고 했다. 나는 어쨌든 안으로 들어오라는 문 군의 권유를 나중에 오

---

10) 건물 사방을 기둥으로 둘러싼 공간(칸살)을 세는 말.

겠다고 말하고 뿌리친 후, 발걸음이 가는 대로 이번에는 초원으로 올라가 봤다. 이 초원은 과거 피수대[嫩臺]였던 지역으로 일요일이나 축제날이면 직공이나 장난꾸러기들이 스펀지 야구 시합을 해서 떠들썩했다. 이젠 이곳도 여기저기 집이 세워지고 각종 부지로 또한 구획 정리돼서, 아이들이 놀만 한 놀이터가 겨우 조금 남아 있을 뿐이었다. 그런데 그날은 오후가 되면서 으스스하게 추운 바람이 불어온 탓에 개 한 마리 뛰놀지 않고 있었다. 아무리 생각해 봐도 혜가 새로운 친구를 사귄 후, 그 아이 집에 놀러 갔다고 밖에는 다른 생각이 떠오르지 않았다. 혜는 마음씨가 상냥할 뿐만 아니라 묘하게 밝고, 게다가 조금은 익살을 떨 정도로 남에게 호감을 주는 성격이라서, 말씨로 보나 노는 방식으로 보나, 본토박이 내지인 아이들과 조금도 다르지 않았다. 그것은 무엇보다 혜가 조용한 치바의 한마을에서 태어나 주변 아이들과 천진난만하고 유쾌하게 놀면서 자랐기 때문이다. 처음에 혜는 도쿄에 와서도 많은 친구를 바로 사귀었다. 실 가게 안경쟁이 사내아이, 청과물점 일곱 살 뚱뚱보, 찹쌀 떡집 코흘리개 장난꾸러기, 술집 사팔뜨기도, 이발소집 울보 장난꾸러기와도. 하지만 일단 알려지기 시작하자,11) 아이들은 손바닥 뒤집듯이 짓궂게 한통속으로 변해 혜를 괴롭히고 따돌리면서 힘들게 했다. 그 때문인지 혜는 때로는 먼 곳을 쓸쓸하게 헤매며 새로운 아이들을 발견해 말을 먼저 걸어서 친구가 됐고, 늦은 시간까지 그곳에서 눌러앉아서 놀다 왔다. 아이가 날이 완전히 저물고 나서 돌아오기라도 하면 성격 급한 누님은 그때까지 몹시 걱정하던 감정이 결국 치밀어 올라와서, 흥분한 상태로 아이에게

---

11) 원문 그대로 번역한 것으로 당초 원고에는 '알려지면' 앞에 '조선인인 것이'라는 어구가 들어 있었을 것으로 보인다.

매를 들고는 했다. 누님은 아이가 어떤 연유에서 그렇게 늦어진 것인지를 알고 나서는 아이를 더욱 심하게 때리면서 "어째서 멀리까지 간 것이냐 이 엄마가 걱정하는 것을 모르니." 하면서 거의 울음소리에 가깝게 소리를 질렀다. 결국, 그녀는 딱한 마음이 들어 복받쳐 오르는 슬픔에 가슴이 턱 막히는 듯했다.

어느새 나는 초원을 내려가며 작은 주택이 많이 몰려 있는 작은 골목길 안을 헤집고 다녔다. 그런데 수로 바로 앞까지 왔을 때였다. 혜가 어디로 간 것인가 해서 주위를 둘러보며, "문 군의 어머니가 여기 왜 있지." 하고 중얼거렸다. 수로 위 이름 모를 관목(灌木) 아래에서 부지런히 세탁봉을 두드리는 흰옷을 입은 노파의 그림자가 눈에 들어왔다. 그녀는 곧잘 이곳으로 빨래하러 왔다. 구 시내(舊市內)처럼 수로에 흐르는 물이 더럽지는 않았지만, 나는 그곳에서 그녀를 발견할 때마다 '빨래 정도는 집안에서 하는 것이 좋지 않을까?' 하고 생각했다. 특히 그것은 내지 안에서 바람직한 풍경이 아니었기 때문이다. 혹시 몰라 이 노파에게 혜가 어디 있는지 아느냐고 물어보기 위해 많은 집을 빙 돌아서 그녀에게 가까이 다가갔다. 그런데 나는 놀라 멈춰 섰다. 노파 뒤에서 빨간 양복을 입은 혜가 불쑥 튀어나오더니 "작은 아빠." 하고 외치는 것이 아닌가. 나를 보더니 노파도 몸을 일으켜 웃음을 졌다. 그때 어제 언덕길에서 보았던 체구가 큰 처녀가 내 뒤편 나무 그늘에서 아이를 업고 시무룩한 표정으로 서 있는 것을 보았다.

"이런 곳에 있었니. 엄마가 무척 찾아다니고 있단다." 그리고 조선어로 노파에게 말을 걸었다. "이거 수고가 많으십니다. 전 오늘 제 조카를 찾느냐고 단단히 혼났습니다."

"욘석. 그러니까 할머니가 가라고 했잖니" 하고, 노파는 사람 좋아

보이는 미소를 지으며 말했다. "안 그래도 엄마가 걱정을 할 테니, 어서 돌아가라고 아무리 말해도 듣지를 않지 뭐요. 에이고. 그래도 혼자 있기보다는 좋았지만 말이유."

"곤란한 아입니다. 도대체 어떻게 이런 곳까지 들떠서 온 것인지."

"헤엠 그야 저 댁이 데리고 왔지." 하고, 노파는 아이를 업은 처녀 쪽을 에둘러 가리키며 말했다. 그러자 그 처녀는 천둥에라도 얻어맞은 듯 경악하며,

"아니라우." 하고 외쳤다. 조선인인 자신이 혜와 놀아줬다고 하면, 내가 몹시 싫어하리라는 것을 두려워하고 있는 것임이 틀림없었다. "제가 데려온 게 아니라예. 아이가 알아서 따라왔을 뿐이지비."

"도쿄에서 산 지 오래됐나요." 하고, 나는 가볍게 받아넘기듯이 부드럽게 물었다. 그때 그녀를 바라보는 내 눈에는 마치 떫은 껍질을 벗겨 낸 밤처럼 이미 성숙해져 가는 한 숙녀의 모습이 들어와서, 나는 조금 움찔해 했다.

"2년 됐지비." 하고, 그녀는 타고난 듯한 붙임성 없는 굵은 목소리로 대답하고는 얼굴을 희미하게 붉혔다.

"주인이 어떤 사람인지 모릅니다만 꽤 모질게 대하는 것 같더군요."

"내는 모름다."

이런 식이라서 실마리를 잡을 구석이 없었지만, 그때 노파가 정색하고,

"참말로 이 사람 일로 걱정이 돼서 그러는가." 하고, 고개를 쑥 내밀었다. "선생님이라도 힘이 돼 준다면야 도움이 되겠습니다만. 매번 여편네나 애새끼들한테 얻어맞고 도망쳐 오니 헤엠 게다가 우리한테 도망쳐 오는 것 또한 그쪽에서는 마음에 안 든다고 이야기를 해대지

뭐유.”

“저도 문 군에게 그 이야기를 들은 후 남의 일 같지 않아서 마음이 진정이 안 되고 걱정을 하고 있던 참입니다.”

“참말로 뭔가 좋은 수가 없겠수. 아무리 그래도 이 댁이 듣고 있는 앞에서 아래 조선인들과 한통속이 돼서 뭔가 실수라도 저지른 날이면, 너희들 한 사람도 남김없이 쉰내 나는 찬밥을 먹인다고 겁을 준다고 합디다.”

“그런 것은 걱정하지 않으셔도 됩니다.”

“에구 그래도 말입죠. 난 그게 걱정이라우.”

“그런데 도대체 어떤 때.” 하고, 나는 다시 처녀 쪽을 향하며 말했다. “괴롭힙니까. 예를 들자면?”

“애 들은 언제나 절 돼지라고 부르며 못살게 굴고. 일을 조금이라도 제대로 하지 않으면 모든 문제를 다 지 탓으로 하는 식입니다.”

“그리고.” 하고 나는 재촉하다 그녀의 검푸른 입술이 갑자기 일그러지고 움푹 들어간 얼굴 사이로 고집 가득한 어두운 그림자가 뒤덮이고 있는 것을 보았다.

“게다가… 나보고 도둑년이라고…….”

“우리 며느리는 함께 공장에라도 다니면 좋겠다고 하던데.”

“그보다는 하루빨리 결판을 지어 여비라도 얻은 후에 돌아가는 편이 좋을 것 같네요.”

그렇게 말하자 처녀는 얼굴색을 바꾸며 당황한 듯이 고개를 저었다.

“보소 이 아는 돌아가고 싶지 않다고 고집이 단단하우.” 하고, 노파는 빨래를 헹구던 손을 멈추고 다시 야유하듯이 말했다.

“얄궂게도 고향은 지독한 흉작이라서 이 처녀와 같은 고향 사람 말로는 대부분이 걸식하며 도시로 나갔다고 하지 뭐요.”

　“그렇다면 어떻게 하실 요량입니까?”

　“…….” 처녀는 결국 얼굴이 새빨갛게 달아올라서는 아무런 말도 하지 못했는데,

　“그래서 말이지요. 선생님에게라도 상담하고 싶은데…….”

하고, 노파가 뒤로 물러서며 머뭇거리며 말했다. “제 생각에는 누님 댁에서 거둬주시면 좋겠는데 어떻습네까? 앞으로 일 년 뒤에 귀국하실 때 또한 함께 데리고 가시면…….”

　“과연 과연.” 하고 나는 끄덕였다.

　사실 그것도 좋은 방안이라고 생각했기 때문에 한 번 누님 부부와도 논의해 보기로 했다. 하지만 혜를 우선 데리고 서둘러 돌아가지 않으면 안 된다는 사실에 생각이 미쳐, 아이 손을 잡아끌고 급하게 이별을 고했다. 혜는 계속해서 처녀에게 매달려서 “같이 가요 아줌마같이 가요.” 하며 놔주려고 하지 않는다. 우리는 그것을 달래 떼어놓는데 다시 한 번 애를 쓰지 않으면 안 됐다. 노파가 다시 기운을 내서 세탁봉을 두드리기 시작한 것인지 멀리까지 그 소리가 들려왔다. 한동안 걸어가자 갑자기 혜가 바싹 달라붙어 질문했다.

　“음 작은 아빠. 지금 아줌마 어디 사는 지 알아?”

　“그럼 알지.” 하고 나는 혜도 알고 있다는 것을 떠올리고는 끄덕였다. 마침 그대 언덕 위 바로 앞을 지나고 있었기 때문에 “자 보렴. 저 집이 맞지?”

　“음 정말? 그럼 나 내일 놀러 갈래.”

　“가지 않는 편이 좋을 거란다.” 하고, 나는 놀란 듯이 책망했다.

　“어째서?”

"이유가 어쨌든 안 가는 게 좋아."

3

다음날 오후 꽤 늦은 시각, 목욕을 하러 가자며 찾아온 문 군의 얼굴에는 평소와는 달리 감출 수 없는 비장한 그림자가 흔들거리고 있었다. 그의 까만 눈이 끝없이 떨리고 있었고 이마 근육도 실룩거리며 물결쳤다. 밖으로 나와서 어떻게 된 것이냐고 묻자,

"실은 조금 전에 시미즈 아내가 찾아와서." 하고, 그는 술렁이는 마음을 전혀 진정시키지 못하는 듯 숨을 몰아쉬며 외쳤다. "매섭게 쏘아붙이고 가더군요. 어제 말씀드렸던 식모가 오늘 아침 결국 그곳을 도망쳐 나온 모양입니다."

"어허." 나도 다소 놀라서 그 말에 끌려가듯이 말했다. "…그래 그 아내란 사람은 도대체 어떤 사람입디까?"

문 군은 평소처럼 그날 아침도 아침나절부터 한 곳에 눌러앉아 계속해서 골필(骨筆)을 나르고 있었다고 한다. 그런데 갑자기 현관문이 드르륵 열리는 소리에 놀라 누가 왔나 하고 의아해하며 쳐다본 순간, 그것이 시미즈 아내라고 직감했다. 나이는 서른 일고여덟 정도고 품위도 나빠 보이지 않았다. 그 여자는 눈과 빰과 입술에 누르기 어려울 정도로 긴장하고 흥분한 기색을 보이며 새하얗게 질려서 외쳤다.

"우리 집 식모를 돌려주세요."

"뭐라고요?" 문 군의 순간 부아가 치밀어 올라 마음을 졸라매고 큰 소리로 고압적으로 되받아쳤다.

"도대체 우리 집에서 그쪽 집 식모를 어떻게 했다고 하시는 겁니까?"

"……."

꽤 긴 시간 동안 침묵하는 가운데 서로 맞닥뜨린 두 감정이 결국 발화(發火)할 갈림길에까지 이르기 시작했다.

"당신은 그 식모를 또 쫓아냈군요."

"쫓아냈다니요? 네 물론 그 애는 내가 얼마든지 마음대로 할 수 있어요." 그녀는 히스테릭하게 히죽 하고 비웃었다. "자 어서 돌려주세요. 그 아이 일로 다른 사람한테 참견을 받을 만한 이유는 없으니." 그 목소리는 격렬하게 목구멍에서부터 부들부들 떨리며 터져 나왔다. "토요, 토요! 어서 나오지 못하겠냐! 어서, 토요!"

"도대체 당신은 식모를 어디에서 잃어버리고서……."

"흥 당신이란 사람은 남의 집 식모를 꾀어낸 주제에 어떻게 그런 말을 할 수 있죠."

"농담도 작작하시죠."

"농담이라니."

그녀는 일그러진 얼굴로 부르짖는가 싶더니 느닷없이 방 안으로 날쌘 걸음으로 올라왔다. 그리고는 이 방에서 저 방으로, 부엌, 변소, 봉당 등을 미친 듯이 찾아다니기 시작했다. 문 군도 어안이 벙벙해져서 그 자리에서 꼼짝도 하지 못하고 그 모습을 멍하니 지켜봤다. 결국, 그녀는 다소 허둥대는 기색을 보이고는 문 군 방으로 다시 뛰어 들어왔다. 그녀는 무슨 속셈인지 그의 필경 프린트를 위한 원고를 집어 들더니 한 장 한 장 페이지를 넘기기 시작했다. 그리고는 갑자기 무언가 핵심에라도 이른 듯이 히죽거리며 음산한 웃음을 졌다.

"경찰에게 한마디 알리기만 하면 뭐든 드러날 테죠. … 이건 완전한 유괴라고요. 누구의 사주인지 정도는 잘 알고 있어요. 모자란 계집에게 변변치 않은 꾀나 부리게 하다니……."
하고 말하면서, 다소 겸연쩍은 듯이 현관으로 나갔다.

문 군은 이런 이야기를 목욕탕에 가는 도중에도, 또한 옷을 벗는 사이에도, 욕탕에 들어가서도 흥분의 열기가 가시지 않는 어조로 계속해서 말했다.

"그런 사람들이니 자신들이 한 짓은 제쳐놓고서 어쩌면 문 군을 고소할지도 모르는 겁니다."

"아뇨 분명 고소할 것입니다. 그건 오히려 제가 바라는 바입니다. 그 부인은 제가 밥벌이로 하는 프린트 원고를 보더니 무언가 불온 문서라도 압류한 것처럼 뛰쳐나갔답니다. 고소하러 가는 순간이 바로 그들의 가면이 벗겨지는 날입니다."

"하지만 그렇게 간단하지 않을지도 몰라. 그런 사람들은 어떤 수를 쓸지 모르니까?"

"아니 괜찮습니다. 경찰이 관여하는 편이 오히려 기회입니다. 그 사이 그 처녀에 대한 선후책(先後策)도 세울 수 있으니까 말이죠."

그는 갑자기 욕탕에서 뛰어나가더니 몸도 닦지 않고 탈의실로 나갔다. 그러더니 그는 작업복으로 갈아입고 있는 몸집이 큰 사내를 붙잡고 무언가 열심히 말을 하기 시작했다. 나도 얼굴이 펀펀하고 염소처럼 눈이 작은 이 남자를 본 적이 있다. 그는 함바12) 부근에서 머물면

---

12) 함바는 지금도 공사현장에서 쓰이는 말이기 때문에, 일본어 '飯場' 그대로 옮긴다. 이 말은 광산·토목 공사 현장 등의 노무자 합숙소를 말하는데, 한국에서는 근로자들의 밥집이라는 의미로 쓰일 때도 있다.

서 분양지 공사장에 나가 일을 하는데 고향의 농가(農歌)를 언제나 맑고 커다란 소리로 부르곤 했다. 그가 노래하는 모습이 너무나 능숙해서 나는 때때로 넋을 잃고 걸음을 멈춘 채로 노래를 들은 적이 있다. 그가 문 군과 한 마디 두 마디 이야기를 나누는 사이에, 둘 사이에는 갑자기 야릇한 공기가 조성되기 시작했다. 목욕탕 안에 사람도 그다지 없었기 때문에 둘의 이야기는 여닫이문 너머에 있는 내게도 확실히 전해졌다. 남자는 어딘가 당황해 하는 것 같았다. '이것 봐라' 하고 생각하는 사이에, 그는 다시 작업복을 어깨에 걸치기 시작하더니 허둥지둥 팔을 집어넣더니 소지품도 다 챙기지 못한 채 밖으로 나갔다. 문 군은 다시 돌아오더니 내게 물었다.

"저 사람을 아십니까?"

"공사장에서 곧잘 노래하던데. 일이 이미 끝난 모양인가?"

"꽤 신통하고 재미있는 사람입니다. 고향을 떠난 지 사 년도 되지 않는데, 이미 천 엔13) 가까이 저축까지 한 그야말로 유쾌한 구두쇠입니다. 그게 그 토요라고 하는 식모와는 같은 고향 출신인 모양입니다. 그 둘이 저 너머 있는 길가에서 갑자기 만났을 때 이야기를 언젠가 들었는데, 그것이 매우 특이했어요. 저 몸집 큰 사내에게 토요는 예전 고향에서 보던 어린이로밖에 보이지 않았던 것이겠죠. 그래서 길 한가운데서 부둥켜안자마자 '너 어느 마을의 누가 아니냐. 그래 이게 도대체 어떻게 된 일이냐?' 하며 머리를 쓰다듬어주며 감개무량해하고 있었던 모양입니다. 그걸 청과물집 주인이 보고는 시미즈 아내에게

---

13) 당시 일본 물가를 보면 카레라이스가 20~23전(1940년), 사이다가 30전(1943년)이었고, 일용직 노동자의 하루 일당이 1엔 97전(1939년)이었으므로 천 엔이라는 돈은 상당히 거금임을 알 수 있다(週刊朝日 編, 『値段史年表 明治・大正・昭和』, 週刊朝日, 1988. 6. 참조).

이야기해서, 막노동꾼하고 엉겨 붙었다며 또 지독한 꼴을 당했다고
합니다. 실은 이럭저럭 하는 사이에 둘은 열렬한 연애를 시작한 겁니
다.” 하고, 문 군은 히죽 하며 입가에 미소를 띠었다. “저 사내가 싸구
려 크림을 어딘가에서 사서 시미즈네 집으로 애인을 만나러 가서, 또
대단한 소동이 벌어졌던 모양입니다. 저 사내는 매일같이 우리 집에
와서는 자기들이 맺어지게 해달라고 부탁할 정도로 대단한 열성가입
니다. 지금도 토요가 행방불명이 됐다고 하자, 새파랗게 질려서 뛰쳐
나가서……”

“그럼 저 사내는 함바에 간 것인지도 모르겠군.”

“그런지도 모릅니다. 공사장에서 곧바로 여기에 온 것 같았으니
까요.”

문 군의 이야기를 듣고 난 후, 나는 어째서인지 토요가 모습을 감춘
사실을 그다지 걱정하지 않아도 된다는 생각이 들었다. 그 사이 마음
이 가라앉으면 분명히 되돌아올 것이다. 하지만 문 군 일은 사태가 그
다지 간단하지 않다. 어쨌든 상대가 상대라서 문 군에게 신변상 무슨
문제라도 생기면 어쩌나 하고 걱정했다. 게다가 토요의 일만 해도 그
렇다. 근처에 살면서 이러한 사정을 알고도 그대로 내버려둔다는 것
도 참을 수 없었다. 그래서 무언가 좋은 수단이 없을까 생각해 봤지
만, 역시 용기를 내서 시미즈네 집으로 둘이 함께 찾아가는 수밖에는
없는 것 같았다. 경찰에게 소송을 걸어 제멋대로인 사고방식을 견제
한 후, 일을 매듭짓는 대로 토요를 누님의 집으로 데려갈 수만 있다면
더할 나위 없이 좋았다. 나는 문 군과 그렇게 하기로 합의를 하고 목
욕탕을 나와 바로 누님의 집으로 상의하러 들렀다. 누님은 그때 빈집
을 지키면서 부엌에서 조선 김치[漬物]를 담그고 있었다.14) 마침 토요

일이라서 혜는 일찍 귀가한 아버지를 따라서 신주쿠[新宿]로 외출 중이었다. 그 아이는 토요일과 일요일에는 항상 아버지를 졸라서 반드시 번화가에 놀러 가곤 했다. 과자가게에 들러서 우유를 마시거나, 혹은 만두를 한입 가득 먹은 후에 활동관(活動館)15)이나 뉴스극장, 스케이트장 등을 돌아다녔다. 아버지가 이제 집에 가자고 해도 아이는 응석을 부리며 고개를 젓는다. 누님이라면 늦어지기 전에 화를 내서라도 집에 가겠지만, 매형은 그저 싱글벙글하면서 혜가 말하는 대로 언제까지고 따라다녀 준다. 나는 누님과 함께 어둑어둑한 아래층 방에서 간단히 저녁을 함께 먹으면서, 불쌍한 처녀에 대한 일이나 문 군과 시미즈 부인 사이의 다툼을 걱정했다. 누님도 매형이 돌아오면 의논한 후에 가능한 한 빨리 토요를 데려오겠다고 했다. 이렇게 우선 위험에 직면한 토요를 거둬줄 곳을 정했다. 시미즈 일가를 찾아가야겠다는 결심을 했음에도 막상 날짜가 닥치고 보니 왠지 모르게 용기가 꺾이는 기분이 들기 시작했다. '다만 갈등이 사라지면 좋겠다, 지금이라도 모든 일이 원만하게 풀렸으면 좋겠다'고 하는 일념만이 부풀어 올랐다. 그러는 사이에 어쩔 수 없이 혼자 시미즈네 집에 가지 않으면 안 되는 사태가 벌어졌다.

우선 집에 가서 문 군을 기다리고 있을 때였다. 갑자기 입구에서부터 복도에 걸쳐 내지어와 조선어가 섞인 여자들의 아우성치는 소리가 들려왔다. 그와 동시에 두 사람이 밀치락달치락 하며 복작거리는 발소리가 후다닥 하고 울렸다. 문 군의 어머니는 관리인 노파가 안으로

---

14) 일본어 독자를 위해 쓰인 소설이라서 한국어로 번역할 때 불필요한 설명이 있다. 하지만 원문 그래도 번역한다.

15) 영화관.

들이지 않겠노라고 씩씩거리는 것을 아랑곳하지 않고 다급한 마음에 내가 사는 곳으로 들이닥쳤다. 문 군의 어머니는 내 쪽으로 구르듯이 와서는 매달렸다.

"선상님." 그녀는 장소 불문하고 큰 소리로 울기 시작했다. "아들놈이 경찰에게 잡혀갔습네다."

"……." 나는 이런 일이 벌어지리라는 것을 상상하고는 있었지만, 너무도 순식간에 벌어진 일이다 보니 어리둥절해 그 자리에 내내 서 있었다.

"조금 전에 형사가 와서 잡아갔습니다, …에이고, 에이고, 에이고… 도대체 무슨 일인지……."

나는 마음을 가까스로 진정시키고 차분하게 말했다.

"어쨌든 나가지요. 울지 마세요."

방마다 입주민들이 모두 고개를 내밀고는 이 광경을 의아한 눈빛으로 쳐다봤다. 나는 노파를 부축해서 아파트를 빠져나왔다.

4

어둑어둑한 작은 전등이 음침하게 포석(鋪石)을 비추고 있는 현관 앞에 서서, 나는 어느새 "실례합니다." 하고 외치고 있었다. 마음이 조급해져서 결국 여기까지 왔다. 아마도 내 눈은 끝없는 분노의 빛으로 으스스하게 빛나고 있었을지도 모른다. 처음에는 조그마한 계집아이가 나를 보고 깜짝 놀라 안으로 들어가 버렸다. 안에서는 두세 마디 소리가 들려오더니, 이번에는 키가 큰 한 여자가 나와 목을 쑥 내밀었다. 그 여자는 상당히 말랐고 얼굴이 희멀건 편이었다. 예상 밖에도 신경이 날카로워 보이는 납작한 얼굴에 목이 얇은 여자였다.

"갑자기 찾아뵙게 돼서 대단히 죄송스럽습니다."

나는 갑자기 당황한 것처럼 쩔쩔매면서 찾아온 이유를 밝혔다.

"부군께 긴히 드릴 상담이 있습니다만……."

그녀는 내가 내민 세 글자가 나열된 명함16)을 수상한 듯이 바라보더니, 점차 안색이 변하면서 지금이라도 남편이 집에 있지만 없는 척을 하려는 듯했다. 하지만 무언가 생각을 고쳐먹은 듯 안으로 들어가더니, 조금 후에 다시 나타나서 입을 다문 채로 슬리퍼를 내주었다. 화로도 없이 으스스 한 네 첩 반 객실 안에는 도테라17)를 껴입은 마흔 안팎의 뚱뚱한 남자가 석간신문을 펼쳐 놓은 채로 몸을 앞으로 웅크리고 있었다. 처음에 그는 경계하는 듯 눈꼬리를 올리고, 잠깐 앉은 자세를 고친 것처럼 보였다. 부인은 남편의 뒤쪽에서 매우 긴장한 모습으로 가만히 앉았다. 내가 찾아온 진의를 눈치 챈 것 같았다. 일이 분간 숨이 막힐 것 같은 침묵이 이어졌다. 그때 갑자기 남자가 몸을 일으키더니 천정을 노려보듯이 바라보면서,

"자 그러면 이야기하실 것이 있다고 하셨는데 한 번 들어 볼까요." 하더니, 못마땅하여 오만상을 찌푸리는 듯한 목소리로 중얼거렸다.

그 부자연스러운 자세와 어조에는 다른 사람을 바보 취급하고 뻔뻔스럽게 보이려고 하는 허세가 깃들어 있었다. 순간 나는 억제할 수 없는 본능적인 증오와 반감이 가슴 속에서 들끓는 것을 느꼈다. 그 때문

---

16) 보통 일본인들의 이름은 네 글자가 많은데, 세 글자인 것도 없지 않다. 다만 여기서 세 글자 이름이라고 하는 것은 조선인의 이름을 의미한다.
17) 'どてら'는 크기가 넉넉하고 소매가 넓은 솜옷으로 겨울철에 침구로도 쓴다.

인지 새로운 용기가 용솟음쳤다. 그래도 애써 마음을 채찍질하며 되도록 원만하게 사태를 해결하자는 이성의 속삭임에 따르려고 했다.

"실은 저도 이 근처에 살고 있어서 한 번 인사를 올리고자 했습니다만, 이렇게 뜻밖의 용건으로 오늘……." 나는 애써 정중하게 말했다. "다름이 아니라, 이 아래쪽에 사는 문 군에 대한 일로 찾아왔습니다."

그때 흠칫할 정도로 안색이 변해서 불쾌해하며 점차 경직돼가는 남편 뒤편에서 단단히 몸을 웅크리고 있던 부인의 무릎이 희미하게 떨리기 시작했다.

"……."

"… 혹은 주제넘다고 생각하실지도 모르겠습니다. 아니 이건 제가 보더라도 주제넘은 것임이 틀림없습니다. 하지만 방금 말씀드린 바로 아랫집에 사는 문 군이 아무런 이유도 없이 경찰에게 붙잡혀 간 것이 제게는 아무래도 이 집과 연루된 것으로밖에는 생각할 수 없어서 이렇게 찾아왔습니다."

"그런 녀석에게는 정말 따끔한 맛을 보여주지 않고서야." 하고, 그는 내뱉는 듯한 외침과 동시에, "으하하." 자신이 싸움에라도 이겨서 기세가 올랐다는 듯이 두어 번 억지웃음을 졌다. 나는 그 소리에 오싹해졌다. 그때 그는 눈초리를 한층 아래로 깔고 갑자기 그야말로 장중하다고밖에는 표현할 수 없는 표정을 졌다. "자네가 어떤 사상을 가졌는지 모르네만 저런 치들은 즉 내선융화(內鮮融和)를 함에도 증오해야 할 암적인 존재라고."

"…그게 무슨 말씀이신지." 나는 그 말뿐인18) 언사에 견딜 수 없어서 단호한 표정으로 그를 응시했다. "도대체 문 군이 무엇을 했다고 그러십니까?”

“그런 사상이 불온한 작자에게 일어난 일이니 무엇이고 간에 자업자득이죠.” 하고, 부인이 숨이 막히는 듯 떨리는 목소리로 말을 더듬거렸다. “그런 당신이야말로 어째서 아닌 밤중에 홍두깨도 아니고 타인의 집에 찾아와서는 승강이를 하려고 하나요.”

“당신은 조용히 해.” 하고, 사내는 부인을 향해 소리쳤다. 그리고는 서서히 위엄 어린 태도를 가다듬으면서, “…나한테 다 생각이 있어서 한 일이라네. 이거야말로 긁어 부스럼이라고 해야 할지. 으하하 뭐 자랑은 아니지만 이래 보여도 고등관(高等官)에 상응하는 자리에서 대신각하까지도 직접 안내해 드리고 있지…….” 어딘가 관광소 등에서 근무하고 있는 것으로 보이는 이 사내는 부루퉁하고 간사한 표정으로 내 얼굴을 살폈다. “그런 이 몸이 모처럼 자비로운 마음으로 친척도 없는 조선인 처녀를 가여워 해서 거둬줬던 거라네. 게다가 내지인 식모를 대하는 것 이상으로 따듯하게 대해줬을 뿐이야. 그걸 뒤에 몰래 꼬드겨 제 맘대로 조종하고 못된 꾀를 가르쳐서 우리를 곤경에 빠뜨린 것도 모자라서 이번에는 다시 어딘가로 유괴해 가다니. 정말 용서할 수 없어.”

“흠 공교롭게도 당신이 어떤 지위와 직업에 있는지는 모릅니다만.” 그만 나도 이 고등관에 상응한다고 하는 너무나도 눈에 보이는 위선에 화가 나서, 결국 악마의 힘에 패배해 가시를 숨기면서 빈정거리면서 상대방을 응수했다. “다만 제가 다른 이에게 듣기로는 선생께서는

---

18) 원문은 ‘大向ふ’인데, 이 말은 극장 삼층 정면석(현재 가부키 좌석에서는 구조성 3층 B석), 혹은 거기에 앉아 있는 손님을 이르는 은어로, 즉 무대 위에서 본 객석의 위치에서 유래된 말이다. 직역을 하면 ‘객석에서 하는 말’ 정도로 해석할 수 있다.

조선 출신으로 내지인 아내와 함께 고향에 돌아갔을 때, 저 처녀에게
공부를 시켜주겠다 하고 데려왔다고 들었습니다만.” 이렇게 잘라 말
하고 심각하게 추궁하는 내 눈빛 때문인지, 역시 그들 부부의 얼굴에
도 확연하게 동요와 혼란스러움이 감돌고 있음을 알아차렸다. 나는
저돌적으로 다시 밀어붙였다. “그리고 이 댁에서 이 처녀에게 어떤 따
듯한 대우를 했는지는 모릅니다만, 처녀에게는 생채기가 매일같이 끊
이지 않고…….”

 “거짓말, 거짓말이라고. 그런 건 모두 누가 말한 거죠.” 하고, 부인
은 마치 미친 사람처럼 외치면서 무릎걸음으로 다가왔다.

 “토요가 제 입으로 그렇게 말했나요? 네? …아니지, 그건 분명 문이
라는 사내가 만들어낸 이야기일 겁니다. 지어낸 말이라고요…….”

 “그 진위는 뒤로하고, 그러는 선생은.”
하고, 나는 가볍게 얼버무리고 이번에는 남편 쪽으로 화제를 돌리려
고 했다. 그런데 그때 나는 격렬한 자기혐오와 같은 감정에 사로잡혀
서 말이 나오지 않았다. 나는 다만 이러한 의미의 말을 하고 싶었다.
방금 당신은 내선융화라고 말했습니다. 과연 지금 그 문제를 몸으로
통절하게 생각하고 괴로워하지 않는 인간은 한 사람도 없을 것이요.
그런데 선생은 댁의 식모에게 그러한 태도를 보이는 것이 진정으로
내선융화를 꾀한다고 생각하느냐고. 하지만 나는 겨우 중얼거리듯 이
렇게 말할 따름이었다. “…조선인 여자라고 소나 돼지처럼 다뤄도 좋
다니요. 봉급을 주지 않아도 그만이고. 그래도 한 가지 그 처녀가 조
선인으로서 조선인들과 어울림이 선생 댁에는 폐가 돼서 곤란한 것인
가요.”

 그러자 사내는 얼굴이 적동색으로 변하며 부루퉁해져서 후유 하고

숨을 가쁘게 쉬며, 몸을 부들부들 떨었다. 그리고는 지금이라도 숨이 끊어질 듯한 목소리로,

"경관을 불러. 완전한 억지다."
하고 신음하는가 싶더니, 갑자기 어깨를 늘어뜨리고 맥없이 고개를 푹 숙였다. 얼굴에는 비지땀이 흐르고, 눈빛은 흐리멍덩하게 흐려졌다.

"그렇게 하시죠. 바라시는 대로."라고 하는 내 목소리도 또 묘하게 쉬어 있었다. "…만사는 그걸로 확실히 밝혀질 테지……."

나도 그 후 격노한 채로 계속해서 무언가를 외쳐댔다. 그러다 아이들이 큰 소리에 놀라서 문밖에 나타난 것을 보자마자, 목소리가 갑자기 목구멍 속으로 사라지는 것을 느꼈다. 적개심 가득한 눈으로 빤히 나를 바라보는 두 아이 뒤로, 나는 언젠가 이 집 앞에서 본 적이 있던 여학생을 발견했다. 괴로움을 간직한 새하얀 얼굴, 기분 탓인지 그 눈동자는 애원하는 것 같기도 하고 호소하는 것과 같은 애처로움을 가지고 내게 육박해 왔다. 순간 전신에는 전류가 도는 것 같은 느낌이 들었다. 점점 더 꼼짝할 수조차 없었다. 그와 함께 '그렇지 이 여학생 앞에서는 조선인으로서 평정을 잃어서는 안 된다. 결코, 부끄러운 짓을 해서는 안 된다'고 자각하는 생각이 들었다. 그건 완전히 이상한 감정이었다. 그래서 이번에는 다소 마음을 진정시켰다.

"제겐 댁의 집안일에 관여할 아무런 권한도 없습니다. 하지만 댁에서 식모를 심하게 대했다는 것을 듣고는, 설령 그 처녀가 아무리 비난받을 구석이 있다고 해도, 타인으로서도 참을 수 없을 지경이었습니다." 나는 이렇게 말하면서 자신이 바보스럽게 느껴지고 게다가 웅변조가 우스꽝스러운 것 같아서 참을 수 없었다. "내선융화, 내선융화하

고 다들 말하지만, 그것이야말로 댁의 가정 내에서야말로 진정으로 이루지 않으면 안 되는 것입니다. 댁들은 도대체 그 처녀를 앞으로 어떻게 할 작정입니까? 문 군에게 하신 처사도 그렇지만, 저는 댁에서 주체하지 못하는 식모를 신원이 확실한 조선인 집으로 데려갔으면 하는 방안도 생각하고 있습니다.”

“그건 안돼요.” 부인은 자존심이 꺾인 듯 힘이 빠져 고개를 숙이고 있는 남편 옆에서 오히려 가냘픈 목소리로 외쳤다. “토요는 우리가 그 부모에게서 데려온 거예요. 지금 그 아이는 어디에 있나요!”

“저도 그게 알고 싶을 따름입니다. 물론 댁에서 데려온 이상 중대한 책임이 있으시겠죠. 하지만 제가 듣기로 댁에서 그 처녀를 밤에는 학교에 보내주고, 다방면으로 기술도 가르쳐주겠노라고 하고 데려온 모양입니다만…….”

라고 말하면서 눈을 조금 올려 떴을 때였다. 나는 부인이 뜻밖에도 금세 비통한 빛을 띠기 시작한 것을 알아챘다. 그녀는 더는 내 말을 듣고 있지 않았다. 자기 혼자만의 울적한 기분에 가슴이 메어 터지는 듯 점차 흥분하더니, 마음속 깊은 곳에서 다투고 있는 자기 혼자만의 고뇌가 소용돌이치기 시작한 것일까. 나도 그만 이유 없이 당황해서 마치 그녀를 기만하고 무언가 나쁜 짓이라도 한 것 같은 기분이 들었다. 부인을 정면에서 추궁하지 못하고 마음이 흐트러지는 것을 의식했다.

순간 우리는 좌절한 것과 같은 침묵에 뒤덮였다. 나는 어쩐지 설명하지 않으면 안 될 것과 같은 기분과 동시에, 또한 그럴 수 없을 것 같은 답답한 마음을 어찌할 수 없었다.

“저도 물론 댁 부부가 안고 있는 각자의 고통에 대해서 어느 정도 이해할 수 있습니다. 남들보다 서로 배로 신경을 쓰지 않으면 안 되시겠죠. 하지만 두 분 사이는 어디까지나 부부 그 자체로서의 관계이지 않으면 안 된다고 생각합니다. 어느 한 쪽이 우월함을 느끼거나 혹은 열등감을 느끼거나 해서는 안 되지요. …… 간단하게 말하자면 어째서 남편의 본명을 공식적인 문패로 쓰지 않는 겁니까. 또한, 어째서 조선인을 식모로 쓰고 있는 것을 그렇게 고통스럽게 여기지 않으면 안 되는 겁니까?"

그렇지만 굳이 이렇게 단언하는 나 또한 사실 자신이 허세를 부리고 있음을 알았다, 위선에 찬 말을 하고 있다는 책망을 자신에게 하지 않을 수 없었다. 그런데 갑자기 묘한 일이 벌어졌다. 그녀가 갑자기 앞치마에 얼굴을 파묻더니 격렬하게 흐느끼기 시작했다. 그걸 보더니 남편은 미치기라도 한 사람처럼 멍한 표정을 짓고 일어서더니 휘청거리며 밖으로 나갔다. 그와 엇갈려 전처 자식인 장녀가 갑자기 방 안으로 뛰어 들어와서 "와악." 하고 다다미 위에 쓰러져 울었다. 각기 다른 고뇌를 짊어진 이 두 여자의 슬피 우는 모습을 앞에 두고, 나는 뭐라 할 수 없는 감동을 해서 그 자리에서 움직일 수 없었다.

"안 해 본 것이 없어요. 처음에는 이상에 젖어서 주위 반대를 무릅쓰고 함께 살게 된 거예요. 하지만 그 상태로는 아무리 노력해도 안 되더군요. 남편이 도쿄에서 어떤 고초를 겪었을지 짐작이 가요. 대학은 나왔지만 어디에 이력서를 내밀어도 취직이 안 됐어요. 집을 빌릴 수도 없더군요. 그래서 결국 남편을 제집 호적에 넣게 된 거랍니다. 그 후로 남편은 매사에 비굴해졌어요. 그것이 또 저를 괴롭히더군요. 그이에게 견딜 수 없는 시련을 준 거예요. 게다가 아이를 낳고서 저희는 더욱더 괴로운 상태에 빠졌어요. 그 때문에 저는 한때 정신이 이상해지기까지 했어요."

　"이해합니다. 이해해요." 하고, 나는 슬픈 듯이 끄덕였다. 그리고 그녀를 달래려는 듯, "제게도 아이 일로 괴로워하는 누님 부부가 있습니다. 잘 모르는 사이겠지만 바로 요 아래 길에……."

　"알고 있어요." 뜻밖에도 그녀는 눈물이 그렁그렁한 얼굴로 그것을 인정했다. "오늘 아침에 아이가 놀러 왔더군요. 토요를 찾아온 것 같았어요. 하지만 토요가 없어도 우리 집 아이들과 사이좋게 한낮까지 재밌게 놀다가 갔어요. 서로 그것이라는[19] 것은 알지 못하니까요."

　"그랬나요." 나는 새삼스럽게 놀란 것처럼 수긍했다. "제 조카가 역시 여기에 왔었군요."

　"그 아이도 근처 아이들에게 제법 괴롭힘을 당하고 있나요? 조금 전에도 자기가 어디에 사는지 감추고 말하려고 하지 않더군요. 앞으로 매일 놀러 온다고만 하더군요. …저희는 아이들을 위해서 매번 주소를 바꿔가며 여기저기를 전전했어요. 그러다 작년 간신히 조용한 이 언덕 집에 자리 잡게 됐어요. 그러자 이번에는 또 식모 때문에 집 안이 엉망진창이 돼가는 것 같더군요. 아이들에게 그녀를 좋은 언니처럼 따르게 하고, 조선인이라고 하면 바로 고개를 돌려버리려고 하는 아이들 마음을 조금이라도 잡으려고 일부러 데려온 거예요. 그런데 아이들은 저희가 의도한 방향대로 따라오지 않는 것은 물론이고 점차로 토요를 싫어하고 바보취급을 하더군요. 게다가, 게다가 제 눈앞에서 남편과 장녀는 오히려 토요에게 더욱 모질게 굴지 않겠어요. 그래서 토요도 점차로 심술을 부리기 시작해서 저도 차츰 이렇게 하면 좋을지 모르겠더군요. 끝내는 뭐든지 토요와 연관이 돼서 한시도

───────────

19) '그것'은 '조선인'으로 환치할 수 있는데, 원문에는 직접적으로 밝히지 않고 간접적으로 드러내 놓고 있을 뿐이다.

화기애애한 때가 없어지더니 점차 이웃에 그러한 내막이 알려지기 시작하더군요. 무엇보다 이제부터 아이들이 가여워서 참을 수 없어요. 아이들이……."

그녀는 다시 발작을 일으킨 것처럼 몸을 부르르 떨면서 오열하기 시작했다.

"이야기를 듣고 보니 부인의 괴로운 입장과 기분을 새삼 알겠습니다."

하고 나는 약간 감상적으로 중얼거렸다. 조금 전까지 그녀에게 느끼던 분노는 차츰 마음속에서 연민으로 바뀌어 가는 것을 느끼면서. 그렇지만 나는 그녀에게 활력을 불어넣지 않으면 안 된다고 생각했다.

"그래 얼마나 괴로우십니까? 하지만 부인의 괴로움은 단지 고통으로만 끝나진 않을 겁니다. 거듭되는 곤란이나 굴절에 부딪혀가는 도중에 분명히 두 분께서 처음에 품었던 이상도 언젠가는 달성될 것임이 틀림없습니다. 처음에는 아무것도 모르고 매우 단순한 감정에서 두 분이 실로 무모한 사람들이라고만 생각했습니다. 제 희망을 이제 말하자면 이 가정에서 토요를 훌륭하게 거둬주시길 바랍니다. 그것이야말로 조선 사람과 결혼한 부인의 가정을 구하는 길이라고 생각합니다. 하지만 부인은 이제 완전히 지치신 것 같군요."

"맞아요. 하지만 그런 것 때문만이 아니에요." 그녀는 갑자기 천이라도 잡아 찢을 것과 같은 울음소리를 죽이려는 듯 돌발적으로 몸을 떨었다. "요새 남편이 토요를 바라보는 눈빛이 달라요……."

나는 깜짝 놀라면서 '그래. 그럴지도 몰라… 이건 있을 법한 일이지.' 하고 자신에게 말했다. 이 연약한 부인의 신경은 이미 병적으로 병들어 있는 상태인데 설상가상으로 이번에는 남편이 성숙해 가는 동족 처녀를 광채를 띤 눈으로 바라봤다는 사실을 생각하니, 비통한 운명을 안고 부들부들 떨고 있는 그녀가 애처로워 나는 슬픔을 느꼈다. 어쩌면 토요가 항상 주인집에서 도망치려던 이유 가운데는 집주인에게서 벗어나려고 했던 속사정이 숨어 있는 것임이 틀림없다. 나는 그녀를 위로하려 노력했다.

"그건 어쩌면 부인이 고독해서 느끼는 쓸데없는 걱정에 불과한지도 모릅니다. 사실과 다르게 그렇게 생각이 들 뿐입니다……."

직접 말하고 나자 '그렇지 정말로 그런 생각이 들 뿐인지도 몰라.' 하는 느낌이 들었다. 정말로 그렇다면 좋겠다고 생각했기 때문이기도 했다.

"아니에요… 요즘 토요도 갑자기 몸가짐에 신경을 써서 제 화장 도구에까지 손을 대기 시작했어요. 이걸로 파멸인 셈이죠. 집안이 엉망진창이랍니다. 늘 마음을 새롭게 먹으면서 앞으로는 꼭 좋아질 것이야. 반드시 모두가 우리를 이해해 줄 날이 오리라고 이를 악물고 버텼답니다. 그런데 집 안에서조차 견딜 수 없어졌어요……." 그녀는 말을 뱉으면서 점차 흥분하기 시작했다. 가슴을 쥐어뜯는 듯 괴로워하더니 다시 울음소리를 머금은 목소리로 말했다. "토요보다 못하다는 생각이 드는 것도 분해요. 분하다고요. 배신을 당한 것이 분해요."

"잠시 기다려 주세요. 그건……." 하고, 나는 조금 전부터 무언가 짚이는 데가 있었기 때문에 말을 가로막았다. "어쩌면 이런 자리에서 드릴 말씀은 아닌 것 같습니다만, 이제 토요도 성숙한 여인입니다. 게다가 근처 공사장에서 일하고 있는 같은 고향 청년과는 아주 사이가 좋다고 들었습니다. 혹은 그래서 몸치장을 하는 것 같기도……." 하고 말을 건네자, 그녀는 목을 홱 들더니 애원하는 듯,

"저도 혹시 그럴지도 모른다는 생각이 들어요. 그런데 그게 정말일까요?"

"네 그건 틀림없습니다." 나는 그녀를 한층 더 동정하는 마음을 느끼면서 강하게 긍정했다.

"저도 그 남자를 본 적이 있지만 정말 유쾌하고 듬직한 사람이라고 들었습니다. 저축도 천 엔 가까이 있다고 하고… 제 개인적인 의견은 둘을 맺어주는 것은 매우 좋은 일이라고 생각하는데… 어떻습니까. 토요를 우선 제 누님이 있는 곳으로 데려가도 되겠습니까? 그것이 이 집안의 평화를 위해서도 좋다고 생각합니다……."

"아아 그러는 편이 좋을까요?" 그녀는 깊게 한숨을 쉬면서 조용히 신음했다. "그래도 마음 같아선 우선 데려와서 다시 시작해 보고 싶어요. 요즘 마음의 평정을 잃어서 토요에게 더욱 지독하게 대했어요. 하지만 바로 후회를 하고 그 아이와 원만하게 잘 지내는 것이야말로 우리 집을 구하는 길이고, 또한 아이들 교육에도 좋다고 생각해서 혈안이 돼서 찾아다녔답니다."

"알지요. 알고말고요." 하고, 나는 차츰 이 부인이 안쓰러워져서 눈물 어린 마음으로 수긍했다. 더구나 그녀가 이러한 숙명적인 고뇌와 번민 가운데서도 끊임없이 자신의 가정을 위해서 끝까지 싸우고, 반성하고, 발버둥치고, 또한 몇 번이고 재출발하고자 하는 마음가짐을 보면서 숭고함조차 느꼈다. 하지만 나는 불편한 무언가와 맞닥뜨린 기분으로 이렇게 말했다. "그런데… 문 군은 어디 경찰서에 들어가 있나요?"

"이제 괜찮아요. 제가 그곳으로 사죄하러 가서 데리고 올게요……." 그녀는 숨이 끊어질 것 같은 목소리로 말했다. "그런데 토요는 어디에 있나요?”

언덕을 내려가면서 처음 이 집 앞에 멈춰 서고 느꼈던 기분을 떠올리자 얼마나 구원받은 듯한 가벼운 마음이 드는지 몰랐다. 음력 보름달에 가까운 둥근 달이 중천에 떠서 소리 없이 빛을 뿌리고 있었다. 나는 내친걸음으로 문 군이 사는 어두컴컴한 집을 찾아 들어갔다. 나는 순간 안쪽 방 구석진 곳에 토요가 멀거니 앉아 있는 것을 봤다. 그 옆에는 아까 목욕탕에서 봤던 몸집이 커다란 사내가 토요의 팔을 쓰다듬으며 옆을 지키고 있었다. 시청에서 인부 일을 하고 있는 노인은 슬픈 듯 옆에서 고개를 떨어뜨리고 있었다. 수척해진 노파와 함께 문 군의 아내가 놀란 듯이 줄줄이 나왔다.

“이제 걱정하지 마세요.” 하고, 나는 침착한 목소리로 달래듯이 말했다. “생각했던 대로, 그렇게 나쁜 사람들은 아니었습니다. 그 댁 부인이 바로 문 군을 빼내기 위해 경찰서로 갔습니다.”

5

다음날은 마침 방공연습(防空演習)[20]이 시작되는 일요일로 이 작은 교외 마을도 갑자기 술렁거리기 시작했다. 거리에는 카키색 단복을 입은 경방단원(警防團員)[21]이 넘쳐났다. 흰 X자 어깨띠[22]를 두른 부인

---

20) 방공연습이 일본에서 처음으로 실시된 것은 1928년 7월 5일 오사카에서다. 하지만 본격적으로 경각심을 갖고 훈련이 실시된 것은 중일전쟁 발발 이후인 1937년부터였다. 이 소설이 발표된 1941년에는 연합군의 폭격을 가상해서 본격적인 훈련이 민관에서 거듭되던 때였다.
21) ‘경방단’은 제2차세계대전 발발 직전인 1939년 발령된 ‘경방단령(警防団令)’을 기

들 무리도 골목골목에 쏟아져 나왔다. 누님도 거의 매일 그리고 온종일— 아침부터 저녁까지라고 해도 좋을 정도로, 어깨띠를 두르고 동분서주하며 정해진 자리를 지켰다. 누님은 이 연습이 무엇보다 규율이나 통제를 중히 여기지 않으면 안 되는 것을 잘 알고, 남들보다 몇 배 더 단단히 마음을 먹고 다른 사람들보다도 한층 더 훌륭히 임무를 다하기 위해 진력했다. 이처럼 누님이 정신없이 방공연습에 매진한 지 사흘이 지난 낮 무렵 문 군이 무사히 석방돼 돌아왔다. 어쨌든 매형과 나도 백방으로 손을 썼고, 시미즈 부인도 약속대로 몇 번이고 서에 찾아갔지만, 일단 신고가 들어온 이상은 사건의 진상을 확실히 해야 한다는 이유로 뜻밖에도 구류가 길어졌다. 어둠침침하게 흐린 날 오후가 지날 무렵, 나는 A 경찰서 후문에서 문 군을 마중해 둘이 터벅터벅 쓸쓸한 교외 길을 걸어서 집으로 왔다. 문 군은 짓지도 않은 죄를 추궁당해 나흘이나 구류를 당했지만, 티끌만큼도 기가 죽은 듯한 기색은 없었다. 하지만 시미즈 일가에 대한 저주스러운 분노의 격정은 여전히 남아 점차 격렬하게 가슴 속에서 맹렬히 불타오르고 있는 것 같았다. 게다가 시미즈 일가를 대하는 내 태도가 부드러워진 것을 안 후, 그는 내 변화가 뜻밖인 동시에 또한 불만스럽게 여기고 있다는 것도 알고 있었다. 내가 경찰서에 갔을 때였다. 조사관이 마침내 문 군을 동정해서 무고한 사람을 고발한 시미즈 부부에게 따끔한 맛을 보여줘야 한다고 했을 때, 나는 횡설수설하면서 그들을 변호하는 듯한 말을 하지 않을 수 없었다. 시미즈 집안을 그냥 내버려 두지 않

초로 해서 공습 및 재해로부터 시민을 지키기 위해 만들어진 단체이다. 치안유지와 소방 등의 보조 조직으로서 활동했다. 1947년 해체돼 '소방단(消防団)'으로 명칭이 바뀌었다.
22) 원문은 '襷'이다. 옷소매를 양어깨와 겨드랑이를 통해 메는 X자 모양의 끈.

으면 안 된다. 그래야지만 그들 부부도 점차 반성하고 자각하여, 다시 최초에 품었던 이상 그대로 가정을 새롭게 가꾸어갈 것임이 틀림없다고 생각했기 때문이다. 그들의 가정을 이 이상 엉망진창으로 만드는 것은 잔혹한 일이다. 우리가 내선결혼 가정을 긍정적으로 바라봐야 한다고 할 때, 그들 부부야말로 진정 선구자로서의 슬픔과 고통 그리고 곤란한 상황을 온몸으로 겪고 있는 것이 아니냐. 나는 벚꽃 가로수가 늘어선 제방 길 위를 고요한 순풍을 맞으며 지친 듯한 발걸음으로 걸으면서, 문 군에게 그러한 이야기를 했다. 사실 나 또한 시미즈 일가의 지독한 행실에 대해서는 마음이 괴로운 아픔과 분노를 느꼈음에도, 마음 깊은 곳에서는 지금이야말로 모든 일이 해결됐으며, 시미즈 집안이 허위에 가득 찬 것, 부끄러운 것, 가면적인 것으로부터 빠져나와서 새롭게 출발해 주기를 바랐다. 그러나 이 모든 일이 어쨌든 한편으로는 바보 같이 느껴져서 나는 불현듯 입을 다물었다. 문 군도 아무런 말도 하지 않았다. 그래도 그런대로 위안으로 삼을 수 있는 일도 있었다. 토요는 문 군이 감방에서 나올 때까지 그의 노부모집에 머물러 있었는데, 그 사이 급속히 일이 진행돼서 공사장 남자와 경사스러운 결혼을 할 약속을 잡았다. 누가 뭐라 해도 그건 기뻐해야 할 일이었다. 같은 고향에서 이곳에 온 두 사람이 고향으로부터 수 천 리 떨어진 이곳에서 서로 연모해 맺어진다는 사실은 아름답기조차 했다. 이렇게 걸어가는 사이 나는 다시 숨이 막힐 듯한 침묵을 견딜 수 없어서 문 군에게 띄엄띄엄 그 이야기를 해주었다.

　"그 두 사람은 사실 오늘 밤 함께 기슈[紀州][23)]로 떠난다고 하더군.

---

23) 기슈는 기노쿠니[紀伊國]로 불리며, 위치는 와카야마현[和歌山縣]과 미에현[三重縣] 남부 일대다.

오늘 자네가 나온다고 해서 출발하는 날을 연기하고 기다리고 있는 거라네"

문 군은 이해하지 못한 듯 내 얼굴을 의아한 눈빛으로 올려다봤다. 나는 웃었다. 사실, 이건 유쾌한 이야기였기 때문이다.

"신혼여행인 셈이지. 밀감 꽃이 피는 남쪽 나라로 가니까. 실상은 그 사낸 겨우내 따듯한 지방에 가서 일하고 싶다고 새색시를 데리고 기슈로 가나 봐. 같이 가는 패들도 있는 모양이고, 또 거기에도 친구가 많아서 목탄(木炭)을 마련해 놓는다고 하던데…"

"그 사람들은 어쨌든 철새들이니까요." 하고, 문 군은 혼잣말처럼 중얼거렸다.

다시 어색한 침묵이 이어졌다. 둘은 다섯 여정 정(町) 가량 지나서 제방길을 벗어나 지대가 높은 언덕길로 올라갔다. 다소 바람이 강해서 외투 깃을 세우면서 높은 곳까지 올라갔다. 이미 겨울이 남긴 종적은 그곳에 깊숙이 새겨져, 길가 집들의 정원 화초는 서릿바람을 맞아서 생명력을 잃고 은회색으로 변해 있고, 아무렇게나 비바람을 맞은 듯한 그 일대에는 어둠침침한 하늘이 음침하게 뒤덮여 있었다. 그 위를 아주 멀리 비행기가 열을 지어 날고 있다. 그곳에서 내려다보면 우리가 사는 작은 마을이 마치 한 폭의 검은 유화처럼 보일 것이다. 곳곳에 녹색 지붕과 붉은색 지붕이 보인다. 맞은편 초원 언덕 위에는 아직 잘려 쓰러지지 않고 남아 있는 높은 소나무가 두 세 그루 바람을 맞고 흔들거린다.

둘은 침울한 듯한 발걸음으로 그곳을 내려오면서 길 근처에서 적적하게 헤어졌다. 나는 말로 다 할 수 없는 고독을 느끼며 누님 집으로 통하는 뒷골목으로 들어갔다. 그런데 얼마 가지 않은 사이에 놀라 멈쳐 서고 말았다. 어디선가 아이들이 꺅꺅거리며 소란을 피우고 있는 소리 가운데 혜의 새된 우는 소리가 확실하게 들려왔기 때문이다. 나는 귀를 기울였다. 혜가 골목길에서 아이들에게 또 괴롭힘을 당하는 중이라고 생각하니 무의식 가운데 가슴에서 피가 들끓고 마음이 흔들림을 느꼈다. 그래서 천천히 소리가 나는 쪽으로 다가갔다. 그곳은 막과자집 옆 골목길 안. 쓰레기통 위에 혜가 올라타서, 필사적으로 비명을 지르고 있다. 주변에는 사내와 여자아이들이 잔뜩 모여서 춤추며 돌듯이 발을 동동 구르면서 흥을 돋우거나 약을 올리고 있었다. 그때 조그마한 여자아이 하나가 울면서 내 발밑에 매달렸다. 노부코였다. 나쁜 녀석들이라고 생각하고 나는 뛰어가서 혜를 끌어안았다. 그녀의 작은 가슴은 작은 새처럼 고동치고, 복받쳐 오르는 비통한 울음소리가 목구멍에서 요동쳤다. 무리를 지어 있던 아이들은 주뼛주뼛 한 자세로 도망치면서도 눈을 심술궂게 굴리면서 우리 둘을 지켜보고 있었다. 그런데 어째서인지 나는 이 아이들을 혼내주려 하지도 않고 혜를 품에 꽉 안은 채로 집으로 서둘러 갔다. 사치코는 여전히 울음을 그치지 않는 노부코의 손을 잡아끌며 뒤에서 따라 오면서 무언가를 열심히 설명하려고 했다. 나는 누님 집에 다가가면서 비견할 수 없는 슬픔과 분노에 잠겨서 갑자기 몸을 곤추세우고 이유도 없이 홱 뒤돌아봤다. 오륙 간(間) 뒤쪽에서 졸졸 유쾌하게 따라오는 두세 명의 아이들이 확 흩날리듯이 도망쳤다. 나는 그 가운데 실집 안경 낀 뚱뚱보 아이가 껴있는 것을 봤다.

"사치코." 나는 외쳤다. "혜네 엄마가 있는지 보고 와줄래?"

"응." 하고 말하고 사치코는 뛰어갔다. 그래도 나는 조금 전에 있었던 일을 누님이 보지 않아서 얼마나 다행인지 몰랐다. 특히 최근 누님은 방공연습 등이 시작되면 신경이 점차 날카로워지는 때가 많았다. 어째서인지 누님은 요즘 들어서 침착함을 잃고 자신이 임무를 다하지 못한 것 같다며 들썽들썽 하며, 이명(耳鳴)을 느끼고, 눈앞에서 불꽃이 터지는 듯한 느낌마저 들었다. 게다가 혼자서 빈집을 지키고 있을 딸 생각에 더욱더 제정신이 아니었다. 노부코는 아니나 다를까 누님이 아직 집에 돌아오지 않았다고 말했다. 그때 나는 집안으로 들어가서, 더욱더 울며 매달리는 혜를 다다미 위에 가만히 내려줬다. 무의식중에 눈물이 나오려 했다.

"어쩜 그리 패기가 없어." 하고, 나는 기운을 내서 외쳤다. "혼자서 내려오면 되잖니 혼자서." "실가게 다케[武]가 나빠. 개가 말해서 쓰레기통에 차례차례 올라 간 거야." 하고, 사치코는 숨을 헐떡이면서 변명 섞인 설명을 했다. 혜는 자신도 한패로 끼워준다고 해서, 기쁜 나머지 자기 차례에 아무 의심없이 쓰레기통에 올라갔다고 한다. 그러자 다케가 모두를 데리고 밀어닥쳐서 위협을 했다고 한다. "내가 내려주려고 해도 모인 애들이 방해하잖아. 아주머니 집에 알리러 가려고 해도 못 가게 했어. 노부코도 그렇게 하겠다고 하면서 울었어."

그때 애꿎게도 흰 어깨띠를 두른 누님이 눈을 휘둥그렇게 뜨고 들어왔다. 하얗게 질린 얼굴을 보자 누님이 현관 앞에서 모든 것을 눈치 챘음을 알고 나는 흠칫해 했다. 누님은 뛰어들어오더니 자기 딸을 꼭 껴안았다. 혜는 더욱더 격렬하게 울기 시작했다. 나는 마음이 한층 더 무거워지고 눈앞이 어두워져 몸을 지탱하기 위해서라는 듯 화를 냈다.

"그만 울지 못해!"

이렇게 말하면 혜는 언제나처럼 깜짝 놀라서 울음소리를 멈췄다. 엄마 품에 얼굴을 깊숙이 파묻고 어렴풋이 흐느껴 울 뿐이었다. 나는 주방으로 들어가서 손을 씻으면서 조용히 마음을 가다듬었다. 오히려 그건 마음속에 참혹한 고통을 안겨줄 뿐으로, 다시 혜를 향한 가련한 육체적인 연민의 정이 복받쳐 올라서 어찌할 바를 몰랐다. 그러고 있는 사이, 방 안에서 누님이 슬피 훌쩍이며 우는 소리가 들려왔다. 그때 갑자기 혜가,

"싫어 싫어." 하고 크게 울었다. "엄마 울지마 울면 싫어."

"울긴 누가 울어. 아무도 안 운단다 아가."

"싫어 싫어."

"참 이상한 아이로구나. 봐라. 엄마가 어디 우니. 아무도 울지 않아."

하지만 그 목소리는 울음을 삼키고 있는 듯 묘하게 목구멍에 달라붙은 듯한 목소리였다. 두 모녀는 이렇게 서로 슬퍼할 때가 많았다. 나도 그만 그 슬픔에 끌려 들어갈 듯해서 맥이 풀릴 것 같았다. 그러면서 "이건 아니야 이래서는 안 돼." 하며 중얼거렸다. 어린이는 아이들 세계에 내버려 두지 않으면 안 된다. 키울 바에는 더욱 강하게 양육하지 않으면 안 된다. 혜 또한 태연하고 거리낌 없이 또래 친구와 어울리면 되지 않는가? 조금도 기죽지 않고 오히려 많은 아이를 데리고 다닐 수 있는 강인한 어린이가 어째서 되지 못하는 것이냐. 그렇다. 시미즈 일가도 그렇지만 어느 한 편이 자신을 부정하는 것에서부터 출발하려고 하는 정신이 잘못됐단 말이다. 한쪽이 부정당한다고 해서 다른 한쪽의 긍정이 결코 더 강해지지는 않는다. 긍정적인 것과 긍정적인 것이 한데 섞여야지만24) 결국에는 강하게 되는 법이다. 그렇게 하지 않는다면 이러한 환경을 어찌한단 말인가…

---

24) 원문은 '絢交'로, 여러 가지 색실로 끈을 만든다는 뜻이다.

이러한 것을 생각하고 있을 때 어째서인지 갑자기 요란한 사이렌 소리가 울려 퍼졌다. 누님은 놀라 일어나더니 다시 밖으로 나갔다. 햇살이 더욱 희미해지며 집안이 갑자기 어두워진 듯한 느낌이 들었다. 아이들은 잠시 후 아무 일도 없었다는 듯 바스락거리더니 함께 어울려 밖으로 나갔다. 기분 나쁜 울림을 갖은 사이렌은 공기 중을 울리면서 멀리멀리 퍼져 나갔다. 그 탓일까. 가슴 한가득 꽉 막힌 것 같은, 왠지 흥분한 것 같은 기분을 느끼며 그곳을 나왔다. 저녁 안개가 흐르는 거리에는 경반단 사람들이 메가폰을 입에 대고 "공습경보(空襲警報), 공습경보." 외치면서 분주하게 뛰어다니고 있다. 사거리 부근에는 폭탄이 떨어진 것을 가상한 연습인지, 연기가 타오르는 주변으로 흰 어깨띠를 걸친 부인네들이 선명한 저녁노을을 받으면서 은백색으로 빛나고 있었다. 혜와 아이들은 그쪽으로 간 것인지 모습이 보이지 않았다. 나도 처마를 따라서 앞으로 향해갔다. 바로 그때 여학생 한 명이 바로 옆을 지나쳐 가며 수줍은 듯 빙긋하고 나를 보고 웃는 것 같은 느낌이 들었다. 놀라서 눈을 들어보니 그건 시미즈 댁 장녀였다. 나를 보고 웃는 것에 이상한 생각이 들어 주변을 둘러보니, 조선의 유명한 대학생 스케이트 선수가 그에 답하듯이 방긋 웃으면서 지나갔다. 나는 찌잉 하고 가슴에 울리는 무언가를 느끼고 엉겁결에 몸을 바로 세웠다. 나는 사거리 한구석에 서서 많은 인파와 함께 방화(防火) 연습을 바라보며 기묘한 감동에 젖어 몸을 그곳에 맡기고 있었다. 어째서인지 눈물이 흐를 것 같은 기분이 들었다. 내 눈앞에는 태양이 푸르게 지는 가운데 나무상자 두세 개가 불타오르고 있었다. 그곳을 기점으로 하얀 어깨띠가 일렬횡대로 길게 늘어서서 술집 뒤편 펌프가 있는 곳까지 이어졌다. 그곳에서부터 물을 퍼 담은 몇 십 개가 넘는 물통[25)

이 부인들 한 명 한 명의 손에 전해져 방울이 울리는 것과 동시에 옆에서 옆으로 옮겨져 불이 난 곳까지 다다른다. 그렇게 일사불란하고 긴장된 가운데 이뤄지는 연습 광경은 장관이었다. 특히 이 일대에는 ×××인(人)26)이 많이 거주하고 있어서인지 횡렬 사이에 키가 크고 노란 수염을 한 외인부대(外人部隊)가 참가하고 있다는 사실이 이채를 더했다. 나는 이 행렬 한 곳에 시미즈 부인도 참가해서 진지한 표정으로 물통을 옆으로 건네주는 것을 무심코 발견했다. 그런데 또 놀란 것은 마침 그 옆 옆에는 우연히도 누님이 대기하고 있으면서 자기 차례를 기다리고 있었다. 누님은 물통을 받아들고 있을 때, 갑자기 내 일 간(間) 정도 앞 군중 사이에서 빨간 양복을 입은 혜가 익살을 부리듯이 손뼉을 치면서 덩실대며 뛰어나왔다.

"아――― 아――― 아―――"

그때, 잇달아서 노부코와 사치코도 자신의 어머니를 발견했다고 기뻐하면서, 혜를 따라 하며 그 주변을 작은 토끼처럼 뛰어다녔다. 이제 완연히 저녁이 돼 불에 연기가 피어올랐고 또한 그것은 빛이 부족한 듯 붉은빛을 내며 타오르고 있었다.

"아――― 아――― 아―――"

"아――― 아―――"

"아―――"

---

25) 한국에서도 '바케츠'로 불렸던 폴리에틸렌 버킷.
26) 세 글자 복자. 원문 그대로.

유치장에서 만난 사나이*

우리들은 부산 발 신경 행 급행열차 식당 안에서 비-루병과 일본술 도꾸리를 지저분히 벌려 놓은 양탁을 사이에 두고 앉았다. 마침 연말 휴가로 귀향하던 도중 우리는 부산에서 서로 만난 것이다. 넷이 모두 대학동창이요 또 모두가 같이 동경에 남아서 살고 있었다. 한 사람은 광고장이, 한 사람은 축산회사원, 한 사람은 조선신문 동경지국 기자, 그리고 나. 우리들은 기실 대학을 나온 이래 이렇게 오랜 시간 마주 앉아 보기는 처음이었다. 그래 우리는 만취하기까지 술잔을 기울이며 여러 가지로 이야기했다. 그리고 우리는 드디어 술에도 담배에도 이야기에도 시진했다. 그때에 신문기자는 이 열차에 오를 적마다 머릿속에 깊이 박혀 사라지지 않는 기억이 하나 있노라 하며 다시 우리들의 주의를 이끌어 다음과 같은 이야기를 시작했다.

지금 세상에는 종잡을 수 없는 사람이 픽이나 많기도 하다. 아무리 생각해 보아도 그는 이상한 사나이였다.

---

*『문장』, 1941. 2.

하나 나는 아직까지도 그의 본명을 모른다. 그래 여러 사람이 부르던 것처럼 나도 여기서 그를 왕백작이라고 부르기로 하련다.

그런데 내가 처음 왕백작을 만나기는 그다지 큰소리로 말할 것은 못되나 사실은 동경A 유치장 속에서였다. 바로 삼 년 전의 일이나 내가 ××사건에 관계하여 들어갔을 때이다. 그러므로 그를 왕백작이라고 부르고 있었다는 것도 이를테면 구류들과 형사들과 간수들을 두고 하는 말이다.

그러나 흥미 있는 일은 청년 왕백작이 대체 무슨 사건으로 해서 들어와 있는지는 알 수 없었으나 유치장 속에서 대단히 인기가 있는 것만은 사실이다. 그것은 그가 누구에게 대하여서나 제일 부쩝이 좋았고 또 호통을 잘 부려 주위 사람들을 매우 우습게 혹은 귀찮게까지 만들기 때문이다. 퉁명스런 구류인들도 결국은 그의 일을 놀리든가 핀잔을 하든가 하면서 그나마 무료함을 꺼주는 위로로 삼고 있는 터였다. 사람의 심란한 낮 졸음을 깨우치는 것도 그 사나이였다.

"탄나, 탄나상."

이렇게 그는 밖으로 향해 부르기가 일쑤였다.

유치장에 들어간 다음날 나는 이 기이한 발음에 퍽이나 놀랐었다. 그것은 바로 맞은편 쪽 방으로부터였으나 아무래도 그 목소리의 임자가 조선 사나이임에 틀림없기 때문이다.

"포쿠데스요. 포쿠, 변소, 변소에 가구 싶어요."

"왕백작인가."

"하이 하잇."

그것이 아주 질겁할 만치 황송한 목소리이다. 구류인들은 모두 참지 못하고 웃고 말았다. 그래도 간수는 그이가 백작이라 하여 그런 것

은 아니겠지만 변소에 내보낼 시간이 아닌데도 드디어는 패검 소리를
제가닥 대며 철창문을 열며 그쪽으로 간다. 이래서 감방사람들은 말
장 졸음을 깨치고 그래서 또 투덜투덜 불평을 늘어놓는다. 물론 그다
지 불평일 것도 없지만. 그냥 너무 지루하던 끝이라 그렇게나마 파적
을 하는 것이렸다. 그러나 그 중에도 이 음산한 분위기에서 겨우 구함
을 받은 것 같아 철창 문밖을 몰래 내다보려고 우쭉우쭉 엉덩이를 쳐
드는 작자도 있다. 내 바로 옆에 쭈그리고 있던 전과 삼범의 대아머리
는 목을 움츠리고 어깨를 으쓱 올리면서 푸념을 한다.

"자식 또 떠들어대네."

"저 사내는 어째서 들어온 모양인가?"고 나는 나지막한 목소리로
물어 보았다.

"그야 모르지만, 저래 보여두 저고사 자네네 백작이랍데" 하고 전
과자가 입맛 쓰다는 듯이 웅얼거린다.

"저 놈은 내가 사상가야, 라구 아주 얼러 댄다니까."

"저 녀석 애비가 조선 어딘가의 지사이라나."

이번은 맞은편에 쭈그리고 있던 쇠들쇠들 말라빠진 고무도적이 말
을 건넸다. 그때 나는 옳지 하고 생각이 났다. 암 그렇지, 그놈이 ××
도지사의 아들임에 틀림없지. 근데 가만있게나, 거기서 이놈이 또 수
작을 하는 거야. 이놈은 본시 백작과 같은 방에 있으면서 백작하구 몰
래 수군거리다가 간수의 눈에 띄어 전방(轉房)되었다던가 그래서 왕백
작의 일을 잘 알고 있는 셈이지.

"들으니까 저 녀석이 또 백만장자이라겠지. 그래 조선 신마이 자네
는 모르는가, 그래 몰라? 저놈은 저래두 사람은 무척 좋은 사나일세."

"언제쯤 들어왔는가."

나는 재차 물었다.

"반년두 더 되었더군."

"무슨 일로."

"나두 모르지만 제딴은 아주 큰일을 저즐렀다고 그러든데."

그리고 이 고무도적의 설명에 의하면 왕백작은 매일 특고실에 불려 나가 마음대로 사먹고 싶은 맛나는 음식을 주문해 먹으면서 신문과 잡지도 자유롭게 읽으며 또 놀기도 한다는 것이다. 그도 그럴 것이 주 의해 보니까 그는 하루에 한 번씩은 꼭 점심 전에 불리어 나간다. 그 러면 고무도적이 그 뒤에서 입맛을 쩍쩍 다시면서 이렇게 중얼대곤 했다.

"저 녀석은 오늘은 중국요리를 먹구 들어올 게야…… 아— 아 나는 담배라두 한 대 피워 물었으면, 담배라두 한 대……"

그런데 나는 드디어 특고실에서 그 고무도적의 이야기와는 얼토당 토않은 일을 하고 있는 왕백작을 발견했다. 유치장을 나서면 바루 오 른쪽에 이 층으로 올라가는 층계가 있다. 거기를 올라가 막다른 곳에 특고실의 표찰이 걸려 있었다. 나는 갑자기 밝은 데로 나갔던 탓인지, 눈이 부시어 보이지 않고 눈물이 솟구어 나오는 것을 깨달았다. 그래 서 한켠 모퉁이 의자에 걸터앉아 현기와 가쁜 숨결을 죽이려 했다. 겨 우 제정신이 들어 눈을 떠보니까 내 앞에는 어느새 유령과 같이 한 사나이가 서 있었다. 그것이 히죽이 웃는다.

바로 이 사나이로구나 하고 나는 생각했다. 그를 보는 것은 이것이 처음이었다. 그 꼬락지. 나이는 한 이십육칠, 포로가 된 달단인(韃靼人) 같이 해어진 양복에 머리는 장발적(長髮賊)의 그것같이 길고 더부룩하 다. 다만 그 희고도 넓은 이마와 공허스런 큼직한 눈, 둥그스름한 얼굴이 겨우 사람이라는 현실감을 일으키게 한다. 그러나 그럴사라 하여 그런지 얼굴과 몸가짐의 어느 구석엔가 어딘지 모르게 부드러운 즐거움과 상인 아닌 귀공자풍이 깃들어 있었다. 그것이 소매를 치키고 손에 흠뻑 더러운 걸레를 쥐고 서 있다. 조리도 걸치지 않은 채 걸레질을 하고 있기 때문에 발은 십일 십일과 같이 더러웠다. 그리고 발가락 사이로 시꺼먼 흙이 삐죽 삐죽 비어져 나오고 있었다. 그도 딴 사상혐의와 같이 불려 나가 매일 수기를 쓰고 있음에는 틀림없었다. 그리고 그날은 또 특별히 소제(掃除)를 독고 있던 것인지도 모른다. 그는 이윽하여 대밭 밑에 몸을 구부리면서 걸레질을 하는 시늉을 지으며 주위를 꺼리는 듯한 나지막한 조선말로 속삭였다.

"실수 없이 하게나. 똥그래미가 있으면…… 잘 부탁만 하면 모찌떡 사먹을 수가 있다네."

그리고는 그는 얼굴을 쳐들고 입맛이 당기는 듯한 비굴한 동정의 웃음을 빙그레 웃어 보였다. 그리고 옆에 놓인 바께쯔 속에 걸레를 넣어 쥐어짜더니 그만 옆 테이블 밑으로 엉금엉금 기어 들어갔다. 나는 그의 병적으로 뚱뚱 부어 오른 꺼먼 다리를 보면서 심한 각기로구나 하고 생각했다. 그 후 얼마 되지 않아 그의 탈은 더욱 악화된 모양으로 그의 방에서 신음 소리가 들려 왔고 그 때문인가 오랜 동안 예(例)의 호출도 오지 않게 되었다.

어떤 날 밤 나는 잠깐이나마 변소 안에서 그와 함께 몰래 이야기를 할 수가 있었다. 내 방 사람들이 모두 변소에 나갔을 때라. 바로 왕백작은 괴로운 자세로 같은 방 사람들보다 떨어져서 혼자 소변대 위에 서 있었다. 나는 그의 옆으로 가서 나란히 섰다.

"몸은 괜찮은가."

　"응 고맙네…… 괜찮아."

라고 그는 대답했다. 하나 그 목소리가 듣기에 너무나 가늘고 숨이 괴로워 뵈기에 나는 놀라 그의 얼굴을 한참 들여다보았다. 그런즉 그는 아주 뻐기는 듯이 힛죽 웃더니, "나는 죠-렌 <常運>이어서 머" 한다. 그 얼굴이 이상하게도 질린 듯이 새하얬다.

　"언제 나가는가."

　"나야.아마 송국(送局)일 걸."

　그러나마 기운 없는 떨리는 목소리면서도 어쩐지 내심 득이양양한 눈치였다.

　"크게 다치는 일인가."

　"나? 헤헤헤, 그게야 누구 보구 말할 수 있나 헤헤헤" 하더니만 그는 별안간 커다란 공허스런 눈을 희번덕이며 목구멍이 메인 듯한 목소리로 묻는다. "그런데 아나키스트란 무언가?"

　"아나키스트라니, 거야 말하자면……" 하고 나는 그, 문이 막히어 어쩔 줄을 모르며 끝을 못 맺었다. 글쎄 한 삼 년 전의 일이니까 옛적이라고도 할까. 그 시절에 있어서는 아나키스트도 있기는 하였을 것이다. 그러자 왕백작이 돌연 넘어질 듯이 몸을 비틀거리며 에헤에헤 웃어대면서 이렇게 소리를 질렀다.

　"에헤헤 에헤 내가 그것이라우 바루 그것이야."

　그게 너무 엉뚱한 큰소리였기 때문에 나는 펄쩍 놀라며 술통 앞으로 미끄러져 내려가 오금을 펴지 못했다. 간수가 듣지나 않았을까 하여. 어쨌든 이 모양으로 그는 실로 무지하고 광신적이며 또 그리고 곧잘 허풍을 떠는 성질이었다. 그는 병이 중태에 이르렀을 때에도 간수의 눈을 피해 가며 철창 문 옆에 비스듬히 기대고는 아무 방 사나이

보고라도 말을 걸고 선전했다. "이봐 결국 나는 아나키스트란 말이야. 무슨 일이 나기만 하면 턱 하고 붙들려 오거던. 그런데 이봐 아나키스트란 무엔지 네 아냐 말이다? 응, 그렇지 모를 테지?"

그러나 감방 사람들은 누구 하나 그의 말을 곧이 들으려고는 하지 않았다. 그저 헤벌심 헤벌심 붙어 넘기고 만다. 하나 나는 하루는 다시 특고실로 불려갔을 때 그에 대한 모든 일을 알 수가 있었다. 거기에는 그의 아버지가 찾아와 앉았다. 금테 안경을 낀 허어연 수염을 단 뚱뚱하고 점잖은 신사였다. 물론 ××도지사이었음에 틀림없다. 주임이 이 노백작에게 그의 아들의 일을 설명하고 있는 것이다. 젊은 왕백작은 사실로 수십 회나 여러 곳 서(署)에 붙들려 다닌 모양이다. 그러고 보니 죠오렌이라는 것도 믿을 성싶은 말이다. 그리고 그의 범죄라는 것이 또 늘 아주 기괴했다. 어디서든지 불온한 사람이 검속된 것을 안다치면 무슨 생각엔지 그 뒷달음으로 주인공인 사람한테 자못 중대해 보이는 편지를 써 보내는 것이다. 그러면 이게 큰일이구나 해서 뛰쳐가 살펴보면 역시 이 사나이의 짓인 것이 판명되곤 했다. 이번만 하더라도 같이 하숙하고 있는 대학생이 무슨 혐의론지 붙들려 가자 이어 그 방으로 들어가서 수상해 보이는 서적이며 그 외 증거물 같은 것을 자기 방으로 옮겨다 놓았던 것이다. 형사가 가택수색을 하러 나가본즉 온통 방 안 몰론이 달라졌기에 알아보니까 왕백작이 그것을 갖다가 이 모퉁이 저 모퉁이 쌓아 두고서 그 가운데 네 활개를 펴고 드러누워 있었다. 그래 동행을 요구하니까 그는 벌떡 일어나 덜렁덜렁 따라나왔다는 것이다.

"사실로 백작님 아드님한테는 어떻게 해야 좋을지 알 수가 있어야 말이지요."라고 주임은 머리를 긁적거리었다.

"유행을 따른다고 하기에는 너무 지나쳤으며…… 그리고 인제는 또 그러한 불온사상도 유행하지 않습니다."

"대체 그게 무어라는 사상인데."

"네, 글쎄 아나키스트라구나 말씀 드릴런지요."

확실히 그것은 그 뒤 이삼 일 지나서인가 생각된다. 내가 일건 서류와 함께 검사국으로 넘어가게 된 것은. 그런데 그날의 가련한 아나키스트의 인상이란 나에게 있어 일생 동안 잊지 못할 만치 깊은 것이다. 그날 아침 나는 감방 밖으로 나가 거진 두 달 만에 구두를 신으며 주섬주섬 차비를 차리고 있었다. 그는 어느 구류인들과 같이 철창 문지방에 몸을 기대고 나의 얼굴을 멀거니 내려다보고 있었다.

"단나상한테 부탁하여 담배라두 한 대 피우도록 하거니……"라고 그는 중얼거렸다.

"고맙네."

나는 왜 그런지 갑자기 마음이 언짢아져 그 쪽으로 얼굴을 돌려 쳐다보았다. 그의 그 총명해 보이는 넓은 이마에는 서너 줄의 움푹한 주름이 잡혔고 공허스런 눈은 힘없이 보이며 덥수룩히 수염을 기른 입 가장자리는 삐죽삐죽 움직이고 있었다.

"될 수 있는 대루 자동차루 가게나."

나는 포승을 걸친 몸뚱이에 오바를 걸치고 모자를 깊숙이 쓴 다음 그에게 목례를 했다.

그리고 유치장 문을 막 나서려 할 때 별안간 왕백작의 목이 갈한 듯한 그러나 큰 고함을 지르는 소리가 내 귀를 째앵 울리며 들려왔다.

"우마꾸 야레요오."

나에게는 지금도 아직 그 목소리가 내 귀청을 찌르며 들려오는 것 같다. 그리고 찌르르— 가슴이 미어지는 것 같은 느낌이 없이는 그 고함 소리를 생각해 낼 수가 없다…… 자, 비-루를 좀더 따라 주게나. 여기서 말을 잠시 끊고서 신문기자는 또 한 잔 꿀꺽 들이마셨다. 기차는 어둠 속을 조금도 쉴 새 없이 그냥 북으로 북으로 맥진을 계속하고 있을 뿐이다.

그 후 아마 재작년 지금쯤의 일인가 싶다. 나는 다시금 자유로운 몸이 되었다. 아니 오히려 갱생한 것이라 할까. 그리고 바로 이 경부선 열차를 타고 고향으로 돌아가던 도중이었다. 나는 실로 그때에 다시 한 번 이 왕백작을 만났던 것이다. 그러나 그것은 드디어 무서운 일이 되고 말았다. 아무리 하여도 돌이킬 수 없는 일로 되고 말았다. 나는 그때 일을 생각하면 이상한 생각이 든다. 괴로워진다. 그리고 양심의 가책을 받는다. 그렇다. 나는 갱생이라는 인생의 재출발 벽두에 있어서 또 하나의 큰 죄를 저지른 것처럼 생각된다.

그날 밤은 오늘밤과 같이 달이 화안히 비치고 있지는 않았다. 배에서 내렸을 때 부산 부두에는 비가 내리고 있었다. 그리고 해질 무렵 기차가 추풍령 협곡에 다다랐을 때는 태백산맥에 부딪친 대륙의 태풍이 노호를 하고 있었다. 주위일변에는 눈보라가 치며 하늘은 검푸르게 내려앉고 소나무와 섭나무의 숲이 바위 잔등에서 떨고 있었다. 열차는 골짜기를 지나서는 어둠이 벌어지는 낙막한 전야로 돌진했다.

헤일 수 없이 많은 까마귀들이 울면서 하늘 높이 떠오른다. 그때부터 실로 말하자면 음산한 밤이 시작된 것이다.

그런데 기차 속은 만주광야로 이주하는 이민군들로 가득 찼었다. 그들은 짐짝과 같이 웅크리고 쭈그리고 쓰러지고 혹은 넘어지고 모로

눕기도 하고 자리에서 비어져 나온 사람은 통로에서 타구를 안은 채 세상모르게 잠들고 있다. 모두들 무던히 피곤한 듯 침침히 잠이 들어 누구 하나 까딱하는 기색이 보이지 않았다. 때때로 어린애들이 팅팅 보챈다. 여기저기서 부인네들은 구역질을 하고.

끈으로 꿰어 돌터구에 매단 바가지는 서로 마주치며 달가락달가락 소리를 내고 있다.

나는 그 한 모퉁이에 움츠리고 있었다. 내 아무 것도 생각지 않으랴 과거의 일은 과거대로 묻어 버리고 말리라고 눈을 감은 채였다. 그러나 나는 절망하고 있지는 않았다. 오히려 나는 내 체내에 새 생명의 피와 힘이 용솟음치는 것을 느꼈다. 그리고 심지어는 그 저주받을 풍수해로 말미암아 논, 밭, 집을 몽땅 물에 띄워 버리니 백성들이 이제부터 새로운 광명을 찾아 멀리 광야로 출발함을 볼 때 나는 더욱 더욱 자기도 용기를 내어 갱생치 않으면 안 되겠다, 새로운 생명을 다시금 찾아들이지 않으면 안 되겠다고 맹세하는 것이었다. 이리하여 나는 혼자 흥분한 나머지 차츰 체열이 생기어 거진 상기까지 할 지경이 되었다.

그 사이에도 이 이민열차는 쉴 새 없이 기적을 울리면서 맥진하고 있었다. 바로 이 기차 모양으로 연결되며 또 그 지방의 이민군들이 우르르 오르곤 한다. 너무나 그 정거장에서 기다리고 있던 수백 명의 이민군이 꾸러미와 보따리를 안기도 하고 지기도 하고서 마치 파도와 같이 뒤 차량으로 비명을 지르며 몰려가는 것이다. 그게 바로 난민의 무리와도 같이 보인다. 그러는데 어느새인지 우리들의 차량으로도 수십 명의 이민들이 들어와 보려고 얼굴을 들려 밀었다가 무엇인지 지껄이면서 황망히 다시금 밖으로 물러 나간다. 그러나 그는 그 뒤로 꺼먼 외투에 흰 명주 마후라를 걸친 중키의 한 신사가 비틀비틀거리며 들어서는 것을 보았다. 그는 문 어귀에 멍하니 한참 서서 차 속을 둘러보는 것이다. 아주 퍽 괴로운 듯이 몇 번이고 양미간을 찌푸리며 두터운 입술을 비죽인다. 얼굴은 뻘겋게 달고 있다. 이마에는 서너 줄의 주름이 가로 접혀졌다.

숨이 몹시 가쁜 듯. 몹시 술에 취한 게로구나고 나는 생각했다. 그러나 그와 동시에 나는 저도 모르게 펄쩍 놀라며 일어섰던 것이다.

그도 나를 알아차린 듯 갑자기 눈을 휘둥그렇게 뜨더니만 힛죽 웃는다. 그 웃는 얼굴을 보고는 나도 무엇이라 소리를 쳤다. 그것은 언제인가 A서 특고실에서 내 앞에 나타나 히죽이 웃던 왕백작임에 틀림이 없었던 것이다. 그는 엎어질 듯 비틀거리며 가까이 오더니만 덥석 나한테로 달려 붙는다. 술 냄새가 휙 코를 찌른다.

"동경의 동지!"

이렇게 그는 아무 거리낌 없이 다짜로 부르짖었다. 술기운 때문에 이전보다도 더욱 혀가 돌아가지 않는 국어를 쓴다.

"응, 이게 웬일인가. 대체 자네는 그 후 무사했는가. 얼굴빛이 아주 나쁘구먼."

"어서 여기라도 좀 앉게나."

하고 나는 그에게 자리를 내주려고 일어났다. 그런즉 그는 갑자기 무엇에 놀란 것처럼 괜찮아 괜찮아 하며 손을 내저어 가며 뒷걸음을 치더니 그냥 그대로 통로에 털썩 주저앉고 말았다. 그리고는 마냥 떠들어대는 것이다.

"아니 나는 여기가 더 좋을세, 여기가. 응 그런데 여보게, 동경의 동지 나는 자네가 송국될 때 근심했다네. 아주 크게 걱정을 했었다네,

저것이 처음이 되어 금시에 헤타바루 하지나 않을까 하구 응.”

“고마울세. 그러나 자네 지금 좀 쉬는 게 좋을 것 같은데.”

하며 나는 그를 타이르듯이 조용히 달래었다. 그런즉 그는 두 팔 안쪽으로 유순히 무르팍을 모아 세우고 머리를 숙였다. 그리고는 괴로운 듯이 신음 소리를 내기 시작한다. 그때 기차가 굉음을 지르며 움직이기 시작했다. 홈과 차 속으로부터 일제히 통곡과 환성이 천동하듯 일어났다. 서로 멀리 이별할 순간이 되자 모두 울음통이 터진 것이다. 왕백작은 뜨거운 물이라도 끼얹히운 듯이 머리를 획 쳐들었다.

“이게 무슨 소리야!”

무서운 공포에 쌓인 것처럼 손발이 부들부들 떨리고 있었다. 하나 그 희멀게 한 속에는 비웃는 듯한 음흉스런 기쁨의 빛이 서리고 있었다. 그는 두어서너 번 핏질을 하더니

“응 무슨 소리야, 이게 무슨 소리야!”

“그러면 그렇지, 그러면 그렇지.”

하며 그는 아주 미치기라도 한 사람 모양으로 에헤헤 에헤헤 웃어댔다. 그러더니 갑자기 이상하게도 왕백작은 소리를 내어 꽹꽹 체울기 시작 한 것이다.

주위의 사람들은 모두 놀라 눈을 뜨고 말소리를 죽이고서 망연한 태도로 이 이상한 왕백작을 굽어보기 시작했다. 짐짓 기차도 플랫폼을 지나고 나니 차 속도 차츰 조용해졌다. 어느덧 이아근부터는 눈보라도 개이고 멀리 첩첩 쌓인 산이며 지질펀하니 누운 전야가 은백색에 쌓이어 우스름한 달빛 아래 흘러 달아나 버린다. 다시 차 속은 아주 고요해졌다. 그러나 왕백작의 울음소리는 점점 더 높아갈 뿐으로 어떻게 손을 대일래야 대일 수가 없었다. 그는 다시 발작이라도 일어

난 듯 낯을 치켜들더니 이번에는 대번 조선말로 또 떠들기 시작했다.

"나두 통곡을 하구 싶어요. 큰소리를 지르며 통곡을 하고 싶어. 나는 울기를 좋아하는 거야, 울기를. 그래서 나는 늘 이 이민열차에 오르곤 하겠지."

거기서 그는 갑자기 울음을 뚝 그치고 목소리를 낮추더니 얼굴 근육에 몹쓸 경련을 일으켰다. 나는 이 광열적인 사내가 우리들도 흔히 빠지곤 하는 절망적인 고독감에 사로잡힌 것을 알았다.

그렇다. 그는 늘 적대의 고독 속에 묻혀 있는 것이다. 그것은 또 무서운 절망임에 틀림없다. 나는 그가 빨리 진정되어 주기만 바랐다. 그러나 그의 턱아리는 차츰 더 푸들푸들 떨리기 시작했다. 그러자 갑자기 비명과 같은 소리를 빽 지르더니 그는 뒤로 움츠러든다.

"네 네놈은……날 보구 복수를 하려는 게지."

잠깐 동안 음참한 침묵이 흘렀다. 그는 입을 머엉하니 열고서 내 얼굴을 한참 동안이나 쳐다본다. 나는 공연히 가슴이 떨리는 것을 깨달았다.

"그렇다. 이놈 저놈 할 것 없이 나에게 복수를 하려는구나. 네 놈두 그렇지? 그래 그렇지 않단 말이냐? 저것 보게 차츰 얼굴빛이 달라져 간다, 에구 달라져 가누나."

"무슨 환영을 쫓고 있는가부네. 그리고 그것에 또 자네가 쫓겨다니구 있는 걸세." 하고 나는 측은한 낯빛을 웃어 보이었다.

사실 나는 그를 어떻게 해석함이 옳은지 몰랐다. 하여튼 이것을 병이라고 말한다면 확실히 그것은 유치장에 있을 때보다 더 악화된 모양 같았다. 나는 위로하듯이 덧붙여서 말했다.

"자네가 무슨 말을 하고 있는지 나는 통 종을 못 잡겠네."

“네놈은 시침을 떼려 드느냐. 응, 복수를 해고고 싶지 않으냐 말이다, 내게. 응, 나에게 에헤헤 에헤헤.”

“대체 어떻게 된 셈인가.” 하고 나는 조금 캐듯이 물었다.

“아니 그 그……”

그는 다시 괴로운 소리를 내며 신음했다.

“나는 아아 지금 당장 내 자신으로부터도 복수를 받고 있는 터이야. 목줄을 졸라 매구 있는 터이야. 희망두 없구 즐거움두 없구 슬픔도 없구 그리구 또 목적조차 없구…… 아아 나는 이 이민열차에 탔을 때만이 행복인 걸 어떡허나. 나는 그들과 같이 울 수가 있구 부르짖을 수가 있어.”

“하나 이 사람들은 희망을 붙들고 가는 것이지, 슬퍼하러 가는 것은 아닐 텐데.”

“그게야 아무러면 어때. 나는 그냥 그들과 같은 차로 같은 방향으로 간다는 것만이 기뻐 죽겠어. 그리구 같이 울기두 하구 부르짖는 것두 함께 한다는 것이. 그러나 어떡헐까 나는 어떡할까 이 사람들이 국경을 넘어서면 나는 혼자서 되짚어 오지 않으면 안 되니 나는 그때 생각을 하면……”

하고 그는 또 쿨적쿨적 울기 시작했다. 나는 더욱 어쩔 줄을 몰랐다. 그러나 어쩐지 그의 일이 뜻 없이 측은히 생각되어 나도 덩달아 같이 슬퍼하고 싶은 생각까지 들었다. 물론 냉정히 생각한다면 이런 불쌍한 사람이 어디 있을 것인가. 이런 사람이야말로 차츰 멸망할 인간이라고 할 것이다.

“그만두게 이것이 무슨 짓이람.”

그러자 그는 움찔하더니 푸들푸들 다시 몸을 떨기 시작했다. 눈을 휘황하게 뜨고 턱아리가 떡떡 마주쳐 일어서려고 애를 쓴다. 나는 잠시 망연하여졌다. 그 얼굴은 사상(死相)을 띠고 몸은 벅벅 극매인다. 마치 죽어 가는 사람이 천국을 거부당한 것처럼. 최후의 기쁨을 빼앗긴 것처럼 그리고 팔을 휘저으며.,

"이눔 날더러 가만있으라구."

하고 고함을 벽력같이 지르니 그만 기운이 빠져 그 자리에 넌지시 엉덩이를 박고 넘어졌다. 좀 있더니 입으로 침을 흘리며 그리고 얼굴과 함께 상반신을 그냥 철썩 통로 바닥에 파묻어 버렸다. 얼굴은 흙투성이가 되었다. 나는 잔인스럽게도 그만 잘 되었다, 이제는 잠이 들 것이라고,

"그러나 그때 잘 되었다고 생각한 것에 대하여 나는 아직도 가슴이 데저린 듯한 느낌을 가지는 것이다. 그 일이 이 이 년래 나를 얼마나 심한 고문에 걸고 있는 것일까."

하며 신문기자는 비험(悲險)한 안색을 졌다.

"술을 좀더 부어 주게, 응. 술을 좀더 부어 주게나."

"그래서 어쨌단 말인가."

축산회사원은 뒤가 궁금한 듯이 재촉했다.

"글쎄 가만있게나. 그런데 기차는 좀 있으면 대전에 닿게 되었더란 말이야. 군들도 알지만 나는 대전서 호남선으로 차를 바꿔 타야 않는가. 그래 그때 나는 내릴 준비를 하면서 생각하였네. 자 작별을 하기 위해 이 왕백작을 깨워야 옳은가 그냥 두는 게 옳은가. 그는 정신 모르고 그냥 쓰러져 누워 있네, 그래 구태여 깨울 필요가 없다구 생각하였지."

그러자 거의 가까워진 모양으로 기적 소리가 울렸다. 그래 나는 양

손에 트렁크를 들고 일어서서 나오려고 했다. 그런데 기차가 몹시 흔들리기 때문에 그 통에 나는 넘어질 뻔하며 그만 잘못되어 왕백작의 잔등 위에 엎어졌다. 백작은 아주 펄저덕 쓰러지고 말았다. 나는 혼이 나서 버둥거리며 일어섰다. 하나 그는 통로 바닥에 쓰러진 채 몸을 꼼짝도 않는다. 이리하여 더욱 나는 그에게 인사를 못하게끔 되었다.

그때 벌써 플랫폼의 등불이 보이기 시작했다. 그러나 나는 그를 깨워야겠다는 생각이 들었다.

"왕백작."

불러도 대답이 없다. 취해서 그만 잠이 들었구나 했다.

기차는 차츰 멎기 시작한다. 플랫폼의 분주한 양이 보인다. 소연스런 소리. 나는 어서 내리지 않으면 안 되겠다고 마음이 분주해진다.

"왕백작 여보게."

여전히 그는 쓰러진 채 몸 하나 달싹 않는다. 나는 트렁크를 내려놓고 그를 깨울 지혜까지는 나지 않았다. 그래서 마음은 더욱 분주했다.

"왕백작, 어떻게 된 셈인가 일어나게. 거기서 자다가는 짓밟히네 여보게 백작, 일어나게나."

드디어 기차는 멎었다. 라우드스피커는 소리를 지르고 플랫폼에는 사람들이 뛰어 덤빈다. 나는 반사적으로 두어 걸음 문 옆으로 달려나가면서 돌아보았다. 그때보다 못해 옆에 사람이 왕백작을 끄집어 일으켜 내려고

"여보 일나나시우. 예? 여보."

하며 백작의 몸을 흔들기 시작했다.

그때에 내 앞으로 승객들이 우르르 쓸어 들어왔다. 그래서 황망중에 나는 막 빠져 나가려고만 했다. 그러나 그 순간 뒤에서 백작을 깨

우던 사내가 놀라 고함을 지르며 일어선 것 같았다.

"아앗!"

나는 놀라 홱 돌아다보았다. 그러나 나는 새로이 올라탄 그 많은 승객들 틈에 끼어 몸을 비비댈 수도 없어졌다. 그야말로 수라장이었으며 아비규환이라 할 지경이었다. 왕백작이 그 뒤 어떻게 되었는지는 모른다. 보이지가 않았다. 왜 그런지 나는 그때는 내린다는 것만으로 가슴이 꽉 찼었다. 그래 사실 차가 떠나기 전에 내렸을 때는 숨을 내쉬었다. 그러나 기차가 움직이기 시작하자 나는 갑자기 무엇에 놀란 것처럼 트렁크를 든 채 기차를 막 따라가며 죽기를 한사코 부르짖는 것이다.

"왕백작! 왕백작!"

"벌써 아까 숨이 끊어졌던가 부지."

하고 광고쟁이는 측은스레 물었다.

"그것이 내게는 아직두 알 수 없는 의문인 것이다. 지금까지두 나는 그것 때문에 얼마나 괴로운지 모른다. 아마 벌써 숨이 넘어갔던지도 모른다. 이것을 생각하면 나는 몹시 양심의 가책을 받는다. 내리지를 않았어야 꼭 옳을 뻔했다. 아아 정말루 왕백작이 지금두 이 땅에서 살고 있다면."

신문기자는 거기서 땀과 함께 눈물을 훔치었다. 그리고는 이야기를 뚝 끊었다.

그 후에는 한 번도 만난 일은 없느냐고 축산회사원이 물으니까 그는 잠시 동안 묵묵히 있더니만 다시 무거운 목소리로 혼잣소리같이 시작했다.

나는 작년 여름에 좀 조사할 것이 있어 강원도 산 속으로 들어갔었다. 그때에 수가 사나우려니까 열흘 동안이나 폭풍우가 계속되었다. 한강 상류는 아주 큰 창수(漲水)로 탁류가 된 것이다. 어떤 날 그 강 쪽에서부터 사람 살리라는 소리가 들려 왔다. 나는 어쩐지 낯익은 목소리 같아 뛰쳐나가 보았다. 중류지대에 누아떼가 내려가고 있다. 그 위에 두어서너 사람의 그림자가 보인다. 비안개가 자욱하며 똑똑히는 보이지 않으나 그 중에는 양복 입은 사람도 하나 끼어 있는 것 같았다. 그것이 단말마의 소리를 내어 부르짖고 있는 모양이다. 그 몸 모양이 어쩐지 눈에 익은 것 같기도 하다. 그렇다. 그것이 왕백작이 아니었던가 하는 생각도 나는 것이 물론 그럴싸라 해서이겠지만. 나는 그 후 서울 어느 젊은 재목상인이 누아떼와 운명을 같이했다는 소리를 산읍에 내려와서 들었다. 그러나 그 사내의 이름이 무엇이라는 것은 누구 하나 아는 사람이 없었다.

"아무럼, 그것이 왕백작이겠는가."

고 광고쟁이는 중얼거렸다.

그리고 이번 봄의 일이다. 서울에 출장을 나와 종로에서 동대문 행 전차를 탔을 때이다. 바로 그래 방공연습(防空演習) 당일이었다고 생각된다. 전차가 막 오정목 네거리를 지나가려 할 때였다. 그 길가에서는 경방단원(警防團圓)이 훈련을 받고 있었다.

별로 그다지 키가 크지 않은 한 사나이가 외줄로 쭉 늘어선 단원에게 훈시를 하고 있다. 나는 그 사내의 뒷모습 밖에는 보지 못했다. 그러나 지금 생각하면 아무래도 그것이 왕백작이었던 것 같기도 하다.

"그럴 게야. 꼭 그게 왕백작임이 틀림없을 게야. 그는 전쟁이 벌어져 기뻐할 걸, 왜 그런고 하면 지금의 우리나라는 현실적인 괴로움은 있지. 그러나 일정한 방향을 향하여 거국일치의 체제로 매진에 매진을 거듭하고 있으니 말일세. 그는 이제는 생활의 목표와 의의를 얻어 메었는지두 모르지, 경방단 반장쯤 넉넉히 지냄직한 걸.”

모두들 묵묵히 끄덕이었다.

“그랬으면 좋으련만.”

하며 신문기자는 한참 동안 비루 잔을 들여다보더니 한숨을 짓는다. 그리고 또다시 계속했다.

“그러나 그 뒤 또 어떤 날……”

Q 백작*

우리는 부산 발 신경 행 급행열차 식당에서 맥주병과 일본 술병 따위를 너저분하게 늘어놓은 테이블에 둘러앉아 있었다. 우리는 때마침 부산에서부터 연말 휴가로 귀향하는 도중에 일행이 됐다. 넷 모두 대학 동창인데다 모두 동경에 머물러 살고 있었다. 한 명은 광고인, 한 명은 축산회사원, 또 하나는 조선 R 신문의 동경 지국 기자, 그리고 나까지. 우리는 사실 대학을 나온 이후, 이렇게 느긋하게 서로 마주 앉아 본 적이 없었다. 고주망태가 될 때까지 우리는 술잔을 기울이면서 이런저런 이야기를 나눴다. 정말로 두서없는 이야기를 했다고 하는 편이 맞을지도 모른다. 점차 술과 담배, 그리고 이야기에도 지쳐갔다. 그때 신문기자 친구가 이 열차에 탈 때마다 마음속에 응어리져 떨쳐버릴 수 없는 기억이 있노라고 친구들의 시선을 끌며 다음과 같이 말하기 시작했다.

---

* 본 번역은 김사량의 두 번째 일본어 소설집 『故鄕』(甲鳥書林, 1942. 4)에 수록된 「Q伯爵」을 저본으로 삼았다. 이 작품은 앞에 실린 <유치장에서 만난 사나이>를 일본어로 개작한 작품이다.

지금 세상에는 종잡을 수 없는 사람이 상당히 많다. 그 또한 그러한 사람 중 하나였다. 아무리 생각해 봐도 이상한 사내였다. 하지만 나는 여전히 그의 본명조차 모른다. 나도 모두가 그렇게 부르듯이 그를 Q백작이라고 부르기로 한다.

그다지 자랑할 만한 이야기는 아니지만 처음 Q백작과 만난 것은 실은 동경 A경찰서 유치장 안에서였다. 지금으로부터 3년 전 내가 ××사건 관계로 혐의를 받고 들어가 있을 때 일이다. 그러므로 그를 "Q백작 Q백작"이라고 부르던 사람들도 즉 구류 인이나 형사 혹은 간수들이었다.

재미있는 사실은 청년 Q백작이 도대체 어떤 사건으로 이곳에 들어온 것인지 알 도리가 없었으나, 유치장 안에서 그는 아무튼 굉장히 인기가 높았다. 그가 누구에게나 허물없이 지내는 데 탁월한데다 또한대 허풍쟁이로 사람들을 즐겁게 해줬기 때문일지도 모른다. 결국, 무뚝뚝한 죄수들도 그를 바보 취급하거나 욕설을 퍼붓고, 또한 박장대소를 해가며 무료함을 그나마 달래고 위안으로 삼고 있던 따름이다. 그러므로 그가 이곳에 존재하는 의의는 매우 컸다. 물을 뿌린 듯 쥐 죽은 것처럼 조용한 유치장 안의 암울한 공기를 깨고 모두의 깨나른한 졸음을 깨우는 것도 언제나 그였다.

"단나, 단나 상"[1] 그는 곧잘 밖을 향해 외친다.

처음 이곳으로 오던 날, 나는 그 익살스러운 어조에 매우 놀랐다. 그 소리는 바로 맞은 편 감옥에서부터였는데 아무래도 그 목소리의

---

[1] 한국어 판 "유치장에서 만난 사나이"를 참조해서 "단나, 단나 상"으로 일본어 발음 그대로 한글로 번역한다. 이후 부분도 한국어 판을 따라서 그대로 표기하고 뜻을 각주로 정리하겠다. 뜻은 "어르신, 어르신".

주인이 조선 사내임이 틀림없었기 때문이다.

"보쿠데스요, 보쿠, 변소, 변소에 가고 싶어요."[2]

"Q백작인가" 하며 간수는 졸린 듯한 목소리로 웅얼거린다.

"예. 예엡"

그것이 또한 너무나도 황공해하는 군대식 목소리다. 모두 저도 모르게 박장대소를 터뜨린다. 그래도 간수는 역시 그가 백작이라고 해서 봐주는 것은 아니겠지만, 변소에 보내 줄 시간이 아닌데도 패검 소리를 재까닥 대며 백작 쪽으로 향해 갔다. 나머지 죄수들은 완전히 잠자리를 방해받았다고 하며 불평에 가득 차서 중얼대기 시작했다. 사실 그다지 불평이랄 것도 없지만 역시 따분함을 떨치기 위해 그저 시늉할 뿐이다. 하지만 그 가운데는 이 음울한 분위기를 틈타 순간 구원이라도 받은 듯한 기분으로 쇠창살 밖을 몰래 내다보려고 우쭉우쭉 무릎을 높이 세우는 자도 있다. 내 바로 옆에 쭈그리고 앉아 있던 대머리 전과자는 목을 움츠리고 어깨를 으쓱거리며 푸념을 늘어놓는다.

"저 자식 또 떠들어대는군."

"저 사람은 어떻게 들어왔나?" 나는 작은 소리로 물었다.

"그야 모르지만, 저 꼴로 자네 나라에선 백작이랍데." 하고, 전과자는 입맛이 쓴 듯 입을 오므린다.

"녀석은, 내가 사상가였다며 얼러댄다니까?"

"저 놈 부친은 그 쪽에선 어딘가 지방 장관이라고 하더만." 이번에는 맞은편에 쭈그리고 앉아 있던 쇠들쇠들 말라빠진 도둑이 말참견한다. 그때 나는 '옳지' 하고 생각했다. 그럼 그렇지. 역시 ××도시사의

---

2) 뜻은 "접니다 저".

아들임이 틀림없어. 그런데 가만있자. 그때 도둑이 또 수작하기 시작
했다. 이 도둑은 원래 백작과 같은 감방에 있으면서 백작하고 수군거
리다가 간수 눈에 띄어서 전방 되었다고 했다. 그래서 Q백작에 대해
서는 잘 알고 있었던 셈이다.

"그래 저 녀석이 또 백만장자라고 하지를 않나. 이보게 조선 신마
이3) 자넨 모르는가? 정말 몰라? 저놈은 저래두 본시 무척 좋은 사내
일세."

"언제쯤 들어왔나?" 나는 다시 물었다.

"반년도 더 되었다더군."

"무슨 일로?"

"나도 모르지만 제 딴에는 아주 큰일을 저질렀다고 그러던데." 하
며 웃는 것이었다. 그리고 이 도둑의 설명으로는 Q백작은 매일 특고
실(特高室)4)에 불려 나가서는 마음대로 맛있는 음식을 주문해 먹으면
서 신문이나 잡지 등도 자유롭게 읽으면서 논다고 하는 것이었다. 주
의해서 생각해 보니 역시 그는 하루 한 번은 꼭 점심 전에 불려 나간
다. 백작이 나가고 나면 이 도둑 사내는 언제나 입맛을 쩝쩝 다시면서
이렇게 중얼거리곤 한다.

"저 녀석은 오늘은 지나요리(支那料理)를 먹고 들어올 게야. 어쩌면
돈가스인지도 몰라. 아―아 나는 담배라도 한 대 피워 물어봤으면, 담
배라도……."

그런데 드디어 나는 특고실 안에서 이 도둑이 했던 말과는 완전히
다른 일을 하는 Q백작을 발견했다. 유치장을 나서면 바로 오른쪽에

---

3) 일본어로 '新米'. 뜻은 '신참'이다.
4) 특고는 '특별고등경찰'의 줄임말이다.

이 층으로 올라가는 층계가 나온다. 거기를 올라가면 막다른 곳에 특고실 표찰이 걸려 있다. 갑자기 밝은 곳에 나갔던 탓인지 눈이 부시고 앞이 캄캄해서 눈물이 쏟아져 나오는 것을 느꼈다. 그래서 한구석 의자에 걸터앉아 현기증을 피하고 가쁜 숨을 죽이려 했다. 겨우 정신이 들어보니 내 앞에는 어느새 유령과도 같은 사내가 하나 허리를 바짝 세우고 서 있었다. 앞에 선 것이 히죽이 웃는다.

'바로 이 자로군' 하고 나는 생각했다. 그를 본 것은 이번이 처음이었다. 차림새가 말이 아니었다. 나이는 스물여섯 일곱 정도, 포로가 된 타타르인[韃靼人]과 같이 해진 양복에 머리는 장발 도적과 같이 길고 게다가 더부룩했다. 다만 그 희고도 넓은 얼굴과 공허하리만치 커다란 눈 그리고 동그스름한 얼굴만이 겨우 현실에 존재하는 인간이라는 느낌을 일으키게 한다. 그렇게 생각해서인지 얼굴과 몸가짐 구석구석에 어딘가 모를 부드러운 명랑함과 보통사람이 범접할 수 없는 귀공자와 같은 기풍이 깃들어 있다. 그런 그가 소매를 접어 올리고 손에 흠뻑 더러운 걸레를 쥐고 서 있었다. 와라지(草鞋)5)도 신지 않은 상태로 마루에 걸레질을 하고 있어서 발은 노역꾼처럼 더러웠다. 발가락 사이로 시꺼먼 진흙이 한가득 삐죽삐죽 나오고 있었다. 그도 매일 다른 사상범들과 같이 불려 나가 수기를 쓰고 있음이 틀림없다. 하지만 그날은 특별히 청소 당번 날이라 일을 돕고 있었던 것이리라. 그는 이윽고 내 발아래까지 몸을 수그리고는 걸레질을 하는 시늉을 하면서 주위를 경계하듯 나지막한 조선말로 속삭였다.

"실수 없이 하게나. 돈이 있으면… 잘 부탁해서… 찹쌀떡이라도 사

---

5) 짚신의 일종.

서 먹게."

그는 얼굴을 치켜들고 입맛이 당기는 듯한 동정을 유발하는 비굴한 웃음을 졌다. 그리고는 옆에 놓인 양동이 속에 걸레를 넣어 쥐어짜고는 옆 테이블 밑으로 갑자기 엉금엉금 기어들어 갔다. 나는 병적으로 부어오른 거무튀튀한 다리를 보면서 심한 각기로구나 하고 생각했다. 얼마 지나지 않아서 그가 있는 감방에서는 병이 더욱 악화한 모양인지 신음 소리가 들여왔고 그 때문인지 한동안 전과 같은 호출도 없었다.

그러던 어느 날 밤 나는 변소 안에서 그와 잠시 몰래 이야기를 나눌 수 있었다. 내 방 사람들이 모두 변소에 나갔을 때였다. 그때 Q백작은 자기 혼자 축 늘어져서 같은 방 사람들에게서 떨어져 혼자 소변기 앞에 서 있었다. 나는 그 옆에 가서 나란히 섰다.

"몸은 괜찮나?"

"응 고맙네…… 아무렇지 않아." 하고, 그는 대수롭지 않게 대답했다. 하지만 그 목소리가 듣기에도 너무 쉬어 있고 숨쉬기 힘들어 보여서, 한참 그의 얼굴을 놀란 눈으로 들여다봤다. 그는 아주 자랑스러운 듯이 빙긋이 웃더니 "나한테는 익숙한 일이라서 뭐."라고 말했다. 그의 얼굴이 이상하게도 질린 듯이 새하얗게 보였다.

"언제 나가는가?"

"나야…… 아마 송국(送局) 될 걸."

기력 없이 떨리는 목소리면서도 어쩐지 내심 독의 양양해하는 눈치였다.

"그래 뭔 일을 저질렀나?"

"나 말인가? 헤헤헤, 아무한테나 말 할 수 있나."

그러더니 별안간 커다랗고 공허한 눈을 희번덕이며 목이 메인 듯한 목소리로 묻는다.

"아나키스트란 무언가?"

"아나키스라, 그거야 말하자면…." 나는 말문이 막혀서 더듬더듬 말했다.

어쨌든 삼 년 전 일이니까 그 시절에는 아나키스트도 없지는 않았다. 그러자 Q백작이 갑자기 넘어질 듯이 몸을 비틀대며, "에헤헤헤." 웃어대면서 이렇게 소리를 질렀다.

"에헤, 에헤 내가 바로 그것이라네. 바로 그것이라고."

나는 그게 너무 엉뚱하고 큰소리였기 때문에 깜짝 놀라 옆에 있는 변소 앞으로 물러서며 오금을 펴지 못할 정도였다. 간수가 눈치 챈 것은 아닐까 해서였다. 어쨌든 그는 귀공자의 품위를 떨어뜨리면서 이처럼 실로 무지하고, 광신적이며, 게다가 허풍을 곧잘 떠는 성질이었다. 그는 병이 중태에 이르렀음에도 간수의 눈을 피해서 철창 문 옆에 비스듬히 기대서는 어느 방 가릴 것도 없이 사내들에게 말을 걸고 선전을 해댔다.

"내가 저지른 범죄가 알고 싶다고? 그러니까 나는 아나키스트란 말이지. 무슨 사건이 터지기만 하면 턱하고 붙들려 가질 않겠나. 그런데 자네 아나키스트가 뭔지 아는가? 응, 그렇지, 모를 테지?"

그러나 감방 사람들은 누구 하나 그가 하는 말을 곧이곧대로 들으려 하지 않았다. 그저 입을 다물고 히죽히죽 웃어넘긴다. 그러던 중 다시 특고실에 불려 갔을 때 그에 대한 모든 것을 알 수 있게 됐다. 거기에는 그의 부친이 찾아와 있었다. 금테 안경에 흰 수염을 기른 뚱뚱하고 풍채가 좋은 신사였다. 물론 ××도지사임에 틀림없다. 주임이 이 노 백작을 앞에 두고 그의 아들에 대해 설명을 하고 있었다. 나는 가만히 귀를 기울였다. 역시 Q백작은 수십 번이나 여기저기 경찰서에 붙들려 다녔던 모양이다. 그러니까 단골손님이라고 했던 것도 반드시 거짓말은 아니다. 게다가 그가 저지른 범죄가 또 아주 기괴했다. 누군가 불온한 자가 검속된 것을 듣고 나서는 무슨 생각으로 그러는 것인지 바로 그 당사자에게 자못 중대해 보이는 편지를 써서 보낸다. 그래서 이게 매우 큰일이라고 생각해 뛰어들어 살펴보면 역시 그가 한 짓이다. 이번만 하더라도 같이 하숙하는 대학생이 어떤 혐의로 검속되자마자 바로 그 방에 몰래 숨어들어 수상해 보이는 서적이며 그 외 증거물 같은 것을 자기 방으로 옮겨놨다고 했다. 후에 형수가 가택 수사를 하러 가보면 방 안이 완전히 몰라보게 달려져 있었다고 한다. 그래서 조사해 보자, Q백작이 그것을 자기 방 안 이 모퉁이 저 모퉁이에 쌓아 두고서 대자로 드러누워 자고 있었다고 한다. 그래서 동행을 요구하자 그는 벌떡 일어나서 터덜터덜 따라나왔다 한다.

"사실 백작님 아드님 때문에 아주 애를 먹고 있습니다요." 하며 주임은 머리를 긁적이며 말했다. "유행을 따른다고 하기엔 너무 자학적이라서…. 게다가 이제는 그런 불온사상도 유행하는 시기가… 아니지요."

"도대체 그게 무어라는 사상인데." 하며, 노 백작은 침통한 표정으로 물었다. 주임은 난처하다는 듯이 대답했다.

"네, 글쎄 아나키스트라고 할까요."

확실히 그로부터 이삼일 지나서인가로 생각된다. 내가 서류 한 통과 함께 검사국으로 넘겨진 것은. 그런데 가련한 아나키스트가 그날 남긴 인상은 내겐 평생 잊을 수 없을 정도로 슬픈 것이었다. 그날 아침 나는 감방 밖으로 나가 거의 석 달 만에 구두를 신으며 주섬주섬 채비를 하고 있었다. 그는 다른 구류된 사람들과 마찬가지로 쇠창살 문지방에 몸을 기대고 내 얼굴을 물끄러미 내려다봤다.

"단나 상한테 부탁해서 담배라도 한 대 피우지 그러나…." 하며 그는 중얼거렸다.

"고맙네."

나는 왜 그런지 마음이 울적해서 얼굴을 돌려 그를 바라봤다. 조금도 그가 우스꽝스럽게 보이지 않았다. 그의 총명해 보이는 넓은 이마에는 서너 줄 움푹한 주름이 잡혀 있었고 공허한 눈은 힘없이 보였다. 덥수룩하게 기른 수염은 입 가장자리에서 삐죽삐죽 움직이고 있었다.

"될 수 있으면 차를 타고 가게나."

나는 포승줄에 묶인 몸에 코트를 걸치고 모자를 눈 깊숙이 내려 쓴 채로 그에게 눈인사를 했다. 그리고 유치장 문을 막 나가려고 할 때 별안간 Q백작의 쉰 듯한 그러나 찢어질 듯한 함성이 들려왔다.

"우마꾸 야레요오!"6)

내게는 지금도 그 목소리가 내 귀청을 파고 들려오는 것만 같다. 그리고 찌르르 가슴이 미어지는 것 같은 느낌 없이는 그 고함을 생각해낼 수 없다…. "자, 맥주를 좀 더 따라 주게나." 신문 기자는 다시 한 잔을 꿀꺽 들이켰다. 기차는 어둠 속을 끝없이 북쪽을 향해서 돌진해 가고 있었다.

그 후 재작년 11월이었다. 그러니까 지금보다 한 달 정도 이른 날이었다. 나는 다시 자유로운 몸이 되었다. 아니 오히려 갱생했다고 할

---

6) "똑바로 하게나!"

수 있다. 바로 이 경부선 열차를 타고 고향으로 돌아가던 도중이었다. 나는 그때 다시 한 번 이 Q백작과 만났다. 그러나 그 만남은 결국 무서운 일로 바뀌고 말았다. 되돌릴 수 없는 사건이 벌어지고 말았다. 그때 일을 생각하면 나는 지금도 안절부절할 수 없다. 괴로움을 참을 수 없다. 그리고 양심의 가책을 느낀다. 그렇다. 나는 갱생이라고 하는 인생 재출발 벽두에서 또 커다란 죄를 저질렀다.

그날 밤은 오늘 밤처럼 달이 환하게 비치고 있지는 않았다. 배에서 내렸을 때 부산 부두에는 비가 내리고 있었다. 그리고 해질 무렵 기차가 추풍령 협곡에 다다랐을 때, 태백산맥에 부딪혀 나온 대륙의 구풍(최강풍)이 미쳐 날뛰고 주변에 눈보라가 몰아치고 있었다. 하늘은 검푸르게 내려앉고 소나무와 떡갈나무 숲이 바위 잔등에서 수풀 바위 그늘에서 부들부들 떨고 있었다. 가파른 낭떠러지가 눈보라에 쩔쩔매고 있었다. 열차는 협곡을 지나서 땅거미 사이로 펼쳐지는 적막한 들판으로 돌진해 갔다. 몇 백 마리나 되는 검은 까마귀들이 울면서 하늘 높이 날아오른다. 그로부터 실로 음산한 밤이 시작됐다.

게다가 기차 안에는 만주 광야로 이주해 가는 이민 무리로 가득 차 있다. 그들은 짐짝과 같이 웅크리고 쭈그리고 쓰러지고 넘어지고 혹은 모로 누워 있었다. 자리에서 비어져 나온 사람은 통로에서 가래침을 뱉는 그릇[唾壺]을 안은 채 자고 있었다. 모두 대단히 피곤해서 죽은 듯이 잠에 빠져서 누구 하나 눈을 뜨려고 하지 않았다. 때때로 어린아이들이 울고 보채며 떼를 써댈 뿐. 여기저기서 아낙네들이 구토를 해대고. 몸을 비집어 넣을 틈조차 없어서 선반 위에 자리 잡을 공간도 없이 웅크린 채로 자는 젊은이들의 모습도 곳곳에 보였다. 지금이라도 청년이 아래로 떨어질 것 같은 커다란 발이 아래쪽 창백한 아주머니 얼굴을 찰지도 모른다는 생각에 걱정이 들었다. 끈으로 고정해 달아 놓은 바가지(표주박)는 서로 마주치며 달가닥대며 으스스한 소리를 내고 있다.

나는 그 한 모퉁이에 움츠려 앉아서 '아무 생각도 하지 않으리라, 과거 일은 과거대로 묻어버리자'고 하면서 눈을 감은 상태로 있었다. 그러나 나는 절망하고 있지는 않았다. 오히려 조금씩 체내에서 새 생명을 알리는 피와 힘이 용솟음치고 있는 것을 느꼈다. 심지어 이 저주받을 풍수해 때문에 논, 밭, 집이 전부 떠내려간 농민들이 이제부터 새로운 광명을 찾아서 저 먼 광야로 향해 가는 모습을 보면서 나 또한 더더욱 용기를 내어 갱생하지 않으면 안 되겠다, 새로운 생명력을 되찾아서 힘차게 살아야겠다고 맹세하게 됐다. 마침내 나는 혼자 흥분한 나머지 체열이 나서 거의 가위가 눌릴 지경이었다.

그 사이에도 내가 타고 있는 이민 열차는 쉴 새 없이 기적을 울리며 흔들거리고 끙끙대고 삐걱거리며 계속해서 돌진해 갔다. 바로 이 기차처럼 커다란 정류장에 설 때마다 객차에 화물차가 새롭게 연결돼 또 새로운 이민 무리가 우르르 올라탔다. 너무나도 소란스러워서 나는 눈을 크게 뜨고 창밖을 응시했다. 역시 눈이 그 공간을 빡빡하게 채우듯이 내리고 있는 사이를 이 정류장에서 기다리고 있던 이민자 수백 명이 노인을 질질 끌고, 혹은 아이를 등에 짊어지고 마치 파도와 같이 뒤 차량으로 비명을 지르면서 몰려가는 것이었다. 그것은 마치 난민 무리처럼도 보였다. 어느새 우리가 있는 차량으로도 이민자 수십 명이 얼굴을 들이밀었다가 무어라고 아우성치며 허둥지둥 밖으로 뛰어나갔다. 그러나 나는 그들 뒤로 검은 외투에 희고 화려한 비단 머플러를 목에 감은 중키의 한 신사가 비틀비틀 열차 안으로 들어오는 것을 봤다. 그는 문 주위에 멍하니 서서 차 안을 둘러봤다. 매우 괴로운 듯이 몇 번이고 양미간을 찌푸리며 두꺼운 입술을 삐죽댄다. 얼굴은 벌겋게 달아올라 있었다. 이마에는 서너 줄 주름이 가로로 접혀 있다. 숨이 몹시 가쁜 듯했다. 나는 '술에 몹시 취한 게로군' 하고 생각했다. 그러나 동시에 나는 저도 모르게 펄쩍 놀라 일어섰다. 나와 그 사내 사이는 다섯 평 정도밖에 떨어져 있지 않았다. 그도 나를 알아차린 듯 갑자기 눈이 휘둥그레져서 빙긋 웃는다. 나는 그 웃는 얼굴을 보고 나도 모르게 "자넨!" 하고 소리쳤다. 언젠가 A 경찰서 특고실에서 내 앞에 서서 히죽 웃던 Q백작임에 틀림없었기 때문이다. 그는 통로에 있는 사내들 틈을 고꾸라질 듯 비틀거리며 빠져 나와서 갑자기 나를 부둥켜안았다. 술 냄새가 휙 코를 찔렀다.

"동경의 동지!" 하고, 그는 주위는 아랑곳하지 않고 다짜고짜 큰 소리로 부르짖었다. 술기운 때문에 예전보다 더욱 혀가 돌아가지 않는 내지어(일본어−역자 주)를 쓰고 있었다. 나는 다소 조마조마 한 기분이 들었다. "응, 이게 웬일인가. 자네− 자넨 그 후 무사했는가? 낯빛이 몹시 나쁘지 않은가!"

"글쎄 우선 여기라도 앉지 그러나." 하고 말하며 나는 그에게 자리를 양보하고 일어났다. 그러자 그는 갑자기 겁을 먹은 것처럼 "그만두게 그만둬" 하며 손을 내저으며 뒷걸음치더니 그대로 통로에 털썩 주저앉았다. 그리고 마냥 자기 이야기를 늘어놓으며 떠들기 시작했다.

"아니 난 여기가 더 좋아. 여기가 더 좋다니까. 난 동경 이야기를 하고 싶다네. 자네가 송국될 때 참 걱정했다네. 저 녀석 처음이라서 분명히 넙죽 엎드리진 않을까 하구."

"고마워. 그런데 자넨 좀 쉬는 편이 좋을 것 같은데."

하며 나는 그를 위로하듯 차분하게 말했다. 그러자 그는 유순하게 두 팔 안쪽으로 무르팍을 모아 세우고 머리를 숙였다. 그리고 괴로운 듯 신음을 내기 시작했다. 그때 기차가 굉음을 내며 움직이기 시작했다. 플랫폼과 열차 안에서부터 일제히 통곡과 울부짖는 소리가 천지가 진동하듯 터져 나왔다. 헤어질 찰나가 되자 모두 감개무량해진 까닭이다. Q백작은 마치 뜨거운 물이라도 맞은 듯 머리를 획 쳐들었다.

"이게 어디서 나는 목소리야?" 그의 얼굴은 조금 전과 같이 병적으로 부어올라 있지 않았다. 무서운 공포에 휩싸인 것처럼 손발을 부들부들 떨고 있었다. 하지만 그 희멀건 눈 사이로 마치 비웃는 듯한 기분 나쁜 기쁨의 빛이 서려 있었다. 그는 두세 번 딸꾹질하더니 내게 다시 물었다. "이봐 이게 무슨 소리냐고. 무슨 소리냐니까!"

"이주민들이 울며 아우성치고 있다네."

"그런가. 그런가."

하며 그는 마치 정신이라도 나간 사람처럼 치아를 드러내며 웃어댔다. 그와 동시에 기묘하게도 Q백작도 갑자기 소리를 올리며 흐느껴 울기 시작했다. 주변 사람들은 모두 놀라 목소리를 죽이고서 망연한 태도로 이 기괴한 백작을 쳐다보기 시작했다. 마침내 기차도 플랫폼을 지나고 열차 안도 점차로 아주 조용해지기 시작했다. 어느덧 이 부근의 눈보라도 개이고 멀리 첩첩이 쌓인 산이며 탁 트여 펼쳐진 들판은 은백색에 휩싸여서 어렴풋한 달빛 아래로 흘러가 버렸다. 열차 안은 다시 아주 고요해졌다. 그러나 Q백작의 울음소리는 점차로 더 높아져 가서 나는 어쩔 줄 몰라 하고 있었다. 그는 다시 발작이라도 일어난 듯이 목을 치켜들고 이번에는 조선말로 아우성치기 시작했다.

"나도 울고 싶어. 커다란 소리로 울고 싶다네. 나는 울기를 좋아하니까. 그래서 늘 이 이민 열차에 올라타는 거야.”

　그는 갑자기 울음소리를 낮추더니 얼굴 근육을 격렬하게 찡그렸다. 나는 이 광적인 사내가 우리도 흔히 빠지곤 하는 절망적인 고독 속에 빠진 것이리라고 생각했다. 그렇다 그건 무시무시한 절망에 틀림없다. 나는 그가 빨리 진정하기만을 바랐다. 하지만 그의 턱 주변은 경련이라도 일어난 듯 차츰 더 푸들푸들 떨리기 시작했다. 그러더니 그는 갑자기 비명과도 같은 소리를 빽 지른 후, 뒤로 몸을 움츠렸다.

　“이놈 이놈… 나한테 복수하려는 게지.”

　한동안 으스스한 침묵이 흘렀다. 그는 입을 멍하니 벌리고서 내 눈을 잡아먹으려는 듯이 계속 노려봤다. 나는 아무 이유 없이 가슴 속이 떨려오는 것을 깨달았다.

　“그렇지. 이놈 저놈 할 것 없이 내게 복수를 하려고 달려드는구나. 자네도 그렇지? 그래 그렇지 않단 말이야? 저것 보게 자네 얼굴빛이 변하고 있어. 변하고 있지 않나.”

　“무슨 말을 하는 건가. 자넨 지금 환영을 쫓고 있다네. 그리고 그것에 자네가 또 쫓겨 다니고 있는 게야.” 하고, 나는 측은하게 웃었다. 사실 나는 그를 지금 어떻게 이해해야 할지 몰랐다. 아무튼, 이것을 병이라고 한다면 확실히 유치장에 있었을 때보다 그것은 악화해 있었다. 나는 위로하듯 덧붙였다. “자네가 무슨 말을 하는 건지 나는 전혀 모르겠네.”

　“이놈이 시치미 떼려 드는구나. 복수하고 싶지 않냐 말이다. 나한테 말이야. 나한테 에헤헤. 에헤헤.”

　“도대체 무슨 소리를 하는 것인가.”

　“아니 그렇지.” 하고, 그는 다시 괴로운 듯이 신음했다. “나는 지금나 자신에게 복수를 당하고 있다네. 목이 졸려지고 있어. 갖고 싶은 것도 없고, 기쁨도 없으며, 즐거움도 없어. 희망도. 아…나는 이 이민 열차에 타면 얼마나 구원을 받고 있는 것인가. 나도 그들과 함께 갈 수가 있어. 울부짖을 수가 있어.”

“하지만 이 사람들에게는 희망이 있길 않나. 슬퍼지기 위해 떠나는 것이 아니야.”

“그거야 아무려면 어때. 나는 그저 그들과 같은 열차로 같은 방향으로 간다는 것만으로도 환희에 차서 어찌할 줄을 몰라. 그리고 우는 것도 함께 부르짖는 것도 함께 하니까. 그러나 나는 어쩌란 말이냐. 이 사람들이 모두 국경을 넘어가면 나 혼자서 다시 되돌아오지 않으면 안 되니. 그때를 생각하면 슬퍼져서 어쩔 수가 없다네.”

그리고 다시 훌쩍훌쩍 울기 시작했다. 나는 더욱 난처해졌다. 그러나 어쩐지 그가 측은해져서 동정하는 마음마저 느꼈다. 물론 냉담하게 생각하면 이런 곤란한 사내가 어디에 있는가. 이런 사람이야말로 멸망해야 할 유형이라 할 수 있다.

“그만두게 이게 무슨 꼴인가.” 나는 나무라듯이 말했다.

그러자 그는 움찔하며 뛰어오르더니 다시 몸을 부들부들 떨기 시작했다. 눈을 크게 뜨고 입을 떡떡 마주치면서 일어서려 애를 쓴다. 어째서인지 격분하고 있었다. 그 얼굴은 죽을상[死相]을 띠고 경련을 일으키고 있었다. 마치 죽어 가는 사람이 천국을 거부당한 것처럼 최후의 기쁨을 빼앗긴 것처럼. 그리고 팔을 내저으며,

“이놈 나더러 가만있으라고.”

하며 소리를 지르더니 그만 기운이 빠져 그 자리에 맥없이 쓰러지고 말았다. 조금 지나더니 입에서 침을 흘리며 얼굴과 함께 상반신이 그

대로 철썩하고 통로 바닥에 쓰러졌다. 얼굴은 흙투성이가 돼버렸다. 나는 잔인하게도 '이만하길 다행이다.'라는 기분이 들었다.

"그런데 그때 잘 되었노라고 생각했던 것에 대해 나는 아직도 마음이 얼어버리는 것과 같은 고통을 느낀다. 그 일로부터 2년 동안 나를 얼마나 심하게 고문하고 있던 것일까." 하며, 신문기자는 괴로운 듯이 신음했다. "술을 좀 더 부어주게. 좀 더 술을 붓게나."

"그래서 어찌 되었나." 하며 축산회사원은 답답한 듯이 재촉했다.

"글쎄 좀 가만있게나. …그런데 기차는 좀 있으면 대전에 도착할 무렵이었네. 자네들도 알겠지만 나는 대전에서 호남선으로 갈아타지 않으면 안 됐네. 그때 나는 내릴 채비를 하면서 생각했네. 이제 작별을 하기 위해 Q백작을 깨워야 옳은가 아니면 그냥 둬야 옳은가. 그는 완전히 녹초가 돼서 뻗어 있는 그대로였지. 그래 구태여 깨울 필요까지 있겠냐 싶었네. 그러자 거의 역에 도착한 모양으로 기적 소리가 울렸네. 그래서 나는 양손에 트렁크를 들고 좌석에서 일어나서 출구로 향해 갔네. 그런데 기차가 심하게 흔들리는 통에 나는 넘어질 뻔 하다가 그만 실수로 백작의 등 위에 엉덩방아를 찧었다네. 백작은 완전히 쓰러지고 말았네. 나는 혼이 나서 펄쩍 뛰듯이 일어났는데 그는 통로 바닥에 포복하는 듯한 자세 그대로 미동도 하지 않았다. 더욱더 나는 그에게 인사를 할 수 없을 것 같은 기분이 들었다. 그때 벌써 플랫폼 등불이 보이기 시작했다. 그러나 나는 그를 꼭 깨우고 내려야겠다고 생각했다.

"Q!"

대답이 없다. 완전히 취해서 잠이 들었다고 생각했다. 기차는 정차를 시작했다. 플랫폼에 분주한 사람들의 모습이 보였다. 소란스러운 소리. 나는 어서 내리지 않으면 안 되겠다는 생각에 마음이 급해졌다.

"이봐 Q백작."

여전히 그는 쓰러진 채로 미동도 하지 않는다. 그때 내겐 트렁크를 내려놓고 그를 흔들어 깨울 지혜를 발휘할 여유가 없었다. 마음은 더욱 바빠졌다.

"이보게 Q. 어쩐 일인가. 자네 왜 그러나. 거기서 자다가는 밟힌다네. 이봐. 백작."

드디어 기차는 멈췄다. 라우드스피커가 윙윙거렸다. 플랫폼을 사람들이 뛰어다닌다. 나는 두세 걸음 문 옆으로 걸어가면서 뒤돌아보았다. 보다 못한 옆에 있던 농부가 Q백작을 안아 일으키려 하고 있었다.

"나리 일어나시우. 나리."

하고 사내는 백작의 몸을 흔들기 시작했다. 그때 내 앞으로 승객들이 우르르 쏟아져 들어왔다. 그래서 황망히 빠져나가려고 하는데, 그 순간 뒤에서 농부가 비명을 지르면서 놀라 일어선 것 같았다.

"앗!"

나는 놀라 홱 돌아보았다. 그러나 나는 새로 올라탄 엄청난 수의 승객들 틈에 끼어 옴싹달싹도 하지 못했다. 그야말로 아수라장에 아비규환이라고 해도 좋을 지경이었다. Q백작이 그 후 어떻게 됐는지는 알 수 없다. 보이지 않아 알 수 없었다. 왜 그런지 그때 나는 열차에서 내리려는 생각으로 마음이 꽉 차 있었다. 사실 그때 차가 떠나기 전에 내리고는 안도의 한 숨을 내쉬었다. 하지만 기차가 움직이기 시작하자 나는 갑자기 겁을 집어 먹은 것처럼 트렁크를 든 채로 기차를 따라가며 외쳤다.

“Q백작! Q백작!”

“아까 숨이 벌써 끊어졌던가 부지.” 하고, 광고장이는 물었다.

“그게 내겐 아직도 알 수 없어. 지금까지도 그것 때문에 얼마나 괴로운지 몰라. 상황에 따라선 숨이 넘어갔는지도 모르지. 그런데 어째서 그런 일이 벌어진 것일까. 그 일을 생각하면 나는 몹시 양심의 가책을 받는다네. 그때 난 열차에서 내리지 말았어야 옳았어.”

신문기자는 거기서 땀과 함께 눈물을 훔치었다. 그리고 이야기를 뚝 끊었다. 그 후 한 번도 만난 일이 없느냐고 축사회사원이 조심스레 묻자, 그는 잠시 묵묵히 있다가 다시 조용한 목소리로 혼잣말처럼 중얼거리기 시작했다.

“나는 작년 여름 강원도 산속에 들어갔던 적이 있다. 그때 일이 꼬이려니까 열흘이나 폭풍우가 계속되었다. 한강 상류에 큰 창수로 탁류가 됐다. 어느 날 그 강 쪽에서 도움을 구하는 목소리가 들려왔다. 나는 어딘지 낯익은 목소리 같아서 빗속에 서 있었다. 중류 쪽에 뗏목이 떠내려가고 있었다. 그 위로 두 서너 사람의 그림자가 보인다. 비안개가 자욱해서 똑똑하게 보이지는 않지만 그 중에는 양복을 입은 사내 한 명이 끼어 있다. 그 사람이 큰 소리로 부르짖고 있는 모양이다. 그 사내의 체격이 또한 어디선가 본 듯 눈에 익은 것 같기도 했다. 그렇지, 그것이 Q백작은 아니었나 싶기도 하다. 역시 기분 탓일지도 모르지만. 나는 그 후 경성의 어느 젊은 재목 상인이 뗏목과 함께 운명을 같이 했다는 이야기를 산읍에 내려와서 들었는데 그 사내의 이름이 뭔지는 아무도 몰랐다.”

“아무렴 그게 Q백작일 리가 있겠나.” 하고 광고장이는 조용히 부정했다.

"그리고 이번 봄이었지. 내가 경성에 출장을 나와 종로에서 동대문행 전차에 탔을 때였네. 방공연습 당일이었을 거야. 전차가 막 오정목 사거리를 지나가려 할 때였어. 거기서 경방단원이 훈련을 하고 있었네. 그때 한 중년 사내가 일렬횡대로 선 단원을 향해서 무언가 훈시를 하고 있었네. 나는 그 남자의 뒷모습 밖에는 보지 못했네. 하지만 지금 생각해 보면 아무래도 그게 백작이었던 것 같은 기분이 들어."

"그렇군." 하고 나는 소리쳤다. 어째서 내가 그렇게 외쳤는지 알 수 없었다. 하지만 무언가 그는 어림도 없는 것처럼 느껴졌다. 그리고 탁 하고 자신의 무릎을 쳤다. "그렇지, 분명히 그것이 Q백작이었을지도 몰라. 그는 전쟁이 나서 기뻐하고 있었을 것이니까. 왜냐하면, 현재 국가는 이민 열차와 같이 현실적인 괴로움을 겪고 있지만 일정한 방향을 향해 국민을 태우고 거국일치 체제로 돌진에 돌진을 거듭하고 있으니 말일세. 그래서 그는 생활 목표나 방향을 획득했는지도 모를 일이야. 경반단의 반장 정도는 넉넉히 할 만한 도량일세."

모두 입을 다문 채 끄덕였다.

"그랬으면 좋으련만." 하며, 신문기자는 한참 동안 맥주잔을 들여다보더니 슬픈 듯 중얼거렸다. 그리고 다시 계속했다. "그런데 그리고 또 어떤 날…."

지기미*

　원래가 퍽 사람을 그리워하여, 사람 없이는 하루 한시라도 못 견디는 고독한 인간이다. 무턱대고 사람을 그리워한다. 두 번만 만나면 나는 어깨를 치고 허허 웃고 또 심지어 그이가 뚱뚱보라면 꾹꾹 그 배를 찌르고야 만다. 그래 한번은 뚱뚱보인 고등관을 성내우고 말았다. 실로 말이지 내가 알기는 대신급에서부터 토역군에 이르기까지이다. 더욱이 그 부인네들과는 안면이 깊다. 그건 내가 '걸레장사'라는 바로 이 고장말로 하면 구즈야이기 때문이다. 아니 구즈야는 내 생활수단에 지나지 않는다. 나는 어엿한 화가이다. 그림 공부하는 사나이다. 그러나 고등관의 욕을 얻어먹은 뒤부터는 일체 관리들과는 교제를 끊었다. 아니 거래를 끊었다는 말이다. 나는 나를 멸시하는 인간을 멸시하기 때문이다. 하기는 이 고장에는 내 마음을 이해해 줄 사람이 하나도 없다. 어깨를 툭툭 칠 만한 사람이 없는 것이다. 그러고 보니 외롭다. 고독하기 그지없다. 이 고독감은 기주적(期週的)으로 가분재기 침노

* 『삼천리』, 1941. 4.

를 한다. 그러면 아편쟁이가 아편 생각이 난 때처럼 못 견디게 사람이 그리워진다. 그러나 하나도 얼싸안을 녀석이 보이지 않는다. 그때는 나는 다룽치를 메고서 시바우라(芝浦)로 간다.

시바우라해안은 조선사람의 천지이다. 각 지방에서 온 뱃짐(주로 석탄짐)을 푸는 일을 하는 오끼나까시(沖沖仕)는 거진 다 조선사람이다. 모두들 거무스름한 합삐를 두르고 머리를 수건으로 동여 매든가 혹은 도리우찌며 험한 토수래모자들을 쓰고서 밤중 두세 시경과 저녁때면 그 아근을 어깨를 들먹이며 다닌다. 그리고 어느 함바(飯場)에나 열빡(十疊) 남짓한 방에 한 사십 명씩이 들고 날친다. 감자더미처럼, 어쩌면 또 석탄더미처럼 밤만 되면은 그들은 여덟 시부터 볏짚짝 같은 이불을 뒤집어쓰고 세상 모르게 잠이 들어 꾸르렁거린다. 새벽 세 시에 일을 나가고 저녁 세 시가 넘어서야 돌아오는 것이다. 열두 시간의 고된 노동인데 또 새벽에 나가야만 되는 일이라 밤이 이른 터이다. 이런 일을 하는 오끼나까시가 이 일 구에만 해도 한 육백여 명이나 된다. 그렇다고 해서 이게 모두 내 동무들인가 하면 아예 그럴 리가 없다. 나 같은 사람은 거들떠보지도 않는다. 여기서 섣불리 지나가는 사내 등이라도 한번 툭툭 쳤다가는 대번에 '와 익해' 하고 따귀를 얻어맞기는 예상사고 자칫하다가는 태평양 바다에 귀신도 모르게 둘러메치우고 말 것이다. 사실로 이 사내들은 여기 바다를 동경만이라지 않고 태평양이라 부르고 바람은 아메리카 바람이라 한다. 만약 함바서 자는 놈 발가락 하나라도 어쩌다 잘못해서 밟았다가는 메리켕주먹에 목숨 날아가기가 십상이다. 그러기에 이런 곳에 내가 섣불리 동무를 많이 만들어 두었을 리도 만무하다. 동무라고는 꼭 하나밖에 없는데 이름은 지기미라 하는 영감이다. 나는 무시로 이 영감이 그리워져, 그리워지면 참지를 못하고 터불터불 찾아오는 것이다.

지기미는 아편쟁이로 벌써 나이 육십인데 게다가 키는 헛말로 구척이나 되므로 아메리카 바람이 사나울 때는 몸이 부러질 듯이 휘청거린다. 그러나 지기미는 늘 마라톤 선수처럼 두 주먹을 가슴에 얹고서 헐떡거리며 분주히 다닌다. 참말로 이 인생을 마라톤이라 하면 그는 벌써 끝에 가까이 왔기도 하려니와, 아주 기진맥진하여 쓰러질 듯한 선수이다. 다니면서 무슨 의미인지는 모르나 지기미지기미지기미 중얼거린다. 지기미기로서니 처음부터 제 이름이 없었으랴마는 이 때문에 이름이 지기미가 되고 말았다. 지기미도 인제는 제 이름이 본시부터 지기미였던 줄로 안다. 이 지기미도 아편이나 숨이 턱에 닿도록 그리울 때를 내놓고는 나를 언제나 그리고 있다. 하기는 아편이 그리웁길래 더욱 나를 몸이 달도록 기다릴 때도 있다. 아편 살 돈 단 두 냥이 없을 때의 일이다. 나는 그래도 잘사는 사람들의 뒷구멍이나 설구어 주면서 외롭지만, 지기미는 이 고역을 하는 사람들 구역에 살면서까지 천애고독한 인간이다. 거기 사람들은 지기미 같은 영감은 이 세상이 한 번도 필요로 하지 않는, 외려 조선사람에게 수치를 주는 존재라고 생각을 한다. 이리하여 지기미는 더욱 외롭다. 나를 만나기만 하면 그의 가느스레 감은 눈이 반짝하고 뜨인다. 그리고 그 조그만 눈이 차츰 서리서리 불빛을 띠는 것이다. 그 다음엔 하나밖에 없는 새까만 이를 빼어 물고 회회회 웃는다. 사실로 목소리가 새어 그런지 회회회 웃는다.

그런데 지기믄 늘 이아근을 나가 돌아다니기만 한다. 밤에는 일꾼들이 호곤히 자고 있는 이 함바 저 함바로 개웃개웃 다녀 보며 조금이라도 빈틈이 있으면 살금살금 들어가 쪼그리고 누워 본다. 하나 대체로 발들여 놓을 틈도 없을 뿐더러 심한 데는 너무 사람이 많아 수도간까지 이불을 끌고 나가 너저분히 누워서 코를 드르렁거리는 지경이다. 뿌옃한 십 촉 전등 하나가 이 모양을 내려다보며 묵묵히 지키고 있을 뿐 오시이레(押入)는 문짝을 젖혔는데 그 윗장에는 소위 세화야끼라는 방 대장이 누워 자고 그 아랫장엔 권세 좋은 자가 누워 잔다. 지기미는 이 윗장 자리에 한없이 미련을 가지고 있다. 그건 이런 함바에서도 버젓스레 못 눕고 한편 구석에 남보고 쪼그리고 누워야만 되는 제 미미한 존재에 대한 내심의 반역일 것이다. 그래도 지기미는 제가 아무런 의미로라도 이 시바우라 해안에 존재 의의를 가졌다고 생각코자 한다. 존재에 대한 하염없는 향수였다. 그래 모두들 일에 나가고 아무도 없을 적엔 방 안에 살금살금 들어와 이 윗장 대장자리에 다리를 펴고 반듯이 누워 적이 만족하여 골골 잠이 들기도 한다. 나도 한번은 지기미 영감 바람에 멋도 모르고 그와 같이 여기서 자다가 흥쭈루기 그날 일을 나가지 않은 방 대장에게 들켜 허리가 부러지게 어지간히 얻어맞았다. 하기는 대체로 매일 밤 지기미가 달낙집달낙집하는 조선 밥장삿집 부엌 안에서 웅크리고 잠이 든다. 그러다가 밤중 한시 반쯤이면 일어나 밑바닥에 내려와 우들우들 떨며 밥짓는 일을 도와준다. 물도 길어다 주고 솥아궁에 불도 때어 주고, 그리고 두시 반쯤만 되면 예의 마라톤 선수 모양으로 할딱거리며 그 근방 모든 함바로 "회—잇, 오끼로 오끼로!" "시간(時間)이다. 회—잇, 회—잇, 오끼로!" 하며 깨우러 다닌다. 누가 깨워 달래서 그러는 것도 아니고, 단지 지기미는 제가 얼마나 그들의 필요한, 없어서는 안 될 인물인가를 알리고자 하기 때문이다. 아니 외려 제가 그것을 굳게 확인하며 또 그 인정을 즐기고자 하기 때문이다. 나도 지기미와 같이 밥장사 부엌에서

자고 난 새벽에 나는 그 뒤를 따라다닌다. 지기미는 옛날 청소년 시절
엔 한국 병정이었다. 병정 삼정위였더라 한다. 그래 그런지 "회—잇,
회—잇" 하는 소리에는 목이 갈린듯하면서도 쇳소리 쟁쟁한 서슬 푸
른 데가 있다. 이러면서 다니노라면 이 구석 저 구석으로부터 오끼나
까시들이 머리에 모자를 푹 눌러 쓰고서 혹은 수건으로 졸라매고 아
메리카 바람이 윙윙 불어 대는 큰 길가로 줄렁줄렁 나온다. 그리고는
제각각 밥장사를 찾아 여기저기로 몰려간다.

이곳 저곳에 초롱불을 달고 파는 우동 구루마가 보이며 또 다히야
끼(鯛燒) 후지미야끼(富士見燒) 구루마도 군데군데 보인다. 그 앞에도 사
내들이 쭉 둘러서 있다. 사방에서는 퉁퉁거리는 뱃소리가 들린다.

이윽하여 이 골목 저 골목에 기배듯한 그들의 행렬이 늘어선다. 전
마선을 타고 큰 기선에 일하러 나가는 것인데, 전마선 속에서는 먼저
들어간 사내들이 석탄불을 펄펄 피우고서 둘러앉아 있다. 이런 전마
선 불들이 여기저기서 뻘겋게 타올라 컴컴한 부두에 아주 거창스런
광경을 정한다. 멀리 바다 쪽에서는 등대불이 번쩍거린다. 그리고 또
바다 한가운데서 기선은 내가 여기 있노라는 것을 알리노라 횃불을
든다. 이리하여 시바우라 부두는 새벽 세 시경엔 흥성흥성해진다.

"내가 이럭카자않음 저눔들 일들두 몬나간닥하있까" 하며 지기미는
더욱 신이 나서,

"회—잇, 오끼로 오끼로."

"야, 우루사이하다 이 지기마!" 하고 한 녀석이 핀잔을 할 것 같으
면, 지기마는 회—잇하며 딱바루 기착을 하고 경립을 부치고는 또 달
아난다.

"회—잇 오끼로 오끼로 지간다!"

이처럼 그는 필사적이다. 그래 가지고 한 바퀴 두루 돈 뒤에는 무슨 구미 무슨 구미하는 조합집들 새 골목으로 기어 들어간다. 그리고 그 밑에서부터 그득히 일꾼들을 태우고 펄펄 불꽃을 날리면서 통통통 떠나는 전마선을 전송한다. 그걸 한참 서서 보고서는 또 되돌아 나와 이번은 다른 골목 새로 들어간다. 거기서도 또 딴 배가 이 모양으로 떠나는 것을 전송한다. 이 전마선이 모두 바다 가운데로 떠난 뒤에야, 그는 비로소 제 중대한 임무를 마친 것처럼 생각하고 밥장사 달낙집으로 돌아온다. 그러나 돌아올 때는 벌써 한풀 풀기가 없고 어깨가 척 늘어져서 아주 구슬픈 소리로 지기미지기미지기미 할 뿐이다. 돌아와서는 다시 가마를 부셔 주기도 하고 물도 길어서 이 층으로 나르고 방도 쓸어 주고 이런다. 그 뒤 날이 활짝 밝아서야 식은 밥덩이나 부엌에서 좀 얻어먹고는 또 내려온다. 이번은 빈 함바 속을 개웃거리며 혹시 아파서 일 못 나간 사내들이나 있으면 문안을 하는 차례다. 다리를 다쳐서 누워 있는 사내, 배가 아파 엎드려 있는 사내, 온몸이 쑤시고 아파 끙끙거리는 사내. 지기미는 창문 안으로 머리만 개웃이 들이밀고 "어디 아푼교" "어디 아푼교" 한다. 누워 앓는 사내들은 눈을 거슴츠레 뜨고 쳐다본다. 지기미는 위안을 주려는 듯이 회회회 웃어 보이며 아편을 먹으면 진작 낫는다는 말을 한다. 그러면 모두들 벌떡 일어나며 아무 것이나 집어서 칠려고 한다. 지기미는 그제는 혼이 나 회—잇 하고 꽁지가 빠지게 달아난다. 역시 그도 저 혼자만이 아편쟁이가 되어 외꼬투리로 외로움을 앓고 있다. 그 때문에 제가 아무한테도 더욱 수모를 받고 있는 것을 알고 있다. 그래 같이 아편을 먹는 동무를 만들고 싶은 것이다.

지기미는 날 보고도 언제나 아편을 먹으라고 자꾸 못 견디게 굴어

댄다. 그러나 내가 그 말에 까딱이나 할 것인가. 이래뵈어도 나는 걸레장수일망정, 대지(大志)를 품고 바다를 건너온 사내다. 적어도 남아입지출향관(男兒立志出鄕關)이다.

그리고 걸레장사를 하면서라도 그때의 큰 뜻대로, 나는 그림 공부를 꾸준히 유속(維續)하고 있다. 길을 가다가라도 가분재기 그려 보고 싶은 게 있으면 다롱치를 벗어 놓고, 스케치북을 끄집어낸다. 이 어엿한 사내가 아편을 먹어 될 말인가? 다만 나도 비길 데 없이 외로운데다, 이 지기미가 내 마음에 드는 다시없는 동무이기에 가까이 지낼 따름이다. 한번은 그래 그때도 지기미가 아편을 먹으라고 못 살게 굴기에 나는 크게 어성을 높이어 꾸짖은 일이 있다. 지기미는 너무 슬퍼져 한참 내 얼굴을 쳐다보더니 그만 쪼르르 눈물을 흘렸다.

"니가 아편을 먹우므 더 친해질낀다……"

나도 아주 마음이 언짢아져서 묵묵히 앉은 채 고개를 끄덕끄덕 했다. 알지 못하는 사이에 눈물도 흘러내렸다. 에이 빌어먹을 것 하나도 좋은 일은 없는데 나도 아편이나 먹으며 이 지기미와 같이 지내고 말까, 하는 유혹이 가슴속에서 불현듯 일어났다. 그러나 잇따라 바다를 건너오던 당시의 큰 뜻이 걸핏 떠올랐다. 나는 놀란 듯이 더욱 눈물을 흘리며 이번은 머리를 설레설레 저었다. 그러니까 지기미는 더욱 더욱 눈물을 흘리며 그러지 말고 한 번만이라도 좋으니 먹으러 가자고 애걸한다. 그제는 나는 여지없이 마음이 약해져 더욱더욱더욱 눈물을 흘리며 그만 고개를 끄덕끄덕 하다가, 제김에 펄쩍 놀라 주먹을 들어 후려갈기려 했다. 그러자 지기미는 내 몸뚱이에 바싹 달라붙어 얼싸 안더니 이번은 나보다도 더욱더욱더욱더욱 눈물을 흘리며 운다. 나는 이 모양을 보고는 어쩔 줄 모르게 측은하여져 용서를 했다. 단연히 아

편만은 먹지 않기로 결심하면서 — 이제 어디서인고 하니 바로 밥장사
네 달낙집을 오르내리는 널찍한 구름다리 위 한쪽 끝에 달린, 모노호
시(物干)대 위에서의 일이다. 달낙집이라고 하니 꽤 웬만한 집이라 생
각하겠지만, 실인즉은 창고 속 윗 공간을 이용하여 널쪽을 펴고 곽하
(廊下)를 사이에 두고서 방을 좌우 쪽에 오륙 칸 만들어 놓은 것에 불
과하다. 아래쪽은 역시 창고로 늘 양하리꼬랴 소리가 들린다. 이 청깐
집 곽하 끝 구름다리 위와 옆집 지붕 위를 걸친 게 바로 우리들이 지
금 있는 모노호시대인 것이다. 본시부터 말재주가 없는 나로서는 이
이상야릇한 장소를 눈앞에 여실하게 이야기하기는 지난한 일이다. 그
것도 혹시 연필로라도 스케치나 하라면 모르겠다. 여기서는 창고며
조합들 지붕 위를 넘어 동쪽에 바다가 보인다. 바닷바람은 이 위를 스
쳐 넘어간다. 아래쪽은 이 모노호시대 때문에 태양이 내려쪼이지 못
할 만치 좁은 불과 삼사 평의 막다른 틈새기다. 구름다리 바로 아래는
변소로 늘 구린내가 역하다. 변소 앞쪽 구석에는 수도가 있는데, 그
옆에는 버죽이 항아리 솥아궁 바께쓰 장통 물통 냄비 소랭이 이런 것
이 지저분히 널려 있다. 밤에는 그래도 구름다리 꼭대기에 달린 전등
불 때문에 좀 환히 비치지만 낮에는 태양빛이 못 들어와 컴컴하기 그
지없다. 달낙집 밥장사네가 여기서 밥을 짓는 터이다. 지기미가 불을
때어 주고 물을 길어 주는 데도 여기다. 그리고 이 모노호시대 한끝을
지붕으로 받든 집은 역시 함바로, 여기 일꾼들이 이 수도와 변소를 사
용하기 때문에 저녁때나 새벽에는 이 모노호시대 아래가 수라장을 이
룬다. 다시 말하면 여기에 시바우라 생활의 축위(縮圍)가 벌어진다. 그
러나 여기에도 오후 한 시부터 세 시 사이에는 얼룩이 지는 광선이
희미하게나마 비친다. 모노호시대의 잘게 연달린 널쪽 틈으로 태양이

그 밑에다 겨우 광선을 흘리는 때문이다. 그 광선이 그림자를 떨구면 그것은 마치 철창 쇠창살처럼 얼굴이 진다. 바로 이런 시간에 나는 지기미를 여기 모노호시대 위에서 만나 그를 스케치하고 있던 것이다. 지기미는 아까처럼 다시 널쪽 위에 누웠으며 나는 다시 목탄 연필을 들었다.

지기미는 최근 일 개월 넘어는 해만 나는 날이면 아무리 춥고 떨릴지라도, 오후 한 시부터 세 시까지는 이 위에 포대자루를 깔고 누워 있는 것이다. 여태까지는 이 시간에는 아편을 밀매하는 한약방 영감네 집에 가 누워 있었지만 요 달포 동안은 이 위에서 침으로 살도 뚫고 약도 빨고 그런다. 여기에는 또 깊은 이유가 있는 것이었다. 그래 이걸 보고 한 젊은 대학생이 발광한 일이 달포 전에 있었다. 본시가 심한 신경쇠약인데다 무슨 빌어먹을 통계를 한다고 야단을 치는 이상한 대학생이었다. 몰골은 고학생 꼴이었다. 쩍하면 한다는 소리가 조선사람이 일 년에 태어나기는 칠십구만 몇 천 몇 백 몇 명인데 죽기는 불과 삼 십 팔 만하고 얼마 얼마이니 결국은 사십만 얼마 얼마 명이 느는 것이다. 장하지 않느냐는 둥, 일 년에 조선 사람이 먹어 없애는 담뱃값이 얼마 얼마, 그걸 가지고는 소학교를 몇 천 몇 백 몇 십 몇 개를 세울 수가 있는데, 술값을 쳐보면 일 년에 얼마 얼마이니, 이걸 가지고는 중학교를 암만 개를 만들 수 있잖으냐? 심지어는 조선 인구통계로 보아 남자가 여자보다 삼 백 몇 만하고 얼마 얼마 명이나 많은데, 어디서 나온 숫자인지는 모르나 게다가 첩을 얻은 놈이 얼마 얼마이니 이래 가지고야 분배의 공평을 기할 수 있겠느냐는 둥 이런 따위다. 그리고 숫자는 신성불가침이다. 너희들도 잘살려면은 이런 숫자를 충분히 이해할 줄 알아야 된다. 아― 너희들은 이걸 모르는구나.

도대체 내가 여기를 무엇 하러 온 줄 아느냐, 나는 결코 고학생이 아
니다. 대학생도 이만저만한 대학생이 아니고 어엿한 ×× 대학 사회학
부 자비유학생이다. 결코 노동을 하러 온 것이 아니다. 너희들이 어떤
생활을 하는가를 알고자 찾아온 것이다. 나는 여기서도 이 며칠 동안
훌륭한 통계를 잡았다. 아니 훌륭하다기보다 그것은 너무도 비참한
통계이다. 사방 일 정 이 지역에만도 너희가 몇 백 몇 십 몇 명. 그 중
독신자가 얼마 얼마인데 알코올 중독자가 몇 명, 도박 상습자가 몇
명, 위생지식이 없기 때문에 성병을 앓는 자가 얼마얼마 아— 비참하
다, 비참하다, 이러면서 그 다음은 통곡을 하는 것이다. 그래 몇 날 동
안은 모노호시대 아래쪽 이 함바 안이 전보다도 더 수통스러웠다. 처
음에는 후려갈기는 사내고 있었으나 나중에는 모두 웃고 넘겼다. 그
런데 하루는 학교에도 안 나가고 부들부들 몸을 떨며 누구의 것인지
노동복을 얻어 입더니 지까다비를 신고서 일터로 따라나갔다. 아마
돈이 아주 떨어졌던 모양이다. 그러나 저녁에 돌아와서는 코피를 쏟
으며 신열을 내며 신음 소리와 같이 헛소리를 발했다. 암만 몸이 건장
한 사내라도 이곳 일에는 처음 몇 날은 된 고통을 보는 것이다. 그는
누웠다가도 벌떡 일어나서 코피를 청청 흘리면서 아— 내가 그 지옥
같은 뱃속엘 왜 들어갔던 줄 아느냐? 너희들을 위해서이다. 너희들을
불쌍히 생각하였기 때문이다. 거기서 너희들이 얼마나 고역을 하는가
내 자신 경험하고 싶었기 때문이다 하면서 가슴을 치고 부르짖곤 했
다. 모두 이 모양을 보며 미치지나 않을까 하는 불쌍한 생각에 침통하
여졌다. 드디어 바로 그 다음날 두 시쯤 해서, 즉 영창에 창살이 쭉
늘어서는 시간에 그는 발광하고 만 것이다. 나를 왜 가두었느냐고 같
이 아파 누워 있는 사람들을 죽인다고 덤비며 날뛰었다. 문안을 왔던

지기미는 그 옆으로 앞으로 뒤로 팔팔 뛰면서 이 약을 먹으면 낫는다, 이 약을 먹으면 낫는다고 아편을 들고 야단을 쳤다. 여러 사내들은 간신히 이 대학생을 붙들어 뉘어 놓았다. 그리고 진정을 시키려다 못해 지기미의 약을 먹여 재우고 말았다. 지기미는 그날 얼마나 기뻐하였는지 모른다. 그 다음날 함바 사람들은 돈을 모아 차표를 사서이 대학생을 고향 나가는 사람 편에 딸려 보냈다. 이 일이 있은 뒤부터 지기미는 또다시 미치는 사내가 생겨서는 안 되겠다고 암만 바람이 세찬 차운 날이래도 흐리지 않으면 모노호시대 위에 태양이 있는 시간엔 꼭 여기에다가 포대자루를 펴고 드러누워 있는 것이다. 그러면 태양은 이 아래에다 창살 같은 얼굴이 지는 광선을 흘리지 못했다.

지기미는 팔을 베고 창살 같은 널쪽 위에 누워서 또다시 간들간들 졸고 있다. 나는 한쪽 기둥에 몸을 기대고 묵묵히 목탄연필을 달리고 있었다. 그다지 춥지는 않으나 태평양바다로부터 쌀쌀한 조풍(潮風)이 불어 와 때때로 그림 종이를 펄럭거리게 한다. 동경만 검푸른 바다는 언제와 같이 지질펀히 누웠는데, 초봄의 태양이 그 위를 거닐며 은파금파를 일으켰다. 나는 문득 붓대를 멈추고 시름없이 바다를 바라보았다. 어쩐 일인지 차츰 나는 파선을 타고서 대해 위를 표류하기 시작한 것 같은 애수를 느끼었다. 함바에는 그날은 앓아누워 있는 이도 없는 모양으로 신음 소리 하나 들려오지 않는다. 때때로 부두에서 크레인 소리며 윈치가 울리는 소리 우르르르 들려 올 뿐, 또 때때로 통통배들이 빽빽거리며 오고가는 소리만 들려 올 뿐, 나는 밑도끝도없이 혼자서 깊은 감상에 빠지고 말았는데 고향의 배따래기 소리가 자기도 모르는 사이에 입으로부터 새어 나왔다.

"우리는 구태여 선인 되어 타고 다니는 것은 칠성판이요 먹고 다니는 것은 사잣밥이라, 입고 다니는 것은 매장포로다. 요 내 일신을 생각하면 불쌍코 가련치 않단 말이냐, 지와자 좋다, 이선하야 배를 타고 만경창파 대해 중에 천리만리로 불려 갈제 양쪽 돛대는 직근 부러져 삼 동강이 나고 뱃머리는 빙빙 정신은 아득하여 삼혼칠혼이 흩어질 제 사십 명 동무를 수중에 넣고 명천 하나님은 굽어 살피사 요내 여러 동무를 살려 내소서. 나 혼자 살아나서 배 널조각을 집어 타고 무변대해로 내려갈 제 초록같은 물에 안개 자욱하니 갈 길이 천리인지 만리인지 지향무처로구나……"

나는 여기까지 부르고 나니 자못 마음이 더 허전하여 목탄 연필을 고쳐 잡으며,

"지기미 영감두 그만하면 인제는 고향엘 돌아가야지?" 하였드니,

"그게 무슨 소린고?" 하며 눈을 반짝하니 뜬다.

"내가 고향 가버리면 여기 이 사람들 뒤는 뉘가 치능교……"

"지랄할, 지기미, 혀를 날름날름 빼물지 말어, 어디 그릴 수가 있어야지" 하면서 나는 할 수 없이 웃었다.

"하기는 지기미 영감 소리가 맞었네."

"맞다마다. 고향이란 니나 내나 생각만 해도 고향이 되지만 이 사람들 일은 멀리서 생각만 해가지고 안 된닥하이까."

"것두 그렇기는 하지만."

나는 고개를 끄덕거리다가 제김에 벌씬 웃으며 "그러나 지기미 영감이야 갈래두 고향이 있어야지" 했다.

"와 내가 고향이 없어." 그는 눈이 파래지며 자못 못마땅하다는 표정을 짓고는, "별한 소리 다 하능기라. 현해탄만 건너서면 고향 아닌교" 한다.

“조선두 하구 넓은데 어디가 고향이냐 말이지?”

“횟, 얏보능기라 횟 경상도지.”

“경상도두 남도와 북도가 있는 걸, 어느 도냐 말이지.”

“횟 그저 경상도면 알어볼께지라. 내가 고향 살 적엔 그런 분간 없던게라.”

“고개를 회회 젓지 말구. 아까처럼 점잖게 하구 있으라는데…… 그럼 떠나온진?……”

“30년은 될능기.”

“가만 누워 있어. 몸을 가지고 비틀지두 말구. 제길 그릴 수가 있어야지. 이제 코를 그릴 텐데 너무 고개를 개웃거리면 코모양이 바루 잽히지를 않네. 저런 지기미 네 코끝 오른쪽에 큰 허물이 있능거?”

“전쟁하다 생긴 허물이지……”

“전쟁은 또 언제?”

“옛날 한국 병정쩍 횟, 그 원세개란 놈이 민비청을 궁성 지키려 병정을 거느리구 와가지고 지드럭거리길래 한놈을 총틀로 때려 부셨지. 그때 칼로 코끝을 찔리운 기라. 나는 그래 그놈 귀를 하나 잘라 버리고 달아났지. 그 뒤 숨어 다니다 건너온 게지. 건너와서는 매일 연병장에만 가서 먼바루 구경하며 살았능기라……”

하더니만 가분재기 무슨 생각이 났던지 발딱 일어서서 기착을 하고 움직이지를 않는다. 그래도 이왕에 군인이었던 탓인지 이 자세에도 서슬 사나운 데가 있다.

“어쩌자고 이래, 일어서지 말어.”

하면서도 나는 다소간 그 위의에 억눌리었다. 그다음은 지기미는 아주 내 말은 귀에도 담지 않고 병정 놀이를 실제로 하기 시작했다. 앞으로 갓! 좌향좌 우향웃! 그리고 또 기착! 하고서 한 삼 분 가량 까딱도 않고 빳빳 굳어진 채 바다 편을 바라보는 것이다. 내가 무어라고 말하여도 그는 들은 체도 않는다. 나도 하는 수 없이 멍하니 바다 쪽을 바라보니 멀리서 가물가물 전마선들이 돌아오는 게 보인다.

그게즌 모든 것을 알아차리고 나도 부슬부슬 일어났다. 그대 지기미는 다시 앞으로 갓! 하더니 구름다리를 통통통 내려가기 시작했다. 나도 그 뒤를 따라 저벅저벅 내려갔다. 그는 밑바닥까지 다 내려오더니 그다음은 또 마라톤 선수처럼 앞가슴에 두 주먹을 댔다. 또 뛸려는 게 분명하기에 나도 스케치북을 옆채기에 넣고 준비를 했다. 그제는 지지미는 한번 나를 돌아보더니 무어라고 또 호령을 하고 지기미지기미 하면서 달아났다. 나도 그 뒤를 따랐다. 다시 오끼나까시를 태우고 돌아오는 전마선을 맞이하러 나가는 것이다. 바닷가에 나가보니 바로 적전상륙을 하려드는 배들을 박은 영화 모양으로 전마선들이 빽빽 소리를 지르며 수십 척 앞서거니 뒤서거니 널려서 이리로 향하여 온다. 거기에는 시꺼먼 사내들이 짐짝처럼 한배짐씩 실려서 이쪽을 응시하고 있다. 지기미는 한 손을 들어 보이면서 회-잇, 회-잇 무어라고 부르짖는 것이다. 나는 그 본때를 따라 회-잇, 회-잇 하며 손을 들어뵈었다. 세 시 반쯤까지에는 이 전마선들은 다시 제자리에 와 닿는다.

벌레(蟲)*

1

　나라고 하는 인간은 어떻게 생긴 것인지 혼자서는 잠시도 쓸쓸해서
견딜 수 없는 덧없는 품성을 지니고 있다. 상대가 그 누구라도 한없이
그리워 어쩔 수 없다. 또한, 곤란할 정도로 무람없어서, 두 번째 만나
면 바로 상대방의 어깨를 치고 허허허 웃는다. 그런데다 만약 그 사람
이 올챙이배를 하고 있으면 심하면 배를 손가락 끝으로 쿡쿡 찌르면
서 깔깔대며 만족해한다. 그래서 한 번은 이런 식으로 올챙이배 고등
관을 완전히 성나게 하고 말았다. 본래 나는 대관급부터 토역꾼에 이
르기까지 두루두루 알고 지낸다. 특히 그들의 부인들과는 직업 관계

---

* 본 변역은 「蟲」(『新潮』, 1941. 7)을 판본으로 삼았다. 한편 이 소설은 앞에 실린
「지기미」(『삼천리』, 1941. 4)를 일본어로 개작한 것이다. 이 소설을 단순히 번역
이라고 할 수 없는 이유는 작품 간 개작 과정이 두드러지기 때문이다. 그러므로
두 작품은 이언어간(異言語間) 개작이라 할 수 있다. 또한 일본어로 개작하면서
장(章) 구성을 추가하고 내용을 대폭 가필한 것을 알 수 있는데, 일본어 독자를
염두에 둔 설명이나 표현의 변화가 두드러진다.

상 더욱 안면이 깊다. 이는 속되게 말하면 구즈야(屑屋)[1]라 하는 것으로 바로 내가 하는 장사다. 그러나 구즈야는 단순히 내 생활 수단에 지나지 않는다. 나는 누구에게도 부끄럼 없는 긍지를 지닌 어엿한 화학생(畫學生)[2]이다. 그때도 나는 그 ××[3] 현관 앞에서 폐신문을 저울에 달고 있었다. 그때 그가 분별없이 굴러 나와서, "이봐 자네 그건 한 관에 얼마에 파는가?" 하고 묻는다. 그래서 "예에. 이것도 다 공정(公定)[4]이 있어서 말이죠." 하고 말문을 열자, 그는 곧바로 투덜대며 화를 내고, "앞서 한 관에 일원 사십 전에 사간 녀석이 있어. 자네 저쪽[5]에서 온 사람이지 그렇지!" 그런 말을 듣자 나도 내심 울화가 치밀었는데 뭐니 뭐니 해도 장사가 우선인지라, "네엡. 그건 암시장에서나 그렇지요." 하고 말하자, "이봐 ××자(子) 폐품회수 때라도 내놓는 것이 좋을 거야." 하고 주제 넘는 말을 지껄인다. 나는 두 관 정도 나가는 몹시 구겨진 폐신문을 하나하나 펴서 겹쳐놓고, 끈으로 묶은 후 허리춤에서 저울을 꺼내던 참이었다. 부아가 단단히 치밀어 올랐지만, 다시 한 번 자신을 억제하고, "네엡 어느 쪽이든 모두 국가를 위해서니까 말이죠. 한 번만 공정 가격으로 봐주십쇼." 하고 말했다. 하지만 결국 화를 이기지 못하고 이 올챙이배 사내를 탁 때린 것이 문제였다.

이러한 얼간이 짓을 해서 가져가야 할 것도 챙기지 못하고 부랴부랴 황망히 도망친 이후로 완전히 ××[6] 들과 어울리는 것을 그만둬 버

---

1) 폐휴지, 넝마, 낡은 솜 등의 폐품을 매매하는 장사 또는 그런 사람을 말한다.
2) 현대어로 하면 미대생 혹은 그림을 배우는 학생 정도의 뜻.
3) 원문에는 두 칸이 빈 칸으로 남겨져 있다.
4) 원문 그대로. '공정가격'을 앞에 단어만 써서 표시한 것으로 보이며, 다음에도 동일하게 줄임말을 사용하고 있다. 이후에는 편의를 위해 '공정가격'으로 번역하겠다.
5) 원문은 "あたら"이다. 즉, 이쪽(내지) 사람이 아니라 저쪽(외지)에서 온 사람이라는 뜻이다.

렸다. 즉 출입하지 않게 됐다. 나 또한 나를 멸시하는 인간을 멸시하
겠다고 하는 묘법(妙法)을 갖고 있기에. 나는 꽤 먼 곳까지 도망쳐서
어떤 집 쓰레기통 위에 앉아 스케치북을 꺼냈다. 그리고 울컥하는 기
분으로 캐리커처 붓을 개서 올챙이배 고등관 데생에 착수했다. 그러
는 사이에 과거 장사하기 전에 본의도 아니게, "어르신 꽤나 풍채가
좋은 배를 하고 계시군요." 하며 비위를 맞췄던 것조차 부아가 치밀어
올랐다. 그때 이 ××[7]가 뭐라고 했던가. 그는 배를 한층 복어처럼 내
밀고, "그러니까 내 부하들은 이 배를 보고 나폴레옹 배라고 말한다
네." 하는 것이 아닌가. "체 혼자 신이 나서는." 나는 갑자기 가래를
"칵— 퉤" 하고 그림 가운데로 뱉어서 기념작 데생을 결국 망쳐버렸
다. 하긴 그건 그렇다 치고, 이 내지에서는 나 같은 인간을 이해해 줄
수 있는 사람도 적었고, 또한 이쪽에서 무람없이 어깨를 치고 말을 걸
만한 사람도 거의 없었다. 그래서 나는 더욱더 고독증(孤獨症)에 사로
잡혔는데, 이 증상은 충동적이어서 갑자기 그리고 때때로 습격해 왔
다. 안절부절할 수 없는 절대적인 힘을 가지고서. 나는 중독자가 모르
핀을 떠올리는 순간과 마찬가지로 참을 수 없을 정도로 인간이 그리
워진다. 그럴 때면 하는 수 없이 다룽치를 맨 채로 시바우라(芝浦)[8] 해

---

6) 원문에는 두 칸이 빈 칸으로 남겨져 있는데, 앞에 실려 있는 「지기미」를 보면 이
   부분에 '관리'가 들어가 있음을 알 수 있다.
7) 원문에는 두 칸이 빈 칸으로 남겨져 있다.
8) 시바우라는 도쿄도 미나토쿠(港區)의 지명이다. 시바우라 해안은 일제말 조선인
   오키나카시(沖仲仕, 항만노동자)가 부락을 짓고 거주하던 지역이다. 또한, 도살장
   등이 몰려 있던 곳으로 매우 부정적인 이미지가 남아 있었다. 하지만 패전 이후
   시나가와(品川) 일대가 부촌으로 거듭나면서 이러한 이미지는 완전히 바뀌었다.
   1934년 당시 시바우라가 있던 시바구(芝區)에는 1233명의 조선인이 살았으며,
   1941년에 그 수는 3천 명을 상회했다(東京府學務部社會課 『在京朝鮮人勞働者の現狀』,
   東京府學務部社會課, 1936 참조).

안(海岸)으로 터벅터벅 걸어간다.

시바우라 해안은 이주 조선인의 메카9)인 동시에 또한 메시나10)이기도 하다. 고난과 노역이 가득한 곳이며 희망과 동경이 넘치는 곳이기도 하다. 각지에서 입항해 온 적하(積荷, 주로 석탄)를 내려놓는 인부들은 거의 다 조선 출신이다. 그들은 탄분(炭粉)으로 검게 더럽혀진 한텐(半纏)11)을 두르고, 리본이 떨어진 낡아빠진 중절모를 눈이 가려질 정도로 깊숙이 눌러 쓰고 있다. 일 하러 나가는 야밤 두세 시, 일을 끝내고 돌아오는 한낮 네다섯 시 무렵이 되면, 그들은 이 부근에 거미 새끼들을 풀어놓은 것처럼 들떠서 기어 돌아다닌다. 골목길 구석구석과 길가에는 함바(飯場)가 있고, 열 첩(疊) 정도 되는 곳에 가각 평균 사오십 명 되는 사람들이 석탄 더미처럼 시커멓게 들끓는다. 벌러덩 누워서 뒹굴 거리는 치들, 노래를 부르는 치들, 욕지기를 서로 해대는 치들, 껄껄 웃어대는 치들, 작업복을 기우는 치들, 돈을 세는 치들, 도박을 하는 치들. 그러는 사이 아무것도 아닌 일로 하찮은 싸움이 벌어져서 왁자지껄 대는 소리가 방 안 가득 들끓는다. 한마디로 조선인이라고 하는 자들은 노래와 허풍을 좋아하는 동시에 또한 싸움과 욕지거리도 대단히 좋아한다. 하지만 빠르작빠르작 하는 소동 가운데, 소주를 들이켜러 나가는 치들도 있고, 또한 부스럭대며 서로 꾀어내어 스사키(洲崎)로 향하는 치들도 있다. 하지만 훌륭한 고학생(苦學生)들도

---

9) 메카(Mecca)는 이슬람교의 창시자인 마호메트가 태어난 곳으로 이슬람교 최고의 성지이다.
10) 메시나(Messina)는 이탈리아 시칠리아에 위치해 있으며, 레판토해전(Battle of Lepanto) 당시 중요한 요점 도시 중 하나였다. 이 전쟁에서 신성동맹 함대는 투르크의 물결을 막아내면서 이슬람 세력이 서쪽으로 확대되는 것을 저지했다.
11) 하오리(羽織)와 비슷한 짧은 겉옷의 한 가지. 작업복·방한복으로 입음.

반드시 대여섯은 있는 법이라, 옷을 갈아입고 간다(神田)에 있는 야학(夜學)으로 배우러 나가기도 한다. 그 사이 방 안은 다시 조용히 가라앉아 고향의 모내기노래(田植歌)나 "연락선은 떠난다"[12] 등의 유행가만이 떠들썩하다. 그렇다고 해도 일이 야밤에 시작되는지라 잠드는 것이 일러서 아홉 시 경에는 이미 정신없이 잠들어 버린다. 이런 생활을 하는 인부가 도합 육백여 명이나 된다.

나는 이들 사이에 있으면 언제나 자신이 왠지 모르게 풍부해진 것과 같은, 실로 풍성한 논 속에 있는 듯한 따끈따끈한 기분이 든다. 요컨대 내가 고독하지 않음을 느낄 수 있어서 좋다. 그렇다고 해서 이 자들이 모두 나와 친한 동료인가 하면 슬프게도 전혀 그렇지는 않다. 나 같은 인간에게 눈길도 주지 않으려고 하는 것은 그런대로 괜찮지만, 고양이나 쥐와 같은 꼴을 하고 넝마를 뒤지고 헤매 다니는 존재를, 조선인 전체의 얼굴을 더럽혔다면서 침이라도 내뱉고 싶을 정도로 피하기조차 한다. 그들은 천하의 노동자 가운데 자신들이야말로 일본 내에서 가장 인내와 체력이 필요한 일을 하고 있다고 하는, 어리석은 자부심을 품고 있다. 그래서 다룽치를 맨 나정도 되는 자가 두세 번 안면이 있다는 것만으로, 무심코 그자들의 어깨라도 무람없이 쳤다가는, 그 자리에서 뺨따귀를 얻어맞기에 십상인데 그건 그나마 좋다고 해도, 잘못하면 태평양 거친 물결 속으로 귀신도 모르는 사이에 던져질지도 모른다. 사실로 이 사내들은 여기 바다를 동경만이라지 않고 태평양이라 부르고 바람은 아메리카 바람이라 한다. 그렇게 듣고 보니, 이 해안에 불어 닥치는 폭풍우는 샌프란시스코에도 상륙할

---

12) 장세정(張世貞)이 부른 노래도 1937년 OK레코드사에서 발매됐으며, 당시 대히트를 기록했다(김해송 작곡, 박영호 작사).

것임이 틀림없는데, 이것을 보더라도 이치들이 얼마나 허풍이 심한지를 알 수 있다. 또 어쩌다가 함바 안에서 자는 놈 발가락 하나라도 어쩌다 잘못해서 밟았다가는 메리켄[13] 주먹에 목숨이 날아가기에 십상이다. 그러기에 이런 곳에 내가 섣불리 동무를 많이 만들어 두었을 리도 만무하며, 또한 섣불리 허물없이 당치않은 흉내 따위도 내려고 생각하지 않는다.

친구라고는 단 한 사람 이 일대에서 지기미라는 이름으로 통하는 노인이 있을 뿐이다. 나는 쓸쓸함을 참을 수 없어지면 이 영감을 불쑥 떠올리고는, 억제할 수 없는 내친걸음으로 해안으로 찾아간다. 지기미 노인의 나이는 육십을 훨씬 넘긴 모르핀 환자인데, 그 키가 육 척에 가까운 장신이지만, 고령과 모르핀 중독으로 미라처럼 몸이 말라붙어서, 아메리카 바람이라도 심하게 불 때면 몸이 꺾어질 것 같다. 그러나 마라톤 선수처럼 언제나 두 주먹을 가슴에 얹고서 자못 분주한 듯이 싸돌아다닌다. 참말로 이 인생을 긴 마라톤 여행이라고 한다면, 그는 벌써 골에 가까이 왔기도 하려니와, 아주 기진맥진하여 지금이라도 쓰러질 듯한 늙은 선수라고 할 수 있다. 그는 거의 뛰는 것처럼 헤매다니면서, 기묘하게도 언제나 '지기미 지기미' 하고 중얼거린다. 그 때문에 지기미라는 이름으로 통하게 됐다. 그 자신도 이제는 자기 이름이 옛날부터 지기미였는 줄로 안다. 왜냐하면, 언젠가 내가 도대체 지미기라는 것이 무슨 소리요 하고 묻자, 낼름 혀를 내밀면서 "그야 내 이름 석 자가 아닌가." 하고 웃었다. 생각해 보니 지기미라는 말은

---

13) 메리켄(メリケン)은 American이 전와(轉訛)된 말이다. 패전 이전까지는 일상적으로 사용되던 말인데, 패전 이후에는 아메리칸(アメリカン)으로 표기가 바뀌었다. 일본어에서 American[əmérɪk(ə)n]의 발음 기호를 가타카나로 표기하면서 만들어진 말이다.

제미14)라는 말의 사투리였다. 그의 고향인 경상도에서는 특히 에(え) 혹은 이(い)라는 글자가 음편(音便)15)으로 키(き) 혹은 기(ぎ)로 발음되고 있다고 하니까. 제미라는 말을 내지어로 번역한다면, 지쿠쇼(畜生) 이마이미시(忌忌しい) 정도의 의미가 될까. 조선 재주 내지인이 자주 내뱉는 지에바리(ちえばり)라는 말이야말로, 그 말에서 전화(轉化)된 것이라고 할 수 있겠다. 어쨌든 이 늙은 지기미는 말을 할 때마다 지쿠쇼, 이마이마시 하며 중얼거리고 다니는 것일까. 그에게는 이 길고 긴 이주 생활 속에서 무엇하나 달콤했던 일은 없었단 말인가. 그렇게 생각하니 나는 한층 더 이 늙은 지기미가 딱해 보여서 더욱 친절히 돌봐주고 싶어졌다.

친애하는 지기미는 모르핀이 참을 수 없게 그리워지는 잠깐을 제외하면 언제나 나를 초조하게 기다렸다. 더 정확하게 말하자면, 약물이 그리운 잠깐뿐만이 아니라, 아니 오히려 누군가 견딜 수 없이 그리운 시기에 몹시 나를 그리워한다. 그가 약을 살 수 있는 겨우 이 삼십 전을 갖고 있지 않았을 때의 일이다. 지기미는 나와는 달리 육백여 명에 이르는 동포들 사이에서 살고 있었지만, 역시 나처럼 누구 하나 챙겨주지 않는 들개와도 같은, 천애 고독한 존재이다. 이 인부들은 앞서 말했던 것처럼 지극히 허풍이 심한 시시한 자부심을 갖고 있기 때문에, 나와 지기미 같은 사람은 이 세상에서 한 번도 필요했던 적이 없는 타기(唾棄)16)할 인간이라고 여기고 있다. 그래서 동포에게조차 사랑받지 못하는 고독한 둘이 만나게 되면, 나도 몸과 마음 모두 따듯한

---

14) 원문을 보면 지기미는 'ちぎみ', 제미는 'ぢえみ'로 표기돼 있다. '제미'는 몹시 못마땅할 때 욕으로 하는 말이다.
15) 음이 연속될 때, 어떤 음이 발음하기 쉬운 다른 음으로 변하는 현상.
16) 타기. 추접스럽다고 혐오하고 멸시함.

고향에 돌아간 것만 같은 들뜬 마음이 들었고, 또한 그는 그대로 작고 황홀해하는 눈을 흘끗 치켜떴다. 그럴 때 그의 눈은 점차로 번뜩번뜩 빛을 더해 간다. 그리고는 하나밖에 남지 않은 새까만 이를 빼어 물고 "회회회." 하고 웃는다. 그는 치아가 없어 바람이 새서 그런지 몰라도 "회회회." 하고 웃는다.

2

지기미는 정해진 숙소도 없고 일정한 직업 또한 없다. 변함없는 일과라고 한다면 이 해안가 일대를 "지기미 지기미." 하며 중얼거리면서 헤매 다니는 일이다. 하지만 어디에 가건 사람들에게 발길질을 당하며 내뱉는 침을 맞기도 하는데, 때로 심한 놈에게 잡히는 날에는 목이 졸려서 버둥버둥 대기도 한다. 함바 안 물건이 없어지는 날이면 모두가 지기미가 한 짓이라고 생각한다. 그래서 내가 때로 네즈미코조(鼠小僧)[17]와 같은 모습을 하고 다니면, 사람들은 내가 뒤에서 장물아비 노릇이라도 하는 것처럼 노려봤다. 언젠가는 어느 함바에서 시계가 없어졌는데, 애꿎게도 그곳에 있던 우리는 지독한 꼴을 당했던 적도 있다. 하지만 나는 결코 지기미가 그런 부정한 짓을 할 인간이라고 생각하지 않는다. 오히려 이 근처에 사는 흰 수염을 기른 한방 의사 윤(尹) 영감이야말로 의심스럽다. 이 노 의사는 새빨간 거짓말을 하는

---

17) 네즈미코조(鼠小僧)는 1797~1832년 사이에 무가(武家)들이 소유한 저택을 노려서 턴 절도범이다. 본명은 지로키치(次郎吉)인데, 네즈미코조 지로키치로 알려져 있으며, 의적 이야기 가운데 하나라고 볼 수 있다.

불한당으로 게다가 대단한 술주정뱅이이며, 가짜 약을 터무니없는 값으로 인부들에게 강매한다. 더구나 글자를 못 쓰는 인부들의 편지를 서툰 서체로 대필해 주는 대가로 높은 수수료까지 가로챈다. 게다가 없어진 물건은 대부분 이 노 의사의 방에서 다시 나오는데, 그때마다 지기미에게서 샀다고 소문을 내서 자신은 죄를 벗는다. 말하자면 모르핀 환자라는 것이 바로 좀도둑과 연관되기 때문이다. 게다가 지기미는 이 윤 영감에게서 마약을 몰래 사고 있다. 그래서 혐의를 뒤집어쓰는 것도 무리는 아니지만, 지기미는 어째서인지 기를 쓰고 혐의를 벗으려고도 하지 않는다. 내 판단으로 지기미는 그런 일쯤은 한 번 웃고 마는 것으로도 보인다. 한편으로 윤 영감을 화나게 하면 다시는 약을 살 수 없다는 철저히 약자의 입장에서 보이는 반응으로도 보인다. 결코, 나는 지미기를 의심하지 않으며 오히려 그를 위해 눈물을 글썽거리기조차 한다.

밤이 오면 그는 인부들이 곤히 자고 있는 함바 곳곳을 찾아 기웃거린다. 그리고 작은 틈이라도 발견하면 게걸음 보다 빠르게 살금살금 기어들어가서, 벌렁 드러눕고는 내게도 손짓을 한다. 어둠침침한 십촉 전등 하나만이 이 묘지와도 같은 상황을 지켜보고 있다. 코고는 소리와 끙끙대는 소리[18]가 점차 방 안 공기를 섬뜩하게 만든다. 오시이레(押入)[19] 문짝까지 떼어놓은 채 그 윗장에는 이른바 세와야키(世話役)[20]로 불리는 이 방 주인이 누워 자고, 그 아랫장에는 주먹으로 모든 걸

---

18) 원문에는 "啤き聲"로 나와 있는데 "呻き聲"의 오식으로 보인다. 전자는 '마실 합啤'이며 후자는 '읊조릴 신(呻)'이다.
19) 일본식 집에 설치된 벽장.
20) 일본어 표준어 발음대로 하면 세와야쿠(世話役)로, 남을 잘 돌봐 주는 사람이라는 뜻이다.

처리하는 무시무시한 사내가 자고 있다. 그런데 지기미는 엉뚱하게도 이 선택된 자들의 오시이레 잠자리에 대해 한없는 미련을 갖고 있다. 그것은 이런 함바 안에서조차 남의 눈을 피해 몰래 혼자 자야만 하는 자신의 가련한 존재에 대한 내심의 반역이리라. 그래도 지기미는 자신이 어떤 이유에서든 시바우라 해안에서 존재의의를 지녔다고 생각하려고 한다. 존재에 대한 하염없는 향수라고 해야 할까. 그래서 때때로 한낮에 그 방 무리들이 일하러 나가고 아무도 없을 때를 노려서, 고양이마냥 몰래 기어들어간다. 그리고는 오시이레 윗장에 올라가 미라처럼 위를 보고 눕고는 너무나도 만족한 기분으로 잠이라는 천국으로 들어간다. 나도 언젠가는 지기미의 말을 믿고 함께 윗장 아랫장을 점령하고 잠에 푹 빠져 있었는데, 하필이면 우리는 그 날 일을 쉬게 된 무시무시한 사내에게 들켜서 허리가 꺾일 때까지 짓밟혔다.

"아이구, 아이구 이 나쁜 놈. 장로도 몰라보느냐. 이 쌍놈아———"
하며, 지기미는 비명 가운데서도 일단은 으스대고 본다.

침상 주인은 더욱더 기분이 상해서 굵은 발로 늙은 지기미의 긴 목을 덥석 밟고, "크하하." 웃으며 외친다.

"자 경례를 해라 경례를 해!"

지기미는 벌레처럼 꿈틀거린다.

"해 한다고. 얼마든지 한다니까."

"어서 해. 어서!"

나는 그 틈을 타고 허둥지둥 뛰쳐나와 창틈으로 훔쳐봤는데, 지기미는 숨이 막힌 듯 괴로워하면서도 제대로 손을 올려서 경례하고 있었다. 잘은 모르지만 지기미는 청년 시절 한국 병정이었던 모양인데, 그래서 그런지 몰라도 언제나 각별한 멋과 위용이 있는 경례를 했다.

그래서 그가 뭔가 나쁜 짓을 하였으면 곧잘 경례를 시켜놓고 모두가 기뻐한다. 어쨌든 그 일 후로 그는 함바에 다시 나타나지 않았다. 이렇게 실수를 반복하는 사이에 그가 잘 곳은 점차로 줄어들어서, 그는 언제부터인지 이 근처에서 보통 이층집으로 불리는 조선정식집 부엌에서 거의 매일 밤을 자게 됐다. 거기서 그는 한밤중인 한시 경에 일어나서, 이 층에서 아래로 내려와서는 덜덜 떨면서 물을 길어주거나, 불을 지펴주거나, 뒤뚱뒤뚱 거리며 그릇 등을 날라다 준다.

그렇게 일 한 가지를 끝내면, 이번에는 몇 십 년 간 매일 빼먹지 않고 계속해 온 일과의 첫 번째 페이지에 해당하는 임무에 착수한다. 즉 두시 경이 되자마자 그는 방금 말했던 마라톤 선수처럼 양손을 가슴에 두고 "지기미 지기미" 중얼거리면서 밖으로 나온다. 그리고 헐떡거리며 여기 저기 함바를 다 돌아다니며 외친다.

"회—잇, 오기로 오기로!"21)

"시간(時間)22)이다. 회—잇, 회—잇, 오기로!"

누가 깨워 달래서 그러는 것도 아니고, 지기미는 단지 제가 얼마나 그들이 필요로 하는, 없어서는 안 될 인물인가를 알리고자 하기 때문이다. 뿐만 아니라, 자기 자신도 그것을 굳게 명심하여 그 사실로 자신을 달래려고 한다. 나도 지기미와 같이 조선 정식집 부엌에서 자고 일어난 새벽에는 그의 명령에 따라 그 뒤를 따라다닌다. 역시 예전에 병정이었기 때문인지 "회—잇, 회—잇." 하는 기묘한 장단 소리에는

---

21) 원문은 "ひょ——いつ、起ぎろ、起ぎろ!"이다. 표준어 표기로 하면 '起きろ'인 것을 보면, 이 부분도 지기미 노인의 조선인 식 일본어를 일본어 독자들에게 부각시킨 것으로 볼 수 있다.

22) 원문은 "時間."으로 표기돼 있다. 이 부분의 표준어 발음은 'じかん'이다.

목이 갈린듯하면서도 어딘가 표연한 위세 좋은 울림이 어려 있다. 그러자 그의 필사적인 호령으로 이 구석 저 구석에서 짧은 윗도리를 걸친 인부들이 아메리카바람이 윙윙 불어대는 새벽 해안 길가로 우글우글 나온다. 그리고 제각기 식당을 찾아 여기저기로 몰려간다. 그와 동시에 그의 호령과 함께 골목골목 출구 부근에서는 밝은 제등(提燈)이나 아세틸렌 램프를 밝힌 행상 우동집이나, 지나(支羅) 소바집, 다히야끼(鯛燒) 집, 이마가와야키(今川燒)23) 집 등의 노점상이 나와 있다. 그 앞에는 재빨리 식사를 마친 무리가 점차로 나타나서 까마귀들처럼 모여서 시끌벅적하다. 사방에서는 증기선 기관들이 으르렁대는 소리가 들려오기 시작하고, 암흑에 덮인 하늘을 뚫고 여기저기서 기적이 울린다. 그러고 보니 지기미는 마치 모든 것을 지배하는 예언자이기도 하며 신(神)처럼 보인다. 그래서 이 시바우라 해안을 이주(移住) 조선인들의 메카 혹은 메시나라고 한다면, 그를 코란(經典) 속의 알라라고 할 수 있다. 그야말로 영원 고독한 독신자로 "낳지 않고 태어나지도 않았다.",24) 혹은 그와 같은 사람은 삼계(三界)25)에서 유일하며 "그 무엇도 그와 닮은 것은 없다."와 같은 문구와 비슷하다고 하겠다.

그러는 사이에 여러 조합들이 간판을 내건 해운회사나 조합 건물 옆으로 들어가는 좁은 골목에는 새까만 인부들의 행렬이 늘어서 있다. 그 앞 쪽은 바다로부터 파고든 만(灣)으로 전마선(傳馬船)26)이 몇 십 척이나 대기하고 있다. 그들은 그것을 타고, 만을 나와 앞바다에 정박해 있던 커다란 기선(汽船)으로 올라 일을 하러 나간다. 전마선에는 이미

---

23) 소맥분으로 만들어서 일정한 형태로 구워 만드는 일본 과자의 일종.
24) 코란의 한 구절.
25) 불교의 세계관에서 중생이 생사유전(生死流轉)한다는 세 단계 미망(迷妄)의 세계.
26) 뱃짐을 육지에 풀 때 사용하는 거룻배.

올라탄 인부들이 불을 피우고서, 그 주변에 번질번질하게 얼굴을 빛내면서 웅크리고 앉아 있다. 그 불빛이 만 일대에 열을 맞춰 불타올라, 컴컴하고 음참(陰慘)한 해안 광경은 한층 더 으스스함을 더한다. 아득히 먼 앞바다에서는 기선으로부터 올라오는 고기잡이 불이 횃불처럼 타오르고 있다. 이렇게 새벽 세시 경 시바우라 해안은 그림자와 빛이 가득차서 떠들썩하다.

"내가 이럭카자않음 저눔들 일들두 몬나간닥하있까." 하며 지기미는 더욱 큰소리를 치며,

"회—잇, 오기로 오기로." 하며, 아직도 일을 나가지 않은 사람이 있지는 않나 하고, 이번에는 현관문을 두드리며 돌아다닌다. "시끄러워 이 지기미 중독쟁이 놈!" 하고, 누군가가 나오면서 호통이라도 치노라면, 그는 "회—잇." 하고 외치면서 그 자리에 똑바로 차려를 하고 손을 올려 경례를 한 뒤, 다시 방향을 잡고는 도망치듯이 뛰어간다.

"오기로! 오기로! 배가 나간다!"

이처럼 그는 어디까지나 자신의 임무에 충실한데, 전마선이 출발할 무렵이 되면 뒤꿈치를 돌려서 여기저기 좁은 골목길로 들어간다. 그리고 배가 인부들을 가득 싣고 횃불과 함께 불빛을 튀기며 힘차게 나가는 모습을 가만히 선 채로 감개무량한 듯이 배웅한다. 그것이 끝나면 다시 그곳을 나와 이번에는 또 다른 골목길에서 다음 전마선을 전송하러 들어간다. 그는 모든 전마선을 보내고 앞바다 쪽까지 걸어간 후에야, 이른바 이층집 식당으로 돌아간다. 그런데 그때는 완전히 풀이 죽어 어깨를 축 늘어뜨린 채로 비통한 듯이 "지기미 지기미" 하고 중얼댄다. 사랑하는 자식들을 모두 전쟁터로 보낸 고집도 없는 부모 같기도 하다. 얼마나 자신이 이 인부들을 위해서 필요한 존재인가를

증명할 길이 갑자기 사라진 것을 몸서리치게 슬퍼하고 있기 때문일까. 지기미는 그 정도로 자신을 소중하게 생각하는 마음이 강하며, 또한 자신이야말로 육백 명이나 되는 이 무리 위의 예언자와 같은, 혹은 그들 위로 신처럼 군림하고 있기라도 하는 것과 같은 지극히 제멋대로인 신념을 갖고 있다. 인부들 그림자도 보이지 않는 식당에 돌아가 방청소를 하거나, 식기를 닦고, 물을 길어올 때면, 그는 완전히 울적해져서 무뚝뚝하고 게다가 슬퍼 보이기까지 한다.

그런데 다시 밤이 활짝 개면 다시 원기를 찾아서 이 층에서 비틀비틀 내려온다. 이때부터는 빈 함바를 하나하나 들여다보고 다니며, 혹시 아파서 일을 못 나간 치라도 있으면 문안을 할 차례다. 어느 함바에도 원래부터 폐가 좋지 않아서 새하얀 얼굴의 사내나, 다리를 접질려 신음하고 있는 사내, 배가 아파서 엎드려 있는 사내, 신경통으로 끙끙대며 누워 있는 사내, 여자를 사서 병에 걸려 울고 있는 사내 등이 반드시 대여섯은 있다. 지기미는 창문으로 달랑 머리만 들이밀고,

"어디 아푼교 어디가?" 하고 묻는다. 아픈 사내들은 슬픈 듯 반쯤 뜬 눈으로 그쪽을 올려다본다. 그들은 그것이 지기미라는 것을 알고 나서는 점점 화가 더 치밀어 올라 화를 내며 그를 노려본다. 그러면 지기미는 곤란해하며 위안을 주려는 듯이 "회회회" 웃어 보이며,

"너희들은 윤영감 약을 써서 못 쓰는교. 그놈 약은 염소 똥을 둥글게 만 것이라."

"시끄러. 꺼져!" 누군가가 벌떡 일어났다. 지기미는 혼이 나가서 도망치며 외친다.

"증말 증말이라구. 내가 주워 왔는교. …내 잎(아편)을 먹으라고. 바로 고통이 가실 것인교……."

"썩 꺼지지 못해. 꺼지라고!" 이번에는 다른 사내들까지 악에 받쳐 일제히 일어나 닥치는 대로 집어 던지려 한다. 지기기는 "회—잇" 하고 비명을 내지르고 꽁지가 빠지게 달아난다. 그런데 어느 날 지기미는 도망치다가 애꿎게도 마침 창 옆으로 긴 담뱃대를 입에 물고 온 윤영감과 얼굴을 딱 맞닥뜨리고 말았다. 노 의사는 담뱃대로 지기미의 목덜미를 심하게 때렸다. 지기미는 펄쩍 뛰었다.

"이 놈 지기미 노망이 났냐. 지금 뭐라고 지껄인 게야." 그리고는 계속해서 탁탁 때렸다.

"내가 뭘 했는교. 뭘 했다고 이러는교." 신음하면서, 왕년의 병정(군인)[27]은 가엾게도 자신의 얼굴을 양손으로 감싸고 몸을 웅크린다. 나는 이 둘 사이에 들어가서 열심히 윤 영감을 달래고 담뱃대가 지미기 목덜미에 닿지 않도록 말렸다. 그러자 지기미는 겨우 고개를 들고 말한다.

"나는 영감이 파는 아편을 이놈들에게 팔려고 했는교! 버러지 같은 놈들에게. 이봐 구즈야 자네도 들었제."

"그럼 그렇지……." 나는 하는 수 없이 늙은 의사를 보면서 맞장구를 쳤다. 윤 영감은 그제야 겨우 만족한 듯이 흰 수염을 세게 훑으면서 느릿느릿 움직이기 시작한다. 하지만 불행히도 지기미가 쭈그리고 앉아 얻어맞는 사이 갑자기 몸속 벨을 누군가 울린 것과 같이 모르핀을 원하는 충동이 일어났다. 그건 순간적으로 자주 일어나는 모양이다. 하지만 다른 사람 말로는 윤 영감은 격통을 호소하는 환자에 대비하기 위해서 언제나 품속에 약을 넣고 다닌다고 한다. 지기미는 고질

---

27) 원문에는 병정(兵丁) 위에 '군인'이라는 토가 달려 있다.

병이 매우 심각해서 윤 영감을 만나면 바로 그 냄새를 맡자마자 충동
이 일어나는 모양이다. 지기미는 잠시 그 자리에서 경련과도 같은 발
작을 일으켜 덜덜 떨었는데 바로 휘청거리며 일어나서 윤 영감 뒤를
따라가기 시작했다.

　“이봐 윤 영감. 약을 파시게. 응. 약을 팔라니까.”

　“……..”

　“이봐. 정말 힘들어 죽을 지경이야. 한계가 왔다고.”

　“……갖고는 있는감?” 늙은 의사는 갑자기 홱 몸을 돌려서 교활하
게 웃었다. 하지만 지기미가 돈이 있을 리 없었다. 어쨌든 그가 벌어
들이는 수입은 밤에 함바에서 도박판이 벌어지면 밖에서 망을 봐주고
사오십전 푼돈을 받는 것 외에는 없는데, 어젯밤에는 나와 네 시에서
여섯 시 사이에 함께 있었다.

　“언젠가 삼백초(三白草)랑 석결명(石決明)을 따다 준 사례는 어디갔는
교. 오십 전 준다고 약속하지 않았능교.”

　사실 지기미는 터무니없는 약을 만들어대는 대(大)사기꾼 윤 영감
부탁을 받고, 한 살 된 개똥을 줍기 위해 돌아다니거나, 쥐를 생포하
기 위해 벽 틈에 자루를 넣고 두 시간이고 세 시간이고 기다리거나,
삼백초와 석결명 따위를 얻기 위해 골프장 부근으로 가기도 했다. 언
젠가는 말의 타액(唾液)을 건져내러 간다며 삼 사 리나 되는 길을 말
옆에 붙어서 걸어가는 길에 서로 만난 적 조차 있다. 하지만 늙은 의
사는 다시 심기가 편치 않은 듯 입을 일그러뜨리고, 홱 방향을 돌려서
걸어가기 시작했다.

　“……..”

　“보소. 좀 주소. 그때 받을 돈으로 팔라카니까.”

"네 놈이 따온 것은 그냥 잡풀이었잖아……"

"아닝교. 내도 삼백초랑 석결명 정도는 안다 안 하오. 그럼 이십 전 어치라도 주소."

"……"

"으음 으음……"

그 사이 지기미는 결국 견디지 못하고, 그 자리에서 주저앉고 말았다. 깜짝 놀란 나는 주머니를 털어 늙은 의사로부터 이십 전 어치 약을 사 겨우 그를 구할 수 있었다.

3

지기미는 자기 혼자만 모르핀 환자여서 모두에게 까닭 없이 미움을 받아 발길에 채고 있음을 알고 있다. 그래서 누구를 보더라도 마약을 하면 병이 낫는다고 권한다. 절대적인 고독을 치유하는 방법은 역시 자신과 같은 중독자 친구를 만드는 것이니까. 그는 언제나 내게도 아편을 하라고 조르고 애원하다가 때로는 그것을 강제하려 한다. 하지만 나라는 인간이 태평하게 그가 시키는 대로 할 리가 없다. 아무리 별 볼 일 없는 구즈야라고 해도 가슴에 대망(大望)을 품고 현해탄 거친 물살을 헤치고 온 사내란 말이다. 남아지(男兒志)를 세우고 고향을 떠나오지 않았나. 다룽치를 메고 어슬렁거리고 있지만, 그래도 초지를 꺾지 않고 그림 공부를 계속하고 있다. 여하튼 형태와 색상에 관한 학문이므로, 낮 동안 여기저기 어슬렁거리며 다니는 것도 꼭 공부를 위한 것이 아니라고도 할 수 없다. 길 위에서 갑자기 무언가 그려보고 싶은 충동을 자극하는 것이 있을 때는, 다룽치를 내려놓고 주저앉아 스케치북을 꺼낸다. 그로부터 한 주에 두 번이나 선생님 댁에 배우러 다닌다. 아무리 생활이 어렵다고 하더라도, 가슴 깊은 곳에 이러한 숭고한 이상을 간직하고 있는 내가 아편 따위에 신세를 망칠 수는 없다. 하지만 나는 심할 정도로 외로움을 잘 타서, 지기미만이 나를 이해하고 친구로 대해주기에 친하게 지내는 것뿐이다.

그래서 얼마 전에도 그가 아편을 하라고 집요하게 괴롭혀서 나는 크게 언성을 높여 화를 냈다. 지기미는 너무 슬퍼하며 내 얼굴을 함참 쳐다보더니 그만 쪼르르 눈물을 흘렸다.

"니가 아편을 먹우므 더 친해 질 낀디……."

그걸 듣자 나도 일단 화를 내기는 했지만 역시 슬픈 기분이 들어서, 입을 다문 채로 과연 하며 고개를 끄덕였다. 나도 모르게 눈물도 흘러내렸다. '에이 빌어먹을 지에미 지기미다 모든 것에 분통이 터진다. 무엇하나 좋은 일이 있나. 나도 아편이나 먹으며 지기미처럼 괴로움도 희망도 없는 신세가 되면 어떨까' 하는 유혹이 가슴속에서 불현듯 일어났다. 그러나 바로 뒤이어 희망에 불타서 바다를 건너오던 당시 일이 조금 전 유혹을 물리치고 나타났다. 나는 놀란 듯이 정신을 차리고, 쓸데없이 눈물을 더욱 흘리면서 이번에는 고개를 옆으로 저었다. 그러자 지기미는 나보다도 더욱더 눈물을 흘리면서, 그러지 말고 한 번만이라도 좋으니 먹어보라고 애원을 한다. 이에 그만 또 마음이 약해져서 그보다도 또 더 눈물을 흘리면서 고개를 세로로 흔들며 끄덕였다. 나는 내 행동에 깜짝 놀라서 주먹을 치켜들고 지기미를 때려눕히려고 했다. 그러자 지기미는 내 몸뚱이에 바싹 달라붙어 얼싸안더니 이번은 나보다도 더 눈물을 흘리며 운다. 나는 이 모양을 보고는 어쩔 줄 몰라 그가 측은해져서 용서했다. 아편만은 먹지 않기로 결심하면서.

이게 어디서 벌어진 일인가 하면, 바로 이층집 식당에 오르내리는 널찍한 구름다리 위 한쪽 끝에 달린, 빨래건조대 위에서의 일이다. 이층집이라고 하니 꽤 웬만한 집이라 생각하겠지만, 사실인 즉은 창고 속 윗공간을 이용하여 널쪽을 펴고 방을 몇 개인가 만들어 놓은 것으로, 아래쪽은 역시 창고로 쓰고 있어서 늘 양하리꼬랴로 소란스럽다. 이 창고 이 층 계단위로부터 옆 집 지붕 위를 걸친 게 바로 우리 둘이 방금 서로 울던 빨래건조대이다. 옆집이라고 해도 하나로 이어진 함바이며 이 빨래건조대 아래는 막다른 골목길로 겨우 네다섯 평 정도의 넓이로, 그곳에 상수도도 있고 부뚜막도 있고, 밥솥도 항아리도 나무통도 양동이도 큰 대야도 어수선하게 널려 있다. 식당 주인이 여기서 밥을 짓고, 지기미가 물을 길어오거나 불을 지핀다고 하는 것도, 다 여기서 하는 일이다. 밤에는 그래도 계단 꼭대기에 달린 전등불이 하나 있어서, 아래쪽이 그렇게 어둡지 않지만, 낮에는 거의 언제나 지옥처럼 암흑 같아서, 한 시에서 세 시 사이에 찔끔 비치는 태양 빛도, 건조대에 막혀서 햇살이 마치 쇠창살같이 드리워진다. 그것은 빨래건조대의 바닥 널이 대단히 이상한 것으로, 봉처럼 폭이 좁은데다 대놓은 판자 또한 얇아서, 그 자체가 쇠창살과 꼭 닮았기 때문이다. 나는 바로 이런 시간에 지기미를 건조대 위에서 만나 그를 스케치하고 있었다. 지기미는 눈물을 훔치고 다시 널쪽 위에 누웠고, 나는 다시 마음을 가다듬고 목탄 연필을 들었다.

그런데 지기미는 최근 두 달 정도 해가 비치는 동안은 아무리 추워도 오후 한 시부터 세시 경 사이에는 꼭 건조대 위에 누워 있었다. 여

태까지는 이 시간에는 아편을 밀매하는 윤영감네 집에 가 누워 있었
지만, 요즘은 이곳에서 약을 먹거나 주사를 놓거나 하고 있다. 여기에
는 또 깊은 사연이 있는데, 조금 설명을 해야 한다. 다름이 아니라 건
조대 바닥 널 사이로 새는 광선은 마침 두 시 경 함바 유리창에 쇠창
살 모양을 비추는데, 그 때문에 방 안에 있는 자들은 마치 감옥에 들
어간 것처럼 어두운 인상을 받는다. 그래 이걸 보고 한 젊은 대학생이
발광한 일이 두 달 전에 있었다. 심한 신경쇠약인데다 더불어 기묘한
통계벽(統計癖)까지 있어서, 애초부터 이상한 사내였다. 몰골은 딱 고학
생 같았다. 툭하면 아우성치며 한다는 소리가, "에 네 놈들은 어째서
담배만을 뻐끔뻐끔 먹고 있냐. 우리 조선 사람이 일 년에 담뱃값만으
로 나가는 돈이 몇 천 몇 백 몇 십 몇 만 몇 천 몇 백 몇 십 원이다.
그걸 가지고 소학교를 몇 천 몇 백 몇 십 개를 세울 수 있다. 술 소비
량으로 생각해 보면, 실로 그것만 가지고도 중학교를 몇 천 몇 백 몇
십 개를 세울 수 있지 않느냐. 그리고 제군(諸君)들 내가 좀 더 말을
하겠네만, 이젠 조선인구 통계부터 말할 테다. 여자가 남자보다 몇 백
몇 십 몇 만 몇 천 몇 백 몇 십 명 적다. 그런데도 첩을 두고 있는 놈
이 놀라지 마시게나, 몇 십 몇 만 몇 천 몇 백 몇 십 명이나 된다고
하니까. 아— 이래 가지고야 분배의 공평을 기할 수 있겠느냐. 뭐, 시
끄러워? 뭐가 시끄럽냐! 이 가련한 놈들아, 네 놈들이야말로 숫자가
얼마나 신성한 것인가를 모르는 모양이구나. 뭐, 그렇지 않느냐. 숫자
라는 것 즉 통계에 무지해서는 이미 끝장이다. 아— 끝장이란 말이다.
나 또한 아니 이런 내가 말이야, 도대체 무엇 하러 여기에 온 줄 아느
냐. 나는 이런 곳에 일하러 올 정도의 고학생이 아니란 말이다. 대학
생에도 이런저런 종류가 있다만, 대학생이라고 해도 나는 어엿한 ××

대학 사회학부에 다니고 있는, 그것도 자비유학생이다. 나는 말이다, 그렇다 너희들이 여기서 어떠한 생활을 하고 있는지 제대로 통계를 내려고 왔단 말이다! 그런데 그게 어쨌단 말이냐. 그리고 그는 숨을 쉬고 눈물을 쥐어짜면서 목에 걸리는 듯한 소리로 다시 외치기 시작했다. 이 주위 일대만 보아도 너희들이 몇 백 몇 십 명, 그 가운데 독신자가 몇 ○%인데 알코올 중독자가 ××명, 도박 상습자가 ××명, 성병에 걸린 놈이 ××명, 아— 이래서 된단 말이냐. 이봐 모두 대답해 봐. 조금이라도 자각을 갖으라는 말이다! 아이고— 아이고— 나를 때린단 말이지. 그래 때려라 때려! 내 한 목숨이 뭐라고, 죽여라, 순교자라고 하는 것은 죽임을 당하는 것이야!”

이런 모양이어서 며칠간은 이 건조대 아래 함바 안이 더욱 소란스러웠다. 처음에는 쓸데없는 소리를 지껄인다고 진지하게 화를 내며 후려갈기는 사내도 있었지만, 결국에는 모두가 슬픈 듯 그냥 웃어넘겼다. 그런데 어느 날 밤중에, 이 대학생은 부들부들 몸을 떨면서 누군가의 노동복을 입고 낡은 작업화를 신고서는 일하러 나가는 인부들 뒤를 따라나갔다. 지기미는 놀라서 있는 대로 소리를 지르며 “가지마 가선 안 돼! 너 같은 몸으로는 뒈진다고!” 하며 만류했다. 하지만 대학생은 학자금이 필요했던 모양이다. 이상하게도 그는 앙분한 상태로 일하러 나갔는데, 예상대로 저녁에 돌아와서는 코피를 줄줄 흘리며 신음소리와 함께 신열을 내며 헛소리를 지껄이기 시작했다. 아무리 몸이 건장한 사내라도 이곳 오키나카시(沖仲仕) 일을 하면, 처음 이삼 일은 지독하게 고생을 하게 된다. 그는 누웠다가도 갑자기 벌떡 일어나서, “아— 내가 그 지옥 같은 뱃속엘 왜 들어갔던 줄 아느냐? 응 알기는 하냐. 너희를 위해서야. 거기서 너희가 얼마나 고역을 하는가,

경험하고 싶었기 때문이다. 너희가 가련해서 견딜 수 없기 때문이야!"
하면서 가슴을 치고 부르짖곤 했다. 방 안 모두 대학생이 앙분과 고통
을 견디지 못하고 발광하지 않을까 노심초사하며, 모두가 암담하고
비통한 기분에 젖었다. 결국, 그는 다음날 두 시쯤 해서 즉 방 창가에
쇠창살 모양으로 햇살이 들어오는 시각에 발광하고 말았다. "나를 왜
이런 독방28)에 가뒀느냐, 이 악마 같은 새끼들아! 앗, 무서워. 아이고
고고. 용서해 줘. 한 번만 용서해 주세요…… 하느님, 하느님!" 하고
아우성치며 방 안을 몸부림치며 휘젓고 다녔다. 자빠지기도 하고, 숨
으려고 하기도 하고, 양손을 올리고 일어서거나, 맥없이 폭 쓰러지거
나. 문안을 왔던 지기미는 그 옆으로, 뒤로 앞으로 팔팔 뛰면서 "이
약을 먹으면 낫는다. 으흠… 이 약을 먹으면 낫는다." 하고 작은 덩어
리 아편을 쑥 내밀었다. 네다섯 되는 사내가 달려들어서 대학생을 힘
으로 억누르고 진정시키기 위해서 어쩔 수 없이 지기미의 아편을 먹
였다. 그것이 효력을 발하기 시작했을 때, "그것 봐라 그것 봐라" 하
며 지기미가 얼마나 기뻐 날뛰며 다녔는지 모른다. 다음날 함바 사람
들은 돈을 모아 동행인을 붙여서 이 대학생을 고향으로 돌려보내기로
했다. 그날 지기미는 또한 얼마나 서글픈 마음으로, 그를 전차 타는
곳까지 배웅했던가. 하지만 이 일 이후, 지기미는 햇볕이 비치는 날이
나, 햇살이 건조대 바닥 널 사이로 새나가는 시간이 되면, 반드시 그
위로 올라가서 드러누워 있었다. 처음에 나는 의아한 마음에 어째서
그런 곳에 올라가는 것이냐고 그 아래에서 물어본 적이 있다. 그는 혼
자 서글픈 듯이 중얼거렸다.

---

28) 원문은 '座敷牢'. 이 감옥은 격자 등으로 엄중하게 칸막이를 해서 미치광이·죄
　　인·방탕아 등을 가두어 둘 목적으로 설치된 것이다.

"또다시 발광하는 자가 생겨서는⋯⋯."

과연, 그가 그 위에서 오래도록 드러누워 있는 한에는 태양은 아래쪽 쇠창살과 같은 광선을 드리울 수 없었다.

4

지기미는 팔을 베고 창살 같은 널쪽 위에 누워서 다시 간들간들 졸고 있다. 나는 한쪽 기둥에 몸을 기대고 묵묵히 목탄연필을 바삐 움직이고 있었다. 그다지 춥지는 않으나 태평양으로부터 바닷바람이 불어와 때때로 그림 종이를 펄럭이게 한다. 동경만 망망한 끝도 없는 바다는 평소처럼 널찍하게 펼쳐 있는데, 초봄의 태양이 그 위를 금색 파도와 은색 파도를 일으키며 장난치고 있다. 나는 문득 붓대를 멈추고 아무 시름없이 바다를 바라보았다. 작은 증기선에서 나오는 연기가 옅은 장밋빛을 내며 하늘로 사라져 가는 것을 바라보며 갈 길 바쁜 듯 좌현 혹은 우현으로 오가고 있다. 하지만 어째서인지 나는 이런 아름다운 광경에 젖어들지 못하고, 마치 자신이 난파선에 몸을 맡기고 대해의 격랑 속이라도 표류하기 시작한 것과 같은 기분이 들기 시작했다. 저도 모르는 사이에 내 입술에서는 고향에 대한 애원(哀怨)을 돋우는 뱃노래, 배따라기가 입 밖으로 새어나왔다.

"우리는 구태여 선인 되어 타고 다니는 것은 칠성판(시체를 올리는 판)이요 먹고 다니는 것은 사잣밥(죽은 자를 데리러 온 사자에 대한 공물)이라, 입고 다니는 것은 매장포로다. 만경창파 대해 중에 천리만리로 불려 갈제 양쪽 돛대는 직근 부러져 삼 동강이 나고 뱃머리는 빙빙 정신은 아득하여 삼혼칠혼이 흩어질 제. 아— 명천 하나님이시여. 굽어 살피소서. 나 혼자 살아나서 배 널조각을 집어타고 무변대해로 내려갈 제 초록 같은 물에 안개 자욱하니 갈 길이 천리인지 만리인지……."

지기미는 배따라기를 구슬프게 읊조린 후, 느닷없이 머리를 쳐들고 사연이 매우 깊은 표정으로 나를 뚫어져라 쳐다봤다. 나는 놀란 듯이 자세를 고쳐 앉아 다시 목탄연필을 손에 쥐면서 말했다.

"무슨 일 있나?"

"이상한 꿈을 꾸었제. 고향에 돌아가서 옛 친구들과 함께 벼베기를 하는. 호랭이 꼬리맨치 긴 이삭이 붙은 벼 줄기를 썩썩 베서, 한껏 안 아들고 노래를 부르면서 나가려고 하는데, 커다란 게가 내 발가락을 무는 게 아닝교. 이건 한 몫 잡았다고 생각하고 게를 집어 들고 논두렁에 뛰어가서 구워 먹으려던 순간, 자네가 다룽치를 메고서 오는 게 아닌감. 분명히 오늘 좋은 일이 생길 것임에 틀림없능교……."

나는 하는 수 없이 가볍게 쓴웃음을 지으며,

"지기미 영감두 역시 고향에 돌아가고 싶은 거지? 이왕이면 고향에 가서 죽는 것이 좋을지도 모르지." 하였더니,

"그게 무슨 소린고?" 하며, 그는 자못 화가 난 것처럼 눈을 흘낏 번쩍인다. "그야 내도 가고 싶다만, 내가 고향 가버리면 여기 이 사람들 뒤는 뉘가 보는교."

"그러면 곤란해 지기미. 그렇게 혀를 날름날름 빼물면 도저히 그릴 수가 없잖은가. 얌전히 누워서 자." 하고, 나는 그를 나무라면서도 "역시 그것도 그렇기는 해……."

"맞다마다. 고향이란 꿈속에서라도 가게 되는 곳이니까. 니나 내나 멀리 있어도 생각만 해도 고향은 있어. 하지만 불쌍한 이 사람들은 멀

리서 생각만 해가지고 안 된닥하이까.”

 “그래 그렇기는 해.” 하고, 나는 아래턱을 상하로 움직이며 끄덕이다가, 저도 모르게 히죽 웃으면서, “그러나 지기미 영감이야 돌아갈 고향이 있어야지……”

 “와 내가 고향이 없어?” 그는 눈이 파래지며 자못 못마땅하다는 듯이 되물었다. “별한 소리 다 하능기라. 현해탄만 건너서면 어디든 우리들 고향 아닌교.”

 “조선도 매우 넓은데 어디가 고향이냐 말이지?”

 “횟, 얏보능기라.” 하고, 웃어넘기려 하는 것 같았지만, 역시 당황하는 기색을 다 감추기는 어려워 보였다.

 “…… 횟, 경상도지.”

 “경상도도 남도와 북도가 있는 걸, 어느 도냐 말이지.” 나는 웃으면서 곤란한 질문을 한다. “어느 도에 살았냐고 묻고 있는 것이야.”

 “횟 그저 경상도면 알어. 볼께지라. 내가 고향을 나올 적엔 아직 한국 시대라서, 그런 귀찮은 구별 따위는 없던 게라.”

 과연 그것도 이치에 맞는 이야기인 것은, 그가 말한 대로 구한국 시대에는 조선이 팔도로 나뉘어 있어서, 남북도 구별 등은 없었다. 하지만 그는 경상도라고 해도 경상도 어디가 자신의 고향 촌인지를 이미 잊어버린 것이었다. 그렇게까지 몰아붙이는 것은 가엾기도 하고, 또한 우정에도 어긋나는 일이라고 생각했기 때문에, 나는 다시 그림 종이로 향하면서,

 “고개를 그렇게 회회 젓지 말구. 아까처럼 점잖게 하고 있으라는데도.…… 그럼 고향 떠나온 지는?……”

 “이미 삼십 오륙 년은 될능기.”

"가만 누워 있어. 몸을 가지고 비틀지 말구. 제길 그릴 수가 있어야지. 이제 코를 그릴 텐데 얼굴을 가만히 두라고. 저런 지기미 코끝 오른쪽에 큰 허물이 있군?"

"전쟁하다 생긴 허물이지……."

"오호, 전쟁? 그건 또 언제?" 그렇게 말하고 보자니, 코뼈의 움푹 들어간 모양이 정말로 칼에 맞아 생긴 상처 같았다.

"옛날 한국 병정적 횟, 그 원세개란 놈이 민비를 위해서 궁성을 지키러 왔을 때 말이지. 나쁜 짓만 하기에, 내가 짱꼴라 병정 한 놈을 총틀로 때려 부셨지. 그때 그놈 칼에 코끝을 찔리운기라. 나는 그래 그놈 귀를 하나 잘라버리고 달아났지. 그 뒤 숨어다니다 끝내는 바다까지 건너오게 된 게지……."

내가 처음 듣는 이야기였는데, 그의 경우를 생각해 볼 때 매우 그럴 듯 해 보였다. 사실 구한말 세상이 사납게 요동치던 무렵에는 그와 같은 의열열사(義烈烈士)도 많았다. 나는 새롭게 그를 존경하는 마음이 갑작스럽게 솟아오르는 것을 느꼈다. 비참한 최후를 맞이한 많은 의사들 가운데, 살아남은 한 사람이 여기에 있는 것이 아닌가. 나는 언젠가 그가 ××× 연병장 울타리 밖에서 물끄러미 서서, 병사들이 용맹하게 훈련하는 모습을 바라고보 있던 광경을 어째서인지 떠올리고 눈물겨웠다. 그런데 지기미는 어째서인지 갑자기 발딱 일어나서 차려 자세를 한 채로 움직이지 않았다. 그래도 이왕에 군인이었던 때문인지 또한 병정 가운데서도 의용열사라고 생각해서 그런지, 그 자세에서도 늠연하고 서슬 사나운 데가 있는 것 같았다.

"어쩌자고 이래, 일어서지 말어." 하면서도 나는 다소간 위축됐다. 하지만 지기미는 내가 하는 말은 귀에도 담지 않고 실제 병정놀이를 시작했다. 구한국 시대 병영에서 쓰던 말로 호령하는 것과 함께, "우향읏! 좌향좌! 앞으로 갓! 멈춰 서!"를 하고는, 다시 차려를 한 채로 삼분간이나 그대로 바다 쪽으로 눈을 향했다. 나도 어안이 벙벙해서 하는 수 없이 우두커니 바다 쪽을 향하고 보고 있을 때, 먼 앞바다 족에서 검은 전마선 무리가 작은 점을 겹쳐가면서 일제히 오고 있는 것이 보였다.

나도 모든 것을 파악하고 부슬부슬 화구를 정리하고 일어났다. 그때 지기미는 다시 "앞으로 갓!" 하고 외치고는, 계단을 서둘러 내려가기 시작했다. 나도 그 뒤를 따라서 내려갔다. 그는 밑바닥까지 다 내려오더니 다음에는 또 마라톤 선수처럼 앞가슴에 두 주먹을 댔다. 또 뛰려는 것이 분명해 보였으므로, 나도 스케치북을 옆구리에 끼고 허리띠를 다시 졸라맸다. 그러더니 지기미는 한 번 내 쪽을 돌아보더니, 또 무어라고 기묘한 호령을 외치고 "지기미지기미." 하면서 빠른 걸음으로 가기 시작했다. 인부들을 태우고 앞바다에서 돌아오는 전마선을 맞으러 갔다. 이럴 때 그의 모습을 보면 조금 전에 건조대 위에서 자고 있을 무렵과 비교해 보면, 어디에서 그런 기력이 나오는 것이 괴이할 정도로 기력이 넘쳐났다. 선창에 나가보니, 적 앞으로 상륙하려고 하는 군함을 찍은 영화처럼 무수하게 많은 전마선이 소란스럽게 기적을 올리면서 이쪽으로 몰려드는 것이 보인다. 거기에는 시꺼먼 사내들이 한가득 실려서 이쪽을 응시하고 있다. 지기미는 기쁜 듯이 한 손을 추어올리면서 "회-잇, 회-잇." 하며 소리를 지르기 시작했다. 네 시 무렵이 되면 이러한 전마선은 모두 원래 있던 해안가 후미로 돌아온다. 그것을 맞으며 환희하며 작약(雀躍) 하는 지기미의 모습은 석양을 받아서 마치 하늘에 합장 배례하는 이슬람교도마냥 아름다웠다.

호랑이 수염*

내가 도쿄 어느 객사(客舍)에서 곤란한 일을 겪은 것은 바로 얼마 전 일이다. 거참 완전히 두 손 두 발 다 들어버렸다. 어째서 나는 이토록 불행한 사내란 말이냐. 불운이라는 말로는 설명할 수 없다. 그보다는 불길한 사내라고 하는 것이 더 어울릴지도 모른다. 애당초 일이 이렇게 커진 것은 다 세 글자 때문이다. 정말 어처구니없는 일이다. 겨우 세 글자가 어쨌다는 것이냐. 빌어먹을! 그건 그렇다 쳐도 문제의 세 글자는 바로 내 신성한 이름이 아니냔 말이다. 김사효(金史孝)라는 우아한 세 글자 말이다. 비렁뱅이처럼 남의 집을 한 채 한 채 두드리고 다니면서, 실례합니다, 실례합니다. 셋방 있습니까? 저는 이러 저러한 사람이라고 하면서, 나는 몇 번이고 정직하게 세 글자로 된 명함을 내밀었다. 그러나 그것을 받아들고 들여다보는 집주인들 눈매는 거부감이 가득했다. 그래도 대학 법학부 학생이라고 하는 것까지는 그런대로 괜찮았지만, 김사효라는 이름 석 자를 보고 나서는 돌변했다. 이미

글러 먹었다, 망쳐 먹었다. 나는 하숙료를 내지 못할 정도로 못 살지 않는다. 오히려 아무리 방세가 비싸도, 주인이 전기요금을 다소 속여서 받아도 참고 살겠다는 각오까지 돼 있다. 사람을 바보 취급하지 말라고 말하고 싶을 정도다. 나라고 유별나서 이런 구중중한 교외 좁은 골목길을 헤매고 돌아다니는 것이 아니다. 나는 단지 차분하게 고문 (高文, 고등문관시험－역자 주) 준비를 할 수 있는 조용한 단칸방이 갖고 싶을 뿐이다. 그래서 이 몸집이 커다란 사내가 머리를 굽실거려가며 부탁을 하고 돌아다니는 것이 아닌가. 슬프게도, 단지 이름 석 자 때문에 일이 틀어져 버리는 것이 아니냐. 조선인 친구들은 내 볼품없는 꼴이 문제라고들 한다. 말도 안 되는 소리다. 나중에 훌륭하게 된 사람은 모두가 이렇게 살았다. 그러나 나는 해냈다. 드디어 살 집을 찾았다. 꼭 여드레 만이다. 다행인지 불행인지 어쨌든 도깨비 집과 같은 곳에 들어가게 됐다. 그런데 이제 와서 곰곰이 생각해 보면 세 글자의 재앙은 생각보다 컸던 것 같다. 아무래도 내 이름에는 불길한 기운이 깃들어 있는 것임이 틀림없다. 그렇지 않다면 어째서 이런 일이 일어난단 말인가. 현관으로 조용히 나온 사람은 쉰을 지나 서리가 내린 흐트러진 머리를 한, 얼굴은 늙어 빠지고 흉하게 주름진, 옷도 낡아서 후줄근한, 어딘가 매정한 할망구 같은 느낌을 주는 노파였다. 그녀는 일부러 집 안쪽으로 들어가서 노안경을 가지고 나왔다. 나는 하느님 하고 마음속으로 외쳤다. 그런데 순식간에 나는 하느님을 추종한 것을 보답 받았다고 확신했다. 노파는 갑자기 뜻밖에도 근심에 잠긴, 어둡고, 쓸쓸한 표정을 지으며 몸을 움츠렸다. 그런데 이 노파가 내 명함을 곰곰이 보더니 김사효를 이렇게 읽는 것이 아니냐.

　“아…….　어쩌면 당신은 이렇게도 가엾기 그지없는 이름을 한 사람인지. 카나시[1] 씨, 자, 어서 들어오세요. 어서. 바로 방을 보세요. 바로 지난달에 방이 비었지 뭡니까." 그리고 그녀는 하염없이 울면서 나를 마법에라도 걸어서 데리고 가는 것처럼 방 안으로 끌고 갔다. "당신 같은 사람에게 빌려 드리고 싶었답니다. 카나시 씨, 당신은 제가 때마침 기다리고 있던 사람이라오. 부디 여기서 지내세요. 부탁드립니다."

"카나시라니, 나는……." 나는 마치 여우에게 홀린 것처럼 서 있다가 노파의 말을 정정하려고 머뭇머뭇 하며 말을 했다.

그녀는 "아니죠. 그렇고말고요. 이 늙은이가 그렇게 무식하게 보입니까. 카네시(カネシ)라고 읽지 않고, 카나시라고 읽는 정도는 매우 잘 알고 있어요. 그렇지요. 카나시 씨, 카나시 씨." 하며 목소리까지 떨면서 흐느껴 울었다. 노파의 목소리는 매우 으스스했다. "자, 어떠신지. 마음에 들지 않으신가요? 하, 이런 고마울 데가. 이리 고마울 데가. 지금 바로라도 이사 오셔도 된답니다. 카나시 씨, 아. 역시 인연이 있었던 것이지요. 카나시 씨."

대낮에 이렇게 기묘한 일을 겪은 지라, 나는 반쯤 으스스한 기분을 느끼면서도, 어디라도 상관없다, 방을 내준다면 그것이야말로 행복이라고 생각하며 이사했다. 하지만 내심 집 자체가 썩 마음에 들지 않았다. 노파는 그처럼 광신적으로 날 대하면서도 정원조차 쓸어 정리하지 않았다. 복도는 밟으면 삐걱삐걱 소리가 나고, 천정에는 쥐가 제등행렬을 한다. 게다가 방이 세 개밖에 없음에도 내가 빌린 사 첩 반(四疊半) 벽은 눅눅하고 곰팡이가 가득 피어 있으며, 닳아 떨어진 낡은 다

---

1) 노파가 金史良의 이름을 내지의 일반적인 성(姓)처럼 앞 두 글자 '金史'를 'カナシ(카나시)'로 읽은 것. 당시, 김사량은 일본식 읽기로 'キンシリョウ(긴시료)'로 통했는데, 노파는 '긴시'가 아니라 '카나시'로 읽고 있다. 이것은 'カナシ(카나시)'에 '悲しい(카나시이)', '슬프다'라는 의미를 덧씌우고 있는 일종의 '언어유희'이다.

다미 아래는 바퀴벌레2)가 무지개처럼 이어져서 뛰어나온다. 역시 어디라도 좋으니 들여만 보내주면 좋겠다는 마음이 앞섰기에 벌어진 일이다. 그러나 카나시라고 불린 결과 얻은 뜻밖의 행운에 대해서는 그다지 양심에 가책을 느끼지 않았다. 솔직히 나는 한 차례 그것을 정정하려고 했었다. 다만 노파가 그런 틈을 주지 않았을 뿐이다. 그러니 나는 누구도 속이지 않은 셈이다. 아니, 잠깐, 그렇지, 그녀가 모처럼 호의를 베풀었는데 그것을 매정하게 무시한다면 오히려 벌을 받지 않겠는가. 그래서 나는 여기에 들어왔다. 아차, 그건 가당찮다. 호의고 뭐고 그런 것이 어디에 있단 말이냐. 내가 아니고서 누가 이런 방에 돈을 낸단 말인가. 그런 매정한 할망구가 만든 밥을 누가 먹겠는가. 나야말로 노파에게 딱 맞는 희생양이다. 그건 그렇고 이사를 하자마자 이런 형국이다. 이 미치광이 같은 노파는 오래도록 같이 살던 늙은 남편을 그 무렵 먼저 떠나보낸 듯 했다. 그녀는 정신이 이상해져서 아래로 부은 양 눈에 여울과 같은 눈물을 하루 종일 흘렸고, 불전(佛前) 앞에서도 체면이고 뭐가 차릴 겨를도 없이 그저 울기만 했다. "아. 영감. 당신은 어째 그리도 일찍 갔단 말이요. 이 가엾은 할멈을 혼자 두고, 어째서 죽었단 말이요." 그녀는 요컨대 슬픔을 슬퍼하고 있었다고 할 수 있다. 이것도 일종의 질병임이 틀림없다. 때마침 그 와중에 카나시라고 읽고 싶어지는 이름을 한 내가 찾아왔으니 기막힌 만남이라 하겠다. 이 무슨 희극이냐. 아니 이 무슨 비극이란 말이냐. 나는 이 연극에 다시 하나의 모티브를 가미했다. 그녀가 옆방에서 울고 있어서, 나도 그만 슬퍼졌다. 아니, 정말로 절실하게 슬퍼졌다. 슬프다는 의미

---

2) 원문은 '油虫'로 일반적인 뜻은 '진디'인데, 서일본 방언의 뜻은 '바퀴벌레'이다.

가 다를 뿐이다. 차분하게 공부를 할 수 없고, 밥이 제대로 먹힐 리가 없다.

"이봐요. 카나시 씨. 당신은 혼자서도 밥을 잘도 우적우적 먹어대는군요. 목구멍이 나팔처럼 두꺼운 것이겠죠. 당신은 내 슬픔을 조금도 알지 못하니…." 항상 이런 식이다.

하지만 내 석자 이름의 화(禍)라는 녀석은 좀처럼 나를 가만히 내버려 두지 않았다. 결국 사흘째 되는 날, 이 노파가 내 김사효는 '카나시 고(孝)'가 아니라, '긴 시고(史孝)'라는 것을 알아챘다. 이 매정한 할망구는 어째서 이름을 속였느냐고 따지고 들었다. 나는 아무것도 속이지 않았다, 어처구니없게 당신이 틀리게 읽던 것을 제대로 정정하려고 하지 않았냐고 말했다. 그러자, 에, 어처구니없다니요. 나도 학문을 배운 여자란 말이오. 당신 이름이야말로 까다롭고 어처구니 없어요 하면서 다시 말도 안 돼는 트집을 잡았다. 그리고 그날부터 문패로 달아놓은 내 명함은 붙여놓을 때마다 없어졌다. 처음에는 좁은 길에 우글우글한 개구쟁이 골목대장들의 못된 장난 정도로 생각하고 몇 번이고 명함을 다시 붙였다. 그러나 여전히 그것은 집요하게도, 정오 무렵에 붙여놓으면 해 질 녘에는 자취를 감췄고, 저녁녘에 다시 붙여놓으면 아침에는 또 없어졌다. 나도 기분이 언짢아져서 아침 일찍 대학으로 가는 길에 투덜투덜 대며 풀을 발라서 문에 다시 명패를 붙였다. 그러나 대학에서 다시 돌아와 보면, 명패는 깨끗하게 물을 적셔서 떨어져 있었다. 그것을 찢어서 말아놓은 것이 변소 물통 안에 떠 있었다. 아. 가엾도다. 내 신성한 이름이여. 그래도 그것이 벗겨지고 찢어져서 돌돌 말려진 채, 내 자존심을 상처 입히고 있을 때까지는 괜찮았다. 그러나 수난이 마침내 다가왔다. 실은 노파가 내 명함을 미처 다

벗겨 내지 못 한 그 사이 사건이 벌어졌다.

그날 난 대학을 쉬고 잠자리에서 화가 치민 채로 오전 한나절을 그대로 빈둥대고 있었다. 그때 노파가 심하게 히죽거리면서 명함 한 장을 전해줬다. 손에 쥔 명함에는 꽤 오래전에 문부대신(文部大臣)을 하고 있던 X 씨 성씨와 꽤 비슷한 네 글자가 나란히 들어서 있다. 이건 도대체 어찌 된 일인지 의아한 기분이 들었다. 전혀 알지 못하는 이름이었다. 대체 내가 이런 이름을 한 사내와 한 번이라도 알고 지낸 적이 있었단 말인가. 나는 문부대신이 사는 저택 근처를 서성댄 적조차 없다. 나는 그저 자신의 힘으로 입신출세하고자 했기에 높은 사람을 찾아다니며 굽실굽실 대는 것은 딱 질색인 성미다. 그래서 도저히 알 수 없다는 기분으로 주뼛주뼛 밖으로 나갔다. 그러나 더욱 놀라운 일은 고관(古冠)을 쓰고 두루마기를 입고 흰 수염을 한 뚱뚱한 조선인 노인이 현관 안에 쭈그리고 앉아 긴 담뱃대를 뻐끔뻐끔 피는 것이 아닌가. 어, 이건 정말 무슨 일이냐 하고 생각하면서, 명함과 그 노인을 번갈아 가면서 바라봤다. 그러나 노인은 아무도 안내하지 않았음에도 내 방으로 제멋대로 들어와서 조선식 양반다리를 틀고 앉았다. 아. 실상 이 때부터 내 불행한 연극은 비극으로 향했다. 이 늙은이는 마치 자기 온돌방에라도 들어와 있는 듯 정말로 태연하게 이런 말을 내뱉었다.

"자넨 언뜻 보기에도 쌍놈(평민) 출신이 아닌 것이 내 눈엔 똑똑히 보이는구먼. 어느 양반(사족) 출신임이 틀림없어. 아니, 어쩌면 귀족 출신인지 모르지. 이 몸이 요 앞을 지나다가 자네 명함이 걸려 있는 것을 보고 들어왔네. 만나게 돼서 정말 기쁘네."

그는 마치 자신이 지장보살인 것처럼 낯빛 하나 바꾸지 않고 흰 수염을 쓰다듬으며 양반처럼 떠들어 댄다. 처음에는 짜증스럽고 안달이 났지만, 나를 양반임이 틀림없다고 하는 말에 그만 엄벙덤벙 그 장단에 놀아난 것이 잘못이었다. 나는 그렇게 치자면 어엿한 양반일 뿐이 아니라, 내 조부는 시종관(侍從官)까지 했노라 다소 자랑스럽게 말했다. 노파에게 줄곧 모욕을 당해왔기에 큰 소리로 그것도 내지어와 조선어를 반반 섞어서 노파에게 들으라는 듯이 외쳤다. 그러자 곁에서 망연한 모습으로 우두커니 서 있던 노파가 깜짝 놀란 듯 밖으로 나갔다. 나는 그것 봐라! 놀랐지 않나 하고 혼자서 기분이 좋아졌다. 노인은 오오, 그러신가 그러신가, 오늘은 실로 유쾌한 날일세. 이 몸도 실은 구 한국 시대 학부대신 아래서 일했던 사람일세. 만약 정국에 변동이 없었다면 어쩌면 학부대신이 됐을지도 몰라. 그런고로 이번에 조선인도 내지인 식으로 이름을 만들 수 있게 돼서(주, 작년 씨개정령(氏改定令) 실시) 우선 여기 문부대신을 하는 X 씨의 성씨를 취하고 이름도 그것과 비슷하게 졌다네. 그는 잘 알면서도 태연하게 그러한 것을 떠들어 댄다. 그리고 갑자기 목소리를 죽이고 몸을 조금 내밀듯 자세를 취한 후, 정말로 자네에게 부탁할 수밖에 도리가 없다네. 지금부터 X 씨가 사는 곳에 가는데, 함께 가서 통역을 해줬으면 하네. 그 저택이 바로 이 앞인데, 말이 통하지 않아서 현관 앞에서 쫓겨나기만 할 뿐이네, 하면서 콧물을 훌쩍였다. 마침 그때 노파는 우리를 어떻게 해서든 모욕하고 싶었던 것인지, 차갑게 식은 미소시루[味噌汁]에 찻잔 두셋을 올려놓은 쟁반을 내 앞으로 쑥 밀었다. 나는 순간 불끈 화가 치밀어 올랐다. 이 노파는 분명히 내가 명문가 출신인 것을 시기하고 있음이 틀림없다. 그래서 주객이 마주 보고 있음에도 조반 따위를 가져와서 기분을 망쳐놓는 것이다. 그러한 생각이 또한 좋지 못했다. 흥, 우리를 바보취급 할 본새구먼. 하지만 우리도 마음먹으면 할 때는 한다.

그런 식이라면 이쪽도 다 수가 있단 말이다. 아무래도 나는 이 노인이 찾아온 후, 다소 절망적이게도 우쭐해진 것 같다. 아. 하지만 지금 와서 다시 생각해 보면 노파는 어쩌면 이 노인에게 음식을 대접할 요량이었는지도 모를 일이다. 그렇다면 나는 보기 좋게 계략에 걸려든 셈이다. 나는 쳇, 한 번 두고 보시지 하는 기분으로, 아주 자연스럽게 손을 뻗어서, 테이블 아래에서 미국에서 사촌이 가져다준 위스키병을, 자 한잔 어떠십니까, 하면서 꺼냈다. 이렇게 양반 둘의 주연(酒宴)이 시작됐다. 그런데 이 노인은 대단한 술꾼인지 잔을 기울일 때마다, 이건 양국(洋國)의 술이로구먼, 정말로 좋은 향일세 하면서 거침없이 꿀꺽꿀꺽 마셔댔다. 게다가 어지간히 배가 고팠던 모양인지, 내 젓가락을 쥐고는, 내지인 음식은 싱겁다던가, 양이 적다던가, 이건 또 무엇인가 하면서, 미소시루까지 꿀꺽꿀꺽 마셔버렸다. 하지만 묘하게도 노파마저 점차로 들썽들썽 하며, 부엌으로 달려가서는 쓰케모노(漬物, 야채절임－역자 주)를 가져오거나, 내게는 한 번도 내온 적이 없는 다시마나 명란까지 내온다. 아무튼, 그때부터 주정이 시작됐다. 나도 꽤 취기가 올랐다. 노파를 모욕하는 길은 그녀를 곁에 앉혀놓고 조선어로만 넌더리가 나도록 들려주면 된다고 생각했다.

"그런데 어르신께선 도대체 X던가 하는 요 앞 대신 집엔 무슨 일로 가십니까?" 하고 물어봤다. 그러자,

"헤헤헤. 자넨 꽤 기백이 있네그려. 역시 명문가 출신은 다르구먼." 하고, 노인은 정말로 비굴하게 배를 흔들면서 웃어댄다. "이래서 양반의 성씨는 중요하지. 그렇고말고. 그 옛날 시종관님 손자라고 하면, 아암. 그렇고말고. 이 몸은 지금 그 일로, X라고 하는 사람이 사는 곳에 가려고 하는 것일세. 요컨대 저 유력한 종씨(宗氏, 일가의 사람)를 움

직여서, 조선인 개나 소나 내지의 훌륭한 명문가 성씨를 쓰지 못하도
록 해달라고 할 요량이란 말이지. 그러니까 그것을 상담하러 가고 싶
구먼.”

“어허, 그건 또 무슨 연유이신지. 그 점은 본래 취지와 다르지 않습
니까? 이번에 시행된 것은 조선인도 진정한 일본인이 될 수 있다는
것으로, 누구나 성씨를 바꿀 수 있게 한 것이 아닙니까. 즉 일본인도
조선인도 평등하게 한다는 안목에서 시작된 것이 아니냔 말입니다.
그러니까 성씨를 아무렇게나 써도 된단 말이지요.”

“허나, 그건 틀리구먼.” 하고, 노인은 매우 장엄한 표정을 하고 혀
를 찼다. “요즘 어중이떠중이 모두 내지인 이름을 붙일 수 있어서, 쌍
놈(평민을 천하게 부르는 말)들까지가 모두 명문가의 씨명을 붙이게 된다
고 치세. 그럼 양반과 쌍놈을 구별할 수 없게 된단 말이야, 이 사람아.
그거야 말로 큰일이지. 그렇게 되면 어찌한단 말인가! 그러니 조선 명
문가 집안은 합쳐 스물다섯 정도로 해서, 그 집안에만 명문가의 성씨
를 붙일 수 있게 해야 하네. 그래서 내지의 양반들과 평등하게 대우해
주고, 그 밖 쌍놈들에게는 내지 쌍놈들 씨명을 붙이게 하면 되겠구먼.
이 몸은 이 일로 요즘 밤에도 마음 놓고 잠을 잘 수 없어. 밥을 먹은
후에도 이 걱정뿐일세. 허나 자넨 시종관 손자니까 내 성씨를 붙여도
됨세.”

“하하핫….” 하고 나는 웃음을 터뜨려 버렸다.

“아니, 고맙습니다. 고마워. 그런데 거기에도 또한 계급을 붙이는
것이라니. 그렇다면 쌍놈들에게는 천재일우의 기회가 왔는데 또 차별
대우를 하면 가엾지 않습니까. 모처럼 문을 열어줬는데….”

“자넨 참, 거기에는 또 좋은 방법이 있구먼. 그 쌍놈들은 이렇게 하

면 좋다네. 즉 자기가 사는 곳에서 내지인이 하는 커다란 잡화점 주인의 성씨라던가, 군수(장)이나 재무주임의 성씨를 붙이면 되네. 헤헤헤, 그것으로 되지 않았나. 내 제안은 대단히 신통방통하다네.”

그렇게 둘은 하는 수 없이 서로 웃으면서, 이번에는

“X, 자 한잔하시게”

“Y, 또 한잔” 하는 식으로 잔을 기울였다. 그런데 어느 틈에 둘 사이에 껴서 노파도 함께 주연에 참여해 마시게 되었다.

나는 그것을 보고 노파가 한풀 꺾였다고 착각해서, 이번에는 내지어로 다소 허풍을 섞어서, 이 어르신이 이렇게 몰락한 것처럼 보여도 말이죠. 물론 우리 집안보다는 다소 집안이 떨어지지만 엄청난 양반가 출신으로 옛날 그대로라면 어쩌면 조선에서 학부대신에까지 올랐을지도 모르겠다고 과장해서 말했다. 그러자 노파는 어찌 된 영문인지 얼굴이 달아올라 들썽들썽 거리며, 그 후로 이 노인을 마치 녹일 듯한 눈초리로 응시하며 눈물을 글썽였다. 노인은 완전히 고주망태가 돼서 이번에는 내 이부자리 위에 대자로 뻗어버렸다. 그리고는 뒹굴거리며 희롱하는 호랑이처럼 다리를 하늘로 허우적거리며 부르짖었다. 그의 흰 수염이 펄떡거렸다.

“이 몸은 이제 양반, 그중에서도 일본 양반이로다. 이보게들, 이 몸을 향해 모두 경례를 하시게나. 모자를 벗으시게나. 양반이 납시네! 양반이 납셔!” 그리고는 갑자기 돌변해서 이태백 시를 낭랑한 목소리로 읊기 시작했다.

有身莫犯飛龍鱗 (몸이 있어도 비룡의 비늘을 침범하지 말지어다)
有手莫辮猛虎鬚 (손이 있어도 맹호의 수염을 건들지 말지어다)

그런데 정말로 놀라운 것은, 노파가 이 시음(詩吟)을 듣고 갑자기 쓰러져 감상적으로 울기 시작했다는 점이다. 나는 점점 어리둥절해졌다. "체격이나 흰 수염까지, 당신은 먼저 간 영감과 똑같다고 생각했더니 목소리와 시음하는 모습까지 완전히 닮았구려. 이것은 도대체 어찌된 영문이오." 하고 외쳐댔다. "영감, 영감 당신은 이미 십만억토(十萬億土) 저 멀리 가버렸다고 생각했더니, 부처님의 가르침은 허사가 아닌가 보오. 한 달도 되지 않아 조선의 고귀한 분으로 다시 태어나 이곳으로 나를 보러 와주다니!" 대략 이러한 모양새다.

나는, 어, 이런 하면서 오늘 노파가 보여준 불가사의한 태도의 경과를 이해할 수 있었다. 노파의 병이 드디어 심각해진 것임에도 나는 터무니없게도 그녀의 말에 맞장구를 쳤다. 나는 비록 곤드레만드레 취했지만 역시 마음속에서는 한 건 했다는 생각이 들었다. 이런 식이라면 내 세 글자 명함을 노파가 필사적으로 벗겨 내는 일은 없을 것이라는 속내가 드러난 것이다. 그러나 그것은 오산이었다. 결국 내 생활은 엉망진창이 됐다. 나와 노파가 이렇게 한 차례 환대를 해주자 그 노인은 하루도 빼놓지 않고 찾아와서 우리에게 달라붙었다. 그는 올 때마다 오늘이야말로 문부대신이 사는 곳에 통역으로 동반해 달라고 요청했다. 그리고 앞으로 조선 양반 출신만으로 정치 결사를 만들 셈인데 그때 나를 간부로 추대하겠노라고 때때로 말한다. 때로는 누군가 훌륭한 정치가의 송덕비(頌德碑)를 세울 예정인데 기부를 조금 하지 않겠는가, 그리하면 비석 뒤에 이름을 새겨 천 년을 사는 셈이라고 말했다. 그리고 또다시 노파가 술상을 가져와 셋이서 다시 함께 술을 마시는 식이다. 노파는 노인이 찾아오면 망부를 다시 만난 것처럼 매우 기뻐하며 울고 또 울었다. 노인은 또 고주망태가 되고, 곤드레만드레

취하면 다시 이부자리 위에 쓰려져서 다리를 공중에 허우적거리며, 일전 이태백의 호랑이 수염을 읊었다. 나는 이대로는 몸도 생활도 정신도 버티지 못하겠노라고 생각하고, 어느 날 아침 단호하게 결심하고 이부자리를 걷었다. 그리고 가방을 손에 들고 나와서, 열 몇 번째 명함을 문설주에 붙이고 대학으로 향했다.

그런데 해 질 녘 돌아오니 이번에는 내 명함 위에 X라고 하는 노인의 새로운 명함을 먹으로 쓴 문패가 걸려 있는 것이 아닌가. 어처니 없다고 생각하며 나는 현관으로 들어가 봤다. 그러자 이번에는 고주망태가 된 X 노인이 노파 방 침상 위에 대자로 쓰려져 발을 공중으로 향하고 허우적거리면서, 일전의 시를 읊고 있었다. 그런데 노인은 흰 조선 옷을 완전히 와후쿠[和服, 일본 옷]로 갈아입고 있었다. 이렇게 노파의 망부는 완전히 노파의 곁으로 돌아왔다.

아. 나는 이러한 하숙에서 어떻게 하면 고문 시험 준비를 계속할 수 있겠는가. 6월에는 다시 시험이 시작되는 데 말이다.

작품 제2부

해방 이후

남에서 온 편지

1948년 4월 25일 역사적인 남북 연석회의의 성공을 지지 환영하며 남조선 단선 단정 음모 반대의 투쟁 역량을 시위하는 시민 대회가 벌어진 날이었다. 이날 저녁 인민 병원 입원실에 혼자 누워 있노라니 박 의사가 진찰을 하러 들어왔다. 마침 공일날이며 당직 의사도 따로 있었으나 매우 열성적인 분이어서 자신이 집도(執刀)한 수술 뒤의 경가를 염려하여 일부러 찾아온 것이다.

그때에 박의사는 장엄하게도 끌어 넘치던 대회의 감격과 삼십사 만 군중 대열이 미군정 물러가라고 하늘이 무너지게 외치며 행진하던 우람찬 광경을 흥분한 어조로 늘어놓았다. 그 끝에 뒤이어 그는 자못 무량한 감개로 며칠 전에 만난 어떤 남조선 동무의 애기를 들려주는 것이었다.

연석회의의 사흘째 되는 날 밤 박의사는 남조선 민애청(民愛靑) 대표들이 들어 있는 지정숙사를 찾게 되었다고 한다. 우리 인민 정권의 세심한 배려에 의하여 조직된 보건단의 한 사람으로서 그 역시 이 대표들의 건강을 돌보는 책임을 지고 있던 것이다.

때마침 이 동무들은 환영 연극을 구경하고 돌아온 참 어떤 사회 단체로부터 기증된 노동화를 한 켤레씩 받아들고 모두 마루에 떨어 나와 법석중이었다. 신겨냥을 하는 둥 문수를 고르는 둥 발에 신어보는 둥…… 하기는 서울서 올 때에 걸치고 온 땟국에 지지리 젖고 너덜너덜 헤졌던 넉마 바지도 어느덧 새것이 되고 입북(入北)한 지 볼과 며칠 사이에 신색도 훨씬 좋아 뵈었다.

사실 우리들은 이 민애청의 젊은 동무들을 맞이하여 그들에게서 남조선의 비참하고도 암담한 현실을 여실히 보았던 것이다.

음식 감독의 책임을 지고 나와 있는 약제사인 여성 동무가 옆에서 얼굴에 홍조를 띠며 이렇게 귓속말을 했다.

"어찌두 그렇게 먹보이구 잠꾸러기들인지 모르겠어요. 이남서는 밤도 없고 낮도 없이 제대로 먹지도 못하여 총칼 앞에서 싸우던 동무들이라 무리도 아니겠지만 곁에서 보누라면 막눈불이 날 지경이에요. 그러면 서두 아주 열성적이며 유쾌한 동무들이랍니다."

"아는 사람은 없어요?"

하고 물으니까.

"네 다 본때 있게 원기 왕성해요. 호랑이를 잡으래두 잡으리 만치 기운들이 막 뻗었는데요."

하며 차차 신이 나서 덤비다가

"아 정말 잊었군요 회의에서 돌아와 들어 눕군 하는 동무가 한 분 있어요 괜찮다고 아예 의사를 부르지 못하게는 하지만…… 이리 오세요"

아닌 게 아니라 맨 끝 방에 청년 하나가 방석을 뚤뚤 말아 베고 길게 누워 있었다. 그 앞에는 신문지가 널려 있었다. 어디가 아프냐고 물으며 들어가니까 청년은 잠이 들었는지 대답이 없고 마루에 걸터앉아 신 끈을 매고 있던 동무가 들어와 마침 잘 왔다면서 그의 윗도리를 벗긴다. 활활 열이 오른 몸뚱이가 불타는 기둥처럼 메마르고 첫눈에 보아도 과로와 영양불량에서 오는 전신의 쇠약이 또한 여간 아님을 알 수 있었다. 그리고 그 중에서도 제일 연세가 어린 동무로 보였다. 아픔을 참누라고 쌔근거리며 눈을 지리 감은 코밑에 기미가 있는 얼굴……

박의사는 이상한 촉감으로 어디엔지 본 듯한 얼굴이라고 혼자 머리를 기울이며 가슴노리에 청진기를 대였다. 생각이 날 듯 날 듯 하면서도 기억의 장막이 눈앞에 팔락일 뿐으로 활짝 열리지를 않는다.

"이렇게 앓은 지가 오랩니까?"

하며 돌아보니까

"몹시 신열이 나기는 오늘이 처음입니다."

옆에서 걱정스레 대답한다.

별루 이상은 없는 듯 하면서도 고열 상태인 원인을 돌아 눕히고 잔등을 들여다보니 알 수 있었다. 잔등 전체에 푸르스름하게 부풀이 오른 채찍자국이 물고기에 왕줄이 백이듯 했다.

그리고 오른쪽 쭉지뼈 위에 붙어 있는 미지약을 바른 헝겊을 떼어보니까 칼에라도 찔린 듯한 한 치 가량의 깊은 상처가 뼈 짬으로 입을 벌리고 있었다. 염증을 일으켜 언저리가 시뻘겋게 부어오른 증상이 화농증으로 발열하는 모양이었다. 박 의사는 헝겊을 든 채 가벼이 놀라는 소리를 질렀다.

"고문 받은 상처입니다."

동무의 들려주는 말이

"칼등으루 막 내려치는 군도가 부러지며 두동갱이 나면서 한끝이

뼈쌈에 꽂혔다는 군요⋯⋯”

　그러나 박 의사는 이 참혹한 상처에만 놀란 것이 아닌 듯했다. 그보다도 험상궂은 흠집을 쓰고서 어린애의 손뼉만한 뼈가 툭 두드려져 나온 옛 상처의 모습에 큰 쇼크를 받은 모양이었다. 그는 청년의 어깨를 붙들며 희한스레 반가운 목소리로 이렇게 부르짖었다.

　“준영이 아니야?”

　환자는 이 소리에 띤 눈시울을 지긋이 뜨더니 얼굴을 돌리었다. 옆에 웅크리고 앉았던 동무는 의아한 듯이 딴 이름을 대면서 준영이가 아니라고 일러준다. 필시 이남서는 변성명을 쓰며 싸우고 있는 모양이다. 물끄러미 쳐다보던 청년의 얼굴은 빙그레 웃어 보이는 박 의사의 팔을 끌어 잡으며 일순간 굳어졌다.

　“박선생님 이게 웬일입니까?”

　이윽고 그는 행복스러운 양 도둠한 덧니를 드러내면서 특징 있는 웃음을 졌다. 그 덧니가 박 의사에게는 더욱이 정답고도 인상 깊은 것이었다.

　“천만 뜻밖입니다. 선생님께 또다시 병을 뵈게 되었군요⋯⋯”

　다름 아니라 이 어린 청년은 박 의사가 토성랑(평양서도 유명한 빈민지대) 가까이서 조그마한 병원을 경영할 때에 오래도 안 치료해 준 일이 있는 입원환자 준영이었다. 그 당시 열두어 살밖에 안 되는 몸으로 그는 왜놈이 경영하는 근방 벽돌공장의 소년 인부였었다. 무거운 벽돌을 두 장 석 장씩 덧두겨 안고 비틀거리다가 하루는 지게로 담아 옮기는 성년 인부와 마주치자 그의 잔등 위로 벽돌이 와르르 쏟아져 내렸다.

　온통 피투성이가 된 이 어린 몸뚱이를 인부들이 쓸어안고 박 의사네 병원으로 달려 왔을 때까지도 소년은 의식을 회복치 못하고 있었다. 간신히 심음(心音)만 들리는 이 핏덩어리를 침상 위에 눕히고 일순 망연자실한 일이 바로 엊그제 일처럼 기억에 새롭다. 학교를 나온 지 불과 몇 해 안 되는 풋내기 의사로서는 미상불 당연한 일이었다. 강심 주사를 연거푸 놓은 뒤에 상처마다 세밀히 진찰한 결과 군데보로 벽 돌모서리로 때리어 살이 찢겨 가지고 죽지뼈가 부서진 것이 매우 난 처했다.

그러나 시각을 다투는 응급처치에 용감히 착수하여 조각난 잔뼈들을 하나하나 세심히 들추고 살이 헤진 데를 골고루 꿰매고 또 연방 강심주사를 놓았다. 혼수상태 속에서 소년이 군소리로 유별히도 아버지를 찾으며 극매이던 일이 생각난다. 정경이 애절하여 떠지고 온 인부에게 아버지를 데려오라고 하니까,

"글쎄 모를 소리입니다. 아버지가 없는 애인걸요."

했다. 먼 일가 되는 가난한 집에 의탁하여 한술 씩 밥을 얻어먹으며 공장에 나온다는 것이다. 어려서부터도 서리 맞은 풋고추처럼 꼬치꼬치 마른 몸뚱이였다.

'내 기술이 그때에 지금만이라도 했더라면……'

이런 생각을 하며 박 의사는 곰기기 시작한 상처를 차근차근 씻어 내기 시작했다. 흡사 그것은 썩어 가는 어금니와도 같이 끔찍스레 아구리를 헤치고 있었다. 하나 지금은 약도 좋고 기술도 남부럽지 않을 만하여 얼마동안 정성껏 치료에 힘쓴다면 문제없을 듯도 했다.

물론 옛날 그 당시에도 있는 힘을 다하여 치료하지 않은 바는 아니었다. 그러나 원체 심중한 부상으로 뼈짬에서 여기 저기 꿀적거리기 시작하는 염증이 말썽이었다. 드디어는 관절에 까지 침범하여 유착을 일으키고야 말아 달경 뒤에 돌아갈 때는 한 팔을 잘 쓰지 못하는 반

병신이 되었었다. 이리하여 혹여나 능력의 부족으로 병신을 만들지 않았는가 하는 죄스럽고도 애처로운 마음이 오래오래 그의 가슴속에 헤워 오던 것이다.

그렇기 때문에 청년을 보자 십여 년 전의 소년의 영상이 눈앞에 희미하게 어룽거린 것도 무리가 아니었다.

준영이는 얼굴을 돌리며 옛날의 모습이 완연한 웃음을 띠며 쓸쓸히 이렇게 말했다.

"이번은 미국놈의 앞잡이에 붙들려 재차 병신이 되나봐요."

"염려 없네, 아무려면 이번에도 또 병신을 만들려구……"

하면서 박 의사는 아주 웃어버리는 것이었다.

"서울서 붙들렸던가?"

"네 단선 반대의 데모를 하다가 젭히여—"

도대체 이런 몸으로 어떻게 여기까지 오기는 했으나 또 어떻게 회의에도 나갈 수 있으랴 싶었다. 그러나 아침에는 거뜬히 일어난다고 한다. 그래도 증세가 좋지 않기 때문에 부주의한 경우에는 패혈증을 일으킬 위험성까지도 없지 않으리만큼 심상치 않은 상처임에는 틀림없었다. 그래 이렇게 경고하면서 설비 좋고 인재도 많은 우리 인민병원에 입원하여 이번만은 유감없이 치료도 하고 건강도 회복하자고 했다.

"나도 이제는 책상물림이 아니라네… 그리구 또 이남서 찾아온 구국용사를 치료하는 광영을 한번 가져보세나……"

이렇게 우스갯말로도 진심을 피력했다.

사실 조국의 통일독립을 위하여 아낌없이 피를 뿌리며 싸워온 이 청년용사를 눈물이 없이는 맞지 못할 애타는 감개였다. 한껏 따뜻이 맞아들이여 다시없는 이런 기회에라도 몸조리하여 돌려보내고 싶은 심정이었다. 동시에 이 사랑하는 겨레를 군도로 내리다진 악독한 매국노들에게 대한 참지 못할 분노와 증오심에 떨리었다.

그러나 준영이는 머리를 설레설레 저을 분이었다.

"선생님 남조선 형편이 그렇질 않습니다. 이런 정도의 상처쯤은 어느 누구 하나가 안지구 다녀서요 약만 좀 주구 가서요……"

이러면서도 그는 옛날 자기의 치명상을 정성껏 고쳐주던 고마운 이 은인을 다시 만나게 된 것이 한량없이 반가운 듯 벙글거리고 박 의사 또한 그의 줄 차고도 늠름한 지품과 불굴의 투지에 감동과 존경의 마음을 넘어 어떤 육친적인 애정까지도 느끼는 듯했다.

"안 되네 못가네."

박 의사는 힘을 주어 주장했다.

"당장 구급차를 불러오겠지만 하두 중요한 회의이니 내일 끝나도록까지만 참아두는 줄 알게……"

"북조선 오자부터 이렇게 너무두 환대를 받아 어쩔 줄을 모르겠어요…… 그러나 선생님 사람이 그렇게 맥없이 죽는 줄 아서여."

하고 준영이는 슬며시 웃어넘기면서 화제를 돌리려는 듯,

"저는 참 오늘 회의에 혁명자 유가족 학원 학생이 나와 연설하는 소리를 듣고 혼자 자꾸 울었군요."

"따는 나두 라디오를 통해 들으며 울었네. 어떻게두 그렇게 가슴을 쥐여 뜯는 얘기인지……"

약을 바르던 손을 멈추고 박 의사는 무연히 머리를 끄덕이다가 불현듯 집히는 생각이 있어서

"정말 동무는 아버지를 찾았던가?"

고 물었다.

옛날 그가 병원 침상위에서 찾아 헤매던 그의 아버지가 역시 해외에서 반일투쟁에 참가 했더란 사정과 그래서 어머니가 죽은 뒤에는 아주 고아가 되었더라는 사연을 들은 일이 있었기 때문이었다.

"웬걸요, 동만에서 전사했다나봐요……"

준영이는 서글픈 얼굴을 지으며

"저두 그 연설에 꼭 동감이었어요 우리 아버지만 해도 무엇 때문에 왜놈들과 싸우다가 어느 산 어느 강 기슭인지 알지도 못하는 곳에 뼈를 묻었겠어요?"

"……"

"이 북조선에서는 김 장군께서 우리와 같은 젊은이를 어버이 대신이 되어 훌륭히 길러 주시려구 학교까지 짓는다는데……"

약간 음성이 떨려나오며 그의 까만 눈에는 불빛이 어리는 듯했다.

"이승만 같은 놈들은 우리들을 가둘 감옥을 짓고 있답니다. 남조선의 어린 동무들을 생각해 보세요. 하루에도 몇 십 명 몇 백 명씩 저 같은 불쌍한 신세들이 늘어나고 있습니다. 이 매국노들을 그저 그저……"

하며 저절로 흥분되어 바로 눈앞에 적이라도 있듯이 떨리는 몸을 일으키면서

"다시는 다시는 나라가 망해서는 안 됩니다. 단정을 죽어도 때려부셔야 합니다."

박 의사는 준영이를 껴안아 다시 제자리에 눕히며 얼굴을 돌리는 것이었다.

여태껏 헐벗고 굶주린 몸으로 가시밭길을 걸어온 이 의로운 청년에

게 곤색 바지에 붉은 줄을 친 혁명자 유가족 학원의 복장을 입혔으면 얼마나 행복스러우랴……

따는 청년이라기보다도 그만치 소년에 가까운 어린 연령의 그였었다.

"아네 잘 아네……"

의사는 미여지는 듯한 목소리였다.

"선생님 우리는 이 북조선에 와서 더욱 새로운 힘을 얻었어요 남같이 이렇게 훌륭히 잘 살 수 있는 우리들이 왜 또 미국놈의 식민지가 되어야 합니까?"

"그러기에 우리들은 북조선 건설의 탑 아래 남조선 반동을 분쇄하자고 일제히 궐기했다네……"

"그렇습니다, 선생님. 북조선의 위대한 건설투쟁은 우리 남조선의 위대한 인민항쟁을 호소합니다. 우리 뒤에는 힘 있는 북조선이 뻗치고 있고 또 열렬한 북조선 동포들이 건재하고 있습니다. 사실 북조선을 더욱 더욱 튼튼히 하는 길이 남조선 우리들의 피를 한 방울이라도 더 덜게 하는 길이에요. 저는 오늘 멀리서 김 장군의 늠름하신 모습을 우러러보며 단단히 맹세했어요…… 어서 하루바삐 가야지요. 이를 악물고서라도 넘어가 또 싸워야지요."

준영이는 오히려 제 자신에게 단단한 다짐을 주듯이 이렇게 혼자 중얼거리었다. 옆에 앉아 있던 동무가 못내 꺼리는 태도로 웃음빛을 띠우면서

"여보게 웬만하면 선생님께서 그러시겠나? 글쎄 이런 몸을 가지고 어떻게……"

그냥 가겠노라고 고집을 부리느냐는 말도 채 끝나기 전에 준영이는 목을 치켜들고 그를 노려보며 대드는 것이었다.

"내가 왜 못 간단 말야? 응 내가 왜?"

"저것 보세요."

옆 동무는 쩔쩔매며 머리를 긁는다.

"저렇게 사나움을 부리면서 여태 의사 박 선생님에게도 보려 하지 않았답니다. 남아서 치료해야겠다는 말씀이 나올까봐……"

박 의사도 저으기 난처하게 되었다. 그냥 보내서는 안 되리라고 생각은 하였으나 의사의 견지로써만 권고해 가지고는 도저히 번복시킬 수 없이 굳은 결심을 깨달은 것이다. 하여간 준영의 간청대로 필요한 치료약을 주고 보았다. 그리고서 주사까지 두어 대 놓고 돌아 나오는 길에 약제사 동무를 불러내어 특별한 간호를 부탁한 뒤에 그 길로 바로 민청 중앙에 찾아갔다. 준영의 일을 보고도 할 겸 선후책을 토론하고자 함이었다. 그러나 이미 열시를 넘은 밤이어서 불이 꺼진 채 였다고 한다.

이튿날은 아침부터 중병 환자들이 밀려들고 또 수술환자들이 폭주하여 밤늦도록 좀처럼 몸을 뽑을 수가 없었다. 그래 이날은 보건단에 전화로 알리여 딴 전문의를 느지막이 숙사에 파송하도록 했다. 그리고 다음날인 이날은 또 아침부터 대회에 참가하게 되어 시위행진이 끝난 뒤에야 지정 여관에 들려보게 되었다. 그 사이의 경과가 염려되었던 것이다. 그러나 민애청 동무들은 벌써 이남을 향하여 떠나고 있었다. 덩그렇게 비인 방 안을 쓸개질 하던 주인마누라가 비를 멈추고

"어드러면 젊은이들이 그렇게두 장하겠소. 어제 결정서인가 나오자 받아든 달음으루 모두 날개 돋친 사람들처럼 달려갑니다. 박 선생님 이시지요?"

하더니 주머니 속을 한참동안 부스럭거리다가 종이조각 접은 것을 꺼

내 준다. 준영이가 써주더라는 데 단선 단정의 음모를 분쇄하고 미군정을 내쫓은 뒤에 행복스레 박 선생의 치료를 받을 날이 하루바삐 오게 되기를 가장 가는 락으로 삼겠다는 사연이었다. 그리고 그의 치료를 받자부터 신열도 덜리고 차도도 완연하다면서 이런 말로 끝을 맺었다.

"북조선 동포들의 따뜻한 품에만 안겨 있을 수 없어 이 길을 재촉합니다. 오늘의 참담한 남조선도 이 북조선처럼 되게 하기 위하여 목숨을 바쳐 최후까지 싸울 것을 맹세합니다. 매우 원기 왕성합니다."

박 의사와 나는 이 종이를 앞에 놓고 한참동안 깊은 감개에 젖은 것이었다. 푸르른 하늘에는 비행기가 폭음소리도 요란히 저공으로 떠돌며 동포여 일어나 미제국주의의 음모를 쳐 부시고 남조선 단선 단정을 결사 타도하라는 격문을 눈보라처럼 휘날리고 있었다.

우리들은 이 민애청 동무를 비롯한 존경하는 이남 대표들이 무사히 부서(部署)로 돌아가기를 축원하는 마음이로 가득했다.

그러나 아니 다르랴. 이 구국대표들을 미국 씨·아이·씨와 반동경찰들이 닥치는 대로 막 체포하여 악형에 처하고 있다는 고약한 소식들이 연달아 들려왔다. 회진이라도 하려고 들어올 것 같으면 박 의사와 나는 준영동무의 일을 진정으로 같이 걱정하고 하였다.

칼 자리도 아물지 않은 쇠약할 대로 쇠약한 몸으로 거미줄 치듯 한 삼팔선의 경계망을 무사히 넘었을까? 총칼의 밀림 속에서 기관총의 성벽 안에서 그 몸으로 어떻게 항쟁을 다시 계속하고 있을까? 피바다를 이루는 가지가지의 몸서리 칠 뉴스가 들려 올적마다 우리들은 이 불송이 같이 열렬하고도 애련한 청년용사에게 성원을 보내는 마음이 한없었다. 일변 놀랍고도 눈물겹도록 영용한 구국항쟁의 심정의 보도에 접할 때마다 도한 우리들은 한라산 기슭에 방산으로 핀 동백나무 숲의 하얀 꽃포기들을 피로 물들이는 청년들 속에 그들 보는 듯하였고 광주전화국에 포탄을 던지는 젊은이 가운데 혹은 삼각산 상상봉오리에 봉화를 치켜든 검은 그림자 속에 혹은 농민들의 집회에서 나라를 구하자고 외치는 열혈청년 가운데 혹은 장안 종로거리를 미군의 천차 앞으로 돌진하는 노동자들 속에 그를 보는 듯했다.

그리고 날이 거듭할수록 남조선은 그대로 집단감옥으로 변해 가고 또 그대로 살인지옥으로 화하는 것이었다. 더구나 망국 선거가 임박해지면서도 미제국주의의 앞잡이들은 농민들의 눈에 못을, 노동자들의 가슴에 칼을 찌르고 무고한 인민을 화물자동차 바퀴에 끌어매어 길거리로 덜덜 끌고 다니고 청년들을 총살하여 산과 들의 갈가마귀 떼를 울리면서까지 투표를 하라고 위협하던 것이었다.

드디어 천추만대로 잊지 못 할 五·十 단독선거의 강도행위는 총검으로 감행되었다.

이러는 동안 병상에 누워 있던 나도 어지간히 경과가 좋아져 복보를 막대를 쥐고는 어정어정 거닐 수 있게끔 되었다.

며칠 뒤에는 반대투쟁 전국위원회로부터 세계 회유의 『자유 분위기』속에서 집행된 망국선거를 우리 조선 전체 인민이 절대로 승인치 않는다는 장쾌한 성명서가 나왔다.

젖기름 흐르는 우리의 국토를 미제국주의의 탱크에 얽어매려는 음모를 뉘라서 용서할 것인가?

바루 이 성명서가 발표된 신문을 받아들고 읽으면서 진찰실로 나가니까 — 시간이 지나 한가한 틈이었다. — 박의사가 꾸겨진 편지종이를 책상 위에 펼쳐놓고 전에 없이 자못 흥분한 얼굴이었다.

이윽고 쳐다보더니 눈물이 글썽해지면서 말없이 편지를 집어 준다. 그럴 사라 해서인지 그의 손이 가벼이 떨리는 듯했다.

나는 그의 얼굴을 힐끗 다시 한 번 바라보고서 받았던 편지의 뒤끝부터 찾아보았다. 모를 사람의 이름이다. 거처도 적히지 않았다. 이유 없이 불길한 예감이 머릿속을 스쳐 지나가는 것이었다.

흘흘히 연필로 흘린 글씨로서 거기에는 이렇게 적혀 있었다.

C(준영)동무한테 선생님의 얘기를 들어왔고 또 이 동무를 대단히 사랑하시는 선생님이기에 몇 자 간단히 알려드립니다.

C동무로부터도 자기에게 무슨 일이 생기면 선생님에게 기별하도록 해달라고 하는 부탁이 있었던 것입니다. 저 역시 지난번 입국하였던 민애청 대표의 한사람으로 이 편지를 항쟁의 불기둥 속에서 쓰고 있습니다……

준영이가 박의사의 치료를 받을 대 옆에 입회하였던 청년이 보내온 모양이다. 삼팔선을 넘은 인편을 이용하여 전달된 것으로 종이에는 기름때와 흙이 묻어 군데군데 똑똑치 않은 곳도 없지 않았다. 마른침을 삼키며 나는 분주히 편짓장을 넘기였다. 분명치는 않으나 주저해가며 읽어보니―

경계선을 넘어서면서 이 민애청 대표일행은 미친 개떼처럼 쏘다니던 살인 경관과 악독한테로단에게 발각되어 추격을 받게 된 것이었다.

불의의 이 봉변을 당하자 준영이는 추격에 못 이겨 쓰러진 채로 놈들에게 체포되어 S장거리의 경찰서로 끌려가 유치장에 감금되었다.

일행은 이 동무가 필경 이번에는 죽음을 면치 못하리라고 서로 부둥켜안고 울었다고 한다.

그러나 이 S장거리의 단선반대의 인민 항쟁도 결코 만만치는 않았던 모양이다. 더욱이 구국회의에 출석했던 청년대표가 구도에 찔리어 변사지경으로 된 몸으로 체포되어 갖은 악형을 받고 있다는 소문은 이 장거리사람들과 근방 농민들의 가슴을 잡아 흔든 것이었다.

애국자는 잔등에 칼을 받은 몸이 들보에 매달려서도 독립만세를 외치거늘 나라를 팔려는 반역자와 친일파들에게 투표를 어찌 할 수 있을 것인가?

"단선 날이 임박해지면서 항쟁은 드디어 일층 격화되었습니다."

편지는 이렇게 계속되고 있었다.

"여니때와 매일반으로 여기서도 결사반대의 삐라와 격문이 연일 연야 산포되고 전신이 절단되어 통신은 두절되고 주재소는 습격을 받았고 경찰서에서는 수류탄이 연방 날아들었습니다.

마침내 단선 날에는 미국 군대가 트럭과 지프에 무장군인 경관 테러단들을 그득히 싣고 달려 왔습니다.

놈들은 말거미 같이 산지 사방에 흩어져 남녀노소 없이 발각 되는 대로 모조리 체포하여 총칼로 위협하면서 선거장으로 몰고 가기 시작하였습니다.

그리고 소위 선거장이란 것이 바로 경찰서 옆이었습니다. 그래 이 근방은 투표를 강요당하는 사람 떼로 부글부글 끓게 되었습니다. 이때 어디선가 난데없이 찢어지듯 미여지듯 부르짖는 소리가 그들의 뒤통수를 갈기며 들려 왔습니다.

"선거장을 쳐 부시라!"

"동무들 죽어두 반대하라!"

그 지방 투쟁위원회 지부로부터 우리에게로 보고하러온 사람의 말에 의하면 수많은 군중들은 이 소리에 격동되어 와들와들 치를 떨었다고 합니다. 더구나 이것이 길가에 면한 유치장속에서 터져나오고 있었으니 일층 더 충동적이었습니다. 창살 문을 꺾은 사이로 상반신을 내어 밀고 한 청년이 팔을 휘저으며 외치는 것이었습니다.

"짓부셔라! 동포들!"

"때려부셔라!"

군중들 속에서 아우성소리 환호소리 고함소리 안타까운 울음소리가 막 터져 나와 일대 수라장이 되었습니다.

그러나 이때에 요란한 총성이 일어나더니 청년은 갑자기 이를 악물고 부들부들 치를 떨다가 뒤로 자빠졌습니다.

그러자 청년은 시뻘겋게 피에 젖은 몸뚱이를 또다시 치솟구며 소리높이 싸우라고 호소합니다. 실로 불사신(不死身)의 야차와도 같은 용맹이었습니다.

이 경천동지(驚天動地)의 광경을 보더니 "우리의 대표다!" "우리의 대표다!" 소리와 같이 끓어오르는 흥분 속에 "우리의 대표를 살리자!"는 우렁찬 구호와 함께 드디어 격노한 군중들은 일제히 봉기하였습니다.

경관대와 테로단들은 군중들의 술렁이는 성난 파도 속에 삼키우고 총검을 빼앗았던 일대는 선거장으로 일대는 경찰서로 아우성을 치며 몰려들어갔습니다.

이리하여 군중들은 선거장을 파괴하고 투표함을 불살라버렸으며 유치장을 헤치고서는 이 청년을 구원해 냈습니다. 물론 두 말할 것도 없이 이 용감한 청년이 다름 아닌 C(준영)동무인 것입니다. 그리고 그대 불행히도 왼팔에 거듭되는 총상을 입었습니다. 그러나 놈들의 발표에 의하면 이 선거구에서도 농민들의 九八%의 참가로 미증유의 대성황리에 투표가 진행되었다는 것입니다. 이리하여 일제시대의 경찰서장이요 현재의 향보단장인 친일파가 당선된 것으로 되었습니다.

　나는 여기까지 내려 읽으며 수렁거리는 가슴을 부여안을 길이 없었다.

　어쨌든 이러한 용감성이 도대체 어디에서 나오는 것일까? 모름지기 우리 북조선에서 위대한 건설투쟁 속에 수다한 영웅들이 탄생한바와 같이 남조선에서는 또한 치열한 항쟁을 통하여 무수한 영웅들이 일어나게 된 것이었다. 여기에 해하여 편지는 이렇게 쓰고 있다.

　실로 우리들은 이번에 북조선을 보고 승리에 대한 신념이 더욱 굳어졌으며 싸움에의 불길이 더욱 길길이 높아진 것이었습니다.

　우리들에게는 통일조국의 건설에 대한 위대한 꿈이었습니다. 그리고 세계평화의 사도 붉은 군대의 원조 밑에 창조된 북조선의 줄기찬 민주건설을 보고 민주주의의 승리에 대한 벅차오르는 무지개 같은 장래를 몸으로 느낀 것입니다. (…중략…) 지금 준영 동무는 산중으로 피하여 농민들의 극진한 간호를 받으면서 계속적으로 투쟁을 지도하고 있습니다.

　부디 안심하여 주십시오.

　선생님을 통하여 친애하는 북조선 동포들에게 우리들의 싸움의 일모를 알리는 동시에 뜨거운 성원에 대하여 눈물겨운 경례를 보냅니다.

　조국의 통일독립에의 길로 호소하며 고동하며 마지않는 북조선 동포들의 위대한 건설의 쇠마치 소리를 들으며…

一九四八년 九월 발행

문화선정성 八・一五 三주년 기념 <創作集>에서

대오는 태양을 향하여

심지를 낮추면 불빛은 더욱 그느스럼해졌으나 신문을 읽는 소리는 일층 더 크게 울리는 것 같았습니다. 윤첨지 영감은 등잔 옆으로 더 가까이 다가앉으며 기다란 목을 젖히고 돋보기를 코끝에다 한끝 내려 걸었습니다. 그리고는 뒤끝을 계속해 읽으려고 거친 허연 입술을 혀를 둘려 적시었습니다.

방 안에 그득히 모여 앉은 동네사람들은 — 대개가 늙은이들과 아낙네들인데 — 빨치산에 보낼 짚신이며 덧보선 장갑 감발등속을 만들고 있던 일손들을 멈춘 채 모두가 침침한 얼굴로 조용히 귀를 기울이고 있었습니다. 이따금 여기저기에 숨소리들만 높을 뿐으로 기침소리 한 번 들리지 않았습니다. 우리들은 바로 며칠 전 평양에서 발표된 조국전선호소문이 실린 노력자 지를 놈들 몰래 모여 앉아 은밀히 읽고 있는 참이었습니다. 윤첨지의 나무 작대기 같은 두꺼운 손이 움켜 쥔 신문지는 소리 없이 하들하들 떨리었습니다.

"……놈들은 순진한 애국처녀들을 나체로 벗겨 거리로 끌고다니다가는 젖을 짤라 죽이며 수많은 어린 아동들의 눈을 빼고 혀를 끊어

죽이며…… 어찌 그뿐이랴……"고 또 한 번 비감한 목소리로 되뇌이더니,

"배를 갈라 죽인 애국자의 시체를 시가지 한복판에 내놓고서 가고 오는 사람들에게 강제로 전람시키며 애국자의 목을 말고삐에 달아매고 길거리를 끌고 다니며 결박한 투사를 창고에 가두어 넣고 굶주린 맹견으로 하여금 뜯어먹게 하는 등." 어떤 비장한 고담책이라도 읽듯이 이렇게 목이 메어 읽어 내리는 두터운 입술이 실룩거리었습니다.

이때에 저는 어득식은한 한 발치에 두 무릎을 세운 그 위에 얼굴을 묻은 어머니의 가냘픈 어깨가 사르르 떨리고 있는 것을 보았습니다. 어머니는 치닫는 울음소리를 억지로 누르는 모양으로 어깨가 차차 들먹이기 시작하였습니다. 제 얼굴에서도 불이 붙는 것 같고 눈 속에 불길이 번지는 것 같았습니다. 이 구석 저 구석에서도 괴로운 듯한 신음소리와 숨결이 높은 시그렁 소리와 한숨 소리들이 들렸습니다. 참으로 그것은 듣기에 소름이 끼치는 너무도 참혹한 이야기였습니다. 바로 우리 동네의 일을 두고 하는 말과도 같이 그것은 우리들에게 너무도 절통하게 들렸던 것입니다.

바로 얼마 전의 일이었습니다. 하루는 장거리의 경관대가 테로단놈을 거느리고 소위 공출독려차로 돌려나오려니 빨치산과 연락 있는 놈들에게 본때를 봬야겠다면서 숱한 사람들의 집에 휘발유를 뿌리고 불수세미들을 들이대었습니다. 펄펄 타오르는 불 속을 아우성을 치며 빠져나오는 사람들을 몽둥이로 막 후려갈기고 허급지급 부둥켜안고 달려 나오는 이불때기며 누더기들을 빼앗아 불속에 던지고 나중에는 공출을 반대하여 대들던 청·장년 아홉 사람을 불구덩이 속으로 몰아넣으며 일제히 총질을 하였습니다. 이때에 제 아버지도 무참하게 생

명을 끊었습니다. 어깻죽지에 총을 맞고 피를 흘리며 불 속에서 튀어나와 달아나려다 아버지는 길목에서 테로단놈들에게 붙들려 몽둥이벼락으로 학살되었습니다. 그 몽둥이들을 막아내려고 두 팔을 휘저으며 "동무들 이 원수를 갚아 다우!" 외마디 울음소리를 내지르고 쓰러지던 참혹한 광경이 눈앞에 선하고 그 마지막 부르짖음이 아직도 귀에 쟁쟁하게 울립니다.

그때의 일을 생각하면 저는 가슴이 울렁거리고 눈앞이 캄캄해지어 도무지 숨길을 펼 수가 없습니다. 경풍이라도 인 것처럼 움켜쥔 두 주먹이 바들바들 떨릴 뿐입니다.

온 동네는 불과 연기에 싸이고 사람들의 곡성이 진동하였습니다. 짐승 같은 놈들은 뒤이어 우리들의 양곡을 강탈하려고 흉기들을 휘두르며 승냥이 떼 같이 집집으로 달려들었습니다. 허둥거리는 젊은이들은 몽둥이를 휘둘러 쓰러뜨리고 쌀을 어디다 감추었는지 대라고 소리를 치며 구둣발로 지리 밟고, 비명을 지르며 달아나는 아낙네들은 끄덩이를 잡아 둘러메치고 뜰 안으로 돌돌돌 끌고 들어갔습니다. 곱단이의 어머니가 잿더미 앞에서 막달이 찬 배를 걷어채어 핏덩어리를 쏟고 죽은 것도 이때의 일이었습니다. 그 어머니는 핏덩어리를 끌어안고 쓸어졌습니다. 한 놈이 그 위에다 삽으로 재를 퍼 얹으며 빨갱이의 종자가 다시 살아나지 못하게 매운 재를 뿌린다면서 너털웃음을 웃더랍니다. 자지러지게 우는 어린애들은 발길로 걷어차 꼬꾸라트리고 방 안을 엉금엉금 기며 돌아가는 늙은이들은 떡살을 끌어 잡고 밖으로 내동댕이를 쳤습니다.

옆집의 어린 노마가 빈대를 튀친 것처럼 선지피를 토하며 숨이 끊어진 것도 반신불수 석주영감이 토방 위에서 입에 거품을 물고 눈을 뜬 채 운명한 것도 바로 이때의 일이었습니다. 이러면서도 악독한 놈들은 쌀을 찾느라고 시뻘건 눈깔들을 홀군거리며 막 닥치는 대로 독개를 들부시고 궤작을 쩌개고 구둘골을 파헤치고 담벽을 무너트리고 짖어대는 개들을 총으로 쏘고 꿀꿀거리는 돼지들을 때려죽이는 등 이루 형용할 수 없는 난장판이었습니다. 이리하여 하루 동안에 온 동네가 죽탕이 되지 않을 수 없었습니다.

호미와 바구니를 끼고 동네를 빠져나온 저는 시루봉 쪽을 향하여 할딱거리며 줄달음질 치고 있었습니다. 이 일을 산속에 있는 우리 빨치산들에게 빨리 알려야겠다고 생각한 것입니다. 그 즈음 열두 살 먹은 남동생 삼돌이와 저는 장거리를 돌아다니며 엿장사와 담배장사를 하면서 여기저기 아지트에 비밀연락을 취하는 삐오네르였습니다. 나물 캐는 어린애처럼 가장하고 산 속에도 몇 번인가 들어간 적이 있었습니다. 그러므로 산속 머지않은 곳에 지정되어 있는 빨치산과의 연락장소도 대강 짐작되었습니다. 그 부근에 이르러 암호를 부르면 숨어서 감시하던 잠복첨병이 나타나는 법이었습니다. 저는 숨어 턱에 닿아 돌개밭머리를 돌아 잔들막한 언덕위로 올라섰습니다. 언덕 위 잡목 숲 가시덤불 속에서는 동네 여러 아낙네들이 총성이 터지며 불길이 일어난 동네 쪽을 바라보며 비분에 떨고 있었더랍니다. 그러다가 제가 달려 올라오는 인기척에 놀라 엎드렸던 몸들을 일으켜 모두 나오며 어떻게 되었느냐고 황급하게 물었습니다. 놈들이 우리들의 양곡을 빼앗으려고 몰려나오는 바람에 미리부터 숨겨두었던 쌀 말 독을 건사해 가지고 부랴부랴 산으로 빠져 올라가던 사람들이었습니다. 그 속에는 제 어머니도 끼어 있었습니다. 저는 내달아 어머니를 얼싸안으며 그제야 허급지게 소리를 내여 울었습니다. 벌써부터 울고 웃는

습관을 잊어버린 지 오래인 저였으나 이때는 몸부림을 치며 마냥 울었습니다. 놈들이 동네에 불을 질렀다는 이야기며 아버지 외에 여러 사람들이 학살된 사연이며 지금 막 동네를 난탕 치며 돌아가는 내용들을 울음 속에 잠겨 말할 때 갑자기 우먹다리 속에서 버석대는 소리가 나더니 나무꾼처럼 차린 한 젊은이가 튀어나왔습니다. 모두들 이게 누구야! 하면서 달려들어 그를 붙들고 와 울음소리를 터뜨렸습니다. 그것은 지난여름 우리 동네에서 산으로 올라가 빨치산에 가담한 소년통신원 광식(光植)이었습니다. 때때로 밤중에 어둠을 타고 연락을 하러 우리 동네에도 난데없이 나타나곤 하였습니다. 그의 아버지인 성호 아저씨는 옛날 탄광에 다니다가 한 팔을 잃어버린 병신 몸이라 총대를 들지는 못하였으나 우리 동네에 없어서는 안 될 훌륭한 지도자였습니다. 이날 그 아저씨도 아버지와 함께 무참히 학살되고 오막살이집 한 채까지 불에 태워버렸습니다. 광식이는 엉거주춤 허리를 펴고 두 손을 내저으며 "아주머니들 울지 말아요 나두 이재 용녀(龍女)의 애기를 들었수다!" 하더니 홱 고개를 돌리며 다급한 목소리로 "용녀야 누렝개들(소위 국방군대)두 나왔데?"

"아니……"

"그러면 누구누구 총살됐니?"

"봉주네 할아버지…… 돌쇠삼춘… 고만의 오빠…… 우리 아버지……" 이렇게 하나하나 호명 해 나갈 때 동네 아주머니들의 울음소리는 파도소리처럼 더 커지곤 하였습니다. 광식이는 커다란 메사구입을 움쳐 물고 힝힝 콧방귀를 뀌며 얼굴 가죽을 푸들푸들 떨었습니다.

"옳지 공출을 반대한 사람들이로구나… 그러면 영태아저씨는?"

"영태아저씨두…… 그리구 너 아버지두…"

"음… 알었다.!" 가슴이 꺼지게 큰 숨을 몰아쉬는 그의 우무덕한 두 눈망울 속에서는 확 불이 튀어나오는 것 같았습니다. 그리고는 납덩어리 같이 굳어진 얼굴이 저 멀리 연기에 싸인 동네 쪽을 향한 채 움직이지를 않았습니다. 위아래 턱이 떡떡 마주치며 소리를 내는 듯하였습니다. 얼마 전까지 동네에서 우리 어린것들 성화나 올리며 놀려대던 익살쟁이 머슴애의 자취는 티끌도 찾아볼 수 없었습니다.

어머니가 그의 무릎에 매달리며 안타까운 듯이 목이 맺힌 소리로 부르짖었습니다.

"광식아 이걸 어떡헌단 말이냐? 저놈 저놈들을……"

"아주머니 염려 말어요. 우리들이 저 개놈들을 그냥 두겠소? 아주머니들은 용서 할 수가 있소? 없지요? 없지?"

어머니의 어깨를 쥐고 흔들며 그는 이렇게 외치었습니다. 눈물이 뚝뚝 떨어지며 커다란 입속으로 흘러들었습니다. "저놈들이 꼬꾸러질 날이 멀지 않았습니다! 우리 동무들두 영마루 위에서 저 연기를 바라보며 이를 갈게요! 두 주먹으로 가슴들을 칠게요! 때가 오기만 기다리소! 이승만이 개놈들을 몽땅 처 죽이구 나라와 땅을 찾는 날까지 싸워야 합니다. 아주머니들 알았지요? 우지 말구 어서 선바위께루 올라가요!" 하더니 기운차게 벌떡 일어났습니다.

"자아 용녀야 너는 나하구 같이 가자!"

가시덤불을 걷어차며 언덕길을 앞서서 내려가는 그의 꽁무니에는 되얄진 권총이 찔려 있었습니다. 덥저고리를 걸친 앞가슴에는 삐라뭉치가 불룩하였습니다. 광식이가 이렇게 우리 동네에 몰래 가져오는 삐라와 선전문 같은 것은 지금까지 그의 아버지가 동네사람들에게 읽어주기도 하고 또 여러 사람들과 함께 밤길을 숨어 다니며 장거리에 붙이기도 하였습니다. 우리 남매는 이것들을 다른 데로 날라다도 주고 또 벽보공작을 도와주기도 하였습니다. 광식이는 터덜터덜 언덕 밑에까지 내려오더니 찬 눈이 쌓인 밭도랑 속으로 뛰어들며 제 팔을 잡아끌어 넣으며 별안간 엄숙한 얼굴로 "차렷!" 하고 호령을 하였습니다.

어떨 결에 놀라 저는 엉덩방아를 찧은 채, 자세를 바로 하였습니다. 그 역시 가슴을 툭 내밀고 목을 곧추 세웠습니다. 그리고 주섬주섬 옷소매 속에서 달달 말린 조그마한 레포를 끄집어내더니

"삐오넬 동무 이것을 어둡기 전으루 제2아지트에 전해야겠소! 암호는 ××× 만약 거기에 이상이 있으면 국수집 앞에서 ×××하는 사람에게 전하우 알았소?" 하기에

"응!" 하고 끄덕이니까 그는 자못 못마땅한 듯이 고개를 저었습니다. 그리고 바로 어른처럼 눈살을 찡그리며 "동무는 복창할 줄 몰우?" 하는 바람에

"압니다!" 하고 저는 실로 혼이 나서 그 내용을 정직하게 복창하기 시작하였습니다. 하니까 그제는 매우 만족한 모양으로 끄덕끄덕 하면서

"좋소" 하더니 "그럼 어서 가시우!"

어려서부터 뽐내기를 좋아하던 성질이 아직도 얼마 가량 남아 있는 것 같았습니다.

여느 때라면 저는 눈을 흘기며 웃었을 것입니다. 그러나 레포종이를 조심스레 호미자루의 틈바퀴 속에 구겨 넣고 밭챗둑 위로 기어올라오며 걱정되는 끝을 물었습니다.

"너 아버지 죽었으니 이제부터는 공작을 어쩔 테냐?"

"그러기에 지금 내가 연구중이여!" 하면서 광식이는 정말로 무슨 묘책이라도 연구하려는 것처럼 두 팔을 끼며 천연스레 고개를 떨어트렸습니다.

그러나 다음 순간 달려가려는 제 발밑으로 감자 두 개가 날아오며 등 뒤에서 "요다음 엿 두 가락 주야 된다!" 하고 부르짖기에 돌아보니까 넌지시 손을 내저으며 "어서 먹으며 가! 한 알은 삼돌이 주구!" 하는 광식이의 메사구입이 싱긋 웃는 것 같았습니다. 그리고 이렇게 말을 달았습니다. "그건 복창 안해두 돼!"

저는 한번 눈을 흘긴 뒤에 감자를 바구니 속에 주워 넣었다가 다시 허리춤에 찔러 넣으며 쏜살같이 달리기 시작하였습니다.

어슬녘에야 레포를 무사히 전하고 학교 뒷길로 하여 장거리로 돌아들었습니다. 제2아지트가 우리 동네와는 정반대의 장거리 한끝에 있는 학교 뒷마을 속에 박혀 있기 때문에 길이 외진 것입니다. 학교에서 장거리로 들어오는 도중의 으슥한 곳에 경찰지서가 있었습니다. 그 옆을 지나오노라니까 사람들을 참혹하게 악형하며 을러대는 함성과 허급진 울음소리며 째는 듯한 비명들이 들려나옵니다. 근방사람들이 역시 공출 노름에 무수히 붙잡혀 온 모양이었습니다. 무엇이라고 서로 고함질 치며 갑자기 격투라도 붙은 것처럼 안에서 막 와당거리기도 하였습니다. 놀라서 주춤하니 멈추어 서려니까 지서 주위에 흙부대를 성처럼 쌓아올린 토치카 속으로부터 "누구야?" 하는 고함소리와 함께 날창을 꽂은 총을 들이대며 검정개(순경) 한 놈이 뛰쳐나왔습니다. 저는 움칫 물러났습니다. 등골에 소름이 쪽 끼쳤습니다. "손들 엇! 손들 엇!" 하는 바람에 바구니를 떨어트리며 두 손을 쳐드니까 순경 놈은 지척지척 다가와서 겁을 먹은 동작으로 빈 바구니를 발길로 한

번 툭 갈겼습니다. 그리고는 버럭 달려들어 말거미 같은 손으로 제 몸둥이를 뒤집니다. 술 냄새가 후끈하였습니다. 놈은 허리춤에서 감자를 집어들며 놈은 허리춤에서 감자를 집어들며 "엣키!" 하고 비명을 지르며 움처들었습니다. 아마 수류탄인 줄 알았던 모양입니다. 쥐새끼 같은 조고만 눈으로 정말 수류탄이나 아닌가 하고 부연 불빛에 비추어 보더니 새까만 털 수염 속으로 이빨을 드러내며 징그럽게 웃었습니다. 그때에 저는 바로 그놈이 우리 동네에 불을 지르고 사람들을 죽이려 나왔던 놈들 중의 한 놈인 것을 알았습니다. 정말로 그것이 수류탄이었더라면 얼마나 좋았겠습니까? 두말 안짝에 그놈의 상판때기를 처부시고 또 한 개로는 지서 안을 번개처럼 들이쳤을 것을…… 놈은 제 얼굴을 기웃이 들여다보며 "흐―. 담배장사 계집애루구나……" 하더니 감자를 질근 깨물고 우무적거리다가 별안간 발길을 내두릅니다.

"가라 이마!"

정말 이때처럼 손에 무기가 그리워진 적이 없었습니다. 장거리로 들어오며 저는 어떻게 하면 아버지와 동네사람들의 원수를 갚을 수 있을까 어떻게 하면 수류탄 한 개라도 얻어낼 수 있을까하고 골똘히 생각하게 되었습니다. 불 밝은 서장 놈의 사택에서는―지서에서 얼마 머지않았습니다.―술들을 처먹으며 연회라도 하는지 쬬이나 쬬이나 소리와 홍얼거리는 유행가 박장소리 웃음소리 떠드는 소리들이 한데 엉클어져 벅적이었습니다. 숱한 생사람들을 학살하고 동네에 불을 질러놓고서는 전승을 했다고 축하연을 베푼 악귀와 같은 놈들… 놈들은 늘 이러하였습니다. 기생년들의 키들거리는 방정맞은 웃음소리도 들립니다. 말하지 않아도 반동분자와 반역자와 악질지주 그리고 부하 놈들이 한 구들 잔득 모였을 것입니다.

'아— 내 손에 만약 수류탄이 있다면……'

이 앞을 지나면서도 저는 호미자루를 흔들며 이렇게 혼자 중얼거렸습니다.

한동안 저는 이 서장 놈의 집에 애보개로 들어가 있었기 때문에 누구보다도 놈들의 내용을 잘 알고 있었습니다. 놈들은 언제나 밤마다 이렇게 모여서는 밖에다 보초를 주렁주렁 세워놓고 질탕스레 처먹으며 떠들었습니다. 때로는 요릿집에 때로는 소위 유력자네 집에 때로는 기생년의 집에 때로는 이렇게 서장 놈의 집에……

서장 놈은 이북에서 쫓겨 온 대지주의 아들로 자기고을에서 옛날 경방단장까지 했다는 포악한 놈이었습니다. 술만 처먹으면 해방 전 세력께나 쓰던 일과 해방 뒤에 서북청년회원으로 괘난 사람들을 때려 죽인 이야기를 언제나 자랑삼아 떠버렸습니다. 그러면 소위 유력자 놈들과 부하 놈들은 매일 밤 귀에 못이 박히도록 들어온 그 이야기를 어제나 새삼스레 경복해 듣는 듯이 고개를 주악주악하였습니다. 그러나 술이 거나하게 취하기만 하면 서장 놈은 "우리는 내일 죽을지 모래 죽을지 모르는 목숨이다. 놀 때는 이렇게 통쾌히 놀아야 해!" 하면서 냄비를 뒤집어쓰고 일어나 문짝을 두드리고 병나발을 불고 판자로 제금을 치며 미친놈처럼 날뛰다가는 번듯하면 눈깔을 뒤집어 솟고 아무 놈 보고나 공연히 죽일 놈 살굴놈 하며 강시비를 걸기가 일쑤였습니다. 털이 부루르한 팔따시를 내두르며 "나를 누구만치 아느냐? 이 새끼들 북벌에 성공하는 날에만 보자!" 이렇게 호통을 뽑기도 하였습니다. "적어두 천석군의 삼대 진사댁 장손이야! 이 산골 돼지 같은 새끼들이 나를 몰라보구?" 하면서 주먹으로 요리상을 쾅 하니 내리쳤습니다.

그러면 그놈들이 옥산이를 치고 기생년들은 자지러지게 비명을 지릅니다. 박참봉이며 공의며 정미소나 양조장 주인놈들은 쩔쩔매어 돌아가며 "우리들이 몰라볼 리가 있습니까 서장님이 공연한 나무람을 하십니다." 이렇게 제발 얼러대면서 선웃음을 쳤습니다. 그리고 결코 몰라보지 않는다는 증거로 집에 돌아가서는 뒷문으로 또 돈이랑 쌀이랑 필목이랑 귀중품이랑 보냈습니다. 그러나 서장 놈은 때로는 제바람에 울화가 터져서 "빨갱이 놈들의 세상이 되면 네놈들은 숱해 편안할 줄 아느냐? 네놈들이나 내나 피장파장이야?" 이렇게 목고대를 올리며 야로를 하는가 하면 또 어떤 때는 정말로 시퍼렇게 겁을 집어먹고

"이놈들아 빨치산 놈들이 아무 데나 막들이치구는 우리 같은 것들을 모주리 처단하구 제맘대루 토지개혁들을 하는 줄 알지 이 소동이 이제는 우리들의 코밑에까지 다가왔다. 다가왔어!"
하면서 얼굴을 콧물 눈물로 뒤범벅이 치며 겡겡 울기도 하였습니다. 그러다가는 옆에 앉은 기생년의 허리동이를 갑자기 쓸어안고 넘어지며 뒷발로 쿵당거리며 소래기를 쳤습니다.

"가라 이놈들! 가라! 어서 못가겠니?"

그러면 눈알을 두리번거리며 금시에 빨치산들이 들이 닿을 듯 후들후들 치를 떨던 여니놈들은 큰일이 나서 서루 맞부치며 허둥지둥 꽁무니를 뽑았습니다. 머뭇거렸다가는 서장 놈이 그릇 개비를 막 집어던지며 벼락을 들씨우기 때문이었습니다. 이렇게 서장 놈은 장거리의 왕이었습니다. 그러나 그놈 자신도 자기들의 운명이 얼마 멀지않았다는 것을 똑똑히 알고 있었습니다.

이런 잡탕 개놈들을 모조리 바숴버려야…… 두 손을 부르쥐며 저는 이를 보드득 갈았습니다. 어느덧 발걸음이 장거리 한복판에 이르렀습

니다. 대한청년단의 간판이 붙어 있는 이층집 다락에서도 대규모의 축하연이 벌어져 꽹과리소리 장고소리 북소리 노랫소리 등 다락이 떠나갈 것 같이 벅적 소요스러웠습니다. 진선대 옆에 기대고 서서 다락 유리창에 어른거리는 놈들의 검은 그림자를 노려보며 저는 한참동안 움직일 줄을 몰랐습니다. 무수한 집들이 타버려 잿더미로 화한 동네 쪽으로부터는 싸거운 냇내가 바람결에 풍겨옵니다. 불 속에서 뛰쳐나온 피투성이의 아버지를 독수리 떼처럼 우욱 모여들어 길목에 쓰러트리고 몸둥이질을 하던 불한당 놈들⋯ 몽둥이를 둘러메고 고래고래 소리를 지르며 집집으로 달려 들던 강도놈들⋯ 수많은 사람들이 집과 가장집물을 불태우고 침침한 찬밤을 밖에서 떨며 원통하게 목숨을 끊은 시체들을 앞에 놓고 온 동네 사람들이 깊은 설움에 잠겨 있는 대신에 놈들은 춤을 추며 꽹과리를 울리며 노래를 부르며 환성을 지르고 있는 것입니다. 이 죽일 놈들도 결코 검정개들보다 못지않은 고약한 놈들이었습니다. 옛날 음참하고도 악독한 순사부장으로 소문을 놓던 왜놈의 개가 단장인데 그 부하놈들이란 또 대개가 소위 유력자와 지주놈의 시러배 자식들이 아니면 탄광감독을 해먹던 망나니 술집칼쟁이 삯싸움꾼 투전패 이런 것들이었습니다. 그리고 이놈들은 또 저대로 경찰서 행세까지 하면서 사람들을 막 잡아다 악형도 하고 양곡과 금품들을 마음대로 빼앗기도 하였습니다. 그래 우리 장거리에는 경찰지서가 두 군데 있는 셈이었습니다. 따라서 피차 세력다툼으로 경찰지서와 테러단과의 사이도 좋지는 않았습니다.

　악독한 서장 놈과 음참한 단장 놈이 한주석에 맞다 들리면 반드시 싸움이 벌어져 난장판이 되곤 하였습니다. 단장 놈은 두꺼비처럼 앉아서 목을 움츠리고 "너 어디서 주어먹던 북도 거지냐?"고 부아를 거슬고 서장놈은 서장놈대로 "이놈 봐라 나를 누구 만치 알고서 모욕하느냐"

고 똥가마귀처럼 날뛰며 총을 뽑겠다고 야단을 치어 여느놈들이 싸움을 말리누라고 헐떡거렸습니다. 두 어른이 이렇게 싸우면 우리는 누구를 믿고 살랴느냐고 울상을 지으며 매달리는 놈도 있었습니다.

이날 밤 연회에도 경쟁이 붙은 것 같았습니다. 테로단놈들의 연회도 서장 놈의 연회에 지지 않으리만치 대성황이었습니다. 모두 머리에 수건을 두르고 일어났습니다. 그릇개비들을 뚜들기며 꼬랴 고랴 소리에 맞추어 손짓 발짓 왜놈들의 춤을 추며 돌아가는 그림자들이 유리창에 비취었습니다. 이리하여 장거리의 위아래 양쪽에서 버려진 놈들의 추잡한 노랫소리와 떠드는 소리만이 사람들의 그림자 하나 얼씬하지 않는 컴컴한 밤길을 흘러 다닐 뿐. 거릿집들도 대개는 벌써부터 굳게 문을 잠가버리고 세길어름 국수집 앞에 밤마다 등불을 켜고 우들우들 떨며 나와 섰던 엿 장사와 군밤장사 감자 장사들도 나오지 않았습니다. 거리 전체가 말할 수 없는 비분 속에 젖어 있는 무시무시한 밤거리에 어느새 소리도 없이 싸락눈이 흩날리기 시작하였습니다.

따는 삼돌이도 오늘은 함짝을 메고 나오지를 못하였고나…… 집에서들은 어떻게 하고 있을까?…… 어머니는 산에서 돌아오셨을까? 시체들 앞에 묵묵히 둘러앉아 있을 동네사람들의 침통한 얼굴들…… 잿더미 속을 이리저리 막대기로 뚱그적이며 어슬렁거릴 아낙네들…… 동네에 들어와 혼자 몰래 눈을 두리번거릴 광식이…… 설움과 무서움과 분노와 무엇인가 속절없이 기대하는 복잡한 생각 속에 휩싸여 한밤을 지새우려는 듯 저는 집으로 돌아가지 않고 장거리를 헤매고 있었습니다. 눈바람 속을 정처 없이 허둥거리던 발걸음이 우편소 앞 너른 마당가에 이르렀을 때였습니다. 저는 무심중 놀래어 물러났습니다. 싸락눈이 흩날리는 마당 한가운데를 앞가슴에 엿 함짝을 걸은 삼돌이의 조고만 그림자가 걸핏 지나갑니다. 그 뒤를 따라 또 하나의 커다란 그림자가 바람처럼 획 달려갑니다. 엇결에 두서너 걸음 따라가며 "삼돌아!" 하고 부르짖었으나 목구멍 속에서 끌어 다니는 듯 목소리가 잘 나오지 않았습니다. 혹시 무슨 비밀공작이나 아닐까 하는 생각이 불현듯 머릿속을 스쳤기 때문이었습니다. 그래 갑자기 주위를 한 번 둘러본 뒤에 두 그림자가 사라진 쪽으로 허급지급 달려갔습니다. 그러나 몇 걸음 가지를 못하고 미끄러져 눈 위에 엎어졌습니다. 이래 공연히 기겁하여 얼굴을 쳐들며 분주히 일어나려고 하였습니다. 그 순간 저는 앗! 소리를 지르며 고만 그 자리에 빳빳이 굳어져버렸습니다. 공중에 거밀 거밀 연달려 그림자처럼 어른거리는 것이 있었습니다. 쭈르르 매달려 눈바람 속을 흔들흔들 움직이는 시체들이……

아— 얼마나 불측한 놈들입니까. 놈들은 제가 연락을 다니는 사이에 아버지를 비롯한 아홉 사람의 시체들을 끌어내어 너른 마당에 높이 달아매었던 것입니다. 그야말로 조국전선 호소문에 나오는 그대로입니다. 그 밑에다가는 다음 같은 위혁문까지 써 붙였더랍니다. "공출을 반대하는 놈은 이렇게 된다."고 너무도 놀라고 분하여 그 자리에 펄석 쓰러진 제 몸둥이 위에 싸락눈이 자꾸 자꾸 퍼부었습니다. 이때에 조고만 손길이 제 팔을 잡아 일으키며 입을 귀밑에 대고 속삭이었습니다.

"누나 어서 일어나! 어서!"

저는 삼돌이의 어깨를 붙들고 일어나 소리도 없이 흐느껴 울며 잡아 이끄는대로 방앗간 뒤의 어둠 속으로 몸을 피하였습니다. 방앗간 담벽에 히엽스레한 삐라를 붙이고 돌아서며 비죽이 웃는 얼굴은 바로 윤첨지 영감이었습니다. 캄캄한 방앗간 속에서는 시꺼먼 그림자 네다섯이 웅크리고 앉아 통나무에 새끼를 감으며 기다란 사다리를 메우고 있었습니다. 그들 속에 번득거리는 횃불 같은 눈은 분명 광식의 눈이었습니다.

삼돌이의 엿 함짝 밑바닥에는—비밀이 이중으로 되어 있었는데—풀 그릇과 숱한 삐라들이 그득히 들어 있었습니다. 우리 남매는 새로 켜레를 무어가지고 그들과 진작 갈라져 눈보라 치는 큰길거리로 나왔습니다. 놈들의 떠드는 소리와 노래 소리는 여전히 밤길을 흘러 다니었으나 길가에는 눈싸라기만이 맴돌 듯 뿌리칠 뿐이었습니다. 거리로 나서며 엿 함짝을 제 어깨에 바꾸어 메일 때 "누나 이 삐라가 소리 폭탄이야! 우리 막 돌아가며 쥐여붙쳐 응!" 삼돌이는 발걸음을 재촉하여 이렇게 속삭이었습니다.

"나는 앞을 볼게 누나는 뒤를 봐!"

이날 밤 우리 남매는 싸락눈이 지척을 분간하지 못하게 맹렬히 퍼붙기 시작한 장거리를 고양이들처럼 살살 쏘다녔습니다. 놈들은 다음 날 길거리 담벽이란 담벽에 간담이 써늘한 삐라들이 나붙은 것을 보고 눈들을 뒤집어 솟게 되었습니다. 공중에 매여 달았던 아홉 사람의 시체들은 온데간데없이 사라지고 그 자리에 다음 같은 글발들이 무수히 붙어 있었습니다.

"우리들은 죽음으로 공출을 반대한다!"

"놈들에게 한 알의 쌀도 주지 말라!"

"우리들의 이 원수를 갚아다오!"

"빨치산들을 정성껏 도와 주라!"

"조선민주주의 인민공화국만세!"

"뿐만 아니라 이승만 역도들은 농촌을 더욱 황폐화하고 산업을 더욱 혹심하게 파괴하여 삼백여 만의 무직업자와 파산자들을 거리에서 방황케 하며 수백 만의 빈민들과 난민들을 거적 대미와 방공호 속에서 엄동설한을 떨게 하며 어린이들을 먹을 것이 없어 시들어죽게 만들며……"

윤첨지 영감이 더듬거리며 신문을 읽는 거쉬인 목소리는 비감하게 그냥 계속되고 있었습니다. 그 목소리는 비분 속에 차차 더 떨려나오며 뻘개진 두 눈은 불빛에 타오를 듯 번질거렸습니다. 등잔에는 또다시 들기름이 부어졌습니다. 그것은 불붙는 우리들의 가슴에 기름이 부어지는 거나 같았습니다. 이리하여 "인민들의 처지가 이렇게 참혹함에도 불구하고 자기들의 더러운 사리사욕을 위하여 조국의 경제를 마음대로 팔아먹으며 인민들을 대중 학살하는" 잔악한 매국역도들의 죄악이 낱낱이 폭로되자 재작년 가을 남편을 감옥에 보낸 남수(南守) 어머니가 버덩 이빨을 감물며,

"박살할 놈들……" 하고 뱃속에서 울려나오는 외마디 소리를 질렀습니다. 일순간 침묵이 내려덮였습니다.

이때에 맨 구석에 쪼그리고 앉아 있던 송영감이 부들부들 떨리는 손을 내저으며 숨길이 찬 목소리로 "여부시 그 아까 읽든 대로…… 또 한 번 읽어 주시!"

이렇게 웅얼거리니까 윤첨지 영감은 어디를 말이냐는 듯 얼굴을 돌리며 코끝에 걸린 안경위로 지긋이 넘겨다보았습니다.

"으…… 그 무어라드라……" 하면서 더듬거리는 송 영감의 옆 자리에서 두 손을 비비꼬고 있던 봉주 어머니가- "저번에 역시 시아버

지가 총살된 부인입니다. 그 원수 놈들이 우리들의 재판을 받으리라는 대목 말씀이 구레……” 하니까 “아니 그…… 그전에…… 왜 우리 애가 가있는……”

“빨치산 대목 말이우?” 하는 윤첨지가 바루 알아차린 모양이었습니다. 그제사 송영감은 고개를 끄덕이며,

“으…… 옳지 거기 말일세!” 하더니 실주름살 속에 조그마한 눈을 감으며 자세를 바로 하였습니다.

윤첨지는 다시금 그 대목을 찾아 되풀이하여 읽기 시작하였습니다. 저는 다 읽고 난 뒤에 이 신문을 또 딴 곳에 모여 있는 사람들한테 가져다 줄 생각이 바빴으나 이 호소문이 동네사람들에게 이렇듯 깊은 감동을 주고 있는 일이 매우 유쾌하였습니다. 송영감은 우리 동네 박참봉네 늙은 머슴꾼인데 그의 외아들 덕만(德萬)이가 얼마 전에 빨치산을 찾아 쌀 짐을 지고 산으로 올라간 채 돌아오지 않았습니다. 연락에 의하면 그도 총은 메고 나섰다는 것입니다. 송영감은 빨치산대목을 중복해 읽는 동안 한 손을 귓바퀴에 대고 한마디 한마디를 가슴속에 새겨 듣는 듯 만족스런 얼굴에 미소까지 띠며 혼자 끄떡이고 있었습니다.

“…빨치산들이란 대체 누구인가?” 윤첨지 영감은 약간 어성을 높이는 듯하였습니다. “이들은 외국침략자들과 그 앞잡이 매국노들의 잔인무도한 테러와 학살 앞에 앉아서 죽느냐? 싸워서 조국과 인민을 지키느냐? 하는 우리민족의 존망을 결단하는 길에서 두 번째의 길을 택한 자들이다. 이들은 조국의 민주와 자유와 독립을 쟁취하기 위하여 용감히 일어선 조선인민의 가장 우수한 아들딸들이며 아름다운 조국 강토를 외래침략자들에게 내맡기지 않기 위하여 침략자들과 매국노들

과 용감히 싸우는 진정한 애국투사들이다.

"이와 같이 귀중한 조선인민들의 우수한 아들딸들에게 감히 흉탄을 퍼붓는 이승만 역도들은 참으로 조선인민의 흉악한 원수가 아니고 무엇이랴? 조선인민들이여! 원한 많은 인민들의 기억에서 살아지지 않는 원수들은 반드시 인민들의 심판을 받을 것이다……"

참으로 정당한 이야기입니다. 우리들이 하루한시인들 어떻게 이런 흉악한 원수들을 잊을 수 있겠습니까? 우리 장거리와 근방 산촌에서만해도 씩씩하고 용감한 사람들은 거의 다 빨치산에 참가하여 산으로 올라갔습니다. 그야말로 앉아서 죽기를 원하지 않고 싸워서 조국과 인민을 지키기 위하여 원수들 앞에 총대를 들고 나선 것입니다. 아니 우리 지방 사람들은 우선 죽지 않고 살기 위하여 일어났다고 하겠습니다.

그것은 작년 봄의 일이었습니다. 놈들은 우리 장거리에서 십여 리 떨어져 있는 어떤 탄광까지도 예의 경제파멸 정책에 의하여 일조에 폐광하였습니다. 경관대의 호위 속에 탄광을 폭파하고 일체시설들을 수십 대의 화물자동차에 싣고 사무소 놈들이 도망을 쳤습니다. 그동안의 임금도 한 잎 지불하지 않았습니다. 이와 같은 처사에 격노한 수백 명의 광부들은 곡괭이와 부삽을 둘러메고 장거리를 향하여 전진하였습니다. 근방 농민들은 이에 호응하여 합세하였습니다. 농민들도 역시 놈들의 억압과 착취와 강탈에 살래야 살 도리가 없었던 것입니다. 놈들을 죽이지 않으면 우리 인민들이 모두 죽어야 될 막다른 골목이었습니다. 경찰지서와 면소를 짓족이고 놈들을 때려 부시자! 북조선에서처럼 농민들에게 땅을 내라! 노동자에게는 일자리를 내라! 모든 것을 인민에게! 이렇게 외치며 그들은 장거리를 향하여 한 걸음 한 걸음

다가 왔습니다. 미제 타도하자! 조선민주주의 인민공화국만세!! 이렇게 고래고래 소리를 지르며 발을 구르고 연장들을 흔들었습니다.

바로 그날부터 이 대오 자체가 우리들의 빨치산으로 변하게 되었습니다. 그러나 이렇게 되기에는 탄광화물자동차 운전수 차손이의 공로가 적지 않았습니다. 무장경관대가 화물자동차를 몰며 쳐온다는 급보를 받고 일시 대동요가 일어난 참이었습니다. 이때 마침 그 화물차를 차손이가 운전하여 오게 되었답니다. 큰 강 다릿목에서 차체를 공중거리로 떨어뜨려 족살을 낸 뒤에 놈들의 무기를 거두어 가지고 큰길을 너부죽이 달려왔습니다. 그의 두 어깨와 양팔에는 미국제의 각종 무기들이 잔뜩 실려 있었습니다. 허리에는 권총들이 주렁주렁 달려 있었습니다. 환호성을 지르며 달려들어 총들을 한 자루씩 빼앗아드는 군중들 속에서 그는 천천히 종이에 담배를 말아 입에다 물며 대수롭지 않은 듯 이렇게 말하였습니다.

"아무리면 내가 동무들이 죽으라구 그 개자식들을 싣구 올 테여? 자 한 자루씩 메였으면 앞장을 서서 짓부시며 나갑세!" 하더니 총대를 맨 어깨를 어그적거리며 맨 선두에 서서 뻐드렁 걸음으로 전진하였습니다. 차손이는 탄광화물자동차를 부리고 있었으나 본집은 우리 동네에 있었습니다. 아주 충직하고 사람이 좋아 우리들 어린 것들에게도 매우 인기 있는 존재였습니다.

이따금 동네 앞을 지날 때면 화물자동차를 세우고 동네사람들과 세상이야기, 세월이야기에 꽃을 피웠습니다. 자동차를 몰며 다니기 때문에 견식이 넓고 또 먼 뎃 일도 잘 알았습니다. 동네사람들은 언제나 그의 이야기를 듣느라고 주위에 모여들었습니다. 그러나 이야기를 하면서도 그는 일변 가스 발생로의 풀무채를 두르며 또 일변 담배를 종이에 말아 연신 불을 달아가며 잠시도 입에서 떼지를 않았습니다. 그러므로 늙은이들은 녀석 자동차에 불도 잘 대지만 입에도 곧잘 불을 땐다고 하였습니다. 하나 실상은 사람들의 가슴에 불을 더 잘 때는 셈이었습니다. 지금 생각하면 그것이 차손 식의 선동선전 사업이던 모양입니다. 차손이가 이렇게 많은 무기까지 빼앗아 가지고 응원을 왔기 때문에 군중대열의 기세는 백배되었습니다. 그래 장거리 밖으로 쓰러 나온 무장 경관대와 접전이 붙었을 때도 그들은 사나운 기세로 원수들을 제압하고 직접 무기의 위력으로 장시간을 대적할 수 있었습니다. 차손이의 활약은 더욱 맹렬하였습니다. 우리 동네 사람들도 연장을 들고 무수히 달려나갔습니다. 그러나 나중에는 고을로부터 누렁개들을 실은 화물 자동차들이 들이 닿는 바람에 그냥 그 길로 어스름을 타고 무기를 들러 맨 채 산중으로 피하게 되었습니다. 말하자면 이것이 우리 지방 빨치산의 시초입니다. 그들은 호소문 그대로 우리 지방에서도 하나 같이 우수하고도 용감한 사람들이었습니다.

그러므로 호소문의 빨치산대목은 우리들의 심금을 마냥 울리었습니다.

모두가 우리들의 혹은 아버지며 혹은 오빠며 혹은 친척이며 또 혈부치이며 멀어야 일가친척이 아니면 한 지방 사람들입니다. 이렇게 서로 핏줄이 헤우기 때문에 자연 빨치산에 대한 원호사업도 왕성하였습니다. 그들이 사는 험산준령에 눈이 하얗게 쌓인 아침이나 찬비가 나리는 밤이면 우리들 자신이 몸과 마음을 떨며 그들을 생각하게 되었습니다. 사실 빨치산들에게는 비를 그을 집도 없으며 몸을 가리울 이불도 변변치 않았습니다. 괴뢰군대와 경관놈들과의 빈번한 싸움터를 달려 다니기 때문에 밥을 지을 충분한 양식도 그럴 시간도 없었습니다. 그들은 생쌀을 한줌씩 옆차기에 집어넣고 질긴 질긴 씹으면서 골짜기의 찬물을 마신다고 하였습니다. 그래 우리들은 놈들에게 쌀들을 빼앗기지 않고 늘상 산으로 뽑아 올렸으며 또 집집에서 옷가지며 감발, 보선, 신발 등, 있는 것을 다하고 정성을 다하여 그들을 도와주었습니다. 참으로 빨치산들은 우리들의 한가족이며 우리들의 희망이며 영광이며 생명인 것입니다. 이리하여 빨치산들은 나날이 세력이 불어가고 활동범위가 자꾸 확대되었습니다. 그 즈음 우리들의 빨치산은 험한 산길을 타고 인근 각처와 요충지대에 신출귀몰하여 놈들을 짓부시는 중이었습니다. 어느 산골짜기에서 또 어느 벌가에서 개놈들을 섬멸하고 어디어디에서 군중대회를 가졌다는 소문이 꼬리를 물고 들어왔습니다. 이에 따라 놈들은 더욱 겁을 집어먹고 일변 경관대를 증원하고 테로단을 강화하여 인민들의 학살을 더 강행하며 무모한 소위 토벌작전을 거듭하는 등 최후의 발악을 다하였습니다. 그러나 이에 따라 우리 인민들의 단결은 더욱 강해지고 투쟁도 더욱 격렬하게 되었습니다. 얼마 전에 놈들이 우리 동네를 습격하여 방화와 학살을 자행한 일이 있는 뒤부터는 더욱 눈에 보이지 않는 조직의 줄이 더한층 줄기차게 뻗어 들어왔습니다.

그것은 한 고리만 퉁겨도 전체가 소리를 내여 우렁차게 울릴 것 같았습니다. 동시에 귀에 들리지 않는 목소리들이 더 한층 힘차게 우리 인민들을 일깨우는 듯하였습니다. 자연 산사람들의 출입은 잦아지고 따라서 우리 남매의 레포사업도 전해 없이 분주하게 되었습니다.

그런데 바로 며칠 전 대낮의 일이었습니다. 담배 함짝을 메고 장거리를 오르내리누라니까 경찰지서 앞에 휘장을 둘러친 찌프차가 먼지를 뽀얗게 일으키며 들이 닿았습니다. 무장경관 세 놈이 후덕후덕 뛰어내리더니 얼굴에 보재기를 씌우고 몸둥이를 밧줄로 칭칭 결박한 사내 하나를 끌어내립니다. 그리고는 그를 가운데 둘러싸며 지서 안으로 끌고 들어가는데 현관에는 서장놈 이하 검정개 여러 놈이 몰려나오며 만세라도 부를 듯이 좋아하며 서로 경례를 하고 어깨를 치고 떠들며 야단이었습니다. 보재기를 쓴 사내는 혼자서도 넉넉히 들어간다는 듯 팔을 붙들려는 검정개들을 떠밀며 어깨를 어그적 거렸습니다. 하마터면 저는 그 자리에 펄썩 주저앉을 뻔 하였습니다. 걸음걸이도 분명히 눈에 익은 차손이의 뻐드렁 걸음.

저는 그 길을 되돌아 단숨에 아지트로 달려가서 차손이가 어디에선지 붙들려왔다는 사연을 알렸습니다. 아지트에서는 줄곧 산으로 연락원이 달려갔습니다. 우리 동네 사람들은 또다시 새로운 설움에 잠겼습니다. 소문에 의하면 뒷산머루 세거리에 농민들을 조직하려 나려왔다가 구장놈의 고자질로 수십 명의 무장경관대에 포위되어 체포된 것입니다. 자살을 위한 마지막 수류탄이 불발이었다고 합니다. 어쨌든 차손이가 체포되었다는 것은 참으로 큰일이었습니다. 한 대원에 지나지 않으나 우리 장거리와는 아주 긴밀한 연결이 있었기 때문입니다.

개놈들은 큰 수나 난 듯이 기고만장하여 불일 내로 우리 지방의 지하조직들을 송두리째 뿌리를 뽑게 되었다고 씨벌이며 돌아갔습니다. 읍으로부터 상관놈들과 미국놈까지 취조를 하려고 지프차로 뻔질 찾아들었습니다. 테로단놈들은 물론 소위 유력자와 악질 지주놈들도 경찰지서에 몰려가서는 치하를 하며 무슨 좋은 소식이라도 들을까 싶어 목들을 길게 빼었습니다. 빨치산들이 탈취 하려고 습격을 올는지도 모른다고 하여 놈들은 경관대를 지방에서 증원 받아 경계를 일층 더 삼엄히 하며 지서 주위에 흙부대를 더욱 높이 쌓아올리고 오기만 하면 섶을 지고 불로 들어오는 격이라고 호기를 부리었습니다.

근방을 유격중인 우리들의 빨치산은 언제 오려는가 저희들의 가슴은 애타고 조마조마하였습니다. 세상에 제일 참혹하고도 지독한 악행과 고문이 그에게 감행되고 있을 것입니다. 왜 그 당장에 한 자루의 기관총이 내 손에 없었던가? 기관총만 있었더라면 검정개들을 모조리 쏘아 죽이고 차손이를 구해낼 수도 있었을 것을……

"무기 무기!" 하면서 저는 치마 자락을 갈기갈기 찢으며 몸부림을 치군하였습니다. 이럴 때 삼돌이는 조고만 손으로 턱을 받치고 동그란 눈알을 또록거리며 "내가 아무캐서라두 얻어낼게 누나 염려 말어!" 이러면서 저를 위로하였습니다. 제 동생은 참으로 착하고 용감한 어린애였습니다. 저보다 네 살이나 어리면서도 치운 밤길을 함짝들을 메고 같이 돌아다니누라면 "누나 춥지?" 하며 때때로 멈춰 서서 도리어 제 손을 그러 쥐고 입김으로 흑흑 불어주었습니다. 힘든 공작은 제가 앞서가며 하였습니다. 그리고 입버릇처럼 폭탄만 있으면 경찰지서와 테로단을 폭파하고 자기도 빨치산에 들어간다고 중얼거렸습니다. 이런 일을 하여 장거리에 못 있게 돼야 발치산에서도 우리 같은 어린 것들을 받아들일 거라고 하였습니다. 이리하여 우리 남매의 온정신은 무기와 폭탄을 얻어내는 일에 집중되었습니다.

그러던 참 마침내 우리들의 뜻이 이루어질 때가 왔습니다. 그것은 바로 이틀 전의 일인데 빨치산 토벌을 가는 누렁개들이 일소대 가량 우리장거리를 지내다가 휴식을 하며 점심참을 하게 되었습니다. 상관 놈들은 정미소 주인 놈의 집에 들어가 술들을 처먹으며 질탕히 떠들고 있었습니다. 부하 놈들은 주먹밥을 한 덩어리씩 얻어먹고 정미소 앞 노적더미에 기대고 해바라기들을 하며 건들건들 조을고 있었습니다. 이때 무거운 상자를 실은 나귀 한 마리가 고삐에서 풀려 나와 정미소 담모퉁이를 어슬렁거리며 짚거울을 힝힝 콧바람으로 날리고 있겠지요 이것을 발견한 삼돌이는 나귀 옆에 붙어서 상자 뚜껑을 들더니 무엇인가 두 손에 집어들고 달아나며 신호를 합니다. 저도 놈들의 눈을 피하여 쏜살같이 달려가 상자 속에서 한손에 하나씩 꺼내들고 그 뒤를 따랐습니다. 그것은 미국제 수류탄이었습니다. 이것이 도합 네 개. 우리들은 언젠가 산으로 연락을 갔다가 뽐내기를 좋아하는 광식이한테 전습을 답은 일이 있어 그 사용법은 알고 있었습니다. 우리들은 빈 방앗간에 들어가 이것들을 가슴에 안고 울기까지 하였습니다. 그리고 방앗간 뒤 고목나무 밑에 비밀히 묻으면서 언제나 때만 오면 두 개씩 들고 나서기로 굳게 약속하였습니다.

조국전선호소문의 낭독도 거의 끝날 무렵이었습니다. 윤첨지 영감의 비통한 목소리는 더욱 헷갈리며 얼굴가죽 깊은 주름살들은 버러지처럼 벌렁거립니다. 방 안의 분위기는 침중할대로 침중하였습니다.

"……진정한 애국자들은 언제든지 변절하지 않을 것이며 투항하지 않을 것이며 조국과 인민을 위한 자기의 숭고한 임무와 영예를 끝까지 수호할 것이다. 진정한 애국자 속에 한사람인들 투항자나 변절자가 있는가? 없다……" 이렇게 시그렁거리며 숨 가쁘게 읽으면서 영감은 시뻘건 눈으로 일동을 한번 둘러보며,

"참 훌륭한 이야기우다. 똑똑이들 들었소, 힘들게 생각할 것 없이 차손이의 일을 생각해보우. 뒤짐을 지워 공중에 달아매구서 불루 지지구, 때리구, 알몸뚱이를 여러 차례 모다구판에다 굴렸다는 데두 꺼뜩이나 하는가 차손이는 참 진정한 애국자우다." 하더니 다시금 신문

을 코앞에 쳐들었습니다. 불꽃이 약간 흔들리며 펄럭이었습니다. 낭독은 또다시 침중한 분위기 속에 계속됩니다.

"……범죄중에서 가정 큰 범죄는 조국과 인민의 편을 떠나서 매국노들에게 자기의 양심을 팔아먹는 것이다. 조선인민은 이러한 변절자들을 반드시 심판하고야 말 것이며 또 변절 다들은 인민의 심판을 반드시 받으리라는 것을 항상 기억하여 두라!"

"세거리 구장 이놈" 갑자기 격하여 이렇게 혼자소리를 부르짖으며 차손이의 맏누님은 자 끝으로 보손코를 막 뚫어져라고 쑤시었습니다. "그저 차손 너 죽지 말고 살아와서 그런 놈들에게 원수를 갚아라 자 어서들 일을 합시다.! 이렇게 천연히 공부만 하구 앉았겠다구?……" 하면서 서둘러대니까 "아직 조곰 남았수다. 중요한 말들이……" 하면서 윤첨지 영감이 목소리를 일층 더 가다듬으며 "친애하는 동포 형제 자매들이여……" 하는데 별안간 바깥에서 개들이 으르르 요란하게 짖기 시작하였습니다. 삽시에 방 안은 긴장해졌습니다.

스파이와 앞잡이놈들이 수드름하기 때문에 이런 회합을 가질 때도 우리들은 반드시 집앞에 와 동네 요소 요소에 망군들을 늘여놓는 법이었습니다. 아무런 신호도 알리러 들어오지는 않으나 자못 심상치 않게 짖어대는 소리였습니다. 우리들은 불안한 얼굴로 서로 돌아보았습니다. 윤첨지 영감은 등잔불을 너부죽한 손으로 덮으면서 "자— 일감들을 주워가지구 빨리들 소름 소름 빠져나가우—" 하였습니다. 저는 얼른 선문을 집어 가슴속에 접어 넣고 몇 부인네들과 같이 부엌으로 나섰습니다. 이때에 망군으로 집 앞에 서 있던 동무가 터덜터덜 달려들어 오며 이렇게 부르짖었습니다.

"장거리에서 통지가 왔는데 삼돌이가 붙들려 큰 소동이 일어났대요, 빨리들 거리루 나오시랍니다!”

이 소리에 어머니는 일순간 얼굴이 백짓장처럼 되며 치를 바르르 떨었습니다. 그리더니 구들바닥에 팔싹 주저앉습니다. 사람 앞에서는 말소리 한번 크게 못 지르며 길을 걸어도 소곳이 살눈섭을 내리깔고 웃을 때도 남몰래 혼자 바실바실 웃어 동네 사람들에게 “얌전”이라고 불리워 오는 착하고 어진 어머니였습니다. 요새 와서는 늘 놀란 토끼처럼 가슴을 도군거리더니 놀라운 이 보고는 그 에게 어지간히 커다란 타격을 준 모양이었습니다.

우리 남매의 비밀 공작의 내용을 대강 알고 있었기 때문에 이것이 결코 보통일이 아니란 것을 짐작한 것입니다.

망군동무는 토방 위에 올라서며 이렇게 재촉하였습니다.

“어서들 나오시라구요! 모두들 장거리루 모여들구 있어요, 삼돌의 어머니두 계신가요?”

어머니는 정신을 가다듬고 일어나 토방으로 나가더니 신발을 걸치는 둥 마는 둥 동네사람들과 함께 밖으로 달려나갔습니다. 온동네가 발끈 뒤집혀 장거리를 향하여 총동원하는 것 같았습니다 개들이 집집에서 몰려나와 요란히 짖어댑니다. 집으로 뛰어가서 담배 함짝을 메고 분주히 뒤를 따라나선 저 역시 가슴이 울렁거리고 발밑이 후들거렸습니다. 어머니는 거의 실신한 사람처럼 허둥지둥 선두에 서서 달려가고 있었습니다. 뛰엄질로 막 그 옆을 스쳐지나가려는데 어머니가 제 그림자를 발견하고 와락 달려들어 두 팔로 쓸어안으며

“용녀야 어디를 가니?” 하고 기겁한 비명을 지릅니다. “너만이라두 어서 다른 데루 피신을 해라! 큰일 난다! 용녀야 너까지 가면 안 돼 웅!” 하면서 뒤를 돌아보니 동네사람들에게 애원하듯이 반울음소리를

쳤습니다.

"형님들 이 애를 어디 좀 피하게 해줘요! 어디 좀 감추어 달라구요!"

어머니를 안심시키려고 일부러 뒤에 떨어진 저는 우선 아지트의 형편을 보려고 옆으로 째인 밭두덤길을 달리었습니다. 장거리에 들어가 골목길로 접어들며 보니까 찾아오지 말라는 암호로 되어 있는 장대기가 아지트의 울바자가에 서 있겠지요. 그것이 멀리 밤하늘에 보이었습니다. 어떻게 된 일일까 하고 가슴이 덜컹 내려앉는 듯하였습니다. 삼돌이가 붙들렸다는 통지를 받고 모두 걷어 메인 것일까? 혹은 삼돌이가 비밀을 불어 놈들의 습격을 받은 것일까? 아니 아니 삼돌이에게 그럴 리 있으려구…… 저는 발길을 돌려 우리 아지트로 되어 있는 기름 장사네 집으로 오며 "담배 사시려오!" 소리를 연성 질렀습니다. 그러나 아무런 반응도 없었습니다. 거기는 불이 깜깜하고 대문이 닫혔는데 앞집에서 귀머거리 영감이 튀어나오며 어서 사라지라는 듯이 손을 내저었습니다.

아지트들이 습격을 받는 통에 삼돌이도 붙들린 것이나 아닐까? 도대체 어떻게 되어 이런 일이 생겼을까? 천근만근 무거운 걸음걸이로 빠져나와 큰길가에 이르렀으나 어떻게 해야 좋을지 알 수가 없었습니다.

거리집 담벽에 붙어서 잠깐 길 좌우쪽을 이유 없이 두리번거렸습니다. 박참봉이 달걀 꾸럼지 같은 것을 싸들고 맞은편 골목에서 나와 웃즐 웃즐 아래쪽으로 향해 갑니다. 서장네 집에 또 코 아래 진상을 가는 모양이었습니다.

멀리 웃거리 쪽으로 불빛이 번한 대한청년단 주위에 사람들이 우구

수수 모여서서 벅작이고 있었습니다. 혹시나 하는 생각에 저는 뒷길로 하여 그것으로 달려갔습니다. 사람 떼가 그리로 몰려들고 있었습니다. 역시 삼돌이가 여기 붙들려와 어머니가 악형을 당하고 있는 참이었습니다. 아들을 찾아 나온 어머니까지 놈들에게 붙들린 것이었습니다. 놈들은 이와 같이 군중들이 모인 곳에서 공개적으로 악형 고문하는 일을 소위 자수 운동이라고 불렀습니다. 군중들이 들산하게 모여들어 개놈들은 더욱 의기양양하였습니다. 불빛이 으슴푸레한 뒤뜰 안에 삼돌이 외에도 젊은이와 장정들이 그득히 잡혀 와서 뒷결박을 진 채 웅크리고 있었습니다. 모두 혐의자로 끌려들 왔다고 합니다. 불빛이 어두워 어떤 사람들인지 얼굴들을 자세히 알아볼 도리조차 없었습니다. 뜰 안에는 장거리와 동네사람들이 산더미처럼 모여서서 숨길을 시글거리며 웅성거렸습니다. 돌담정 밖에도 사람 떼가 와글와글 주위를 왔다갔다 하며 사방을 경계중이었습니다. 담배함짝을 밭고랑 속에 벗어 던진 저는 사람들 틈을 새여들어와 벌써부터 구석지 우물 뒤에 몸을 붙이고 숨어 있었습니다.

머리를 산산이 풀어헤친 어머니는 마당 한가운데 쓰러져 흙바닥에 얼굴을 구겨 박고 있었습니다. 머리를 다쳐 밑에 피가 질벅하였습니다. 옆에는 철봉대가 있었습니다. 삼돌이는 결박을 당한 두 손을 철보에 매달리운 채 가까스로 기둥에 지대고 있었습니다. 발이 땅에 닿으나마나 하였습니다. 얼굴을 늘어지게 떨어트리고 새글새글 숨채기를 하는데 코피가 미여지게 흐르고 있었습니다. 제 몸둥이는 얼음처럼 굳어지고 입속에서 찬김이 나오는 듯하였습니다.

가죽장화를 걸친 단장놈은 허리를 구부려 어머니의 끄다구니를 잡아제끼고 지긋이 노려보며 어머니의 얼굴은 피와 흙으로 매닥질을 하여 사뭇 처참하였습니다.

"이년 저 새끼가 바른대루 대지 않는 날엔 새끼의 가슴패기에 구멍을 뚫을 테야! 네 서방놈 뒈지던 생각나겠지! 봐라 이년!" 하고 소리치더니 옆차기 속에서 갑자기 권총을 뽑아들었습니다. 어머니의 얼굴 속에 두 눈이 불송이처럼 피어올랐습니다. 사방 군중 속에서는 탄성과 비명과 놀라는 소리와 함께 동요가 일어났습니다. 단장놈은 입을 비죽거리며 코를 실룩이었습니다.

"이게 뭔지 알고 있어?"

"이 새끼야 너 이재두 안댈 테냐? 어느 놈이 이 암호편지를 써주데?" 하며 이전에 탄광감독을 해먹던 부하 놈이 삼돌이의 코 밑에다 팔을 내저으며 종이를 벌럭거립니다. 동생은 약간 얼굴을 쳐들었으나 이연히 눈을 감은 채 살래살래 고개를 흔들었습니다.

"뭐! 이새끼 송구두 몰라?" 그 부하놈이 대뜸 또 가죽 채를 둘러메려는데 어머니가 벌떡 반신을 일으키며

"길바닥에서 주었다는 종이를 그 애가 어떻게 알케여?" 하고 악바라지 쓰는 것을 단장놈이 가죽장화로 모질게 잔등을 걷어차 팍 쓰러트리었습니다. 쓰러트리면서 장화를 내짚어 어머니의 목을 지렁이라도 밟듯이 지리누르며 음침한 목소리로

"이년 왜 지랄이야?"

어머니의 몸뚱이는 치를 떨며 꿈틀거립니다. 놈은 헷헤헤 소리를 내며 웃었습니다.

"그래 수류탄두 길바닥에서 주었단 말이야? 뭘 하러 수류탄을 가지구 기웃거려?" 하면서 한 걸음 물러서더니 부하놈들을 돌아보며 눈깔을 부라리며 고함소리를 질렀습니다. "구비직겡 (얼굴검사)이다! 구비

직켓! 네년의 새끼가 대지 않구 견디나 보자! 어서 빨리 저놈의 새끼들을 한 놈씩 끌구 와서 이 새끼에게 대조를 시켜!"

단장놈의 입에서 수류탄 이야기가 튀어 나왔을 때 저는 눈앞에 번쩍 번개가 치는 것 같았습니다. 때가 오면 두 개씩 들고 나서기로 굳게 약속한 수류탄…… 어째서 삼돌이가 이것을 들고 나섰던 것일까? 이와 같은 놀라운 의문이 제 가슴에 큰 격동을 주지 않을 수 없었습니다. 부하 놈들은 붙들어온 혐의자들의 목덜미를 하나 하나씩 끌고 삼돌이의 눈앞을 지나갑니다. 한 놈은 회중전등으로 그 얼굴들을 번쩍하니 비춰입니다. 단장놈은 지척 사이에 서서 권총으로 동생의 가슴을 겨누며 부르짖었습니다. "자 이놈 아니냐? 똑똑히 봐라 이 새끼야"

삼돌이는 괴로운 듯 숨소리를 새글거리며 머리를 수그린 채 가루 흔들었습니다. 들병 장사네 칼쟁이를 하던 부하놈이 달려가 삼돌이의 얼굴을 잡아 젖혀 정면을 향하게 하였습니다. 코피가 그냥 미여지게 흘러내려 입가에 거품을 지었습니다. 주위에서는 숨소리조차 꺼진 듯 하였습니다.

"빨리 빨리! 이놈은? 이놈두 아니야? 어느 놈이 수류탄을 주데? 거짓말 했단 알지? 자— 이놈은?"

연신 머리를 가루 흔드는 삼돌이의 앞을 지나오는 거무죽죽한 사내의 얼굴이 회중전등에 번쩍 비춰었을 때 저는 소스라치게 놀랐습니다. 언젠가 산속 연락지점에서 본 기억이 있는 얼굴! 어떻게 무슨 일로 산에서 내려와 붙들렸을까? 그러나 삼돌이는 여전히 머리를 살래살래 저었습니다.

"그럼 이놈은? 이놈두? 몰라? 산에서두 못 봤단 말이냐?" 하며 허덕

대고 악을 바치려는데 어머니가 놀라 또다시 얼굴을 번쩍 쳐들며,

"저 애가 산사람을 어떻게 안단 말야?"

하고 대들자 단장 놈이 발을 구르며

"아가리 닥쳐 뒈지고 싶으냐?"

"죽여라 이놈!"

무릎걸음으로 와락 달려드는 것을 또다시 세차게 차 넘기어 어머니는 총에 맞은 까치처럼 삼돌이의 발 앞에 휙 나가 떨어졌습니다. 누구인가 흑하고 비명을 삼키는 소리가 들렸습니다.

비통하고도 무거운 침묵이 모든 사람들의 가슴을 억눌렀습니다. 어머니는 후들후들 떨리는 얼굴을 가까스로 쳐들고 두 팔을 허비적거리며

"삼돌아 너 알지? 네가 입을 열면 사람이 죽는 줄 너 알지?" 이렇게 울음소리로 부르짖더니 다시금 벌떡 일어나 쏠려나가며 철봉대의 기둥 채 삼돌이를 껴안고 어린애처럼 으아ー 하고 울음소리를 터뜨렸습니다. 이 울음소리에 누구 하나 따라 울지 않을 사람이 없었습니다. 일대혼란이 일어났습니다. 테로단놈들은 어머니를 쥐어박고 발길질하고 팔을 비틀고 입을 틀어막고 야단을 쳤습니다. 삼돌이는 "어머니 울지 말어! 염려 말어요!" 하면서 따라 울었습니다. 주위의 사람들 중에는 흐느껴 우는 사람들도 있었습니다. 어머니는 요동을 치며 이렇게 부르짖고 있었습니다. 그 찢어지는 듯한 목소리가 군중들에게도 똑똑히 들렸습니다. 어머니의 어디에 그와 같은 무서운 용감성이 있었던지 참으로 놀라운 일이었습니다.

"오냐 삼돌아 너 장하다.! 아버지가 어느 놈들에게 맞아 죽었는지 너 알지? 너를 믿는다 응 죽어두 우리는 반역자의 이름을 남기지 말

구 죽자! 이 불한당 같은 망나니 투전군놈들이랑 헌병 순사질 해먹던 강도놈들과 한패가 돼서는 안 된다! 이놈들 죽여라 죽여!”

삼돌이는 얼굴을 꼿꼿이 쳐들고 눈을 감은 채 괴로운 숨채기를 하면서도 만세를 불렀습니다. 아주 늠연한 태도였습니다. 분노에 치를 떨며 단장 놈이 삼돌이의 목덜미를 쥐고 흔들었으나 우리 인민공화국과 김일성장군과 빨치산을 찾아 부르는 만세소리가 외마디씩 울려나왔습니다. 이때에 난데없이 군중 속에서 거쉬인 목소리로,

“내루다 내야! 그애에게는 죄 없다!”

이렇게 부르짖으며 한 늙은이가 스적스적 가운데로 걸어나옵니다. 뜰 안은 일순간 물을 뿌린 듯하였습니다. 모든 시선이 그리로 쏠리었습니다. 늙은이는 태연하게 불빛 아래 곰처럼 나타났습니다. 그것은 다름 아닌 윤첨지 영감이었습니다. 놈들도 일시 어리둥절하여 어쩔 바를 모르는 모양이었습니다. 바로 또 이 순간 담정 밖에 퉁퉁거리는 엔진소리가 가까워오더니 사람 떼를 흩트리며 검정개들을 실은 두 대의 오토바이가 뜰 안으로 들어 닿았습니다. 헤드라이트가 뜰 안을 환하게 비춰었습니다. 저는 불현듯 목을 움츠렸습니다. 경찰지서에서 삼돌이와 그의 혐의자들을 실어다가 취조하기 위하여 빼앗아가려고 달려온 것입니다. 놈들 사이에는 권력다툼과 공로싸움으로 이런 알력들이 적지 않았습니다. 그래 경관대와 테로단놈들 사이에 어지자지 말다툼이 붙게 되었습니다.

어느새 저는 다시금 담배 함짝을 목에 드리우고 길도 없는 밭고랑을 허청거리며 내닫고 있었습니다. 함짝 좌우 쪽을 받쳐 들은 두 손에는 매몰찬 수류탄이 한 개씩 든든히 쥐어져 있었습니다. 제 눈앞에는 경찰지서의 불빛이 먼 바로 보일 따름 눈구덩이도 진창도 보이지 않

았습니다. 방앗간 뒤 고목나무 밑에서 나머지 두 개의 수류탄을 꺼내일 때 오토바이들이 삼돌이와 어머니며 윤첨지 영감들 등을 떠 싣고 경찰지서로 달려가는 것이 보였습니다. 그 뒤를 또 무수한 사람들이 따르고 있었습니다. 혐의자로 붙들려 왔던 사람들을 경관과 테로단놈들이 끌고 가는 그 주위를 장거리사람들이 둘러싸고 웅성거리며 몰려갑니다. 그래 저는 그들의 앞을 먼저 뛰어들 생각이었습니다.

밤하늘에는 초생달이 걸려 있었습니다. 녹아 번지던 찬 눈이 아직도 언 땅 위에 고기비늘처럼 허옇게 깔린 벌가를 산바람이 싱싱 불어대었습니다. "이 원수를 갚아다우!" 하시던 아버지의 비장한 말씀이 등 뒤에서 틀리는가 하면 "너를 믿는다!"고 부르짖는 어머니의 목소리가 귓전을 스쳤습니다. 발밑에서는 숨채기를 하며 외마디씩 지르는 삼돌이의 만세소리가 울려나왔습니다. 군중 속을 뛰쳐나오는 윤첨지 영감의 얼굴이 눈앞에 어른거리고 또 보재기를 머리에 쓴 채 지서로 끌려들어 갔던 차손이의 어깻죽지가 어그적거렸습니다. 바로 머리 위에서는 너른 마당에 매여 달렸던 아홉 사람의 처참한 시체들이 흔들거리는 것 같았습니다.

이제 더 무엇을 주저할 것이 있겠는가? 놈들을 더 이상 더 살려두어서는 안 된다! 놈들의 본거에 불벼락을 터지어 뼈에 사무친 이 원한들을 풀기 전에는 죽지 않으리라! "복수다 복수!" "그렇다 테로에는 테로로!" 이렇게 중얼거리며 저는 다급스레 발걸음을 재촉하였습니다. 발길은 눈 속에 푹푹 빠지고 물기에 젖은 흙바닥은 미끄러워 때때로 어푸러지고 또 주저앉고 하였습니다. 그러나 저는 무엇에 찔린 사람처럼 비칠거리며 또다시 일어났습니다. 어서 가자! 시간의 여유는 없다. 네놈들 중에 다문 몇 놈이라도 내손에 당장 꺼꾸러질 줄 알어라!

짐승 같은 서장놈 악귀와 같은 단장놈 그리고 포학한 검정개들 불측한 테로단놈들…… 네놈들의 최후가 어떻다는 것을 이제야 알리라! 네놈들이 이 세상에 태어났다는 것을 이제야 한탄하리라! 저는 으스러지게 수류탄들을 그러쥐었습니다. 한시 바삐 구원해내지 않으며 삼돌이는 학살되고 말 것이다. 어머니와 윤첨지 영감 그리고 또 모든 혐의자들도…… 차손이는 어떻게 되었을까? 어린 몸이 주검을 무릅쓰고 던지려던 수류탄을 대신 던져서라도 놈들의 골사박을 까부시마!

"삼돌아 죽지만 말아다우 누나가 간다!"

저는 불덩어리처럼 되어 이렇게 혼자소리로 부르짖었습니다. "아버지 이제야 원수를 갚을 때가 왔습니다." "어머니 제가 갑니다. 용녀도 용감하답니다."

비밀연락을 무사히 마치고 돌아오면 얼싸안고 누더기이불을 덮어주며 알알이 헤어지는 강낭밥 그릇을 내여 놓고 어서 먹으라고 권하며 자기는 벌써 배불리 먹었누라면서 더운 물만 한 모금씩 들이키던 어머니… 밖에 발소리만 들려도 깜작깜작 놀라며 삼돌이와 제가 항쟁의 노래 같은 것을 나즉이 부르기만 해도 사르르 몸을 떨며 창가에 다가 앉아 유리알 구멍으로 밖을 보살피던 어머니… 그리면서도 같이 부르자고 조르면 무슨 타령이라도 부르듯이 길게 늘어지게 가느다란 목청을 뽑으며 얼굴에 눈물이 주북해지던 그러한 연약하고 다심한 어머니였습니다. "그러나 어머니는 아버지와 삼돌이와 같이 용감하게 잘 싸우셨습니다. 이번은 제 차례입니다! 저는 이렇게도 중얼거렸습니다.

경찰지서를 불과 백여 미터 상거한 거리에까지 다다랐을 때였습니다. 엇비슷이 가루 째인 지름길로 나서려는데 저 멀리 앞 편 영마루 위에 별안간 봉화가 올랐습니다. 놀라 저는 그 순간 발걸음을 멈추었습니다. 기운차게 퍼득이며 밤하늘을 휘적시는 봉화가 한 개 두 개 세 개 이렇게 세 개나 차례차례 올랐습니다. 예정했던 어느 지점을 약속대로 습격했다는 신호일까? 또는 우리들의 이 아픔을 알고 격려하려는 것일까? 그 봉화가 제가슴 속에 횃불을 켜는 듯하였습니다. 빨치산들이 살고 있는 첩첩산악의 무거운 힘이 일시에 제 잔등 위에 실리는 것 같았습니다. "빨치산 아저씨들 우리 장거리의 경찰지서는 제가 폭파하리다!" 이렇게 가슴속에 맹세하며 저는 입으로 수류탄의 안전못을 뽑았습니다. 이제는 던지기만 하면 결단을 내일 판입니다. 저는 한 걸음 한 걸음 부산하게 다가갔습니다.

지서는 바로 그 주위에 파놓은 웅덩이의 저 건너편에 거무스레하니 가루 누워 있었습니다. 얼음이 진 웅덩이에는 하얗게 눈이 깔리어 창문을 흘러나오는 불빛에 반질거렸습니다. 흙 부대를 쌓아올린 토오치카 앞을 왔다갔다 하는 카빈총을 들은 이동보초놈의 기다란 그림자가 웅덩이의 눈판 위를 서서히 움직이고 있었습니다. 그것이 한자리에 멈춰서며 별안간 누구냐고 고함을 질렀습니다. 웅덩이의 이쪽 길을 달리던 저는 "담배장사애에요." 하고 야무지게 대답하면서 발길을 돌려 큰길 쪽으로 달려나왔습니다. 테로단 뒷마당에서부터 떼를 지어 몰려오는 패들은 아직 저 멀리 뒤쪽에 떨어져 있었습니다.

큰길을 꺾어 돌아 단숨에 경찰지서의 문 앞에까지 다다랐습니다. 문간에는 총대를 옆에 낀 보초 놈이 서 있었습니다. 저는 수류탄을 한 개씩 그러쥔 두 손이 보이지 않게 함짝을 받쳐 든 채 서슴없이 문간을 들어가며 "서장님이 담배를 가져 오랬어요." 하면서 현관으로 향하였습니다. 보초놈은 얼김에 저를 통과시켰습니다. 무어라고 덤벼들기만 하면 단박에 벼락불을 터칠 판입니다. 그러나 이때에 웬일인지 갑자기 뒤뜰 안에서 요란한 사이렌이 아—앙 아—앙 울리기 시작하였습니다. 보초 놈은 기겁한 소리를 지르며 뒤쪽으로 달려들어갑니다. 제가 현관문을 들여다볼 때는 지서 안이 벌컥 뒤집히고 있었습니다. 나중에 알고 보니 이때 놈들은 우리 빨치산들의 일대에 습격을 당한 근방 장거리 ×××지서의 급보를 받고 응원출동의 비상신호를 울리며 떠날 차비를 차리던 중이었습니다. 지서 안에서는 놈들 2·3십 명이 들구날치며 감발을 두르는 둥 모자를 집어쓰는 둥 탄띠를 즐러매는 둥 야단법석이었습니다. 서장놈은 이글이글 타는 화독열에 버티고 서서 두 눈깔을 홀군거리며 무엇이라고 부하놈들에게 욕지거리를 퍼붓고 있었습니다. 어머니와 삼돌이는 벌써 가두어버렸는지 보이지 않았습니다. 뒤뜰 안에서는 오토바이와 지프차를 분주히 발동시키는 소리가 퉁퉁거리기 시작하였습니다. 저는 대담하게 문을 열어젖히며 번개같이 뛰어들었습니다. 뛰어들며 화독을 향하여 수류탄을 연거푸 던지자마자 쏜살같이 튀어나와 토오치카 뒤 우먹다리 속으로 미치러지듯 굴러들었습니다. 동시에 저는 무엇이 어떻게 되었는지를 도대체 분간할 수 없게 되었습니다. 눈앞에 불광이 번쩍 튀며 하늘이 무너지고 대지가 꺼지는 듯한 굉장한 폭발음이 터지었습니다. 제 몸뚱이까지 비상천을 하며 산산이 부수러지는 것 같았습니다. 모든 게 와랑저랑 족살나고 깨지는 듯한 소리가 울리었습니다. 언젠가 광식이에게 배운 대로 저는 전신을 엎드리고 얼굴을 구겨박은 채 움직이지 않았습니다.

그런데 어떻게 되었는지 모를 일이었습니다. 이와 동시에 갑자기 콩 볶듯 하는 기관총 소리와 보총소리가 사방에서 울려나오고 우렁찬 함성이 일어난 것입니다. 저는 그 순간 놈들이 저를 향해 총탄을 퍼붓는 줄로 잘못 알고 다급스레 배밀이를 하여 자리를 옮기며 큰길 저쪽 언덕 밑으로 떨어졌습니다. 이때에 흙부대의 토오치카 위를 걸핏걸핏 넘어들어 가는 검은 그림자들이 보였습니다. 저는 눈이 동그래졌습니다. 지서 안은 이미 불에 싸여 검은 연기가 뭉게뭉게 쏟아져 나오고 있었습니다. 문간으로도 총대를 휘두르며 함성도 높이 뛰어든 그림자들이 있었습니다. 빨치산동무들임에 틀림없었습니다. 저는 길 위로 뛰어 올라오며 두 팔을 벌리고 만세 만세를 외치었습니다.

용감한 빨치산동무들이 산에서 내려와 먼바루 경찰지서의 주위를 포위하고 보복 전진하여 이제나저제나 하고 돌격신호가 나기만 기다리던 참 불의에 제가 뛰어들며 던진 수류탄이 터지는 바람에 일제히 일어나 함성을 지르며 쇄도한 것이었습니다. 봉화는 ××지서를 습격하고 소탕하였으니 지체 없이 행동을 개시하라는 신호였습니다.

그러나 빨치산들은 우리 장거리에서 지서만을 포위 습격한 것이 아닙니다. 이와 거의 같은 순간에 멀리 대한청년단 건물 쪽에서도 요란한 기관총소리가 일어났습니다. 뿐 아니라 큰길을 지서로 웅성거리며 몰려오던 군중들 속에서도 갑자기 노호 소리 함성 소리와 함께 벼락처럼 불이 튀었습니다. 산사람들과 조직원들이 그들 속에 박혀들어 본대에서 일집을 터치기만 기다리던 것입니다. 군중들은 그 자리에서 개놈들을 쓰러트리고 지리 밟으며 구름 떼처럼 지서로 밀려왔습니다. 저도 그들 속으로 뛰어들어 미칠 것 같이 길길이 뛰며 만세를 부르며 문간으로 달아 들어갔습니다. "삼돌아 죽지 말아!" "아버지 원수를 갚았어요!" "어머니 동무들이 왔어요 빨치산이 왔어요!" 이렇게 목구멍이 찢어지게 부르짖으며 불에 싸인 지서 주위를 이리 저리 뛰어다녔습니다.

뒤쪽 유치장으로 검은 연기가 흘러들고 있었습니다. 용감한 빨치산들이 철창문을 헤치고 그 속에 갇혀 있던 사람들을 끌어내는 중이었습니다. 바람에 불꽃들이 휘날리며 문 어구에 불빛이 번쩍거립니다. 밖으로 끌려나오며 유치수들은 서로 끌어안고 감격의 울음에 잠겼습니다. 무수한 사람들이 검속되어 있었습니다. 두셋씩 서로 부축하고 비칠 비칠 밖으로 나오면서 만세를 부르는 사람들도 있었습니다. 빨치산동무는 누구인가의 육중한 몸뚱이를 등에 업고 나오며 "차손동무 살아 있다!"고 외치었습니다. 그러니까 여기저기에서 환성을 지르며 빨치산들이 그리로 몰려들었습니다. 그 뒤를 윤첨지 영감이 자못 무거운 발걸음으로 허청거리며 나오고 있었습니다. 그 가슴에는 삼돌이의 조고만 몸뚱이가 힘없이 안겨 있었습니다. 두 팔을 드리우고 고개를 떨어트린 동생의 얼굴은 불광 속에 백짓장같이 창백해 보였습니다. 그 옆을 어머니가 실신한 사람처럼 비칠거리며 따라나옵니다. 달려들어 삼돌이의 몸뚱이를 쓸어안은 저는 그 차디찬 감촉에 놀라 몸부림을 치며 느껴 울었습니다. 어머니는 아무 말 없이 그 자리에 꺼지듯 주저앉았습니다. 지프차 속에서 운명한 것입니다.

이날 밤중으로 빨치산들은 농민들과 장거리사람들의 열렬한 응원을 얻어 박참봉, 오진사네 등 악질지주와 정미소 양조장 주인놈 반역자와 그의 반동분자들을 일체 숙청하고 놈들의 재산을 접수한 뒤에 아버지와 함께 여러 동네사람들의 시체가 매달렸던 광장에서 군중대회를 열게 되었습니다. 경찰지서의 검정개들은 서장놈 이하 죄다 벌써 섬멸되었으며 테로단놈들은 그때 건물주위를 포위한 빨치산들과 산더미처럼 모여 섰던 군중들의 손으로 처단되었었습니다. 단장놈은 가슴에 칼을 받고 박참봉은 돼지우리 속에서 잡히고 양조장 주인 놈은 첩

네집 아궁이에 머리를 박고 죽었더랍니다.

장거리와 근방 동네들로부터 대회장으로는 사람들 떼가 물밀 듯이 밀려들었습니다. 어떤 부인네들은 춤을 추며 들어오고 젊은 패들은 노래를 부르며 행진해왔습니다. 꼬마들은 눈을 비비며 달려나옵니다. 그새 오랫동안 보지 못하였던 빨치산들과 한 동네 사람들과 가족친지들 사이에 감격적인 상봉장면도 여기저기에 벌어졌습니다. 동네사람들의 포위 가운데 나무등걸을 기대고 비스듬히 앉아 있는 차손이는 여전히 종이에 담배를 말아 몰고 입에다 불을 때고 있었습니다. 거칠거칠 입가에 무성한 수염발에 새빨간 불이 단길 것 같았습니다. 얼굴은 누렇게 떴으나 커다란 눈이 호랑이처럼 이따금 어디라도 쑤시는지 얼굴을 찡기며 괴로워합니다. 아닌 게 아니라 옷은 온통 피에 덜며 있었습니다. 옷가지와 덤보선을 들고 나온 그의 맏누님은 이상한 듯이 자꾸 일어나 갈아입으라고 권하였습니다. 그러나 "괜찮아 괜찮다니…"
하면서도 그는 종시 일어나지는 못하였습니다. 놈들이 그의 다리라도 분지른가 싶었습니다.

맏누님이 주는 덧버선도 신을 생각을 않고 옆채기에 끼면서 동네사람들에게 금년은 눈이 많이 와서 보리농사가 잘 되겠다는 둥 산에는 노루가 많다는 둥 까치고기도 멧돼지 기름에 볶으면 맛이 있다는 둥 딴전만 붙혔습니다.

"이애야 네가 다리를 못쓰는 게루구나"

맏누님이 이렇게 울음소리를 지르니까 그는 눈이 휘둥그레지며,

"왜요 누님 별소릴 다 함네다. 종처가 세나서 그래요." 이렇게 일소해버리면서,

“그래 또 다리 하나쯤 못쓴들 어때요? 조금만 더 있으면 우리들이 화물자동차를 몰며 쳐 올라가게 될 판인데…”

박참봉네 머슴꾼 송영감은 자기의 외아들 덕만이에게 너의 대장어른을 뵙게 해달라면서 옷매무새를 고치며 연성 큰기침을 지었습니다. 동네사람들도 여럿이 그의 뒤를 따라나섰습니다. 이때에 어디에선가 난데없이 광식이가 헐떡거리며 나타나더니 저를 한 모퉁이로 끌고 가며 단장 놈을 찔러 죽이고 삼돌이의 원수를 갚은 게 바로 자기라면서 “우리들이 그저 한걸음만 더 빨리 왔다면……” 하고 동가슴을 치며 분해합니다.

하염없이 그의 얼굴을 쳐다보는 제 눈에서는 눈물이 쭈루루 흘러내렸습니다. 광식이는 우무덕한 눈을 꺼벅거리며 제 얼굴 앞에 손을 내저으면서 부르짖었습니다.

“용녀야 우지 말어! 삼돌이는 훌륭한 영웅이다. 영웅! 영웅의 주검 앞에서는 경건한 태도를 가져야 해! 철없이 우는 법이 어데 있데?”

무엇이라고 그에게 치하를 하려고 하였으나 목이 메여 말이 나오지를 않았습니다. 도리어 어깨가 들먹이며 울음이 북받쳐 올랐습니다. 하니까 광식이는 자못 못마땅한 듯이 “삼돌이 봐서는 넌 아직 멀었구나…” 하면서 입을 쩝쩝 다십니다. “점 더 정치교양을 받아야겠다.”

군중대회가 개회되기까지에는 아직도 얼마 가량의 시간이 있었습니다. 그 사이에 단 위에 달아놓은 빨치산 휴대용의 단파라디오는 확성기를 연결하여 평양중앙방송을 들려주었습니다. 마침 장중하고도 감격적인 어조로 조국전선의 호소문을 줄기차게 낭독하는 중이었습니다. 우리들이 동네에서 채 읽지 못하고 나온 그 뒤끝도 여기에서 들을 수 있었습니다. 라디오는 이렇게 외치었습니다.

"……단결된 인민들의 역량은 무한한 것이며 불패의 것이다. 보라! 단결된 인민들의 힘이 얼마나 강대한가를……"

바로 우리들의 이날을 두고 하는 말처럼 그것은 우리들의 가슴에 안겨왔습니다. 또 라디오는 힘차게 호소합니다. 만장의 군중들은 숨소리를 죽이고 귀를 기울였습니다.

"친애하는 남조선 전체인민들이여! 조선인민들의 가장 우수한 아들 딸인 빨치산들을 모든 힘을 다하여 도와주라! 사랑과 존경으로써 원호하라! 모두들 빨치산에 참가하라…… 영웅적 빨치산들이여! 도처에서 유격전을 부단히 전개하라! 가능한 지역들에서 해방구를 창설하라! 남조선농민들이여! 토지를 위한 투쟁을 더욱 용감히 전개하라! 토지는 농민들이 자기 손으로 지주에게서 빼앗어야 한다……"

이와 같이 장렬한 조국전선의 호소는 우리들의 가슴을 쥐고 흔들며 밤하늘 밑은 술렁이 치는 듯하였습니다. 단 위에는 횃불들이 오르기 시작하였습니다. 뒤이어 우리 인민공화국의 오각별 삼색기가 드높이 오르며 펄럭거리게 되었을 때 군중들은 서로 쓸어안으며 감격에 사무치는 울음들을 내놓았습니다. 울음의 바닥 속에 또한 만세소리와 환호성이 일어났습니다. 원수들에게서 빼앗은 수많은 미국제 무기들이 단 위에 오를 때는 장내가 박수소리에 떠나갈 듯하였습니다. 여기저기에서 합창하는 노랫소리도 우렁차게 울려나오기 시작하였습니다.

군중대회는 우렁차게 이렇게 장쾌하고도 감격적인 분위기 속에 벌어지었습니다. 그 석상에서 삼돌이의 영웅적 죽음의 진상이 비로소 보고되었습니다. 빨치산의 진격과 함께 일제히 호응궐기 하라는 암호지령을 아지트에 전하고 테로단 건물의 내부를 정찰할 중대한 임무가 동생에게 지워졌던 것입니다. 삼돌이는 이 중대한 연락임무를 거의 완수하고 테로단 본부를 정찰하다가 발각체포 되었습니다. 만약의 경우를 생각하여 수류탄을 들고 나섰던 것이 불찰이었습니다. 그러나 처참한 악형에도 불구하고 영용하게 죽음으로써 최후까지 비밀을 지켰기 때문에 예정대로 우리 빨치산들이 습격은 성공되었다고 사령관동무가 눈물을 머금으며 말하였습니다. "사령관은 바로 탄광노동자들의 폭동시에 지도적 역할을 하던 광부였습니다." 반역자의 이름을 남기지 말라고 부르짖으며 어린 아들을 격려하던 어머니의 비장한 기개와, 고귀한 희생정신으로 내가 했노라고 외치며 대신 나서던 윤첨지 영감의 눈물겨운 태도도 높이 찬양되었습니다. 군중들은 깊은 감동에 휩싸였습니다. 그들의 일로 하여 원수들에 대한 적개심을 더욱 활활 불붙이며 가슴속에 투쟁심을 격발하는 듯하였습니다. 그리고 사령관동무는 누구인가 조그만 그림자가 경찰지서 안에 뛰어 들어가 수류탄을 던져 지서를 폭파시켰다는 사연도 이야기하며 이리하여 우리들의 승리의 싸움을 인도한 그 숨은 용사 단 위로 올라오라고 하였습니다. 삽시에 우레 같은 박수가 일어나며 그것은 오래 오래 그칠 줄을 몰랐습니다. 그러나 저는 군중들 속에 끼어 고개를 수그린 채 하염없이 자꾸 눈물만 흘리었습니다. 어머니는 삼돌이의 시체를 품에 안고 빨치산동무의 안내로 단 위에 올라섰습니다. 군중들은 울지 않고 마른침을 삼키며 모두 옷깃을 여미는 듯하였습니다. 사령관동무가 경례를 한 뒤에 정중히 시체를 받아 가슴에 안고 머리를 숙였습니다. 전열에 섰던 빨치산동무들은 일제히 받들어 총을 하며 삼돌이를 향하여 전몰용사로서 대하는 심심한 경례를 표하였습니다. 군중들은 모두 고개를 떨어뜨렸습니다. 이때에 정치위원동무는 한 걸음 나서며 조용히 입을 열었습니다. 그것은 나직하고도 엄숙한 목소리로 우리 지방과는 약간

다른 말씨였습니다.

"저는 지난번 최고인민회의 차로 평양에 갔다 온 어떤 대의원동무로부터 다음과 같은 이야기를 들었습니다. 김 장군께서 해방 전 장백산을 근거지로 하여 맹렬한 빨치산 투쟁을 전개하시던 시절의 일이었습니다. 어느 지대에선가 중무장을 한 수십 배의 왜놈군대와 위만 부대에 포위되어 벼락 치듯 하는 격전이 붙었다고 합니다. 놈들의 겹겹 포위 속을 김 장군께서 친히 선두에 나서서 전투지휘를 하시는 판인데, 마을의 어떤 용감한 어린 동무가— 겨우 8·9세 정도밖에 안 되는 어린애가 뒤로 달아올라와 열심히 탄약도 날라주고 적들도 발견해주며 대장아저씨 저기 왜놈의 기관총이 달려와요! 저 바위 밑으루두 숨었습니다! 네 놈, 다섯 놈, 여섯 놈! 아 저놈들 달아납니다! 저놈 저놈! 대장 아저씨 저 금줄 친 놈 나 개구놀게 잡아줘요! 만세 만세 우리 동무들 잘 나간다! 이렇게 쇳소리를 지르며 빗발치듯하는 총알 속을 깡충깡충 뛰어 다녔습니다. 빨치산 용사들은 용기백배하였습니다. 전체 동네 사람들도 영장을 메고 몰려와서 함성을 지르며 응원하고 탄약을 날라주고 부상자도 끌어내렸습니다. 이리하여 전쟁은 드디어 우리 편의 대승리로 끝났습니다. 그러나 불행히도 어린 삐오넬 동무는 총탄을 받고 몸뚱이를 피로 물들였습니다. 장군께서는 몸소 이 어린 용사의 시체를 가슴에 안고 대원들과 군중들 앞에서 말씀하시기를 오늘의 이 승리의 싸움은 내가 지휘한 것이 아니라 어린 동무 그대가 지휘하였소 하시며 우셨다고 합니다……"

만장의 군중들이 비상한 감동 속에 잠기어 장내는 숲처럼 고요하였습니다. 정치위원동무는 숨길을 돌려 다시금 계속하였습니다. 그의 이야기는 미디마디 모래 위의 물처럼 우리들의 가슴속에 젖어들었습니다.

　"저는 이 이야기를 들었을 때 감격의 눈물을 흘리는 동시에 우리 빨치산과 우리 지방 사람들의 일을 문득 생각하였습니다. 아시다시피 우리 빨치산들은 바로 김장군부대의 열렬한 애국적전통과 용감한 전투정신을 받아 지녔습니다. 그러나 우리 빨치산은 원수들에 대하여 과연 그처럼 용감무쌍한가? 우리 지방 인민들은 과연 그처럼 적개심이 강한가? 그리고 빨치산과 인민들의 사이는 과연 또 그처럼 굳게 연결되어 있는가? 두 말할 것도 없이 우리들이 그 당시의 그처럼 더욱 영용하고 적에게 대하여 무자비하고 또 서로 굳건히 단결해야만 오로지 그때야만 우리들도 그처럼 더욱 빛나는 위대한 승리를 쟁취할 것입니다!

　오늘 이 삐오넬 동무는 바로 김 장군의 품에 안겼던 그 어린 동무와도 같은 영웅적 죽음을 하였습니다. 자기의 한 많은 어린 목숨을 바쳐 우리 빨치산의 계획을 예정대로 실천할 수 있게 하였을 뿐더러 수많은 생명들을 죽음에서 구원해 주었습니다. 그는 지금 우리 빨치산 사령관동무의 품에 안겼습니다. 우리들의 가슴속에는 부대로부터 맥맥히 흘러 받은 뜨거운 피가 서물거리고 있습니다. 그렇다면 이 어린 영웅은 그 이름 높이 만세를 부르며 떠난, 김일성장군의 품에 안겨 눈을 감은 것과 무엇이 다르겠습니까? 여러분 삼돌 동무는 결코 죽지 않았습니다. 우리 인민들은 영용한 그의 모습을 영원히 잊지 않을 것이요! 그는 바로 조국의 자유와 독립을 위하여 일어선 여러분들의 선두에 서 있으며 또 원수들을 향하여 싸움의 길을 전진하는 우리 빨치산들의 선두에 서서 힘차게 나아가고 있습니다!"

　이렇게 말한 뒤 삼돌이의 시체를 향하여 차렷을 하고 또다시 심심한 경례를 하자 받들어 총을 하였던 대원들은 일제히 총대를 하늘에 올리고 셋방의 조포(弔砲)를 울리었습니다. 그 뒤에 동생의 시체는 단위에 정중히 안치되었습니다. 이에 정치위원동무는 다시금 군중을 향하여 어성을 높이며 우리 이 지대는 어린 영웅의 고귀한 희생과 더불어 농민전체의 열렬한 호응궐기 밑에 반동세력을 소탕한 오늘 이 자리에서부터 해방구역으로 지정된다고 선포하였습니다. 그리고 내일부터 농민들 자신의 손으로 인민위원회가 복구되고 토지개혁이 실시되어 땀으로 적시다 못해 피까지 퍼부은 땅들이 밭갈이하는 자들에게 돌아 갈 것이라고 말하였습니다. 아연 장내에는 감격의 선풍과 환호의 사태가 휘몰아치었습니다. 감격에 겨워 서로 부여잡고 흑흑 느껴 우는 사람들도 없지 않았습니다.

"그러나 여러분!" 정치위원동무는 주먹을 내두르며 계속하여 이렇게 부르짖었습니다.

"사방을 완전 제압하여 이 지대를 철옹성처럼 수호하며 우리들의 승리적 지반을 확보하기 위하여 또 놈들에게 아직도 억매여 신음하고 있는 인근 인민들의 철쇄를 끊기 위하여 나아가서는 조국의 영원한 자유와 행복을 쟁취하기 위하여 우리들은 최후까지 견결한 싸움을 계속해야 합니다! 이승만 개놈들의 궁전에 우리들의 공화국기를 꽂은 날까지 농민들은 땅을 찾고 노동자들은 권리를 찾아 무참히 희생된 애국선열들의 무덤 앞에 승리를 고할 날을 맞이하기까지! 여러분 최후의 승리는 우리들의 것이요! 모두 다 총궐기하여 승리의 결전장으로! 그러므로 빨치산의 일부는 또다시 행동을 개시하기 위하여 날이 밝기를 기다려 일단 근거지로 돌아갈 것이라고 말하였을 때 장내는 일시 폭풍을 안은 숲과도 같이 술렁거렸습니다. 젊은이들은 모두 앞으로 쓸어나가며 손을 내 저으며 소리소리 부르짖었습니다. 우리들도 데리고 가주시오! 저희들도 따라 가겠습니다! 참으로 뜻하지 않은 감격적인 장면이었습니다. 단 이래에는 아우성소리가 들끓고 거친 손들이 숲을 지여 흔들리고 사람 떼 가 화방수처럼 소용돌이 쳤습니다. 단 위 에까지 우르르 달려 올라가 제각기 하나씩 무기를 둘레 메는 축들도 있었습니다. 저번 제 아버지와 한 무렵에 오빠를 잃어버린 고만이도 재빠르게 달아올라 갑니다. 단 위에 누워 있는 삼돌이의 시체도 벌떡 일어나 나도 나도 하며 뛰어들 것만 같았습니다. 저는 그 순간 용수철에서 뛰어난 것처럼 군중 속을 뚫고 나가려고 머리를 틀어박고 몸뚱이를 비비꼬며 얼마쯤 빠져나갔습니다. 사령관 동무 이하 빨치산 동무들은 뛰어오르는 사람들을 제어하느라 한참동안 법석을 떨지 않을 수 없었습니다. 사람들 틈에 끼어 올라가다가 밑으로 쫓겨 내려온 저는 이듬날 새벽녘에 빨치산들의 숙영지로 찾아갔습니다. 삼돌이의 시체 앞에서 한밤을 세우며 어머니에게 마냥 졸라대어 승리를 얻은 것입니다. 숙영지에서는 세로 지원한 동무들의 심사와 편대를 거의 끝내고 출발준비를 서두르고 있는 판이었습니다. 가족들도 벌써부터 몰려나와서 새벽안개 속을 웅성거립니다.

정치위원동무는 얼마 동안 우리 장거리에 여러 동무들과 같이 남아 있게 되고 사령관동무가 이 부대원들을 거느리고 떠나게 되어 있었습니다. 저는 사령관동무를 찾아가서 저도 역시 빨치산에 따라가겠다고 하였습니다. 사령관동무는 빙그레 웃으며 한걸음 다가오더니 연약한 제 어깨를 쓰다듬으며 "기개는 장하지만 이렇게 어려서야 총을 멜 수가 있겠다구……" 하면서 몇 살이냐고 묻습니다. 저는 차렷을 한 채, "열여섯 살이에요. 총은 하나쯤 염려 없습니다!" 이렇게 대답하였습니다. 그리고 제 동생 같은 애는 이제 겨우 열두 살이 아니었더냐고 하니까 사령관동무는 으-음 하고 입에 바람을 불어넣으며 한참 들여다보더니

"삼돌 동무의 누나인가? 참 훌륭한 오뉘루군… 그러면 동무라두 홀어머니를 모시구 농사해야지 오빠 대신 삐오넬사업두 하구…"

이렇게 타이르기에 저는 놈들의 손에 학살된 아버지와 동생 대신에 직접 총을 들고 나서겠다고 하였습니다. 뒤를 따라 나온 어머니도 옆으로 다가오며 제 결심이 매우 굳다는 것을 말해주었습니다. 그러는데 광식이가 어디선지 뚱뿔내미로 나타나며

"용녀야 너두 가려구 그러니? 너 같은 꼬마는 안 돼 못가 못가!" 하면서 손을 내저었습니다. 자기는 얼마나 큰 어른이나 되는 것처럼 "빨치산이 너 쉬운 일인 줄 아네?"

"그래 누가 모른대." 하며 쏘아주니까, "체 수류탄 한 개두 건사 못할게 누구를 또 공연히 애 맥일려구……" 하는 바람에 약이 올라 저는 한 걸음 다가섰습니다.

"사람을 좀 숫 보지 마러…… 경찰지서는 그럼 수류탄 아니구 솜뭉치루 친 줄 아네?" 하였더니 광식이는 눈을 홉뜨고 그 커다란 메사구입을 쩍 벌리며,

"그럼 그게 바루 용녀더랬어?"

저는 대답하지 않고 입을 오므리었습니다. 그리자 광식이는 천천히 손을 올려 저한테 경례를 붙이더니 갑자기 파랑개비처럼 핑그르 돌아서서 두발을 딱 붙이고 거수경례를 하며 엄청나게 큰 목소리를 질렀습니다.

"사령관동무 보고!"

출발을 개시한 대오들을 검열하고 섰던 사령관동무는 놀라 돌아보았습니다. 광식이는 자못 긴장한 얼굴로 동가슴을 툭 내밀며 "어젯밤 수류탄을 던져 지서를 폭파한 동무를 알아내었습니다!" 하고 외치는 것이었습니다. 저는 얼굴이 붉어지며 소곳이 고개를 수그렸습니다.

드디어 저한테도 사령관동무의 허락이 내렸습니다. 연연히 연달린 긴 대오가 새벽안개를 헤치며 산 속을 향하여 움직이고 있었습니다. 전송하러 떠난 가족부대들도 그 뒤를 따라나섰습니다. 선두에서 일어난 김 장군의 노랫소리가 안개 속을 번지듯 흘러 퍼지며 대오전체가 우렁찬 화창을 일으켰습니다. 우리들이 멀리 바라보며 떠나는 동쪽 하늘 산줄기 위에는 감빛을 풀어헤친 듯한 채색 구름들이 뭉실거렸습니다. 그 사이로 찬란한 황금빛이 피어오르더니 몇 줄기의 햇발이 하늘을 째며 부챗살처럼 퍼졌습니다. 새벽의 미풍이 선들거리고 안개는 스럼스럼 골짜기 속으로 밀려들어갑니다. 들가의 설경이 아롱지게 빛나며 발밑에 채우는 서릿발 앉은 풀그루들이 구슬들을 튀기는 듯하였습니다. 노랫소리는 더욱 높아가며 들판을 흔들고 산울림을 일으켰습니다. 이윽고 시뻘건 소반 같은 태양이 컹 마루 위로 솟아올라 햇발이 홍수처럼 넘쳐흘렀습니다. 우리들의 대오는 물결치는 황금빛 속을 헤엄치듯이 금실거리며 전진하였습니다. 총부리에 햇빛이 반사하여 별부수럭지들처럼 무수히 반짝거렸습니다.

대오는 은하수와도 같이 찬란하게 들판 위를 흐르고 있었습니다. 얼마 전에 놈들이 동네를 습격온 사실을 알리려고 산으로 달려가다가 동네 아낙네들과 광식이를 만나던 잔들막한 언덕 위에서 동네 사람들과 작별을 짓게 되었습니다. 우리 지방에는 이날부터 새로운 행복된 세상이 전개되는 동시에 제 자신에게도 다난(多難)은 하나 기쁨에 넘치는 새 생활이 시작되는 것입니다 술렁이 치는 감회와 격려와 환호 속에 우리들은 동네사람들과 뜨거운 악수를 교환하며 헤어졌습니다. 어머니는 저를 무릎 위에 앉히고 어제 밤새도록 무명실로 손수 뜬 장갑을 손가락 사이를 하나하나 꼭꼭 다지며 끼워주셨습니다.

"네가 역시 생각을 잘내었다. 아버지와 삼돌이도 기뻐할 게다. 너 하나 남은 걸 보내고 낸들 뭣 하러 혼자 살겠니?"

이렇게 말하는 어머니의 입가에는 미소가 풍기고 있었습니다.

"가보고 나 같은 것두 밥을 짓던지 나무를 하던지 간에 필요해 보이면 곧 통지하여라……"

하시면서 허리춤에 간직하였던 삼돌이의 털모자를 꺼내어 제 머리에 씌워 주며 눈웃음을 쳤습니다.

이때에 윤첨지 영감은 가까이 다가와서 머리를 쓸어주며 농사는 온 동네가 들러붙어 도와줄 테니 어머니의 걱정은 말고 잘 싸워달라고 하였습니다.

사령관 동무는 옆에서 우리들의 이 광경을 바라보며 빙긋이 웃더니 대오를 향하여 출발 명령을 내리었습니다.

五〇년 三월

『문학예술』 1950년 4월호

연구

김사량과 1941년 도쿄

김사량과 1941년 도쿄*
〈호랑이 수염〉을 중심으로

‖ 곽 형 덕 ‖

Ⅰ. 들어가며

김사량의 일본어 창작은 "내지어로 써야만 하는 것인가?"[1]라는 고뇌로부터 출발하여, '북경반점의 二三六호'[2]에 당도(1945. 5)하면서 그 당위성에 대한 부정으로 막을 내린다.

---

* 이 논문은『현대문학의 연구』에 2010년 발표한 것을 수정 보완한 것임을 밝혀둔다.

1) 「朝鮮文學風月錄」(『文藝首都』, 1939. 6).

2) 김사량, 『김사량선집』(국립출판사, 1955, 16면). 김사량은 1945년 5월 8일 '재지반도출신학병(在支半島出身學兵)' 위문단의 일원으로 조선을 떠나서, 북경에서 태항산의 항일 근거지로 탈출했다. 일본어 창작에 대한 회의는 망명 직전부터 품고 있었을 것으로 보이나, 상징적인 의미에서 김사량이 당시 머문 '북경반점 236호'를 제시했다. 이 시기 김사량이 쓴 것이 〈노마만리〉로 〈연안망명기 종이소동 산채담 1〉(『민성』 2-2, 1946. 1)이 첫 회, 〈연안망명기－담배와 불(산채담 2)〉(『민성』 2-3, 1946. 2)이 2회로, 〈노마만리－연안망명기－서언/노마만리〉(『민성』 2-5, 1946. 3)부터 제목을 〈노마만리－연안망명기〉로 바꿔서 연재한다. 김재용은 이에 대해서 첫 1, 2회는 갑작스런 연재로 전체적인 체계를 갖추지 못했기 때문에, 실질적으로 〈노마만리〉의 연재는 1946년 3월부터 시작된다고 하고 있다. 이후, 〈노마만리－연안망명기 2〉(『민성』 2-6, 1946. 4), 〈노마만리－연안망명기 3〉(『민성』 2-7, 1946. 6), 〈노마만리－연안망명기 4〉(『민성』 2-12, 1946. 11), 〈노마만리－연안망명기 4〉(『민성』 북조선특집호 3-1, 1947. 1), 〈노마만리－연안망명기 5〉(『민성』 3-3, 1947. 3), 〈노마만리－연안망명기 7〉(『민성』 3-5, 6, 1947. 7)로 연재를 마친다. 〈노마만리〉는 김사량이 일본어 창작과 완전한 이별을 고한 상징적인 작품이라고 할 수 있다.

  해방 이후 김사량은 「문학자의 자기비판」이라는 주제로 열린 봉황
각 좌담회3)에서 일본어로 작품을 쓴 이유를 첫째, "우리말로 쓰는
것보다도 좀더 자유스러이 쓸 수 있지 않을까" 하는 생각으로, 둘째
"조선의 진상"을 호소하고 싶다는 생각에서였다고 하면서도, 그것이
"하나의 오류"였다는 고백을 하고 있다. 이러한 일본어 창작에 대한
김사량의 소견은 그것이 오류였다는 고백을 제외하고는 일제말에 밝
혔던 일본어 창작에 대한 포부와 거의 일치한다. 다만, 아쿠타가와상
후보 작가로 일본어 창작을 활발히 했다는 사실이 해방 공간에서 작
가적 입지 확립에 아무런 도움이 되지 않았던 상황을 감안해 볼 필요
가 있다.

  일본어로 썼더라도 "무엇을 어떻게 썼느냐가 논의될 문제"라며, 일
본어 창작 자체에 죄과를 부여하려는 한효와 이태준에게 반론을 펼치
는 모습에서 이러한 입장이 드러난다.4) 이것은 즉, 일본어 창작의 과
오를 인정하면서도, 그것이 죄과가 아닌 '저항'의 일종이었다는 주장
에 다름 아니다. 이것은 김사량이 1945년 5월 8일 연안으로 망명을
떠나 태항산 항일 활동을 거쳤기 때문에 가능한 발언이었지만, 그 기
간이 짧았던 것도 있고 해서 일본어 창작 자체가 비판에서 벗어나지
는 못했음을 알 수 있다.5)

---

3) 좌담회 「문학자의 자기비판」(『인민예술』 2, 연문사, 1946. 10, 인용은 정호웅·손
   정수 편, 『김남천전집 2』, 도서출판 박이정, 2000, 18면 참조).
4) 다만, 이태준의 경우는 "사상에까지 일제에 타협한 사람과 그냥 용어만을 일어로
   한 사람과 구별은 해야 할 줄 압니다만"이라며 유보적인 태도를 취한다. 김윤식은
   이에 대해 "일본어로라도 저항할 수 있는 만큼 저항하는 문학행위"(『한일문학의
   관련양상』, 일지사, 1974, 50면)라고 이를 정리하고 있다.
5) 김남천이 봉황각 좌담회에서 김사량의 연안행을 "색다른 체험"이라고 소개하는
   부분은 매우 흥미롭다. 이러한 시각은 김사량이 연안 행을 결행한 후 3개월 후에
   해방이 된 것과 무관하지 않다고 하겠다. 한편, 일제 말에도 김종한은 김사량의

김사량의 이러한 발언은 "모든 마이너 문학은 정치적이다."[6]라는 명제를 상기시킨다. 이것은 작품 속의 개별적이고 개인적인 모든 사건이 결국 정치적으로 연결되는 구조 속에 위치해 있다는 것으로, 김사량의 경우 일본어 창작 동기부터 "조선의 진상"을 일본어를 통해 내지 독자에게 호소하고 싶다는 '정치성'에서부터 작품 활동을 했다.

김사량은 1932년 가을부터 1936년 봄까지 규슈에서 보낸 3년 수개월간 그리고 1936년 봄부터 1942년 1월말까지 도쿄 근교에서 7년간, 도합 10년 수개월 동안, 각종 동인 활동[7]을 시작해 당대 일본문단에서 신인작가로 촉망받기에 이르기까지 끊임없이 '일본'이라는 문화, 정치사적인 현실과 접촉하며 생활했다. 이러한 장년에 걸친 체류를 생각해 볼 때, 정치적 활동으로써의 문학 활동이라는 스펙트럼을 통해 작품을 재단하기 이전의 '블랭크'가 연구사에 존재하는 것이 아닌가 하는 생각을 하게 된다. 구체적으로는, 쇼와[昭和] 10년대의 문학사, 사회문화적 차원의 영향관계를 세밀하게 검토하여, 작품과 비교 검토하는 작업 등이 그것이다.[8] 특히, 도쿄 근교에 김사량이 체류했던 1936년 4월부터 1942년 1월까지 7년간은 일본어 창작에 매진했던 시

일본어 창작에 대해서 "지방의 현실에 대한 불평—그것을 중앙에 가서 읍소하고 있는, 그러한 일면이 아무리 해도 있다"(「新しい半島文壇の構想 座談會」, 『綠旗』 4-7, 1942. 4)는 평을 하고 있다

6) ジル・ドゥルーズ, フェリックス・ガタリ著, 宇波彰・岩田行一 譯 『カフカ：マイナー文學のために』(法政大學出版局, 1978, 28~29면).

7) 사가고교 시절에는 『創作』, 동인, 도쿄제국대학 시절에는 『堤防』, 졸업과 동시에 『文芸首都』의 동인으로 활동했다.

8) 이러한 작업의 일환으로 필자는 현재 '쇼와 10년대 문학'과 김사량 문학의 관련 양상에 관한 논문을 준비 중에 있다. '쇼와 10년대 문학(昭和10年代文學)'은 프롤레타리아 문학 붕괴 이후 문예 부흥기부터 패전 전까지 일본문학이 처한 상황을 말하며, 히라노 겐이 사용한 것이다. 이 시기는 '문학장'이 격심한 변화를 겪었던 시기로 김사량의 일본어 작품도 이와 무관하지 않다.

기로, 체류 장소가 언어 선택에 결정적인 영향을 미쳤다고 할 수 있
다.9) 실제 장혁주가 가이조사(改造社) 현상공모 당선(1932) 이후 일본문
단에 등장한 이후, 일본어 창작을 위해 발표기관이 있는 '내지'로 옮
겨갈 수밖에 없는 심정을 토로하고 있는 것은 이를 잘 말해준다.10)

　단순 비교는 불가능하지만, 김사량이 도쿄에 거주했다는 사실은 작
품과 매우 밀접하게 연관되어 있다. 김사량의 작품 가운데 도쿄 및 그
근교가 배경인 작품은, <빛 속으로(光の中に)>(『분게슈토(文藝首都)』, 1939.
10), <무궁일가(無窮一家)>(『가이조(改造)』, 1940. 9), <광명(光冥)>(『분가쿠카
이(文學界)』, 1941. 2), 그리고 도쿄 근교의 시바우라 해안이 그 무대인
<벌레(蟲)>(『신초(新潮)』, 1941. 7) 및 <십장꼽새(親方コブセ)>(『신초』, 1942.
1)가 있다. 여기에, 필자가 최근 논문 작성 중에 발견한 단편소설 <호
랑이 수염(虎の鬚)>(『와카쿠사(若草)』, 1941. 5)11)를 추가하면, 그 작품 수
는 총 6편에 이른다.12) (논문 뒤 [첨부자료 1], [첨부자료 2] 참조)

　본고는 이러한 문제의식을 바탕으로, 김사량이 일본어 창작의 거점

---

9) 김사량 문학과 '장소'의 문제를 다룬 논문으로는, 이정숙, 「김사량문학과 평양의
　　문학적 거리」(『국어국문학』 145, 국어국문학회, 2007. 5)나 田村榮章 「在日朝鮮人
　　と下町の社會史 : 金史良 『光の中に』」(『學芸國語國文學』 34, 2002. 3) 등이 있다.
10) 이에 대해서는 장혁주의 에세이 <特殊の立場>(『文芸首都』, 1933. 2, 116면)에서
　　일본어 작품을 쓰기 위해서는 발표기관이 집중돼 있는 도쿄로 옮길 수밖에 없다
　　고 쓰고 있다. 장혁주는 1936년부터 도쿄에 거주하기 시작한다.
11) 이 작품은 필자가 최근 와세다대학도서관 편 「若草 [マイクロ資料]マイクロ
　　フィッシュ版精選近代文芸雑誌集. 410」, 雄松堂アーカイブズ, 2006. 11) 마이크로
　　필름 자료를 검토하다 발견한 것이다. 물론, 『「若草」總目次』(早稻田大學図書館編,
　　雄松堂アーカイブズ, 2006. 11)가 나와 있는 상황에서 이것을 '발견'이라고 하는
　　것에는 어패가 있으나, 필자가 인지하는 범위에 한에서 이 소설의 존재를 한 번
　　도 확인한 적이 없다. 일본문학 연구자들의 경우 총목차를 보고도 작품의 중요
　　성을 인지하지 못했을 가능성이 매우 농후하다.
12) <泥棒>(『文藝』, 1941. 5)의 경우는 배경이 홋카이도에서 도쿄로 이동한다.
　　<蛇>(『朝鮮畵報』, 1940. 8)의 경우는 배경이 도쿄이지만 매우 짧은 소설이라 제
　　외했다.

으로 삼은 '도쿄'에 중점을 두고 이와 관련된 작품을 분석해 보겠다. 2장에서는 <호랑이 수염>이 게재 된 『와카쿠사』에 대해서 알아보는 것을 시작으로, 3장에서는 작가의 창씨개명에 대한 인식이 작품에 미친 영향을 조선인의 세 글자 성명과 결부하여 분석해 보겠다. 또한, 4장에서는 다른 작품과의 비교 검토를 통해 <호랑이 수염>이 김사량의 일본어 소설 가운데 차지하는 위치를 밝혀 볼 것이다. 이러한 과정을 통해, 1940년대 전후 김사량의 일본어 문학이 갖는 한계와 가능성을 점검해 보고, 새롭게 발견된 소설을 통해 김사량의 일본어 소설에 새로운 성좌(constellation) 배치를 시도해 보겠다.

II. <호랑이 수염> 게재 전후

<호랑이 수염>은 김사량이 가장 많은 작품 활동을 한 해와 달에 발표된 작품이다. 같은 달에 발표된 작품만 소설이 3편, 에세이가 2편에 이름을 알 수 있다.13) 김사량 전 작품 기간의 대략적인 통계14)를

---

13) 나머지는 <村の酌婦たち―火田地帶を行く(三)>(『文芸首都』), <故郷を想ふ>(『知性』), <泥棒>(『文藝』), <月女>(『週刊朝日』) 이렇게 수필 2편, 소설 2편이다.

14) 이 통계는 기존의 「年譜」, 『金史良全集 4』(金史良全集編集委員會編, 河出書房新社, 1973) 및 白川豊 「佐賀高等學校時代의 金史良」(『朝鮮學報』 147, 1993. 4), 布袋敏博 「解放後의 金史良覺書」(『靑丘學術論集』 19, 2001)에 필자가 작성한 작품 목록(「金史良初期文學における「光」の行方」(早稻田大學大學院文學硏究科修士論文, 2007)를 더한 것이다. 물론, 이보다 더 많은 작품이 아직 발굴되지 않았을 수도 있다. 한편, 이 통계는 에세이의 경우 신문 연재 작품은 횟수에 상관없이 하나로 계산했으며, 잡지에 게재한 에세이의 경우는 시리즈더라도 개별적으로 계산했다. 또한 개작이나 같은 작품의 번역 등도 모두 개별적으로 계산했다. 해방 이후의 경우는 단행본에만 수록된 작품은 통계에 넣지 않았다. 다만, 이 통계는 김사량의 작품의 숫자를 통계적으로 확정하려고 만든 것이 아니라, 창작 경향을 분석하기

내보면 이는 확연하게 드러난다.

[표 1] 연도별 작품 통계

연도	작품별 통계					총괄
	소설	시·희곡	에세이	수필	기타	
1932~ 1935			2편(조선어)		동요 28편 (조선어)	30편 (모두 조선어)
1935~ 1937. 3	3편(일본어)	시 3편 (일본어)	1편(일본어)			7편 (모두 일본어)
1939	1편(2일본어)		11편(조선어 9 편, 일본어 2편)			12편(조선어 9편, 일본어 3편)
1940	9편(장편 1 편 [*조선어], 개작 1 편, 단행본 직 접수록 1편)			8편(조선어 2편, 일본어 6편)		17편(조선어 3편, 일본어 14편)
1941	14편(조선어 2편, 일본어 12편)			10편(조선 어 1편, 일 본어 9편)		24편(조선어 3편, 일본어 21편)
1942	3편(일본어)			2편(일본어)		5편(모두 일본어)
1943~ 1945	2편(모두 장편, 조선어 1편, 일본 어 1편)			2편(조선어 1편, 일본어 1편)		4편(조선어 2편, 일본어 2편)
1946~ 1948		희곡 4편 (조선어)	15편(조선어)			19편(모두 조선 어)
1949~ 1950	2편(조선어)		5편(조선어)		가극 및 낭 송극 2편 (조선어)	9편(모두 조선어)

[표 1]을 보면 알 수 있듯이 김사량은 일본문단에 본격적으로 이름
이 알려진 1940년부터 조선으로 떠난 1942년 1월까지 25개월간 총
25편의 소설(장편 1편, 개작 1편 및 '번역' 게재 2편)을 쓰고 있는데, 거의
매달 1편 이상을 쓴 것임을 알 수 있다. 한편, 1939년부터 1944년까

위한 자료이며, 다소 간의 오차가 있을 수 있음을 밝혀둔다.

지 작품은 장르를 불문하고 합쳐보면 조선어가 18편, 일본어가 45편으로, 일본어 창작이 압도적으로 많은 것이 특징이다. 특히, 조선어 18편 가운데 11편은 1940년 3월 이전의 글인 것을 보면, 일본문단에 데뷔한 이후 일본어 창작에 힘을 기울인 것을 알 수 있다.

<호랑이 수염>이 게재된 『와카쿠사』는 호분칸(寶文館, 발행지 도쿄)에서 1925년 10월에 창간돼, 1944년 3월까지 간행됐다. 호분칸은 『레이조카이(令女界)』를 발행하던 곳으로, 『와카쿠사』도 처음에는 자매지 색채가 짙었지만, 창간 당시부터 소녀 취향의 여성잡지 『레이조카이』와는 선을 긋고 순문예 잡지로 자리매김하려 했다. 기타무라 히데오는, "하지만 이번에 내는 『와카쿠사』는 『레이조카이』의 연장선이라기보다는, 문예적 색채가 농후한, 다른 요소를 갖은 잡지라는 의식으로 창간한 것이다"15)라고 하고 있다. 관동대진재 2년 후에 창간된 이 잡지의 성격을 보다 확실히 규정하는 것은 10주년 기념호(1935. 10) 편집 후기이다. "인간은 늙어간다. 하지만 『와카쿠사』는 늙지 않는다. 시대는 지나간다. 하지만 『와카쿠사』는 언제까지나 발랄한 영제네레이션의 것이다"라고 쓰고 있다. 기타무라의 말 그대로 『와카쿠사』는 1930년대 들어 문예적 색채를 농후하게 드러내며 문예중심의 잡지 중 하나로 자리매김한다.

고노 도시로(紅野敏郎)는 『와카쿠사』가 『신초』, 『분게(文藝)』, 『분가쿠카이』와 같은 순수한 상업 잡지에 비해서는 떨어지지만, 지금까지 이 잡지를 경시해 온 경향은 쇄신해야 할 필요성이 있다고 하면서, 이 잡지에 쇼와 문단의 유행작가인 다케다 린타로(武田林太郎), 니와 후미오

---

15) 「編集後記」, 『若草』, 1925. 10.

(丹羽文雄), 이부세 마쓰지(井伏鱒二) 등이 활동했음을 주목해야 한다고 하고 있다.16) 한편, 『와카쿠사』 총목차를 보면 1940년대 들어서 시국을 의식한 편집 방침이 두드러진다. 창간 이후, 『와카쿠사』가 모던 도

[자료 1] 『와카쿠사』 창간호 표지

시의 패션과 문화를 첨가하며 모더니즘에 깊이 공명했다고 한다면, 전쟁 말기가 되면서, 총후의 풍경, 전장의 상황을 전달하고 있다. 하지만, 대체로 시국에 대한 현저한 형태를 띤 협력 자세는 타 잡지에 비해 의외로 적은 것도 사실이다.17) 『와카쿠사』는 1943년 3월호 이후 휴간해서, 패전 후인 1946년 3월에 재개하여 1950년 2월까지 계속되다 폐간됐다.

한편, 『와카쿠사』 신인특집(1940. 10) 등에도 김사량의 이름이 보이지 않았던 점을 미루어 볼 때, 김사량의 작품이 게재된 경위를 정확히 알 수는 없다. 다만, 『와카쿠사』의 문예시평을 담당하던 기타오카 시로(北岡史郎)를 경유한 게재일 가능성도 짐작해 볼 수 있다.18) 이외에도 김사량이 아쿠타가와상 후보작가(1940. 3)로 뽑혔을 때, 수상자인

---

16) 전게, 「解題」, 『「若草」總目次』, 1~4면 참조.
17) 위의 책, 1~4면 참조.
18) 기타오카는 「六月の文壇(文芸時評)」(『若草』, 1940. 7, 56면)에서 김사량의 <천마(天馬)>를 들어 "조선민족의 자학과 자조 그리고 조선 인텔리의 민족적 슬픔과 통렬한 비꼼"이 있다고 평한 바 있다.

사무가와 고타로(寒川光太郞) 및 조선과 관련이 깊은 유아사 가쓰에(湯淺克衛), 김사량과는 친분이 있었던 무라야마 도모요시(村山知義), 시마키 겐사쿠(島木健作)가 『와카쿠사』에서 매우 활발히 활동을 한 것도 관련이 있을 수 있다.[19] 이외에도 장혁주, 김소운, 김성민 등의 글이 게재된 것을 봤을 때, 『와카쿠사』가 식민지 출신 작가들에게도 문호가 열려 있었다는 시각도 가능할 것이다.[20] 특히 장혁주의 경우 기존에 알려진 <미사코(美佐子)>(1935. 9), <분해하다(口悔しがる)>(1935. 10) 이외에도, <나올 수 없는 구렁(出られぬ淵)>(1937. 2)을 발표하고 있다.[21]

김사량이 내지문단에 등장한 1939년에서 42년 1월까지 게재한 소설과 에세이가 실린 내지 잡지를 통계적으로 살펴보면 『분게슈토』 12차례, 『분게슌주(文藝春秋)』 3회, 『분게슌주』와 관련된 『겐치호코쿠(現地報告)』와 『분가쿠카이』에 각각 1회, 『신초』 3회, 『분게』, 『치세(知性)』, 『요미우리신분(讀賣新聞)』 각각 2회, 그 외 『신후도(新風土)』, 『미타신분(三田新聞)』, 『가이조(改造)』, 『슈칸아사히(週刊朝日)』, 『후진아사히(婦人朝日)』, 『니혼노후조쿠(日本の風俗)』, 『와카쿠사』에 각각 1회씩 작품을 발표하고 있는 것을 알 수 있다. 이러한 통계를 보면, 김사량이 데뷔 후에도 동인으로 활동한 『분게슈토』를 중심으로 활동을 전개한 양상, 그리고 아쿠타가와상 후보작가가 되면서 맺게 된 문예춘추사와의 인

---

19) 사무가와와 김사량의 관련에 대해서는, 졸고, 「김사량의 일본문단 데뷔에서 「고메신테」 시대까지(1940~1942)」(『근대문학연구』 17, 한국근대문학회, 2008 상반기)에서 다뤘다.

20) 김소운의 작품은 <朝鮮詩壇の一瞥>(1940. 7), <抒情朝鮮詩・八編>(1941. 5), 김성민의 작품은 「新銳十五人集」 중의 하나로 「姓名について」(1940. 10)라는 작품이 실려 있다.

21) <出られぬ淵>의 경우는 시라카와 유타카가 작성한 '일본어 작품 일람(1930~1945)'『장혁주연구 ― 일어가 더 편했던 조선작가 그리고 그의 문학』(동국대학교 출판부, 2009, 223~229면)에 빠져 있는 작품이다.

연을 중시한 경향이 드러난다. 분석 대상인 총 33편 가운데『분게슈토』와 문예춘추사 계열 잡지에 총 14편이, 그리고 그 외 잡지에 3회 투고가 1번, 2회 투고가 3번, 1회 투고가 총 7번으로, 총계 16편을 발표하고 있음을 알 수 있다.

이러한 통계를 보면, 일본문단 내에서 주목을 받던 김사량에게『와카쿠사』측에서 원고 청탁을 했을 가능성은 매우 농후하다. 김사량이 내지문단에 작품을 발표한 것은 아쿠타가와상 후보작가가 되기 이전이 총 3회(1939년 이전 제외)이며, 3편 모두『분게슈토』에 집중돼 있다. 반면, 아쿠타가와상 후보작가가 된 이후는 총 30편이며『분게슈토』를 제외하더라도 21차례에 이른다. 개월 수로 따지더라도, 1940년 3월부터 1942년 1월까지 23개월간 총 21차례의 청탁임을 알 수 있다. 이것은 조선어 작품을 뺀 수치이기 때문에, 여기에 조선어 작품 5편을 더하면, 총 25차례로, 거의 평균적으로 매달 1편 이상의 작품 의뢰를 받았음을 알 수 있다.

이를 통해, 김사량이 일본에서 가장 활발히 활동을 전개하던 시기에 <호랑이 수염>이 발표된 것을 알 수 있다. 하지만, 김사량은 이 작품이 발표되고 6개월 후인, 1941년 12월 9일 '사상범 예방 구금법(思想犯予防拘禁法)'에 걸려서 가마쿠라[鎌倉] 경찰서에 체포되면서, 도쿄를 근거지로 한 작품 활동도 막을 내린다.

Ⅲ. 김사량, 긴시료, 가네시료

<호랑이 수염>은 김사량의 도쿄 체험과 매우 밀접한 관련을 맺은

작품으로, 주인공의 이름까지도 작가의 이름을 그대로 전용하고 있다. 이러한 전용을 봤을 때, 제목인 <虎の鬚(토라노 히게)>에서 '노(の)'를 뺀, '토라히게(虎鬚)'가 "억세고 뻣뻣한 수염"이라는 뜻을 가지고 있는 것, '토라니나루(虎になる)'라고 하는 관용어구가 "매우 취해서 무서운 것이 없는 상태가 된다"는 의미는 등장인물 'X노인'의 행동과 겹쳐진다. 이 작품은 대학생이면서 고등문관시험을 준비하는, 김사효(金史孝)와 집주인인 내지인 노파, 그리고 조선인 X노인 이렇게 3명의 인물 밖에 등장하지 않는, 간단한 구조의 소설이다.

스토리를 간략하게 요약해 보면, 소설은 주인공 김사효가 시험 준비를 위해 도쿄 교외의 좁은 골목길에서 조용히 공부할 방을 찾아다니는 것으로 시작된다. 교외까지 나온 것은 일본인들이 김사효의 세 글자 이름이 들어간 명함을 보고 '조센진[朝鮮人]'이라는 것을 알고는 살 방을 좀처럼 내주지 않기 때문인데, 그곳에서조차 그가 들어갈 방은 좀처럼 구해지지 않는다. 그러던 중 내지인 노파가 그의 세 글자 이름을 내지 식으로 읽으면서 사건이 시작된다. 노파가 '金史孝'의 이름을 내지의 일반적인 성(姓)처럼 앞 두 글자 '金史'를 'カナシ(카나시)'[22]라고 읽은 것이다. 나중에 노파는 김사효가 이름을 속였다고 항의하는 등 그 집에서 잡음은 끊이지 않는데, 그러던 중 문설주에 붙여 놓은 그의 명함을 보고, 흰 수염을 한 조선인 X노인이 찾아오면서 김사효는 시험 준비에 더욱 큰 차질을 빚게 된다. 이 노인은 김사효가 사는 집 주위의 X대신의 성명을 따라서 내지 성과 이름을 갖고 있는데,

---

22) 국립국어원의 외래어표기법에 따르면 'か'는 '가'로 표기해야 하지만, '가나시'라고 할 경우 원래 발음과 다를 뿐만 아니라 느낌도 제대로 전달되지 않기 때문에 일부러 '카'로 번역한다. 그 외에도 실제 발음과 표기에 괴리가 심할 경우 원 발음을 살려서 표기하겠다.

대신의 집에 갈 때 통역을 해줄 것을 김사효에게 부탁한다. 노인은 그를 양반 출신의 자제라고 추켜세우며, 매일같이 찾아와서 술을 마신다. 내지인 노파는 X노인의 행동이 죽은 영감과 똑같다면서 온갖 호의를 다 베풀기 시작한다. 결국에는 문패에 붙여 놓은 자신의 명함에 X노인의 이름이 먹으로 덧칠해지고, X노인이 와후쿠[和服]로 옷을 갈아입고 그 집에 거의 눌러앉게 된다. 김사효는 "아… 이러한 집안에서 나는 어떻게 하면 고문 시험 준비를 계속할 수 있겠는가. 6월에는 또 시험이 시작되는데 말이다." 말하며 소설은 막을 내린다(소설 전체는 [첨부자료 3] <호랑이 수염> 한국어 번역 참조).

소설 줄거리를 보면 알 수 있듯이, <호랑이 수염>은 조선인이 차가를 할 때 성명 때문에 직면하는 차별에 대한 문제가 잘 드러나 있다. 이것은 김사량 소설에만 나타나는 것이 아니라, 내지에서 생활한 많은 작가들의 작품에서 확인된다. 특히 염상섭의 <숙박기(宿泊記)>(『신민』 33, 1928. 1)의 주인공 변창길의 성명을 내지인들이 '벤샤우키치(ベンシヤウキチ)'로 읽고 조롱하는 부분은 <호랑이 수염>과 겹쳐진다. 특히 변창길이 하숙을 전전하면서, "더구나 제일 난처한노릇은 자긔를 일본사람으로 보아주는것이엇다. 그당장에 조선사람이라고 까고덤비기에도 좀난처하고 열적은일이요 나중에 자연히알게하면 처음에속앗다는것이 분하다는듯이 반동적으로 태도가 일변하야저서 눈꼴사납기때문에"[23]라고 심경을 토로하는 장면은, '김사효'의 체험과 그다지 다르지 않음을 알 수 있다. 식민지 출신의 조선인들 대부분에게 도쿄는 '삶'과 직면해야 하는 공간이었고, 내지인들의 '거부반응(차별)'에

---

23) 이 부분은, 시라카와 유타카 저, 곽형덕 역, 『한국근대 지일작가와 그 문학연구』 (깊은샘, 2010) 재인용.

직면하는 곳이었다. 1940년대에 들어 해방까지 매년 30만 명 이상의 조선인 도항자와 20만 명 이상의 귀환자를 태운 관부연락선(關釜連絡船)[24]의 왕래가 말해주듯이 수많은 조선인이 내지에서 생활했으며, 김사량의 소설은 이러한 대량 이주가 불러온 차별의 문제를 다루고 있다.

이 소설에는 공간적 배경이 구체적으로 나와 있지는 않다. 하지만, 수필 「빈대여 안녕(南京蟲よ、さよなら)」[25]을 보면 소설과 관련이 있음을 알 수 있다.

> 하지만 대단히 고생해서 찾아낸 칠 조 반 방이었다. 처음부터 이상하다고 생각했었는데, 결국 우스꽝스러운 꼴이 되고 말았다. 나는 삼주 정도 전에 다시 상경하여, 겨우 엿새째 되는 날에, 큰 비를 맞고 도랑 가운데 빠져 가며 여기 혼고(本郷) 모리카와초(森川町)의 구중중한 하숙집에서 이 기묘한 방을 발견하게 됐던 것이다. 볕이 잘 들어 오냐고 물었다. 노파는 잘 들어온다고 대답했다. 날이 갠 날 보니 아침에 약간, 그 후부터는 볕이 나지 않았다. 밤에는 빈대 두 마리가 느릿느릿 기어 나왔다. 빈대가 있으면 알려 달라고 하녀가 말한다. 아침에 일어나서 알려주자 벌레약이라도 주려는가 생각했더니 노파는 반도(半島) 사람에게 일전에 방을 빌려줘서 이렇게 됐다고 한다.
>
> ― 굵은 글꼴=곽형덕, 이하 동.

수필에는 김사량이 도쿄를 떠나, 가마쿠라로 가기 직전의 상황이 그려져 있다. 소설과 수필을 비교해 보면, 소설의 공간적 배경이 혼고 모리카와초 주변일 가능성은 배제 할 수 없다. 수필은 차가 문제에 직

---

24) 金贊汀, 『關釜連絡船 : 海峽を渡った朝鮮人』(朝日新聞社, 1988, 51면 참조)
25) 『讀賣新聞』, 1941. 11. 3. 조간, 4면. 이 작품은 김재용·곽형덕 편역,『김사량, 작품과 연구1』(역락, 2008)에 번역 소개했다.

면한 김사량이 내지인 노파에게서 방을 구하고 그곳에서 기분 나쁜 경험을 한다는 내용인데, 소설에 등장하는 X노인만이 수필에는 빠져 있을 뿐, 내용적인 면에서도 큰 줄기가 일치하는 것은 우연의 일치라고 하기 보다는 동일한 체험을 바탕으로 두 작품이 창작됐다고 볼 수 있는 요소이다.

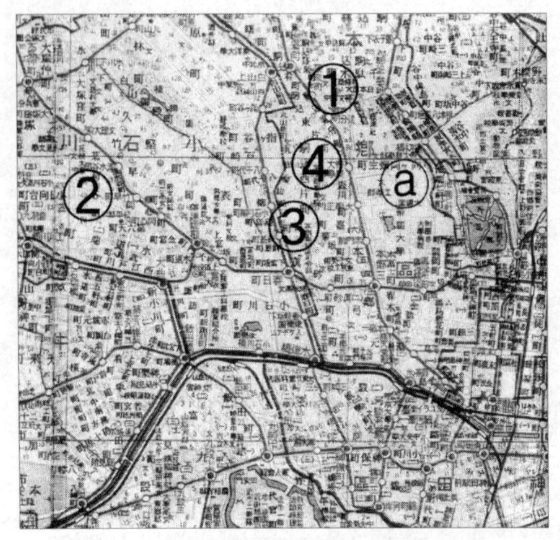

[자료 2] 김사량 혼고 주변 거주도

실제 김사량은 1936년 4월 동경제국대학 독문과에 입학하면서, 혼고[本鄕] 일대의 '제대문화권(帝大文化圈)'에서 생활하며 하숙을 했던 적이 있다. 김사량은 [자료 2][26] ⓐ(동경제국대학)를 중심으로 1936년부터 ① 오이와케초 오이와케 아파트(東京市本鄕區追分町ノ追分アパート)에 살다가, 1937년 4월경에는 ② 도쿄시 코이시가와구 코히나타 다이초(東京市小石川區小日向台町)로 이사했고, 같은 해 11월에는 ③ 도쿄시 혼고 다이초 62번지, 노지마 씨 댁(東京市本鄕台町六二番地、野島方) 및 다이초 41번지 가쿠다간[角田館]에서 생활했다. 그 후 1939년에는 시부야구(澁谷區)에서, 1941년에는 가마쿠라시[鎌倉市]

---

26) 『明治大正昭和東京近代地図集成』(人文社編集部, 1982, 13면). 이 지도는 「規範新大東京全図」(九段書房版)에서 제작한 1938년도 도쿄 지도의 일부를 복사해서 스캔한 것이다.

고메신테[米新亭, 1941년 4월~1942년 2월 귀국 전까지]에서 살았다. 1941
년 거주지는 매우 복잡한데, 7월부터는 시나가와구[品川區]에서, 10월
부터 잠시 ④ 도쿄시 혼고 모리카와초[森川町]에서 머문 것을 알 수 있
다.27) 이것은 기존에 필자가 종합한28) 김사량의 도쿄 거주지인데,
<호랑이 수염>을 보면 김사량이 1941년 5월 전후에도 모리카와초에
서 방을 잠시 구했을 가능성은 배제할 수 없지만, 그 상세는 정확하게
확인할 수는 없다. 특히, 주목해야 할 것은 위 주소지가 1940년 이후
창작된 일본어 작품 배경과 거의 흡사하다는 것이다.

　<호랑이 수염>에서 가장 주목해서 보아야 할 부분은 김사량과 이
름 마지막 한 글자가 틀린 '김사효'가 등장하는 부분이다. 김시창(본명)
의 필명은 초기의 구민에서, 1939년부터 '金史良'이라는 필명을 쓰는
데, 이 필명을 조선에서는 '김사량'으로 그리고 내지에서는 'キンシ
リョウ(긴시료)'로 불렀다. 소설에는 이러한 '읽기방식'에 관한 것이 중
심적인 테마 중의 하나이다. 소설에서 노파가 '金史孝'의 성을 '金/史
孝'이 아니라 '金史/孝'으로 분절해서 그 성을 '카나시'로 읽는 부분은
이러한 김사량의 체험과 관련이 깊다고 하겠다. 게다가 노파가 '金史'
를 'カネシ(카네시)'가 아니라 'カナシ(카나시)'로 발음하는 것은 매우
흥미롭다. 이것은 'カナシ'에 '悲しい(카나시이)', 즉 '슬프다'라는 의미
를 덧씌우고 있는 일종의 '언어유희'라고 볼 수 있다.

　　그녀는 "아니지요. 아니고 말고요. 이 늙은이가 그렇게 무식하게 보이
　　시나요. 카네시(カネシ)라고 읽지 않고, 카나시라고 읽는 정도는 매우

---

27) 이 주소지는 안우식, 「김사량연보」(『김사량전집 4』), 김달수 「해제(解題)」(『김사
　　량전집 2』, 1973. 1)에 필자의 조사를 합한 것이다.
28) 전게, 「김사량의 일본문단 데뷔에서 「고메신테」 시대까지(1940~1942)」.

잘 알고 있지요. 그렇지요. **카나시 씨, 카나시 씨**"라고 말하면서, 목소리 까지 떨면서 흐느껴 우는 것이었다. 그렇게 말하는 목소리는 매우 으스 스했다. "자, 어떠신지. 마음에 들지 않으신가요. …·하, 이런 고마울데 가. 이리 고마울데가. 지금 바로라도 이사 오셔도 된다우. **카나시 씨, 아… 역시 인연이 있었던 것이지요. 카나시 씨**"[29]

노파가 반복해서 말하는 '카나시(슬픔)'는 호명인 동시에 '슬픔'의 강조로 해석할 수 있다.

'金史孝'에게는 '김사효', '카나시 코(カナシ コウ)', '카네시 코(カネシ コウ)' 그리고 실제 내지 식 발음인 '긴 시코(キン シコウ)' 이렇게 4가 지의 호명 방식이 있다. 그 중에서 문제가 된 것이 '카나시 코', '카네 시 고' 등의 내지 식 '분절' 방식인데, 이것은 창씨개명이 '민족성'이 라는 문제와 밀접하게 연관돼 있음을 드러낸다. 왜냐하면, 내지 식으 로 읽힐 수 있는 가능성이 있는 '조선인'의 성명이라고 하더라도, '기 존'의 성명이 아닌 다른 이름으로 변경해야 한다는 사실은, 창씨개명 이 단지 성명을 읽는 방식의 문제가 아님을 드러내고 있기 때문이 다.[30] 이 문제는 김시창이 창씨개명에 직면했던 상황을 '픽션'을 통해 '사후 진술'하고 있음을 드러낸다. 김사량과 생전에 친분이 있었던 조 규석의 다음과 같은 증언은 <호랑이 수염>이 창작된 동기를 짐작하 게 한다.

다음은 김사량이 조규석에게 말했다고 하는 대화 내용이다.

---

29) 전게, <虎の鬚>, 11면.
30) 宮田節子 「「內鮮一体」差別と同化」(『季刊三千里』 31, 1975. 2). 미야타가 '창씨개명' 을 비롯한 내선일체의 문제를 조선 측에서는 '차별로부터의 탈출'이라고 보고, 일본 측은 '동화를 통한 전시 동원을 위한 것'이라고 밝히고 있는 부분은 <호랑 이 수염>에서 화자의 갈등 구조를 불러온 핵심적인 요인이기도 하다.

　　조선총독부 관리가 내게 창씨개명을 하라고 했다네. 몇 번이고 집요하게 권하는 통에, 그럼 합시다 하고 말하자, 너무나 좋아하지 뭐야, 그리고는 그럼 뭐로 하시겠소라고 해서, 金·史·良(긴 시료)를, 金史·良(가네시 료)로 하겠다고 했지. 그러자 관리가 어리둥절해져서, 입을 다물고 돌아가 버렸다네.[31]

　　朝鮮總督府の役人が、僕に創氏改名をしろというんです。なんどもしつこくすすめるんで、じやしようと云つてやつたら、とても喜びましてね。そして、何んてするというから 金·史·良を、金史·良とするといつてやつたんですよ。そしたら役人とも、あつ氣にとられて、黙つて歸つてゆきましたよ。

　　이 증언이 사실이라고 한다면, 김사량이 창씨개명에 대해 어떻게 생각하고 있었는지의 일단을 살펴볼 수 있다. 김사량이 자신의 이름을 위와 같이 분절하는 방식은 창씨개명을 성명을 읽는 문제로 역전시켜서, 그 안에 있는 차별의 문제를 드러낸다. 문제는 조선인의 세 글자 이름을 내지 식으로 분절하는 것이 아니라, 내지 식 네 글자 성명 체계 안에 편입시키는 것에 있었음을 인지하고 있기에 가능한 발언이라고 하겠다. 조선총독부가 일본인과 조선인을 구별하기 위해서 성씨를 바꾸는 데는 강제적 수단을 동원했지만, 이름에 대해서는 방임하는 태도를 취했다는 사실은 이를 뒷받침 해준다.[32] <호랑이 수염>은 김사효의 성명이 '카나시 코', '카네시 코', '긴 시코'로 명명되는 것에 따라 대우가 달라지는 문제를 창씨개명이라는 문제와 결부해서 표현하고 있다. 이것은 金·史·良(김사량, 긴시료)과/와 金史·良(가

<hr>

31) 趙奎錫,「金史良の登場と私」(『鷄林』, 1959. 8, 34면).
32) 水野直樹,『創氏改名 : 日本の朝鮮支配の中で』, 岩波書店, 2008, 153면.

네시료)의 갈등을 '긴 시코'와 '카네시 코'를 통해 드러낸 것이라고도 할 수 있다.

한편, <호랑이 수염>의 제목과 연관되는 X노인이 읊는 이태백의 '호랑이 수염' 가운데, "有手莫辮猛虎鬚(손이 있어도 맹호의 수염을 건들지 말지어다)"라는 부분은 어떻게 해석 가능할까. X노인이 실제 흰 수염을 하고 호랑이와 같은 행동을 취하면서, 되풀이해서 읊는 '호랑이 수염'은, 조선의 풍속 및 민속이라는 문제와 결부되어 있는 것으로 해석 가능한데, 하지만 소설은 '김사효'가 직면한 현실적인 문제로 이동하지 않는다. '호랑이'는 이 작품뿐만 아니라, 김사량의 다른 소설에도 등장하는데, <산의 신들(山の神々)>(『분게슈토』, 1941. 7) 시리즈는 대표적이다.33) [자료 3]에 제시한 <욕심의심>(『분게』, 조선문학특집호, 1940. 7), <신들의 연회(神々の宴)>, <호랑이(虎)>(『치세(知性)』, 1941. 10)의 삽화를 보면 '호랑이'가 조선의 토속적인 것, 민속적인 것을 드러내기 위한 표상으로 사용된 것을 알 수 있다. 특히 오자키 가즈오 작 <호랑이>는 1888년 경 경성 주재 일본공사관에서 외교 문서를 전달하는 역할을 하는 일본인이 경원선 고산역 부근 산로에서 호랑이 새끼를 잡으면서 어미 호랑이까지 죽게 하는 서사로, 호랑이가 식민지 조선을 나타내는 표상 중 하나였음을 알 수 있다.

---

33) 이 작품은 <山の神々>(『文化朝鮮』, 1941. 9), <神々の宴>(『日本の風俗(滿州, 朝鮮, 台湾特輯)』, 1941. 10)으로 개작된다. 그 상세에 대해서는 졸고, 「김사량의 일본어 소설 생성과정 연구 : <풀숲 깊숙이>와 <산의 신들>을 중심으로」(『현대문학의 연구』 38, 한국문학연구회, 2009. 6)에서 다루었다.

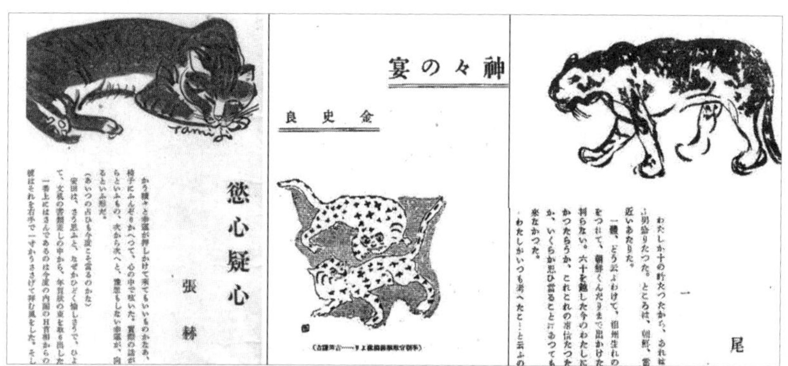

[자료 3] 왼쪽부터 장혁주 「慾心疑心」, 김사량 「神々の宴」, 오자키 가즈오(尾崎一雄) 「虎」

  이 소설이 X노인을 현실과 유리된 형태로 그리고 있는 것은, <산의 신들>과 <며느리> 등의 민속, 토속적인 경향을 그리고 있는 작품군과 관련을 맺고 있다고 할 수 있다. 특히 "고관(古冠)을 쓰고 두루마기(周衣)를 입은, 흰 수염의 뚱뚱한 조선인 노인"으로 등장하는 X노인의 존재는 매우 비현실적이다. 이러한 방식은 리얼리티의 문제를 초월한 영역에서, 작품화가 이뤄지고 있음을 드러내며, 1942년 2월 김사량이 조선으로 돌아가기 전에 발표된 작품군 가운데 <십장꼽새>를 제외하면, 공통적인 요소이다.

  <호랑이 수염>을 비롯해 1941년에 발표된 김사량의 작품은, 시시각각 '제국적 보편성'이 모든 가치척도를 대치(代置)해 가고 있는 상황하에서, 제국 안에서 '조선적 특수성'이라는 문제를 각기 다른 소재를 통해 드러내려던 시도의 하나라고 할 수 있지 않을까. <호랑이 수염>은 1941년 '제도(帝都)'의 골목길에서 '내선융화'라는 슬로건 아래에서 여전히 '차별'에 직면한 '조센진'의 '카나시(슬픔)'를 '조선적 특수성'을 통해 드러내려고 한 하나의 시도라고 할 수 있는데, 이 이후

작품에서 이러한 시도는 몇몇 작품을 제외하면 그 균형을 제대로 유지하지 못하고 만다. 이 작품은 적어도 그 균형을 잃기 이전의 감각을 드러낸 작품이라고 할 수 있다.

IV. 호명방식의 변화

1939년 이후 김사량이 쓴 일본어 소설의 배경은 '평양'과 '도쿄'가 대략 10편과 8편으로 양분된다. 물론, '베이징'(<향수(鄕愁)>, 『분게슌주』, 1941. 7)이나 '홋카이도'(<도둑놈(泥棒)>, 『분게』, 1941. 5) 및 '경성'(<천마>, 『분게슌주』, 1940. 6)을 배경으로 한 소설도 있기는 하지만, 그 수는 이 둘에 미치지 못한다. 해방 이전에 발표된 김사량 소설의 배경은 중국, 일본, 조선으로 삼 분할 할 수 있는데, 그 전체에 공통된 것은 '배경'이 갖는 의미보다는 그 배경에 반드시 '조선인', 그 중에서도 '하층민'들이 주로 등장한다는 사실이다. 다만 '도쿄'가 배경일 경우 '내선' 간의 문제나 '조선인'의 생활상이 그 배경이라는 것과, '평양'이 배경일 때는 계급 및 계층 간의 갈등을 다룬 것도 있지만 주로 '풍속' '민속'에 관한 내용이 주를 이룬다는 차이점은 존재한다. '중국'을 다룬 경우에도 '재중조선인'들의 궁핍함과 시국과의 갈등이라는 문제가 주를 이룬다.

<호랑이 수염>의 경우는 <빛 속으로>(1939. 10), 「무궁일가(無窮一家)」(1940. 9), <광명(光冥)>(1941. 2)을 잇는, 내지에서 차별받고 살아가는 '조선인'의 정체성이라는 문제를 이어받고 있으며, <지기미>(『삼천리』, 1941. 5) 및 <십장꼽새(親方ゴブセ)>(『신초』, 1942. 1)와도 일정 부분

관련을 맺는다. 이를테면, <빛 속으로>, <광명>, <호랑이 수염>의 '창씨개명 3부작'이라고 할 수 있을 것이다.<호랑이 수염>은 <빛 속으로>와 <광명>과 마찬가지로 창씨개명과 내선융화 정책이 도쿄에서 살고 있는 조선인들의 일상에 불러온 변화를 다룬 것이다. 세 작품 모두 '창씨개명'과 관련된 '내선(內鮮) 간의' 갈등이라는 문제가 조선인의 성씨를 읽는 방식(讀み方)을 둘러싸고 주인공의 심리적인 변화를 통해 벌어진다는 점에서 매우 유사하다. <빛 속으로>의 경우는 '南'이라는 성을 내지 식 읽기인 '미나미(みなみ)'로 혹은 조선식인 '난(なん)'으로 호칭되는 문제에 대한 주인공의 갈등이 존재한다.

> 그러고 보면 나는 이 협회 안에서, 언제부터인지 미나미(みなみ) 선생으로 통하고 있다. 내 성씨는 아시다시피 난(なん)이라고 읽어야 하지만, 여러 이유에서 일본 이름 식으로 불리고 있다. (…중략…) **처음에는 그렇게 불리는 것이 굉장히 마음에 걸렸다.** (…중략…) 그러므로 나는 위선을 부리고 있는 것이 아니며 또한 비굴할 까닭도 없다고 자신을 몇 번이고 타일렀다.[34]

'남 선생'의 이러한 진술은, <호랑이 수염>에서 "솔직히 나는 한 차례 그것을 정정하려고 하지 않았다. 다만 노파가 그런 틈을 주지 않았단 말이다. 그러니 나는 누구도 속이고 있는 것은 아니다"[35]라는 '김사효'의 독백과 겹쳐진다. <호랑이 수염>의 경우 일본에서 '金'은 '南'처럼 두 가지 읽기 방식이 아니었기 때문에, 이름을 '金史'로 분절하는 방식이 등장한다.

---

34) <光の中に>(『文藝春秋』, 1940. 3, 386면)
35) <虎の鬚>(『若草』, 1941. 5, 12면)

<광명>은 이보다 더 심각한 문제를 다루고 있는데, 조선인 남성과 내지인 여성의 내선결혼을 전면에 내세우고 있다. 화자는 내선간의 결혼(융화)이 "한 쪽이 자신을 부정하는 것에서 출발"[36]하기 때문에 불행해 진다고 하면서, 시미즈[淸水] 일가가 학대한 조선인 하녀를 '나'와 '문 군(文君)'이 중재해서, 공사장에서 일하는 조선인 남자와 결혼하게 하는 구조를 취하고 있다. 특히, 화자가 시미즈 일가에게 "허위적인 것, 창피한 것, 가면적인 것에서 벗어나서 새로운 출발"[37]을 해야 한다고 하는 부분은, 이 소설이 '내선일체'가 '평등'에 기반해 있지 않고, 한 쪽의 희생을 담보로 하고 있음에 대해 강하게 비판하고 있음을 잘 드러낸다.

한편, 시미즈 부인이 '내'가 내민 "세 글자가 나열된 명함을 수상쩍게"[38] 바라보는 장면은 <호랑이 수염>의 도입부를 연상시킨다.

그러면 작품 속에서 X노인이 내지의 문부대신 'X'의 성명을 그대로 따라 창씨개명을 하고 있는 것은 어떻게 봐야 할까. 당시 일본의 문부대신은 하시다 구니히코(橋田邦彦, 1940. 7~1943. 4까지 재임)[39]였는데, 'X'와 'Hashida(다른 내지이름이어도 마찬가지)' 사이의 거리는 엄연히 존재한다. X노인이 창씨개명을 할 때, 조선의 전통 양반가에게는 내지 귀족의 성씨를 붙이게 해서 성씨를 통해 '신분제'를 유지해야 한다는 주장을 펼치는데, 그러한 주장을 펼치는 노인의 성씨는 'Hashida'가 아니라 'X'로 표기돼 있음은 주목할 만하다. 노인이 펼치고 있는 주장은 일종의 '억지'와 '익살'이라고 할 수 있는데, 이처럼 X노인과

---

36) <光冥>(『文學界』, 1941. 2, 34면)
37) 위 작품 <光冥>, 30면.
38) 위 작품 <光冥>, 21면.
39) 吉田敏雄 『橋田邦彦先生を偲びて : 元文部大臣』(名古屋, 1988)

노파의 현실적 개연성이 매우 떨어지는 행동, 즉 노인이 '흰 조선 옷'을 완전히 '와후쿠[和服, 일본옷]'로 갈아입고 있는 장면이나, 노파가 노인을 전 남편의 환생이라고 하는 장면 등은 '김사효'의 현실인식과는 대극에 위치해 있다.[40] 이것은 노인의 내지식 성명과 조선식 성명의 대극이 아닌, X와 Y라고 하는 알파벳 속에 전후로 나열된 기호를 통해 일본 제국이 강요한 조선인의 명명(命名, 창씨개명)으로부터 일탈을 추구한다. 이러한 방식은 일본어로 다시 써서 게재한 <Q백작>[41] 에서 조선인의 이름을 조선식 이름도 아니고 창씨명도 아닌 'Q'라는 알파벳을 통해 기술한 것과 관련이 있다.

이와는 조금 다르지만 욕설로 이름을 대신한 조선어 소설 <지기미>(『삼천리』, 1941. 5)[42] 및 이것을 일본어로 고쳐 쓴 것이 <벌레(蟲)>(『신초(新潮)』, 1941. 7)인데, 조선인을 '벌레(蟲)'에 비교한 이러한 은유는 김사량이 일본에서 '송환'되기 직전에 쓴 <십장꼽새(親方ゴブセ)>(『신초』, 1942. 1)에서 "오는 일요일은 여기 항구도시 팔천여 명의 벌레(蟲)와 이슬람교도(敎徒)[43]들의 운동회입니다. 만사를 제쳐두고 한 번 왕림해"[44]달라고 '나'에게 보낸 초청장에도 드러난다. 이 작품에서

---

40) 이러한 방식은 '조센징'을 '고센징사마(御鮮人樣)'로 익살스럽게 바꿔놓는 방식과도 연관되어 있다. 이 표현은 김사량 <朝鮮人と半島人>(『新風土』 小山書店, 1941. 5)에 등장한다.

41) <留置場에서만난사나이>(『文章』, 1941. 2)를 <Q伯爵>(『故鄕』, 甲鳥書林, 1942. 4)으로 변경해서 일본어로 다시 번역/창작한 것이다.

42) 일본어로 고쳐 쓴 것이 <蟲>(『新潮』, 1941. 7)이다.

43) 여기서 '벌레(蟲)'는 요코하마(橫浜) 시바우라(芝浦) 해안에 모여 있는 조선인 오키나카시(沖中仕)들에 대한 비유이다. 이 비유는 전체적으로 조선인들을 뜻하며, 그 이상의 의미로도 확대 가능하다. 한편, '이슬람교도'라 함은 그만큼 조선인이라는 존재가 당시 일제시대 내지 안에서 '이슬람교도' 마냥 차별받고 이해받지 못하는 존재였음을 비유적으로 드러낸 말이다.

44) <親方ゴブセ>(『新潮』, 1942. 1, 94면)

도 조선인의 이름은 직접적으로 등장하지 않으며, 알파벳 'O군'으로 표기된다.

이처럼 김사량은 작품에 다양한 호명 방식을 사용하고 있는데, 이 시기 인칭의 변화도 두드러진다. 1940년 소설의 경우 3인칭 소설이 7편인 것에 비해, 1인칭 소설은 <빛 속으로>가 유일하다. 한편, 1941년부터 1942년 1월까지를 보면 3인칭 소설은 4편인 것에 비해 1인칭 소설이 9편으로 늘어난 것을 알 수 있다.[45] 창씨개명과 내선일체 문제를 다룬 <빛 속으로>, <광명>, <호랑이 수염> 세 작품이 모두 다 1인칭을 취하고 있는 것도 눈여겨봐야 할 부분이다. 도쿄가 배경으로 재일조선인의 노동문제를 다루고 있는, <무궁일가>, <벌레>, <십장꼽새>의 경우는 각각, 3인칭, 1인칭, 1인칭으로 이 경우도 <무궁일가>를 제외하면 1인칭이 더 많은 것을 알 수 있다. 또한, 1인칭 소설의 경우에도 조선인 인물의 이름은 알파벳으로 명명되는데, 이것은 1940년에 발표된 작품에서 조선인의 이름이 '南'이나 '崔'(「무궁일가」의 주인공) 등으로 직접적으로 등장하던 것과는 매우 다름을 알 수 있다. 물론 이것은 완벽하게 모든 작품에 적용되는 것은 아니다. 예를 들어 조선의 풍속이나 민속을 드러낸, <산의 신들(山の神々)>(『분카조센(文化朝鮮)』, 1941. 9), <코(鼻)>(『知性』, 1941. 10), <며느리(嫁)>(『신초』, 1941. 11) 등의 작품군의 경우에는 조선인의 이름이 그대로 등장하기도 한다. 이러한 것을 보면, 김사량이 매우 전략적으로 등장인물의 이름을 호명하고 있다는 것을 알 수 있다.

하지만, 「십장꼽새」의 경우는 조선인 이름을 창씨명 그대로 부르고

---

45) 1941년부터 1942년 작품의 경우 같은 작품을 언어만 달리해서 개작한 경우는 하나로 세었다.

있다.

　　하지만 그들은 여전히 입을 다문채로 서로 붙어가며 멀리 사라져 갔
다. 그 때 배웅하는 사람 가운데 누군가가 길 쪽을 돌아보고는, "어이 힘
내라 **바쿠사와(朴澤) 힘내라!**" 하고 소 리쳐 댔기 때문에, 모두가 뒤돌아
보자, 마침 마라톤 선봉이 그곳을 지나가던 참이었다. 사내들과 몇 인가
여자들이 몸을 내밀더니 각각 목소리를 올려 응원하기 시작했다.
　"**이와(巖) 쨩, 힘내라! 힘내라!**" / "**마가와(馬川) 상, 힘내라!**" / "**다마
무라(玉村)! 다마무라! 힘내!**" (…중략…) 우리들은 마라톤 선수들과 섞여
서, 남진자(南進者) 무리의 그림자가 보이지 않을 때까지 다시금 목송(目
送)하기 시작했다.[46]

　위 작품에서 창씨명 '가네우미[金海]', '리야마[李山]', '마가와[馬川]'
등으로 남방으로 떠나는 조선인 오키나카시[沖中仕]의 이름을 호명하
는 것은 매우 이채롭다.[47] 이 경우는 창씨명을 있는 그대로 드러내면
서, 마치 남방(南方)으로 떠나는 조선인 오키나카시를 배웅하는 듯한
생생한 입장감이 느껴진다. 이것을 보면, 김사량이 1941년 전후에 쓴
작품에서 조선인의 이름을 호명하는 방식은 주제와 내용에 따라서,
알파벳으로 혹은 조선 이름 그대로, 그리고 매우 특수한 경우 창씨명
그대로를 노출시키고 있음을 알 수 있다.
　이처럼 김사량은 작품에 따라서 등장인물의 이름을 다양하게 호명
하고 있음을 알 수 있다. 다만, 여기서는 김사량 소설에 등장하는 알
파벳 호명, 비속어 호명, 이슬람 호명, 창씨명 호명 등의 방식을 나열

---

46) 위 작품 「親方ゴブセ」, 102~103면.
47) 「昭和十五年八月十日現在創氏名鑑」(朝鮮新聞社, 발행자 불명, 발행년 불명)을 보면,
　　실제 이러한 이름이 있음을 알 수 있다.

하면서, <호랑이 수염>이 어떠한 위치에 있는지를 밝히는 것에 주력했다.

V. 끝내며

본고에서는 새롭게 찾은 <호랑이 수염>을 분석하는 것을 목표로 상호텍스트성(intertextuality)을 밝히는 것에 주력했다. <호랑이 수염>은 <빛 속으로> 및 <무궁일가>, <광명>에 이은, 창씨개명과 내선간의 문제를 다룬 소설이다. <호랑이 수염>은 위 소설들이 보여주는 첨예한 '현실' 인식과 그 외 작품들('민속' 등을 다룬 1941년의 작품) 사이에 위치하는 구조를 갖고 있다. 특히, 1941년 7월 이후 김사량의 일본어 소설이 '내선간의 문제'에서 멀어져 간 것을 볼 때, 이 소설의 위치는 매우 두드러진다. 특히, 이 소설에서 주목해서 보아야 할 인물은 X노인인데, 창씨개명을 했다고 하는 이 노인을 화자는 끝까지 내지식 이름이 아닌 X로, 그리고 노인이 김사효를 Y로 부르고 있는 점이다. X와 Y를 통한 기호화는 일본제국이 법제화한 「창씨개명령」에 의한 내지 식 성명체계가 아니라, 이 둘을 알파벳 체계 속에 전후로 나열하면서, 그로부터의 이탈을 시도한다. 이 소설은 모리카와초에서 있었던 일을 다룬, 수필 <빈대여 안녕>과 매우 흡사한 구조인 것을 보면, 일정 부분 실제 체험을 바탕으로 쓴 것임을 알 수 있다.

이 소설은 비록 <빛 속으로>나 <천마> 등과 같이 김사량의 대표소설로 꼽힐 정도의 '수작'은 아니지만, 조선인 등장인물의 명명방식과 '재경조선인(在京朝鮮人)'을 대상으로 한 작품을 분석할 때, 결정적인 실마리를 제공해 주는 소설이다. <호랑이 수염>은 제도(帝都)의 골목길에서 차별에 직면한 '조센진' 대학생의 이야기를 매우 익살스럽게 그리고 있는 작품으로, '도쿄'를 배경으로 한 김사량의 모든 작품이 그렇듯이, 마이너리티로서 살아가야만 하는 조선인들의 비애를 다루고 있다. 특히, 재경조선인을 다룬 다른 작품과의 비교 분석을 할 때, '보조선(補助線)' 역할을 할 수 있을 것이다.

[첨부자료 1] 『와카쿠사』 1941년 5월호 목차의 일부

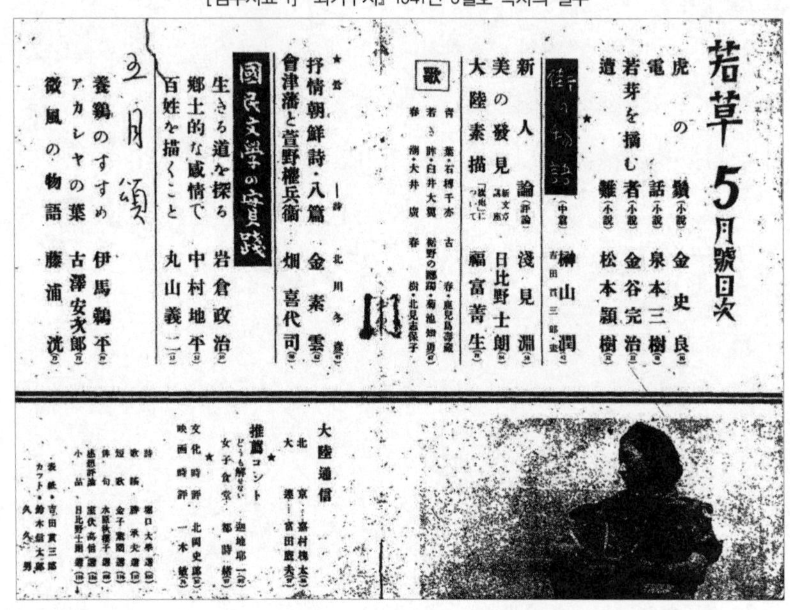

[첨부자료 2] 『와카쿠사』 1941년 5월호에 실린 〈호랑이 수염〉

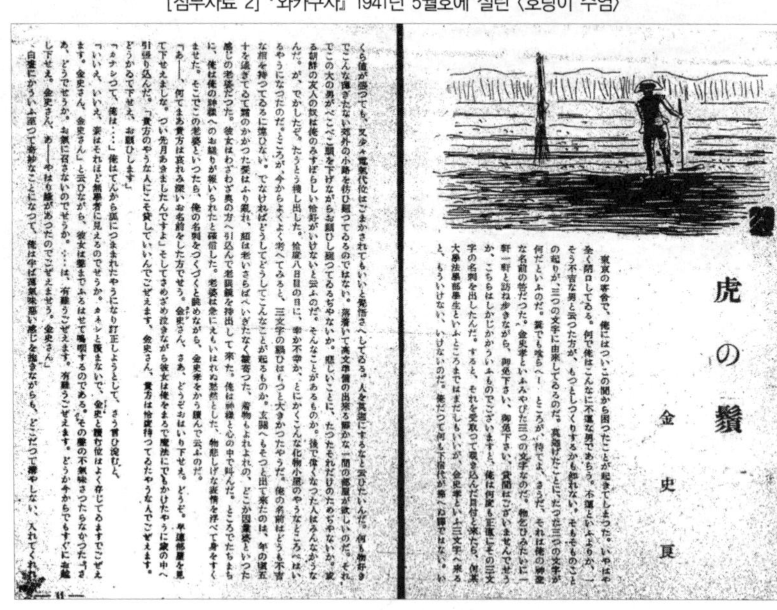